CB017899

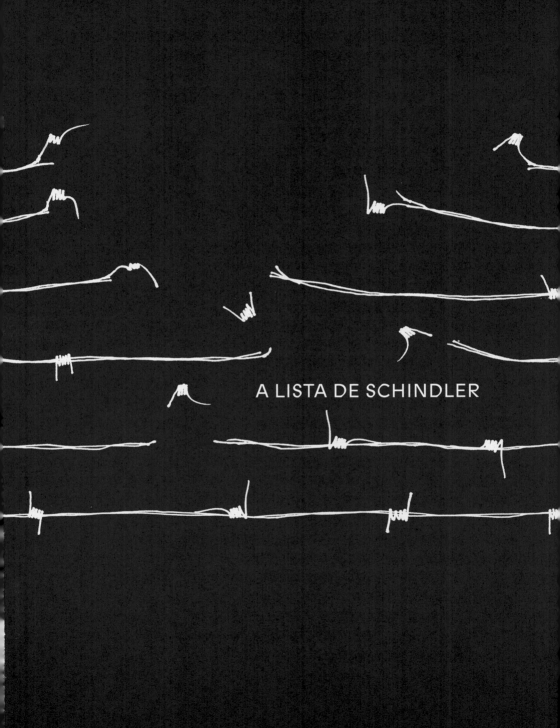
A LISTA DE SCHINDLER

A LISTA DE SCHIN

EDITORA RECORD
RIO DE JANEIRO · SÃO PAULO
2021

DLER

15ª edição

THOMAS
KENEALLY

Tradução
TATI MORAES

Editora-executiva
RENATA PETTENGILL

Subgerente editorial
MARIANA FERREIRA

Assistente editorial
PEDRO DE LIMA

Auxiliar editorial
JÚLIA MOREIRA

Revisão
MAURÍCIO NETO
CRISTINA PESSANHA

Projeto gráfico de miolo e capa
ANGELO BOTTINO & FERNANDA MELLO

Imagens
ADOBE STOCK/FRAN_KIE (capa, p.1 e p.3)
RAFAEL WOLLMANN (p.419)

CIP-BRASIL. CATALOGAÇÃO NA PUBLICAÇÃO
SINDICATO NACIONAL DOS EDITORES DE LIVROS, RJ

K43L
15. ed.

    Keneally, Thomas, 1935-
        A lista de Schindler / Thomas Keneally; tradução de Tati Moraes. –
15. ed. – Rio de Janeiro: Record. 2021.
        23 cm.

        "Edição Capa dura"
        Tradução de: Schindler's List
        ISBN 978-65-55-87342-9

        1. Ficção australiana. 2. Schindler, Oskar, 1908 - 1974 - Ficção.
3. Holocausto judeu (1939 - 1945) - Ficção. 4. Guerra Mundial, 1939-1945 -
Ficção. I. Moraes, Tati. II. Título.

21-72219   CDD: 828.99343
                        CDU: 82-3(94)

Leandra Felix da Cruz Candido - Bibliotecária - CRB-7/6135

Título original: *Schindler's List*

Copyright © 1982 by Serpentine Publishing Co. PTY. Ltd.
Copyright da tradução © Editora Record, 1984 publicado mediante acordo
com a editora original, Touchstone, uma divisão da Simon & Schuster, Inc.

Texto revisado segundo o novo Acordo Ortográfico da Língua Portuguesa.

Todos os direitos reservados. Proibida a reprodução, no todo ou em parte,
através de quaisquer meios. Os direitos morais do autor foram assegurados.

Direitos exclusivos de publicação em língua portuguesa
somente para o Brasil adquiridos pela
EDITORA RECORD LTDA.
Rua Argentina, 171 — Rio de Janeiro, RJ — 20921-380 — Tel.: (21) 2585-2000,
que se reserva a propriedade literária desta tradução.

Impresso no Brasil

ISBN 978-65-55-87342-9

Seja um leitor preferencial Record.
Cadastre-se no site www.record.com.br e receba informações
sobre nossos lançamentos e nossas promoções.

Atendimento e venda direta ao leitor:
sac@record.com.br

Em memória de Oskar Schindler, e a Leopold Pfefferberg, que, com zelo e persistência, tornou possível a existência deste livro.

NOTA DO AUTOR

EM 1980, entrei numa loja de malas em Beverly Hills, na Califórnia, e indaguei sobre os preços de pastas para documentos. O proprietário da loja era Leopold Pfefferberg, sobrevivente graças à lista de Schindler. Foi sob prateleiras de mercadorias de couro italiano importado que ouvi pela primeira vez a história de Oskar Schindler, alemão *bon vivant*, especulador, homem sedutor, e – sinal característico de sua personalidade contraditória – o relato de como salvou uma parcela considerável de um povo condenado, nos anos que conhecemos pelo nome genérico de Holocausto.

Esta narrativa da espantosa história de Oskar se baseia, em primeiro lugar, nas entrevistas com cinquenta sobreviventes que foram salvos por Schindler, em sete nações – Austrália, Israel, Alemanha Ocidental, Áustria, Estados Unidos, Argentina e Brasil. É enriquecida pela visita, na companhia de Leopold Pfefferberg, a locais mencionados em destaque no livro: Cracóvia, cidade de adoção de Oskar; Plaszóvia, cenário dos torpes trabalhos forçados de Goeth; a Rua Lipowa, Zablocie, onde ainda se situa a fábrica de Oskar; Auschwitz-Birkenau, de onde Oskar resgatou suas prisioneiras. Mas a narrativa baseia-se também em documentos e em outras informações fornecidos pelos poucos associados de Oskar na época da guerra que ainda podem ser encontrados, bem como pelos seus muitos amigos do pós-guerra. Numerosos testemunhos relativos a Oskar, depositados pelos judeus salvos por Schindler no *Yad Vashem*, a Autoridade de Recordação de Mártires e Heróis, amplificam este relato, assim como os depoimentos por escrito de fontes privadas e um contexto de documentos e cartas de Schindler, alguns fornecidos pelo *Yad Vashem*, outros por amigos de Oskar.

O estilo e o esquema adotados nos romances costumam ser usados por autores modernos ao narrar uma história verdadeira. Foi o caminho que decidi seguir nesta obra – não só porque sou romancista por profissão, mas também porque a técnica do romance me pareceu adequada a um personagem da ambiguidade e magnitude de Oskar. Contudo, tentei evitar qualquer ficção, para não adulterar o relato, e procurei separar a realidade dos mitos que se criam em torno de um homem da importância de Oskar. Às vezes, foi preciso fazer uma considerável reconstrução das conversas, das quais Oskar e os outros deixaram poucos registros. Mas a maioria dos contatos e informações, bem como todos os eventos, baseiam-se nas recordações detalhadas dos *Schindlerjuden* ("judeus Schindler"), do próprio Schindler e de outras testemunhas dos impressionantes salvamentos por ele efetuados.

Em primeiro lugar, gostaria de agradecer a três sobreviventes Schindler – Leopold Pfefferberg, o juiz Mosh Bejski, da Suprema Corte de Israel, e Mieczylaw Pemper – que não somente relataram suas lembranças de Oskar ao autor e lhe forneceram certos documentos que contribuíram para a exatidão da narrativa, mas também leram o rascunho do livro e sugeriram algumas correções. Muitos outros, quer fossem sobreviventes graças a Schindler ou aqueles que conheceram Oskar no pós-guerra, deixaram-me entrevistá-los e forneceram generosamente informações em cartas e documentos. Nessa lista, incluem-se Frau Emilie Schindler, Sra. Ludmila Pfefferberg, Dra. Sophia Stern, Sra. Helen Horowitz, Dr. Jonas Dresner, Sr. e Sra. Henry Rosner, Leopold Rosner, Dr. Alex Rosner, Dr. Idek Schindel, Dra. Danuta Schindel, Sra. Regina Horowitz, Sra. Bronislawa Karakulska, Sr. Richard Horowitz, Sr. Shmuel Springmann, o falecido Sr. Jakob Sternberg, Sr. Jerzy Sternberg, Sr. e Sra. Lewis Fagen, Sr. Henry Kinstlinger, Sra. Rebecca Bau, Sr. Edward Heuberger, Sr. e Sra. M. Hirschfld, Sr. e Sra. Irving Glovin e muitos outros. O Sr. e a Sra. E. Korn não somente relataram suas lembranças de Oskar, mas foram para mim um incentivo constante. No *Yad Vashem,* Dr. Josef Kermisz, Dr. Shmuel Krakowski, Vera Prausnitz, Chana Abells e Hadassah Mödlinger proporcionaram amplo acesso aos testemunhos de sobreviventes salvos por Schindler e ao material fotográfico e de vídeo.

Finalmente, gostaria de render homenagem ao falecido Sr. Martin Gosch em seus esforços de levar o nome de Oskar Schindler ao conhecimento do mundo e de transmitir meus agradecimentos à sua viúva, Sra. Lucille Gaynes, pela cooperação neste projeto.

Graças ao apoio de todas essas pessoas, a espantosa história de Oskar Schindler é contada, pela primeira vez, com todos os detalhes.

— TOM KENEALLY

PRÓLOGO
Outono de 1943

EM PLENO outono na Polônia, um rapaz alto, trajando um elegante sobretudo por cima de um casaco de cerimônia, em cuja lapela trazia uma vistosa *Hakenkreuz* (suástica) de ouro e esmalte preto, surgiu de um luxuoso edifício de apartamentos na Rua Straszewskiego, nos arredores do antigo centro de Cracóvia. Seu motorista o aguardava, com a respiração comprimida pelo frio, junto à porta aberta de uma imensa limusine Adler, que reluzia apesar da escuridão da rua.

– Cuidado com a calçada, Herr Schindler – advertiu o motorista. – Está mais gélida do que o coração de uma viúva.

Ao observar essa pequena cena de inverno, estamos em terreno seguro. O rapaz alto vestiria até o fim de seus dias jaquetões, seria sempre agraciado – sendo praticamente um engenheiro – com veículos reluzentes e – embora alemão e, neste ponto da história, cidadão de certa influência – seria, enquanto vivesse, o tipo de homem a quem um motorista polonês poderia dirigir uma discreta piada em tom de camaradagem.

Mas não será possível conhecer toda a história com a simples descrição desses pormenores característicos. Pois trata-se da história do triunfo pragmático do bem sobre o mal, um triunfo em termos rigorosamente mensuráveis, estatísticos e nada sutis. Quando se considera o outro lado da fera – quando se relata o previsível sucesso que o mal geralmente alcança – é fácil ser perspicaz e deturpar a história, a fim de evitar um anticlímax. É fácil mostrar a inevitabilidade com que o mal toma posse do que se poderia chamar de *propriedade* da história, ainda que o bem possa terminar com uns poucos e imponderáveis triunfos, como dignidade e autoconhecimento. A fatal maldade humana é a matéria-prima dos narradores, o pecado original, o fluido materno dos historiadores. Mas é um empreendimento arriscado escrever sobre a virtude.

Na verdade, "virtude" é uma palavra tão perigosa, que devemos nos apressar em explicar: Herr Oskar Schindler, arriscando os seus reluzentes sapatos na gélida calçada daquele velho e elegante bairro de Cracóvia, não era um rapaz virtuoso no sentido convencional. Nessa cidade, ele instalara sua amante alemã numa casa e mantinha um prolongado caso com sua secretária polonesa. Sua mulher, Emilie, preferia passar a maior parte do tempo no lar em Morávia, ainda que de vez em quando visitasse o marido na Polônia. É preciso que se diga isso em favor de Oskar: com todas as suas mulheres ele se mostrava um amante polido e generoso. Mas, na interpretação usual de "virtude", essas qualidades não servem como desculpa.

Além disso, era dado a bebidas. Às vezes, bebia por simples prazer, outras vezes com companheiros, burocratas, membros da SS para obter informações mais concretas. Era capaz, como poucos, de se manter sóbrio enquanto bebia, de não perder a cabeça. Também isso – segundo uma rígida interpretação de moralidade – jamais foi desculpa para farras. E, embora o mérito de Herr Schindler esteja bem documentado, é um traço da sua ambiguidade o fato de que ele trabalhava dentro ou, pelo menos, na periferia de um esquema corrupto e selvagem, que enchia a Europa de campos da mais diversa e violenta desumanidade e criava uma nação muda e asfixiada de prisioneiros. Portanto, talvez seja melhor começarmos com um caso ilustrativo da estranha virtude de Herr Schindler e dos locais e das pessoas que o levaram a agir naquele sentido.

No final da Rua Straszewskiego, o carro passou sob a negra massa do Castelo Wawel, de onde o advogado Hans Frank, o bem-amado do Partido Nacional-socialista, governava a Polônia. Luz alguma brilhava no palácio daquele gigante perverso. Nem Herr Schindler nem seu motorista lançaram sequer um olhar àquela fortaleza, quando o carro rumou na direção do rio. Na Ponte Podgórze, os guardas, postados acima do Vístula congelado, a fim de impedir a passagem de guerrilheiros e infratores do toque de recolher entre Podgórze e Cracóvia, estavam habituados ao veículo, ao rosto de Herr Schindler, ao *Passierschein* apresentado pelo motorista. Herr Schindler sempre atravessava aquela barreira, indo da sua fábrica (onde mantinha também um apartamento) para o centro da cidade; ou, então, do seu apartamento na Rua Straszewskiego para a sua usina no subúrbio de Zablocie. Estavam também habituados a vê-lo à noite, em trajes formais ou quase formais, a caminho de algum jantar, festa ou encontro amoroso. Talvez, como era o caso nessa noite, estivesse rumando uns 10 quilômetros para fora da cidade, onde se situava o campo de trabalhos forçados de Plaszóvia, para jantar com o SS *Hauptsturmführer* Amon Goeth, um libertino altamente colocado. Herr Schindler gozava a fama de ser generoso ao dar bebidas de presente no Natal; portanto, seu carro tinha permissão para entrar sem formalidade no subúrbio de Podgórze.

É verdade que, nessa fase de sua história, apesar de sua inclinação por boa comida e bons vinhos, Herr Schindler encarava o jantar com o Comandante Goeth com mais desagrado do que satisfação. De fato, nunca houvera ocasião em que se sentar e beber em companhia de Amon não lhe fosse uma perspectiva repelente. Entretanto, havia na repulsa de Herr Schindler algo de picante, um antigo, excitante senso de abominação – algo como a sensação que causa, numa pintura medieval, a vista dos justos lado a lado com os malditos. Uma emoção que, por assim dizer, mais o aguilhoava do que acovardava.

No interior forrado de couro preto do Adler, que corria ao lado dos trilhos do bonde, no local onde até recentemente fora o gueto judaico, Herr Schindler – como sempre – fumava um cigarro atrás do outro. Mas a sua maneira de fumar era calma. Jamais se notava tensão nas suas mãos; sua atitude era elegante; seus modos indicavam que ele sabia de onde viriam o próximo cigarro e a próxima garrafa de conhaque. Somente ele poderia nos dizer se tinha de se fortalecer com uns goles de seu frasco de bolso, ao passar pela silenciosa e sombria aldeia de Prokocim, onde se via, parada junto ao leito da estrada para Lwów, uma fileira de vagões de gado, que poderiam estar transportando soldados de infantaria ou prisioneiros, ou até mesmo – embora fosse pouco provável – gado.

Já no subúrbio, talvez a uns 10 quilômetros do centro da cidade, o Adler dobrou à direita e entrou numa rua chamada – por ironia – Jerozolimska. Nessa noite de marcantes contornos congelados, Herr Schindler notou à primeira vista, abaixo da colina, uma sinagoga em ruínas e, depois, as formas nuas do que naqueles dias equivalia à cidade de Jerusalém, o Campo de Trabalhos Forçados de Plaszóvia, a cidade de casernas de vinte mil judeus inquietos. Os SS ucranianos e *Waffen* cumprimentaram cortesmente Herr Schindler, pois ele era tão conhecido ali como na Ponte Podgórze.

Quando chegou ao mesmo nível do Prédio da Administração, o Adler avançou por um caminho margeado por sepulturas judaicas. Até dois anos antes, o acampamento fora um cemitério judaico. O Comandante Goeth, que se dizia poeta, usara na construção daquele campo todas as metáforas que lhe ocorreram. Essa metáfora de tumbas arrebentadas percorria a extensão do campo, dividindo-o em dois, mas não se estendia a leste para a *villa*, ocupada pelo próprio Comandante Goeth.

À direita, depois da caserna dos guardas, erguia-se uma antiga construção mortuária dos judeus. Parecia proclamar que ali toda morte era natural, causada pelo desgaste, que todos os mortos estavam devidamente enterrados. Na realidade, o local era agora usado como a estrebaria do comandante. Embora estivesse habituado ao cenário, é possível que este ainda provocasse em Herr Schindler a reação de uma ligeira tosse irônica. Reconhecidamente, se alguém reagisse a cada aspecto irônico da nova Europa, essa reação passaria a fazer parte de sua bagagem. Mas Herr Schindler tinha uma imensa capacidade de carregar consigo tal bagagem.

Nessa noite, um prisioneiro chamado Poldek Pfefferberg encaminhava-se também para a residência do comandante. Lisiek, ordenança de 19 anos, fora à caserna de Pfefferberg munido de passes assinados por um oficial graduado da SS. O problema do rapaz era que a banheira do comandante estava com um anel encardido em seu interior, e Lisiek tinha medo de ser espancado, quando o Comandante Goeth fosse tomar o seu banho matinal. Pfefferberg, que fora professor no curso secundário de Lisiek em Podgórze, trabalhava na garagem do campo e tinha acesso a solventes. Assim, acompanhado por Lisiek, ele foi até a garagem e apanhou um esfregão e uma lata de detergente. Aproximar-se da residência do comandante era sempre uma aventura incerta, mas significava a chance de receber comida de Helen Hirsch, a maltratada empregada judia de Goeth, moça generosa que também fora discípula de Pfefferberg.

Quando o Adler de Herr Schindler se encontrava ainda a 100 metros da *villa*, os cães começaram a latir – o dinamarquês, o dogue alemão e todos os animais mantidos em canis atrás da casa. A construção tinha um formato quadrado, com um sótão. As janelas do sobrado davam para uma varanda. Contornando todas as paredes, havia um terraço com balaustrada. Amon Goeth gostava de sentar-se ao ar livre no verão. Desde que chegara a Plaszóvia, aumentara de peso. No próximo verão, seria um rotundo adorador do sol. Mas, naquela versão particular de Jerusalém, ele estaria a salvo de pilhérias.

Um *Unterscharführer* SS (sargento), exibindo luvas brancas, estava nessa noite postado junto à porta da entrada. Bateu continência e introduziu Herr Schindler na casa. No saguão, Ivan, a ordenança ucraniana, apanhou o sobretudo e o chapéu-coco de Herr Schindler. Este apalpou o bolso de cima do paletó para ter certeza de que estava com o presente para o seu anfitrião: uma cigarreira folheada a ouro comprada no mercado paralelo. Amon estava tão bem de finanças, sobretudo negociando com joias confiscadas, que se ofenderia se recebesse algo inferior a um folheado a ouro.

Ao pé das portas duplas, que abriam para a sala de jantar, os irmãos Rosner tocavam melodias. Henry, um violino, Leo, um acordeão. Por ordem de Goeth, eles tinham posto de lado as roupas esfarrapadas que usavam durante o dia na oficina de pintura do campo, e envergavam os trajes de noite, guardados na caserna para eventos como aquele. Oskar Schindler sabia que, embora o comandante admirasse a música dos Rosner, estes nunca se sentiam tranquilos, quando tocavam na *villa*. Já conheciam bem Amon. Sabiam que ele era imprevisível e dado a execuções *ex tempore*. Assim, tocavam com cautela, no receio de que sua música, de repente, sem explicação, fosse considerada ofensiva.

À mesa de Goeth, essa noite, sentar-se-iam sete homens. Além do próprio Schindler e do anfitrião, os convidados incluíam Julian Scherner, chefe da SS para a região de Cracóvia, e Rolf Czurda, chefe da divisão em Cracóvia da SD, o serviço de Segurança do falecido Heydrich. Scherner era um *Oberführer* – um posto entre coronel e general de brigada, para o qual não existe equivalente no Exército; Czurda, um *Obersturmbannführer*, equivalente a tenente-coronel. Goeth era um *Hauptsturmführer*, ou seja, capitão. Scherner e Czurda eram os convidados de mais alta categoria, pois aquele campo estava sob seu comando. Eram ambos alguns anos mais velhos do que o Comandante Goeth, e o chefe de polícia SS Scherner parecia positivamente um homem já maduro, com seus óculos, cabeça calva e ligeira obesidade. Ainda assim, em virtude dos hábitos extravagantes do seu protegido, a diferença de idade entre ele e Amon não parecia ser expressiva.

O mais velho do grupo era Herr Franz Bosch, um veterano da Primeira Guerra, gerente de várias oficinas, legais e ilegais, dentro de Plaszóvia. Era também "conselheiro econômico" de Julian Scherner e tinha interesses comerciais na cidade.

Oskar sentia desprezo por Bosch e pelos dois chefes de polícia, Scherner e Czurda. Contudo, a cooperação deles era essencial à existência de sua peculiar fábrica em Zablocie, e assim constantemente mandava-lhes presentes. Os únicos convidados por quem ele sentia alguma simpatia eram Julius Madritsch, proprietário da fábrica de uniformes Madritsch, dentro do campo de Plaszóvia, e Raimund

Titsch, seu gerente. Madritsch era cerca de um ano mais novo que Oskar e o Comandante Goeth. Homem empreendedor, porém com um sentimento humano; se lhe pedissem para justificar a existência de sua rendosa fábrica dentro do campo, argumentaria que mantinha quase quatro mil prisioneiros empregados e, portanto, a salvo das usinas de matança. Raimund Titsch, de quarenta e poucos anos, retraído e de físico franzino (que provavelmente deixaria cedo a reunião), contrabandeava para dentro do campo caminhões de alimentos para os seus prisioneiros (empreendimento que poderia custar--lhe uma permanência fatal na prisão de Montelupich, a cadeia da SS, ou, então, Auschwitz) e tinha o mesmo ponto de vista de seu patrão.

Tal era o grupo de convidados para o jantar na *villa* do Comandante Amon Goeth.

As quatro convidadas, muito bem penteadas e usando roupas caras, eram mais jovens do que qualquer dos homens, e todas prostitutas de alta categoria. Alemãs e polonesas, de Cracóvia. Algumas delas costumavam participar daqueles jantares. O seu número permitia certa opção de escolha para os dois oficiais superiores. Majola, a amante alemã de Goeth, em geral ficava em seu apartamento na cidade durante aqueles festejos de Amon. Considerava tais jantares orgias masculinas e, portanto, ofensivas à sua sensibilidade.

Não havia dúvidas de que, à maneira deles, os chefes de polícia e o comandante gostavam de Oskar. Achavam, contudo, haver algo de estranho nele. Talvez estivessem dispostos a considerar a causa dessa impressão a origem de Oskar, alemão da região Sudeste, entre a Boêmia e a Silésia – a mesma diferença entre Arkansas e Manhattan ou Liverpool e Cambridge. Havia dúvidas a respeito de sua *mentalidade*, embora ele pagasse bem, fosse uma boa fonte de mercadorias escassas, soubesse beber sem se embriagar e tivesse, às vezes, um senso de humor lento e um tanto ousado. Era o tipo de pessoa para quem se sorria e cumprimentava do outro lado da sala, mas a quem não era necessário saudar efusivamente.

É bem provável que os membros da SS tivessem se dado conta da chegada de Schindler ao notar um *frisson* entre as quatro moças. Os que conheceram Oskar naquela época falam do charme magnético que ele exercia sobretudo nas mulheres, com as quais seus sucessos eram escandalosamente constantes. Os dois chefes de polícia, Czurda e Scherner, voltaram-se para Schindler, talvez procurando um meio de atrair também a atenção das moças. Goeth adiantou-se para estender-lhe a mão. Era tão alto quanto Schindler, e sua obesidade, anormal para um homem de trinta e poucos anos, era ainda mais visível pela altura e pelo físico atlético. O rosto não tinha marcas acentuadas, a não ser pelos olhos cor de vinho. Era fato, ainda, que o comandante não costumava se moderar na quantidade que consumia de conhaque.

Contudo, os sinais de excesso de bebida não eram tão marcantes nele como em Herr Bosch, o gênio da economia da SS em Plaszóvia. O nariz de Herr Bosch era de um vermelho arroxeado; o oxigênio que deveria correr-lhe nas veias do rosto havia muito passara a alimentar a imensa chama azul de todo aquele álcool. Cumprimentando-o, Schindler teve a certeza de que naquela noite, como de costume, Bosch faria um pedido de mercadorias.

– Que seja bem-vindo o nosso industrial! – exclamou Goeth, e então apresentou-o formalmente às moças. No decorrer da cena, os irmãos Rosner tocaram músicas de Strauss, os olhos de Henry fixando através das cordas de seu violino o canto mais vazio da sala, e Leo sorrindo de olhos baixos para as teclas de seu acordeão.

Enquanto beijava a mão das moças, Herr Schindler sentiu certa piedade daquelas mulheres, pois sabia que mais tarde – quando começassem as brincadeiras de palmadinhas e cócegas – as palmadas poderiam deixar vergões e as cócegas arranhariam a pele. Mas, por enquanto, o *Hauptsturmführer* Amon Goeth, um sádico quando embriagado, portava-se como um exemplar cavalheiro vienense.

As conversas antes do jantar foram banais. Falou-se na guerra e, enquanto o chefe da Segurança Czurda se empenhava em garantir a uma alemãzinha alta que a Crimeia estava totalmente dominada, o chefe da SS Scherner contava a outra moça como um jovem, que ele conhecera em Hamburgo, bom sujeito, *Oberscharführer* na SS, perdera as duas pernas na explosão de uma bomba lançada pelos guerrilheiros dentro de um restaurante em Czestochowa. Schindler conversou sobre assuntos industriais com Madritsch e seu gerente Titsch. Havia entre os três empresários uma amizade genuína. Herr

Schindler sabia que o franzino Titsch adquiria ilegalmente, no mercado paralelo, grandes quantidades de pão, que destinava aos prisioneiros da fábrica de uniformes Madritsch. Tal gesto era de mera humanidade, pois, na opinião de Schindler, os lucros na Polônia eram bastante altos para satisfazer o mais inveterado capitalista e justificar gastos ilegais na aquisição de um pouco mais de pão. No caso de Schindler, os contratos com a *Rustungsinspektion*, a Inspetoria de Armamentos – organismo que propunha lances e concedia contratos para a manufatura de todos os artigos necessários ao Exército alemão – tinham sido tão numerosos que ele ultrapassara seu desejo de ser bem-sucedido aos olhos do pai. Infelizmente, Madritsch, Titsch e ele próprio eram os únicos que compravam regularmente pão no mercado paralelo.

Pouco antes de Goeth avisar que o jantar estava servido, Herr Bosch aproximou-se de Schindler, segurou-o pelo cotovelo, como ele já imaginara, e o conduziu para junto à porta, onde se achavam os músicos, como se esperasse que as impecáveis melodias dos Rosner abafassem a conversa.

– Os negócios vão bem, pelo que vejo – disse Bosch.

Schindler sorriu para o SS.

– Ah, então está dando para perceber, Herr Bosch?

– É claro – respondeu Bosch. Era evidente que Bosch andara consultando os boletins oficias da Junta de Armamentos, nos quais mencionavam-se os contratos concedidos à fábrica de Schindler.

– Eu estava pensando – disse Bosch, inclinando a cabeça – que, em vista da sua atual onda de prosperidade, graças, afinal de contas, aos nossos muitos êxitos nas frentes de combate... Eu estava pensado se o senhor não gostaria de fazer um gesto generoso. Nada de maior. Apenas um gesto.

– É claro – respondeu Schindler. Sentia a náusea de estar sendo usado e, ao mesmo tempo, uma sensação próxima do regozijo. O departamento do chefe de polícia Scherner por duas vezes usara a sua influência para tirar Oskar Schindler da prisão. Os auxiliares do chefe iriam sentir-se ainda mais na obrigação de repetir a providência.

– A minha tia em Bremen, pobrezinha, teve a sua casa bombardeada – explicou Bosch. – Tudo foi arrasado. A cama de casal. Os aparadores. Todas as louças e panelas. Pensei que talvez pudesse lhe arranjar uns utensílios de cozinha. E talvez uma ou duas terrinas – aquelas sopeiras grandes fabricadas na sua DEF.

Deutsche Emailwaren Fabrik (Fábrica Alemã de Utensílios Esmaltados) era o nome do próspero negócio de Herr Schindler. DEF era a sigla usada pelos alemães, mas poloneses e judeus abreviavam o nome da fábrica para Emalia.

– Acho que posso dar um jeito – concordou Herr Schindler. – Quer que a mercadoria seja consignada diretamente para sua tia ou para o senhor?

– Para mim, Oskar – respondeu Bosch, sem esboçar um sorriso. – Quero mandar-lhe junto um cartão.

– É claro.

– Então, está combinado. Digamos meia grosa de tudo... pratos de sopa e de servir, cafeteira. E uma meia dúzia daquelas terrinas.

Inclinando a cabeça para trás, Herr Schindler riu abertamente, embora com certo enfado. Mas, quando falava, o seu tom era afável. E realmente isso fazia parte da sua natureza. Sempre estava disposto a presentear. Mas o fato era que os parentes de Bosch parecia ter uma grande tendência a se tornarem alvos de bombardeios.

– Sua tia dirige um orfanato? – perguntou Oskar.

Bosch tornou a fitá-lo nos olhos; não havia nada de misterioso naquele bêbado.

– Ela é uma mulher idosa e sem recursos. Poderá negociar os artigos que sobrarem.

– Direi à minha secretária que providencie a remessa.

– Aquela garota polonesa? A bonita?

– Sim, a bonita – concordou Schindler.

Bosch tentou soltar um assobio mas os nervos de seus lábios haviam afrouxado com o excesso de conhaque, e apenas conseguiram emitir um estranho sopro.

– Sua mulher – comentou ele de homem para homem – deve ser uma santa.

– Sim, uma santa – admitiu Herr Schindler secamente. Não se importava de fornecer mercadoria a Bosch, mas lhe desagradava ouvi-lo falar sobre sua mulher.

– Diga-me – perguntou Bosch – como consegue que sua mulher não interfira? Ela deve *saber...* e, no entanto, você parece capaz de controlá-la muito bem.

A afabilidade desapareceu do semblante de Schindler. O seu desagrado era óbvio. Contudo, o tom rosnado de irritação não diferiu muito de sua voz normal.

– Nunca discuto assuntos particulares – declarou.

– Oh, perdoe-me – desculpou-se apressadamente Bosch. – Não tive a intenção... – E continuou pedindo desculpas de maneira confusa.

Herr Schindler não prezava Herr Bosch o suficiente para lhe explicar que, naquela altura da vida, não se tratava de controlar ninguém, que seu desastre matrimonial era antes de tudo decorrente do temperamento ascético de Frau Emilie Schindler e do temperamento hedonista de Herr Oskar Schindler. Haviam-se casado de livre espontânea vontade, apesar de essa união ter sido desaconselhada. Mas a irritação de Oskar contra Bosch era mais profunda do que ele próprio estava propenso a reconhecer. Emilie era muito semelhante a Frau Louisa Schindler, a falecida mãe do Oskar. Herr Shindler pai abandonara Louisa em 1935. Assim, Oskar tinha a sensação visceral de que, ao falar com descaso do casamento Emilie-Oskar, Bosch estava também aviltando o casamento dos pais.

Bosch continuava desdobrando-se em desculpas. Bosch, que tinha a mão enfiada na gaveta de todas as máquinas registradoras de Cracóvia, estava agora suando frio, com medo de perder a sua meia grosa de utensílios de cozinha.

Os convidados sentaram-se à mesa. Uma sopa de cebolas foi servida por uma criada. Enquanto todos comiam e conversavam, os irmãos Rosner continuavam a tocar, aproximando-se mais da mesa, mas não tão perto a ponto de atrapalhar os movimentos da criada ou de Ivan e Petr, duas ordenanças ucranianas de Goeth. Schindler, sentado entre a moça alta, de quem Scherner se apropriara, e uma polonesa de rosto meigo e físico delicado que falava alemão, reparou que as duas olhavam para a criada. Esta usava o tradicional uniforme doméstico, vestido preto e avental branco, mas em seu braço não havia nenhuma estrela judaica, ou risco de tinta amarela nas costas. Entretanto, era judia. O que atraía a atenção das outras moças era o estado de seu rosto. Em seu queixo via-se uma equimose, e seria esperar que Goeth tivesse vergonha de exibir para os seus convidados uma criada naquelas condições. Ambas as moças e Schindler notaram também, além da marca no rosto, um impressionante vergão arroxeado, que a gola do vestido nem sempre escondia, na junção do fino pescoço com o ombro.

    Não somente Amon Goeth não procurou desviar a atenção geral da criada, como virou sua cadeira em direção a ela, ordenando-lhe, com um gesto de mão, que se aproximasse, exibindo-a para os presentes. Fazia seis semanas que Schindler não ia àquela casa, mas sabia por seus informantes que a relação entre Goeth e a criada era de uma estranha crueldade. Quando se achava com amigos, Goeth referia-se a ela como tema comum de conversa. Só a escondia quando era visitado por oficiais graduados de fora da região de Cracóvia.

    – Senhoras e cavalheiros – anunciou ele, imitando o tom de um embriagado apresentador num cabaré – quero apresentar-lhes Lena. Após cinco meses em minha casa, ela agora está se saindo bem na cozinha e comportando-se adequadamente.

    – Posso ver pelo seu rosto – disse a moça alta – que ela deve ter sofrido uma colisão com a mobília da cozinha.

    – E logo a cadela poderá sofrer outra colisão – retorquiu Goeth, com uma risada jovial. – Sim, outra colisão, não é mesmo, Lena?

    – Ele não é mole com mulheres – comentou o chefe SS, piscando para sua parceira. A intenção de Scherner talvez não fosse racista, pois ele não se referia a mulheres *judias*, mas sim às mulheres em geral. Mas sempre que Goeth se lembrava da origem de Lena é que ela era mais severamente punida, quer em público, diante dos convidados, quer mais tarde, depois de todos terem saído. Scherner, sendo mais graduado do que Goeth, poderia ordenar ao comandante que parasse de espancar a criada. Mas isso não seria polido para com o anfitrião e poderia vir a perturbar as amistosas reuniões na *villa*. Scherner vinha ali não como oficial superior, mas como amigo, companheiro de orgias, apreciador de mulheres. Amon era um sujeito estranho, mas ninguém melhor do ele sabia organizar festinhas.

    Em seguida, foi servido arenque com molho e mocotó de porco admiravelmente preparados e apresentados por Lena. Com a carne foi servido um forte vinho tinto húngaro; os irmãos Rosner puseram-se a tocar ardentes czardas, e o clima na sala de jantar esquentou, fazendo com que todos os oficiais tirassem as jaquetas. Falou-se de novo em contratos de guerra. Perguntaram a Madritsch, o fabricante de fardas, como ia sua fábrica em Tarnow. Estava conseguindo tantos contratos na Inspetoria de Armamentos quanto a sua fábrica em Plaszóvia? Madritsch passou a pergunta a Titsch, o seu magro e ascético gerente. De repente, Goeth pareceu preocupado, como um homem que se lembrou no meio do jantar de algum detalhe urgente de negócio, que deveria ter sido acertado durante o dia.

As moças de Cracóvia pareciam entediadas. A jovem polonesa de lábios brilhantes, que não poderia ter mais do que 18 ou 20 anos, pousou a mão na manga de Schindler.

– Você não é militar? – perguntou ela. – Deve lhe assentar muito bem uma farda.

Todos começaram a rir – incluindo Madritsch, que em 1940 passara algum tempo fardado, até ser dispensado porque seus talentos de empresário eram mais importantes para o esforço de guerra. Mas Herr Schindler era tão influente que nunca fora ameaçado pela *Wehrmacht*:

– Ouviram isso? – perguntou *Oberführer* Scherner aos presentes. – A mocinha está imaginando o nosso industrial como um soldado. O soldado Schindler em Kharkov, comendo sua marmita, com um cobertor sobre os ombros!

À vista da elegância impecável de Schindler, realmente a ideia era um disparate, e o próprio Schindler pôs-se a rir.

– Aconteceu com... – disse Bosch, tentando estalar os dedos – aconteceu com... qual era mesmo o nome dele lá em Varsóvia?

– Toebbens – informou Goeth, saindo inesperadamente de sua alienação. – Aconteceu com Toebbens. Quase.

– Ah, sim! – exclamou o chefe da SD Czurda. – Toebbens escapou por pouco. – Toebbens era um industrial de Varsóvia, mais importante do que Schindler ou Madritsch. – Heini (o apelido de Heinric Himmler) foi a Varsóvia e ordenou ao chefe dos armamentos da zona: "Tire aqueles judeus fodidos da fábrica de Toebbens e convoque Toebbens para o Exército e... mande-o para a Frente. Quero dizer a *Frente de Combate!*" Depois, recomendou ao meu colega de Varsóvia que examinasse os livros de Toebbens no microscópio!

Toebbens era muito querido na Inspetoria de Armamentos, que sempre o favorecera com contratos de fornecimento para o Exército; por sua vez, ele retribuía esse privilégio com uma profusão de presentes. Os protestos do pessoal da Inspetoria de Armamentos tinham conseguido salvar Toebbens, contou solenemente Scherner, e depois voltou-se, dando uma piscadela para Schindler.

– Isso nunca aconteceria em Cracóvia, Oskar. Nós todos gostamos demais de você.

Imediatamente, talvez para demonstrar a afeição calorosa que a mesa inteira dedicava ao industrial Herr Schindler, Goeth pôs-se de pé e entoou sem palavras um trecho da melodia de *Madame Butterfly*, que os irmãos Rosner estavam executando tão caprichosamente quanto qualquer artesão em qualquer fábrica sob ameaça, em qualquer gueto em risco.

A ESSA HORA, Pfefferberg e Lisiek, a ordenança, achavam-se no andar de cima, esfregando o anel de sujeira na banheira de Goeth. Podiam ouvir a música dos Rosner e o ruído das risadas e conversas. À hora do café, a infeliz Lena trouxe a bandeja para os convidados e se retirou às pressas para a cozinha.

Madritsch e Titsch beberam rapidamente o café e desculparam-se por precisarem se retirar. Schindler preparou-se para fazer o mesmo. A garota polonesa esboçou um gesto de protesto, mas aquela casa não tinha atrativo para ele. Na *Goethhaus* tudo era permitido, mas para Oskar, que sabia dos extremos do comportamento da SS na Polônia, cada palavra que ali se dizia, cada copo que ali se bebia, era repugnante, sem falar em qualquer entretenimento sexual. Mesmo que ele levasse uma das moças para cima, não poderia se esquecer de que Bosch e Scherner e Goeth estariam desfrutando os mesmos prazeres – nas escadas, ou num banheiro ou quarto – executando os mesmos movimentos. Schindler, que não era nenhum monge, preferia *ser* um monge a ter que dormir com uma mulher *chez* Goeth.

Conversou por cima da cabeça da moça com Scherner, comentando as notícias da guerra, os bandidos poloneses, a probabilidade de um inverno rigoroso, dando a entender à pequena que Scherner era para ele como um irmão e que nunca roubaria a mulher de um irmão. Mas, ao dar-lhe boa-noite, ele beijou-lhe a mão. Viu que Goeth, apenas de camisa, esgueirava-se para fora da sala de jantar, encaminhando-se para as escadas, apoiado a uma das moças que se sentara ao seu lado durante o jantar. Oskar pediu licença e foi atrás do comandante. Pousou a mão no ombro de Goeth. Os olhos de Goeth esforçaram-se para focalizar Schindler.

– Oh – balbuciou ele – já vai, Oskar?

– Tenho de voltar para casa – respondeu Oskar. Em casa, esperava-o Ingrid, sua amante alemã.

– Você é um tremendo garanhão – observou Goeth.

– Não da sua classe – rebateu Schindler.

– Tem razão, sou imbatível. Nós vamos... aonde nós vamos? – E virou a cabeça para a moça, mas respondeu à própria pergunta. – Vamos à cozinha ver se Lena está limpando tudo direito.

– Não – disse a moça, rindo. – Vamos fazer outra coisa. – E encaminhou-o para as escadas. Era um gesto de solidariedade da parte dela, a fim de proteger a jovem brutalizada, na cozinha.

Schindler observou-os – o oficial corpulento, a jovem esguia sustentando-o – enquanto subiam cambaleando pelas escadas. Goeth dava a impressão de que a melhor coisa a fazer era dormir até a hora do almoço do dia seguinte, mas Oskar conhecia a espantosa disposição física do comandante e o relógio que funcionava dentro dele. Às 3 horas, Goeth seria bem capaz de decidir levantar-se e escrever uma carta ao seu pai em Viena. Às 7 horas, depois de ter dormido apenas uma hora, ele estaria na varanda, de arma em punho, pronto para atirar em qualquer prisioneiro retardatário.

Quando a moça e Goeth chegaram ao andar superior, Schindler atravessou o saguão e dirigiu-se para os fundos da casa.

Pfefferberg e Lisiek ouviram o comandante chegar muito mais cedo do que esperavam, entrando no quarto e falando com a moça que o acompanhava. Em silêncio, eles apanharam o seu equipamento de limpeza, esgueiraram-se pelo quarto e tentaram escapulir por uma porta lateral. Ainda de pé e capaz de vê-los, Goeth recuou à vista do esfregão, suspeitando que os dois homens fossem assassinos. Entretanto, quando Lisiek adiantou-se e começou uma trêmula explicação, o comandante compreendeu que se tratava de meros prisioneiros.

– *Herr Commandant* – disse Lisiek – quero informá-lo que na sua banheira havia um colarinho...

– Ah – disse Amon –, então você recorreu a um especialista em limpeza? – e fez um sinal para o rapaz se aproximar. – Venha, meu querido.

Hesitante, Lisiek adiantou-se e levou uma bofetada tão violenta que caiu esparramado no chão. Amon repetiu o convite, como se pudesse ser divertido para a moça ouvi-lo falar em termos carinhosos com os prisioneiros. O jovem Lisiek levantou-se e tornou a aproximar-se do comandante para uma nova bofetada. Quando ele se ergueu pela segunda vez, Pfefferberg, prisioneiro experiente, sabia que qualquer coisa podia acontecer – os dois serem levados para o jardim e sumariamente fuzilados por Ivan. Todavia, o comandante simplesmente esbravejou contra eles e lhes ordenou que saíssem; os dois prontamente sumiram.

Quando Pfefferberg soube, alguns dias depois, que Amon matara Lisiek com um tiro, presumiu que fosse por causa do incidente do banheiro. Na verdade, tinha sido por uma questão bem diferente – o erro de Lisiek fora atrelar um cavalo numa charrete para Bosch, sem primeiro pedir permissão ao comandante.

NA COZINHA DA CASA, a criada, cujo nome verdadeiro era Helen Hirsch (Goeth chamava-a de Lena por preguiça), ergueu os olhos e deparou-se com um dos convidados do jantar. Soltou na mesa o prato com restos de carne que tinha nas mãos e perfilou-se com trêmula rapidez.

– *Herr...* – Olhou para o jaquetão de Schindler e buscou um título para ele. – *Herr Direktor*, eu estava apenas pondo de lado os ossos para os cães de Herr Comandante.

– Por favor – disse Schindler – não precisa me dar satisfações, Fräulein Hirsch.

E deu a volta ao redor da mesa. Não parecia querer agarrá-la, mas ela temia as suas intenções. Embora Amon se comprazesse em espancá-la, o fato de Helen ser judia a salvara de um franco ataque sexual. Mas havia alemães que não eram tão discriminadores quanto Amon em questões sexuais. Todavia, o tom de voz desse homem não era o mesmo ao que ela estava acostumada, nem mesmo ao de oficiais da SS e NCO que vinham à cozinha queixar-se de Amon.

– Não me conhece? – perguntou ele, como se fosse um jogador de futebol, astro do cinema ou um virtuoso do violino, cuja consciência de sua própria celebridade se ofendia com o fato de alguém não o reconhecer. – Sou Schindler.

– *Herr Direktor* – balbuciou ela, curvando a cabeça. – É claro que já ouvi falar... e o senhor já esteve antes aqui. Lembro-me...

Ele passou o braço pela cintura dela. Podia sentir a tensão do corpo da moça, quando lhe tocou o rosto com os lábios.

– Não é a espécie de beijo que você está receando – murmurou ele. – Se quer saber, estou beijando-a por piedade.

Ela não pôde conter as lágrimas. *Herr Direktor* beijou-a agora com força na testa, à maneira das despedidas polonesas em estações de estrada de ferro, um ruidoso beijo típico da Europa Oriental. Helen viu que também ele tinha lágrimas nos olhos.

– Este beijo é algo que lhe estou transmitindo de... – E, com um gesto da mão, indicou a turba de honestas criaturas lá fora no escuro, dormindo em leitos amontoados ou escondidas nas florestas, para quem, ao absorver os espancamentos de *Hauptsturmführer* Goeth, Helen de certa forma atuava como para-raios.

Schindler soltou-a e tirou de dentro do bolso uma grande barra de chocolate. Em sua substância, parecia também algo de antes da guerra.

– Esconda isso – advertiu ele.

– Aqui tenho mais comida – respondeu ela, como se fosse uma questão de amor-próprio informá-lo de que não estava passando fome. E, de fato, a comida era a menor de suas preocupações. Ela sabia que não sobreviveria ao tratamento que recebia na casa de Amon, mas não seria por falta de alimentação.

– Se não quiser comer o chocolate, troque-o por outra coisa. Por que não procura se fortalecer? – Ele recuou um passo e examinou-a.

– Itzhak Stern falou-me a seu respeito.

– Herr Schindler – murmurou a jovem, baixando a cabeça e chorando discretamente por alguns segundos. – Herr Schindler, ele gosta de me bater diante daquelas mulheres. No meu primeiro dia aqui, espancou-me porque joguei fora os ossos do jantar. Desceu ao porão durante a noite e perguntou-me onde estavam os ossos para os seus cachorros. Foi a minha primeira sova. Eu disse a ele... não sei por que falei; agora eu não abriria mais a boca... "Por que está me batendo?" E ele respondeu: "Estou batendo em você porque me perguntou por que estou batendo."

Helen abanou a cabeça e encolheu os ombros, como se estivesse reprovando a si mesma por falar demais. Não queria dizer mais nada; não podia relatar todos os espancamentos de que fora vítima, suas inúmeras experiências com os punhos do *Hauptsturmführer*.

– As circunstâncias em que está vivendo são horríveis, Helen – disse Schindler em tom de confidência, curvando-se para ela.

– Não faz mal – respondeu ela. – Já aceitei o meu destino.

– Aceitou?

– Um dia ele vai me matar com um tiro.

Schindler fez que não com a cabeça, e ela viu no gesto um incentivo muito fraco para alimentar suas esperanças. Subitamente, o traje elegante de Schindler e seu ar saudável pareceram-lhe uma provocação.

– Pelo amor de Deus, *Herr Direktor*, eu *vejo* as coisas. Na segunda-feira estávamos em cima do telhado, o jovem Lisiek e eu, arrancando o gelo. E vimos o *Herr Commandant* sair pela porta da frente e descer os degraus do pátio, bem embaixo de onde nos achávamos. E ali mesmo, ele sacou o revólver e atirou numa mulher que estava passando. Uma mulher carregando uma trouxa. Ela não parecia mais magra ou mais gorda, ou mais rápida ou mais lenta do que qualquer outra pessoa. Não consegui entender a razão. O tiro atravessou-lhe a garganta. Apenas uma mulher que passava. Quanto mais se conhece *Herr Commandant*, mais a gente se convence de que o comportamento dele não obedece a regras de espécie alguma. Não posso dizer para mim mesma: "Se eu seguir *essas* regras, estarei a salvo..."

Schindler tomou-lhe a mão e apertou-a com força.

– Escute, minha cara Fräulein Helen Hirsch, apesar de tudo, isto aqui ainda é melhor do que Majdanek ou Auschwitz. Se conseguir se manter com saúde...

– Pensei nisso, que não haveria esse problema na cozinha do comandante. Quando me tiraram da cozinha do campo e me destacaram para cá, as outras mulheres ficaram com inveja – respondeu ela, com um sorriso.

Schindler passou a falar mais alto. Parecia um professor enunciando um princípio de física.

– Ele não vai matá-la, porque você lhe proporciona muitos divertimentos, minha cara Helen. Tantos divertimentos que nem lhe deixa usar a estrela de judia. Não quer que saibam que ele está se divertindo com uma judia. Atirou naquela mulher porque ela não significava nada para ele, era só uma a menos de uma série, que nem o ofendia nem o agradava. Está compreendendo? Mas *você*... Isso não é honesto, Helen. Mas é a vida.

Alguém mais, Leo John, o adjunto do comandante, lhe dissera o mesmo. John era um *Untersturmführer* SS – equivalente a segundo-tenente. "Ele não a matará", dissera John, "até o final, Lena, porque você lhe propicia muito divertimento." Dito por John, o comentário não produzira o mesmo efeito. Herr Schindler estava condenando-a a uma dolorosa sobrevivência.

Ele pareceu compreender que a deixara perturbada. Murmurou palavras de incentivo. Tornaria a procurá-la. Tentaria libertá-la.

– Libertar? – perguntou ela.

– Sim. Livrá-la do comandante – explicou ele –, levando-a para a minha fábrica. Certamente já ouviu falar na minha fábrica. Tenho uma fábrica de artefatos esmaltados.

– Ah, sim! – respondeu ela, como uma criança de cortiço falando na Riviera. – A Emalia de Schindler. Já ouvi falar.

– Cuide da saúde – repetiu ele. Parecia ter certeza, quando falava, de que aquela seria a solução, baseando-se no conhecimento das futuras intenções de Himmler, de Frank.

– Está bem – concordou ela.

Dando-lhe as costas, Helen se dirigiu para o guarda-louça e o arrastou para a frente, numa demonstração de força que espantou

Schindler, tratando-se de uma jovem tão frágil. Removendo um tijolo da parede que ficava atrás do guarda-louças, ela retirou um punhado de dinheiro – *zÂoty** de ocupação.

– Tenho uma irmã na cozinha do campo – explicou ela. – É mais jovem do que eu. Quero que o senhor a resgate com este dinheiro, para que ela jamais seja colocada num vagão de gado. Creio que o senhor costuma saber de antemão dessas coisas.

– Tratarei pessoalmente do caso – disse Schindler, porém com displicência, não como uma promessa solene. – Quanto dinheiro tem você?

– Quatro mil *zÂotys*.

Ele apanhou as economias da jovem e enfiou-as no bolso. Estariam mais seguras com ele do que num nicho atrás do guarda-louça de Amon Goeth.

ASSIM COMEÇA perigosamente a história de Oskar Schindler, envolvido com nazistas góticos, com hedonistas SS, com uma frágil e brutalizada jovem e com uma figura de certa forma fictícia, tão popular como a da prostituta de coração de ouro: o bom alemão.

Por um lado, Oskar trata de conhecer a verdadeira face do sistema, a face hidrófoba por trás do véu de decência burocrática. Descobre mais cedo do que a maioria das pessoas ousaria reconhecer o que *Sonderbehandlung* significa; que, embora a palavra queira dizer "Tratamento Especial", significa pirâmides de cadáveres cianóticos em Belzec, Sobibor, Treblinka e no complexo a oeste de Cracóvia, conhecido pelos poloneses como Oswiecim-Brzezinka, mas que será denominado no Ocidente pelo seu nome alemão, Auschwitz-Birkenau.

Por outro lado, ele é um comerciante, um homem de negócios por temperamento, e não cospe abertamente no olho do sistema. Já conseguiu reduzir as pirâmides de cadáveres, e, embora não saiba o quanto, nesse ou no próximo ano, elas irão crescer em número e tamanho, ultrapassando o Matterhorn, sabe que o Holocausto virá. Embora não possa prever que mudanças burocráticas irão ocorrer em sua construção, ainda assim presume que sempre haverá espaço e necessidade de mão de obra judaica. Portanto, durante sua visita a Helen Hirsch, ele insiste: "Cuide da saúde." E lá fora, no sombrio

Arbeitslager (campo de trabalho) de Plaszóvia, judeus vigilantes dizem a si mesmos que regime algum – com a sua maré em vazante – pode dar-se ao luxo de desperdiçar uma abundante fonte de mão de obra gratuita. Os que não conseguem se aguentar, que cospem sangue, que têm disenteria, é que são transportados para Auschwitz. O próprio Herr Schindler ouviu prisioneiros, na *Appellplatz* do campo de trabalho de Plaszóvia, respondendo à chamada matinal, murmurarem: "Pelo menos ainda estou com saúde", num tom que em circunstâncias normais só os velhos diriam.

Assim, naquela noite de inverno já se havia iniciado o engajamento prático de Herr Schindler no salvamento de vidas humanas. Ele já está muito comprometido; já burlara leis do Reich, o que lhe poderia ter valido numerosas vezes o enforcamento, a decapitação, o confinamento nas frias cabanas de Auschwitz ou Gröss-Rosen. Mas não sabe ainda o quanto aquilo tudo vai lhe custar. Embora já tenha gasto uma fortuna, não sabe o quanto ainda terá de gastar.

Para não forçar de início a credibilidade, a história começa com um ato cotidiano de bondade – um beijo, uma voz branda, uma barra de chocolate. Helen Hirsch nunca tornaria a ver os seus 4 mil *zÂotys* – não de modo que pudessem ser contados e postos em sua mão. Mas até hoje ela considera uma questão de menor importância que Oskar fosse tão negligente na prestação de contas.

1

AS DIVISÕES BLINDADAS do General Sigmund List, rumando da Sudetenlândia para o norte, ocuparam Cracóvia, a pérola do sul da Polônia, em ambos os seus flancos, em 6 de setembro de 1939. E foi no rastro das divisões que Oskar Schindler entrou na cidade, que seria a sua ostra nos próximos cinco anos. Embora logo no primeiro mês ele tivesse demonstrado a sua antipatia pelo nacional-socialismo, ainda assim previa que Cracóvia, com a sua rede ferroviária e suas indústrias ainda modestas, seria uma cidade privilegiada pelo novo regime. Ele próprio não seria mais um simples vendedor. Seria agora um magnata.

Não é fácil de imediato descobrir na história da família de Oskar as origens do seu impulso de salvar vidas. Ele nasceu em 28 de abril de 1908, no Império Austríaco de Franz Josef, na montanhosa província de Morávia do antigo reino austríaco. Sua terra natal era a cidade industrial Zwittau, para a qual, no começo do século XVI, certas oportunidades comerciais atraíram os antepassados dos Schindler de Viena.

Herr Hans Schindler, o pai de Oskar, aprovara o regime imperial, considerava-se culturalmente um austríaco, e falava alemão à mesa, ao telefone, nas conversas de negócios, em momentos de ternura. Contudo, quando, em 1918, Herr Schindler e os membros de sua família se viram cidadãos da República Tchecoslovaca de Masaryk e Benes, circunstância que não pareceu incomodar em demasia o pai, e muito menos seu filho de 10 anos. O menino Hitler, segundo assevera o homem Hitler, já na infância atormentava-se com o abismo existente entre a unidade mística da Áustria e da Alemanha e a divisão política dos dois países. Tal neurose nunca amargurou a infância de Oskar Schindler. A Tchecoslováquia era uma pequena república tão frondosa e isolada que os cidadãos de língua alemã aceitaram sem relutância a condição de minoria, embora mais tarde a depressão e alguns desmandos governamentais tivessem provocado certos atritos.

Zwittau, terra natal de Oskar, era uma pequena cidade coberta de pó de carvão, nas faldas da cadeia de montanhas conhecida como Jeseniks. As colinas a seu redor eram em parte desmatadas pela indústria e em parte florestadas por lariços, espruces e pinheiros. Devido à comunidade *Sudetendeutschen*, que falava o alemão, havia uma escola pública alemã, frequentada por Oskar. Ali ele fez o Curso de *Realgymnasium* fundado para formar engenheiros – de mineração, mecânica, urbanismo – a fim de atender às necessidades industriais da região. O próprio Hans Schindler era proprietário de uma fábrica de maquinaria agrícola, e a educação de Oskar fora um preparo para essa herança.

A família Schindler era católica, assim como a do jovem Amon Goeth, por essa ocasião completando também o curso de Ciências e prestando exames em Viena.

Louisa, a mãe de Oskar, praticava com ardor a sua fé, e suas roupas todos os domingos conservavam o aroma do incenso, que subia em espirais de fumaça na missa da Igreja de St. Maurice. Hans Schindler era o tipo de marido que impelia a mulher para a religião.

Por seu lado, ele gostava de conhaque; de frequentar cafés. Conhaque, tabaco de qualidade e um indubitável materialismo emanavam daquele bom monarquista, Herr Hans Schindler.

A família morava numa residência moderna, cercada de jardins, do lado oposto ao da zona industrial. O casal tinha dois filhos, Oskar e Elfriede. Mas não restam testemunhas de que tenha sido um lar especialmente ditoso, exceto nos termos mais gerais. Sabemos, por exemplo, que Frau Schindler não gostava que o filho, como o pai, fosse um católico negligente.

Mas também não pode ter sido um lar amargurado. Do pouco que Oskar contava de sua infância, não havia nada de sombrio no seu passado. O sol brilha entre os pinheiros do jardim. Há ameixas maduras naquele princípio de verão. Se ele passa parte de alguma manhã de junho assistindo a uma missa, nem por isso volta para casa com mais senso do pecado. Vai tirar o carro do pai da garagem e começa a regular o motor. Ou, então, sentado num degrau dos fundos da casa, passa horas mexendo no carburador de sua motocicleta.

Oskar tinha uns poucos amigos judeus da classe média matriculados pelos pais na escola pública alemã. Esses meninos não eram retrógrados *Ashkenazim* – ortodoxos de língua iídiche – mas os filhos poliglotas, pouco dados a ritos religiosos, de comerciantes judeus. Do outro lado da Planície de Hana, nas Colinas Beskidy, nascera Sigmund Freud, filho de uma família judia do mesmo padrão, pouco antes do nascimento de Hans Schindler em Zwittau, filho de uma família de sólida origem alemã.

A história de Oskar parece sugerir algum incidente marcante em sua infância, em que ele teria tomado a defesa de um menino judeu perseguido na escola. Mas é bem pouco provável que tal fato tenha acontecido; se aconteceu, preferimos ignorar o evento, pois pareceria uma coincidência excessiva em relação a essa história. Além disso, um judeuzinho salvo de um soco no nariz nada prova. O fato é que o próprio Himmler queixaria-se, num discurso, a um dos seus *Einsatzgruppen*, que cada alemão tinha um amigo judeu. "'O povo judeu vai ser aniquilado', diz todo membro do Partido. 'Sem dúvida, faz parte do nosso programa a eliminação dos judeus, o extermínio da raça – disso nos encarregamos.' E, então, surgem oito milhões de dignos alemães, e cada qual tem o seu bom judeu. Concordam em que todos os outros são uma escória, mas aquele *seu* judeu é classe A."

Procurando ainda encontrar, à sombra de Himmler, alguma motivação para os futuros entusiasmos de Oskar, descobrimos um vizinho dos Schindler, um rabino liberal chamado Dr. Felix Kantor. O Rabino Kantor fora discípulo de Abraham Geiger, o disseminador alemão do judaísmo, que afirmava que não era crime, e até algo digno de louvor, ser ao mesmo tempo alemão e judeu. O Rabino Kantor não era um rígido erudito de aldeia. Vestia trajes modernos e falava alemão em casa. Chamava de "templo" o seu local de orações, e não pelo antigo nome de "sinagoga". O seu templo, em Zwittau, era frequentado por judeus doutores, engenheiros e proprietários de fábricas têxteis. Quando viajavam, contavam a outros comerciantes: "Nosso rabino é o Dr. Kantor – ele escreve artigos não somente para jornais judaicos em Praga e Brno, mas também para outros diários."

Os dois filhos do Rabino Kantor frequentavam a mesma escola que a do filho de seu vizinho alemão Schindler. Ambos os meninos eram inteligentes o bastante para, mais tarde, talvez, tornarem-se dois dos raros professores judeus da universidade alemã de Praga. Esses prodígios de cabelo cortado à escovinha e falando alemão corriam de calças curtas pelos jardins de verão, perseguindo e sendo perseguidos por Oskar e Elfriede. E Kantor, ao vê-los aparecer e desaparecer por entre as sebes de teixos, poderia ter pensado que tudo estava acontecendo conforme haviam previsto Geiger e Graetz e Lazarus e todos aqueles outros judeus-alemães liberais do século XIX. "Somos pessoas esclarecidas, recebidas por nossos vizinhos alemães – o Sr. Schindler chega a fazer na nossa frente comentários desabonadores sobre políticos tchecoslovacos. Somos eruditos seculares bem como intérpretes compreensivos do Talmude. Pertencemos não somente ao século XX como também a uma antiga raça tribal. Não ofendemos ninguém, e ninguém nos ofende."

Mais tarde, em meados dos anos 1930, o rabino iria rever essa previsão otimista e chegar à conclusão de que seus filhos jamais cairiam nas boas graças dos nacional-socialistas devido apenas ao diploma de um autor de filosofia em língua alemã – que não havia nenhum nivelamento de tecnologia do século XX, no qual um judeu pudesse encontrar o seu refúgio, como também jamais haveria uma espécie de rabino aceitável para os novos legisladores alemães. Em 1936, toda a família Kantor mudou-se para a Bélgica. Os Schindler nunca mais souberam deles.

RAÇA, SANGUE, SOLO pouco significavam para o adolescente Oskar. Era um desses meninos para quem um modelo de motocicleta é a coisa mais fascinante do universo. E seu pai – mecânico por temperamento – parece ter encorajado o zelo do filho por motores envenenados. No seu último ano do curso secundário, Oskar andava em disparada por Zwittau num Galloni 500cc vermelho. Erwin Tragatsch, colega de turma, via com indizível inveja o Galloni vermelho percorrer ruidosamente as ruas da cidade, atraindo a atenção dos pedestres na praça. Para os irmãos Kantor, também era um prodígio – não apenas o único Galloni na cidade, não apenas o único Galloni italiano 500cc na Morávia, mas provavelmente o único veículo desse tipo em toda a Tchecoslováquia.

Na primavera de 1928, os últimos meses de adolescência de Oskar e prelúdio de um verão em que ele se apaixonaria e decidiria casar-se, ele apareceu na praça da cidade numa Moto-Guzzi 250cc, tipo que, fora da Itália, só havia outras quatro na Europa, e mesmo essas eram de propriedade de corredores internacionais: Gissler, Hans Winkler, o húngaro Joo e o polonês Kolaczkowski. Sem dúvida, havia habitantes da cidade que abanavam a cabeça e diziam que Herr Schindler estava mimando demais o filho.

Mas aquele seria o mais doce e inocente verão de Oskar. Um rapazola apolítico com a cabeça protegida por um capacete de couro, acelerando o motor da Moto-Guzzi, disputando corridas com as equipes locais nas montanhas da Morávia, filho de uma família para quem o auge da sofisticação política era acender uma vela por Franz Josef. Logo em seguida, um casamento ambíguo, uma recessão econômica, 17 anos de uma política trágica o aguardavam. Mas, na sua face, nenhuma premonição, apenas o rosto achatado pelo vento de um corredor que – por ser um novato, por não ser um profissional, por ter ainda os seus recordes a estabelecer – tem mais condições de pagar o preço do que os mais velhos, os profissionais, os corredores que precisam superar as próprias marcas.

A primeira competição de Oskar deu-se em maio, a corrida de montanha entre Brno e Sobeslav. Era uma corrida de alta categoria, e assim pelo menos o brinquedo caro que o próspero Herr Hans Schindler dera ao filho não enferrujaria numa garagem. O rapaz chegou em terceiro lugar em sua Moto-Guzzi vermelha, atrás de dois Terrots que haviam sido "envenenados" com motores ingleses Blackburne.

Na competição seguinte, ele afastou-se ainda mais de sua cidade, indo correr no circuito de Altvater, nas montanhas da fronteira saxônia. Walfried Winkler, o campeão alemão de 250cc, participou da corrida, assim como seu veterano rival Kurt Henkelmann, num DKW refrigerado a água. Todos os corredores saxões da maior categoria – Horowitz, Kocher e Kliwar – eram participantes; estavam de volta os Terrot-Blackburnes e alguns Coventry Eagles. Havia três Moto-Guzzis, entre as quais a de Oskar Schindler, bem como os corredores mais destacados da classe 350cc e um BMW 500cc.

Aquele dia foi quase o melhor, o mais perfeito da carreira de Oskar. Manteve-se logo atrás dos primeiros colocados durante as etapas iniciais da corrida, esperando para ver o que aconteceria. Ao cabo de uma hora, Winkler, Henkelmann e Oskar tinham deixado para trás os saxônios, e as outras Moto-Guzzis abandonaram a corrida por causa de falhas mecânicas. No que Oskar supunha ser a penúltima etapa, ele ultrapassou Winkler e deve ter sentido, algo tão palpável quanto o chão e a rápida visão de pinheiros, a iminência de sua carreira como corredor de uma equipe de fábrica e a vida de constantes viagens que isso iria lhe proporcionar.

Então, no que presumiu ser a última etapa, Oskar ultrapassou Henkelmann e ambos os DKWs, cruzou a linha e reduziu a velocidade. Deve ter havido algum sinal equivocado dos dirigentes, porque o público também pensou que a corrida estava encerrada. Quando Oskar se deu conta de que a prova não terminara – que ele cometera um erro de amador – Walfried Winkler e Mita Vychodil já o haviam ultrapassado, e até o exausto Henkelmann conseguira fazê-lo perder o terceiro lugar.

Em casa, recebeu as honras de campeão. Exceto por um problema técnico, vencera os melhores corredores da Europa.

Tragatsch presumiu que razões de ordem econômica encerraram a carreira de Oskar como corredor de motocicleta. Isso é bem provável, pois, naquele verão, depois de um namoro de apenas seis semanas, ele casou-se precipitadamente com a filha de um fazendeiro, e por isso perdeu o apoio do pai, que era também seu patrão.

A jovem com quem Oskar se casou nasceu numa aldeia a leste de Zwittau, na Planície de Hana. Educara-se num convento e tinha um jeito discreto, qualidade que Oskar admirava em sua própria mãe. O pai da moça era viúvo e não era nenhum camponês rude, mas um fazendeiro educado. Na Guerra dos Trinta Anos, os antepassados austríacos da família conseguiram sobreviver às constantes batalhas e devastações, que assolavam aquela planície fértil. Três séculos mais tarde, numa nova era de perigos, a jovem descendente da família aceitou um malcombinado casamento com um rapaz inexperiente de Zwittau. Tanto o pai da noiva como o de Oskar foram contra o enlace.

Hans não gostou, pois notava que Oskar repetira o erro do seu próprio casamento. Um marido sensual, de temperamento aberto, procurando cedo demais na vida a paz ao lado de uma jovem educada em convento, gentil, desprovida de sofisticações.

Oskar conhecera Emilie numa festa em Zwittau. Ela estava de visita a amigos de sua aldeia de Alt-Molstein. Oskar conhecia a aldeia, pois já estivera vendendo tratores naquela região.

Quando correram os proclamas do casamento nas paróquias de Zwittau, alguns consideram o casal tão discrepante que começaram a procurar naquela união outros motivos que não o amor. É possível que já naquele verão a fábrica de maquinaria agrícola de Schindler estivesse em má situação, pois era ligada à manufatura de tratores a vapor de um tipo considerado obsoleto pelos agricultores. Oskar estava aplicando grande parte de seu salário no negócio, e agora – com Emilie – receberia um dote de meio milhão de *reichsmarks* (RM)*, capital nada desprezível em qualquer situação. Tais suspeitas, porém, não tinham fundamento, pois naquele verão Oskar estava apaixonado. E, como o pai de Emilie não via razões para crer que o rapaz se estabeleceria e seria um bom marido, pagou apenas uma fração do meio milhão do dote.

Quanto a Emilie, encantava-a a ideia de se ver livre da monótona Alt-Molstein, casando-se com o bonito Oskar Schindler. O amigo mais íntimo de seu pai fora o maçante padre da paróquia; Emilie crescera servindo-lhes chá e ouvindo-lhes apreciações ingênuas sobre política e teologia. Se ainda estivéssemos procurando conexões judaicas importantes, encontraríamos algumas na infância de Emilie – o médico da aldeia, que tratava de sua avó, e Rita, neta de Reif, dono de um armazém. Em uma de suas visitas à casa da fazenda, o padre dissera ao pai de Emilie que não convinha uma menina católica manter uma amizade mais estreita com uma judia. Emilie resistiu ao veredito do padre. A amizade com Rita Reif sobreviveria até certo dia de 1942, quando nazistas executaram Rita diante do armazém.

DEPOIS DE CASADOS, Oskar e Emilie instalaram-se num apartamento em Zwittau. Para Oskar, a década de 1930 deve ter parecido um mero epílogo para seu glorioso equívoco na corrida da Altvater, no verão de 1928.

Fez seu serviço militar no Exército tchecoslovaco e, embora isso lhe proporcionasse a chance de dirigir um caminhão, logo descobriu que odiava a vida militar – não por motivos pacifistas, mas por causa do desconforto. De volta ao lar em Zwittau, ele abandonava Emilie noites a fio para ficar até tarde em cafés, como se fosse solteiro, conversando com moças que não eram nem discretas nem educadas em conventos. Em 1935, o negócio da família foi à falência, e nesse mesmo ano o pai de Oskar abandonou Frau Louisa Schindler e passou a morar num apartamento. Oskar odiou-o por isso e passou a falar mal do pai, nos chás na casa de suas tias. Até mesmo nos cafés, ele denunciava a traição de seu pai perante uma boa esposa. Ao que parece, Oskar não enxergava a semelhança entre o casamento fracassado dos pais e o seu próprio em vias de fracassar.

Devido aos seus bons contatos comerciais, sua sociabilidade, seu talento para vendas e a capacidade que tinha de beber sem se embriagar, apesar de o país estar em plena depressão, Oskar conseguiu um emprego de gerente de vendas na Moravian Electrotechnic. O escritório central da companhia ficava na melancólica capital provinciana de Brno, e Oskar viajava todos os dias entre Brno e Zwittau.

Gostava da sua vida de viajante. Era em parte o destino que prometera a si mesmo, ao ultrapassar Winkler no circuito de Altvater.

Quando sua mãe faleceu, ele retornou às pressas a Zwittau e se postou junto às tias, à irmã Elfriede, e à mulher Emilie, de um lado da sepultura, enquanto o traidor Hans mantinha-se isolado, ao lado do padre, na cabeceira do caixão. A morte de Louisa viera cimentar a inimizade entre Oskar e Hans. Não ocorria a Oskar – só as mulheres o percebiam – que ambos eram na realidade dois irmãos separados pelo acidente da paternidade.

Na ocasião do funeral, Oskar usava o emblema *Hakenkreuz* do Partido Sudeto Alemão de Konrad Henlein. Tanto as tias como Emilie desaprovavam esse procedimento mas não com muita convicção, pois era algo que a maioria dos jovens alemães de origem tcheca usava naquela estação. Somente os social-democratas e os comunistas não exibiam o emblema, ou não eram membros do partido de Henlein, e Deus sabe que Oskar não era nem comunista nem social-democrata, mas, sobretudo, um vendedor. A verdade é que, quando se buscava um gerente de companhia alemã, a vista do emblema decidia favoravelmente o negócio. Contudo, mesmo com o seu livro de encomendas aberto e o lápis fazendo rápidas anotações, também Oskar – em 1938, nos meses que precederam a invasão da Sudetenlândia pelas divisões alemãs – sentiu que estava-se dando uma grande mudança na história, e deixou-se seduzir pela ideia de participar daquela transformação.

Fossem quais fossem seus motivos para aderir a Henlein, parece que, tão logo as divisões penetraram na Morávia, ele teve uma desilusão imediata com o nacional-socialismo, tão grande e rápida quanto a desilusão que sentira após o casamento. Talvez acreditasse que a potência invasora permitisse a fundação de uma fraternal República Sudeta. Mais tarde, ele revelaria o quanto o horrorizara o tratamento do novo regime à população tcheca, incluindo a desapropriação de bens. Seus primeiros atos documentados de rebeldia ocorreriam logo no início do conflito mundial, e não resta dúvida de que o Protetorado da Boêmia e Morávia, proclamado por Hitler, no Castelo de Hradschim, em março de 1939, deixou-o surpreso por essa clara e imediata exibição de tirania.

Além disso, as duas pessoas cujas opiniões ele mais respeitava – Emilie e Hans – não se deixaram enganar pela grandiosa hora teutônica e ambos acharam que Hitler não alcançaria os seus fins. A opinião dos dois não era fundamentada, tampouco era a de Oskar. Emilie simplesmente acreditava que Hitler seria punido por querer assumir o papel de Deus. Herr Schindler pai, cuja posição fora transmitida a Oskar por intermédio de uma de suas tias, argumentava com princípios históricos básicos. Bem nas imediações de Brno ficava o trecho do rio onde Napoleão vencera a Batalha de Austerlitz. E que destino tivera o triunfal Napoleão? Tornara-se um indivíduo sem importância, plantando batatas numa ilha distante no meio do oceano Atlântico. O mesmo aconteceria àquele sujeito. O destino, segundo Herr Schindler pai, não era uma corda infindável. Era um pedaço de elástico. Quanto mais se esticava para a frente, mais violentamente se era jogado para trás. Era isso que a vida, um casamento fracassado e a falência econômica tinham ensinado a Herr Hans Schindler.

Mas seu filho, Oskar, talvez não fosse ainda um inimigo definido do novo regime. Certa noite, naquele outono, Herr Schindler filho compareceu a uma festa em um sanatório nas colinas que circundavam Ostrava, próximo da fronteira polonesa. A anfitriã era a diretora do sanatório, cliente e amiga de Oskar. Ela o apresentou a um bem-apessoado alemão chamado Eberhard Gebauer. Os dois conversaram sobre negócios e as futuras e previsíveis participações da Inglaterra, França e Rússia. Depois se retiraram, com uma garrafa, para um quarto vazio, por sugestão de Gebauer, a fim de poderem falar com mais franqueza. Foi então que Gebauer se identificou como oficial do serviço de inteligência *Abwehr*, do Almirante Canaris, e ofereceu ao seu novo conhecido a chance de trabalhar para a Seção Exterior da *Abwehr*. Oskar tinha contatos comerciais na Polônia, em toda a Galícia e na Silésia. Estaria ele disposto a dar à *Abwehr* informações militares daquela região? Gebauer disse que soubera, por intermédio de sua amiga anfitriã, que Oskar era inteligente e sociável. Graças a esses dons, ele poderia realizar um bom trabalho, não somente fazendo suas próprias observações no tocante a instalações industriais e militares da região, mas também recrutando poloneses germânicos, em restaurantes e bares, ou mesmo em contatos comerciais.

Os apologistas do jovem Oskar poderiam dizer, mais uma vez, que ele aceitou trabalhar para Canaris porque, como agente da *Abwehr*, ficava isento de servir no Exército. Era esse em grande parte o atrativo da proposta. Mas ele também deve ter acreditado que seria bom um avanço alemão na Polônia. Como o elegante oficial bebendo sentado na cama a seu lado, o nacional-socialismo ainda devia merecer a aprovação de Oskar, apesar de ele não concordar com a maneira como o movimento estava sendo conduzido. Talvez Gebauer exercesse certo fascínio moral sobre Oskar, pois ele e seus colegas da *Abwehr* se consideravam uma honesta elite cristã. Embora essa posição não os impedisse de planejar uma invasão militar na Polônia, permitia-lhes sentir desprezo por Himmer e os SS, com quem eles acreditavam sofismadamente estar em competição para controlar a alma da Alemanha.

Mais tarde, um bem diferente grupo do serviço de inteligência consideraria os informes de Oskar dignos de elogios. Em suas viagens à Polônia pela *Abwehr*, ele revelava um dom para extrair informações das pessoas, sobretudo em ambientes sociais, em uma mesa de jantar, em coquetéis. Não sabemos a natureza exata ou a importância do que Oskar apurava para Gebauer e Canaris, mas ele acabou gostando muito de Cracóvia e descobriu que, embora se tratasse de uma grande concentração industrial, era também uma linda cidade medieval, cercada por metalúrgicas e indústrias têxteis e químicas.

Quanto ao desmotorizado Exército polonês, os seus segredos eram bem visíveis.

2

EM FINS DE OUTUBRO de 1939, dois jovens oficiais graduados entraram na loja de J.C. Buchheister & Co., na Rua Stradom, em Cracóvia, e insistiram em comprar algumas peças de um tecido caro que queriam remeter para a Alemanha. O vendedor judeu atrás do balcão, com uma estrela amarela costurada no peito, explicou que Buchheister não vendia diretamente ao público, mas, sim, a fábricas de roupas e varejistas. Os militares não se deixaram dissuadir. Quando chegou o momento de pagar a compra, eles maldosamente a saldaram com uma cédula bávara de 1858 e um vale de ocupação do Exército alemão datado de 1914. "Dinheiro perfeitamente válido", afirmou um deles ao contador judeu. Os dois eram rapazes de aspecto saudável, tendo passado toda a primavera e o verão em manobras, alcançando logo no início do outono um triunfo fácil e, mais tarde, toda liberdade de ação de conquistadores numa cidade afável. O vendedor concordou com a transação e esperou que eles saíssem da loja para guardar o dinheiro na caixa registradora.

Mais tarde, no mesmo dia, um jovem gerente alemão de contabilidade, funcionário da astuciosamente chamada Agência de Crédito do Leste, nomeado para requisitar e dirigir negócios dos judeus, visitou a loja. Era um dos dois funcionários alemães destacados para a Buchheister. O primeiro chamava-se Sepp Aue, o supervisor, homem de meia-idade, sem maiores ambições, e o segundo era aquele tipo cara de pau. O rapaz inspecionou os livros e a caixa registradora. Apanhou o dinheiro sem valor. O que significava aquele dinheiro de ópera bufa?

O vendedor judeu narrou a história; o jovem gerente de contabilidade acusou-o de ter substituído *o zÂoty* atual pelas velhas notas. Mais tarde, ainda naquele mesmo dia, subindo ao escritório da companhia no andar de cima, o cara de pau informou a Sepp Aue sobre o ocorrido e disse que deviam chamar a *Schutzpolizei*.

Tanto Herr Aue quanto o jovem contador sabiam que o resultado de tal providência seria o vendedor judeu ser levado para a prisão da SS na Rua Montelupich. O contador cara de pau achava que tal procedimento seria um excelente exemplo para os outros empregados judeus da Buchheister. Mas a ideia perturbou Aue, que tinha um ponto fraco secreto: uma de suas avós era judia, embora ninguém ainda o houvesse descoberto.

Aue mandou um contínuo levar uma mensagem ao chefe contador da companhia, um judeu-polonês chamado Itzhak Stern, que estava em casa, acamado com gripe. Aue fora nomeado para o cargo por questões políticas e pouca experiência tinha de contabilidade. Queria que Stern comparecesse ao escritório para resolver o impasse das peças de linho. Tinha acabado de mandar o recado para a casa de Stern em Podgórze, quando seu secretário entrou no escritório e anunciou que um certo Herr Oskar Schindler estava esperando lá fora, sob a alegação de que tinha um encontro marcado. Aue foi até a antessala e deparou-se com um rapaz alto, plácido como um grande cachorro, fumando tranquilamente. Os dois tinham-se conhecido numa festa na noite anterior. Na ocasião, Oskar estava acompanhado de uma alemã sudeta chamada Ingrid, *Treuhänder*, ou supervisora, de uma companhia judaica de ferragens, da mesma forma que Aue era o *Treuhänder* da Buchheister. Os dois formavam um casal glamouroso, Oskar e a sudeta, elegantes, francamente apaixonados um pelo outro, com muitos amigos na *Abwehr*.

Herr Schindler estava tentando fazer carreira em Cracóvia.

– Têxteis? – sugerira Aue. – Não se trata apenas de uniformes. O mercado doméstico polonês é bastante amplo e expandido para sustentar a todos nós. Convido-o a visitar a Buchheister – propusera ele a Oskar na festa, sem saber o quanto iria lamentar no dia seguinte a sua camaradagem alcoolizada.

Schindler podia perceber que Herr Aue possivelmente lamentava o seu convite da véspera.

– Se não for conveniente, *Herr Treuhänder,* sugeriu Oskar...

Herr Aue negou com veemência, e levou Schindler para visitar o depósito e, do outro lado do pátio, a divisão de tecelagem, onde grandes rolos de tecido corriam nas máquinas. Schindler perguntou se o *Treuhänder* tivera problemas com os poloneses. Não, respondeu Sepp, os poloneses cooperavam. Um pouco espantados, talvez. Afinal, não se tratava de uma fábrica de munições.

Schindler tão obviamente tinha o ar de um homem com boas conexões que Aue não pôde resistir à tentação de testá-lo. Conhecia Oskar pessoas da Junta Suprema de Armamentos? Conhecia, por exemplo, o General Julius Schindler? Talvez o General Schindler fosse um parente seu?

Isso não faz nenhuma diferença, respondera Schindler, conciliatório. (Na verdade, o General Schindler não tinha parentesco algum com ele.) Comparado a outros, o general não era tão mau sujeito, observara Oskar.

Aue concordou. Mas ele próprio nunca teria a oportunidade de jantar ou tomar um drinque com o General Schindler; essa era a diferença.

Os dois retornaram ao escritório, encontrando no caminho Itzhak Stern, o contador-chefe da Buchheister, que aguardava sentado numa cadeira fornecida pelo secretário de Aue, assoando o nariz e procurando conter acessos de tosse. Ele se pôs de pé, colocou as mãos uma sobre a outra no peito e, com olhos imensos, viu os dois conquistadores se aproximarem, passarem na sua frente e entrarem no escritório. Ali Aue ofereceu um drinque a Schindler e depois, pedindo licença, deixou-o junto à lareira e saiu para falar com Stern.

Stern era muito magro; havia nele certo ar de fria erudição. Tinha as maneiras de um erudito talmúdico e também de intelectual europeu. Aue contou-lhe a história do vendedor e dos dois militares e o que o jovem contador alemão tinha presumido. Depois, tirou do cofre a cédula bávara de 1858 e o vale de ocupação de 1914.

– Julguei que talvez o senhor tivesse estabelecido um método de contabilização para resolver uma situação como esta – disse Aue. – Devem estar acontecendo muitos casos análogos agora em Cracóvia.

Stern pegou as cédulas e examinou-as. Sim, declarou ele, realmente tinha um método para solucionar o problema. E, sem sorrir ou piscar um olho, aproximou-se da lareira na extremidade da sala e atirou as cédulas no fogo.

– Anoto essas transações na coluna de lucros e perdas sob o título de "amostras grátis" – completou ele. (Havia muitas amostras grátis desde setembro.)

Aue gostou do estilo seco e eficiente de Stern para resolver impasses legais. Começou a rir, ante as feições magras do contador, as complexidades da própria Cracóvia, a sagacidade provinciana de uma cidade pequena. Só um habitante do lugar saberia como agir. No escritório, Herr Schindler continuava sentado, necessitando de informações locais.

Aue fez Stern entrar no escritório do gerente para conhecer Herr Schindler, que se pusera de pé junto à lareira, segurando distraidamente um cantil aberto. A primeira coisa que Stern pensou foi: "Esse não é um alemão fácil de manipular". Aue usava o emblema do seu *Führer*, uma *Hakenkreuz* em miniatura, com certa displicência, como se se tratasse de um emblema de clube de ciclismo. Mas o emblema de Schindler era do tamanho de uma moeda e refletia a luz do fogo em sua superfície esmaltada de preto. Esse detalhe, e o aspecto saudável do rapaz eram bem os símbolos dos desgostos outonais de Stern, um judeu-polonês gripado.

Aue fez as apresentações. De acordo com o edital já emitido pelo Governador Frank, Stern declarou de saída:

– Tenho a dizer-lhes, senhor, que sou judeu.

– Muito bem – resmungou Herr Schindler. – Pois eu sou alemão. E aqui estamos nós!

"Muito bem", quase repetiu Stern por trás de seu lenço encharcado. "Nesse caso, revogue o edital."

Pois Itzhak Stern era um homem – mesmo naquele momento, apenas sete semanas após ter sido instalada a Nova Ordem na Polônia – submetido não somente a um, mas a muitos editais. Hans Frank, Governador-Geral da Polônia, já havia programado e assinado seis editais restritivos, deixando outros para o seu governador distrital, Dr. Otto Wächter, um *Gruppenführer* (equivalente a major-general), implementar. Stern, além de declarar sua origem, tinha também de carregar consigo um cartão de registro marcado com uma listra amarela. As Ordens do Conselho, proibindo o preparo de *Kosher* de carnes e determinando trabalhos forçados para judeus, já estavam em vigor havia três semanas, no momento em que Stern tossia diante de Schindler. E a ração oficial de Stern como *Untermensch* (subumano) era pouco mais do que a metade da ração de um polonês não judeu, embora este último fosse também considerado *Untermensch*.

Finalmente, obedecendo a um edital de 8 de novembro, tinha-se iniciado o registro geral de todos os judeus-cracovianos, que deveria encerrar-se no dia 24.

Stern, com o seu espírito calmo e abstraído, sabia que os editais continuariam, restringindo cada vez mais sua vida e sua própria respiração. A maioria dos judeus de Cracóvia aguardava essa onda de editais. Haveria mais transtornos na vida cotidiana – judeus dos *shtetls* trazidos para a cidade a fim de escavar carvão; intelectuais enviados ao campo para colher beterrabas. Haveria também matanças esporádicas por algum tempo, como a de Tursk, quando uma unidade de artilharia da SS mantivera um grupo de pessoas trabalhando o dia inteiro numa ponte e, depois, as conduzira à noite para a sinagoga da aldeia, onde as fuzilara. De quando em quando, ocorriam casos semelhantes. Mas a situação seria contornada: a raça sobreviveria por meio de petições ou subornando as autoridades. Era um velho processo que funcionava desde o Império Romano e continuaria funcionando. No final das contas, as autoridades civis necessitavam dos judeus, sobretudo numa nação em que havia um judeu para cada onze pessoas.

Entretanto, Stern não se mostrava otimista. Não presumia que a legislação logo se estabeleceria num plano de severidade negociável. Pois aqueles eram os tempos mais difíceis de suportar. Assim, embora soubesse que a onda vindoura seria diferente, tanto em substância como em grau de intensidade, já previa um futuro bastante sombrio e pensava: "É muito fácil para você, Herr Schindler, ter pequenos gestos generosos de igualdade..."

– Este homem – disse Aue, apresentando Itzhak Stern – é o braço direito de Buchheister. Tem boas relações na comunidade dos negócios, na Cracóvia.

Não cabia a Stern discutir a opinião de Aue. Ainda assim, pensou que talvez o *Treuhänder* estivesse dourando a pílula para o distinto visitante.

Aue pediu licença para sair da sala.

A sós com Stern, Schindler murmurou que ficaria grato se o contador pudesse dizer-lhe o que sabia do comércio local. Testando Oskar, Stern sugeriu que talvez Herr Schindler devesse dirigir-se aos funcionários da Agência de Crédito.

– Não passam de ladrões – retorquiu Herr Schindler. – E também são burocratas. Eu gostaria de certa amplitude. – Depois encolheu os ombros. – Sou um capitalista por temperamento e não gosto de me sujeitar a regulamentações.

Assim, Stern e o capitalista declarado começaram a conversar. E Stern provou ser uma boa fonte; parecia ter amigos ou parentes em todas as fábricas de Cracóvia – têxteis, roupas, confeitos, marcenaria, artigos de metal. Herr Schindler ficou impressionado e tirou um envelope do bolso do paletó.

– Conhece uma companhia chamada Rekord? – perguntou ele.

Itzhak Stern conhecia. Estava falida. Fabricava artigos esmaltados. Desde a falência, algumas das máquinas de prensar metais haviam sido confiscadas, e agora, praticamente inativa, produzia – sob a administração de um parente dos antigos donos – mera fração de sua capacidade. O seu próprio irmão, continuou Stern, representava uma companhia suíça que era uma das principais credoras da Rekord. Stern sabia que era permitido revelar certo grau de orgulho fraterno e em seguida mostrar desaprovação.

– A fábrica era muito mal administrada – completou.

Schindler deixou cair o envelope no colo de Stern.

– Este é o balancete deles. Diga-me qual é a sua opinião.

Stern alegou que evidentemente Herr Schindler devia obter também o parecer de outros.

– Sim, é claro – respondeu Oskar.– Mas apreciaria muito a sua opinião.

Stern leu rapidamente o balancete; após uns três minutos de estudo, sentiu um estranho silêncio no escritório e ergueu os olhos; Herr Oskar Schindler fitava-o atentamente.

Havia, por natureza, em homens como Stern um dom ancestral de reconhecer um bom *goy*, que podia ser usado como para-choque ou refúgio parcial contra a truculência de outros. Era um instinto que lhe indicava uma zona potencial de proteção. E, daquele momento em diante, a possibilidade de Herr Schindler ser um refúgio permearia a conversa, como uma vislumbrada e intangível promessa sexual pode permear a conversa entre um homem e uma mulher numa reunião social. Era uma sugestão da qual Stern tinha mais consciência do que Schindler, e nada de explícito seria dito, no receio de prejudicar um esboço de relação.

– É um negócio perfeitamente viável – disse Stern. – O senhor podia conversar com o meu irmão. E, agora, é claro, existe a possibilidade de contratos militares...

– Exatamente – murmurou Herr Schindler.

Pois quase no mesmo instante após a queda de Cracóvia, mesmo antes de terminar o cerco de Varsóvia, o Governo-Geral da Polônia tinha criado uma Inspetoria de Armamentos, cuja função era assinar contratos com fabricantes adequados para o fornecimento de equipamentos ao Exército. Numa fábrica como a Rekord, era possível fabricar utensílios para rancho e cozinha de campanha. Stern sabia que a Inspetoria de Armamentos era chefiada pelo general de divisão Julius Schindler da *Wermacht*. Era o general aparentado com Herr Oskar Schindler?, perguntara Stern. Infelizmente não, respondera Schindler, mas dando a entender que preferia que Stern guardasse segredo sobre a revelação.

De qualquer forma, continuou Stern, a produção precária da Rekord estava rendendo mais de meio milhão de *zÂotys* por ano, máquinas novas prensadoras de metal e fornos podiam ser adquiridos com relativa facilidade. Tudo dependia do acesso de Herr Schindler a créditos.

Ferro esmaltado, disse Schindler, era mais da sua alçada do que têxteis. Suas atividades anteriores foram no ramo de máquinas agrícolas e ele entendia de prensadoras a vapor e similares.

Não ocorreu mais a Stern perguntar por que um elegante empresário alemão desejava conversar com ele sobre opções de negócios. Encontros como aquele ocorreram em toda a história de seu povo, e não eram bem explicados como transações normais de negócios. Estendeu-se mais em suas observações, explicando como a Corte Comercial iria estabelecer uma remuneração para o arrendamento da massa falida. Arrendamento com uma opção para compra – era melhor do que ser um *Treuhänder*. Um *Treuhänder,* mero supervisor, ficava totalmente sob o controle do Ministério das Finanças.

Stern baixou a voz e arriscou-se a dizer:

– O senhor sofrerá restrições quanto aos empregados que lhe será permitido contratar...

– Como sabe disso tudo? – perguntou Schindler. – A respeito de intenções finais?

– Li num exemplar do *Berliner Tageblatt*. Ainda é permitido a um judeu ler jornais alemães.

Schindler pôs-se a rir, estendeu a mão e pousou-a no ombro de Stern.

– Tem certeza disso tudo? – perguntou ele.

Na realidade, Stern sabia dessas coisas porque Aue recebera uma ordem do Secretário de Estado do Reich, Eberhard von Jagwitz, do Ministério das Finanças, delineando as providências a serem adotadas para "arianizar" o comércio. Aue deixara a cargo de Stern analisar o memorando. Von Jagwitz informara mais com tristeza do que com raiva que haveria pressão da parte de outras agências do Governo e do Partido, tais como a RHSA de Heydrich, ou do Escritório Central de Segurança do Reich, para arianizar não apenas os proprietários de companhias, mas também a administração e a mão de obra. Quanto mais depressa os *Treuhänders* conseguissem extirpar empregados judeus especializados, tanto melhor – sempre, naturalmente, levando em conta a manutenção da produção em um nível aceitável.

Finalmente, Schindler tornou a pôr no bolso os balancetes da Rekord, levantou-se e conduziu Itzhak Stern para a sala principal do escritório da companhia. Os dois ficaram parados ali por algum tempo, em meio aos datilógrafos e funcionários, discutindo filosoficamente, como era hábito de Oskar. Foi ali que ele abordou a questão de o cristianismo ser baseado no judaísmo, assunto que, por algum motivo, talvez mesmo por causa de sua amizade de infância com os Kantor, em Zwittau, o interessava. Chegara mesmo a publicar artigos em jornais sobre religião comparativa. Oskar, que equivocadamente se julgava um filósofo, tinha encontrado um entendido no assunto. Stern, um erudito que alguns consideravam pedante, julgou a tese de Oskar superficial, uma mente benigna por natureza, sem muita capacidade conceitual, porém. Não que Stern estivesse disposto a lamentar-se. Estabelecera-se com firmeza entre os dois uma divergente amizade. A Stern ocorreu uma analogia, como ao próprio pai de Oskar, com relação a impérios anteriores, e ele expôs suas próprias razões para acreditar que Adolf Hitler não teria êxito em seu intento.

Essa opinião escapou da boca de Stern antes de ele ter tempo de reprimi-la. Os outros judeus no escritório baixaram a cabeça e mantiveram os olhos pregados no seu trabalho. Schindler não pareceu perturbado com o comentário.

Mais para o final da conversa dos dois, Oskar disse algo que era uma novidade. Em épocas como essa, observou ele, devia ser difícil para as igrejas continuar dizendo aos fiéis que o seu Pai do Céu se preocupava até com a morte de um mísero pardal. Herr Schindler acrescentou que detestaria ser padre nos dias de hoje, quando uma vida tinha menos valor do que um maço de cigarros. Stern concordou, mas citou, no espírito moral da discussão, que a referência bíblica de Schindler poderia ser resumida num verso talmúdico que dizia: "aquele que salva a vida de um homem salva a vida do mundo inteiro".

– É óbvio, é óbvio – murmurou Oskar Schindler.

Com ou sem razão, Itzhak sempre acreditou que foi naquele momento que ele deixou cair a semente que germinaria no espírito de Oskar.

3

EXISTE OUTRO JUDEU da Cracóvia que relata um encontro com Schindler naquele outono – e de como quase o matou. O nome desse homem é Leopold (Poldek) Pfefferberg. Era comandante de uma companhia do Exército polonês durante a recente e trágica campanha. Depois de sofrer um ferimento na perna na batalha pelo Rio San, ele andara mancando pelo hospital polonês em Przemysl, ajudando os outros feridos. Não era médico, mas professor de educação física, formado na Universidade de Cracóvia e, por isso, tinha algum conhecimento de anatomia. Alegre, cheio de confiança em si, tinha 27 anos e constituição vigorosa.

Juntamente com algumas centenas de outros oficiais poloneses capturados, Pfefferberg estava a caminho da Alemanha, quando o seu trem parou em sua cidade natal, Cracóvia, e os prisioneiros foram transferidos para a sala de espera da primeira classe, a fim de ali ficarem à espera do novo transporte. A casa dele ficava a uns dez quarteirões da estação. Rapaz de espírito prático, parecia-lhe inadmissível que não conseguisse ir até a Rua Pawia para apanhar o bonde, que o deixaria em casa. O guarda de aspecto rústico da *Wehrmacht* à porta parecia uma provocação.

Pfefferberg trazia no bolso um documento assinado pelo diretor do hospital alemão em Przemysl, declarando que ele tinha licença de se locomover pela cidade em ambulâncias, cuidando dos feridos em ambos os exércitos. O documento era bastante formal, selado e assinado. Pfefferberg resolveu exibi-lo ao guarda.

– Sabe ler alemão? – perguntou Pfefferberg.

Esse tipo de manobra tinha de ser executada de modo certeiro. Era preciso ser jovem e persuasivo; sustentar, inabalado pela derrota sumária, um ar de segurança típico da natureza polonesa – algo que corria nas veias de oficiais poloneses, até mesmo entre os raros judeus que ingressaram no exército.

– Claro que posso ler alemão – declarou o guarda, piscando os olhos. Mas depois de pegar o documento e segurá-lo como quem não sabe em absoluto ler – segurá-lo como se fosse um pedaço de pão, ouviu de Pfefferberg a explicação de que aquele documento lhe dava o direito de sair para cuidar de enfermos. Só o que o guarda podia ver era uma proliferação de carimbos oficiais. Um documento e tanto. Com um gesto de cabeça, ele indicou a porta.

Nessa manhã, Pfefferberg era o único passageiro do bonde. Não eram ainda 6 horas. O condutor recebeu sem comentário o valor da passagem, pois na cidade ainda havia muitas tropas polonesas que a *Wehrmacht* não tinha classificado. Os oficiais eram apenas obrigados a se registrarem.

O bonde fez a volta do Barbakan, atravessou os portões da antiga muralha, desceu a Rua Florianska rumo à Igreja de Santa Maria, cruzou a praça central, e em cinco minutos chegava à Rua Grodzka. Ao se aproximar do apartamento de seus pais no nº 48, ele saltou do bonde, como fazia desde menino, antes de acionarem os freios, e deixou que o impulso do salto, acrescido pelo do bonde, o projetasse com um ruído surdo contra o batente da porta.

Após sua fuga, Poldek tinha vivido com relativo conforto em apartamento de amigos, visitando de vez em quando o apartamento da Rua Grodzka. As escolas israelitas abriram por um breve tempo

– tornariam a ser fechadas após seis semanas – e ele chegou a voltar ao seu emprego de professor. Tinha certeza de que a Gestapo levaria algum tempo para encontrá-lo, e por isso requereu carnês de ração. Começou também a negociar com joias – por conta própria – no mercado paralelo, que operava na praça central de Cracóvia, nas arcadas do Sulkiennice e sob as torres desiguais na Igreja de Santa Maria. O comércio era ativo entre os próprios poloneses e mais ainda, porém, para os judeus-poloneses. Os carnês de ração que recebiam, cheios de cupons pré-cancelados, davam-lhes direito a apenas dois terços da carne e metade da manteiga que eram distribuídos aos cidadãos arianos, ao passo que *todos* os cupons de chocolate e arroz vinham cancelados. E, assim, o mercado paralelo que operara durante séculos de ocupação e nas poucas décadas de autonomia polonesa, tornou-se o alimento, a fonte de renda e o meio mais disponível de resistência para respeitáveis cidadãos burgueses, sobretudo para os que, como Leopold Pfefferberg, sabiam agir nas ruas.

Presumiu que logo estaria viajando pelas trilhas de esqui em torno de Zakopane nos Tatras, cruzando a fina faixa de terra da Eslováquia rumo à Hungria ou à Romênia. Estava bem equipado para a jornada, pois tinha sido membro do time polonês de esqui. Numa das prateleiras mais altas do fogão de porcelana, no apartamento de sua mãe, ele escondera uma elegante pistolinha 22 – arma que lhe serviria tanto para a fuga planejada como no caso de ser acuado pela Gestapo dentro do apartamento.

Com a sua pistolinha de cabo de madrepérola, Pefeffeberg quase matou Oskar Schindler num frio dia de novembro. Vestido com um terno de jaquetão, com o emblema do Partido na lapela, Schindler decidira ir procurar a Sra. Mina Pfeffeberg, mãe de Poldek, para lhe propor um trabalho. As autoridades de habilitação do Reich haviam reservado a ele um moderno e bonito apartamento na Rua Straszewskiego, antes propriedade dos Nussbaum, uma família judaica. Essas desapropriações ocorriam sem qualquer indenização para o ex-proprietário. No dia em que Oskar foi procurar a Sra. Mina Pfeffeberg, ela própria estava temerosa de que o mesmo fosse acontecer com o seu apartamento na Rua Grodzka.

Vários amigos de Schindler afirmariam mais tarde – embora não fosse possível prová-lo – que Oskar tinha ido procurar os Nussbaum expulsos de sua moradia na Rua Podgórze e lhes dera uma quantia de quase 50 mil *zÂotys* como compensação. Com esse dinheiro, ao que se supõe, os Nussbaum compraram a sua fuga para a Iugoslávia. Os 50 mil *zÂotys* significavam uma marcante divergência; antes do Natal, Oskar teria outros gestos similares de divergência para com o regime. Na verdade, alguns amigos diriam que a generosidade era uma doença em Oskar, um impulso frenético, uma de suas paixões. Costumava dar a motoristas de táxi gorjetas que eram o dobro do que marcava o relógio. Mas é preciso notar também que ele considerava injustas as autoridades de habitação do Reich e disse isso a Stern, não quando o regime começou a ter problemas, mas já naquele outono tão favorável aos nazistas.

De qualquer forma, a Sra. Pfefferberg não tinha a menor ideia do que viera fazer em seu apartamento o alto e elegante alemão. Teria vindo bater à sua porta à procura de Poldek, que no momento estava escondido na cozinha? Ou quem sabe para se apossar do apartamento e do negócio de decoração da Sra. Pfeffeberg, de suas antiguidades e tapeçarias francesas?

De fato, por ocasião da festa de Hanukkah em dezembro, a polícia alemã, por ordem da agência de habitação, viria bater à porta da família e expulsá-la, tremendo de frio, para a calçada da Rua Grodzka. Quando a Sra. Pfefferberg pedira para tornar a entrar no apartamento e apanhar o seu sobretudo, a permissão lhe fora recusada; quando o Sr. Pfefferberg encaminhara-se para o seu escritório a fim de apanhar um antigo relógio de couro, levara um soco no queixo. "Testemunhei coisas terríveis no passado", dissera Hermann Göring, "motoristas e *gauleiters* têm lucrado tanto com essas transações que agora já devem ter por volta de meio milhão." O efeito dessas apropriações fáceis, como o relógio de ouro do Sr. Pfefferbeg, sobre a fibra moral do Partido poderiam preocupar Göring. Mas, naquele ano na Polônia, o estilo da Gestapo era não prestar contas do que encontrasse nos apartamentos.

Todavia, quando Schindler foi bater na porta do apartamento dos Pfefferberg no segundo andar, a família ainda ali residia. A Sra.

Pfefferberg e o filho estavam conversando em meio a peças de tecidos e rolos de papel de parede, quando ouviram alguém bater na porta. Poldeck não ficou preocupado. Havia duas entradas no apartamento – a porta comercial e a da cozinha ficavam em lados opostos. Indo até a cozinha, ele espiou o visitante pela porta entreaberta. Notou a alta estatura do desconhecido, o elegante talhe de sua roupa, e voltou à sala de estar para dizer à sua mãe que tinha a impressão de que o homem era Gestapo. Quando ela o deixasse entrar pela porta comercial, Poldeck ainda teria tempo de fugir pela cozinha.

A Sra. Pfefferberg tremia. Estava, naturalmente, de ouvido atento a ruídos no corredor. Pfefferberg tinha apanhado a pistola e a enfiara no cinto. A sua intenção era combinar o ruído de sua saída com o da entrada de Schindler. Mas parecia uma tolice fugir sem saber o que o alemão queria. Havia a possibilidade de ser preciso matar o homem, e, então, seria necessário combinar a fuga da família para a Romênia.

Se a pressão magnética do momento tivesse impelido Pfefferberg a puxar o gatilho da pistola, a morte, a fuga, as represálias seriam consideradas normais e próprias da época. A morte de Schindler seria brevemente lamentada e logo vingada. E isso teria sido, evidentemente, o fim sumário de todas as potencialidades de Oskar. E, lá em Zwttau, a pergunta das pessoas seria: "Qual foi o marido que matou Herr Schindler?"

A voz surpreendeu os Pfefferberg. Era calma, polida, adequada a uma transação comercial, até mesmo a um pedido de favor. A família tinha-se habituado nas semanas anteriores ao tom de decreto, de pronta expropriação. Mas o daquele homem parecia fraternal, o que poderia significar coisa pior.

Pfefferberg tinha-se esgueirado da cozinha e estava escondido por detrás das portas duplas da sala de jantar. Podia ver por uma fresta o visitante.

– É a Sra. Pfeffeberg? – perguntou o alemão. – Foi-me recomendada por Herr Nussbaum. Acabo de tomar posse do apartamento na Rua Straszewskiego, e gostaria de redecorá-lo.

Mina Pfefferberg mantinha o homem à porta. Respondeu com tal incoerência que o filho teve pena dela e apareceu na soleira, com o paletó abotoado sobre a arma. Convidou o visitante a entrar e, ao mesmo tempo, murmurou em polonês palavras tranquilizadoras à sua mãe.

Oskar Schindler então se identificou. Era preciso agir com calma, pois o alemão podia perceber que Pfefferberg estava executando uma manobra primordial de proteção. Schindler demonstrou o seu respeito, dirigindo agora a palavra ao filho, como se tratasse de um intérprete.

– Minha mulher vai chegar da Tchecoslováquia – explicou ele – e eu gostaria de redecorar o apartamento no estilo de que ela gosta.

Acrescentou que os Nussbaum tinham mantido o apartamento em excelentes condições, mas decorado num gosto em que predominavam os móveis pesados e as cores sombrias. A Sra. Schindler dava preferência a um estilo mais leve – um pouco francês, um pouco sueco.

A Sra. Pfefferberg se recompusera o bastante para dizer que não sabia – eram dias muito agitados aqueles, com a proximidade do Natal. Poldeck percebeu que havia em sua mãe uma resistência instintiva em aceitar um cliente alemão; mas os alemães deviam ser, naquele momento, os únicos com suficiente confiança no futuro para se interessarem por decoração. E a Sra. Pfefferberg precisava de um bom contrato – seu marido fora despedido do emprego e agora trabalhava por uma ninharia na agência de habitação do Gemeinde, o escritório judaico de previdência social.

Dois minutos depois, os dois homens já conversavam como se fossem amigos. A pistola no cinto de Pfefferberg era agora arma reservada para uma futura e remota emergência. Não restava dúvida de que a Sra. Pfefferberg iria decorar o apartamento de Schindler, sem olhar despesas. Schindler sugeriu que Pfefferberg talvez gostasse de ir até seu apartamento para discutir outros negócios.

– Há a possibilidade de o senhor me aconselhar na aquisição de mercadorias locais – disse Schindler. – Por exemplo, esta sua bonita camisa azul... Não sei como procurar sozinho artigos assim.

A sua ingenuidade era uma manobra, mas Pfefferberg compreendeu.

– As lojas, como deve saber, estão vazias – insinuou Oskar.

Pfefferberg era o tipo de homem que sobreviveria, apostando alto.

– Herr Schindler, essas camisas são extremamente caras. Espero que compreenda. Custam 25 *zÂotys* cada uma.

Ele tinha multiplicado por cinco o preço. Imediatamente, no rosto de Schindler surgiu um malicioso sorriso de compreensão – todavia, não muito acentuado para não pôr em risco a tênue amizade, ou lembrar a Pfefferberg a pistola que trazia escondida sob o paletó.

– Provavelmente, poderia conseguir-lhe algumas camisas – continuou Pfefferberg – se me der o número que o senhor usa. Mas receio que os meus contatos exijam dinheiro adiantado.

Schindler, ainda demonstrando com os olhos que estava a par do golpe, tirou do bolso a carteira e entregou a Pfefferberg 200 *reichmarks*. A quantia era tremendamente exagerada e, mesmo aos preços inflacionados de Pfefferberg, teria dado para comprar camisas para uma dezena de magnatas. Mas Pfefferberg nem pestanejou.

– Precisa me dar as suas medidas – concluiu ele.

Uma semana depois, Pfefferberg levou uma dúzia de camisas de seda ao apartamento de Schindler na Rua Straszewskiego. Lá, deparou-se com uma bonita alemã que lhe foi apresentada como *Treuhänder* de uma indústria de ferragens em Cracóvia. Depois, numa outra noite, Pfefferberg avisou Oskar na companhia de uma beldade polonesa loura e de grandes olhos azuis. Se existia uma Frau Schindler, ela não apareceu mesmo depois de a Sra. Pfefferberg ter redecorado o apartamento. O próprio Pfefferberg passou a ser uma das mais constantes conexões de Schindler com o mercado de artigos de luxo – sedas, móveis, joias – que florescia na antiga cidade de Cracóvia.

4

A VEZ SEGUINTE em que Itzhak Stern encontrou-se com Oskar Schindler foi numa manhã, no começo de dezembro. Schindler já dera entrada à sua proposta à Corte Comercial de Cracóvia e agora podia visitar tranquilamente os escritórios da Buchheister; depois de conferenciar com Aue, postou-se junto à escrivaninha de Stern, bateu palmas e anunciou, numa voz que já parecia embriagada:

– Amanhã, vai começar. As ruas Jozefa e Izaaka vão saber de tudo!

Havia realmente as ruas Jozefa e Izaaka na Kazimierz. Havia-as em todo gueto, e Kazimierz era o local do antigo gueto de Cracóvia, uma ilha cedida no passado à comunidade judaica por Kazimier o Grande, agora um subúrbio aninhado num braço do Rio Vístula.

Herr Schindler curvou-se sobre Stern, que sentiu o seu hálito de conhaque e ficou na dúvida: "Saberia Herr Schindler que algo estava para acontecer na Rua Jozefa e na Rua Izaaka? Ou estaria apenas citando nomes ao acaso?" De qualquer forma, Stern sentiu o gosto da frustração. Herr Schindler estava alardeando um *pogrom,* sem uma base positiva, como que para pôr Stern de sobreaviso.

Era o dia 3 de dezembro. Quando Oskar declarou "amanhã", Stern presumiu que ele estivesse usando a palavra não no sentido de 4 de dezembro, mas nos termos que bêbados e profetas sempre usam, como algo que certa ou provavelmente ocorreria dentro em breve. Muito poucos daqueles que a ouviram, ou que souberam da advertência alcoolizada de Herr Schindler, deram-lhe crédito. Alguns fizeram suas malas naquela noite e levaram suas famílias para Podgórze, do outro lado do rio.

Oskar sabia que corria risco ao transmitir aquelas informações. Recebera-as de pelo menos duas fontes, de novos amigos. Um era um oficial ligado à equipe de auxiliares do chefe de polícia da SS, Herman Toffel, policial com o posto de *Wachtmeister* (sargento); o outro, Dieter Reeder, pertencia à equipe do chefe Czurda da SS. Ambos os contatos eram característicos entre oficiais amistosos, com quem Oskar cultivava amizade.

Mas, naquele dia de dezembro, ele não soubera explicar a Stern os motivos de estar transmitindo aquela informação. Mais tarde diria que, no período da Ocupação Alemã da Boêmia e Morávia, testemunhara tantas expropriações de propriedades de judeus e tchecos, sua remoção à força das áreas sudetas consideradas alemãs, que ficara curado de qualquer lealdade à Nova Ordem. A revelação a Stern, muito mais do que a não confirmada história a respeito dos Nussbaum, é uma prova muito mais positiva de sua atuação.

Schindler deve também ter nutrido a esperança, assim como os judeus de Cracóvia, de que o furor inicial do regime afrouxaria e permitiria que as pessoas respirassem. Se os reides e as incursões da SS nos meses seguintes pudessem ser mitigados com avisos de antemão, então talvez a sanidade voltasse a se estabelecer na primavera. Afinal, tanto Oskar quanto os judeus diziam a si mesmos que os alemães eram uma nação *civilizada*.

Entretanto, a invasão da Kazimierz pela SS despertou em Oskar uma repulsa fundamental – não uma repulsa que chegasse a afetar diretamente o nível de sua vida comercial, ou amorosa, ou seus jantares com amigos, mas uma repulsa que, quanto mais claras se tornavam as intenções do novo regime, mais o impulsionava, obcecava, levando-o, em sua exaltação, a arriscar-se cada vez mais. A finalidade da operação era em parte a apropriação de joias e peles. Haveria alguns despejos de casas e apartamentos na zona mais abastada entre Cracóvia e Kazimierz. Mas, além desses resultados práticos, aquela primeira *Aktion* seria uma advertência dramática aos atemorizados habitantes daquele bairro de judeus. Com esse objetivo, contou Reeder a Oskar, um pequeno destacamento de homens do *Einsatzgruppe* juntamente com membros da SS local e da polícia de campanha entrariam em caminhões na Kazimierz.

Seis *Einsatzgruppen* tinham vindo para a Polônia com o exército invasor. A sua denominação tinha significação sutil. "Grupos de Tarefa Especial" é uma tradução aproximada. Mas a palavra amorfa *Einsatz* é também rica em nuanças – de desafio, de provocação, de nobre contenda. Esses esquadrões eram recrutados no *Sicherheitsdienst* (SD – Serviço de Segurança) de Heydrich. De antemão, eles sabiam que sua tarefa era ampla. O líder supremo dissera seis semanas antes ao General Wilhelm Keitel que "no Governo Geral da Polônia terá de haver uma dura luta pela existência nacional, que não permitirá restrições legais de espécie alguma". Na elevada retórica de seus líderes, os soldados do *Einsatz* sabiam que uma luta pela existência nacional significava guerra aos judeus e outras raças, assim como o próprio *Einsatz*, Tarefa Especial de Cavaleiros, significava o cano quente de uma espingarda.

O esquadrão *Einsatz* destacado para ação na Kazimierz naquela noite era de elite. Deixariam aos tarefeiros da SS o trabalho sórdido de revistar as moradias em busca de anéis de diamante e casacos forrados de peles. Eles próprios participariam de uma atividade mais radicalmente simbólica de destruir os instrumentos da cultura judaica – isto é, as antigas sinagogas de Cracóvia.

Havia semanas que os componentes do *Einsatz* estavam se exercitando, assim como os *Sonderkommandos* SS (Esquadrões Especiais), também destacados para essa primeira *Aktion* em Cracóvia, e a polícia de segurança do chefe Czurda. O Exército negociara com Heydrich e com os chefes de polícia mais preparados um adiamento de operações, até a Polônia passar da administração militar à civil. A transmissão de autoridade fora agora efetuada, e em todo o país os Cavaleiros de *Einsatz* e os *Sonderkommandos* receberam ordem de atacar, com um justo senso de racismo histórico e indiferença profissional, os antigos guetos judaicos.

No final da rua estava situado o apartamento de Oskar, e lá também se erguiam as fortificações rochosas do Castelo de Wawel, de onde governava Hans Frank. Para que se possa compreender a futura atuação de Oskar na Polônia, é preciso examinar a ligação entre Frank e os jovens membros da SS e da SD, e, depois, entre Frank e os judeus de Cracóvia.

Em primeiro lugar, Hans Frank não tinha autoridade direta sobre aqueles esquadrões especiais que invadiriam a Kazimierz. As forças policiais de Heinrich Himmler, onde quer que atuassem, obedeciam sempre à sua própria lei. Frank não só reprovava esse poder independente, como não concordava com ele em terreno prático. Abominava tanto quanto qualquer outro membro do Partido a população judaica e considerava a agradável cidade de Cracóvia intolerável, em razão da quantidade de judeus que a habitavam. Pouco tempo antes, ele se queixara quando as autoridades tinham tentado usar o Governo-Geral, e especialmente Cracóvia e seu entroncamento de estrada de ferro, como despejo de judeus das cidades da Wartheland, Lodz e Poznan. Mas não acreditava que os *Einsatzgruppen* ou os *Sonderkommandos*, com os seus métodos, pudessem trazer alguma solução para o problema. Era opinião de Frank, partilhada por Himmler (em certos estágios das divagações mentais de "Heini"), que deveria haver um só vasto campo de concentração para judeus, pelo menos na cidade de Lublin e cercanias, ou, ainda melhor, na Ilha de Madagascar.

Os próprios poloneses sempre haviam acreditado em Madagascar. Em 1937, o Governo polonês tinha enviado uma comissão para estudar aquela ilha de picos altos tão longe de suas sensibilidades europeias. O Ministério Colonial francês, a que pertencia a ilha, estava disposto a negociar, de governo para governo, essa nova colonização, pois uma Madagascar com uma densa população judaica seria um grande mercado de exportação. Oswald Pirow, Ministro da Defesa da África do Sul, tinha atuado por um tempo como intermediário entre Hitler e a França na questão da ilha. Assim, Madagascar, como solução, tinha um alvará respeitável. Havia interesse financeiro da parte de Hans nessa solução, e não no *Einsatzgruppe*. Pois aqueles reides e massacres esporádicos não podiam arrasar a população subumana da Europa Oriental. Durante o tempo da campanha em torno de Varsóvia, o *Einsatzgruppe* enforcara judeus nas sinagogas da Silésia, matara judeus com a tortura da água, invadira lares nas noites de *Sabbath* ou nos dias de festa, cortara os seus cachos rituais, tocado fogo em seus *tallis*, pusera-os na parede e os fuzilara. O efeito fora quase nulo. Segundo Frank, havia muitos indícios na História de que raças ameaçadas em geral venciam os genocídios. O falo era mais rápido que o fuzil.

O que ninguém sabia – nem os participantes do debate, os finamente educados rapazes do *Einsatzgruppe* dentro de um caminhão, os não tão distintos membros da SS em outro caminhão, os fiéis nas sinagogas, Herr Oskar Schindler a caminho de seu apartamento na Rua Straszewskiego para se vestir para o jantar – o que nenhum deles sabia, e muitos planejadores do Partido mal podiam esperar, era que se descobriria uma resposta tecnológica: um desinfetante químico composto, Zyklon B, substituiria Madagascar como solução.

Houvera um incidente relacionado com Leni Riefenstahl, a atriz e diretora predileta de Hitler. A caminho de Lodz com uma equipe de cinegrafistas logo depois de a cidade cair, ela presenciara uma fileira de judeus – visivelmente judeus, de longos cachos – serem executados com armas automáticas. Leni foi procurar diretamente o *Führer*, que se achava no quartel-general do Exército do Sul, e fez um escândalo. Era isso – a logística, o peso dos números, as questões ligadas às relações públicas faziam com que os rapazes do *Einsatz* fizessem papel de tolos. Mas Madagascar também pareceria ridículo, significando a descoberta de poder fazer incursões substanciais contra a população subumana da Europa Central em direção a locais determinados, com facilidades adequadas de remoção, que nenhuma elegante diretora de cinema teria chances de encontrar.

CONFORME OSKAR AVISARA a Stern no escritório da Buchheister, os SS desencadearam uma guerra econômica de porta em porta nas ruas Jakoba, Izaaka e Jozefa. Invadiram apartamentos, apossaram-se do conteúdo de armários, arrebentaram fechaduras em escrivaninhas e penteadeiras. Arrancaram joias de dedos e pescoços e correntes de relógios. Uma mulher que não queria entregar o seu casaco de pele teve o braço quebrado; um menino da Rua Ciemna, que queria ficar com os seus esquis, levou um tiro.

Alguns, cujos bens tinham sido roubados – ignorando que a SS estava operando fora de qualquer restrição legal –, foram no dia seguinte dar queixa nas delegacias de polícia. Em algumas delegacias, encontraram um ou outro oficial graduado com certa integridade, que se mostrava embaraçado e talvez até disciplinasse algum depredador. Teria de haver uma investigação para o caso do menino da Rua Ciemna e da mulher com o nariz quebrado por um cassetete.

Enquanto os SS trabalhavam nos prédios de apartamentos, o esquadrão do *Einsatzgruppe* atacava a Sinagoga de Stara Boznica, datada do século XIV. Como esperavam, ali encontraram orando uma congregação de judeus tradicionais de barbas e cachos e *tallis* nos ombros. Juntaram um grupo de judeus menos ortodoxos nos apartamentos das imediações e os fizeram entrar na sinagoga para ver a reação de um grupo, na presença do outro.

Entre os que foram empurrados para dentro da Stara Boznica achava-se o gângster Max Redlicht, que de outra forma não teria posto os pés na sinagoga nem sido convidado para entrar. Foram todos colocados diante da Arca, dois pólos da mesma tribo que, em circunstâncias normais, teriam considerado uma ofensa estar na companhia um do outro. Um oficial graduado do *Einsatz* abriu a Arca e tirou de dentro o rolo de pergaminho da Torá. A congregação divergente dentro da sinagoga recebeu ordem de desfilar diante do pergaminho sagrado e cuspir nele. Não podia haver tapeação – a cusparada teria de ser visível na caligrafia.

Os judeus ortodoxos mostraram-se mais racionais do que os outros, os agnósticos, os liberais, os que se consideravam apenas europeus. Tornou-se claro para os homens do *Einsatz* que os judeus dessa classe recuavam diante da Torá, e tentavam mesmo transmitir-lhes encorajamento por meio de olhares, como que dizendo: "Vamos, somos todos muito sofisticados para dar importância a essa tolice." Os membros da SS tinham aprendido em seu treinamento que o caráter europeu dos judeus liberais era de uma fina classe, e na Stara Boznícia a relutância dos que usavam cabelos curtos e roupas contemporâneas vinha provar aquela teoria.

No final, todos cuspiram exceto Max Redlicht. Os homens do *Einsatzgruppe* devem ter considerado isso um teste que valera a pena – ver um homem visivelmente agnóstico recusar-se a repudiar um livro que intelectualmente considerava uma antiga sandice tribal, mas que seu sangue lhe dizia ser sagrado. Podia um judeu se libertar das tendências de seu sangue? Podia ele pensar com tanta clareza quanto Kant? Aquele era o teste.

Redlicht não passou no teste. Pronunciou um pequeno discurso. "Já fiz muita coisa na vida. Mas isso não farei." Foi o primeiro a ser morto com um tiro, mas depois fuzilaram todos os outros e incendiaram Stara Boznícia, deixando apenas o arcabouço da mais antiga das sinagogas polonesas.

5

VICTORIA KLONOWSKA, secretária polonesa, era a beldade do escritório de Oskar, e logo ele se envolveu num duradouro caso com ela. Ingrid, sua amante alemã, devia saber de tudo, tão certo como Emilie Schindler sabia a respeito de Ingrid. Pois Oskar nunca fora um amante discreto. Em questões sexuais, era de uma franqueza que chegava a ser infantil. Não que se gabasse de suas aventuras mas simplesmente não via necessidade alguma de mentir, de esgueirar-se para dentro de hotéis pelas escadas de serviço, bater de leve na porta de uma mulher em altas horas da madrugada. Como Oskar não fazia esforço algum para enganar suas mulheres, elas não tinham muita opção: as discussões tradicionais entre amantes tornavam-se difíceis.

Com os cabelos louros arrumados no alto de seu lindo, esperto e bem maquilado rostinho, Victoria Klonowska parecia ser um tipo de jovem frívola para quem as inconveniências da História significavam uma intromissão temporária na vida real. Nesse outono, quando todos usavam roupas simples, Klonowska parecia bem fútil com uma blusa de babados e saia justa. Contudo, era astuta, eficiente e hábil. Era também uma nacionalista no robusto estilo polonês. Mais tarde, ela negociaria com os dignitários alemães das instituições da SS o livramento do seu amante sudeto. Mas, por enquanto, Oskar tinha uma tarefa menos arriscada para ela.

Encarregou-a de descobrir um bom bar ou cabaré em Cracóvia, onde ele pudesse levar alguns amigos. Não *contatos* nem funcionários graduados da Inspetoria de Armamentos, mas amigos de verdade. Um local animado e que não fosse frequentado por autoridades.

Conhecia Klonowska, por acaso, um lugar assim?

Ela descobriu um excelente porão com uma banda de jazz, nas estreitas ruas ao norte da Rynek, a praça da cidade: um clube que sempre fora popular entre os estudantes e professores mais jovens da universidade, mas a própria Victoria nunca lá estivera. Os homens de meia-idade, que a haviam cortejado em tempos de paz, nunca se mostrariam dispostos a se meter num antro de estudantes. Quem desejasse podia alugar uma alcova atrás de uma cortina para reuniões privadas, sob pretexto de ouvir os ritmos tribais da banda de jazz. Por ter descoberto aquele local, Oskar apelidou Victoria de "Colombo". A linha do Partido considerava o jazz não somente manifestação artisticamente decadente, mas expressão da subumana animalidade africana. O ritmo das valsas vienenses era o preferido dos homens da SS e de membros do Partido, que faziam absoluta questão de evitar clubes de jazz.

Por volta do Natal de 1939, Oskar organizou uma reunião no clube com um grupo de amigos. Como qualquer cultivador instintivo de contatos, jamais tivera problema algum em beber na companhia de homens de quem não gostasse. Mas nessa noite os convidados eram gente de quem realmente gostasse. Além disso, naturalmente, eram todos de alguma utilidade, pois eram membros jovens, mas não sem certa influência, nas várias agências de ocupação; todos mais ou menos exilados duplos – não só se encontravam longe de sua pátria, mas, quer no seu país quer no exterior, estavam todos mais ou menos inquietos com o regime.

Havia, por exemplo, um jovem superintendente alemão da Divisão do Interior do Governo-Geral. Fora ele quem delimitara a fábrica de esmaltados de Oskar em Zablocie. Nos fundos da fábrica de Oskar, Deutsche Email Fabrik (DEF), ficava um terreno baldio que confinava com duas outras fábricas, uma de embalagens e outra de radiadores. Schindler gostara muito de saber que a maior parte da área desocupada pertencia, segundo o superintendente, à DEF. Em sua cabeça, surgiram visões de expansão econômica. Esse superintendente, é claro, tinha sido convidado porque era um bom sujeito, porque era possível conversar com ele e porque poderia ser útil no plano de conseguir futuras licenças de construção.

O policial Herman Toffel estava presente, além de Reeder, do Serviço de Segurança, e de um outro superintendente, jovem oficial de nome Steinhauser, da Inspetoria de Armamentos. Oskar conhecera e simpatizara com esses homens, quando havia requerido as licenças de que necessitava para abrir sua fábrica. Já bebera com eles em outras ocasiões. Sempre acreditara que a melhor maneira de desfazer o nó górdio da burocracia, excetuando o suborno, era a bebida.

Finalmente, havia dois membros da *Abwehr*. O primeiro era Eberhard Gebauer, o tenente que um ano antes tinha recrutado Schindler para a *Abwehr*. O segundo era o *Leutnant* Martin Plathe, do comando de Canaris em Breslau. Devido ao seu recrutamento por intermédio do amigo Gebauer, Herr Oskar Schindler tinha descoberto que Cracóvia era uma cidade de muitas oportunidades.

A presença de Gebauer e Plathe acarretaria consequências. Oskar continuava inscrito nos livros da *Abwehr* como agente e, nos anos em que permaneceu em Cracóvia, manteve a equipe de Canaris em Breslau satisfeita, transmitindo-lhes informações sobre o comportamento dos seus rivais na SS. Gebauer e Plathe consideravam um favor, uma dádiva, o fato de Oskar ter convidado um policial mais ou menos descontente como Toffel, e Reeder, do Serviço de Segurança, além de oferecer-lhes boa companhia e bebidas.

Ainda que não seja possível dizer exatamente o que conversaram os convidados daquela reunião, é possível reconstituir com alguma plausibilidade as conversas, pelo que Oskar transmitiu mais tarde a respeito de cada um deles.

Foi Gebauer, naturalmente, quem fez a saudação, declarando que não lhes daria governos, exércitos ou potentados; em vez disso, dar-lhes-ia a fábrica de esmaltados do seu bom amigo Oskar Schindler. Pois, se a fábrica prosperasse, haveria mais reuniões no estilo Schindler, e das melhores!

Mas, depois do brinde, a conversa desviou-se espontaneamente para o assunto que confundia e obcecava todos os níveis da burocracia civil: os judeus.

Toffel e Reeder tinham passado o dia na Estação de Mogilska, supervisionando o desembarque de judeus e poloneses de trens vindos do leste. Essa gente havia sido transportada dos Territórios Incorporados, regiões recém-conquistadas, que no passado tinham pertencido à Alemanha. Toffel não estava se preocupando com o conforto dos passageiros nos *Ostbahn*, vagões de gado, embora confessasse que eram muito frios. Mas esse tipo de transporte de populações era uma novidade para todo mundo, e os vagões ainda não viajavam desumanamente repletos. O que deixava Toffel confuso era a intenção por trás de tudo aquilo.

– Há um rumor persistente – disse Toffel – de que estamos em guerra. E, em tal situação, os cidadãos dos Territórios Incorporados consideram-se de raça muito pura para conviver com uns poucos poloneses e meio milhão de judeus. O sistema *Ostbahn* foi planejado para entregar toda essa gente em *nossas* mãos.

Os membros da *Abwehr* ouviam com um leve sorriso nos lábios. Para a SS, o inimigo oculto podia ser o judeu, mas para Canaris o inimigo oculto era a SS.

A SS, informou Toffel, requisitara toda a rede ferroviária a partir de 15 de novembro. Por sua mesa, na Rua Pomorska, passaram memorandos irritados dirigidos pela SS ao pessoal do Exército, reclamando que os militares não estavam cumprindo o acordo, tinham ultrapassado em duas semanas o prazo marcado para o uso dos *Ostbahn*. Pelo amor de Deus, perguntava Toffel, o Exército não deveria ter prioridade, pelo tempo que quisesse, para usar a rede ferroviária? De que outra forma poderia distribuir suas tropas a leste e oeste?, perguntava ele, bebendo nervosamente. Usando bicicletas?

Oskar achou graça que os homens da *Abwehr* não fizessem comentário algum. Suspeitavam ser Toffel um informante, em vez de simplesmente estar embriagado.

O superintendente e o homem da Inspetoria de Armamentos fizeram algumas perguntas a Toffel sobre aqueles trens que chegavam na Mogilska. Em breve tais movimentações deixariam de ser assunto de discussão; o transporte de seres humanos passaria a ser um clichê de medidas de repovoamento. Mas, na noite da reunião de Oskar, ainda constituíam uma novidade.

– Eles chamam isso – disse Toffel – *concentração*. É a palavra que se encontra nos documentos. *Concentração*. Eu chamo isso de maldita obsessão.

O proprietário do clube de jazz trouxe pratos de arenque e molho. O peixe combinava bem com a bebida forte e, enquanto eles o devoravam, Gebauer falou sobre os *Judenrats*, os conselhos judaicos formados em cada comunidade por ordem do Governador Frank. Em cidades como Varsóvia e Cracóvia, o *Judenrats* tinha 24 membros eleitos, pessoalmente responsáveis pelo cumprimento das ordens do regime. O *Judenrat* de Cracóvia estava em funcionamento havia menos de um mês; Marek Biberstein, respeitada autoridade municipal, fora nomeado presidente da organização. Mas Gebauer disse ter ouvido o rumor de que o *Judenrat* já apresentara no Castelo de Wawel uma lista de trabalhadores judeus. O *Judenrat* fornecia a mão de obra para cavar valas e latrinas e remover neve. Podia alguém negar que os judeus estavam muito dispostos a cooperar?

Em absoluto, disse o engenheiro Steinhauser da Inspetoria de Armamentos. Os judeus pensavam que, se fornecessem turmas de trabalhadores, isso faria cessarem fortuitos ataques da imprensa. Ataques da imprensa levavam a espancamentos e a um ocasional tiro na cabeça.

Martin Plathe concordou:

– Eles serão cooperativos para evitar medidas piores. É o seu método. É preciso que se compreenda isso. Sempre compraram as autoridades civis cooperando com elas e depois negociando.

Gebauer parecia estar querendo desorientar Toffel e Reeder, mostrando-se mais apaixonadamente analítico a respeito de judeus do que de fato o era.

– Eu lhes digo o que para mim significa cooperação – explicou ele. – Frank assina um decreto exigindo que todo judeu no Governo-Geral use uma estrela. Esse decreto está em vigor há apenas umas poucas semanas. Em Varsóvia há um judeu fabricando estrelas de plástico lavável a três *zÂotys* cada uma. É como se eles não tivessem a menor ideia de que espécie de decreto é esse. É como se se tratasse de emblema de um clube de ciclismo.

Sugeriu-se então, que, como Schindler estava no comércio dos esmaltados, talvez pudesse fabricar um emblema de luxo em esmalte e distribuí-lo em comércio de ferragens, negócio que seria supervisionado pela sua namorada Ingrid. Alguém observou que a estrela era a insígnia nacional *deles*, a insígnia de um Estado que fora destruído pelos romanos e que agora só existia na mente de sionistas. Assim, talvez os judeus se orgulhassem de usar a estrela.

– O fato é – declarou Gebauer – que eles não possuem organização alguma para se salvar. As organizações deles são do tipo que serve para amainar a tempestade. Mas essa vai ser diferente. Essa tempestade será dirigida pela SS. – De novo Gebauer falava como se aprovasse a eficiência profissional da SS, mas sem grande entusiasmo.

– Ora, vamos – ponderou Plathe –, a pior coisa que pode acontecer aos judeus é serem enviados para Madagascar, que tem condições de temperatura melhores do que Cracóvia.

– Não creio que eles jamais *vejam* Madagascar – respondeu Gebauer.

Oskar pediu que se mudasse de assunto. Afinal, a festa não era *sua*?

O fato era que ele já tinha visto a mão de Gebauer pousada sobre documentos forjados, que tinham permitido a fuga para a Hungria de um comerciante judeu, no bar do Hotel Cracóvia. Talvez Gebauer estivesse cobrando o serviço, embora parecesse muito sensível moralmente para negociar documentos, vender assinaturas ou carimbos. Mas era certo que, apesar da sua atitude estudada na presença de Toffel, ele não odiava os judeus. Tampouco os odiavam os demais presentes. No Natal de 1939, Oskar simplesmente achava-os um alívio, em vista da bombástica linha do Partido. Mais tarde, eles teriam uma utilidade mais positiva.

6

A *AKTION* da noite de 4 de dezembro convencera Stern de que Oskar Schindler era aquela raridade, um *goy* justo. Existe uma lenda talmúdica dos *Hasidei Ummot Ha-olam*, os Justos das Nações, que, segundo a lenda, são – em qualquer época da História do mundo – trinta e seis. Stern não acreditava literalmente naquele número místico, mas para ele a lenda era psicologicamente verdadeira; julgava, por isso, que o critério certo seria tentar fazer de Schindler um santuário vivo.

O alemão precisava de capital – a Rekord tinha sido parcialmente despojada de material de fabricação, exceto por uma pequena galeria de prensas de metal, depósitos de esmalte, tornos mecânicos e fornos. Ainda que Stern pudesse exercer uma razoável influência espiritual sobre Oskar, o homem que lhe proporcionou contatos com capital em boas condições foi Abraham Bankier, gerente do escritório da Rekord, cuja confiança Oskar tinha conquistado.

A dupla – o alto e sensual Oskar e o atarracado Bankier – pusera-se em campo para encontrar possíveis investidores. Pelo decreto de 23 de novembro, as contas bancárias e os depósitos dos judeus ficariam sob a guarda da administração alemã, com crédito fixo, sem que o cliente tivesse direito algum a juros ou a lançar mão do seu dinheiro. Alguns dos negociantes judeus mais abastados e experientes mantinham fundos secretos de dinheiro em espécie. Mas podiam prever que, por alguns anos, sob o governo de Hans Frank, até mesmo dinheiro seria arriscado; bens móveis – diamantes, ouro, mercadorias – eram mais aconselháveis.

Em Cracóvia havia certo número de homens conhecidos de Bankier dispostos a fazer investimentos de capital contra a garantia de certa quantidade de produtos. A transação podia ser um investimento de 50 mil *zÂotys* por tantos quilos de panelas e caçarolas, entregues a partir de julho de 1940, em todo o decorrer do ano. Para um judeu de Cracóvia, com Hans Frank no governo, utensílios de cozinha eram mais seguros e disponíveis do que *zÂotys*.

As partes desses contratos – Oskar, o investidor, com Bankier como intermediário – não tinham papel algum assinado. Contratos formais de nada adiantavam e não representavam nenhuma garantia. Não podia haver exigência alguma quanto ao seu cumprimento. Tudo dependia da confiança que Bankier depositava naquele fabricante sudeto de artigos esmaltados.

As reuniões podiam realizar-se no apartamento do investidor no Centrum de Cracóvia, a antiga cidade interna. À luz da transação, era possível vislumbrar os quadros dos paisagistas poloneses que a mulher do investidor apreciava ou os romances franceses que suas cultas e frágeis filhas adoravam. Ou, agora, o cavalheiro investidor fora expulso do seu apartamento e residia mais modestamente no Podgórze: um homem em estado de choque – espoliado da sua moradia, tornando-se um mero empregado do próprio negócio – e tudo isso se passara em poucos meses, e o ano ainda não tinha terminado.

À primeira vista, parece um enobrecimento da história dizer que Oskar jamais fora acusado de deixar de cumprir a palavra empenhada naqueles contratos informais. No ano seguinte, ele teria uma briga com um varejista judeu por causa da quantidade de artigos que o homem tinha o direito de receber da fábrica na Rua Lipowa. E o varejista até o fim da vida afirmaria que fora lesado. Mas *jamais* alguém confirmou que Oskar deixara de cumprir um contrato.

Pois Oskar era por natureza um pagador que, de certa forma, dava a impressão de poder fazer pagamentos ilimitados com recursos ilimitados. Mas o fato era que ele e outros oportunistas alemães ganhariam tanto dinheiro no decorrer dos quatro anos seguintes, que só um homem sôfrego pela ambição do lucro teria deixado de saldar o que o pai de Oskar teria chamado de "dívida de honra".

NO ANO-NOVO, Emilie Schindler foi pela primeira vez a Cracóvia para visitar o marido. Achou a cidade a mais encantadora que já conhecera, tão mais agradável e antiga do que Brno, com suas nuvens de fumaça industrial.

Ficou impressionada com o novo apartamento do marido. As janelas da frente davam para um belo cinturão verde, que circundava a cidade seguindo o traçado de antigas muralhas que há muito haviam ruído. No final da rua, erguia-se a grande fortaleza de Wawel. Em meio a todas essas antiguidades ficava o moderno apartamento de Oskar. Olhou em seu redor os estofados e as cortinas da Sra. Pfefferberg. Eram a prova tangível dos novos sucessos do marido.

– Vejo que tem se saído muito bem na Polônia – observou ela.

Oskar sabia que Emilie estava realmente aludindo à questão do dote, que seu sogro recusara-se a pagar 12 anos antes. De volta de uma viagem a Zwittau, o pai de Emilie retornara à aldeia de Alt-Molstein com a informação de que o genro estava vivendo e tendo aventuras como um homem solteiro. O casamento da filha tornara-se exatamente o que ele temera e, em hipótese alguma, pagaria o dote prometido.

Embora a ausência dos 400 mil *reichmarks* tivesse alterado um pouco as perspectivas de Oskar, o fazendeiro de Alt-Molstein não sabia o quanto a recusa do pagamento do dote magoara sua filha, tornara-a ainda mais defensiva, e que, 12 anos depois, se aquele dinheiro não contava mais para Oskar, Emilie continuava pensando no seu dote.

– Minha cara, nunca precisei daquele maldito dinheiro – costumava dizer-lhe Oskar.

As relações intermitentes de Emilie com Oskar parecem ter sido as de uma mulher certa de que não pode contar com a fidelidade do marido, mas ainda assim se recusa a tomar conhecimento de suas aventuras. Ela deve ter adotado uma atitude cautelosa em Cracóvia, comparecendo a festas e reuniões em que amigos de Oskar, decerto sabendo da verdade, poderiam citar os nomes das outras mulheres, nomes que ela realmente queria ignorar.

Um dia, um jovem polonês – Poldek Pfefferberg, que quase matara seu marido, incidente que naturalmente ela ignorava – bateu na porta do apartamento, carregando no ombro um rolo de tapete. Era um tapete do mercado paralelo, importado de Istambul via Hungria, e Pfefferberg recebera de Ingrid a incumbência de encontrar um tapete naquelas condições. Mas Ingrid tinha-se mudado provisoriamente do apartamento, enquanto durasse a visita de Emilie.

– Frau Schindler está? – perguntou Pfefferberg, que sempre se referia a Ingrid como Frau Schindler, por considerar mais delicado.

– Eu sou Frau Schindler – respondeu Emilie, sabendo o que significava a pergunta.

Pfefferberg deu prova de habilidade, disfarçando a sua gafe: na realidade, não havia necessidade de falar com Frau Schindler, embora Herr Schindler sempre falasse muito em sua esposa. Precisava falar era com Herr Schindler... sobre um negócio.

Emilie respondeu quer Herr Schindler não estava em casa e ofereceu a Pfefferberg um drinque, que foi recusado apressadamente. Emilie sabia também o que a recusa significava. O rapaz estava um pouco chocado com a vida privada de Oskar, e não achava decente aceitar uma bebida da vítima do seu cliente.

A FÁBRICA que Oskar alugou situava-se do outro lado do rio, em Zablocie, na Rua Lipowa. Os escritórios, que ficavam de frente para a rua, eram de construção moderna, e Oskar pensou na possibilidade e conveniência de instalar um apartamento no terceiro andar, embora a zona fosse industrial e não tão alegre como a Rua Straszewskiego.

Quando Oskar tomou posse da Rekord, dando-lhe o novo nome de Deutsche Emailwaren Fabrik, havia 45 empregados responsáveis pela modesta produção de utensílios de cozinha. Logo no começo do novo ano, ele firmou seus primeiros contratos com o Exército, o que não constituiu surpresa. Oskar tinha cultivado relações com vários engenheiros influentes da *Wehrmacht*, que faziam parte da junta da Inspetoria de Armamentos do General Schindler. Dava-se socialmente com eles, tendo-os convidado para jantar no Cracóvia Hotel. Existem fotos de Oskar sentado com esses personagens ao redor de mesas luxuosas, todos sorrindo afavelmente para a câmera, todos bem alimentados, com muita bebida à disposição, e os oficiais elegantemente fardados. Alguns deles punham os carimbos certos nas ofertas apresentadas por ele e escreviam as decisivas cartas de recomendação ao General Schindler, por pura amizade e por acreditarem que Oskar estava capacitado a cumprir os contratos. Outros eram influenciados por presentes, o tipo de presentes que Oskar sempre oferecia a funcionários – conhaque, tapetes, joias, móveis e cestas de comestíveis finos. Além do mais, era sabido que o General Schindler conhecia e apreciava muito o seu homônimo, fabricante de esmaltados.

Agora, com o prestígio de seus lucrativos contratos com a Inspetoria de Armamentos, Oskar obteve permissão de expandir sua fábrica. Não faltava espaço. Na frente do saguão e dos escritórios da DEF ficavam dois grandes galpões industriais. Parte do espaço no prédio à esquerda, passagem do saguão para o interior da fábrica, era ocupado pela atual produção. O outro prédio estava totalmente vazio.

Ele comprou máquinas novas, algumas no local, outras na Alemanha. Além dos pedidos militares, havia um carente mercado paralelo a ser abastecido. Oskar soube, então, que poderia vir a ser um magnata. Já em meados do verão de 1940, estava empregando 250 poloneses e teria de instituir um turno da noite. A fábrica de maquinaria agrícola de Herr Hans Schindler, em Zwittau, empregava em seu apogeu cinquenta homens. É gratificante superar um pai a quem nunca se perdoou.

Em determinadas ocasiões, no decorrer daqueles anos, Itzhak Stern procurava Schindler, a fim de arranjar emprego para algum jovem judeu – um caso especial; um órfão de Lodz; ou a filha de um funcionário de um dos departamentos do *Judenrat*. Em poucos meses, Oskar já contava com 150 empregados judeus e sua fábrica tinha uma discreta reputação de refúgio.

Era um ano semelhante a todos os outros anos que se sucederam até o fim do conflito mundial, em que os judeus procuravam algum emprego considerado essencial ao esforço de guerra. Em abril, o Governador Frank tinha decretado a evacuação dos judeus de sua capital, Cracóvia. Era uma decisão curiosa, já que as autoridades do Reich continuavam remetendo de volta ao Governo-Geral judeus e poloneses numa média de dez mil por dia. Entretanto, segundo Frank informou ao seu gabinete, as condições em Cracóvia eram escandalosas.

Sabia de chefes de divisão alemães que eram obrigados a morar em prédios de apartamentos onde ainda havia inquilinos judeus! Até oficiais mais graduados estavam também sujeitos à mesma escandalosa indignidade. E Frank prometeu que nos próximos seis meses tornaria Cracóvia *judenfrei* (livre de judeus). Seria permitido um remanescente de cinco ou seis mil trabalhadores judeus especializados. Todo o restante seria removido para outras cidades do Governo-Geral, Varsóvia ou Radom, Lublin ou Czestochowa. Os judeus poderiam emigrar voluntariamente para a cidade de sua escolha, desde que o fizessem até 15 de agosto. Os que ainda permanecessem na cidade após aquela data seriam transportados de caminhão com um mínimo de bagagem para qualquer local que fosse da conveniência da administração. A partir de 1º de novembro, declarou Hans Frank, seria possível aos alemães de Cracóvia respirarem "puro ar alemão", caminhar pela cidade sem ver as ruas e alamedas "fervilhando de judeus".

Frank não conseguiria nesse ano reduzir a população judaica a um nível tão baixo; mas, logo que foram anunciados os seus planos houve uma corrida dos judeus de Cracóvia, especialmente os jovens, para adquirir ofícios especializados. Homens como Itzhak Stern, agentes oficiais e extraoficiais do *Judenrat*, já tinham organizado uma lista de simpatizantes alemães a quem eles podiam recorrer. Schindler figurava nessa lista; assim como Julius Madritsch, um vienense que conseguira recentemente dar baixa da *Wehrmacht* e assumir o posto de *Treuhänder* numa fábrica de uniformes militares. Madritsch podia ver os benefícios resultantes de contratos com a Inspetoria de Armamentos e agora tencionava abrir uma fábrica própria de uniformes, no subúrbio de Podgórze. Acabaria por juntar uma fortuna ainda maior do que a de Schindler, mas no *annus mirabilis* de 1940 ainda era um assalariado. Sabia-se que ele tinha um sentimento humanitário – só isso.

Em 1º de novembro de 1940, Frank já tinha conseguido retirar de Cracóvia 23 mil voluntários judeus. Alguns deles foram para os novos guetos de Varsóvia e Lodz. Lacunas às mesas, choro nas estações de estrada de ferro; mas as pessoas aceitavam tudo docilmente, pensando: "Vamos obedecer, e isso será um impacto maior do que eles desejam." Oskar sabia o que estava acontecendo, mas, como os próprios judeus, esperava que se tratasse de um excesso temporário.

Aquele ano seria muito provavelmente o mais atarefado da vida de Oskar – um ano em que ele passaria transformando um negócio falido numa companhia que as agências governamentais poderiam levar a sério. Por ocasião das primeiras nevadas, Schindler notou com irritação que, num só dia, sessenta ou mais de seus empregados judeus deixaram de comparecer ao trabalho. Haviam sido detidos a caminho do trabalho por esquadrões da SS e forçados a desobstruir a neve das ruas. Herr Schindler visitou o seu amigo Toffel no quartel-general da SS na Rua Pomorska para apresentar uma queixa. Disse a Toffel que, num só dia, 125 empregados seus não puderam comparecer ao trabalho.

– Você tem de compreender – disse-lhe confidencialmente Toffel – que alguns desses sujeitos da SS estão se danando para a produção. Para eles, é uma questão de prioridade nacional que judeus removam a neve das ruas. Eu mesmo não compreendo isso... tem um significado ritualista para eles ver os judeus removerem a neve. E não é só com você, está acontecendo isso com todo mundo.

Oskar perguntou se os outros estavam também se queixando. Sim, respondeu Toffel. Todavia, acrescentou, um economista chefão do Orçamento da SS e do Departamento de Construção tinha vindo almoçar em Pomorska e declarado que era uma traição considerar que a mão de obra especializada judaica tinha alguma razão de ser na economia do Reich.

– Acho que ainda vai ter de aguentar muita pá de neve, Oskar.

No momento, Oskar assumiu a atitude de um patriota indignado, ou talvez um oportunista indignado.

– Se querem ganhar a guerra – respondeu ele – têm de se livrar de gente desse tipo.

– Livrar-se da SS? – perguntou Toffel. – Pelo amor de Deus, eles são os miseráveis que estão mandando.

Como resultado de tais conversas, Oskar tornou-se o defensor da tese de que o dono de uma fábrica não podia ser impedido de ter acesso aos seus empregados e que estes não deviam ser detidos ou tiranizados a caminho da fábrica, tanto na ida como na volta. Aos olhos de Oskar, tratava-sse de um axioma tanto moral como industrial. E, no fim, aplicaria ao máximo essa teoria na Deutsche Email Fabrick.

7

ALGUMAS PESSOAS das cidades grandes – Varsóvia, Lodz, esta com os seus guetos, e Cracóvia, com o compromisso de Frank de tornar a cidade *judenfrei* – recorreram ao campo, onde poderiam passar despercebidos entre os camponeses. Os irmãos Rosner, músicos de Cracóvia, que mais tarde teriam muitos contatos com Oskar, instalaram-se na velha aldeia de Tyniec. Esta situava-se numa bonita curva do Rio Vístula, de onde se podia avistar um velho mosteiro beneditino no alto de um rochedo calcário. Os Rosner consideraram o local obscuro o bastante. Ali residiam uns poucos lojistas judeus e artesãos ortodoxos, que pouco tinham em comum com os dois músicos. Mas os camponeses, empenhados no tedioso trabalho da colheita, mostraram-se contentes, para alívio dos Rosner, de ter músicos em sua aldeia.

Os dois tinham chegado a Tyniec, não de Cracóvia nem do grande posto militar junto ao jardim botânico da Rua Mogilska, onde jovens SS empurravam as pessoas para dentro de caminhões, berrando deslavadas e mentirosas promessas de lhes remeter depois as suas bagagens. Tinham vindo efetivamente de Varsóvia, onde haviam sido contratados para tocar na Basilisk, tinham partido um dia antes de os alemães selarem o gueto de Varsóvia – Henry, Leopold e ainda Manci, mulher de Henry, e Olek, o filho de 5 anos do casal.

A ideia de uma aldeia como Tyniec, no sul da Polônia, não longe de sua nativa Cracóvia, agradava aos irmãos. Oferecia a opção, caso melhorassem as condições, de tomar um ônibus para Cracóvia e lá encontrar trabalho. Manci Rosner conseguira trazer sua máquina de costura, e os Rosner abriram em Tyniek uma pequena confecção de roupas. À noite, tocavam nas tavernas e, assim, tornaram-se a sensação daquele vilarejo. Aldeias recebem bem e patrocinam talentos ocasionais, mesmo sendo judeus. E o violino era, de todos os instrumentos, o mais venerado na Polônia.

Certa noite, um *Volksdeutscher* (polonês que fala alemão) proveniente de Poznan ouviu os irmãos tocando numa estalagem. O *Volksdeutscher* era um funcionário municipal de Cracóvia, um daqueles poloneses-alemães, em cujo nome Hitler se achara no direito de tomar o país. O *Volksdeutscher* disse a Henry que o prefeito de Cracóvia, o *Obersturmbannführer* Pavlu, e seu adjunto, o renomado esquiador Sepp Röhre, estariam visitando o campo por ocasião da colheita, e ele gostaria de providenciar para que ouvissem uma dupla tão talentosa como os Rosner.

Uma tarde, quando os feixes de feno jaziam por toda parte nos campos, tão silenciosos e abandonados como num domingo, um comboio de limusines atravessou a aldeia e subiu uma encosta até a propriedade de um aristocrata polonês ausente. No terraço, esperavam os bem-trajados irmãos Rosner; quando todas as damas e cavalheiros tinham-se sentado num salão que, em outros tempos, poderia servir para bailes, eles foram convidados a tocar. Henry e Leopold estavam ao mesmo tempo exultantes e temerosos pelo capricho dos trajes com que os convidados do *Obersturmbannführer* Pavlu compareceram ao concerto. As mulheres vestiam luvas e roupas brancas, os militares, uniformes de gala, os burocratas, colarinhos engomados. Quando as pessoas se preparam assim, fica mais fácil decepcioná-las. Tratando-se de um judeu, até mesmo causar uma decepção cultural ao regime podia constituir um crime grave.

Mas a plateia adorou o concerto. Era um público caracteristicamente *gemütlich;* apreciava Strauss, as composições de Offenbach e Lehar, as de André Messager e Leo Fall. O clima era de sentimentalismo.

Enquanto Henry e Leopold tocavam, as damas e os cavalheiros serviam champanha em taças, que trouxeram em cestas.

Uma vez terminado o concerto oficial, os irmãos foram levados encosta abaixo para onde se achavam reunidos camponeses e soldados da escolta. Se tivesse de haver alguma rude demonstração racial, seria ali. Mas, de novo, quando os irmãos subiram numa carroça e olharam as pessoas nos olhos, Henry percebeu que estavam a salvo. O orgulho dos camponeses, com raízes num sentimento nacionalista – já que nessa noite os Rosner representavam um crédito à cultura polonesa –, constituía uma proteção. Era como nos velhos tempos, e Henry não pôde deixar de sorrir para Olek e Manci, tocando para ela, ignorando o resto das pessoas. Por alguns breves momentos, parecia realmente que o mundo fora pacificado pela música.

Quando eles terminaram de tocar, um SS de meia-idade – talvez um *Rottenführer* (oficial subalterno), pois Henry não era ainda muito familiarizado com as gradações de postos da SS – aproximou-se deles, enquanto recebiam os cumprimentos, e saudou-os com um esboço de sorriso.

– Espero que vocês tenham uma boa festa de colheita – disse ele, e se retirou.

Os irmãos se entreolharam. Assim que o oficial SS se afastou, eles cederam à tentação de analisar o significado daquelas palavras. Leopold disse, convencido:

– É uma ameaça.

Aquilo vinha provar o que eles no íntimo temiam, quando o *Volksdeutsche* lhes dirigira a palavra – que nessa época não convinha sobressair, ter qualquer forma de destaque.

Assim era a vida no campo em 1940. O cerceamento de uma corrida, o tédio rústico, a luta pelo trabalho, o terror ocasional, a atração por aquele centro brilhante chamado Cracóvia. Para lá, os Rosner sabiam que, no fim, voltariam.

NO OUTONO, Emilie voltou para sua casa; quando Stern retornou ao apartamento de Schindler, foi Ingrid quem lhe ofereceu um café. Oskar não fazia segredo de suas fraquezas e jamais poderia pensar que o ascético Itzhak Stern precisasse de alguma desculpa pela presença de Ingrid. Portanto, quando terminou o café, Oskar foi até o aparador e apanhou uma garrafa nova de conhaque; colocou-a sobre a mesa, entre sua cadeira e a de Stern, como se este realmente fosse compartilhar da bebida.

Stern tinha vindo naquela noite para contar a Oskar que uma família – que chamaremos de os Cs.* –, o velho David e o jovem Leon C. estavam espalhando histórias sobre ele nos lares e até nas ruas de

---

* O motivo de se empregar aqui a inicial, em vez de um sobrenome de ficção, é porque na Cracóvia havia grande número de sobrenomes judeus-poloneses, e usar um sobrenome qualquer, em vez de uma simples inicial, poderia ofender a memória de alguma família desaparecida ou de algum amigo ainda vivo de Oskar.

Kazimierz, tachando-o de gângster alemão e de escroque. Ao transmitir essas acusações a Oskar, Stern empregou termos menos fortes.

Oskar sabia que Stern não estava aguardando uma resposta, que estava apenas transmitindo uma informação. Mas, mesmo assim, naturalmente, achou que devia responder.

– Eu poderia espalhar histórias sobre eles – disse Oskar. – Estão me roubando de todas as maneiras. Se quiser, pode perguntar a Ingrid.

Ingrid era a supervisora dos Cs., uma *Treuhänder benigna,* de apenas vinte e poucos anos, inexperiente em comércio. Dizia-se que o próprio Schindler conseguira a nomeação da moça a fim de garantir um mercado comprador para os seus artigos de cozinha. Contudo, os Cs. tinham bastante autonomia em sua companhia. Se não gostavam da ideia de as autoridades da ocupação manterem a custódia dos seus negócios, ninguém podia censurá-los por isso.

Stern fez um gesto de mão como para afastar a sugestão de Oskar. Quem era ele para interrogar Ingrid? E, de qualquer forma, não obteria grandes informações da moça.

– Eles tapeiam Ingrid – explicou Oskar. – Apareceram na Rua Lipowa para receber suas encomendas, alteraram as faturas e levaram mais do que haviam pago. *"Ela* disse que está bem", informaram a meus empregados. *"Ele* combinou tudo com Ingrid."

O filho, com efeito, andava dizendo a torto e a direito que Schindler havia mandado os SS lhe darem uma surra. Mas sua história variava – a surra supostamente ocorrera na fábrica de Schindler, no depósito de onde o jovem C. emergira com um olho preto e dentes quebrados. Depois, já a surra teria acontecido no Limanowskiego, diante de testemunhas. Um homem chamado F., empregado de Oskar e amigo dos Cs., dissera que ouvira Oskar andando de um lado para outro no seu escritório na Rua Lipowa e ameaçando matar o velho David C. Ainda falavam que Oskar fora de carro a Stradom e fizera uma limpa na caixa registradora de C.; enchera os bolsos de dinheiro, afirmara que havia uma Nova Ordem na Europa; tudo isso depois de espancar o velho David em seu escritório.

Seria possível que Oskar agredisse o velho David C. e o deixasse de cama com tantos ferimentos? Seria possível que ele tivesse pedido a amigos seus da polícia que atacassem Leon? Sob certo aspecto,

Oskar e os Cs. eram gângsteres, vendendo ilegalmente toneladas de utensílios de cozinha, sem avisar a relação das vendas ao *Transferstelle,* sem o uso dos necessários cupons de mercadoria chamados *Bezugschein.* No mercado paralelo, o diálogo era rude e os humores violentos. Oskar admitia que entrara furioso na loja dos Cs., chamara pai e filho de ladrões e indenizara a si mesmo na caixa registradora pelos utensílios de cozinha que os Cs. levaram sem autorização. Oskar admitia que esmurrara o jovem Leon, nada mais.

E os Cs., que Stern conhecia desde a infância, tinham uma reputação nada invejável. Não exatamente de criminosos, mas de espertalhões e sua característica, mas como no incidente com Oskar, era defender-se pondo a boca no mundo, quando apanhados em flagrante.

Stern sabia que as contusões de Leon não eram invenção. Leon exibia-as na rua e gostava de narrar o incidente. Realmente, fora espancado pela SS, mas esse fato podia ter várias causas. Stern não somente não acreditava que Oskar tivesse pedido à SS *aquela* espécie de favor, mas também tinha o bom senso de julgar que acreditar ou não no que diziam ter acontecido era irrelevante nesse caso, levando em conta seus objetivos mais amplos. Tornar-se-ia relevante só se Herr Schindler criasse um esquema de brutalidade. Para os objetivos de Stern, lapsos ocasionais não contavam. Se Oskar fosse isento de pecado, aquele apartamento não teria sido luxuosamente reformado, nem Ingrid o estaria esperando no quarto.

No entanto, é preciso acrescentar que Oskar salvaria todos eles – o Sr. e Sra. C., Leon C., o Sr. H., a Srta. M., secretária do velho C. – e que, apesar de admitirem esse fato, continuariam insistindo em suas acusações.

Nessa noite, Itzhak Stern trouxe também a notícia da condenação de Marek Biberstein a uma pena de dois anos na prisão da Rua Montelupich. Marek Biberstein era, ou fora até a ocasião da sua prisão, o presidente do *Judenrat.* Em outras cidades, o *Judenrat* já era amaldiçoado pela maioria da população judaica, pois a sua principal tarefa passara a ser o preparo de listas para trabalhos forçados e transferências para os campos. Os *Judenrats* eram considerados pela administração como os executores de sua vontade; em Cracóvia; Marek Biberstein e seus auxiliares, porém, ainda se consideravam os para-choques entre Schmid, o prefeito militar de Cracóvia e depois, Pavlu, de um lado, e do outro os habitantes judeus da cidade. No jornal alemão de Cracóvia, de 13 de março de 1940, certo Dr. Dietrich Redecker declarava que numa visita que fizera ao *Judenrat*, ficara chocado com os tapetes e as poltronas luxuosos daquela sede e a pobreza e a esqualidez do bairro judaico na Kazimierz. Mas os sobreviventes judeus não se recordam do primeiro *Judenrat* de Cracóvia como formado por homens que se mantinham afastados da população. Contudo, premidos por necessidades financeiras, eles cometeram o mesmo erro dos *Judenrats* de Lodz e Varsóvia, permitindo aos ricos que comprassem a sua exclusão das listas de trabalhos forçados, induzindo os pobres a entrarem na lista em troca de sopa e pão. Mas, mesmo mais tarde, em 1941, Biberstein e seu conselho ainda mereciam o respeito dos judeus de Cracóvia.

O primeiro quadro de membros do *Judenrat* consistia em 24 homens, em sua maioria intelectuais. Todos os dias, a caminho de Zablocie, Oskar passava pelo escritório do *Judenrat*, na esquina de Podgórze, onde se comprimiam vários secretariados. À maneira de um gabinete, cada membro do conselho se encarregava de um setor diferente do governo. O Sr. Schenker encarregava-se dos impostos, o Sr. Steinberg da habitação – uma tarefa fundamental numa sociedade em que as pessoas vagavam de um lugar para outro, numa semana tentando a opção de refúgio em alguma pequena aldeia, na semana seguinte retornando à cidade por não conseguir suportar a estreiteza dos camponeses. Leon Salpeter, farmacêutico profissional, tinha a seu cargo uma das agências da previdência social. Havia secretariados para alimentação, cemitérios, saúde, documentação de viagem, problemas econômicos, serviços administrativos, cultura e até – em vista de terem sido banidas as escolas – educação.

No início, Biberstein e seu conselho acreditavam que os judeus expulsos de Cracóvia acabavam indo para lugares piores; decidiram, então, recorrer a um antigo estratagema: o suborno. O premido tesouro do *Judenrat* reservou 200 mil *zÂotys* para esse fim. Biberstein e Chaim Goldfluss, Secretário da Habitação, conseguiram um intermediário, no caso um *Volksdeutscher* chamado Reichert, que mantinha contatos com a SS e com a administração municipal. A tarefa de

Reichert era passar dinheiro a uma série de oficiais, a começar pelo *Obersturmführer* (uma categoria SS equivalente a primeiro-tenente) Sibert, o oficial de ligação entre o *Judenrat* e o governo municipal. Em troca do dinheiro, seria permitido que dez mil judeus da comunidade de Cracóvia permanecessem na cidade, apesar das ordens de Frank.

Talvez porque Reichert tivesse insultado os funcionários, reservando uma porcentagem excessiva para si mesmo, ou porque os cavalheiros envolvidos na transação achassem que a maior ambição do Governador Frank de deixar sua cidade *judenfrei* tornasse muito perigoso aceitar subornos (a causa nunca ficou esclarecida no tribunal), mas Biberstein foi condenado a dois anos em Montelupich, e Goldfluss a seis meses em Auschwitz. Quanto a Reichert, a sentença foi de oito anos. Todos sabiam, porém, que as regras seriam muito mais suaves para ele do que para os outros dois.

Schindler não concordaria com a ideia de arriscar 200 mil *zÂotys* na esperança de um esquema tão frágil.

– Reichert é um escroque – murmurou ele. Há apenas dez minutos tinham discutido se os Cs. e ele próprio seriam escroques, e a questão permanecera em suspenso. Mas não havia dúvida quanto a Reichert. – Eu poderia ter-lhes dito que Reichert é de fato um escroque – insistiu várias vezes Oskar.

Stern comentou – com base em um princípio filosófico – que havia ocasiões em que as únicas pessoas que restavam para fazer negócios eram os escroques.

Schindler riu do comentário – uma gargalhada franca, quase rude.

– Muito obrigado, meu amigo – disse ele a Stern.

8

O NATAL daquele ano não foi tão ruim. Mas havia uma tristeza no ar, a neve era como uma interrogação na paisagem que se via do apartamento de Schindler; havia algo de paralisado, vigilante e eterno nos telhados do Wawel lá no alto, bem como nas antigas fachadas da Rua Kanonicza. Ninguém mais acreditava numa solução rápida – nem os soldados, ou os poloneses, nem os judeus de cada lado do rio.

Nesse Natal, para a sua secretária Klonowska, Schindler comprou um *poodle,* um ridículo cãozinho parisiense, adquirido por Pfefferberg. Para Ingrid, ele deu uma joia e mandou outra para a suave Emilie, em Zwittau. *Poodles* eram raridade, informou Pfefferberg. Mas joias eram fáceis de adquirir. Naquele tempo, havia uma grande oferta nesse mercado.

Oskar parece ter mantido suas simultâneas ligações com as três mulheres e eventuais casos passageiros com outras, tudo isso sem sofrer as normais penalidades infligidas a um conquistador. Gente que frequentava o seu apartamento não se lembra de jamais ter visto Ingrid amuada. Ela parece ter sido uma jovem generosa e afável. Emilie, com ainda motivos para queixas, tinha dignidade demais para fazer as cenas que Oskar merecia de sobra. Se Klonowska nutria quaisquer ressentimentos, tal fato não parecia afetar o seu comportamento no escritório da DEF, nem sua lealdade para com *Herr Direktor.* Seria de esperar que, numa vida como a de Oskar, confrontos públicos entre mulheres enraivecidas fossem comuns. Mas ninguém entre os amigos e empregados de Oskar – testemunhas dispostas a admitir e até, em certas circunstâncias, a rir dos seus pecados da carne – se lembra de confrontos complicados, tão comuns na vida de homens bem menos afoitos do que ele.

Afirmar, como algumas pessoas chegaram a fazer, que qualquer mulher se satisfaria com a posse parcial de Oskar é menosprezar as mulheres de sua vida. O problema era, talvez, que se alguém pretendesse discutir fidelidade com Oskar, em seus olhos logo surgia uma expressão de infantil e autêntica perplexidade, como se lhe estivesse sendo proposto algum conceito, tal como o da Relatividade, que só poderia ser compreendido se o ouvinte dispusesse de umas cinco horas para se concentrar. Ora, Oskar nunca dispunha de cinco horas e jamais compreenderia.

Exceto no caso de sua mãe. Naquela manhã de Natal, em homenagem a ela, Oskar compareceu à missa na Igreja de Santa Maria. Havia um espaço acima do altar principal, onde o tríptico de madeira de *Wit Stwosz* até poucas semanas antes desviara a atenção dos fiéis com o seu aglomerado de divindades se acotovelando. O vazio e a marca desbotada na pedra, no local em que estivera pendurado o tríptico, provocaram em Schindler uma reação indignada. Alguém tinha roubado o tríptico e remetido para Nuremberg. Como se tornara absurdo o mundo!

Ainda assim, naquele inverno, os negócios iam de vento em popa. No ano seguinte, os amigos de Oskar da Inspetoria de Armamentos começaram a analisar com ele a possibilidade de instalar um departamento de munições para fabricar granadas antitanque. Oskar estava mais interessado em panelas e caçarolas do que em granadas. Era fácil produzir panelas e caçarolas. Cortava-se e prensava-se o metal, mergulhando-o depois em tanques e aquecendo-o na temperatura certa. Não era preciso calibrar instrumentos; a fabricação não necessitava em absoluto da precisão necessária para armas. Não podia haver nenhum negócio por debaixo do pano com granadas, e Oskar gostava de negócios – apreciava as jogadas, o descrédito, o lucro rápido, a exclusão da burocracia.

Mas, por ser de boa política, ele estabeleceu uma seção de munições, instalando umas poucas e imensas máquinas Hilo, para a precisão na prensagem e cinzelamento dos invólucros de granadas. A seção de munições ainda estava se desenvolvendo; levaria alguns meses de planejamento e testes de produção antes de começarem a fabricar as granadas. As grandes Hilos, todavia, deram à fábrica de Schindler uma espécie de barreira contra o futuro incerto, pelo menos uma *aparência* de indústria essencial.

ANTES MESMO de as Hilos terem sido adequadamente calibradas, Oskar começou a ouvir alusões, por intermédio de seus contatos com a SS da Rua Pomorska, de que havia um projeto de criar um gueto para judeus. Transmitiu o boato a Stern, sem querer causar alarme. Ah, sim, disse Stern, já se sabia do negócio. Algumas pessoas até desejavam que se criasse um gueto. Estaremos lá dentro, o inimigo estará do lado de fora. Poderemos cuidar dos nossos próprios negócios. Ninguém irá nos invejar, ninguém nos apedrejará nas ruas. Os muros do gueto serão o limite, a forma fixa da catástrofe.

O decreto, "Gen. Gub. 44/91", emitido em 3 de março, foi publicado nos diários de Cracóvia e anunciado na Kazimierz por alto-falantes em caminhões. Percorrendo o seu departamento de munições, Oskar ouviu um de seus técnicos comentar a notícia:

– Eles não estarão melhor lá? – perguntou o técnico. – Como sabe, os poloneses odeiam os judeus.

O decreto usava a mesma desculpa. Como um artifício para reduzir conflitos raciais no Governo-Geral, seria instalado um bairro judaico fechado. A inclusão no gueto seria compulsória para todos os judeus, mas aqueles que tivessem carteira de trabalho poderiam sair do gueto para trabalhar, retornando à noite. O gueto ficaria localizado no subúrbio de Podgórze, do outro lado do rio. O prazo final para dar entrada no gueto era no dia 20 de março. Uma vez lá dentro, cada qual seria lotado em habitações determinadas pelo *Judenrat*. Os poloneses que residiam atualmente na área e que, portanto, teriam de se mudar, deviam procurar a sua própria agência de habitação para receber um apartamento em outra parte da cidade.

Um mapa do novo gueto vinha apenso ao edital. O lado norte seria limitado pelo rio, a extremidade leste pela linha da estrada de ferro para Lwów, o lado sul pelos montes adiante de Rekawka, o oeste pela Praça Podgórze. Uma área bem restrita.

Mas havia esperança de que a repressão tomaria agora uma forma definida e daria às pessoas uma base com que planejar seus futuros restritos. Para um homem como Juda Dresner, negociante por atacado de tecidos da Rua Stradom, que viria a conhecer Oskar, o ano e meio anterior trouxera uma incrível sucessão de decretos, intromissões e confiscos. Perdera o seu negócio para a Agência de Crédito, seu carro, seu apartamento. Sua conta bancária fora congelada. As escolas de seus filhos foram fechadas, ou eles foram expulsos de outras. As joias da família, assim como o rádio, haviam sido confiscados. Ele e sua família estavam proibidos de penetrar no centro de Cracóvia, assim como de viajar de trem. Podiam usar apenas bondes segregados. Sua mulher, a filha e os filhos eram regularmente arrebanhados para retirar a neve das ruas e executar outras tarefas compulsórias. Nunca sabia quando seria forçado a entrar num caminhão, se a ausência seria curta ou longa, ou que espécie de loucos armados estariam supervisionando o trabalho que o obrigariam a executar. Sob tal tipo de regime a vida não oferecia a menor segurança, era como escorregar para dentro de um poço sem fundo. Mas, talvez, o gueto estivesse no fundo, o ponto do qual seria possível organizar algum plano.

Além do mais, os judeus de Cracóvia estavam acostumados – de uma forma que se poderia descrever melhor como congênita – à ideia de um gueto. E agora que ficara decidido, a própria palavra soava como algo ancestralmente calmante. Seus avós não tiveram permissão de emergir do gueto de Kazimierz até 1867, quando Franz Josef assinara um decreto permitindo-lhes viver onde quisessem na cidade. Os céticos diziam que os austríacos tinham tido necessidade de abrir Kazimierz, encravada no braço do rio tão perto de Cracóvia, a fim de que os trabalhadores poloneses pudessem encontrar acomodações próximas ao seu local de trabalho. Não obstante, Franz Josef era ainda reverenciado pelos mais velhos da Kazimierz com tanta ênfase quanto o fora no lar de Oskar Schindler, em sua infância.

Embora a liberdade tivesse chegado tão tarde, havia ao mesmo tempo, entre os judeus mais velhos de Cracóvia, uma nostalgia pelo antigo gueto de Kazimierz. Um gueto implicava esqualidez, dificuldade de moradia, compartilhar banheiros, disputas por espaço para cordas de secar roupa. Contudo, também fazia com que os judeus se dedicassem à sua especial característica: riqueza de erudição partilhada, canções e conversações em conjunto, em cafés com fartura de ideias, se não de leite. Rumores tenebrosos emanavam dos guetos de Lodz e Varsóvia, mas o de Podgórze, conforme fora planejado, era mais favorecido em questão de espaço, pois, se fosse superposto num mapa do Centrum, ver-se-ia que ocupava uma área de cerca de metade do tamanho da Cidade Velha – espaço de modo algum suficiente, mas que não chegava a ser um estrangulamento.

Havia também no edital uma cláusula tranquilizadora pela qual o governo se comprometia a proteger os judeus dos seus compatriotas poloneses. Desde princípios da década de 1930, uma luta racial, premeditadamente organizada, prevalecera na Polônia. Quando começou a depressão, e os preços de produtos agrícolas caíram, o governo polonês sancionara vários grupos políticos antissemitas, do tipo que via os judeus como a causa de todos os seus problemas econômicos. Sanacja, o Partido de Saneamento Moral do Marechal Pilsudski, depois da morte do velho marechal, tinha-se aliado ao Campo de Unidade Nacional, partido de direita antissemita. O Primeiro-Ministro Sklad-kowski, na tribuna do Parlamento em Varsóvia, declarara: "Guerra econômica contra os judeus? Aprovado!" Em vez de dar uma reforma agrária aos camponeses, Sanacja induzia-os a encarar as bancas de judeus no mercado como símbolo e total explicação da penúria rural polonesa. Realizaram-se *pogroms* contra a população judaica em algumas cidades, a começar por Grodno em 1935. Os legisladores poloneses também participaram da luta, e indústrias judaicas faliram com as novas leis de crédito bancário. Grêmios de artesanato recusavam judeus e as universidades adotaram uma cota, ou o que eles próprios – muito dados à linguagem clássica – denominavam *numerus clausus aut nullus* (um número reduzido ou nulo), para o ingresso de estudantes judeus. Faculdades cederam à insistência da Unidade Nacional para que os judeus se sentassem em bancos separados no quadrilátero e ficassem segregados no lado esquerdo nas salas de conferência. Nas universidades polonesas era muito comum bonitas e brilhantes estudantes, filhas de judeus, ao saírem das salas de aula, terem o rosto retalhado por um rápido golpe de navalha desfechado por algum magro e sério jovem do Campo de Unidade Nacional.

Nos primeiros dias da ocupação alemã, os conquistadores se espantaram diante da presteza com que os poloneses lhes indicavam os lares de judeus e agarravam um judeu pelos cachos religiosos, enquanto um alemão cortava com uma tesoura as barbas ortodoxas, ou espetava-lhe o rosto com a ponta de uma baioneta. Portanto, em março de 1941, o compromisso de proteger os moradores do gueto dos excessos nacionalistas poloneses foi recebido quase como verossímil.

Embora não houvesse grandes manifestações espontâneas de alegria entre os judeus de Cracóvia, ao arrumarem as bagagens para se mudar para Podgórze, havia uma estranha sensação de volta ao lar, assim como a impressão de ter alcançado um limite além do qual, com alguma sorte, não seria possível expulsá-los e tiranizá-los ainda mais. A tal ponto que mesmo judeus de aldeias nas cercanias de

Cracóvia, de Wieliczka, Niepolomice, Lipnica, Murowana e Tyniec se apressaram a retornar à cidade, receosos de não poderem mais penetrar no gueto depois de 20 de março e, assim, ficarem, isolados num ambiente hostil. Pois o gueto era, por natureza, quase por definição, habitável, ainda que sujeito a ataques intermitentes. O gueto representava *estase* em vez de fluxo.

O gueto traria um pequeno inconveniente à vida de Oskar Schindler. Era costume seu sair do luxuoso apartamento na Straszewskiego, passar pelo rochedo calcário do Castelo de Wawel, enfiado na boca da cidade como uma rolha numa garrafa, e descer atravessando Kazimierz, depois a ponte Kosciuszko e dobrar à esquerda, rumo à sua fábrica de Zablocie. Agora aquele caminho estaria bloqueado pelos muros do gueto. Era um problema de menor importância, mas tornava mais razoável a ideia de manter um apartamento no andar acima do seu escritório, no prédio da Rua Lipowa. Era um bom prédio, construído no estilo de Walter Gropius. Muitas vidraças e claridade, elegantes tijolos cúbicos no pátio da entrada.

Sempre que fazia o percurso naqueles dias, antes do prazo de 20 de março, entre a cidade e Zablocie, Oskar via os judeus da Kazimierz arrumando suas bagagens, e na Rua Stradom, famílias empurrando carrinhos de mão com cadeiras, colchões e relógios, na direção do gueto. Os parentes daquela gente viviam na Kazimierz desde o tempo em que era uma ilha separada do Centrum por um riacho chamado Stara Wisla. Na verdade, desde o tempo em que Kazimier o Grande os convidara a vir para Cracóvia, quando, em outras cidades, eles estavam sendo responsabilizados pela Peste Negra. Oskar presumia que seus antepassados chegaram a Cracóvia do mesmo jeito, empurrando carrinhos com seus pertences, havia mais de quinhentos anos. Agora estavam partindo, ao que parecia, com os mesmos carrinhos de mão. O convite de Kazimier fora cancelado.

Naquelas longas jornadas matutinas pela cidade, Oskar notou que os planos da cidade eram de os bondes continuarem descendo a Rua Lwówska, passando pelo centro do gueto. Muros fronteiriços à linha do bonde estavam sendo erguidos por trabalhadores poloneses; onde havia espaços abertos, já se levantavam muros de cimento. Ao penetrarem no gueto, os bondes fechariam hermeticamente suas portas e não parariam até emergir novamente no *Umwelt,* o mundo ariano, na esquina de Lwówska com a Rua Kinge. Oskar sabia que, apesar disso, haveria clandestinos que pegariam o bonde. Portas cerradas, sem parada, metralhadoras nos muros – seja lá o que for. Nesse aspecto, os seres humanos eram incorrigíveis. Gente tentando descer do bonde, a empregada fiel de alguém, com um embrulho de salsichas. E gente tentaria subir no bonde, algum jovem atleta ágil como Leopold Pfefferberg, com diamantes no bolso ou z*Âotys* de ocupação, ou uma mensagem em código para os guerrilheiros. As pessoas se agarravam à menor chance, mesmo que fosse viajar do lado de fora, com portas cerradas, passando veloz entre muros silenciosos.

A PARTIR DE 20 DE MARÇO, os trabalhadores judeus de Oskar não receberiam mais salário algum e, para viver, dependeriam inteiramente de suas rações. Em contrapartida, ele pagaria determinada quantia à SS de Cracóvia. Tanto Oskar como Madritsch se sentiram inquietos com a medida, pois sabiam que um dia a guerra terminaria e os donos de escravos, como acontecera na América, seriam vilipendiados e despojados. A quantia que ele teria de pagar aos chefes de polícia era a estabelecida pelo Escritório Administrativo e Econômico da SS – 7,50 *reichmarks* pelo trabalho diário de um trabalhador especializado e 5 *reichmarks* para as mulheres e os não especializados. Esses eram salários abaixo dos que vigoravam no mercado de trabalho aberto. Mas tanto para Oskar como para Madritsch, o desconforto moral superava a vantagem econômica. Naquele ano, a folha de pagamento era a menor das preocupações de Oskar. Além do mais, ele nunca fora um capitalista rígido. Em sua juventude, muitas vezes o pai o acusara de esbanjar dinheiro sem necessidade. Enquanto exercera a mera função de gerente de vendas, possuía dois carros, na esperança de que essa informação chegasse aos ouvidos de Hans e o chocasse. Agora, em Cracóvia, ele podia se dar ao luxo de ter vários carros – um Minerva belga, um Maybach, um cabriolé Adler, um BMW.

Ser pródigo e ainda assim mais rico do que o seu cauteloso pai – este era um dos triunfos que Schindler ambicionava na vida. Em tempos de abundância, o custo da mão de obra não merecia cogitações.

O mesmo se dava com Julius Madritsch. A fábrica de uniformes de Madritsch ficava no lado oeste do gueto, a 1 ou 2 quilômetros da Emalia de Oskar. Seus negócios iam tão bem, que ele estava em negociações para abrir uma fábrica semelhante em Tarnow. Era também muito querido pela Inspetoria de Armamentos, e o seu crédito estava tão bom que lhe fora concedido um empréstimo de um milhão de zÂotys pelo Bank Emisyjny (Banco de Crédito).

Ainda que isso lhes trouxesse certo desconforto ético, não era provável que um dos dois empresários, Oskar ou Julius, visse a si próprio moralmente obrigado a não empregar judeus. Isso seria uma atitude, e, como eram pragmáticos, esse tipo de atitude não era do estilo de nenhum dos dois. Em todo caso, Itzhak Stern, assim como Roman Ginter, comerciante e representante do Departamento de Assistência do *Judenrat,* procuraram Oskar e Julius e lhes imploraram que empregassem mais judeus, o máximo possível. O objetivo era dar ao gueto uma estabilidade econômica. Era quase axiomático. Stern e Ginter julgavam que, naquele estágio, um judeu com algum valor econômico num império prematuro, sequioso de trabalhadores especializados, estaria a salvo de medidas piores. E Oskar e Madritsch concordaram.

ASSIM, DURANTE DUAS SEMANAS, os judeus empurraram carrinhos de mão, cruzando a Kazimierz e atravessando a ponte para chegar a Podgórze. Empregados poloneses de famílias de classe média os acompanhavam para ajudar no transporte. No fundo dos carrinhos de mão, debaixo de colchões, de chaleiras e frigideiras, escondiam-se casacos de peles e as joias que lhes haviam restado. Turbas de poloneses nas Ruas Stradom e Starovislna berravam ofensas e atiravam lama.

"Os judeus vão embora, os judeus vão embora! Adeus, judeus!"

Adiante da ponte, um elaborado portão de madeira se abria para os novos habitantes do gueto. Branco, com baluartes entalhados parecendo arabescos, tinha dois grandes arcos para a ida e a vinda dos bondes de Cracóvia. Ao lado havia uma guarita branca para a sentinela. Acima dos arcos, havia uma tabuleta em hebraico, para dar um efeito tranquilizador: CIDADE JUDAICA. Cercas altas de arame farpado se estendiam ao longo do gueto, na frente voltada para o rio; espaços abertos eram selados com placas de cimento de uns 3 metros de altura, arredondadas no topo, parecendo fileiras de lápides anônimas.

No portão do gueto, o judeu trêmulo era recebido por um representante do Departamento de Habitação do *Judenrat*. Se tinha mulher e uma família grande, podiam-lhe ser concedidos dois cômodos e o uso da cozinha. Mesmo assim, após a boa vida das décadas de 1920 e 1930, era doloroso ter de partilhar sua vida privada com famílias de rituais diferentes, hábitos desagradáveis e odor de almíscar. Mães protestavam, pais diziam que a situação poderia ser pior e abanavam a cabeça. Num mesmo recinto, os ortodoxos julgavam os liberais uma abominação.

Em 20 de março, o movimento estava encerrado. Todos os do lado de fora do gueto estavam sujeitos a confisco e a outros prejuízos. Dentro do gueto, por ora, havia espaço para se viver.

Edith Liebgold, de 23 anos, ficou em um quarto no primeiro andar, que passaria a partilhar com sua mãe e seu bebê. A queda de Cracóvia, 18 meses antes, provocara em seu marido um acesso de desespero, e ele partira de casa, como se quisesse procurar alguma saída para a situação. Tinha ideias sobre florestas, queria encontrar alguma clareira, onde estivesse a salvo. E nunca mais voltara.

De sua janela, Edith Liebgold podia ver o Vístula por entre a barricada de arame farpado, mas, em seu caminho para outras partes do gueto, especialmente para o hospital na Rua Wegierska, cruzava Plac Zgody, a Praça da Paz, a única praça do gueto. Ali, no segundo dia de sua vida no gueto, por uma questão de vinte segundos, ela deixou de ser posta em um caminhão da SS para ir trabalhar com uma pá, removendo o carvão ou a neve da cidade. Não era só o fato de que aquelas turmas de trabalho, segundo rumores, retornavam ao gueto com menos gente do que havia partido. Mais do que esse risco, Edith temia ser forçada a entrar em um caminhão, quando meio minuto antes estava se dirigindo para a farmácia de Pankiewicz e em vinte minutos teria de amamentar o filho. Decidiu, então, ir com amigos ao Departamento de Empregos. Se pudesse conseguir trabalho noturno, sua mãe cuidaria à noite do bebê.

O departamento naqueles primeiros dias estava muito movimentado. O *Judenrat* tinha agora a sua força policial, a *Ordnungsdienst* (ou OD), ampliada e regulamentada para manter a ordem no *gueto*, e um menino de boné e faixa no braço organizava as filas diante do departamento.

O grupo de Edith Liebgold acabara de passar pela porta, fazendo muito barulho para matar o tempo, quando um senhor baixo, de meia-idade, vestido com um terno e gravata marrons, aproximou-se. Provavelmente o que o atraíra fora o barulho e a animação do grupo. A princípio, os outros pensaram que o senhor baixo queria conquistar Edith.

– Escute – disse ele – em vez de estar aí esperando... há uma fábrica de esmaltados lá em Zablocie.

E deixou que o endereço produzisse o seu efeito. Zablocie ficava fora do gueto. Lá seria possível barganhar com trabalhadores poloneses. A fábrica estava precisando de dez mulheres saudáveis para o turno da noite.

As moças torceram o nariz, como se pudessem dar-se ao luxo de escolher emprego. Não era trabalho pesado, garantiu ele. Elas poderiam aprender o ofício trabalhando. Quem era ele? Chamava-se Abraham Bankier e era o gerente. Evidentemente, o dono da fábrica era alemão. Que tipo de alemão?, perguntaram elas. Bankier sorriu como se, de repente, estivesse querendo infundir-lhes esperança. O dono não era um mau sujeito, declarou ele.

Nessa noite, Edith Liebgold reuniu-se ao grupo que formava o turno da noite da fábrica de esmaltados e saiu do gueto em direção a Zablocie sob a guarda de um judeu OD. No caminho, ela fez perguntas sobre a Deutsche Email Fabrik. Servem uma sopa bem grossa, disseram-lhe. Espancamentos?, perguntou. Não é esse tipo de lugar, responderam-lhe. Não é como a fábrica de navalhas de Beckmann; mais como a de Madritsch. Madritsch é um bom sujeito, e Schindler também. À entrada da fábrica, Bankier chamou as moças do turno da noite para fora das colunas e as levou para o andar de cima, passando por uma sala de escrivaninhas vazias até uma porta em que se lia HERR DIREKTOR. Edith Liebgold ouviu uma voz profunda dizer-lhes que entrassem. Lá dentro, encontraram o *Herr Direktor* sentado no canto de sua mesa, fumando um cigarro. Seu cabelo, entre louro e castanho-claro, parecia muito bem escovado; vestia jaquetão e gravata de seda. A impressão que dava era de um homem que tinha um jantar marcado para aquela noite, mas esperara especialmente para dar uma palavra às suas novas funcionárias. Era muito alto e ainda jovem. Personificando o tipo ideal de Hitler, Edith esperou que ele pronunciasse um discurso sobre esforço de guerra e a necessidade de aumentar as cotas de produção.

– Eu queria dar-lhes as boas-vindas – disse-lhes o diretor em polonês. – Fazem parte da expansão desta fábrica. – E desviou os olhos; era até possível que estivesse pensando: "Não lhes diga isso, elas não têm nenhum interesse na fábrica."

Então, sem um piscar de olhos, sem nenhuma introdução, sem encolher ostensivamente os ombros, Schindler afirmou-lhes:

– Trabalhando aqui, vocês estarão a salvo. Se trabalharem aqui, irão até o final da guerra com vida.

Deu-lhes boa-noite e deixou-as no escritório. Bankier reteve as moças no alto das escadas, a fim de que *Herr Direktor* pudesse descer na frente.

A promessa deixara-as aturdidas. Era uma promessa divina. Como podia um homem, um simples homem, fazer uma promessa daquela ordem? Mas Edith Liebgold acreditou no mesmo instante. Não tanto porque era no que ela queria acreditar; não porque era uma dádiva, incentivo imprudente. Mas porque, no instante em que Herr Schindler proferiu a promessa, a única opção era acreditar.

As novas mulheres da DEF receberam as instruções para o seu trabalho num estado de agradável perplexidade. Era como se alguma velha cigana maluca, que nada tinha a ganhar com isso, houvesse previsto para elas o casamento com um conde. A promessa tinha para sempre alterado as expectativas de vida de Edith Liebgold. Se algum dia se visse diante de um pelotão de fuzilamento, ela provavelmente teria protestado: "Mas *Herr Direktor* disse que isso jamais aconteceria!"

O trabalho não exigia nenhum esforço mental. Edith carregava os recipientes banhados em esmalte, pendurados por ganchos em uma longa vara, até os fornos. E o tempo todo meditava na promessa de Herr Schindler. Somente loucos faziam promessas tão categóricas. Sem ao menos piscar os olhos. Contudo, ele não era em absoluto louco. Era um industrial com um jantar marcado. Portanto, ele devia *saber*. Mas isso significava ter alguma visão, algum contato profundo com Deus ou o diabo, ou uma previsão do futuro. Mas, de novo, o aspecto dele, a mão com o anel de sinete de ouro não era a mão de um visionário. Era a mão que se estendia para o copo de vinho; a mão em que se podia de certa forma perceber carícias latentes. E, assim, ela retornou à primeira ideia da insanidade dele, da embriaguez, das explanações místicas, da técnica com que *Herr Direktor* lhe havia incutido aquela certeza.

Similares redemoinhos de raciocínio obcecariam naquele ano e nos anos vindouros todos aqueles a quem Oskar fizera as suas arrebatadas promessas. Alguns teriam consciência da precariedade de tais afirmações. Se o homem estava errado, se usara levianamente o seu poder de convicção, então não havia nenhum Deus, nenhuma humanidade, nenhum pão, nenhuma salvação. Restavam, naturalmente, apenas probabilidades, e as probabilidades não eram boas.

9

NAQUELA PRIMAVERA, Schindler deixou a sua fábrica em Cracóvia e rumou para o oeste na sua BMW, atravessando a fronteira e as florestas que começavam a verdejar, chegando a Zwittau. Visitaria suas tias, sua irmã e Emilie. Todas elas tinham-se aliado a ele contra o pai; todas elas mantinham acesa a chama do martírio de sua mãe. Se havia um paralelo entre a infelicidade de sua mãe e a de sua mulher, Oskar Schindler – no seu sobretudo com lapelas de peles, guiando com as mãos enluvadas de couro seu carro feito sob encomenda, apanhando um outro cigarro turco, enquanto percorria as retas degeladas no Jeseniks – não o percebia. Não cabia a uma criança ver tais coisas. Seu pai era um deus e sujeito a leis mais rígidas.

Ele gostava de visitar as tias, do jeito como elas erguiam as mãos espalmadas em admiração à vista do talhe de sua roupa. Sua irmã mais nova casara-se com um funcionário da estrada de ferro e vivia num agradável apartamento fornecido pelas autoridades ferroviárias. Seu marido era importante em Zwittau, cidade de entroncamento de estradas de ferro, que possuía grandes pátios de cargas. Oskar tomou chá com a irmã e o marido, depois alguns cálices de genebra. Havia entre eles um leve tom de mútuo elogio: os irmãos Schindler não tinham se saído nada mal na vida.

Naturalmente, a irmã de Oskar fora quem cuidara de Frau Schindler, na sua última enfermidade, e agora andava se encontrando secretamente com o pai. Não podia fazer mais do que algumas insinuações no sentido de uma reconciliação. Foi o que fez durante o chá, e teve como resposta apenas resmungos.

Mais tarde, Oskar jantou em casa com Emilie. A mulher mostrou-se contente por tê-lo ali, naquele feriado. Podiam comparecer às cerimônias da Páscoa juntos, como os casais de antigamente. E foi de fato um cerimonial, pois os dois portaram-se formalmente a noite toda, servindo um ao outro à mesa como estranhos bem-educados. E, em seus corações e em suas mentes, tanto Emilie quanto Oskar se surpreendiam com aquela singular inaptidão matrimonial – que ele pudesse oferecer e dar mais de si a estranhos e a trabalhadores de sua fábrica do que pudesse proporcionar à sua mulher.

A questão que surgira entre eles era se Emilie devia morar com o marido em Cracóvia. Se abrisse mão do apartamento em Zwittau, permitindo que fosse ocupado por outros inquilinos, não teria mais condição de abandonar Cracóvia. Acreditava que era seu dever estar ao lado de Oskar na linguagem da teologia moral católica, a ausência dele do lar era uma "iminente ocasião de pecado". A vida em comum na cidade estranha só seria tolerável se ele se mostrasse contido, discreto e zeloso em relação às sensibilidades de sua mulher. O problema com Oskar era que não se podia contar com ele para manter em segredo os seus deslizes. Descuidado, meio embriagado, meio sorridente, ele parecia às vezes pensar que se realmente gostasse de alguma mulher, *todos* também tinham de gostar dela.

O impasse a respeito de Emilie mudar-se para Cracóvia tornou-se tão opressivo entre os dois que, quando terminou o jantar, Oskar pediu licença e se dirigiu para um café na praça principal. Era um ponto frequentado por engenheiros de mineração, pequenos comerciantes, algum ocasional comerciante transformado em oficial do Exército. Ele suspirou de alívio ao encontrar alguns dos seus amigos motociclistas, quase todos envergando uniformes da *Wehrmacht*. Começou a beber conhaque com eles. Alguns expressaram surpresa que um grandalhão forte como Oskar não estivesse fardado.

– Indústria essencial – replicou ele. – Indústria essencial.

Começaram a recordar os seus tempos de motociclista. Lembraram rindo a motocicleta que Oskar tinha fabricado com peças sobressalentes, quando ainda era estudante. O barulho explosivo do motor, e também o de sua grande Galloni 500cc. O alarido no café ia num crescendo; mais conhaque era pedido aos gritos. Antigos colegas de Oskar surgiram da sala de jantar anexa, denotando pela expressão facial que haviam reconhecido uma risada esquecida, como de fato a tinham esquecido. Então, um deles assumiu um ar mais sério.

– Escute, Oskar. Seu pai está jantando na sala ao lado, totalmente sozinho.

Oskar Schindler baixou os olhos para o seu conhaque. Sentia o rosto em fogo, mas encolheu os ombros.

– Você devia falar com ele – disse alguém. – O pobre coitado está uma sombra do que foi.

Oskar respondeu que era melhor ir para casa. Começou a pôr-se de pé, mas os amigos o seguraram pelos ombros, forçando-o a sentar-se.

– Seu pai sabe que você está aqui – ponderaram. Dois deles já tinham se dirigido para a sala anexa e estavam persuadindo o velho Hans Schindler, que terminava o seu jantar. Em pânico, Oskar já se pusera de pé, procurando no bolso a ficha do vestiário, quando Hans Schindler, com ar contrafeito, emergiu da sala de jantar, levemente empurrado pelos dois rapazes. Ao ver o pai, Oskar se detém. Apesar da raiva que guardara, sempre tinha imaginado que, se houvesse um gesto de aproximação entre os dois, ele teria de ser o primeiro a fazê-lo. O velho era tão orgulhoso! Contudo, estava se deixando empurrar em direção ao filho.

Quando os dois se viram frente a frente, o primeiro gesto do pai foi um meio sorriso de desculpa e uma espécie de contração das sobrancelhas. A familiaridade da atitude pegou Oskar desprevenido. "Não pude evitar nada", estava Hans dizendo. "O casamento e tudo mais... eu e sua mãe, tudo se passou de acordo com as leis da vida." A ideia por trás do gesto poderia ser comum, mas Oskar vira uma expressão idêntica nessa mesma noite no rosto de alguém – no seu próprio, ao erguer os ombros instintivamente diante do espelho, no saguão do apartamento de Emilie. "O casamento e tudo mais, tudo aconteceu de acordo com as leis da vida." Ele tinha partilhado aquela expressão consigo mesmo, e ali – três conhaques depois – seu pai a estava partilhando com ele.

– Como vai, Oskar? – perguntou Hans Schindler. Havia uma entonação perigosa em sua voz. A saúde de seu pai era pior do que ele se recordava.

Então, Oskar resolveu que até mesmo Herr Hans Schindler era um ser humano – uma noção que ele não conseguira engolir à hora do chá em casa da irmã; abraçou seu velho pai, beijando-o três vezes na face, sentindo o impacto da barba por fazer e começando a chorar, enquanto os engenheiros, militares e motociclistas aplaudiam a cena comovente.

10

OS CONSELHEIROS do *Judenrat* de Arthur Rosenzweig, que ainda se consideravam guardiões da saúde, do bem-estar e da ração de pão dos internos do gueto, fizeram ver à polícia judaica do gueto que eram também servidores públicos. A sua tendência era contratar homens compassivos e com alguma instrução. Embora na sede da SS a OD fosse considerada apenas uma força de polícia auxiliar, que recebia ordens como qualquer outra força policial, não era *essa* a imagem que a maioria dos membros da OD fazia de si mesma. Não pode ser negado que à medida que o tempo passava nos guetos, o membro da OD tornava-se cada vez mais um objeto de suspeita, um suposto colaboracionista. Alguns homens da OD transmitiam informações a grupos da Resistência e desafiavam o sistema, mas talvez a maioria deles julgasse que a sua própria existência e a de suas famílias dependia cada vez mais da cooperação dada à SS. Para os homens honestos, a OD tornar-se-ia um elemento de corrupção. Para escroques, representava uma oportunidade.

Mas, em seus primeiros meses de atividade em Cracóvia, a OD parecia ser uma força benigna. Poldek Pfefferberg poderia ser citado como um exemplo da ambiguidade de se pertencer à OD. Quando, em dezembro de 1940, foi abolida toda a instrução para os judeus, mesmo a organizada pelo *Judenrat*, Poldek tinha aceitado um emprego de controlador das filas de espera, cuidando também do livro de apontamentos no escritório do *Judenrat*. Era um emprego de meio expediente, mas lhe dava o pretexto de poder se movimentar em Cracóvia com certa liberdade. Em março de 1941, foi fundada a OD com o objetivo declarado de proteger os judeus que entravam no gueto do Podgórze, vindos de outras partes da cidade. Poldek aceitou o convite de pôr na cabeça o boné da OD. Ele acreditava compreender a finalidade da força policial – não era apenas para garantir um comportamento racional dentro dos muros do gueto, mas também para conseguir aquele grau correto de relutante obediência tribal que, na história do judaísmo europeu, tende a fazer com que os opressores se retirem mais rapidamente, tornem-se menos atentos, a fim de que, nos intervalos de sua desatenção, a vida volte a ser mais viável.

Ao mesmo tempo que Pfefferberg usava o boné da OD, ele comercializava mercadorias ilegais – artigos de couro, joias, peles, moeda corrente – dentro e fora dos portões do gueto. Conhecia o *Wachtmeister*, Oswald Bosko, um policial que se tornara tão rebelde ao regime a ponto de permitir a entrada de matérias-primas no gueto para serem transformadas em mercadorias – roupas, vinho, ferragens – e, depois, deixar que as mercadorias saíssem para ser vendidas em Cracóvia, tudo sem nem mesmo cogitar suborno.

Ao deixar o gueto, com os funcionários do portão, os *schmalzownicks,* ou os informantes rondando pelas imediações, Pfefferberg retirava a faixa judaica do braço em algum beco discreto e ia fazer negócios na Kazimierz ou no Centrum.

Nos muros da cidade, acima das cabeças dos passageiros nos bondes, ele podia ler os cartazes do dia: anúncios de navalhas, os últimos editais de Wawel sobre as penalidades para quem abrigasse bandidos poloneses, o slogan JUDEUS–PIOLHOS–TIFO, o cartaz mostrando uma virginal polonesa oferecendo comida a um judeu de nariz adunco, cuja sombra era o Diabo. QUEM AJUDA UM JUDEU AJUDA SATANÁS. Em fachadas de armazéns viam-se desenhos de judeus colocando ratos picados dentro de tortas, aguando o leite, recheando pastéis com piolhos, amassando a farinha do pão com pés imundos. A existência do gueto estava sendo corroborada nas ruas de Cracóvia com cartazes realizados por artistas do Ministério de Propaganda. E Pfefferberg, com ares de ariano, trafegava sob aqueles cartazes, carregando uma mala com roupas, joias e moeda corrente.

O maior golpe de Pfefferberg se dera no ano anterior, quando o Governador Frank retirara de circulação as cédulas de 100 e 500 *zÂotys* e determinou que as cédulas desses valores, ainda em circulação, fossem depositadas no Reich Credit Fund. Como um judeu só podia trocar até 2 mil *zÂotys,* isso significava que todas as cédulas guardadas – acima de 2 mil, contra os regulamentos – deixariam de ter valor. A não ser que o portador encontrasse alguém, com aspecto ariano e sem braçadeira, que se dispusesse a entrar nas longas filas de poloneses em frente ao Reich Credit Bank para trocar o seu dinheiro. Pfefferberg e um jovem sionista amigo seu arrecadaram dos residentes do gueto algumas centenas de milhares de *zÂotys* em cédulas banidas, saíram com uma mala repleta delas e voltaram com a moeda de ocupação, descontando apenas os subornos que tiveram de pagar à polícia polonesa no portão do gueto.

Pfefferberg era um policial assim. Excelente pelos padrões do Secretário Artur Rosenzweig, deplorável pelos padrões da Pomorska.

EM ABRIL, Oskar foi fazer uma visita ao gueto – por curiosidade e para falar com um joalheiro, a quem ele tinha encomendado dois anéis. Encontrou o recinto mais superpovoado do que tinha imaginado – duas famílias para cada cômodo, a menos que se tivesse a sorte de ter um amigo no *Judenrat*. Havia no ar um cheiro de encanamentos entupidos, mas as mulheres se defendiam do tifo esfregando com força e fervendo as roupas nos pátios. O joalheiro confiou a Schindler que "as coisas estão mudando" e que "os OD receberam cassetetes". Quanto à administração do gueto, como a de todos os outros da Polônia, passara do controle do Governador Frank para as mãos da Seção 4B da SS, e a autoridade mais alta em todas as questões de judeus em Cracóvia era agora o *Oberführer* Julian Scherner, homem jovial com cerca de 50 anos que, em trajes civis e com óculos de lentes grossas, parecia um burocrata comum. Oskar conhecera-o em coquetéis alemães. Scherner falava muito – não sobre a guerra, mas de negócios e investimentos. Era o tipo de funcionário muito comum nas categorias intermediárias da SS, um folgazão, interessado em bebidas, mulheres e bens confiscados. Às vezes, podia-se notar nele um sorrisinho de contentamento com o seu inesperado poder, como a boca lambuzada de geleia de uma criança. Mostrava-se sempre sociável e infalivelmente impiedoso. Oskar podia perceber que Scherner era mais a favor de fazer os judeus trabalharem do que matá-los, que desconsiderava regulamentos quando se tratava de lucro, mas que seguiria a linha geral da política da SS, fosse qual fosse o rumo que tomasse.

    Oskar não se esquecera do chefe de polícia no Natal anterior, enviando-lhe meia dúzia de garrafas de conhaque. Agora que o poder do homem se expandira, o presente desse ano seria mais substancial.

    Era devido a essa transferência de poder – a SS tornara-se não apenas o braço da política, mas também a sua formuladora – que, sob o sol de verão de junho, a OD estava adquirindo uma nova natureza. Simplesmente, ao atravessar de carro o gueto, Oskar familiarizou-se com uma nova figura, a de um ex-vidraceiro chamado Symche Spira, agora a figura mais influente na OD. Spira era de família ortodoxa e, tanto por sua história pessoal como por temperamento, desprezava os liberais judeus europeizados que ainda faziam parte do Conselho do *Judenrat*. Recebia ordens não de Artur Rosenzweig, mas do *Untersturmführer* Brandt e da sede da SS do outro lado do rio. De suas confabulações com Brandt, ele retornava ao gueto com mais instruções e mais poder. Brandt pedira-lhe que organizasse e chefiasse uma Seção Política da OD, e para tanto ele recrutou vários amigos. O uniforme deles deixou de ser o boné e a braçadeira e passou a ser uma camisa cinza, calças de montaria, cinto largo de couro e lustrosas botas SS.

A Seção Política de Spira transcenderia exigência de cooperação relutante, pois se encheria de homens venais, homens complexados, com ressentimentos secretos contra os insultos sociais e intelectuais recebidos no passado da comunidade judaica respeitável. Além de Spira, havia Szymon Spitz e Marcel Zellinger, Ignacy Diamond, o negociante David Gutter, Forster e Grüner e Landau. Assim, iniciaram eles uma carreira de extorsões e passaram a fazer para a SS listas de habitantes insatisfatórios ou indisciplinados do gueto.

Poldek Pfefferberg queria agora livrar-se da força policial. Corriam rumores de que a Gestapo obrigaria todos os membros da OD a jurar fidelidade ao *Führer,* de modo que depois eles não teriam mais condições de desobedecer. Poldek não queria compartilhar a profissão do camisa-cinza Spira, ou de Spitz e Zellinger, encarregados das listas. Assim, dirigiu-se ao hospital na esquina de Wegierska para falar com um bondoso médico chamado Alexander Biberstein, o médico oficial do *Judenrat*. O irmão de Biberstein, Marek, tinha sido o primeiro presidente do Conselho e estava agora cumprindo pena na tenebrosa prisão de Montelupich, por violação dos regulamentos sobre a moeda corrente e por ter tentado subornar funcionários.

Pfefferberg implorou a Biberstein que lhe desse um certificado médico, que o liberasse de pertencer à OD. Era difícil, respondeu Biberstein. Pfefferberg não apresentava sinal algum de doença. Seria impossível fingir que sofria de pressão alta. O Dr. Biberstein deu-lhe instruções sobre os sintomas de problemas da coluna. Pfefferberg passou a apresentar-se ao serviço muito curvado e usando uma bengala.

Spira ficou indignado. Quando Pfefferberg lhe havia pedido da primeira vez para ser dispensado da OD, o chefe de polícia declarara – como o comandante de alguma guarda de palácio – que a única maneira de sair da OD era "na horizontal". No interior do gueto, Spira e seus ingênuos amigos estavam brincando de Corpo de Elite.

Eram a Legião Estrangeira; eram os pretorianos. "Vamos mandá-lo para o médico da Gestapo!", berrara Spira.

Biberstein, consciente de quanto o jovem Pfefferberg se sentia constrangido, instruíra-o muito bem. Poldek sobreviveu à inspeção do médico da Gestapo e deu baixa da OD, como portador de uma enfermidade que prejudicava sua eficiência no controle das pessoas. Ao se despedir do seu funcionário graduado, Spira expressou todo seu desprezo e sua inimizade.

No dia seguinte, a Alemanha invadiu a Rússia. Oskar entreouviu a notícia, transmitida pela BBC de Londres, e compreendeu que o Plano Madagascar estava agora encerrado. Muitos anos se passariam antes de haver navios disponíveis para uma solução daquelas. Oskar sentiu que o evento mudava a essência dos planejamentos da SS, pois agora por toda parte os economistas, os engenheiros, os planejadores de deslocamento de pessoas, os policiais de todas as categorias passariam a adotar não somente os hábitos mentais adequados a uma guerra prolongada, mas também as medidas mais sistemáticas para chegar a um império racialmente impecável.

11

NUMA VIELA da Rua Lipowa e que dava fundos para a oficina da fábrica de esmaltados de Schindler, ficava a Fábrica Alemã de Embalagens. Oskar Schindler, sempre irrequieto e desejoso de companhia, costumava, às vezes, ir até lá para conversar com o *Treuhänder* Ernst Kuhnpast ou com o antigo proprietário e extraoficial gerente, Szymon Jereth. A Fábrica de Embalagens Jereth passara a ser, havia cerca de dois anos, a Fábrica Alemã de Embalagens – segundo a ordem habitual –, sem pagamento de indenização e sem que houvesse qualquer documento assinado por Jereth.

A injustiça da transação não mais preocupava especialmente Jereth. Era o que havia acontecido com a maioria das pessoas que ele conhecia. O que o preocupava era o gueto. As brigas nas cozinhas, a implacável promiscuidade da vida ali, o cheiro de suor, os piolhos que saltavam para a sua roupa do casaco ensebado de um homem com quem se cruzasse numa escada. A Sra. Jereth, contou ele a Oskar, estava profundamente deprimida. Sempre estivera habituada ao conforto; era de uma boa família de Kleparz, ao norte de Cracóvia. E pensar, expressou ele a Oskar, que com toda aquela madeira de pinho poderia construir uma moradia *ali*. E apontou para o terreno baldio atrás de sua fábrica. Os trabalhadores costumavam usar o espaço amplo para as suas partidas de futebol. Grande parte do terreno pertencia à fábrica de Oskar, o restante a um casal polonês de nome Bielski. Mas Oskar não contou isso ao pobre Jereth nem disse que ele também se preocupava com aquele terreno baldio. Estava mais interessado na oferta insinuada de fornecimento de madeira.

– Acha que pode "alienar" tanta madeira assim? – perguntou Oskar.

– Claro – replicou Jereth. – É só uma questão de escrita.

Os dois estavam junto à janela do escritório de Jereth, olhando para o terreno baldio. Da oficina vinha o ruído de marteladas e de uma serra.

– Eu odiaria perder contato com este local – disse Jereth. – Odiaria desaparecer em algum campo de trabalhos forçados e ter de pensar de longe o que aqueles imbecis estariam fazendo aqui. Deve compreender isso, não é, Herr Schindler?

Um homem como Jereth não podia prever libertação alguma. Os exércitos alemães davam a impressão de estar desfrutando ilimitados êxitos na Rússia, e até mesmo a BBC parecia pouco inclinada a acreditar que eles estavam avançando para um abismo fatal. As encomendas da Inspetoria de Armamentos para cozinhas de campo não cessavam de chegar à mesa de Oskar, com os cumprimentos do General Julius Schindler no final, acompanhados de telefonemas de congratulação de oficiais graduados. Oskar aceitava as encomendas e os cumprimentos como de direito, mas sentia um prazer contraditório nas cartas irritadas que o pai lhe escrevia para celebrar a reconciliação. Não vai durar, dizia Schindler pai. O homem (Hitler) não tem condições de durar. A América acabará se voltando contra ele. E os russos? Meu Deus, será que ninguém se deu ao trabalho de prevenir o ditador de que lá existem incontáveis hordas daqueles bárbaros ímpios? Oskar, sorrindo com as cartas, não se deixava perturbar pelos sentimentos conflitantes: a satisfação comercial dos contratos da Inspetoria de Armamentos e o prazer mais íntimo com as cartas subversivas do pai. Oskar depositava no banco em nome do pai uma quantia mensal de 1.000 RMs, em honra do amor filial e da subversão, e também pela alegria da generosidade.

O ano pareceu-lhe passar rápido e quase tranquilo. Horas de trabalho mais longas do que nunca, festas no Cracóvia Hotel, rodadas de bebidas no clube de jazz, visitas ao luxuoso apartamento de Klonowska. Quando começaram a cair as folhas do outono, Schindler se espantou diante da rapidez com que o ano se escoara. A impressão de que o tempo voara era acrescida pelo verão tardio e, agora, pelas chuvas outonais, que chegavam mais cedo do que de costume. As estações alteradas iriam favorecer os soviéticos e afetariam a vida dos europeus. Para Herr Oskar Schindler, instalado na Rua Lipowa, as mudanças de tempo continuavam sendo apenas mudanças de tempo.

ENTÃO, NO FINAL DE 1941, Oskar inesperadamente foi preso. Alguém – um dos funcionários poloneses da expedição, um dos técnicos alemães da seção de munições, era difícil saber – fora à Rua Pomorska, prestara informações e o denunciara. Dois homens da Gestapo, em trajes civis, chegaram certa manhã à Rua Lipowa e bloquearam a entrada com seus Mercedes, como se tencionassem liquidar com todo o comércio da Emalia. Em cima, diante de Oskar, eles exibiram mandados de prisão que os autorizavam a requisitar todo o seu cadastro comercial. Mas, ao que parecia, não tinham nenhuma experiência naquele ramo.

– Exatamente, quais são os livros que querem? – perguntou-lhe Schindler.

– Livros-caixa – disse um.

– Os seus principais livros-razão – disse o outro.

Foi uma prisão calma; eles conversaram com Klonowska, enquanto Oskar foi apanhar seus livros de contabilidade. Foi-lhe concedido tempo para anotar num bloco uns tantos nomes, supostamente de pessoas com quem Oskar tinha encontros marcados naquele dia e que agora teriam de ser cancelados. Lendo-os, Klonowska compreendeu que era uma lista de gente com quem ela deveria entrar em contato para ajudá-lo a ser solto.

O primeiro nome na lista era o do *Oberführer* Julian Scherner; o segundo, Martin Plathe da *Abwehr* em Breslau. Este último implicava um telefonema interurbano. O terceiro nome era o do supervisor da *Ostfaser,* o bêbado veterano do Exército, Franz Bosch, que Schindler presenteara com uma grande quantidade de utensílios domésticos. Debruçando-se sobre o ombro de Klonowska, sobre seus cabelos louros arrumados no alto da cabeça, ele sublinhou o nome de Bosch. Homem influente, Bosch conhecia e aconselhava todos os altos funcionários que participavam do mercado negro de Cracóvia. E Oskar sabia que a sua prisão tinha a ver com o mercado paralelo, cujo perigo consistia em sempre poder encontrar algum funcionário disposto a ser subornado, mas nunca poder prever a inveja de algum dos próprios empregados do funcionário.

O quarto nome da lista era o do diretor alemão da Ferrum AG de Sosnowiec, a companhia em que Schindler adquiria o seu aço. Esses nomes eram um alívio, pensava ele, ao ser conduzido no Mercedes da Gestapo para a Rua Pomorska, a mais ou menos um quilômetro do Centrum. Eram uma garantia de que não iria desaparecer sem deixar vestígio. Não se sentia, portanto, tão indefeso quanto os mil habitantes do gueto capturados de acordo com as listas de Symche Spira e conduzidos sob as gélidas estrelas do Advento para os vagões de gado na Estação Prokocim. Oskar tinha bons pistolões.

O complexo da SS em Cracóvia era um imenso edifício moderno, sombrio, mas não tão portentoso quanto a prisão de Montelupich. Contudo, mesmo que não se acreditasse nos rumores das torturas ali praticadas, o edifício assustava o preso assim que ele penetrava naquela vastidão, com os seus corredores kafkianos, com a ameaça muda dos nomes dos chefões inscritos nas portas. Ali estavam instalados o Escritório Principal da SS, a sede da Polícia de Ordem, de Kripo, Sipo e Gestapo, da Economia e Administração da SS, do Corpo de Funcionários, de Questões Judaicas, de Raça e Remoção, do Tribunal SS, de Operações, de Serviço SS do *Reichskommissariat* para o Fortalecimento do Germanismo, do Departamento de Assistência aos Alemães Étnicos.

Em algum setor naquela colméia, um homem de meia-idade da Gestapo, que parecia ter um conhecimento mais preciso de contabilidade do que os oficiais que efetuaram a prisão, começou a interrogar Oskar. O jeito do homem era de quem estava achando aquilo meio divertido, como um fiscal alfandegário que descobre que um passageiro suspeito de estar contrabandeando moedas, na realidade, contrabandeou apenas plantas para a tia. Disse a Oskar que todas as empresas relacionadas com a produção bélica estavam sob fiscalização. Oskar não acreditou, mas ficou calado. Herr Schindler devia compreender, acrescentou o homem da Gestapo, que indústrias ligadas ao esforço de guerra tinham a obrigação moral de reservar todo o seu produto para um tão grande empreendimento – e evitar prejudicar a economia do Governo-Geral com transações ilegais.

Com aquele seu modo peculiar de falar, Oskar resmungou algumas palavras, que poderiam significar ao mesmo tempo ameaça e displicência.

– Está insinuando, *Herr Wachtmeister,* que há informações de que a minha fábrica não está preenchendo as suas cotas?

– O senhor vive muito bem – contrapôs o homem, mas ostentando um sorriso condescendente, como se não houvesse objeção quanto a isso, como se fosse admissível que industriais importantes levassem boa vida. – E, tratando-se de qualquer um que viva bem... temos de ter a certeza de que o seu padrão de vida é inteiramente resultado de contratos legais.

Oskar abriu um sorriso para o homem da Gestapo.

– Quem quer que lhe tenha denunciado o meu nome é um imbecil e está fazendo o senhor perder seu tempo.

– Quem é o gerente da DEF? – perguntou o homem da Gestapo, ignorando o comentário de Oskar.

– Abraham Bankier.

– Judeu?

– Claro que é. A fábrica pertencia a parentes dele.

Aqueles dados pareciam corretos, concluiu o homem da Gestapo. Mas se fossem necessárias outras informações, ele presumia que Herr Bankier estaria apto a fornecê-las.

– Está querendo dizer que vai me deter aqui? – perguntou Oskar e começou a rir. – Afianço-lhe que, quando eu estiver rindo com o *Oberführer* Scherner a respeito deste incidente, eu lhe direi que o senhor me tratou com a maior cortesia.

Os dois homens que tinham efetuado a prisão levaram-no para o segundo andar, onde ele foi revistado e lhe foi permitido ficar com os cigarros e 100 zÂotys para algum pequeno luxo. Depois o trancaram num quarto – um dos melhores disponíveis, presumiu Oskar, equipado com pia e vaso sanitário e cortinas empoeiradas na janela de grades – o tipo de quarto em que trancafiavam dignitários que estavam sendo interrogados. Se o prisioneiro fosse posto em liberdade, não poderia queixar-se de um quarto como aquele tampouco descrevê-lo em termos entusiásticos. E, se ficasse apurado que ele era um traidor, sedicioso, ou praticante de crime contra a economia, então, como se no assoalho do quarto abrisse um alçapão, ele se veria numa cela de interrogatório, sentado imóvel e sangrando, numa baia – que eles apelidavam de "bonde" – esperando ser transferido para Montelupich, onde os prisioneiros eram enforcados nas celas. Oskar fitou a porta. "Quem puser a mão em mim", prometeu ele a si mesmo, "eu farei com que seja enviado para a frente russa."

Não sabia esperar com paciência. Após uma hora, bateu na porta e deu ao *Waffen* SS que o atendeu 50 zÂotys para lhe comprar uma garrafa de vodca. A quantia era, naturalmente, três vezes o preço da bebida, mas era esse o método de Oskar. Mais tarde, no mesmo dia, graças às providências tomadas por Klonowska e Ingrid, uma sacola de objetos de toalete, livros e pijamas chegaram à cela. Trouxeram-lhe uma excelente refeição com meia garrafa de vinho húngaro, e ninguém apareceu para incomodá-lo nem para fazer-lhe uma pergunta sequer. Oskar presumiu que o contador continuava curvado sobre os livros da Emalia. Ele teria gostado de ter ali um rádio para ouvir as notícias da BBC sobre a Rússia, o Oriente e o novo combatente, os Estados Unidos. Teve a impressão de que, se pedisse aos seus carcereiros, eles seriam bem capazes de lhe arranjar um rádio. Esperava que a Gestapo não tivesse invadido o seu apartamento da Rua Straszewskiego e se apoderado de objetos e joias de Ingrid.

Quando finalmente adormeceu, chegara já ao ponto em que estava ansioso por se ver diante dos seus inquisidores.

Pela manhã, trouxeram-lhe uma boa refeição – arenque, queijo, ovos, pãezinhos, café – e ele continuou não sendo incomodado. Só, então, o auditor SS de meia-idade, carregando os seus livros de contabilidade, veio vê-lo na cela.

O auditor desejou-lhe bom-dia. Esperava que Oskar tivesse passado uma noite confortável. Não houvera tempo de se fazer mais do que um exame superficial dos livros de Herr Schindler, mas ficara decidido que um cavalheiro de tanto prestígio junto a pessoas influentes no esforço de guerra não precisava por enquanto ser interrogado mais minuciosamente. Acrescentou que tinha recebido certos telefonemas... Ao agradecer ao SS, Oskar estava convencido de que sua liberação era temporária. Recebeu os livros de contabilidade e lhe devolveram todo o seu dinheiro no balcão de recepção.

Do lado de fora, Klonowska o esperava, radiante. Suas providências tinham valido aquele resultado: Schindler, livre da terrível SS, envergando o seu jaquetão e sem o menor arranhão. Ela o conduziu até o seu Adler, que lhe haviam permitido estacionar do lado de dentro do portão. O ridículo cãozinho *poodle* estava sentado no banco traseiro.

12

NO FINAL de uma tarde, a menina chegou na moradia dos Dresner, situada no lado leste do gueto. Fora trazida de volta a Cracóvia pelo casal polonês que estivera cuidando dela no campo. Conseguiram convencer a Polícia Azul Polonesa, postada no portão do gueto, que lhes permitisse entrarem a negócios, e a menina passou como filha deles.

Eram gente decente; estavam envergonhados por terem-na trazido do campo de volta a Cracóvia e ao gueto. Era uma menina tão boazinha; tinham-se afeiçoado a ela. Mas não era mais possível conservar no campo uma criança judia. As autoridades municipais – independentemente da SS – ofereciam até 500 zÂotys por cada judeu traído. Havia o perigo dos vizinhos. Não se podia confiar nos vizinhos. E, então, não somente a criança estaria em perigo, mas todos eles. Santo Deus, havia zonas em que os camponeses saíam à caça de judeus, armados de foices e ancinhos.

A menina não parecia sofrer demais com a esqualidez do gueto. Sentada a uma mesinha, comia meticulosamente o bico de pão que a Sra. Dresner lhe oferecera. Aceitava todas as palavras carinhosas que lhe diziam as mulheres que partilhavam a cozinha. A Sra. Dresner notou a estranha atitude precavida da criança em todas as suas respostas. Tinha, porém, suas vaidades e, como é comum em crianças na faixa dos 3 anos, uma paixão pela cor vermelha. Assim, ali estava com o seu gorrinho vermelho, capote vermelho e botinhas vermelhas. O casal de camponeses fazia-lhe as vontades.

A Sra. Dresner começou a conversa falando sobre os verdadeiros pais da menina. Estavam também vivendo – na realidade, se escondendo – no campo. Mas, explicou a Sra. Dresner, em breve estariam de volta a Cracóvia e ao gueto. A criança abanava a cabeça, mas não parecia ser por timidez que se mantinha calada.

Em janeiro, seus pais haviam sido capturados, de acordo com uma lista fornecida à SS por Spira e, enquanto estavam sendo conduzidos em filas para a Estação de Prokocim, tinham passado por entre uma turba de poloneses vociferantes – "Adeusinho, judeus!" Conseguiram, porém, esgueirar-se para fora da coluna, como se fossem dois honestos cidadãos poloneses atravessando a rua para ver a deportação de inimigos sociais, e tinham-se reunido à turba, gritando eles próprios um pouco, e depois se afastado e fugido para o campo.

Agora também eles não se sentiam mais seguros no campo e tencionavam penetrar clandestinamente em Cracóvia no verão. A mãe de "Chapeuzinho Vermelho" – como os filhos do casal Dresner apelidaram a garota, ao voltarem da cidade para casa, após o trabalho – era prima-irmã da Sra. Dresner.

Logo, a jovem Danka, filha da Sra. Dresner, voltou também do seu trabalho de faxineira na base aérea da *Luftwaffe*. Danka ia fazer 14 anos, mas era alta o bastante para já ter recebido o seu *Kennkar-*

te (carteira de trabalho), o que lhe permitia trabalhar fora do gueto. Ficou encantada com a esquiva menina.

– Genia, conheço sua mãe, Eva. Nós duas costumávamos fazer compras juntas, e ela me comprava doces na confeitaria da Rua Bracka.

A menina manteve-se sentada, não sorriu, fixou os olhos num ponto vago.

– Moça, está enganada. O nome de minha mãe não é Eva. É Jasha. – E continuou citando os nomes da fictícia genealogia polonesa, que a haviam feito decorar, tanto seus pais como o casal de poloneses, para o caso de ela ser interrogada pela Polícia Azul ou pela SS. A família pareceu perplexa com a excepcional esperteza da criança e, embora achando aquilo horrível, não quiseram corrigi-la, pois era bem possível que, naquela mesma semana, o embuste fosse uma arma essencial de sobrevivência.

À hora do jantar, Idek Schindel, o tio da menina, jovem médico do hospital do gueto na Rua Wegierska, apareceu em casa dos Dresner. Era o alegre, brincalhão, carinhoso tio, de que uma criança necessita. Ao vê-lo, Genia *tornou-se* uma criança, levantando-se da cadeira e correndo para ele. Se o seu tio estava ali, chamando aquela gente de primos, então eram *mesmo* primos. Agora ela já podia admitir que tinha uma mãe chamada Eva e que os seus avós não se chamavam realmente Ludwik e Sophia.

Então o Sr. Juda Dresner, funcionário de compras da fábrica Bosch, chegou em casa, e a família ficou completa.

O DIA 28 DE ABRIL era aniversário de Schindler, e em 1942 ele comemorou a data como um filho da primavera, com prodigalidade e fazendo alarde. Foi um grande dia na DEF. O *Herr Direktor* levou para a fábrica o raro pão branco, sem se preocupar com despesas, para ser servido com a sopa do meio-dia. Os festejos se estenderam pelo escritório geral e a oficina nos fundos da fábrica. Oskar Schindler, o industrial, desfrutava o sabor suculento da vida.

O seu trigésimo quarto aniversário começou a ser comemorado desde cedo, na Emalia. Schindler atravessou acintosamente o escritório geral sobraçando três garrafas de conhaque, para bebê-las com os engenheiros, contadores, projetistas. Os funcionários da Contabilidade e do Pessoal ganharam uma profusão de cigarros e, no decorrer da manhã, as dádivas já tinham chegado ao andar da oficina. Um bolo veio da confeitaria e Oskar partiu-o sobre a mesa de Klonowska. Delegações de trabalhadores judeus e poloneses começaram a entrar no escritório para dar-lhe os parabéns, e ele beijou efusivamente uma jovem chamada Kucharska, cujo pai fizera parte do parlamento polonês antes da guerra. Apareceram, então, outras judias, os homens trocavam apertos de mão, e até Stern veio da Comissão de Melhoramentos, onde agora trabalhava, para apertar formalmente a mão de Oskar e se ver envolvido num abraço de quebrar costelas.

À tarde, alguém, talvez o mesmo insatisfeito da vez anterior, contatou Pomorska e denunciou Schindler por transgressões às leis raciais.

Seus livros de contabilidade podiam suportar uma investigação, mas ninguém teria como negar que ele era um "beijador de judeus".

A maneira como ele foi preso dessa vez pareceu mais profissional do que a anterior.

Na manhã do dia 29, um Mercedes bloqueou a entrada da fábrica e dois homens da Gestapo, com um ar de que estava mais seguro do terreno em que pisavam do que os dois primeiros, encontraram-no quando atravessava o pátio da fábrica. Fora acusado de infringir as provisões da Lei de Raça e Reajustamento e pediram-lhe que os acompanhasse. Não, não havia necessidade de ele ir primeiro ao seu gabinete...

– Os senhores têm uma ordem de prisão?

– Não precisamos disso – foi a resposta.

Oskar deu-lhes um sorriso. Os cavalheiros deviam compreender que, se o levassem sem uma ordem expressa, iriam se arrepender.

Essas palavras foram ditas num tom displicente, mas ele podia perceber pela atitude firme dos dois que a ameaça tinha-se concretizado e focalizado, depois da detenção meio cômica do ano anterior. Da última vez, a conversa da Rua Pomorska tinha decorrido sobre questões econômicas e suas possíveis irregularidades. Desta vez, estava-se lidando com uma lei grotesca, a lei do intestino grosso, decretos do lado obscuro do cérebro. Assunto grave.

– Teremos de correr o risco do arrependimento – respondeu um deles.

Oskar avaliou a segurança da atitude, a perigosa indiferença que demonstravam a seu respeito, um homem de posses, com seus 34 anos de idade recentemente comemorados.

– Numa manhã de primavera – respondeu-lhes – posso dispor de umas poucas horas para um passeio de carro.

Procurou tranquilizar a si mesmo, pensando que de novo seria confinado a uma daquelas celas civilizadas na Pomorska. Mas, quando enveredaram pela Rua Kolejowa, percebeu que dessa vez seria a prisão de Montelupich.

– Gostaria de consultar um advogado – disse ele.

– Depois – respondeu o homem que estava ao volante.

Oskar sabia, acreditando na palavra de um dos seus companheiros de rodadas de bebida, que o Instituto de Anatomia Jagiell recebia cadáveres de Montelupich.

O muro do local estendia-se por todo um comprido quarteirão, e a tenebrosa igualdade das janelas do terceiro e quarto andares podia ser vista do assento traseiro do Mercedes. Passando pelo portão principal e por baixo de uma arcada, chegaram a uma sala onde um funcionário da SS falava muito baixo, como se vozes altas provocassem ecos ensurdecedores nos corredores estreitos. Confiscaram-lhe todo o dinheiro, mas disseram-lhe que, enquanto estivesse preso, receberia 50 z*Âotys* por dia. Não, responderam os SS, ainda não estava na hora de se comunicar com um advogado.

Eles partiram. No corredor, com os guardas vigiando, Oskar ficou de ouvido atento a ecos de gritos que, naquele silêncio de convento, pudessem vazar pelas frestas das portinholas através das paredes. Depois de descer um lance da escada, conduziram-no por um túnel claustrofóbico, ao longo de uma fileira de celas de portas trancadas e uma de grades, onde havia uns seis prisioneiros em mangas de camisa, cada qual numa baia separada, voltados para a parede dos fundos, de modo que não se pudessem ver suas feições. Oskar reparou em uma orelha rasgada. Alguém estava fungando, mas sem coragem de assoar o nariz. "Klonowska, Klonowska, está dando os seus telefonemas, meu amor?"

Abriram uma cela para ele e o fizeram entrar. Oskar tivera certo receio de que houvesse muita gente na cela. Mas havia só mais um prisioneiro, um militar envolto até as orelhas no seu casacão, sentado numa das duas camas de madeira, cada qual com o seu estrado. Naturalmente, não havia pias. Apenas um balde de água e outro para os detritos. E quem seria aquele *Waffen* SS *Standartenführer* (posto da SS equivalente a coronel), com a barba por fazer, uma camisa meio suja sob o casacão, botas enlameadas?

– Seja bem-vindo, cavalheiro – disse o oficial, com um sorriso no canto da boca, erguendo a mão para o recém-chegado. Era um bonito homem, pouco mais velho do que Oskar. Provavelmente, tratava-se de um informante. Mas era estranho que lhe houvessem fornecido a farda de um posto tão importante. Oskar consultou seu relógio, sentou-se, levantou-se, olhou para a janela alta. Um pouco da claridade dos pátios de exercício penetrava pela janela, mas esta não era do tipo que permitia a alguém debruçar-se e, assim, reduzir a intimidade dos dois catres lado a lado, dos prisioneiros sentados quase tocando os joelhos um do outro.

Finalmente, começaram a conversar. Oskar mostrava-se muito cauteloso, mas o *Standartenführer* tagarelava descontraidamente. Qual era o seu nome? Philip era como se chamava. Achava que cavalheiros não deviam revelar seu sobrenome em prisões. Além disso, estava na hora de as pessoas começarem a usar apenas nomes. Se todos tivessem adotado esse sistema antes, os alemães seriam agora uma raça mais feliz.

Oskar concluiu que, se o homem não era um informante, então tinha tido algum esgotamento nervoso, ou talvez estivesse sofrendo de neurose de guerra. Estivera participando da campanha no sul da Rússia, e seu batalhão tinha conseguido manter-se o inverno todo em Novgorod. Ele, então, recebera uma licença para visitar sua namorada polonesa em Cracóvia e, segundo suas palavras, "os dois tinham-se perdido um no outro", e ele fora preso no apartamento dela, três dias depois de expirada sua licença.

– Acho que decidi – disse Philip – não ser pontual demais quanto a prazos, quando vi a vida que *esses* safados levam – apontou com a mão para o teto, indicando a estrutura ao seu redor, os projetistas, contadores, burocratas. – Não foi deliberada a decisão de me ausentar, sem permissão. Mas apenas achei que devia a mim mesmo uma certa latitude.

Oskar perguntou se ele não preferia estar na Rua Pomorska.

– Não. Prefiro estar aqui – respondeu Philip. – Pomorska mais parece um hotel. Mas os salafrários têm lá uma cela da morte, cheia de barras de cromo reluzente. Mudando de assunto, o que Herr Oskar fez?

– Beijei uma judia – respondeu Oskar. – Uma empregada minha. É do que me acusam.

Ao ouvir isso, Philip soltou uma gargalhada.

– Oh, oh! E o seu pau caiu no chão?

O *Standartenführer* Philip passou o restante da tarde condenando a SS. Eram ladrões e tarados, afirmou. Era incrível o dinheiro que aqueles safados estavam ganhando. E, sempre com um ar incorruptível, podiam matar um pobre coitado de um polonês por roubar um quilo de toucinho, ao passo que eles viviam como barões hanseáticos.

Oskar ouvia, como se tudo aquilo fosse novidade para ele, como se a revelação da venalidade de *Reichführers* fosse um doloroso choque para a sua provinciana inocência *Sudetendeutsch,* que o havia levado ao ponto de beijar uma judia. Até que Philip, cansado de suas vituperações, adormeceu.

Oskar estava com vontade de beber. Uma boa dose de vodca certamente ajudaria a passar o tempo, tornaria o *Standartenführer* melhor companhia, se ele não fosse um informante, e mais falível se o fosse. Oskar tirou do bolso uma nota de 10 *zÂotys* e nela anotou nomes e números de telefone; mais nomes do que da última vez, uma dezena. Acrescentou mais quatro notas, amassou-as, depois bateu na portinhola. Um guarda apareceu – um grave rosto de meia-idade, que o fitou. Não parecia ser um homem que exercitava poloneses até eles tombarem mortos, ou rompia rins a pontapés, uma das formas mais comuns de tortura. Não se esperava isso de um homem que parecia um tio do interior.

– Seria possível encomendar cinco garrafas de vodca? – perguntou Oskar.

– Cinco garrafas? – espantou-se o guarda. O seu tom era de quem estava aconselhando sobriedade a um jovem bêbado inveterado. Pareceu, porém, algo pensativo, como se estivesse cogitando denunciar Oskar aos seus superiores.

– O general e eu – explicou Oskar – apreciaríamos ter uma garrafa para cada um, a fim de estimular a conversa. Você e seus colegas, por favor, aceitem as restantes, com os meus cumprimentos. Presumo, também, que um homem com a sua autoridade tem o poder de dar uns telefonemas de rotina, por um prisioneiro. Os números dos telefones estão anotados aqui... sim, na cédula. Não precisa telefonar você mesmo. Mas pode transmiti-los a minha secretária, não é? Veja, ela é a primeira da lista.

– Essas pessoas são gente muito influente – murmurou o guarda.

– Você é um louco – gritou Philip para Oskar. – Podem fuzilá-lo por tentar subornar um guarda.

Oskar deitou-se no catre, aparentemente despreocupado.

– É uma estupidez tão grande como beijar uma judia – disse Philip.

– Veremos – replicou Oskar. Mas estava apavorado.

Finalmente, o guarda retornou e trouxe, juntamente com as duas garrafas, um embrulho com camisas e roupas de baixo, alguns livros e uma garrafa de vinho, arrumado no apartamento da Rua Straszewskiego por Ingrid, que entregou a encomenda no portão da Montelupich. Philip e Oskar tiveram juntos uma noite relativamente agradável, embora em determinado momento um guarda houvesse batido na porta de aço e ordenado que eles parassem de cantar.

Mas, mesmo assim, com a bebida tornando a cela mais espaçosa e dando mais credibilidade às vituperações do *Standartenführer*, Schindler estava de ouvido atento a gritos remotos do andar de cima ou a batidas em morse de algum preso desesperado na cela ao lado. Só uma vez a verdadeira natureza daquele local diluiu os efeitos da vodca. Junto ao seu catre, parcialmente escondido pelo estrado, Philip descobriu uma diminuta inscrição em lápis encarnado. Levou algum tempo para decifrá-la, pois o seu conhecimento da língua polonesa não era tão bom como o de Oskar.

– "Meu Deus" – traduziu ele – "como eles me espancam!" Então, meu amigo Oskar, este não é mesmo um mundo maravilhoso?

De manhã, Schindler acordou com a cabeça leve. Nunca tivera ressacas e não entendia como outras pessoas se queixavam tanto desses males. Mas Philip estava pálido e deprimido. Na parte da manhã vieram buscá-lo e ele voltou para juntar seus pertences. Ia ser julgado naquela tarde por uma corte marcial, mas havia sido designado para uma nova missão num campo de treinamento em Stutthorf; presumia que não pretendiam fuzilá-lo por deserção. Apanhou de cima do catre o casacão e retirou-se para explicar a sua aventura polonesa. Sozinho, Oskar passou o dia lendo um livro de Karl May que Ingrid lhe mandara e, à tarde, falou com o seu advogado, um *Sudetendeutscher* que dois anos antes abrira em Cracóvia um escritório de advocacia civil. A entrevista reconfortou Oskar. O motivo de sua prisão era o que fora alegado; eles não estavam utilizando seus beijos transraciais como pretexto para retê-lo enquanto investigavam os seus negócios.

– Mas é provável que o caso vá para o Tribunal da SS e irão perguntar-lhe por que você não se alistou no Exército.

– O motivo é óbvio – respondeu Oskar. – Sou essencial ao esforço de guerra. Pode conseguir um depoimento do General Schindler.

Oskar era um leitor vagaroso e saboreou o livro de Karl May – o caçador e o filósofo índio na vastidão das florestas americanas –, um relacionamento edificante. De qualquer modo, não queria acelerar a leitura. Podia levar uma semana até ele ser conduzido perante um tribunal. O advogado supunha que haveria um discurso do presidente do tribunal sobre a conduta deplorável de um membro da raça germânica, e lhe seria imposta uma multa substancial. Que assim fosse. Oskar Schindler sairia do tribunal um homem mais cauteloso.

Na quinta manhã, ele já havia bebido o meio litro de café preto *ersatz* que tinham-lhe servido bem cedo, quando um NCO e dois guardas vieram buscá-lo. Caminhando ao longo de portas mudas, ele foi levado para um dos gabinetes do andar de cima. Ali deparou-se com um homem, com quem tinha-se encontrado várias vezes em coquetéis, o *Obersturmbannführer* Rolf Czurda, chefe do Serviço de Segurança de Cracóvia. Com seu terno bem-talhado, Czurda parecia um homem de negócios.

– Oskar, Oskar! – exclamou Czurda, reprovando-o como o faria um velho amigo. – Nós lhe fornecemos aquelas judiazinhas a cinco marcos por dia. Os seus beijos deviam ser para *nós*, não para elas.

Oskar explicou que tinha sido seu aniversário. Obedecera a um ímpeto. Andara bebendo.

Czurda abanou a cabeça.

— Nunca pensei que você fosse tão importante, Oskar. Recebi telefonemas até de Breslau, do nosso amigo na *Abwehr*. É claro que seria ridículo mantê-lo afastado de seu trabalho só porque se serviu de uma judia qualquer.

— Obrigado pela compreensão, *Herr Obersturmbannführer* — respondeu Oskar, sentindo que Czurda estava à espera de algum tipo de gratificação. — Se alguma vez eu estiver em posição de retribuir o seu gesto liberal...

— Por falar nisso, tenho uma tia idosa cujo apartamento foi bombardeado.

Outra velha tia. Schindler deu um estalido compassivo com a língua e disse que um representante do chefe Czurda seria bem-vindo a qualquer hora na Rua Lipowa para fazer uma seleção dos produtos ali fabricados. Não convinha, porém, deixar que homens como Czurda considerassem a sua libertação como um favor absoluto — e os utensílios de cozinha como o mínimo que o prisioneiro felizardo poderia oferecer. Quando Czurda falou que ele podia se retirar, Oskar fez objeção.

— Não posso simplesmente mandar vir o meu carro, *Herr Obersturmbannfüher*. Afinal, a minha cota de gasolina é limitada.

Czurda perguntou se Herr Schindler esperava que o Serviço de Segurança o levasse em casa.

Oskar encolheu os ombros. O fato era que ele *vivia* do outro lado da cidade. Seria uma longa caminhada.

Czurda soltou uma risada.

— Oskar, vou mandar um dos meus motoristas levá-lo em casa.

Mas, quando a limusine estava pronta, com o motor em funcionamento, esperando-o ao pé da entrada principal, Schindler lançou um olhar para as janelas vazias acima, aguardando algum sinal daquela outra república, o reino da tortura, das prisões incondicionais — o inferno daqueles que não tinham panelas e caçarolas para barganhar. Rolf Czurda deteve-o pelo cotovelo:

— Pondo de lado as brincadeiras, Oskar, meu caro amigo, você seria muito tolo se se interessasse mesmo por alguma saia judia. É uma raça *sem* futuro, Oskar. Posso lhe garantir que não se trata apenas do velho preconceito antissemita. Trata-se de um plano de ação.

13

AINDA NAQUELE VERÃO, as pessoas cercadas pelos muros continuavam agarrando-se à noção de que o gueto era um domínio restrito, porém permanente. Não era muito difícil acreditar nessa noção no ano de 1941. Fora instalado um correio e havia até selos do gueto. Havia também um jornal, embora pouco mais contivesse do que editais de Wawel e da Rua Pomorska. Fora permitido o funcionamento de um restaurante na Rua Lwówska: o Restaurante Foerster, onde os irmãos Rosner, de volta dos perigos do campo e das paixões volúveis dos camponeses, tocavam violino e acordeão. Por um breve período, parecia que as escolas funcionariam normalmente, que as orquestras se reuniriam para concertos, que a vida judaica seria comunicada como uma organização benigna ao longo das ruas, de artesão para artesão, de professor para professor. Não fora ainda definitivamente manifestada a ideia pelos burocratas da SS da Rua Pomorska de que tal tipo de gueto não era apenas uma extravagância, mas também um insulto às diretrizes racionais da História.

Assim, quando o *Untersturmführer* Brandt mandou chamar o presidente Artur Rosenzweig à Rua Pomorska para uma surra com o cabo de seu chicote de montaria, estava tentando corrigir a incurável visão do judeu de considerar o gueto uma zona de residência permanente. O gueto era um depósito, um desvio, uma estação de ônibus cercada de muralhas. Em 1942, qualquer suposição que encorajasse outra perspectiva já havia sido abolida.

Assim, ali era diferente dos guetos que os velhos recordavam até com certa afeição. A música ali não era uma profissão. *Não havia* profissões. Henry Rosner trabalhava na cozinha da base aérea da *Luftwaffe*. Lá tinha conhecido um jovem cozinheiro-gerente alemão chamado Richard, rapaz risonho que se escondia, como é possível a um cozinheiro, da história do século XX, restringindo-se ao seu ambiente de cozinha e gerência de bar. Ele e Henry Rosner se deram tão bem, que Richard passou a mandar o violinista até o outro lado da cidade para receber o pagamento do Corpo de Fornecedores da *Luftwaffe* – não se podia confiar num alemão, dizia ele; o último cobrador tinha fugido para a Hungria com o dinheiro do pagamento.

Richard, como acontece a um *barman* digno de seu ofício, ouvia boatos, e tinha relações amistosas com os funcionários da base aérea. No dia primeiro de junho, ele foi ao gueto com sua namorada, uma *Volksdeutsche,* envolta numa ampla capa – que, em vista das chuvas de junho, não parecia um agasalho excessivo. Devido à sua profissão, Richard conhecia muitos policiais, entre os quais o *Wachtmeister* Oswald Bosko, e não teve problema em ser admitido no gueto, ainda que oficialmente a entrada lhe fosse proibida. Uma vez transposto o portão, Richard atravessou a Plac Zgody e descobriu o endereço de Henry Rosner. Este mostrou-se surpreso ao vê-los. Poucas horas antes, deixara Richard na base aérea e, no entanto, ali estava ele com a sua namorada, ambos vestidos como para uma visita de cerimônia. Isso veio evidenciar para Henry as discrepâncias da época. Nos últimos dois dias, os habitantes do gueto se enfileiravam à porta do edifício do velho Banco Polonês de Poupança na Rua Jozefinska a fim de obter novas carteiras de identidade. A *kennkarte* amarela, com a fotografia de passaporte em sépia e um grande J azul, ao qual os funcionários alemães agora anexavam – se o judeu em questão estava com sorte – uma etiqueta azul. Havia pessoas que saíam do banco, acenando com suas carteiras acrescidas da etiqueta azul, como se aquilo provasse o seu direito de respirar, a sua validade permanente. Os que trabalhavam na base aérea da *Luftwaffe,* na garagem da *Wehrmacht,* na fábrica de Madritsch, na Emalia de Oskar Schindler, na fábrica Progress, não tinham nenhum problema em receber a *Blauschein.* Mas aqueles a quem ela era recusada sentiam como se até a sua cidadania no gueto estivesse sendo posta em dúvida.

Richard disse que o pequeno Olek Rosner devia ir para o apartamento de sua namorada. Dava para perceber que ele tinha ouvido alguma coisa na base.

– Olek não pode simplesmente sair pelo portão do gueto – disse Henry.

– Já está tudo acertado com Bosko – respondeu Richard.

Henry e Manci pareciam hesitar e consultaram-se mutuamente, enquanto a moça da capa prometia engordar Olek à custa de chocolate. Uma *Aktion?*, perguntou Henry Rosner num sussurro. Ia haver uma *Aktion?*

Richard respondeu com outra pergunta. Recebera Henry o seu *Blauschein?* Claro, respondeu Henry. E Manci? Manci também. Mas Olek não, acrescentou Richard. Ao cair da tarde chuvosa, Olek Rosner, filho único do casal, mal tendo completado 6 anos de idade, saiu do gueto escondido sob a capa da namorada de Richard. Se algum policial tivesse se dado ao trabalho de erguer a capa, tanto Richard como sua namorada poderiam ter sido executados por causa daquele generoso estratagema. Olek também teria desaparecido. Em seu quarto, sem o filho, os Rosner esperavam ter agido certo.

POLDEK PFEFFERBERG, contrabandista de Oskar Schindler, tinha recebido no começo do ano ordem de ensinar os filhos de Symche Spira, o importante vidraceiro, chefe da OD.

Era uma ordem cheia de desdém, como se Spira estivesse dizendo: "Isso mesmo, nós sabemos que você não serve para fazer o trabalho de um *homem*, mas, pelo menos, pode transmitir a meus filhos alguns dos benefícios de sua instrução."

Pfefferberg distraía Schindler com descrições das aulas no lar dos Symche. O chefe de polícia era um dos poucos judeus a ter todo um andar para si. Ali, entre pinturas em duas dimensões de rabinos do século XIX, Symche andava de um lado para outro, ouvindo as aulas de Pfefferberg e parecendo querer ver os conhecimentos brotarem como petúnias das orelhas dos filhos. Um homem predestinado, com a mão enfurnada na abertura do casaco, acreditava que aquela postura napoleônica era característica de homens de influência.

A mulher de Symche era uma criatura apagada, um pouco aturdida com o inesperado poder do marido, talvez evitada por antigos amigos. Os filhos, um menino de 12 anos e uma menina de 14, eram dóceis, não muito inteligentes, porém.

De qualquer modo, quando Pfefferberg se dirigiu ao Banco Polonês de Poupança, esperava receber sem nenhum problema o seu *Blauschein*. Tinha certeza de que as suas aulas para os filhos de Spira seriam consideradas trabalho imprescindível. A carteira amarela identificava-o como PROFESSOR DE ENSINO SECUNDÁRIO e, num mundo racional, por enquanto só parcialmente de pernas para o ar, era uma aptidão respeitável.

Os funcionários recusaram-se a entregar-lhe a etiqueta azul. Poldek discutiu com eles e pensou em apelar talvez para Oskar ou para Herr Szepessi, o burocrata austríaco que, de um prédio mais adiante na mesma rua, chefiava a agência de trabalho. Havia um ano que Oskar lhe pedia que fosse trabalhar na Emalia, mas Pfefferberg sempre achara que um horário integral restringiria em muito as suas atividades ilegais.

Ao sair do prédio do banco, destacamentos da Polícia de Segurança Alemã, da Polícia Azul Polonesa e o destacamento político da OD estavam em atividade nas calçadas, inspecionando as carteiras de todo mundo e prendendo os que não tinham a etiqueta azul. Uma fila de rejeitados, homens e mulheres abjetos, já se formara no meio da Rua Jozefinska. Pfefferberg adotou o seu porte de militar polonês e explicou que, naturalmente, ele tinha vários ofícios. Mas o *Schupo* com quem falou simplesmente sacudiu a cabeça, dizendo: "Não discuta comigo; sem *Blauschein;* vá para a fila. Está compreendendo, judeu?"

Pfefferberg entrou na fila. Mila, a delicada e bonita jovem com quem ele se casara havia um ano e meio, trabalhava para a Madritsch e já tinha a sua *Blauschein*. Portanto, nada a fazer.

Quando a fila contava mais de cem pessoas, desfilou pela rua, passando pelo hospital e indo até o pátio da antiga fábrica de confeitos Optima. Ali, já esperavam trezentas pessoas. Os que haviam chegado antes tinham-se abrigado nos cantos sombrios do que fora em outros tempos a estrebaria onde os cavalos da Optima costumavam ser arreados entre os varais de carroças carregadas de cremes e chocolates de licor. Não era um grupo barulhento. Eram homens profissionais, banqueiros como os Holzer, farmacêuticos e dentistas. Estavam reunidos em grupos, falando em voz baixa. O jovem farmacêutico Bachner conversava com um velho casal de nome Wohl. Havia ali muita gente idosa. Os velhos e pobres que dependiam da ração do *Judenrat.* Nesse verão, o próprio *Judenrat,* distribuidor de alimentos e até de espaço, mostrara-se menos imparcial do que no ano anterior.

Enfermeiras do hospital do gueto moviam-se entre aqueles detentos com baldes de água, que se dizia ser um bom remédio para tensão e desnorteamento. De qualquer forma, estes eram o único remédio que havia, além de um pouco de cianureto do mercado paralelo, de que o hospital dispunha. Os velhos e as famílias pobres dos *shtetls* aceitavam a água em nervoso silêncio.

No decorrer do dia, policiais de três categorias entravam no pátio com listas e formavam filas de pessoas, que eram aguardadas no portão do pátio por destacamentos da SS e conduzidas para a Estação Ferroviária de Prokocim. Alguns procuraram escapar dessa nova transferência, mantendo-se nos cantos mais afastados do pátio. Mas o estilo de Pfefferberg era rondar o portão, procurando alguém para quem pudesse apelar. Talvez Spira estivesse por lá, vestido como um ator de cinema e disposto – com certa dose de grossa ironia – a soltá-lo. Mas o que viu foi, junto à guarita do vigia, um rapazola de fisionomia triste com um boné da OD examinando uma lista, segurando a ponta da página com dedos delicados. Pfefferberg não só tinha servido durante um breve espaço de tempo com o rapaz na OD, como tinha, no seu primeiro ano de professor na Escola Secundária de Kosciuszko em Podgórze, dado aulas à irmã dele.

O rapaz ergueu os olhos.

– Panie Pfefferberg... – murmurou ele, com o mesmo respeito dos dias do passado. Como se o pátio estivesse cheio de criminosos empedernidos, perguntou o que Panie Pfefferberg estava fazendo ali.

– E um absurdo – disse Pfefferberg –, mas não tenho uma *Blauschein*.

O rapaz abanou a cabeça, disse a Poldek que o acompanhasse e levou-o à presença de um *Schupo* uniformizado ao portão. O jovem, com o seu cômico boné da OD, o fino e vulnerável pescoço, não parecia um herói. Mais tarde, porém, Pfefferberg chegou à conclusão de que aquilo lhe dera maior credibilidade.

– Apresento-lhe Herr Pfefferberg, do *Judenrat* – mentiu ele, com uma hábil combinação de respeito e autoridade. – Estava aqui visitando uns parentes.

O *Schupo* parecia cansado com tanto trabalho no pátio. Com um gesto negligente da mão, deu permissão a Pfefferberg para sair. Pfefferberg não teve tempo de agradecer ao rapaz nem de refletir sobre o mistério de um jovem de pescoço fino se dispor a correr risco de vida, mentindo para salvá-lo, só por ter ele ensinado sua irmã a usar argolas de ginástica.

Pfefferberg correu diretamente para a agência de trabalho e furou a fila de espera. Atrás da mesa estavam Fräuleins Skoda e Knosalla, duas joviais alemãs sudetas.

– *Liebchen, Liebchen* – disse ele a Skoda – querem me levar embora porque eu não tenho a etiqueta azul. Olhe para mim. – (Ele tinha a constituição de um touro, era jogador de hóquei em seu país e pertencia ao time de esqui polonês.) – Não sou exatamente o tipo de homem que vocês gostariam de manter aqui?

Apesar da multidão que não lhe dera descanso o dia todo, Skoda ergueu as sobrancelhas e esforçou-se por conter um sorriso.

– Não posso ajudá-lo, Herr Pfefferberg – respondeu ela, examinando a *Kennkarte* do rapaz. – Não recebeu a etiqueta azul, por isso não posso fazer nada. Uma pena...

– Mas *pode* me dar a etiqueta, *Liebchen* – insistiu ele em voz alta, adotando o tom sedutor de novelas de rádio. – Tenho ofícios, *Liebchen*. Muitos ofícios.

Skoda ponderou que somente Herr Szepessi poderia ajudá-lo, e era impossível Szepessi receber Pfefferberg naquele momento. Levaria dias.

– Mas vai *conseguir* que eu fale com ele – insistiu Pfefferberg.

De fato, ela conseguiu. Era por isso que tinha a reputação de ser uma boa moça, porque se abstraía do turbilhão de regulamentos e podia, mesmo num dia de muita movimentação, dar atenção a um rosto individual. Todavia, era pouco provável que se esforçasse do mesmo modo por um velho verruguento.

Herr Szepessi gozava também de uma reputação de pessoa humana, embora estivesse a serviço daquela máquina monstruosa; olhando de relance a carteira de Pfefferberg, murmurou:

– Mas não precisamos de professores de ginástica.

Pfefferberg sempre tinha recusado as ofertas de emprego de Oskar porque se considerava especulador, um individualista. Não queria trabalhar longas horas por uma ninharia na enfadonha Zablocie. Mas se dava conta agora de que estava desaparecendo a era do individualismo. As pessoas precisavam, como base de vida, de um ofício.

– Sou um polidor de metais – declarou ele a Szepessi. Tinha trabalhado por um curto período com um tio de Podgórze, que dirigia uma pequena fábrica de metais em Rekawka.

Herr Szepessi examinou Pfefferberg por detrás dos óculos.

– Bem, *esta* é uma profissão. – Apanhou uma caneta e passou um risco no PROFESSOR DE ENSINO SECUNDÁRIO, cancelando a educação universitária de que tanto Pfefferberg se orgulhava; acima escreveu POLIDOR DE METAIS. Depois apanhou um carimbo e um pote de cola e tirou de uma gaveta a etiqueta azul.

– *Pronto* – concluiu ele, devolvendo o documento a Pfefferberg – agora, se encontrar um *Schupo,* pode garantir-lhe que você é um membro útil da sociedade.

Mais tarde, naquele ano, mandariam o pobre Szepessi para Auschwitz por se deixar persuadir tão facilmente.

14

DE FONTES DIVERSAS – do policial Toffel bem como do bêbado Bosch da *Ostfaser,* a operação têxtil da SS –, Oskar ouvia rumores de que as "condutas no gueto" (de significado dúbio) tornar-se-iam mais intensas. A SS estava mandando vir de Lublin para Cracóvia algumas unidades do violento *Sonderkommando.* Em Lublin, essas unidades já tinham efetuado um excelente trabalho em questões de purificação racial. Toffel sugerira que, a não ser que Oskar quisesse prejudicar sua produção, devia instalar alguns leitos de campanha para o seu turno da noite, até depois do primeiro *Sabbath,* em junho.

Assim Oskar organizou dormitórios nos escritórios e no andar de cima, na seção de munições. Alguns empregados do turno da noite ficavam felizes por poder dormir na fábrica. Outros tinham mulher, filhos, parentes esperando-os no gueto. Além disso, estavam munidos da *Blauschein,* a santa etiqueta azul, em suas *Kennkartes.*

No dia 3 de junho, Abraham Bankier, o gerente de escritório de Oskar, não compareceu à Rua Lipowa. Schindler ainda estava em seu apartamento na Rua Straszewskiego, tomando o café da manhã, quando recebeu um telefonema de uma de suas secretárias. Dizia ter visto Bankier sendo conduzido para fora do gueto, sem nem mesmo parar na Optima, e encaminhado diretamente para o posto da Prokocim. Outros empregados da Emalia faziam também parte do grupo, Reich, Leser... umas 12 pessoas.

Oskar mandou vir seu carro da garagem e seguiu direto para Prokocim. Ali mostrou o seu passe aos guardas do portão. O pátio do posto estava cheio de fileiras de vagões de carga, a estação repleta de cidadãos dispensáveis do gueto, docilmente enfileirados, ainda convencidos – e talvez tivessem razão – da conveniência de uma atitude passiva e disciplinada. Era a primeira vez que Oskar via aquela justaposição de seres humanos em vagões de carga para gado e o choque foi maior do que imaginava; fez parar a composição à beira da plataforma. Avistou, então, um joalheiro conhecido seu.

– Viu Bankier? – perguntou ele.

– Ele já está dentro de um dos vagões, Herr Schindler – respondeu o joalheiro.

– Para onde vocês estão sendo levados?

– Dizem que para um campo de trabalho. Perto de Lublin. Provavelmente não será pior do que... – O homem fez um gesto com a mão, indicando Cracóvia.

Schindler tirou dos bolsos um maço de cigarros e algumas cédulas de 10 *zÂotys* e deu ao joalheiro. Este agradeceu e disse que dessa vez haviam sido obrigados a deixar suas casas, sem bagagem alguma. Os guardas haviam dito que as bagagens lhes seriam remetidas depois.

Em fins do ano anterior, Schindler tinha visto no Boletim de Orçamento e Construção da SS propostas para a construção de alguns fornos crematórios no campo de Belzec, a sudeste de Lublin. Schindler fitou o joalheiro. Tinha 63 ou 64 anos. Um pouco magro; provavelmente tivera uma pneumonia no inverno passado. Terno puído, quente demais para aquele dia. E nos claros olhos compreensivos a capacidade de suportar altas doses de sofrimento. Mesmo no verão de 1942 era impossível imaginar conexões entre um homem como aquele e os tais fornos de extraordinária capacidade cúbica. Tencionavam eles provocar epidemias entre os detentos? Qual seria o método?

Começando pela locomotiva, Schindler passou a percorrer a composição de mais de vinte vagões de carga, chamando Bankier pelo nome, procurando vê-lo entre as grades ou no alto das ripas dos vagões. Era uma sorte para Abraham que Oskar não perguntasse a si mesmo por que estava chamando pelo nome Bankier, que não tivesse parado para considerar que o nome Bankier tinha apenas um valor igual a todos os outros nomes a bordo dos vagões de gado do *Ostbahn*. Um existencialista poderia ter sido derrotado pelos números na Prokocim, atordoado pelo igual apelo de todos os nomes e todas as vozes. Mas Schindler era um inocente filosófico. Conhecia a quem conhecia. Conhecia o nome de Bankier.

– *Bankier! Bankier!* – continuou ele a chamar.

Foi, então, interceptado por um jovem *Oberscharführer* SS, um técnico de Lublin em cargas ferroviárias. Ele pediu para ver o passe de Schindler. Oskar viu na mão do SS uma lista enorme – páginas e páginas cheias de nomes.

– Meus empregados – disse Schindler. – Trabalhadores indispensáveis na minha indústria. O meu gerente de vendas. É uma idiotice. Tenho contratos com a Inspetoria de Armamentos e vocês estão levando o pessoal de que preciso para cumprir esses contratos.

– Não pode retirá-los daqui – respondeu o SS. – Eles estão na lista... – O SS sabia que a lista implicava o mesmo destino a todos os seus componentes.

Oskar baixou a voz, adotando o sussurro áspero de um homem moderado, bem relacionado, que não estava ainda disposto a lançar mão de todos os seus trunfos. Por acaso *Herr Oberscharführer* sabia quanto tempo levaria para treinar pessoal especializado, em substituição aos da lista?

– Na minha Deutsche Email Fabrik, tenho uma seção de munições sob a proteção especial do General Schindler, meu homônimo. Não somente os camaradas do *Oberscharführer* na frente russa serão afetados pelo prejuízo da produção, mas também o escritório da Inspetoria de Armamentos na certa vai exigir explicações.

O rapaz assentiu com a cabeça – era apenas um exausto encarregado da operação de embarque.

– Já ouvi essa história antes.

Estava, porém, preocupado. Oskar percebeu isso e continuou debruçado sobre ele, inserindo uma ameaça em seu tom suave.

– Não tem sentido ficar discutindo sobre a lista. Onde está o seu oficial superior?

O rapaz apontou com a cabeça um oficial da SS, um homem de uns 30 anos, de testa franzida acima dos óculos.

– Quer me dar o seu nome, *Herr Untersturmführer?* – pediu Oskar, já tirando do bolso um bloco de apontamentos.

O oficial também declarou que a lista era intocável. Para ele, era o único processo seguro, racional, para toda aquela trituração de judeus e movimento de vagões. Mas Schindler agora estava mais incisivo. Já sabia a respeito da lista, disse ele. O que tinha perguntado era o nome do *Untersturmführer.* Sua intenção era apelar diretamente para o *Oberführer* Scherner e para o General Schindler, da Inspetoria de Armamentos.

– Schindler? – perguntou o oficial. Pela primeira vez olhou com mais atenção para Oskar. O homem estava vestido como um magnata, usava a insígnia certa, tinha generais na família.

– Creio que posso lhe garantir, *Herr Untersturmführer* – continuou Oskar com voz macia –, que dentro de uma semana o senhor estará no sul da Rússia.

Com o NCO seguindo na frente, Herr Schindler e o oficial caminharam lado a lado entre as fileiras de prisioneiros e junto aos vagões lotados. A locomotiva já estava soltando vapor e o engenheiro debruçado para fora da cabine, olhando, à espera da ordem de partida. O oficial ordenou aos funcionários do *Ostbahn* na plataforma que esperassem. Por fim, chegaram a um dos últimos vagões da composição. Havia ali uma dúzia de trabalhadores com Bankier; tinham todos entrado juntos no vagão, como se estivessem à espera de uma libertação em conjunto. A porta foi destrancada e eles saltaram para fora – Bankier e Frankel, do escritório; Reich, Leser e os outros, da fábrica. Mostraram-se comedidos, não querendo permitir a ninguém ver a sua alegria por terem sido salvos daquela viagem. Os que ficaram dentro do vagão demonstraram satisfação, como se fosse uma sorte para eles viajar com mais espaço, enquanto o oficial, com enfáticos riscos de caneta, eliminava da lista, um a um, os nomes dos empregados da Emalia e solicitava a rubrica de Oskar em cada página.

Depois de Schindler ter agradecido e se voltado para seguir seus empregados, o oficial deteve-o pela manga do casaco.

– Herr Schindler, quero que compreenda que para nós é indiferente. Não nos importamos se é esta ou aquela dúzia de gente.

O oficial, que estivera de sobrolho cerrado, quando Oskar o vira pela primeira vez, agora parecia calmo, como se houvesse descoberto o teorema por trás da situação. Acha que os seus 13 míseros funileiros são importantes? Nós os substituiremos por outros míseros 13 e todo o seu sentimentalismo por causa deles cairá por terra.

– É inconveniência para a lista, apenas isso – explicou o oficial.

O baixote e rotundo Bankier admitiu que o grupo todo não tinha se dado ao trabalho de ir buscar as *Blauscheins* no velho Banco de Poupança Polonês. Schindler, subitamente irado, mandou que eles tomassem as providências necessárias. Mas o que a sua irritação escondia era a consternação de ver toda aquela gente que, por falta de uma etiqueta azul, estava ali na Prokocim, esperando pelo novo e decisivo símbolo de seu *status,* o vagão de gado, para ser puxado pela pesada locomotiva ao longo da amplitude de sua visão. Era como se os vagões lhes dissessem: agora vocês são todos gado.

15

NOS ROSTOS dos seus próprios empregados, Oskar podia ler algo do tormento do gueto. Lá, uma pessoa não tinha tempo para respirar, espaço para se abrigar, não podia fazer valer seus hábitos ou praticar rituais de família. Muitos retraíam-se e encontravam uma forma de conforto, suspeitando de todos os outros – das pessoas que compartilhavam seus cômodos tanto quanto do OD na rua. Mas o fato era que nem os mais equilibrados tinham certeza de em quem confiar. "Cada morador", escreveu um jovem artista sobre as casas no gueto, "tem o seu próprio mundo de segredos e mistérios." Crianças de repente se calavam, ao ouvir um estalido nas escadas. Adultos acordavam sobressaltados com pesadelos de exílio, de desapropriação, e viam-se exilados e desapropriados numa sala repleta em Podgórze – os mesmos eventos de seus pesadelos, o próprio gosto do medo de seus pesadelos, tendo continuidade nos pavores do dia. Rumores horripilantes perseguiam-nos em seus quartos, nas ruas, no local de trabalho. Spira tinha outra lista que era duas ou três vezes mais longa do que a última. Todas as crianças seriam mandadas para Tarnow para serem fuziladas, Stutthof para serem afogadas, Breslau para serem doutrinadas, desarraigadas, operadas. Você tem algum parente idoso? Eles estão enviando todos acima de 50 anos para as minas de sal de Wieliczka. Para trabalhar? Não, para serem trancafiados em câmaras em desuso.

 Todos esses boatos, muitos dos quais Oskar tinha ouvido, propagavam-se muito rapidamente, impulsionados pelo instinto humano de impedir o mal expressando-o em palavras, tentando interceptar os destinos, mostrando aos algozes que se podia ter tanta imaginação quanto eles. Mas naquele mês de junho, todos os piores pesadelos e boatos adquiriram uma forma concreta e os rumores mais inimagináveis transformaram-se em cruel realidade.

 Ao sul do gueto, além da Rua Rekawka, havia pastagens montanhosas, lugar ermo como os espaços vazios do cerco de uma cidade sitiada, como se vê em pinturas medievais, permitindo descortinar a muralha limítrofe. À medida que se percorria a cavalo a crista das colinas, o mapa do gueto ia-se delineando, de maneira que era possível ver o que se passava nas ruas abaixo.

 Schindler havia notado essa particularidade do local, quando na primavera saíra a cavalo com Ingrid. Agora, chocado com o que vira no posto de Prokocim, decidiu repetir o passeio. Na manhã seguinte ao resgate de Bankier, alugou cavalos numa estrebaria no

Parque Bednarskiego. Ele e Ingrid estavam impecavelmente vestidos, com longos casacos fendidos nas costas, calças de montaria e botas reluzentes. Dois *Sudeten* louros, espiando do alto o alvoroçado formigueiro do gueto.

Atravessaram bosques e, num rápido galope, percorreram campinas. Das suas selas, podiam ver agora, na Rua Wegierska, uma multidão aglomerada na esquina do hospital e, logo adiante, um esquadrão da SS agindo com cães, entrando nas casas, as famílias despejadas para a rua, envergando sobretudos apesar do calor, na antecipação de uma ausência prolongada. Ingrid e Oskar estacaram as montarias à sombra de árvores e observaram a cena, começando a notar os pormenores de toda aquela movimentação. Os OD armados de cassetetes trabalhavam com os SS. Alguns membros daquela polícia judaica pareciam muito animados, pois em poucos minutos, lá do alto da colina, Oskar via três mulheres relutantes serem espan cadas nos ombros. A princípio, ele sentiu uma cólera ingênua. Os SS estavam usando judeus para espancar judeus. Contido, no decorrer do dia, convenceu-se de que alguns dos OD espancavam seus patrícios para salvá-los de coisas piores. E, de qualquer maneira, havia um novo regulamento para o OD. Se deixasse de despejar uma família, a sua própria família seria despejada.

Schindler notou também que na Rua Megierska estavam constantemente se formando duas filas. Uma estacionária; a outra, à medida que ia se alongando, era conduzida em segmentos e, depois de dobrar a esquina da Rua Jozefinska, desaparecia de vista. Não era difícil interpretar essa movimentação, pois Schindler e Ingrid, escondidos pelos pinheiros e tendo-se colocado acima do gueto, estavam a uma distância de apenas uns dois ou três curtos quarteirões, de onde se desenrolava a *Aktion*.

As pessoas eram enxotadas dos apartamentos, separadas à força em duas filas, sem se levar em consideração os laços de família. Filhas adolescentes, com os papéis em ordem, iam para a fila estática, gritando para suas mães mais idosas postas na outra fila. Um trabalhador de turno noturno, ainda meio tonto por lhe terem perturbado o sono, foi conduzido para uma fila, enquanto a mulher e a filhinha iam para outra.

No meio da rua, o rapaz discutia com um policial OD. Dizia: "Dane-se a *Blauschein*! Quero ir com Eva e minha filha."

Um SS armado interveio. Em contraste com a massa anônima de *Ghettomenschen,* o militar, com seu uniforme de verão muito bem-passado, parecia soberbamente alimentado e disposto. E, da colina, podia-se ver o reflexo do óleo em sua pistola automática. O SS desfechou um golpe na orelha do judeu e pôs-se a falar com ele aos berros. Schindler, ainda que não pudesse ouvi-lo, tinha certeza de que eram frases que ouvira antes, na Estação de Prokocim. "Não faz a menor diferença para mim. Se quer acompanhar a sua nojenta prostituta judia, pode ir!" O rapaz foi levado de uma fila para a outra. Schindler viu-o correr e ir abraçar a mulher; aproveitando a confusão causada por aquele ato de lealdade conjugal, outra mulher esgueirou-se para dentro de uma porta, e não foi vista pelo *Sonder-kommando* SS.

Oskar e Ingrid viraram seus cavalos, cruzaram uma avenida deserta e chegaram a uma plataforma de pedra que ficava bem defronte à Rua Krakusa. Mais de perto, essa rua parecia menos turbulenta do que a Wegierska. Uma fila de mulheres e crianças, não tão extensa, era conduzida em direção à Rua Piwna. Um guarda caminhava na frente, outro fechava a fila. Havia um desequilíbrio na composição: muito mais crianças em relação às poucas mulheres da fila que poderiam ser suas mães. No final, caminhando com passinhos titubeantes, como que aprendendo a andar, uma criança, menino ou menina, vestida com um casaquinho e gorro encarnados. O que atraiu a atenção de Schindler foi que na cor estava implícita uma afirmação, da mesma forma que na discussão do trabalhador do turno da noite na Rua Wegierska. A afirmação tinha a ver, naturalmente, com uma paixão pelo vermelho.

Schindler consultou Ingrid. Era certamente uma meninazinha, explicou ela. Meninas se deixavam obcecar por uma cor, sobretudo uma cor viva como o vermelho.

Enquanto eles observavam a cena, um *Waffen* SS, no final da coluna, de vez em quando estendia a mão para corrigir a direção daquela mancha encarnada. O gesto não era violento – ele poderia ter sido um irmão mais velho. Se os seus superiores lhe houvessem dito que procurasse apaziguar a preocupação sentimental dos civis, não poderia ter agido melhor. Assim a ansiedade moral dos dois cavaleiros no Parque Bedmarskiego abrandou irrefletidamente por uns poucos segundos. Mas a impressão reconfortante foi breve. A certa distância da coluna de mulheres e crianças que se afastavam, e que a garotinha de vermelho fazia serpentear, turmas da SS com cães agiam de cada lado da rua.

Eles invadiam os apartamentos fétidos; como sinal evidente da sua pressa, uma valise voou da janela de um segundo andar e se escancarou na calçada. E correndo na frente dos cães, homens, mulheres e crianças, que se haviam escondido em sótãos e armários, dentro de cômodas sem gavetas, os evadidos da primeira onda da busca, saíam para a calçada, gritando, ofegantes de pavor dos ferozes cães *dobermans*. Tudo parecia se passar em grande velocidade e era quase impossível acompanhar com os olhos, do alto da colina, aquela movimentação. Os que emergiam eram fuzilados onde estavam na calçada, projetados no ar com o impacto das balas, espirrando sangue nos bueiros. Uma mãe e seu filho, talvez de uns 8 anos, talvez de uns 10, subnutridos, tinham-se abrigado sob o peitoril de uma janela no lado esquerdo da Rua Krakusa. Schindler sentiu um medo insuportável por eles, um tal terror em seu próprio sangue, que lhe afrouxou as pernas na sela e quase o derrubou do cavalo. Olhou para Ingrid e viu que as mãos dela apertavam com força as rédeas. Podia ouvi-la a seu lado, protestando e suplicando.

Os olhos de Schindler agora se fixaram na garotinha de vermelho da Rua Krakusa. A cena se passava a uma distância de meio quarteirão dela; não tinham esperado que a coluna dobrasse a esquina e seguisse pela Rua Jozefinska. A princípio, Schindler duvidara das intenções daqueles assassinos. Mas, agora, ali estava a prova flagrante, que ninguém poderia ignorar, de quais eram as suas intenções. Quando a menina de vermelho parou de seguir sua coluna e voltou-se para olhar, eles acertaram um tiro no pescoço da mulher. O menino, soluçante, deixou-se escorregar junto à parede; um SS, então, firmou-lhe a cabeça com a bota, encostou-lhe o cano do revólver na nuca – postura recomendada pela SS – e disparou o tiro.

Oskar tornou a olhar para a garotinha de vermelho. Ela se voltara e vira a bota calcar o pescoço do menino. Já se fizera um espaço entre ela e o penúltimo da coluna. De novo o guarda SS encaminhou-a fraternalmente para a coluna, dando-lhe nas costas um pequeno empurrão. Schindler não podia compreender por que ele não a golpeara com o cano de sua espingarda, já que na outra extremidade da Rua Krakusa a compaixão era inexistente.

Por fim, Schindler deixou-se escorregar do cavalo, tropeçou e caiu de joelhos abraçado ao tronco de um pinheiro. Sentiu que precisava conter a ânsia de vomitar o seu excelente café da manhã, pois suspeitava que seu corpo instintivamente procurava abrir espaço para digerir os horrores da Rua Krakusa.

A infâmia de homens nascidos de mulheres e que tinham de escrever cartas para suas famílias (o que eles contavam nessas cartas?) não era o pior aspecto do que Schindler presenciara. *Sabia* que eles não tinham vergonha alguma do que estavam fazendo, pois o guarda na retaguarda da coluna não vira necessidade de impedir a garotinha de vermelho de assistir a toda a cena. Mas o pior era que, se não havia a menor vergonha, isso significava sanção oficial. Ninguém mais podia ter segurança na ideia da cultura alemã nem nos pronunciamentos de líderes, que condenavam homens anônimos por terem ultrapassado seus limites, ou por olharem pelas janelas de seus escritórios para a realidade na rua. Oskar tinha visto na Rua Krakusa uma prova da política de seu governo, que não podia ser justificada como uma aberração temporária. Acreditava que os SS estavam cumprindo as ordens de seu líder, pois, do contrário, o colega na retaguarda da coluna não teria deixado uma criança assistir àquela cena.

Mais tarde, nesse dia, depois de ter bebido uma dose de conhaque, Oskar compreendeu o teorema em seus termos mais claros. Eles permitiam testemunhas, como a da garotinha de vermelho, porque julgavam que as testemunhas todas também pereceriam.

NA ESQUINA DA PLAC ZGODY (Praça da Paz) ficava a *Apotheke* de Tadeus Pankiewicz. Era uma farmácia no estilo antigo: ânforas de porcelana com letreiros de nomes em latim de antigos remédios e umas poucas centenas de delicadas gavetinhas muito lustradas que escondiam dos habitantes de Podgórze a complexidade de sua farmacopeia. O farmacêutico Pankiewicz vivia no andar de cima da farmácia por permissão das autoridades e a pedido dos médicos das clínicas do gueto. Era o único polonês com licença para permanecer dentro dos muros do gueto. Homem calmo, de quarenta e poucos anos, tinha interesses intelectuais: o impressionista polonês Abraham Neumann, o compositor Mordche Gebirtig, o filósofo Leon Steinberg e o cientista e filósofo Dr. Rappaport eram todos visitas assíduas de Pankiewicz. A casa era também um elo, uma caixa de correio para informações e mensagens entre a Organização Judaica de Combate (ZOB) e os combatentes do Exército do Povo Polonês. O jovem Dolek Liebeskind, Shimon e Gusta Dranger, organizadores da ZOB de Cracóvia, às vezes apareciam ali, mas sempre discretamente. Era importante não comprometer Tadeus Pankiewicz com seus planos que – ao contrário da política de cooperação do *Judenrat* – implicavam uma vigorosa e inequívoca resistência.

A praça diante da farmácia de Pankiewicz tornou-se naqueles primeiros dias de junho um pátio de concentração. "Era indescritível", repetia sempre mais tarde Pankiewicz, referindo-se à Praça da Paz. No centro da praça, as pessoas eram reclassificadas e recebiam ordem de deixar para trás suas bagagens. "Não, não, vamos remetê-las a todos vocês!" Contra o muro no lado direito da praça, aqueles que resistiam e aqueles que eram descobertos levando nos bolsos algum documento ariano forjado eram fuzilados, sem nenhuma explicação ou desculpa às pessoas arregimentadas no centro. O estarrecedor estampido dos fuzis fraturava conversas e esperanças. Contudo, apesar dos gritos e do choro de parentes das vítimas, algumas pessoas – chocadas ou desesperadamente concentradas em preservar sua vida – pareciam quase não notar o monte de cadáveres. Quando surgiam os caminhões e os mortos eram jogados na carroceria pelos destacamentos de judeus, os que tinham restado na praça imediatamente recomeçavam a falar de seus futuros. E Pankiewicz tornava a ouvir o que estivera ouvindo o dia inteiro dos NCO da SS: "Posso lhe afirmar, minha senhora, que vocês, judeus, vão trabalhar. Acha que estamos em condições de desperdiçar tanta mão de obra?" O desejo desesperado de acreditar se estampava nos rostos daquelas mulheres. E os soldados rasos da SS que tinham acabado de efetuar as execuções contra o muro caminhavam no meio da multidão e aconselhavam as pessoas a colocar etiquetas em suas bagagens.

De Bednarskiego, Oskar Schindler não conseguira avistar a Praça Zgody. Mas tanto Pankiewicz na praça como Schindler na colina jamais testemunharam um horror tão frio. Como Oskar, Pankiewicz sentiu náuseas; seus ouvidos estavam cheios de um silêncio irreal, como se ele houvesse levado uma pancada na cabeça. Sentia-se tão confuso com os ruídos e a selvageria que não notou entre os mortos da praça os seus amigos Gebirtig, compositor de canções famosas, e o suave artista Neumann. Médicos começaram a invadir a farmácia, ofegantes, tendo percorrido correndo os dois quarteirões que separavam a farmácia do hospital. Queriam bandagens – estavam arrastando os feridos das ruas. Um médico entrou, pedindo eméticos, pois na multidão havia umas 12 pessoas sufocadas ou letárgicas por terem ingerido cianureto. Um engenheiro conhecido de Pankiewicz tinha colocado uma daquelas pílulas na boca, aproveitando um momento de distração de sua mulher.

O jovem Dr. Idek Schindel, que trabalhava no hospital do gueto na esquina da Rua Wegierska, ouviu uma mulher gritar histericamente que as crianças estavam sendo levadas. Ela as vira enfileiradas na Rua Krakusa, e entre elas Genia. Schindel deixara Genia nessa manhã com vizinhos – ele era o seu guardião no gueto, pois os pais dela continuavam no campo, tencionando esgueirar-se de volta para dentro do gueto até aquele momento considerado menos perigoso. Nessa manhã, Genia, sempre independente, tinha-se afastado da mulher encarregada de olhá-la e retornado à casa onde morava com o seu tio. Lá, os SS a tinham prendido. Fora assim que Oskar Schindler, do alto da colina, tinha notado a presença de Genia, sem ninguém a acompanhando, na coluna da Rua Krakusa.

Despindo seu jaleco de cirurgião, o Dr. Schindel correu para a praça e quase imediatamente viu sua sobrinha, sentada na grama, cercada por uma parede de guardas e aparentando tranquilidade. O Dr. Schindel sabia que aquela calma era fingida por ter muitas vezes levantado durante as noites para acalmar os terrores de Genia.

Contornou a periferia da praça, e ela o viu. "Não me chame", queria ele dizer. "Vou dar um jeito." Procurava evitar uma cena, que acabaria mal para ambos. Mas não precisava se preocupar, pois não se notava na expressão dos olhos da criança indício algum de tê-lo reconhecido. Deteve-se, assombrado com a admirável astúcia da menininha. Aos 3 anos de idade, ela sabia bem que não devia recorrer ao consolo imediato de gritar por um tio. Sabia que não havia salvação alguma, se atraísse a atenção dos SS sobre tio Idek.

Ele estava compondo mentalmente o discurso que tencionava fazer para o troncudo *Oberscharführer* postado junto ao muro de execução. Não convinha abordar as autoridades com muita humildade ou por intermédio de algum subalterno. Tornando a olhar para Genia, viu nos seus olhos uma ligeira piscadela; então, com muito sangue-frio, ela passou entre dois guardas a seu lado, varando o cordão de isolamento. Afastou-se com uma lentidão tão exasperante que, naturalmente, galvanizou o olhar de seu tio. Mais tarde, cerrando os olhos, costumava ver a imagem de Genia passando por entre a floresta de botas reluzentes dos SS. Na Praça Zgody ninguém a viu. Ela manteve o seu passinho, meio titubeante meio brejeiro, em todo o percurso até a farmácia de Pankiewicz e dobrou a esquina. O Dr. Schindel reprimiu o impulso de bater palmas: ainda que aquela proeza merecesse uma platéia, seria pela sua própria natureza destruída pelos espectadores.

Idek sentiu que não podia ir diretamente atrás da sobrinha sob pena de despertar a atenção para a façanha dela. Contendo seu impulso natural, ele acreditou que o instinto que a tinha feito escapulir da Praça Zgody a levaria a encontrar um esconderijo. Assim, retornou ao hospital por outro caminho.

Genia voltou ao quarto da frente na Rua Krakusa, que partilhava com o tio. A rua agora estava deserta; se uns poucos judeus ainda ali se achavam, seja por um ardil ou por paredes falsas, não davam demonstração de sua presença. Ela entrou na casa e escondeu-se debaixo da cama. Da esquina da rua, Idek, voltando à casa, viu os SS, numa última busca, baterem na porta. Mas Genia não respondeu. Nem responderia ao tio, quando ele próprio chegou. Mas ele sabia onde procurar, na fresta entre a cortina e o caixilho da janela; viu, então, reluzindo na esqualidez do quarto, a botinha vermelha sob a bainha da colcha da cama.

Àquela hora, naturalmente, Schindler já tinha devolvido o cavalo à estrebaria. Não estava na colina para assistir ao pequeno, porém significativo, triunfo da volta da garotinha de vermelho ao local de onde antes havia sido retirada pelos SS. Já se achava no seu gabinete na DEF, fechado a chave, sem coragem de contar o ocorrido ao turno do dia. Bem mais tarde, em termos que em nada caracterizavam o jovial Herr Schindler, o conviva predileto das festas de Cracóvia, o perdulário de Zablocie, isto é, em termos que revelavam – por trás da fachada de playboy – um juiz implacável, Oskar tomou naquele dia uma decisão da qual não mais se afastaria. "A partir daquele dia", diria ele mais tarde, "ninguém, com capacidade de raciocinar, poderia deixar de ver o que iria acontecer. E agora eu estava resolvido a fazer tudo em meu poder para derrotar o sistema."

16

A SS PROSSEGUIU com suas atividades no gueto até a noite de sábado. Operava com aquela eficiência que Oskar tivera ocasião de observar nas execuções da Rua Krakusa. Era difícil predizer as suas investidas e as pessoas que escaparam na sexta-feira eram apanhadas no sábado. Genia sobreviveu à semana, graças ao seu talento precoce de manter o silêncio e de, vestida de vermelho, ser imperceptível.

Em Zablocie, Schindler não ousava acreditar que a garotinha de vermelho havia sobrevivido aos métodos da *Aktion*. Por intermédio de Toffel e de outros conhecidos da central de polícia na Rua Pomorska, ele soube que sete mil pessoas foram postas para fora do gueto. Um funcionário da Gestapo no Escritório de Questões Judaicas estava radiante de poder confirmar a "limpeza". Entre os burocratas da Rua Pomorska, a *Aktion* de junho foi considerada um sucesso.

Oskar agora pesquisava com mais precisão a respeito dessas informações. Sabia, por exemplo, que a *Aktion* estivera sob a supervisão geral de um certo Wilhelm Kunde, mas fora chefiada pelo

Obsersturmführer SS Otto von Mallotke. Oskar não mantinha nenhum dossiê, mas estava se preparando para outra ocasião, em que faria um relatório completo para Canaris ou para o mundo inteiro. Por enquanto, ele investigava fatos que no passado consideraria demências temporárias. Conseguia suas informações exatas não só por meio de contatos com a polícia, mas também de judeus esclarecidos como Stern. As informações vindas de outros locais da Polônia chegavam ao gueto geralmente pela farmácia de Pankiewicz ou eram transmitidas por membros do Exército do Povo. Dolek Liebeskind, líder do Grupo de Resistência Akiva Halutz, também trazia notícias de outros guetos, em virtude do seu cargo de oficial itinerante do Autoauxílio Comunitário Judaico, organização cujo funcionamento os alemães – de olho na Cruz Vermelha – permitiam.

De nada adiantava transmitir ao *Judenrat* esses dados. O Conselho do *Judenrat* não achava aconselhável, do ponto de vista civil, informar os habitantes do gueto sobre os campos. As pessoas certamente ficariam apavoradas; haveria desordens nas ruas, que não ficariam sem punição. Era sempre melhor que aquela gente só ouvisse boatos, presumisse que se tratava de exageros e conservasse suas esperanças. Essa tinha sido a atitude da maioria dos conselheiros judeus, mesmo sob a direção do honesto Artur Rosenzweig. Mas Rosenzweig não estava mais lá. O caixeiro-viajante David Gutter, ajudado pelo seu sobrenome germânico, logo seria nomeado presidente do *Judenrat*. Rações de alimentos eram agora desviadas não apenas por membros da SS, mas também por Gutter e seus novos conselheiros, cujo vicário nas ruas era Symche Spira com suas botas altas. O *Judenrat*, portanto, não tinha mais interesse algum em informar os habitantes do gueto sobre os seus prováveis destinos, já que estavam confiantes de que eles próprios não estariam incluídos nas listas da morte.

A volta a Cracóvia (oito dias depois de ter sido embarcado na Estação do Prokocim) do jovem farmacêutico Bachner marcou o início da revelação da terrível verdade no gueto e do recebimento de informações positivas por Oskar. Ninguém sabia como Bachner conseguira retornar ao gueto nem compreendia o mistério de ele ter voltado a um local em que a SS simplesmente o obrigaria a uma outra jornada. Mas era, naturalmente, o desejo de se ver entre conhecidos que fizera Bachner voltar.

Em toda a extensão da Rua Lwówska e nas ruas atrás da Praça Zgody, ele ia espalhando a sua história. Tinha assistido ao horror final. Seu olhar era alucinado e, durante a curta ausência, seus cabelos tinham embranquecido. Toda a gente de Cracóvia que fora arrebanhada no começo de junho tinha sido levada para o campo de Belzec, próximo à fronteira russa. Quando os trens chegavam na estação ferroviária, as pessoas eram postas para fora dos vagões por ucranianos armados de cacetes. Havia no ar um cheiro horrível, mas um SS tinha bondosamente informado que o cheiro provinha do uso de desinfetantes. As pessoas eram enfileiradas defronte de dois grandes armazéns, um marcado VESTIÁRIO e o outro OBJETOS DE VALOR. Os recém-chegados recebiam ordem de se despirem e um menino judeu passava pelas filas distribuindo pedaços de barbante para que fossem amarrados os pares de sapatos. Óculos e anéis eram recolhidos. Assim, despidos, os prisioneiros em seguida tinham suas cabeças raspadas na barbearia e eram informados por um NCO SS que seus cabelos eram necessários para fabricar algo para as tripulações de submarinos. O cabelo tornaria a crescer, dissera ele, mantendo o mito da perene utilidade dos prisioneiros. Por fim, eram encaminhados por uma passagem ladeada de cercas de arame farpado para casamatas toscas, marcadas com estrelas de davi de cobre e os letreiros SALAS DE BANHO E INALAÇÃO. Em todo o percurso, os SS tranquilizavam suas vítimas, dizendo-lhes que respirassem profundamente, que era um excelente meio de desinfecção. Bachner viu uma meninazinha deixar cair no chão uma pulseira, que um garoto de 3 anos apanhou e entrou na casamata brincando com a joia.

Uma vez lá dentro, relatou Bachner, foram todos asfixiados com gases venenosos. E, mais tarde, turmas entraram nos recintos para desmanchar a pirâmide de corpos e levá-los para serem enterrados. A operação toda levara menos de dois dias, disse Bachner, e todos, menos ele, estavam mortos. Enquanto esperava em um cercado pela sua vez, ele tinha conseguido esgueirar-se para dentro de uma latrina e entrado na fossa. Ali passara três dias com excrementos humanos até o pescoço, com o rosto coberto de moscas. Tinha dormido em pé, apoiado na parede da fossa, com medo de se afogar. Aproveitando o escuro da noite, escapulira lá de dentro.

Não sabia bem como conseguira fugir de Belzec, seguindo o leito da estrada de ferro. Todos compreenderam que Bachner pudera escapar precisamente porque estivera em estado de transe. E porque a mão de alguém – talvez de uma camponesa – o limpara e lhe dera roupas para a sua jornada de volta ao ponto de partida.

Apesar de tudo, havia pessoas em Cracóvia que consideravam a narrativa de Bachner um boato perigoso. De alguns prisioneiros do campo de Auschwitz tinham chegado cartões-postais para parentes. Portanto, o que acontecera em Belzec não podia ser verdade em Auschwitz. E era para acreditar? Tão escassas eram as rações emocionais do gueto que as pessoas só podiam manter seu equilíbrio acreditando numa lógica.

Pelas suas fontes de informação, Schindler descobriu que a construção das câmaras de Belzec tinha sido concluída em março daquele ano, sob a supervisão de uma firma de engenharia de Hamburgo e de engenheiros da SS de Oranienburg. Pelo testemunho de Bachner, ao que parecia, três mil mortes por dia eram o cálculo da capacidade das câmaras. Crematórios estavam sendo construídos, para o caso de o meio tradicional de dispor de cadáveres pudesse provocar um atraso no novo método de extermínio. A mesma companhia em atividade em Belzec fizera as mesmas instalações no Sobibor, também no distrito de Lublin. Foram abertas concorrências, e as construções estavam muito avançadas para instalações similares em Treblinka, perto de Varsóvia. E câmaras de gás e fornos se achavam ambos em funcionamento no campo principal de Auschwitz e no vasto campo Auschwitz II, a poucos quilômetros de Birkenau. A Resistência afirmava que dez mil assassinatos por dia estavam dentro da capacidade de Auschwitz II. E, para a área de Lodz, havia o campo em Chelmno, também equipado de acordo com a nova tecnologia.

Relatar agora tais ocorrências é repetir lugares-comuns da História. Mas, para alguém que viesse a saber delas em 1942, vê-las desabar sobre sua cabeça era um choque profundo, um tumulto na área do cérebro onde as ideias estáveis se alojam. Naquele verão, por toda a Europa, alguns milhões de pessoas, entre elas, Oskar e também os habitantes do gueto de Cracóvia, ajustaram tortuosamente as reservas de suas almas à ideia do sofrimento em Belzec e em outros campos semelhantes nas florestas polonesas.

Naquele verão, Schindler arrematou também a massa falida da Rekord e, de acordo com as provisões do Tribunal Comercial Polonês, adquiriu, numa espécie de leilão *pro forma*, o título de propriedade da fábrica. Embora os exércitos alemães tivessem cruzado o Don e estivessem avançando para os campos de petróleo do Cáucaso, Oskar previa, pelo que presenciara na Rua Krakusa, que a vitória final não podia ser deles. Portanto, era uma boa época para legitimar ao máximo a sua posse da fábrica na Rua Lipowa. E ainda tinha esperança, de um modo quase infantil, de que a História não iria levar em consideração a queda do rei perverso, no sentido de anular aquela legitimidade – que na nova era ele continuaria sendo o filho bem-sucedido de Hans Schindler, que chegara a Cracóvia proveniente de Zwittau.

Jereth, da fábrica de embalagens, continuava pressionando-o para construir uma cabana – um refúgio – no seu terreno baldio. Oskar obteve dos burocratas as necessárias autorizações. O seu pretexto era ter um local de repouso para o seu turno da noite. Tinha a madeira para a construção, doada pelo próprio Jereth.

Depois de terminada no outono, a cabana parecia uma frágil e desconfortável estrutura. As tábuas eram de madeira ainda verde como a de caixotes e davam a impressão de que iriam encolher, quando fossem escurecendo e deixando penetrar a neve por entre suas frestas. Mas durante uma *Aktion*, em outubro, foi um abrigo para Jereth e sua mulher, para os operários das fábricas de embalagens e de radiadores, e para o turno da noite de Oskar.

O Oskar Schindler que saía de seu gabinete nas manhãs gélidas de uma *Aktion* para falar com o membro da SS, com o auxiliar ucraniano, com a Polícia Azul e com o destacamento do OD, que teriam marchado de Podgórze para escoltar o seu turno da noite, o Oskar Schindler que, enquanto tomava seu café, telefonava para o escritório do *Wachtmeister* Bosko próximo ao gueto e pregava uma mentira a respeito da necessidade de seu turno da noite permanecer naquela manhã na Rua Lipowa – esse Oskar estava se comprometendo além dos limites de negócios cautelosos. Os homens influentes que, por duas vezes, o tiraram da prisão não poderiam fazê-lo indefinidamente, embora Oskar se mostrasse generoso nos aniversários deles. Nesse ano, estavam mandando homens influentes para Auschwitz. Se eles morriam lá, suas viúvas recebiam um telegrama seco e ingrato do comandante: SEU MARIDO MORREU EM *KONZENTRATIONSLAGER* AUSCHWITZ.

Bosko era desengonçado, mais magro do que Oskar, ríspido e, como ele, um tcheco-alemão. Sua família, como a de Oskar, era conservadora e adepta dos velhos valores germânicos. Por um breve espaço de tempo, ele tinha sentido uma expectativa exaltada de pangermanismo com a subida de Hitler ao poder, exatamente como Beethoven sentira um grande fervor europeu por Napoleão. Em Viena, onde estivera estudando teologia, ele entrara para a SS – em parte como uma alternativa que o desobrigava do recrutamento da *Wehrmacht*, em parte devido a um evanescente ardor. Arrependia-se agora desse ardor e estava expiando-o mais do que Oskar presumia. Só o que Oskar percebia em Bosko era que ele sempre parecia satisfeito em sabotar uma *Aktion*. Era responsável pelo perímetro do gueto, e de seu escritório fora da muralha via a *Aktion* com positivo horror, pois, como Oskar, ele se considerava uma testemunha potencial.

Oskar não sabia que durante a *Aktion* de outubro Bosko contrabandeara algumas dezenas de crianças dentro de caixas de papelão. Tampouco sabia que o *Wachtmeister* fornecia dezenas de passes para o movimento de resistência. A Organização Judaica de Combate (ZOB) era forte em Cracóvia. Compunha-se sobretudo de membros de clubes juvenis, especialmente de membros do Akiva – um clube assim nomeado em homenagem ao lendário Rabino Akiva ben Joseph, um erudito da Mishna. A ZOB era liderada por um casal, Shimon e Gusta Dranger – o diário dela tornar-se-ia um clássico da Resistência – e por Dolek Liebeskind. Seus membros necessitavam entrar e sair livremente do gueto, levando dinheiro em espécie, documentos forjados e exemplares do jornal da Resistência. Tinham contatos com o Exército Polonês do Povo, de tendência esquerdista, que se refugiava nas florestas nos arredores de Cracóvia e que também precisava dos documentos que Bosko fornecia. Portanto, os contatos de Bosko com a ZOB e o Exército do Povo eram motivo suficiente para enforcá-lo; mas secretamente ele continuava se arriscando e prosseguia com a sua participação incompleta nas atividades de salvamento. Pois Bosko queria salvar a todos, e era o que em breve tentaria; por causa disso seria morto.

DANKA DRESNER, prima da Genia de vermelho, tinha 14 anos e já não possuía mais o instinto infantil que levara a sua priminha a escapulir do cordão de isolamento na Praça da Paz. Embora trabalhasse como faxineira na base da *Luftwaffe*, a ordem era que, naquele outono, toda mulher com menos de 15 ou mais de 30 anos devia ser levada para um campo de concentração.

Assim, na manhã em que um *Sonderkommando* SS e grupos da Polícia de Segurança penetraram na Rua Lwówska, a Sra. Dresner levou Danka à Rua Dabrowski, para a casa de uma vizinha, onde havia uma parede falsa. A vizinha, mulher de trinta e alguns anos, trabalhava num rancho da Gestapo perto do Castelo de Walwel; portanto, podia esperar um tratamento privilegiado. Mas seus pais eram idosos, o que constituía automaticamente um risco. Ela então construíra com tijolos uma cavidade de 60 centímetros, um esconderijo para seus pais, empreendimento dispendioso, pois os tijolos tinham sido contrabandeados para dentro do gueto em carrinhos de mão sob montes de artigos permitidos – trapos, lenha, desinfetantes. Só Deus sabia o que lhe tinha custado aquele espaço secreto – talvez 5, talvez 10 mil *zÂotys*.

Várias vezes ela mencionara o abrigo à Sra. Dresner. Se houvesse uma *Aktion*, a Sr. Dresner podia ir para lá com Danka. Portanto, na manhã em que Danka e a Sra. Dresner ouviram da esquina da Rua Dabrowski o ruído assustador, o latir de dálmatas e *dobermanns*, a vociferação dos *Obersharführers* nos megafones, as duas se apressaram em ir para a casa da amiga.

Depois de subir as escadas e chegar ao quarto do esconderijo, elas constataram que o clamor havia provocado uma reação em sua amiga.

– Parece que vai ser muito perigoso – disse a mulher. – Meus pais já estão escondidos lá. Posso esconder sua filha, mas você não...

Danka olhava aturdida para a parede com o papel florido manchado. Lá dentro, comprimidos entre tijolos, talvez com ratos passeando em seus pés, o nervosismo aumentado pela escuridão, se escondiam os pais idosos da mulher.

A Sra. Dresner podia perceber que sua amiga estava sendo irracional.

– A menina, mas não você – repetia ela, como se pensasse que, se a SS descobrisse a parede falsa, seria menos severa devido ao peso menor de Danka.

A Sra. Dresner explicou que mal podia ser chamada de gorda, que a *Aktion* parecia estar se concentrando naquele lado da Rua Lwówska e que ela não tinha para onde ir. E que caberia ali dentro. Danka era uma menina em quem se podia confiar, mas se sentiria mais segura com a mãe a seu lado. Visivelmente, medindo a parede com os olhos, quatro pessoas podiam muito bem caber na cavidade. Mas disparos a uma distância de dois quarteirões acabaram por obliterar por completo o raciocínio da mulher.

– Posso esconder a menina! – gritou ela. – Mas quero que você vá embora!

A Sra. Dresner voltou-se para Danka e lhe disse que entrasse no esconderijo. Mais tarde, Danka não compreenderia como pudera obedecer à mãe e entrar docilmente no esconderijo. A mulher levou-a ao sótão, afastou um tapete do assoalho, depois ergueu um alçapão de madeira. Danka desceu então para o interior da cavidade. Não estava escuro lá dentro; o casal de velhos acendera um toco de vela. Danka viu-se ao lado de uma mulher – não era sua mãe, mas, sob o odor de roupa usada, havia um protetor cheiro maternal. A mulher deu-lhe um rápido sorriso. O marido estava na outra extremidade, mantendo os olhos fechados, não querendo se deixar perturbar pelos ruídos lá fora.

Depois de alguns instantes, a mulher fez-lhe sinal de que ela podia sentar-se, se quisesse. Danka então agachou-se e descobriu uma posição confortável no chão do abrigo. Nenhum rato veio incomodá-la. Não ouvia som algum – nem uma só palavra de sua mãe e da amiga do outro lado da parede. Acima de tudo, sentia-se inesperadamente segura. E com a sensação de segurança veio o mal-estar por ter obedecido tão docilmente à ordem da mãe, depois temeu por sua mãe, pelo que poderia lhe acontecer lá fora, no mundo das *Aktionen*.

A Sra. Dresner não saiu imediatamente da casa. Os SS estavam agora na Rua Dabrowski. Achou que seria melhor continuar ali; se a apanhassem, não causaria prejuízo à sua amiga. Podia até ser que a ajudasse. Se eles tirassem uma mulher daquele quarto, provavelmente ia aumentar-lhes a satisfação de tarefa cumprida, evitar que inspecionassem com mais atenção o estado do papel de parede.

Mas a mulher estava convencida de que ninguém sobreviveria à busca, se a Sra. Dresner permanecesse no quarto; esta, por sua vez, percebia que ninguém estaria a salvo, se a mulher continuasse naquele estado de histeria. Assim, levantou-se, calmamente aceitando a sua sorte, e saiu. Eles a descobririam nas escadas ou na entrada. Por que não na rua? Era um regulamento tácito que os nativos do gueto deviam permanecer trêmulos em seus quartos até serem descobertos, que qualquer pessoa descendo escadas era de certa forma culpada de desafio ao sistema.

Uma figura de boné impediu-a de sair. Apareceu na entrada, apertando os olhos no corredor escuro para enxergar a fria claridade azulada do pátio ao fundo. Fitando-a, ele a reconheceu; ela também o reconheceu. Era um companheiro de seu filho mais velho, mas não se podia ter certeza de que isso tivesse alguma importância, não se podia saber o quanto eram pressionados os jovens da OD. O rapaz entrou e aproximou-se dela.

– Pani Dresner – sussurrou ele e apontou para o poço da escada. – Em dez minutos eles terão partido. Fique debaixo da escada. Depressa!

Tão docilmente quanto sua filha lhe obedecera, ela fez o que jovem OD lhe ordenara. Agachou-se debaixo das escadas, mas sabia que não adiantaria. A claridade outonal do pátio a revelava. Se eles quisessem revistar o pátio, ou fossem até a porta do apartamento no final do corredor, não deixariam de vê-la. Como também ficar de pé ou agachada não fazia diferença. Levantou-se. Da porta da frente, o OD insistiu para que ela não saísse dali. Depois ele se foi. Ouviu berros, ordens e súplicas, e tudo lhe pareceu estar acontecendo ali a seu lado.

Por fim, o OD retornou com os outros. Ela ouviu o ruído das botas entrando pela porta da frente. Ouviu-o dizer em alemão que tinha revistado o andar térreo e que não havia ninguém em casa. Mas no andar de cima havia quartos ocupados. Era tão prosaica a sua conversa com os SS, que pareceu à Sra. Dresner não fazer justiça ao perigo a que ele estava se expondo. Estava arriscando sua existência contando com a probabilidade de os SS, já tendo vasculhado a Rua Lwówska e chegando até aquele trecho da Rua Dabrowski, cometerem o desleixo de não revistar eles próprios o andar térreo, deixando assim de encontrar a Sra. Dresner escondida debaixo dos degraus.

Mas os SS acabaram por aceitar a palavra do jovem OD. Ela os ouviu abrindo e batendo portas no primeiro andar, com as botas pisando forte no assoalho do quarto da cavidade. Ouviu a voz estridente de sua amiga...

– É claro que tenho a minha carteira, trabalho no rancho da Gestapo, conheço todos os cavalheiros.

Ouviu-os descer do segundo andar com alguém, com mais de uma pessoa; um casal, uma família. "Estão me substituindo", pensou. Uma voz masculina meio cansada, com um arfar de bronquite, suplicou:

– Mas, meus senhores, certamente podemos levar conosco algumas roupas.

E, num tom tão indiferente quanto o de um carregador de estação ferroviária dando uma informação de horário, o SS respondendo-lhe em polonês:

– Não há necessidade de levar nada. Lá para onde vocês vão, eles fornecem tudo.

Os ruídos recuaram. A Sra. Dresner esperou. Não veio uma nova onda. A segunda onda seria amanhã ou depois. Agora voltariam sempre, vasculhando o gueto. O que em junho parecera um horror supremo, em outubro já se tornara um processo de rotina. E por mais gratidão que sentisse pelo jovem OD, ao subir as escadas para ir buscar Danka, ela sabia que quando o assassinato é programado, habitual, uma indústria, como ali em Cracóvia, não havia maneira, mesmo com tentativas heroicas, de desviar o rumo devastador do sistema. Os mais ortodoxos do gueto tinham um refrão: "Uma hora de vida é ainda vida." O jovem OD lhe dera aquela hora. Ela sabia que ninguém mais lhe daria outra.

No quarto, sua amiga estava meio envergonhada.

– A menina pode vir sempre que quiser – disse ela; mas o que queria dar a entender era. "Não excluí você por covardia, mas por prudência. E meu ponto de vista continua o mesmo. A menina pode ser aceita, você não."

A Sra. Dresner não discutiu – ela percebia que a atitude da mulher fazia parte da mesma equação que a salvara no andar térreo. Agradeceu à amiga. Talvez Danka precisasse aceitar de novo a sua hospitalidade.

Dali em diante, como não parecesse ter os seus 42 anos e ainda tivesse boa saúde, a Sra. Dresner tentaria sobreviver naquela base – a base econômica, o valor hipotético de sua capacidade de trabalho para a Inspetoria de Armamentos ou qualquer outro setor do esforço de guerra. Não tinha muita confiança na perspectiva. Naqueles dias, qualquer um com um vislumbre de compreensão já devia saber que a SS acreditava que a morte do judeu era socialmente inapelável, ultrapassava qualquer valor que ele pudesse ter como um item de trabalho. E a questão era em tal época: Quem salva Juda Dresner, operária de fábrica? Quem salva Janek Dresner, mecânico na garagem da *Wehrmacht*? Quem salva Danka Dresner, faxineira na *Luftwaffe*, na manhã em que a SS finalmente resolva ignorar-lhes o valor econômico?

ENQUANTO O JOVEM OD providenciava a sobrevivência da Sra. Dresner embaixo da escada na Rua Dabrowski, os sionistas da Juventude Halutz Youth e a ZOB preparavam um ato de resistência mais concreto. Tinham conseguido uniformes dos *Waffen* SS e, assim disfarçados, adquiriram o direito de visitar o Restaurante Cyganeria reservado à SS na Praça Ducha, em frente ao Teatro Slowacki. No Cyganeria eles deixaram uma bomba, que fez voar as mesas pelo telhado, reduziu a fragmentos sete membros da SS e feriu cerca de quarenta.

Quando Oskar soube do ocorrido, pensou que poderia ter estado lá, adulando algum SS.

Era a intenção deliberada de Shimon e Gusta Dranger e de seus companheiros agirem contra o tradicional pacifismo do gueto, convertê-lo numa rebelião universal. Colocaram uma bomba no Bagatella Cinema, reservado só para a SS, na Rua Karmelicka. Na escuridão de uma rua, Leni Riefenstahl acenou com uma promessa de feminilidade germânica para um soldado desgastado de executar sua tarefa nacional no gueto ou nas ruas cada vez mais perigosas da Cracóvia polonesa, e, no instante seguinte, uma vasta chama amarela o extinguiu.

Nos próximos meses, a ZOB afundaria lanchas de patrulhamento no Vístula, incendiaria diversas garagens militares por toda a cidade, providenciaria *Passierscheins* para pessoas que não tinham direito de possuí-los, contrabandearia fotografias de passaportes para centros, onde podiam ser usadas para falsificar documentos arianos, descarrilaria o elegante trem de uso exclusivo do Exército, que fazia o percurso entre Cracóvia e Bochnia, e distribuiria o seu jornal clandestino. Iria também conseguir que dois dos auxiliares OD do Chefe Spira – Spitz e Forster –, que haviam preparado listas de milhares de prisioneiros, caíssem numa emboscada da Gestapo. Era uma variação de um velho truque de estudantes. Um dos membros da ZOB, fazendo-se passar por informante, marcou encontro com dois policiais numa aldeia nas proximidades de Cracóvia. Ao mesmo tempo, um outro suposto informante avisou à Gestapo que dois líderes do movimento clandestino judaico poderiam ser encontrados num determinado local. Spitz e Forster foram ambos metralhados enquanto fugiam do fogo da Gestapo.

Contudo, o estilo de resistência para os habitantes de guetos permanecia o mesmo que o de Artur Rosenzweig; quando lhe disseram em junho que fizesse uma lista de milhares de conterrâneos seus para serem deportados, pôs seu próprio nome, o de sua mulher e o da sua filha em primeiro lugar na lista.

Em Zablocie, no terreno baldio nos fundos da Emalia, o Sr. Jereth e Oskar Schindler estavam prosseguindo com o seu estilo próprio de resistência, construindo uma segunda caserna.

17

UM DENTISTA AUSTRÍACO de nome Sedlacek chegara a Cracóvia e estava fazendo perguntas detalhadas sobre Schindler. Viera de trem de Budapeste e trazia consigo uma lista de possíveis contatos em Cracóvia; numa valise de fundo falso, uma quantidade de *zÂotys* de ocupação, que, como o Governador-Geral Frank abolira as denominações majoritárias da moeda polonesa, tomava um espaço despropositado.

Embora pretendesse fazer crer que estava viajando a negócio, fazia as vezes de correio para uma organização sionista de resgate em Budapeste.

Ainda no outono de 1942, os sionistas da Palestina e, sobretudo, os vários povos do mundo, tinham conhecimento apenas dos rumores sobre o que estava se passando na Europa. Os primeiros haviam instalado um escritório em Istambul para captar informações mais exatas. De um apartamento no bairro de Beyoglu dessa cidade, três agentes enviavam cartões-postais endereçados a cada grupo sionista na Europa germânica. Os cartões pediam: "Por favor, diga como vai. *Eretz* está ansiosa por notícias suas." *Eretz* significava "o mundo" e, para qualquer sionista, Israel. Todos os cartões eram assinados por um dos três agentes, uma jovem chamada Sarka Mandelblatt, que possuía uma providencial cidadania turca.

Nenhum dos cartões recebera resposta. Isso significava que os destinatários estavam presos, escondidos nas florestas, em algum campo de trabalho, em um gueto ou mortos. Só o que os sionistas de Istambul obtiveram foi uma tenebrosa prova negativa de silêncio.

Até que, no fim do outono de 1942, eles receberam uma resposta, um cartão com uma vista dos Belvaros de Budapeste. A mensagem era: "O seu interesse pela minha situação é encorajante. *Rahamim maher* (auxílio urgente) é muito necessário. Por favor, mantenha-se em contato."

Essa resposta fora escrita por um joalheiro de Budapeste chamado Samu Springmann, que recebera o cartão e conseguira decifrar a mensagem de Sarka Mandelblatt. Samu era um homem franzino, estatura de jóquei, trinta e poucos anos. Desde os 13, apesar de uma probidade inalienável, ele vinha bajulando funcionários, fazendo favores ao corpo diplomático, subornando a opressiva Polícia Secreta da Hungria. Agora, o grupo de Istambul informou-o de que queria utilizá-lo para canalizar dinheiro para dentro do império alemão e, por seu intermédio, transmitir ao mundo informações verdadeiras sobre o que estava acontecendo com os judeus europeus.

Na Hungria do General Horthy, aliado dos alemães, Samu Springmann e seus companheiros sionistas viviam tão privados de informações quanto os de Istambul, sem notícias fidedignas sobre o que se passava do outro lado das fronteiras polonesas. Mas ele começou a recrutar correios que, por uma percentagem sobre a quantia transportada ou por simples convicção, estavam dispostos a penetrar em território alemão. Um desses correios era um negociante de pedras preciosas. Erich Popescu, agente da Polícia Secreta húngara. Outro era um contrabandista de tapetes, Bandi Grosz, que também trabalhara para a polícia secreta, mas que passara a servir Springmann para expiar o desgosto que tinha causado à sua falecida mãe. Um terceiro era Rudi Schulz, austríaco arrombador de cofres e agente do Escritório Administrativo da Gestapo em Stuttgart. Springmann tinha o dom de manobrar agentes duplos tais como Popescu, Grosz e Schulz, apelando para o seu sentimentalismo, sua ganância e, caso os tivessem, seus princípios.

Alguns dos correios *eram* idealistas e trabalhavam por premissas firmes. Sedlacek, que no final de 1942 andava fazendo perguntas sobre Schindler, era um deles. Tinha um bem-sucedido consultório dentário em Viena e, com quarenta e poucos anos, não necessitava transportar valises de fundo falso para a Polônia. Mas ali estava ele, com uma lista no bolso, uma lista que lhe viera de Istambul. E o segundo nome mencionado era o de Oskar!

O que significava que alguém – Itzhak Stern, o comerciante Ginter ou o Dr. Alexander Biberstein – tinha enviado o nome de Schindler para os sionistas na Palestina. Sem o saber, Herr Schindler havia sido nomeado para o papel de homem justo.

O DR. SEDLACEK tinha um amigo na guarnição militar da Cracóvia, seu cliente e conterrâneo vienense. Era o Major Franz Von Korab, da *Wehrmacht*. Na sua primeira noite em Cracóvia, o dentista encontrou-se com o Major Von Korab no Hotel Cracóvia para tomarem um drinque. Sedlacek tivera um dia melancólico; fora até o cinzento Vístula, de onde avistara, na outra margem, o Podgórze, a fria fortaleza de arame farpado e os altos muros construídos com lápides de sepulturas. Uma nuvem de opacidade fora do normal pairava sobre aquele gélido dia de inverno e uma chuva fina caía além do falso portão oriental, onde até os policiais pareciam míseras criaturas. Depois daquela visão, foi com alívio que ele se dirigiu para o hotel, a fim de encontrar-se com Von Korab.

Nos subúrbios de Viena, sempre circulavam rumores de que Von Korab tinha uma avó judia. Clientes do dentista mencionavam isso ocasionalmente – no Reich, comentários sobre a genealogia das pessoas eram tão comuns quanto falar do tempo. Em meio a rodadas de bebidas, especulava-se muito seriamente se era verdade que a avó de Reinhard Heydrich tinha-se casado com um judeu chamado Suss. Certa vez, contra todas as precauções de bom senso, em razão da amizade entre os dois, Von Korab confessara a Sedlacek que, no seu caso, o boato era verdadeiro. A confissão fora uma prova de confiança, que agora não haveria perigo em corresponder. Assim, Sedlacek perguntou ao major sobre os nomes na lista de Istambul. À menção do nome de Schindler, Von Korab respondeu com uma risada indulgente. Conhecia Herr Schindler, já jantara com ele. Fisicamente, era um magnífico tipo de homem, informou o major, e ganhava rios de dinheiro. Muito mais esperto do que fingia ser. Podia telefonar imediatamente a Schindler e marcar um encontro com ele.

Às 10 horas da manhã seguinte, eles entraram no escritório da Emalia. Schindler recebeu polidamente Sedlacek, mas observou o Major Von Korab, estranhando a confiança *dele* no dentista. Após algum tempo, Oskar mostrou-se mais amistoso com o estranho, e o major se desculpou por não poder ficar para o café.

– Muito bem – disse Sedlacek, depois da partida de Von Korab. – Vou lhe dizer exatamente o motivo de eu estar aqui.

Não mencionou o dinheiro que trouxera consigo nem a probabilidade de, no futuro, entregar a contatos de confiança na Polônia pequenas fortunas provenientes das reservas do Comitê Judaico de Partilha. O que o dentista queria saber, independentemente de qualquer fator financeiro, era o que Herr Schindler sabia e pensava sobre a guerra contra o povo judeu na Polônia.

Uma vez formulada a pergunta de Sedlacek, Schindler hesitou. Durante um instante, Sedlacek pensou que a pergunta ficaria sem resposta. Em fase de expansão, a oficina de Schindler empregava 550 judeus alugados pela SS. A Inspetoria de Armamentos garantia a um homem como Schindler uma continuidade de contratos substanciais; e a SS prometia-lhe, por uma diária de apenas 7,50 *reichmarks* por pessoa, uma continuidade de escravos. Não seria surpreendente se ele se recostasse na poltrona estofada de couro e afetasse ignorância.

– Existe um problema, Herr Sedlacek – retorquiu ele. – É o seguinte: o que eles estão fazendo com o povo judeu neste país é inacreditável.

– Está querendo dizer – perguntou o Dr. Sedlacek – que receia que os meus superiores não acreditem na sua palavra?

– Eu mesmo mal posso acreditar – disse Schindler; levantando-se, foi até o aparador de bebidas, serviu duas doses de conhaque e estendeu uma ao Dr. Sedlacek. Depois de franzir a testa para uma fatura que apanhara em cima de sua mesa, dirigiu-se para a porta na ponta dos pés e escancarou-a bruscamente, como para apanhar em flagrante algum bisbilhoteiro. Ficou um instante parado na soleira da porta. Sedlacek ouviu-o, então, falar calmamente em polonês com sua secretária a respeito da fatura. Momentos depois, fechando a porta, ele voltou para junto de Sedlacek, sentou-se na sua poltrona atrás da mesa e, após um prolongado gole de conhaque, começou a falar.

Até mesmo na pequena célula de Sedlacek, seu clube vienense antinazista, não se imaginava que a perseguição aos judeus tornara-se tão sistemática. Não somente a história que Schindler lhe contava era assustadoramente primária em termos morais, como lhe pediam que acreditasse que, em meio de uma batalha desesperada, os nacional-socialistas empregavam milhares de homens, os recursos de preciosas estradas de ferro, técnicas de engenharia dispendiosas, uma parcela importante dos seus cientistas e pesquisadores, uma vasta burocracia, arsenais inteiros de armas automáticas, uma profusão de depósitos de munições, todo esse potencial para um extermínio, que não tinha nenhum objetivo militar ou econômico, mas um mero objetivo psicológico. Dr. Sedlacek tinha esperado apenas histórias de horror – fome, restrições econômicas, *pogroms* violentos em uma ou outra cidade, violações de propriedade – todas as arbitrariedades historicamente habituais.

O sumário de Oskar dos eventos na Polônia convenceu a Sedlacek, precisamente por causa do tipo de homem que era o seu informante:

um sujeito que ganhara muitos lucros na ocupação, abancado no centro de sua própria colmeia, com um copo de conhaque na mão. Apresentava ao mesmo tempo uma impressionante superfície calma e uma cólera visceral. Era como um homem que, para seu pesar, descobre ser impossível deixar de acreditar no pior. Narrava os fatos sobriamente, sem nenhuma tendência ao exagero.

– Se eu pudesse conseguir-lhe um visto – disse Sedlacek –, está disposto a ir a Budapeste relatar aos meus superiores e a outros o que acaba de me contar?

Schindler pareceu momentaneamente surpreendido.

– Pode escrever um relatório, Herr Sedlacek – disse ele. – Certamente já ouviu de outras fontes os fatos que lhe contei.

Sedlacek, porém, respondeu que não; tinha ouvido histórias individuais, detalhes de um ou outro incidente. Mas nenhuma descrição global.

– Venha a Budapeste – insistiu Sedlacek. – Mas devo avisá-lo de que não será uma viagem confortável.

– Está querendo dizer que tenho de atravessar a fronteira a pé?

– Não, não será tão ruim assim – disse o dentista. – Mas talvez tenha de viajar num trem de carga.

– Eu irei – declarou Oskar Schindler.

O Dr. Sedlacek perguntou sobre os outros nomes da lista de Istambul. No alto da lista, por exemplo, figurava um dentista de Cracóvia. Dentistas eram sempre contatos fáceis, explicou Sedlacek, pois não havia ninguém no mundo que não tivesse pelo menos uma cárie *bona fide*.

– Não – avisou Herr Schindler –, não procure esse homem. Ele está comprometido com a SS.

Antes de partir de Cracóvia e retornar ao Sr. Springmann em Budapeste, o Dr. Sedlacek teve outro encontro com Oskar. No gabinete da DEF, ele lhe entregou quase todo o dinheiro que Springmann o encarregara de levar para a Polônia. Havia sempre um risco, em vista da tendência hedonista de Schindler, de que ele gastasse a quantia em joias no mercado negro. Mas nem Springmann nem Istambul pediam quaisquer garantias. Ser-lhes-ia de todo impossível desempenhar o papel de inspetores.

É preciso dizer que Oskar se portou impecavelmente e entregou o dinheiro aos seus contatos na comunidade judaica, para que o usassem de acordo com o que julgassem conveniente.

MORDECAI WULKAN que, como a Sra. Dresner, conheceria mais tarde Herr Schindler, era joalheiro por profissão. Agora, no final do ano, ele recebera a visita em sua casa de um dos OD políticos de Spira. Não se tratava de nenhum problema, explicou o OD. Sem dúvida, Wulkan tinha uma ficha na polícia. Um ano antes, o OD o apanhara vendendo dinheiro em espécie no mercado paralelo. Quando ele se recusara a trabalhar como agente do Escritório de Controle da Moeda, fora espancado pelo SS, e a Sra. Wulkan tivera de ir procurar o *Wachtmeister* Beck na delegacia da polícia do gueto e pagar um suborno para seu marido ser solto.

No mês de junho desse ano, ele fora preso, devendo ser transportado para Belzek; mas um OD conhecido seu conseguira retirá-lo do pátio da Optima. Como se vê, havia sionistas na OD, por menores que fossem as suas chances de vir um dia a conhecer Jerusalém.

O OD que o visitou dessa vez não era de forma alguma um sionista. Disse a Wulkan que a SS necessitava urgentemente de quatro joalheiros. Deram a Symche Spira três horas para encontrá-los. Dessa maneira Herzog, Friedner, Grüner e Wulkan, quatro joalheiros foram levados à delegacia da OD no gueto e posteriormente encaminhados à antiga Academia Técnica, agora um armazém do Escritório Central de Economia e Administração da SS.

Era óbvio a Wulkan, ao entrar na Academia, que lá havia um forte esquema de segurança. Em cada porta estava postado um guarda. No saguão do prédio, um oficial da SS informou aos quatro joalheiros que, se revelassem a alguém o que tinham vindo fazer ali, seriam mandados para um campo de trabalhos forçados. Acrescentou que eles deviam trazer consigo todos os dias os seus estojos de classificação de diamantes, seus equipamentos para avaliar o quilate de ouro.

Os quatro joalheiros foram conduzidos ao porão. Ao redor, nas paredes, havia prateleiras repletas de malas e pilhas enormes de pastas, cada qual com um nome cuidadosa e inutilmente marcado pelo seu ex-dono. Debaixo das janelas altas, alinhavam-se caixotes de madeira.

Quando os quatro joalheiros se agacharam no chão, dois homens da SS apanharam uma mala, carregaram-na com dificuldade até o meio do porão e a esvaziaram aos pés de Herzog. Depois foram buscar outra na prateleira e despejaram o conteúdo diante de Grüner. Trouxeram uma cascata de ouro para Friedner, e depois para Wulkan. Era ouro velho – anéis, broches, braceletes, berloques, *lorgnettes*, piteiras. Os joalheiros teriam que classificar o ouro, separar os folheados dos maciços. Diamantes e pérolas seriam avaliados. Eles deviam classificar tudo, de acordo com o valor, o peso e o quilate, em montes separados.

    A princípio, eles sopesaram as peças com hesitação, mas depois puseram-se a trabalhar com mais rapidez, como profissionais competentes que eram. À medida que se formavam as pilhas de ouro e pedrarias, os SS depositavam o material em determinados caixotes. Cada vez que acabavam de encher um caixote, escreviam nele com tinta preta – SS REICHSFÜHRER BERLIN. O SS *Reichsführer* era o próprio Himmler, em cujo nome eram depositados no *Reichsbank* os bens confiscados. Havia uma profusão de anéis de crianças, e os joalheiros tinham de manter um frio controle racional para não pensar nos ex-donos infantis. Só uma vez se deixaram perturbar: quando os SS abriram uma valise e de dentro dela caiu um dente de ouro ainda sujo de sangue. Ali, numa pilha junto aos joelhos de Wulkan, estavam representadas as bocas de mil mortos, cada qual parecendo clamar para que o joalheiro se revoltasse, se pusesse de pé, atirasse para longe seus instrumentos de trabalho e denunciasse a origem odiosa de todas aquelas preciosidades. Então, depois de uma pausa, Herzog e Grüner, Wulkan e Friedner recomeçaram a sua tarefa, conscientes agora, naturalmente, do valor radioso do ouro que porventura houvesse em suas bocas, temendo que a SS resolvesse fazer uma sondagem nesse sentido.

    Durante seis semanas eles trabalharam na classificação dos tesouros da Academia Técnica. Depois de terminado o trabalho, foram transferidos para uma garagem desativada, convertida em um depósito de prataria. Os poços de lubrificação estavam cheios até a borda de prata maciça – anéis, berloques, bandejas da Páscoa, balanças *yad*, bustos, coroas, candelabros. Separaram a prata maciça da folheada; pesaram tudo. O oficial da SS encarregado queixou-se de que alguns daqueles objetos eram de acondicionamento difícil. Mordecai Wulkan sugeriu que talvez fosse conveniente fundi-los. Pareceu a Wulkan, embora ele não fosse um homem piedoso, que de certo modo seria melhor, um pequeno triunfo, se o Reich herdasse a prata de onde houvesse sido removida a sua forma judaica. Mas, por alguma razão, o oficial SS não aceitou a ideia. Talvez os objetos se destinassem a algum museu didático no Reich. Ou talvez o SS apreciasse a beleza artística da prataria das sinagogas.

Quando terminou esse trabalho de avaliação, Wulkan viu-se de novo desempregado. Tinha de sair regularmente do gueto a fim de arranjar comida para sua família, sobretudo para sua filha que sofria de bronquite. Trabalhou algum tempo numa fundição em Kazimierz, e ali ficou conhecendo o *Oberscharführer* Gola, um SS moderado. Gola arranjou-lhe um emprego como encarregado de manutenção na caserna da SA perto de Wawel. Quando Wulkan entrou no rancho com suas ferramentas, viu acima da porta a inscrição: *FÜRJUDEN UND HUNDE EINTRITT VERBOTEN* (Entrada Proibida a Judeus e Cães). Esse letreiro e mais os cem mil dentes avaliados na Academia Técnica convenceram-no de que, no final, a libertação não poderia vir do favor displicente do *Oberscharführer*. Gola bebia naquele recinto, sem nem sequer notar o letreiro; tampouco notaria a ausência da família Wulkan no dia em que eles fossem levados para Belzec ou para algum outro lugar de igual eficiência. Portanto, Wulkan, bem como a Sra. Dresner e uns 15 mil outros habitantes do gueto, sabiam que precisavam mesmo era de uma libertação especial e estrondosa. Mas, nem por um momento, acreditavam que essa libertação viria.

18

DR. SEDLACEK ALERTARA que a viagem seria desconfortável, e de fato foi. Oskar viajou agasalhado num bom sobretudo, com uma valise e uma sacola cheia de vários confortos que, no decorrer da viagem, provaram ser-lhe de grande utilidade. Ainda que estivesse com os devidos documentos para viajar, não queria ter de usá-los. Concluíra que, se não tivesse de apresentá-los na fronteira, sempre poderia negar que naquele dezembro viajara para a Hungria.

Fez a viagem num caminhão fechado, cheio de pacotes do jornal do Partido, *Völkischer Beobachter*, para distribuição na Hungria. Trancado com o cheiro da tinta de impressão e em meio às pesadas letras góticas do jornal oficial da Alemanha, seguiu aos solavancos pelas montanhas cobertas de neve da Eslováquia, cruzando depois a fronteira húngara e descendo para o vale do Danúbio.

Fora feita uma reserva para ele no Hotel Pannonia, perto da Universidade. Na tarde de sua chegada, o franzino Samu Springmann e seu companheiro, Dr. Rezso Kastner, foram vê-lo. Os dois homens, que subiram ao andar de Schindler pelo elevador, entreouviram fragmentos de notícias trazidas por refugiados. Mas refugiados não podiam fornecer muitas informações. O fato de terem evitado a ameaça significava que pouco sabiam de sua geografia, seu funcionamento interno, quantas pessoas tinham sido atingidas. Kastner e Springmann estavam ansiosos por informações, pois – a se acreditar em Sedlacek – o alemão *Sudeten* lá em cima lhes forneceria o mapa todo, o primeiro relatório completo da tragédia na Polônia.

No quarto, as apresentações foram breves, pois Springmann e Kastner vieram ali para ouvir e podiam notar que Schindler estava ansioso para falar. Nenhuma providência foi tomada, naquela cidade obcecada por café, para formalizar o encontro, com um telefonema ao serviço de copa para mandar servir no quarto café e bolos. Kastner e Springmann, depois de trocarem um aperto de mão com o enorme alemão, sentaram-se. Mas Schindler pôs-se a andar de um lado para outro. Parecia que longe de Cracóvia e da realidade do *Aktion* e do gueto o que sabia perturbava-o mais do que na ocasião em que contara rapidamente as ocorrências a Sedlacek. Estava agitado. No quarto do andar de baixo poder-se-ia ouvir suas passadas – o lustre teria tremido quando ele batia o pé, demonstrando a ação do SS, que comandara o pelotão de fuzilamento na Rua Krakusa, o que tinha retido com a bota a cabeça de sua vítima, em plena vista da garotinha de vermelho no final da fila.

Começou sua narrativa com imagens pessoais das crueldades a que presenciou em Cracóvia, o que testemunhara nas ruas ou ouvira de ambos os lados do muro, as palavras dos judeus e da SS. Naquela conexão, informou ele, estava trazendo cartas de habitantes do gueto, do médico Chaim Hilfstein, do Dr. Leon Salpeter, de Itzhak Stern. A carta do Dr. Hilfstein era um informe sobre a fome.

– Quando desaparece a gordura do corpo – disse Oskar – o cérebro começa a ser destruído.

Os guetos, contou ele, estavam sendo torturados. E o que acontecia em Cracóvia estava ocorrendo também em Varsóvia e Lodz. A população do gueto de Varsóvia fora reduzida em quatro quintos. Lodz, em dois terços, Cracóvia, à metade. Onde estavam as pessoas que tinham sido transferidas? Algumas se achavam em campos de trabalhos forçados; mas os cavalheiros ali presentes tinham de aceitar o fato de que, pelo menos três quintos dessas pessoas desapareceram em campos, que agora utilizavam novos métodos científicos. Tais campos não eram exceção. A SS tinha até um nome oficial para eles – *Vernichtungslager* – Campo de Extermínio.

Naquelas últimas semanas, informou Oskar, uns dois mil habitantes do gueto de Cracóvia foram reunidos e enviados não para as câmaras de Belzec, mas para campos de trabalhos forçados nas cercanias da cidade. Um campo fica em Wieliczka, outro em Prokocim, ambos com estações ferroviárias da lina *Ostbahn*, que corria para a fronteira russa. De Wieliczka e Prokocim, os prisioneiros marchavam todos os dias para um local na aldeia de Plaszóvia, na periferia da cidade, onde estavam sendo preparadas as fundações para um vasto campo de trabalho. A vida em tal lugar, explicou Schindler, não seria das mais aprazíveis – as casernas de Wieliczka e Prokocim estavam sob o comando de um NCO SS chamado Horst Pilarzik, que adquirira notável reputação, em junho do ano anterior, quando ajudara a expulsar do gueto cerca de sete mil pessoas, das quais apenas uma, um farmacêutico, tinha retornado. O campo em construção em Plaszóvia estaria sob as ordens de um homem do mesmo calibre. O que havia a favor dos campos de trabalho era que lhes faltava o aparato técnico para o genocídio metódico. Havia um critério lógico com relação a tais campos: havia razões econômicas para existirem – prisioneiros de Wieliczka e Prokocim eram levados todos os dias para ali trabalharem em vários projetos. Wieliczka, Prokocim e o campo em construção em Plaszóvia estavam sob o controle dos chefes de polícia de Cracóvia, Julian Schemer e Rolf Czurda; ao passo que os *Vernichtungslagers* eram dirigidos pelo Escritório Central de Administração e Economia em Oranienburg, perto de Berlim. Os *Vernichtungslagers* usavam também pessoas vivas por algum tempo, para mão de obra, mas a sua indústria principal era a morte e seus subprodutos – a reciclagem de roupas, das joias e dos óculos que restassem, de brinquedos e até da pele e cabelo dos mortos.

Em meio às suas explicações sobre a distinção entre campos de extermínio e de trabalhos forçados, Schindler de repente adiantou-se para a porta, escancarou-a e olhou para um e outro lado do corredor deserto.

– Conheço a reputação de bisbilhotice dessa cidade – explicou ele.

O franzino Springmann levantou-se e foi ter com Oskar.

– O Pannonia não oferece tanto perigo – ponderou ele em voz baixa. – O ninho da Gestapo é o Victoria Hotel.

Schindler examinou mais uma vez o corredor, fechou a porta e foi postar-se junto às janelas, onde continuou seu macabro relatório. Os campos de trabalhos forçados seriam dirigidos por homens nomeados em razão de sua severidade e eficiência na limpeza dos guetos. Haveria assassinatos e espancamentos esporádicos e, decerto, corrupções envolvendo alimentos; em consequência, rações menores para os prisioneiros. Mas isso era preferível à morte certa dos *Vernichtungslagers*. Os que estavam em campo de trabalho podiam ter acesso a alguns confortos extras e havia a chance de serem levados para fora, contrabandeados para a Hungria.

– Esses SS são tão venais quanto qualquer outra força policial? – perguntou um dos dois membros do comitê de salvamento de Budapeste.

– Minha experiência pessoal – retorquiu Oskar – diz que não há um só deles que não possa ser corrompido.

Quando Oskar terminou, fez-se, naturalmente, um longo silêncio. Kastner e Springmann não se espantavam facilmente. Tinham passado a vida inteira sob a intimidação da Polícia Secreta. Suas presentes atividades eram vigiadas de longe pela polícia húngara, que os deixava em paz somente por causa dos contatos e subornos de Samu, e, ao mesmo tempo, eram também menosprezadas pelos cidadãos judeus respeitáveis. Samuel Stern, por exemplo, presidente do Conselho Judaico, membro do Senado húngaro, iria desconsiderar o relatório feito por Oskar Schindler naquela tarde como uma fantasia perniciosa, um insulto à cultura alemã, um acinte às intenções do Governo húngaro. Aqueles dois estavam habituados a ouvir o pior.

Não era tanto o fato de que Kastner e Springmann estivessem acovardados com o testemunho de Oskar, mas suas mentes estavam fazendo cálculos dolorosos. Os recursos que possuíam pareciam mínimos, agora que sabiam o que tinham pela frente – não apenas um previsível gigante filistino, mas o próprio Beemonte. Talvez já estivessem cogitando que, além das barganhas individuais – um pouco mais de alimentos para *este* campo, providências para salvar *este* ou *aquele* intelectual, um suborno para abrandar o ardor profissional de determinado SS –, um esquema muito mais amplo de salvamento teria de ser executado por um preço astronômico.

Schindler atirou-se numa poltrona. Samu Springmann olhou para o industrial exausto. Disse-lhe, então, que ambos estavam impressionadíssimos com ele. Evidentemente, mandariam um relatório para Istambul a respeito de tudo o que Oskar contara. O relatório serviria para impulsionar os sionistas palestinos e o Comitê de Distribuição a tomar providências mais drásticas. Ao mesmo tempo, seria transmitido aos governos de Churchill e Roosevelt. Springmann disse que Oskar tinha razão de se preocupar a respeito de as pessoas não acreditarem em suas palavras, pois a realidade era inacreditável.

– Portanto – disse Samu Springmann –, insisto em que vá a Istambul e fale diretamente com as pessoas de lá.

Após alguma hesitação – enquanto considerava os seus negócios na fábrica e os perigos de cruzar tantas fronteiras –, Schindler concordou.

– Mais para o final do ano – sugeriu Springmann. – Entrementes, quero que mantenha contatos regulares com o Dr. Sedlacek em Cracóvia. – Os três levantaram-se; Oskar pôde ver que eles agora eram outros homens. Agradeceram-lhe e saíram, tornando-se simplesmente, ao deixar o hotel, dois pensativos profissionais de Budapeste, que tinham tido informações de má gerência em seus negócios.

Nessa noite, Dr. Sedlacek foi buscar Oskar no hotel e conduziu-o pelas ruas movimentadas para jantar no Hotel Gellert. Da sua mesa, eles podiam ver o Danúbio, suas barcaças iluminadas, a cidade cintilando do outro lado das águas. Era como uma cidade de antes da guerra e Schindler de novo começou a sentir-se um turista. Depois de sua temperança da tarde, ele sorveu o denso vinho tinto húngaro chamado Sangue de Touro, com lenta, obstinada sede, e encarreirou uma fileira de garrafas vazias sobre a mesa.

Quando estavam no meio do jantar, veio ter com eles um jornalista austríaco, Dr. Schmidt, que se fizera acompanhar de sua amante, uma linda húngara loura. Schindler elogiou as joias da moça e disse-lhe que também ele era grande apreciador de pedras preciosas. Mas na hora do conhaque, Schindler tornou-se menos amistoso. Calado, de testa franzida, ele ouvia Schmidt discorrer sobre preços de imóveis e falar de carros e corridas de cavalo. A moça parecia fascinada com a conversa do amante, já que estava usando no pescoço e nos pulsos os resultados dos seus golpes financeiros. Mas era óbvia a inesperada desaprovação de Oskar. Intimamente, o Dr. Sedlacek estava achando graça na reação; talvez Oskar estivesse vendo o episódio como um reflexo de sua própria ambição, de sua tendência a tirar vantagem das situações.

Quando terminou o jantar, Schmidt e a moça saíram para alguma boate, e Sedlacek tratou de levar Oskar para outro local de diversão. Os dois sentaram-se a uma mesa e assistiam ao show, enquanto bebiam grande quantidade de *barack*.

– Esse Schmidt – começou Schindler, querendo esclarecer a questão. – Vocês o utilizam para as operações?

– Sim.

– Acho que não deviam usar homens como ele – advertiu Oskar. – Trata-se de um ladrão.

Dr. Sedlacek virou o rosto para disfarçar um meio sorriso.

– Como pode ter a certeza de que ele entrega o dinheiro que lhe é confiado? – perguntou Oskar.

– Deixamos que ele fique com uma percentagem – respondeu Dr. Sedlacek.

Oskar pensou meio minuto; depois murmurou:

— Não quero nenhuma maldita percentagem. Não quero nem que me seja oferecida.
— Muito bem — disse Sedlacek.
— Agora vamos prestar atenção ao show — sugeriu Oskar.

19

ENQUANTO OSKAR SCHINDLER voltava de Budapeste, onde predissera que o gueto seria fechado, um *Untersturmführer* chamado Amon Goeth estava a caminho de Lublin para realizar aquela liquidação e assumir o comando do resultante Campo de Trabalhos Forçados (*Zwangsarbeitslager*) em Plaszóvia. Goeth era uns oito meses mais novo do que Schindler, mas partilhava com ele mais do que meramente o ano do nascimento. Como Oskar, fora criado na religião católica e só em 1938 deixara de frequentar os ritos da Igreja, quando o seu primeiro casamento resultara numa separação. Como Oskar, tinha-se formado no *Realgymnasium* — engenharia, física, matemática. Portanto, tratando-se de um homem prático, não era um pensador, embora se considerasse um filósofo.

Nascido em Viena, ele tinha ingressado cedo, em 1930, no Partido Nacional-socialista. Quando, em 1933, a preocupada República Austríaca baniu o partido, Goeth já era membro da Força de Segurança da SS. Proibido de atuar, ele surgira nas ruas de Viena após o *Anschluss* de 1938 fardado de um oficial subalterno da SS. Em 1940, fora promovido ao posto de *Obercharführer* e, em 1941, alcançou a honra de um posto comissionado, muito mais difícil de se conseguir na SS do que nas unidades da *Wehrmacht*. Depois de um treinamento em tática de infantaria, fora encarregado de comandar os *Sonderkommandos* durante *Aktionen* no populoso gueto de Lublin e, por causa de sua atuação, conquistara o direito de liquidar Cracóvia.

Assim, o *Untersturmführer* Amon Goeth, viajando no velho trem especial da *Wehrmacht* entre Lublin e Cracóvia, a fim de assumir o comando dos bem-treinados *Sonderkommandos*, assemelhava-se a Oskar, não apenas quanto ao ano de nascimento, à religião, ao apreço pela bebida, mas também ao físico imponente. A fisionomia de Goeth era aberta e afável, um pouco mais alongada do que a de Schindler. Suas mãos, embora grandes e musculosas, tinham dedos afilados. Era sentimental com referência aos filhos do seu segundo casamento, os quais, devido a estar prestando serviços no estrangeiro, não vira com muita frequência nos últimos três anos. Como forma de compensação, às vezes dava atenção aos filhos de colegas oficiais. Podia ser também um amante sentimental, mas, embora se assemelhasse a Oskar em termos de sôfrego apetite sexual, seus gostos eram menos convencionais, às vezes se manifestando com relação a colegas seus, e frequentemente se satisfazendo em espancar mulheres. Suas duas ex-esposas poderiam ser testemunhas de que, uma vez esmorecido o calor da paixão, ele podia tornar-se fisicamente agressivo. Considerava a si mesmo um homem sensível e julgava que a profissão de seus parentes explicava essa tendência. O pai e o avô tinham sido impressores e encadernadores de livros de história econômica e militar, e Goeth gostava de identificar-se em documentos oficiais como *literat*: um homem de letras. E ainda que, naquele momento, ele tivesse dito que estava ansioso por assumir o controle da operação de liquidação – que essa era a grande chance da sua carreira, provavelmente com a promessa de uma promoção –, seu serviço em Ações Especiais parecia ter-lhe alterado o curso das energias. Havia dois anos que sofria de insônia e, quando lhe era possível, ficava acordado até 3 ou 4 horas e dormia até tarde na manhã seguinte. Passara a beber descontroladamente e acreditava ter uma capacidade para ingerir bebidas que não tivera em sua juventude. E de novo, como Oskar, não sofria as ressacas que merecia, atribuindo isso ao bom funcionamento de seus rins.

Sua comissão, confiando-lhe a tarefa de extinção do gueto e o comando do campo de Plaszóvia, era datada de 12 de fevereiro de 1943. Mas esperava que, depois de se consultar com os NCO seus superiores, com Wilhelm Kunde, comandante do destacamento da SS para o gueto, e com Willi Haase, representante de Scherner, seria possível começar a limpeza do gueto dentro de um mês após a data de sua designação para aquelas funções.

O Comandante Goeth foi recebido na Estação Central de Cracóvia pelo próprio Kunde e por um rapaz alto da SS, Horst Pilarzik, que estava temporariamente encarregado dos campos de trabalho em Prokocim e Wieliczka. Os três se instalaram no banco traseiro de um Mercedes e foram levados para uma inspeção do gueto e do local do novo campo. Era um dia de frio intenso, e a neve começava a cair quando eles cruzaram a ponte do Vístula. O *Untersturmführer* Goeth gostou do trago do licor que Pilarzik lhe ofereceu de um frasco que carregava no bolso. Atravessaram o falso portão oriental e seguiram pelo trilho de bondes da Rua Lwówska, que cortava o gueto em duas gélidas porções. O garboso Kunde, que fora agente alfandegário na vida civil e estava capacitado a prestar informações aos seus superiores, fez um esclarecimento sumário do gueto. O trecho à esquerda era o Gueto B. Seus habitantes, uns dois mil, conseguiram escapar de *Aktionen* anteriores, ou em períodos precedentes já trabalhavam em indústria. Mas, desde então, haviam sido emitidas novas carteiras de identidade, com iniciais adequadas – W para empregados no Exército, Z para empregados de autoridades civis, ou R para trabalhadores de indústrias essenciais. Os habitantes do Gueto B não tinham recebido essas novas carteiras e deviam ser enviados para *Sonderbehandlung* (Tratamento Especial). Quanto à limpeza do gueto, seria preferível começar por aquele setor, embora essa decisão tática dependesse inteiramente de *Herr Commandant*. A maior área do gueto ficava à direita e ainda era habitada por umas dez mil pessoas. Estas seriam, naturalmente, a força de trabalho inicial para as fábricas do campo de Plaszóvia. Esperava-se que os empresários e supervisores alemães – Bosch, Madritsch, Beckmann e o *Sudetenlander* Oskar Schindler – quisessem transferir todas as suas indústrias, ou uma boa parte delas, para dentro do campo. Havia também uma fábrica de cabos condutores a pouco menos de um quilômetro do campo em perspectiva, havendo possibilidade de os trabalhadores serem levados e trazidos de volta todos os dias.

Estaria *Herr Commandant*, perguntou Kunde, disposto a ir uns poucos quilômetros mais adiante e inspecionar o próprio local do campo?

Ah, sim, tinha respondido Amon, achava aconselhável uma inspeção.

Portanto, seguiram pela rodovia, onde o pátio da fábrica de cabos, com seus gigantescos carretéis cobertos de neve, marcava o começo da Rua Jerozolimska. Amon Goeth entreviu uns poucos grupos de mulheres curvadas e envoltas em xales, arrastando fragmentos de cabanas – um painel de parede, um pedaço de beiral – pela Rua Jerozolimska acima na direção oposta à estação ferroviária de Cracóvia-Plaszóvia. Eram mulheres do campo de Prokocim, explicou Pilarzik. Quando o campo de Plaszóvia estivesse pronto, Prokocim seria naturalmente dispersado e aquelas trabalhadoras ficariam sob a gerência do *Herr Commandant*.

Goeth calculou a distância que as mulheres teriam de percorrer, carregando os tais fragmentos, em uns 750 metros.

– Tudo em ladeira – disse Kunde, abanando a cabeça, como se dissesse que era uma forma satisfatória de disciplina, mas atrasava a construção.

O campo ia precisar de um ramal de estrada de ferro, concluiu o *Untersturmführer* Goeth. Falaria sobre essa necessidade com o *Ostbahn*.

Depois passaram, à direita, por uma sinagoga e suas construções mortuárias, e um muro meio ruído deixava ver túmulos, como dentes cruelmente expostos na boca do inverno. Parte do local fora até aquele mês um cemitério judaico.

– Muito extenso – observou Wilhelm Kunde. O *Herr Commandant* soltou uma piada, que repetiria durante sua residência em Plaszóvia:

– Eles não precisarão ir muito longe para serem enterrados.

Havia à direita uma casa, que poderia servir de moradia temporária para o comandante, e também um grande prédio novo que poderia ser um centro de administração. O mortuário da sinagoga, já parcialmente dinamitado, seria o estábulo do campo. Kunde fez notar que as duas pedreiras dentro da área podiam ser avistadas dali. Uma ficava no fundo do pequeno vale, a outra na encosta do monte atrás da sinagoga. O comandante podia avistar os trilhos sendo estendidos para as carretas, que seriam usadas no transporte de pedras. Quando o tempo melhorasse, a construção da linha prosseguiria.

O carro levou-os à extremidade sudeste do campo em perspectiva e, por uma trilha pouco perceptível na neve, que terminava onde antes existira uma trincheira militar austríaca, chegaram a um outeiro circular em torno de uma larga e profunda reentrância. Para um artilheiro, uma importante fortaleza, de onde um canhão podia fazer mira para fogo de enfiada na fronteira russa. Ao *Untersturmführer* Goeth, parecia um local adequado para castigos disciplinares.

Dali de cima, a área do campo podia ser avistada em toda a sua extensão. Era uma área rural, ornamentada pelo cemitério judaico e situada entre dois morros. Naquele período do inverno, para o observador no outeiro, era como duas páginas de um imenso livro em branco aberto. Uma habitação campestre de pedra cinzenta ficava encravada na entrada para o vale e, mais adiante, ao longo de uma encosta e entre umas poucas casernas já construídas, moviam-se grupos de mulheres, negros como agrupamentos de notas musicais, na estranha luminescência da neve ao crepúsculo. Emergindo das vielas gélidas adiante da Rua Jerozolimska, elas avançavam, penosamente acossadas pelos guardas ucranianos, e deixavam cair seus fardos onde os engenheiros SS, de chapéu-melão e roupas civis, ordenavam.

O *Untersturmführer* Goeth observou que o ritmo de trabalho das mulheres era limitado. Evidentemente, o pessoal do gueto não podia ser transferido para lá antes de se erguerem as casernas e terminarem as cercas e torres de vigia. Aos seus companheiros, ele disse confidencialmente que nada tinha a reparar a respeito do ritmo de trabalho dos prisioneiros no morro mais distante. Na verdade, estava no fundo impressionado com o fato de que, no final de um dia tão cruelmente frio, os SS e ucranianos naquele morro não permitissem que o pensamento de uma ceia e de um abrigo quente esmorecesse suas atividades.

Horst Pilarzik assegurou a Goeth que os trabalhos estavam mais adiantados do que pareciam: trechos tinham sido aplainados, fundações cavadas apesar do frio e uma grande quantidade de seções pré-fabricadas já havia sido transportada da estação ferroviária. Herr *Untersturmführer* poderia se encontrar com os empresários no dia seguinte – já estava providenciada uma reunião para 10 horas. Mas a associação de métodos modernos com a farta mão de obra significava que o campo poderia ficar pronto quase do dia para a noite, se as condições do tempo o permitissem.

Pilarzik parecia acreditar que Goeth estava em grave perigo de desmoralização. Na realidade, Amon sentia-se muito satisfeito. Pelo que via agora, podia visualizar o acabamento final do campo. Nem mesmo estava preocupado com cercas. As cercas seriam mais um conforto moral para os prisioneiros do que uma precaução essencial. Pois, uma vez que fosse aplicado ao gueto de Podgórze o processo de liquidação da SS, os judeus ficariam gratos pelas casernas de Plaszóvia. Mesmo os que possuíam documentos arianos se encaminhariam para dentro do campo, procurando um obscuro beliche sob os tetos cobertos de geada. Para a maioria deles, o arame farpado era necessário apenas como um apoio moral, para que pudessem assegurar a si mesmos de que eram prisioneiros contra a própria vontade.

A REUNIÃO com os donos de fábricas locais e os *Treuhänders* se realizou no gabinete de Julian Scherner, em Cracóvia, na manhã do dia seguinte. Amon Goeth chegou sorrindo fraternalmente e, com sua farda *Waffen* SS nova, talhada sob medida para seu corpo colossal, parecia dominar a sala. Estava certo de que os autossuficientes sucumbiriam ao seu charme. Convenceria Bosch, Madritsch e Schindler a transferirem seus empregados judeus para dentro do campo. Além disso, uma investigação das capacidades disponíveis entre os habitantes do gueto o ajudara a se convencer de que Plaszóvia poderia tornar-se um excelente negócio. Havia joalheiros, estofadores, alfaiates, que poderiam ser usados para transações especiais sob a direção do comandante, executando encomendas para a SS, a *Wehrmacht*, a oficialidade alemã abastada. Haveria as oficinas de confecção de Madritsch, a fábrica de esmaltados de Schindler, uma metalúrgica, uma fábrica de escovas, uma oficina para reciclar uniformes da *Wehrmacht* usados, rasgados ou manchados na frente russa, uma outra oficina para reciclar roupas de judeus dos guetos e remetê-las para o uso de famílias atacadas pelos bombardeios na Alemanha. Sabia, por experiências anteriores com depósitos de joias e peles da SS em Lublin – quando cada um dos seus superiores e ele próprio recebiam o seu quinhão –, que podia esperar uma boa percentagem para si mesmo nessas transações. Tinha chegado a um ponto de sua carreira em que dever e oportunidade financeira coincidiam. Julian Scherner, o sociável chefe de polícia da SS, durante o jantar na noite anterior, comentara com Amon sobre a grande oportunidade que Plaszóvia podia representar tanto para o jovem oficial como para ele próprio.

Scherner abriu a reunião com os donos de fábricas. Falou solenemente sobre a "concentração de mão de obra", como se se tratasse de um grande princípio de economia recém-descoberto pela burocracia da SS. Os donos das fábricas disporiam de mão-de-obra *in loco*, disse Scherner. Toda a manutenção da fábrica não lhes custaria nada nem haveria aluguel a pagar. Os cavalheiros estavam convidados a ir nessa tarde inspecionar os locais das oficinas no campo de Plaszóvia.

O novo comandante foi apresentado aos presentes. Disse estar satisfeito em se associar aos industriais, cujas valiosas contribuições para o esforço de guerra já eram bem conhecidas.

Amon indicou, num mapa da área do campo, a seção reservada para as fábricas. Era ao lado do campo dos homens; as mulheres – disse ele, com um sorriso bem sedutor – teriam de caminhar um pouco mais, uns 100 ou 200 metros pela encosta abaixo, para chegar às oficinas. Garantiu aos cavalheiros que a sua principal tarefa era supervisionar o bom funcionamento do campo e que não tinha intenção alguma de interferir na gerência das fábricas nem de alterar a autonomia de que gozavam em Cracóvia. As ordens que recebera, como o *Oberführer* Scherner poderia atestar, proibiam terminantemente aquela espécie de interferência. Mas o *Oberführer* tinha sido correto ao apontar as vantagens mútuas de transportar uma indústria para dentro do perímetro do campo. Os donos das fábricas não teriam de pagar aluguel, e ele, o comandante, não teria de fornecer uma guarda para conduzir os prisioneiros até a cidade e trazê-los de volta. Os cavalheiros não podiam deixar de compreender que a extensão da caminhada e a hostilidade dos poloneses contra uma coluna de judeus esgotariam a capacidade de trabalho dos prisioneiros.

Durante todo o seu discurso, o Comandante Goeth olhava muito para Madritsch e Schindler, os dois que ele desejava especialmente conquistar para o seu plano. Sabia que já podia contar com os conhecimentos locais e conselhos de Bosch. Herr Schindler, por exemplo, tinha uma seção de munições, pequena e ainda em estágio de desenvolvimento; todavia, se fosse transferida, daria a Plaszóvia uma grande respeitabilidade junto à Inspetoria de Armamentos.

Herr Madritsch ouvia de testa franzida, e Herr Schindler observava o orador, com um meio sorriso de aquiescência. Instintivamente, o Comandante Goeth podia perceber, mesmo antes de terminar o seu discurso, que Madritsch seria razoável e aceitaria a mudança, mas Schindler recusaria. Era difícil julgar, por essas diferentes decisões, qual dos dois se sentia mais paternal com relação aos seus empregados judeus – Madritsch, que desejava ficar dentro de Plaszóvia com eles, ou Schindler, que queria conservá-los a seu lado na Emalia.

Oskar Schindler, com a mesma expressão de impaciente tolerância no rosto, foi com o grupo inspecionar o local. Plaszóvia tinha agora o aspecto de um campo de concentração – uma melhora nas condições de tempo permitira que as casernas fossem montadas; o degelo do solo tornara possível cavar as fossas das latrinas e fixar os postes. Uma companhia polonesa de construção instalara quilômetros de cerca no perímetro do campo. Grossas torres de vigia iam sendo erigidas na direção de Cracóvia e também na entrada do vale do lado da Rua Wieliczka, na extremidade do campo; dali, do alto do morro a leste, o grupo oficial, à sombra das fortificações austríacas, observava o trabalho intenso daquela nova criação. Mais para a direita, Oskar notou que mulheres subiam penosamente por atalhos enlameados, arrastando pesadas seções de casernas. Abaixo, desde o fundo do vale e pela encosta acima no outro lado, as casernas eram montadas sobre plataformas por prisioneiros que erguiam paredes, aparafusavam, martelavam com uma energia que, àquela distância, dava a impressão de que trabalhavam de boa vontade.

No trecho melhor, mais plano, do terreno, ergueram compridas estruturas de madeira destinadas à ocupação industrial. Pisos de cimento podiam ser preparados nos locais onde fosse preciso instalar maquinaria pesada. A transferência de toda a maquinaria das fábricas seria efetuada pela SS. A estrada que servia a área era sem dúvida pouco mais do que um atalho, mas a administração já entrara em contato com a firma de engenharia Klug para a construção de uma central no campo, e a *Ostbahn* prometera fornecer um desvio até o próprio portão do campo, e outro para a pedreira à direita.

Pedras das pedreiras e alguma do cemitério, que Goeth chamava de "sepulturas desmontadas", seriam quebradas para calçar outras ruas do campo. Os cavalheiros não teriam de se preocupar com os meios de acesso às fábricas, prometeu Goeth, pois pretendia manter sempre uma numerosa equipe de prisioneiros para trabalhar nas pedreiras e na construção das estradas.

Uma pequena ferrovia fora instalada para as carretas de transporte de pedras; partia da pedreira e passava pelo prédio da Administração, destinando-se às grandes casernas de pedra, que estavam sendo construídas para a SS e para a guarnição militar ucraniana. Carregamentos, que pesavam cada qual seis toneladas, eram transportados por grupos de 35 a 40 mulheres, que puxavam cabos instalados de cada lado das carretas para compensar a irregularidade dos trilhos. As que tropeçavam ou caíam eram pisoteadas ou empurradas para fora do caminho, pois os grupos tinham o seu próprio impulso orgânico e ninguém podia abdicar individualmente do ritmo. Observando aquele esforço, que lembrava o trabalho de escravos no Antigo Egito, Oskar sentiu a mesma onda de náusea, o mesmo formigamento no sangue que experimentara no alto da colina, descortinando a Rua Krakusa. Goeth presumira que os industriais não se deixariam abalar por aquela visão, que todos eram espiritualmente iguais a ele. Não o constrangia aquela labuta selvagem. A questão que vinha em mente era a mesma que na Rua Krakusa: O que *podia* constranger a SS? O que podia causar constrangimento a Amon?

A energia dos construtores das casernas tinha, mesmo para um observador bem-informado como Oskar, o aspecto ilusório de homens trabalhando arduamente para providenciar abrigo para suas mulheres. Mas, embora Oskar ainda não soubesse, Amon procedera a uma execução sumária naquela manhã diante daqueles homens, a fim de que agora ficassem convencidos quanto aos termos em que estavam trabalhando. Depois do encontro de manhã cedo com os engenheiros, Amon descera a Rua Jerozolimska até a caserna da SS, onde os trabalhos estavam sob a supervisão de um excelente NCO, que logo seria promovido a oficial, chamado Albert Hujar. Este adiantara-se e fizera o seu relatório. Uma seção das fundações da caserna desabara, disse Hujar, com o sangue subindo-lhe ao rosto.

Ao mesmo tempo, Amon tinha notado uma moça andando ao redor da construção, falando com os trabalhadores, apontando, dirigindo. Quem era ela?, perguntou ele a Hujar. Uma prisioneira chamada Diana Reiter, respondeu Hujar, uma arquiteta, que fora destacada para a construção das casernas. Estava reclamando que as fundações não haviam sido corretamente cavadas e queria que todas as pedras e o cimento fossem arrancados e se recomeçasse a construção desde o início.

Goeth podia notar, pela vermelhidão do rosto de Hujar, que ele tinha tido uma intensa discussão com a moça. A coisa chegara a ponto de Hujar berrar que ele estava construindo uma caserna "e não um hotel de luxo"!

Amon deu um meio sorriso a Hujar.

– Não vamos discutir com essa gente – disse ele, como se fosse uma promessa. – Traga a moça aqui.

Amon podia ver, pela maneira com que ela se encaminhava em sua direção, a genuína elegância com que havia sido educada pela sua família de classe média, as maneiras europeias de que fora imbuída, mandando-a – quando os honestos poloneses tinham recusado admiti-la em suas universidades – para Viena ou Milão, a fim de lhe dar uma profissão e alguma garantia. A moça dirigiu-se a Amon, como se ambos fossem da mesma categoria e isso os unisse na batalha contra o NCO imbecil e a inferior capacidade profissional de algum engenheiro da SS, que supervisionara a escavação das fundações. Não sabia que estava atiçando ainda mais o ódio de Amon por ser ela do tipo que, mesmo diante da evidência do seu uniforme da SS, julgava não ser visível a sua condição de judia.

– Você teve ocasião de discutir com o *Obsercharführer* Hujar – disse-lhe Goeth, como que estabelecendo um fato. Ela concordou, com um firme gesto de cabeça. O gesto sugeria que *Herr Commandant* devia compreender, embora o imbecil Hujar não fosse capaz de entender. Todas as fundações daquele lado tinham de ser refeitas, declarou ela em tom assertivo. É claro que Amon sabia que "eles" eram assim mesmo, gostavam de acumular tarefas umas após outras, a fim de garantir a atividade constante da força de trabalho, enquanto durasse o projeto. Se tudo não for refeito, concluíra ela, haveria pelo menos um afundamento na extremidade sul da caserna. Poderia mesmo haver um desabamento.

A moça continuou argumentando; Amon concordava com a cabeça e presumia que ela devia estar mentindo. Era um princípio primordial que nunca se devia dar ouvidos a um técnico judeu. Técnicos judeus se baseavam no pensamento de Marx, cujas teorias visavam a solapar a integridade do governo, e no de Freud, que atacara a integridade da mente ariana. Amon julgava que os argumentos da arquiteta ameaçavam a sua integridade.

Chamou Hujar. O NCO voltou, meio contrafeito. Pensou que o chefe ia mandá-lo fazer o que a moça tinha aconselhado. Ela pensou o mesmo.

– Atire nela – ordenou Amon a Hujar. Houve, naturalmente, uma pausa enquanto Hujar digeria a ordem. – Atire nela! – repetiu Amon.

Hujar segurou a moça pelo cotovelo para levá-la a algum lugar apropriado para a execução.

– Aqui! – disse Amon. – Atire nela aqui! São ordens minhas! – berrou Amon.

Hujar sabia como a coisa devia ser feita. Agarrou a moça pelo cotovelo, empurrou-a um pouco para a frente, tirou a Mauser do coldre e deu-lhe um tiro na nuca.

O ruído apavorou todos os presentes, exceto – ao que parecia – os executores e a moribunda Diana Reiter. Ela dobrou os joelhos e abriu bem os olhos. *Será preciso mais do que isso*, ela estaria dizendo. Aquele olhar deliberado assustou Amon e, depois, o consolou e o desculpou. Não tinha a menor ideia e não teria acreditado que para aquelas suas reações havia uma etiqueta clínica. Na verdade, acreditava que estava sendo recompensado com a inevitável exaltação que se segue a um ato de justiça política, racial e moral. Ainda assim, aquilo tudo tinha o seu preço, pois à plenitude daquele momento mais tarde se seguiria tal vazio que ele iria precisar, a fim de evitar ser varrido para longe como um farrapo de palha, aumentar o seu peso e equilíbrio, ingerindo mais comida, bebida, procurando contato com alguma mulher.

Afora essas considerações, a execução de Diana Reiter, o cancelamento de seu diploma da Europa Ocidental, tinha o seu valor prático:

nenhum construtor de habitações ou estradas em Plaszóvia poderia considerar-se essencial à sua tarefa – se, com toda a sua capacidade profissional, Diana Reiter não conseguira salvar-se, a única chance dos outros era uma pronta e anônima eficiência. Portanto, as mulheres transportando seus pesados fardos da estação de Cracóvia – Plaszóvia, as equipes das pedreiras, os homens montando as habitações, todos eles passaram a trabalhar com uma energia adequada à lição que tinham recebido com o assassinato de Diana Reiter.

Quanto a Hujar e seus colegas, sabiam agora que a execução instantânea era o estilo permitido em Plaszóvia.

20

DOIS DIAS após a visita dos donos de fábricas a Plaszóvia, Schindler apareceu no gabinete provisório do Comandante Goeth, trazendo saudações e uma garrafa de conhaque. A notícia do assassinato de Diana Reiter já chegara ao escritório da Emalia e era o tipo de informação que firmava Oskar em sua determinação de manter a Emalia fora de Plaszóvia.

Os dois homens atléticos sentaram-se frente a frente; havia também entre eles uma compreensão mútua, como houvera no rápido contato entre Amon e Diana Reiter. O que sabiam era que ambos estavam ali em Cracóvia para enriquecer; e que, portanto, Oskar pagaria pelos favores que lhe fossem concedidos. Quanto a esse ponto, Oskar e o comandante se compreendiam bem. Oskar tinha o dom característico do negociante de tratar homens que abominava como se fossem irmãos espirituais, e *Herr Commandant* se deixaria enganar tão completamente que sempre acreditaria que Oskar era seu amigo.

Mas, segundo o testemunho de Stern e outros, é óbvio que, desde os seus primeiros contatos com Goeth, Oskar o abominou como um homem que praticava assassinatos com a mesma tranquilidade com que um funcionário executa a sua rotina de trabalho. Oskar podia falar com Amon o administrador, Amon o especulador, mas sabia ao mesmo tempo que nove décimos da mente do comandante ficavam abaixo dos processos racionais dos seres humanos comuns. Os negócios e as conexões sociais entre Oskar e Amon funcionavam muito bem para poder haver a dúvida de que Oskar, de certa forma, e apesar de si mesmo, se deixava fascinar pela perversidade do homem. Na verdade, ninguém dos que conheciam Oskar nessa ocasião, ou dos que o conheceram mais tarde, viu sinal algum desse fascínio. Oskar desprezava Goeth nos termos mais simples e mais intensos. Seu desprezo tornar-se-ia ilimitado, como o demonstraria dramaticamente sua carreira. Mesmo assim, é difícil evitar o pensamento de que Amon era o irmão satânico de Oskar, o frenético e fanático carrasco que Oskar, por alguma infeliz perversão, poderia também se tornar.

Com uma garrafa de conhaque entre os dois, Oskar explicou a Amon que lhe era impossível mudar-se para Plaszóvia. Sua fábrica era demasiado sólida para poder ser transplantada. Supunha que o seu amigo Madritsch tencionava mudar lá para dentro os seus trabalhadores judeus, mas a maquinaria de Madritsch podia ser mais facilmente transferida – era basicamente uma série de máquinas de costura. Havia diferentes problemas envolvidos na mudança de pesadas prensas, sendo que cada uma delas, como acontece com maquinaria sofisticada, tinha suas peculiaridades. Os seus operários especializados estavam habituado a elas. Numa nova instalação, porém, as máquinas iriam adquirir novas peculiaridades. Haveria atrasos; o período de instalação levaria mais tempo do que seria o caso da fábrica do seu estimado amigo Julius Madritsch. O *Untersturmführer* devia compreender que, com importantes contratos de material de guerra a serem cumpridos, a DEF não poderia dispor de tal lapso de tempo. Herr Beckmann, que tinha a mesma espécie de problema, estava despedindo todos os seus judeus da usina de Corona. Não queria a confusão de judeus sendo conduzidos de manhã para a usina e levados de volta à noite para Plaszóvia. Infelizmente ele, Schindler, tinha algumas centenas mais de trabalhadores *especializados* do que Beckmann. Se os despedisse, poloneses teriam de ser treinados no lugar deles e de novo haveria um atraso na produção, e um atraso maior ainda, se ele aceitasse o atraente oferecimento de Goeth e se mudasse para Plaszóvia.

Amon pensou que talvez Oskar estivesse preocupado com a possibilidade de a mudança para Plaszóvia prejudicar algumas das suas negociatas em Cracóvia. O comandante apressou-se em garantir a Herr Schindler que não haveria interferência alguma na gerência de sua fábrica de esmaltados.

– São puramente problemas industriais que me preocupam – disse Schindler com respeito. Não queria causar inconveniências ao comandante, mas ficaria grato, e tinha certeza de que a Inspetoria de Armamentos lhe seria grata, se fosse permitido à DEF permanecer em seu local.

Entre Goeth e Oskar, a palavra "gratidão" não tinha um significado abstrato. Gratidão era pronto pagamento. Eram bebidas e diamantes.

– Compreendo os seus problemas, Herr Schindler – disse Amon. – Terei prazer, uma vez liquidado o gueto, em fornecer uma guarda para escoltar os seus empregados de Plaszóvia a Zoblocie.

CERTA TARDE em que foi a Zablocie a negócio da fábrica Progress, Itzhak Stern encontrou Oskar deprimido e percebeu que o amigo estava tomado por um perigoso senso de impotência. Depois de Klonowska ter servido um café, que *Herr Direktor* tomou como sempre com uma dose de conhaque, Oskar contou a Stern que tinha voltado a Plaszóvia: ostensivamente, para examinar as instalações; na realidade, para calcular quando estariam prontas para receber os *Ghettomenschen*.

– Fiz os cálculos – disse Oskar. Tinha contado as casernas na encosta do outro lado e constatado que, se Amon tencionava agrupar duzentas mulheres em cada uma delas, o conjunto poderia agora abrigar seis mil mulheres. O setor dos homens, mais abaixo na encosta, não tinha tantas construções terminadas, mas, no ritmo em que se trabalhava em Plaszóvia, em poucos dias estaria tudo terminado. – Todos na oficina da fábrica sabem o que vai acontecer – continuou ele. – E não adianta manter o turno da noite aqui dentro, porque depois dessa operação, não haverá um gueto para onde eles possam voltar. Tudo o que lhes posso dizer – acrescentou Oskar, tomando outro gole de conhaque – é que não devem procurar esconder-se, a não ser que tenham certeza da segurança do esconderijo. – Ouvira dizer que a intenção era pôr abaixo o gueto, depois de ter sido evacuado. Cada cavidade de parede seria revistada, cada tapete de sótão retirado, cada nicho revelado, cada porão revolvido. – E o único conselho que posso dar aos meus empregados é que não resistam.

E, assim, ilogicamente, Stern, um dos alvos da planejada *Aktion*, foi quem procurou consolar *Herr Direktor* Schindler, frisando que ele seria apenas uma testemunha da *Aktion*. A preocupação de Oskar com os seus empregados judeus estava se difundindo, devido à tragédia maior da destruição do gueto. Plaszóvia era uma instituição de trabalho, disse Stern. Como todas as instituições, podia oferecer uma sobrevida. Não era como Belzec, onde se fabricava a morte em série como Henry Ford fabricava carros. Era degradante ter de obedecer a ordens sem pestanejar, mas não era o final de tudo. Quando Stern terminou seus argumentos, Oskar colocou ambos os polegares sob a borda chanfrada de sua mesa e pareceu, por uns instantes, querer arrancá-la.

– Sabe de uma coisa, Stern – disse –, nada disso é consolo suficiente!

– É, sim – replicou Stern. – É o único caminho a adotar. – E continuou argumentando, citando e detalhando, sentindo-se, ele próprio, apavorado, porque Oskar parecia estar em crise. Se Oskar perdesse a esperança, Stern sabia que todos os empregados judeus da Emalia seriam despedidos, pois Oskar iria querer purificar-se de toda aquela imundície.

Chegaria a hora de se fazer algo mais positivo, ponderou Stern. Mas não ainda.

Abandonando a tentativa de arrancar a borda da sua mesa de trabalho, Oskar reclinou-se na poltrona e voltou a parecer deprimido.

– Você conhece aquele Amon Goeth – disse ele. – É um homem com charme. Poderia chegar aqui e exercer o seu fascínio sobre você. Mas trata-se de um lunático.

NA ÚLTIMA MANHÃ do gueto – que coincidiu ser um *Shabbat* 13 de março –, Amon Goeth chegou à Praça Zgody, Praça da Paz, a uma hora que, oficialmente, precedia o amanhecer. Nuvens baixas obscureciam a linha divisória entre a noite e o dia. Viu que os homens do *Sonderkommando* já haviam chegado e se espalhavam pelo solo congelado do parque no centro da praça, fumando e rindo baixo, mantendo em segredo sua presença para os habitantes do gueto nas ruas adiante da farmácia de Pankiewicz. Os caminhos que tomariam estavam limpos, como numa cidade-modelo. A neve restante se empilhava nas sarjetas e contra os muros. É de presumir que o sentimental Goeth tenha-se sentido paternal com relação aos seus rapazes reunidos em camaradagem no centro da praça, antes da ação.

Amon tomou um trago de conhaque, enquanto esperava pelo *Sturmbannführer* Willi Haase, homem de meia-idade, que estava encarregado do controle estratégico, mas não tático, da *Aktion* desse dia. Hoje o Gueto A, da Praça Zgody para o oeste, a seção maior onde moravam todos os trabalhadores judeus (saudáveis, esperançosos, obstinados), seria esvaziado. O Gueto B, pequeno conjunto de uns poucos quarteirões a leste, era habitado pelos velhos, os que não tinham emprego. Seriam arrancados dali à noite ou pela manhã. Estavam destinados ao enormemente expandido campo de extermínio do Comandante Rudolf Höss, em Auschwitz. Gueto B era um trabalho direto, honesto. Gueto A era o desafio.

Todos queriam estar ali hoje, pois seria uma data histórica. Havia bem mais de sete séculos que existia uma Cracóvia judaica, e essa noite ou no máximo até o dia seguinte – aqueles sete séculos desapareceriam, e Cracóvia estaria *judenrein* (limpa de judeus). E cada SS subalterno queria dizer que assistira ao evento. Até mesmo Unkelbach, o *Treuhänder* da fábrica de cutelaria Progresso, tendo um posto de reserva na SS, vestiria seu uniforme NCO e entraria no gueto com uma das brigadas. Portanto, o eminente Willi Haase, como oficial superior e um dos organizadores do plano, tinha todo o direito de estar ali presente.

Amon, sofrendo de sua habitual dor de cabeça e um pouco esgotado com a insônia febril que o acometera tarde da noite, mesmo assim comparecera para assistir ao evento, tomado de certo entusiasmo profissional. Era uma grande dádiva do Partido Nacional-Socialista aos homens da SS que eles tivessem a chance de entrar em combate, sem nenhum risco físico, que pudessem conquistar honrarias sem as contingências que implicavam expor-se a ser fuzilado. Não fora fácil conseguir impunidade psicológica. Todo oficial SS tinha amigos que haviam se suicidado. Os compêndios de treinamento da SS, escritos para combater essas baixas absurdas, assinalavam a tolice de se acreditar que, pelo fato de o judeu não estar visivelmente armado, deixasse de possuir armas sociais, econômicas ou políticas. Na realidade, estava armado até os dentes. Fortaleçam-se, alertavam os compêndios, pois a criança judia é uma bomba-relógio cultural, a mulher judia uma biologia de traições, o homem judeu um inimigo mais incontrolável do que nenhum russo poderia jamais ser.

Amon Goeth sentia-se em forma. Sabia que ninguém poderia tocá-lo, e esse pensamento provocava nele a mesma deliciosa excitação de um corredor de longa distância antes de uma corrida cuja vitória está garantida. Amon desprezava com certo bom humor os oficiais que negligentemente deixavam a ação a cargo de seus homens e dos NCO. Sentia que de certa maneira essa atitude poderia ser mais perigosa do que uma atuação direta. Ele mostraria o caminho, como tinha mostrado no caso de Diana Reiter. Sabia a euforia que sentiria no decorrer do dia, a gratificação crescente, juntamente com o gosto da bebida, quando o ritmo fosse acelerando. Mesmo sob a baixa esqualidez daquelas nuvens, Amon sabia que aquele seria um dos seus melhores dias, sentia que, quando ele fosse velho e a raça judia extinta, os jovens maravilhados perguntar-lhe-iam sobre os acontecimentos de dias como aquele.

A menos de um quilômetro de distância, o Dr. H., médico do hospital de convalescença do gueto, cuidava, na penumbra, de seus últimos pacientes, grato por vê-los assim isolados no andar superior, bem distantes da rua, a sós com sua dor e sua febre.

Pois, ao nível da rua, todos sabiam o que tinha acontecido com o hospital de isolamento perto da Praça Zgody. Um destacamento da SS, sob as ordens do *Oberscharführer* Albert Hujar, penetrara no hospital para fechá-lo e encontrara a Dra. Rosalia Blau entre os leitos de seus pacientes de escarlatina e de tuberculose, que, dizia ela, não podiam ser removidos. As crianças com coqueluche ela mandara antes para suas casas. Mas os portadores de escarlatina não podiam ser removidos, nem por eles mesmos nem pela comunidade, e os doentes de tuberculose simplesmente não tinham forças para se levantar.

Como a escarlatina é uma enfermidade da adolescência, muitos dos pacientes da Dra. Blau eram meninas entre 12 e 16 anos. Diante de Albert Hujar, a Dra. Blau apontou, como uma garantia de seu julgamento profissional, para as meninas ardendo em febre.

O próprio Hujar, agindo sob o mandato que lhe fora conferido uma semana antes por Amon Goeth, matou a Dra. Blau com um tiro na cabeça. As doentes de moléstias contagiosas, algumas tentando levantar-se de seus leitos, outras inconscientes em seu delírio, foram executadas numa fúria de fogo automático. Quando o pelotão de Hujar terminou sua tarefa, uma turma de homens do gueto foi enviada ao andar superior para remover os cadáveres, empilhar os lençóis ensanguentados e lavar as paredes.

O hospital ficava num prédio onde funcionara, antes da guerra, uma delegacia de polícia polonesa. Durante toda a existência do gueto, os três andares tinham estado repletos de doentes. O diretor do hospital era um médico muito respeitado, o Dr. B. Naquela fria manhã de 13 de março, os Drs. B. e H. haviam reduzido o número de pacientes para quatro, todos eles irremovíveis. Um era um jovem operário com tuberculose galopante; o segundo, um talentoso músico com uma doença fatal de rins. Ao Dr. H. parecia que eles deviam ser poupados do pânico final de uma alucinada rajada de balas. Sobretudo o cego, sofrendo de uma lesão cerebral, e o senhor idoso que uma cirurgia para extrair um tumor intestinal o deixara enfraquecido e atormentado por uma colostomia.

A equipe médica, inclusive o Dr. H., era do mais alto nível. Daquele mal equipado hospital de gueto derivariam os primeiros informes poloneses sobre a doença eritroblástica de Weil, uma afecção da medula do osso, e da síndrome Wolff-Parkinson-White. Nessa manhã, porém, a preocupação maior do Dr. H. era com o dilema do cianureto.

Com o pensamento na opção do suicídio, o Dr. H. tinha adquirido um suprimento de uma solução de cianureto. Sabia que outros médicos haviam tomado a mesma providência. Naquele último ano, o estado depressivo tinha sido endêmico no gueto e atingira também o Dr. H., homem jovem, com uma saúde de ferro. Mas a realidade era que a própria História parecia ter-se tornado maligna. Em seus dias de maior depressão, fora um conforto para o Dr. H. a certeza de que tinha acesso ao cianureto. Naquele último estágio de existência do gueto, era o único produto farmacêutico de que ele e os outros médicos podiam dispor em quantidade. A sulfa era uma raridade. Acabara o estoque de eméticos, éter e até aspirina. Cianureto era a única droga sofisticada que restava.

Nesse dia, antes das 5 horas, o Dr. H. fora despertado em seu quarto na Rua Wit Stwosz pelo ruído de caminhões estacionando do lado de fora do muro do gueto. Olhando pela janela, viu os *Sonderkommandos* reunindo-se à margem do rio e compreendeu que tinham vindo para alguma atuação decisiva. Correu para o hospital onde encontrou o Dr. B. e a equipe de enfermagem já em atividade, providenciando para que todos os pacientes que podiam ser removidos fossem levados para baixo, onde parentes ou amigos se encarregariam de retirá-los do hospital. Quando todos, exceto os quatro em estado crítico, já tinham saído, o Dr. B. disse às enfermeiras que se retirassem, e todas obedeceram, exceto a enfermeira-chefe. Agora só restavam ela, os Drs. B. e H. e os quatro pacientes no hospital quase deserto.

Enquanto esperavam, os Drs. B. e H. pouco falaram. Ambos tinham acesso ao cianureto; logo o Dr. H. notaria que o Dr. B. também estava tristemente preocupado com o dilema da droga. Sim, havia o suicídio, mas havia a eutanásia também. O conceito aterrorizava H. Ele tinha um rosto sensível e uma certa delicadeza na expressão dos olhos. Sua ética o fazia sofrer com uma angústia tão íntima, como se se tratasse de órgãos do seu próprio corpo. Sabia que um médico com sensibilidade comum, uma seringa de injeção e praticamente nada mais para norteá-lo podia somar, como se fosse uma lista de compras, os valores das duas opções – injetar o cianureto ou abandonar os pacientes ao *Sonderkommando*. Mas H. sabia também que tais coisas nunca eram uma questão de calcular valores, que a ética era mais complexa e difícil que a álgebra.

Às vezes, o Dr. B. ia até a janela, olhava para fora para ver se a *Aktion* já tinha começado nas ruas, e voltava-se para H. com uma expressão de calma profissional nos olhos. H. podia perceber que o outro também estava perplexo ante as opções, como se fossem cartas que estivessem embaralhando e tornado a embaralhar. Suicídio. Eutanásia. Ácido de hidrocianureto. Um conceito não sem atração: manter-se ali à espera entre as camas como Rosalia Blau. Outro conceito: usar o cianureto em si próprio, assim como nos pacientes. A segunda perspectiva atraía H., por lhe parecer menos passiva do que a primeira. Além disso, tendo acordado deprimido naquelas últimas três noites, ele sentira algo como um desejo físico pelo veneno instantâneo, como se fosse apenas a droga ou bebida forte que toda vítima necessitava para suavizar a hora final.

Para um homem sério como o Dr. H., essa tentação era um motivo a mais para *não* ingerir o veneno. Para ele, a motivação do suicídio tinha sido estabelecida desde a sua educação infantil, quando o pai lera para ele, num texto do historiador Josephus Flavius, a narrativa do suicídio em massa dos Fanáticos do Mar Morto, na iminência de serem capturados pelos romanos. O princípio era que não se devia entrar na morte como num abrigo aconchegante, mas, numa inequívoca recusa de rendição. Princípios são princípios, é claro, e o terror numa manhã cinzenta é outra coisa. Mas H. era um homem de princípios.

E tinha uma esposa. Ele e a mulher haviam planejado um itinerário de fuga pelos esgotos próximos da esquina da Rua Piwna com Krakusa. Os esgotos eram um caminho de fuga arriscado para a floresta de Ojców. Temia a fuga mais do que o fácil oblívio do cianureto. Se a Polícia Azul ou os alemães o detivessem e lhe arriassem as calças, ele passaria na prova, graças ao Dr. Lachs. Lachs era um ilustre cirurgião plástico, que ensinara a vários jovens judeus de Cracóvia como alongar os seus prepúcios, sem derramamento de sangue: dormir com um peso – um garrafa contendo um volume de água gradativamente maior – amarrado ao pênis. Segundo Lachs, era um recurso usado pelos judeus em épocas de perseguição romana e a intensidade da atuação da SS em Cracóvia o fizera ressuscitar o estratagema naqueles últimos dezoito meses. Lachs ensinara aquele método ao seu jovem colega H., e o fato de o ter empregado com algum sucesso justificava ainda menos no seu caso o recurso do suicídio.

De madrugada, a enfermeira, mulher calma de uns 40 anos, veio fazer o relatório da noite ao Dr. H. O rapaz repousava tranquilamente, mas o cego com a fala afetada pela embolia demonstrava grande ansiedade. O músico e o caso de fístula anal tinham tido ambos uma noite penosa. Agora, porém, reinava o silêncio no hospital; os pacientes se remexiam no final do sono ou na intimidade da própria dor. O Dr. H. saiu para a fria sacada acima do pátio, a fim de fumar um cigarro e mais uma vez estudar a questão.

No ano anterior, ele trabalhara no velho hospital de epidemias em Rekawka, quando a SS decidira fechar aquela região do gueto e transferir o hospital para outro lugar. Nessa ocasião, enfileiraram a equipe contra a parede e arrastaram os pacientes escada abaixo. H. vira a perna da velha Sra. Reisman prender-se entre os balaústres, e um SS, que a puxava pela outra perna, não se deter para desembaraçá-la, puxando-a até a perna enganchada quebrar-se com um estalo audível. Era assim que se removiam pacientes no gueto. Mas, no ano anterior, ninguém pensava em matar por piedade. Naquela altura dos acontecimentos, todos ainda tinham esperança de que a situação poderia melhorar.

Agora, mesmo que ele e o Dr. B. tomassem a decisão, H. não tinha certeza de que teria coragem de dar cianureto aos seus pacientes ou assistir a alguém ministrar o veneno e manter uma impassibilidade profissional. De certa forma absurda, era como a argumentação em sua juventude, sobre se devia aproximar-se de uma garota, pela qual estava interessado. E, mesmo depois de ele tomar uma decisão, isso de nada adiantava. Ainda não fora encarado o ato.

Ali, da sacada, ele ouviu o primeiro ruído. Começara cedo e vinha do lado leste do gueto. Os *raus*, *raus* dos megafones, a mentira costumeira a respeito das bagagens, que algumas pessoas ainda persistiam em acreditar. Nas ruas desertas e entre as habitações onde ninguém se movia, podia-se ouvir em todo o percurso da Praça Zgody até Madwislanska, à margem do rio, um indefinido murmúrio de terror que fazia tremer o próprio Dr. H.

Depois, ele ouviu a primeira rajada, tão estrondosa que deu para acordar os doentes. E uma súbita estridência após os disparos, um megafone violento rugindo contra alguma plangente voz feminina;

por fim, a lamúria cessando bruscamente após uma nova rajada de balas. Sucedeu-se um choro diferente, o lamento dos que estavam sendo impelidos pelos *bullhorns* SS, por ansiosos OD e por vizinhos, o incontrolável lamento, que foi desaparecendo na extremidade do gueto, onde havia um portão. Sabia que aquilo tudo teria sido ouvido até pelo músico em seu estado pré-comatoso.

Quando retornou à ala da enfermaria, ele pôde notar que todos – até mesmo o músico – o observavam. Podia sentir, mais do que ver, os corpos se retesando em seus leitos; o ancião com a colostomia gritava com o esforço muscular. "Doutor, doutor!", alguém exclamou. O Dr. H. respondeu um "Por favor!" que significava: "Estou aqui e eles ainda estão muito longe." Então, olhou para o Dr. B., que cerrou os olhos, quando recomeçou o barulho dos disparos a três quarteirões de distância. O Dr. B. fez-lhe um sinal com a cabeça, encaminhou-se para o pequeno armário farmacêutico trancado, no final da enfermaria, e voltou com um frasco de ácido cianídrico. Após uma pausa, H. aproximou-se do seu colega. Poderia ter deixado tudo a cargo de Dr. B., pois sabia que o outro tinha bastante coragem para agir sozinho, sem precisar do amparo de colegas. Mas seria uma covardia, pensou H., não dar o seu próprio voto de aprovação, não assumir parte da responsabilidade. O Dr. B. era um especialista, um pensador. Queria dar ao Dr. B. o seu apoio integral.

– Muito bem – disse o Dr. B., mostrando rapidamente o frasco a H. Suas palavras foram quase abafadas pelos gritos de uma mulher e as vociferantes ordens oficiais que provinham da extremidade da Rua Jozefinska. O Dr. B. chamou a enfermeira.

– Dê a cada paciente quarenta gotas com água.

– Quarenta gotas? – repetiu ela, sabendo qual era a medicação.

– Quarenta – repetiu o Dr. B.

O Dr. H. olhou também para a enfermeira. "Sim", queria lhe dizer. "Agora sinto-me forte; poderia dar eu mesmo a medicação. Mas, se o fizesse, alarmaria os doentes. Todos eles sabem que as enfermeiras são as encarregadas da medicação."

Enquanto a enfermeira preparava a mistura, H. adiantou-se pela enfermaria e pousou sua mão na do velho.

– Tenho algo para ajudá-lo, Roman – disse ele. E ficou surpreso como aquele contato de pele lhe transmitia a história do velho: por um segundo, como num lampejo de chama, pareceu-lhe ver ali o jovem Roman crescendo na Galícia de Franz Josef, vivendo na deliciosa cidadezinha, a *petit* Wien, a joia do Vístula, Cracóvia; um rapaz sedutor fardado com o uniforme de Franz Josef, subindo as montanhas para as manobras da primavera; soldadinho de chocolate em Rynek Glowny com as moças de Kazimierz, cidade de rendas e *patisseries*; escalando o Morro Kosciuszko e roubando um beijo entre os arbustos. Como podia o mundo ter mudado tanto no decurso de uma só vida?, perguntava-se o que restava do jovem no velho Roman. De Franz Josef ao NCO, quem tinha autorização para trucidar Rosalia Blau e as meninas com escarlatina?

– Por favor, Roman – disse o médico, como que pedindo ao velho que relaxasse o corpo. Calculava que o *Sonderkommando* estaria ali dentro de uma hora. O Dr. H. sentiu, mas resistiu, à tentação de contar o seu segredo ao velho. O Dr. B. fora generoso com a dosagem. Uns poucos segundos de falta de ar e um pequeno susto não seriam nenhuma nova ou intolerável sensação para o velho Roman.

Quando a enfermeira chegou com os quatro copos de remédio, nenhum deles perguntou-lhe ao menos o que ela estava lhes trazendo. O Dr. H. jamais saberia se algum deles chegara a compreender. Voltou-se e consultou o seu relógio. Receava que, quando eles bebessem o veneno, emitissem algum gemido, algo pior do que os arquejo e engasgos normais em um hospital.

– Aqui tem o seu remédio – ouviu a enfermeira dizer. E, depois, o arfar de uma respiração, mas não sabia se provinha do paciente ou da própria enfermeira. "Aqui, a mulher é a verdadeira heroína", pensou ele.

Quando tornou a olhar, a enfermeira estava acordando o moribundo, o sonolento músico, e oferecendo-lhe o copo. Na outra extremidade da enfermaria, o Dr. B. avistou uma jaqueta branca muito limpa. O Dr. H. aproximou-se do velho Roman e tomou-lhe o pulso. Nenhuma pulsação. Em um leito na outra extremidade da enfermeira, o músico ingeriu com esforço o líquido que cheirava a amêndoas.

Tudo se passou suavemente, como H. tanto desejara. Observou os seus pacientes – bocas escancaradas, mas não obscenamente, olhos vidrados e imunes, cabeças jogadas para trás, queixos votados para o teto – observou-os com a mesma inveja, que qualquer habitante do gueto sentiria de fugitivos.

21

POLDEK PFEFFERBERG habitava um quarto no segundo andar de uma casa do século XIX, no final da Rua Jozefinska. Das janelas descortinava-se por cima do muro do gueto o Rio Vístula, onde barcaças polonesas subiam e desciam, na ignorância de que aquele era o derradeiro dia do gueto, e barcos de patrulhamento da SS passavam casualmente, como se estivessem a passeio. Ali, Pfefferberg esperava com sua mulher, Mila, a chegada do *Sonderkommando*, que os jogaria na rua. Mila era uma pequenina e nervosa jovem de 22 anos, uma refugiada de Lodz, com quem Poldek se casara nos primeiros dias do gueto. Descendia de uma família de médicos, seu pai fora um cirurgião que morrera muito cedo, em 1937; sua mãe, uma dermatologista a quem, durante uma *Aktion* no gueto de Tarnow no ano anterior, coubera a mesma sorte que a de Rosalia Blau no hospital de isolamento: foi fuzilada entre seus doentes.

Mila tivera uma infância feliz, mesmo na antissemita Lodz, tendo iniciado seus estudos de medicina em Viena no ano anterior à guerra. Conhecera Poldek quando, em 1939, habitantes de Lodz foram transferidos para Cracóvia, e ela fora alojada no mesmo apartamento que o ativo Poldek Pfefferberg.

Agora ele era, como Mila, o último membro de sua família. Sua mãe, que em outros tempos havia redecorado o apartamento de Schindler em Straszewskiego, fora enviada juntamente com o marido para o gueto de Tarnow. De lá, como mais tarde seria apurado, eles tinham sido levados para Belzec e assassinados. Sua irmã e seu cunhado, com documentos arianos, haviam desaparecido na prisão de Pawiak em Varsóvia. Poldek e Mila só tinham um ao outro neste mundo. Entre os dois existia um abismo de temperamentos: Poldek era extrovertido, um líder, um organizador; o tipo que, quando aparecia uma autoridade e perguntava que diabo estava acontecendo, daria um passo à frente e saberia falar. Mila era tímida, e o trágico destino que arrasara sua família a tornara ainda mais retraída. Numa época de paz, a combinação dos dois teria sido excelente. Não só inteligente, mas sensata, ela era a própria tranquilidade. Tinha senso de humor. Poldek Pfefferberg costumava precisar da mulher para conter suas torrentes de oratória. Hoje, porém, nesse dia problemático, os dois estavam em conflito.

Embora Mila estivesse disposta, se surgisse a oportunidade de abandonar o gueto, até mesmo de aceitar a ideia de o casal se transformar em guerrilheiros na floresta, tinha medo dos esgotos. Poldek usara-os mais de uma vez como meio de escapar do gueto, embora a polícia, às vezes, estivesse de guarda à entrada e à saída. O seu amigo e antigo professor, Dr. H., também tinha recentemente sugerido a rede de esgotos como um caminho de fuga, que podia não estar sendo guardado no dia em que o *Sonderkommando* penetrasse no gueto. O plano era esperar pelo cair da tarde do inverno. A porta da casa do médico ficava a apenas uns poucos metros de uma entrada da rede. Uma vez lá embaixo, deviam seguir pelo túnel da esquerda, que corria por baixo das ruas que não faziam parte do gueto Podgórze, até uma saída na barragem do Vístula, perto do canal da Rua Zatorska. Na véspera, o Dr. H. avisara-o de que ele e a mulher tentariam a fuga pelos esgotos e convidara os Pfefferberg a fugir com eles. Poldek não podia, àquela altura, comprometer-se a participar da fuga. Mila temia, aliás temor razoável, que a SS inundasse de gás os esgotos ou, de qualquer forma, resolvesse chegar cedo ao quarto dos Pfefferberg, no final da Rua Jozefinska.

Um dia lento, tenso, no quarto do sótão, a dúvida sobre qual rumo tomar. Vizinhos deviam estar também na expectativa. Talvez alguns deles, não tolerando esperar mais, já houvessem partido com seus embrulhos e valises, pois aquela miscelânea de ruídos levava as pessoas a se precipitarem escadas abaixo – sons violentos, vagamente ouvidos a quarteirões de distância, enquanto ali pairava um silêncio em que se podia ouvir o antigo e indiferente madeiramento das casas estalando como para marcar as últimas e piores horas de seus inquilinos. Na claridade turva do meio-dia, Poldek e Mila mastigaram seu pão preto, os trezentos gramas para cada um, que haviam guardado. Os ruídos provenientes da *Aktion* avançaram até a esquina da Rua Wegierska, a um longo quarteirão de distância, e, no princípio da tarde, tornaram a se afastar. Fez-se, então, um quase silêncio. Alguém tentou inutilmente dar descarga na latrina recalcitrante do primeiro andar. Àquela hora, era quase impossível eles acreditarem que tinham sido esquecidos.

A última tarde pardacenta de suas vidas na Rua Jozefinska nº 2 recusava-se, apesar da obscuridade, a terminar. Poldek, contudo, achou que a luz já estava fraca demais para se tentar a fuga pelos esgotos, antes do cair da noite. Queria, agora que tudo parecia mais calmo, falar com o Dr. H.

– Por favor – pediu-lhe Mila.

Mas ele a tranquilizou. Procuraria manter-se fora das ruas, avançando por uma série de buracos que ligavam um prédio ao outro. Insistiu que não correria perigo. Nas ruas daquele lado, parecia não haver patrulhamento. Evitaria algum ocasional OD ou SS nos cruzamentos e estaria de volta dentro de cinco minutos.

– Mila querida, tenho de combinar a fuga com Dr. H. – disse ele.

Saindo pela escada dos fundos para o quintal, Poldek se embarafustou por um buraco na parede da estrebaria, sem emergir para a rua, até chegar à Agência de Trabalho. Ali arriscou cruzar uma via larga e chegou ao quarteirão triangular de casas do lado oposto, onde encontrou grupos de pessoas confusas, trocando boatos e discutindo opções, em cozinhas, galpões, pátios e corredores. Por fim, saiu na Rua Krakusa, logo defronte da moradia do médico. Atravessou a rua, sem ser notado por uma patrulha que revistava o limite sul no gueto, cerca de três quarteirões adiante, na área em que Schindler assistira, pela primeira vez, à prova de até que extremos iam os ditames da política racial do Reich.

O prédio do Dr. H. estava deserto, mas no pátio Poldek encontrou um atordoado homem de meia-idade, que lhe informou que o

Sonderkommando já estivera ali e que o médico e a mulher tinham primeiro se escondido, depois fugido para os esgotos. A SS vai voltar, alertou-o Poldek, que conhecia bem as táticas da *Aktion*, por já ter sobrevivido a tantas delas.

Voltou, então, pelo caminho que fizera na vinda e pôde cruzar a via novamente. Mas encontrou o nº 2 vazio. Mila desaparecera com as bagagens, todas as portas estavam escancaradas, ninguém nos quartos. Pensou que talvez todos estivessem escondidos no hospital – Dr. H., sua mulher e Mila. Talvez o médico tivesse vindo buscá-la, em consideração à ansiedade daquela descendente de uma longa linhagem de médicos.

Poldek tornou a sair apressadamente pelo buraco da estrebaria e, através de passagens alternativas, chegou ao pátio do hospital. Como bandeiras de rendição abandonadas, lençóis ensanguentados estavam pendurados das sacadas dos dois primeiros andares. No calçamento de pedra da rua havia uma pilha de vítimas, algumas com a cabeça espatifada, os membros retorcidos. Não eram evidentemente os doentes moribundos dos Drs. B. e H. Eram gente que fora detida durante o dia e depois executada. Alguns deviam ter sido aprisionados nos andares superiores, fuzilados e depois atirados à rua.

Mais tarde, sempre que era interrogado sobre os cadáveres empilhados debaixo das janelas do hospital do gueto, Poldek calculava uns sessenta ou setenta, embora não tivesse tido tempo de contar toda aquela pirâmide de corpos. Cracóvia era uma cidade provinciana, e Poldek fora um menino muito sociável em Podgórze, depois em Centrum, e costumava visitar com sua mãe pessoas abastadas e importantes da cidade. Assim, reconheceu na pilha macabra vários rostos: antigos clientes de sua mãe; pessoas que lhe perguntavam sobre os seus estudos na Escola Superior de Kosciuszko, a quem dava respostas precoces, e que lhe ofereciam bolos e doces. Agora estavam vexatoriamente expostas e empilhadas na rua ensanguentada.

Não ocorreu a Pfefferberg procurar os corpos de Mila e do Dr. H. e de sua mulher. Ele sentia haver um motivo que o retinha ali, naquele momento. Acreditava piamente num futuro melhor, quando haveria tribunais justos. Tinha a sensação de ser uma testemunha, a mesma sensação que Schindler sentira no morro acima da Rua Rekawka.

Sua atenção foi desviada para uma turba na Rua Wegierska adiante do pátio do hospital. Encaminhava-se para o portão de Rekawka com passos vagarosos, sem desespero, os passos de operários de fábrica numa manhã de segunda-feira ou de torcedores de um time de futebol derrotado. No meio dessa onda de gente, Poldek reconheceu vizinhos da Rua Jozefinska. Afastou-se do pátio, carregando como uma arma escondida na manga do seu paletó a imagem daquela cena. O que acontecera a Mila? Algum vizinho o saberia? Disseram-lhe que ela já tinha partido. O *Sonderkommando* já passara por lá. Já devia ter atravessado o portão, para onde? Para Plaszóvia.

Evidentemente, ele e Mila tinham elaborado um plano de emergência para o caso de um impasse como aquele. Se um dos dois fosse parar em Plaszóvia, seria melhor que o outro ficasse do lado de fora. Poldek sabia do dom de Mila de passar despercebida, dom invejável para prisioneiros, mas que também podia fazê-la sofrer o tormento da fome. Ele seria o seu provedor de comida. Tinha certeza de que era possível dar um jeito nesse problema. Mas não era uma decisão fácil – a marcha da multidão aturdida, que a SS mal vigiava, rumo ao portão sul e às fábricas cercadas de arame farpado em Plaszóvia, indicava o local em que a maioria das pessoas, sem dúvida com razão, consideravam que se daria o final de seus padecimentos.

A claridade, apesar da hora tardia, parecia agora mais intensa, como se a neve estivesse prestes a cair. Poldek conseguiu atravessar a rua e entrar em apartamentos vazios. Não sabia se estavam mesmo vazios ou cheios de habitantes do gueto, astuciosa ou ingenuamente escondidos – aqueles que acreditavam que, para onde quer que a SS os conduzisse, no final iriam acabar nas câmaras de extinção.

Poldek estava procurando um bom lugar para se esconder. Por passagens secretas chegou ao depósito de madeiras na Rua Jozefinska. Madeira era um artigo raro. Não havia estruturas grandes de madeira cortada que lhe servissem de esconderijo. O local que parecia mais adequado ficava atrás dos portões de ferro da entrada do depósito. O tamanho e negrume dos portões seriam um bom abrigo para passar a noite. Mais tarde, pareceria difícil a Poldek acreditar que escolhera o local com tanto entusiasmo.

Agachou-se atrás da folha do portão, que tinha sido empurrada contra a parede do escritório abandonado. Pela fresta entre o portão e a pilastra, ele podia ver a Rua Jozefinska na direção de onde viera. Escondido atrás da gélida grade de ferro entrevia uma fatia da noite, de um cinza luminoso, e puxou o paletó sobre o peito. Um homem e uma mulher passaram apressadamente, em direção ao portão do gueto, evitando esbarrar nas trouxas espalhadas no chão, as malas com inúteis etiquetas. KLEINFELD, anunciavam elas: LEHRER, BAUME, WEINBERG, SMOLAR, STRUS, ROSENTHAL, BIRMAN, ZEITLIN. Nomes que nunca teriam de volta um recibo. "Montes de pertences, carregados de memórias", o jovem artista Josef Bau escreveria relatando tais cenas. "Onde estão os meus tesouros?"

Vindo do outro lado daquele campo de batalha de bagagens, Poldek podia ouvir o latido agressivo de cães. Então, caminhando pela calçada da Rua Jozefinska apareceram três SS, um deles puxado por dois grandes cães policiais. Os cães arrastaram seu treinador para dentro do número 41 da rua, mas os outros dois homens ficaram esperando na calçada. Ele concentrou sua atenção nos cães: parecia uma cruza de dálmatas e pastores-alemães. Continuava vendo Cracóvia como uma cidade alegre, onde animais assim pareciam estranhos, como se houvessem sido trazidos de algum gueto mais rigoroso. Pois mesmo naquela última hora, escondido atrás do portão de ferro, ele era grato à cidade, e presumia que o terror derradeiro não se daria ali, mas em outro lugar qualquer, menos acolhedor. Essa presunção desapareceu no meio minuto seguinte. O pior estava acontecendo ali mesmo, em Cracóvia. Por uma fresta do portão, ele assistiu à cena que lhe revelou que, se existia um polo da maldade, não se situava em Tarnow, Tchecoslováquia, Lwów ou Varsóvia, como supusera. Situava-se no lado norte da Rua Jozefinska, a alguns metros de distância. Do número 41, emergiu gritando uma mulher com uma criancinha. Um cão retinha a mulher pelo tecido do vestido, a carne do seu quadril. O SS treinador dos cães agarrou a criança e atirou-a contra a parede. O ruído fez com que Pfefferberg fechasse os olhos, e ele ouviu o tiro que pôs fim aos gritos de protesto da mulher.

Assim como Pfefferberg calculara que a pirâmide no pátio do hospital devia ter uns sessenta ou setenta corpos, ele sempre afirmaria que a criança não podia ter mais do que 2 ou 3 anos.

Talvez, até mesmo antes de ela estar morta, certamente antes de ele próprio se dar conta, Poldek pôs-se de pé, como se a decisão fosse provocada por alguma glândula da coragem em seu cérebro. Abandonou o esconderijo atrás do portão, que não o protegeria dos cães. Uma vez na rua, imediatamente ele adotou a postura militar que tinha aprendido no Exército polonês e, como um homem encarregado de uma tarefa formal, curvou-se e começou a recolher trouxas e malas espalhadas pelo solo e a empilhá-las junto aos muros. Podia ouvir os três SS se aproximando; o rosnar dos cães era quase palpável; pareceu-lhe que a noite toda se estirava até que, com a tensão, se rompessem as correias que retinham os animais. Quando Poldek calculou que eles estavam a uns dez passos de distância, endireitou o corpo e arriscou-se a notá-los, fazendo o papel do judeu dócil de educação europeia. Viu que as botas e as calças de montaria dos três estavam respingadas de sangue, mas eles não pareciam envergonhados de se apresentar daquela maneira diante de outros seres humanos. O oficial do meio era o mais alto. Não parecia um assassino; havia algo de sensível no rosto grande e na linha sutil da boca.

Pfefferberg, em sua roupa puída, bateu os tacões de papelão, no estilo militar polonês, e esboçou uma continência para o homem alto. Ele não entendia nada de postos da SS e não sabia como dirigir-se corretamente ao sujeito.

– *Herr* – disse ele. – *Herr Commandant!*

Era um termo que lhe brotara no cérebro, sob a ameaça de extinção, como uma faísca elétrica. E provou ser a palavra exata, pois o homem alto era Amon Goeth, em plena atividade naquela tarde, exultante com os progressos do dia e tão capaz de instantâneos e instintivos exercícios de poder como Poldek era capaz de instantâneos e instintivos subterfúgios.

– *Herr Commandant*, informo-lhe respeitosamente que recebi ordem de empilhar todas as bagagens de um lado da rua para desobstruí-la.

Os cães em suas correias esticavam o pescoço para ele. Esperavam, condicionados pelo obscuro treinamento e pelo ritmo da *Aktion* do dia, ser soltos para atacar Pfefferberg. Os seus rosnados não eram apenas ferozes, mas algo confiantes no desfecho daquele confronto, e a questão era se o SS à esquerda do *Herr Commandant* teria força suficiente para retê-los. Pfefferberg não tinha muita certeza de sua salvação. Não o surpreenderia ser triturado pelos cães e, depois, ser libertado por uma bala da ferocidade dos animais. Se a mulher não tinha escapado implorando pelo filho, pouca chance tinha ele com aquela conversa de bagagens, de desobstruir uma rua em que, de qualquer modo, fora abolido o tráfego humano.

Mas o comandante achou Pfefferberg mais divertido do que a mulher. Ali estava um *Ghettomensch* brincando de soldado diante de três oficiais da SS e fazendo o seu relatório servil, se verdadeiro, e quase simpático, se falso. O comportamento dele era, sobretudo, diferente do estilo de uma vítima. De todas as criaturas marcadas para extermínio, ninguém mais tentara bater os saltos em continência. O *Herr Commandant* podia, portanto, exercer o direito régio de mostrar uma irracional e inesperada condescendência. Inclinou a cabeça para trás, retraindo o lábio superior. Foi uma larga e espontânea risada, e seus colegas sorriram e abanaram as cabeças.

– *Untersturmführer* – disse Goeth, com sua excelente voz de barítono. – Nós estamos cuidando de tudo. O último grupo está deixando o gueto. *Vershwinde!* – Isto é, "Suma daqui, soldadinho polonês batedor de tacões!"

Pfefferberg começou a correr, sem olhar para trás, e não se surpreenderia se se levasse um tiro pelas costas. Correndo sempre, chegou à esquina da Rua Wegierska e dobrou-a, passando pelo pátio do hospital onde horas antes testemunhara aquela cena hedionda. A noite chegou quando ele já se aproximava do portão, e iam desaparecendo as últimas ruas familiares do gueto. Na Praça Podgórze, o último grupo oficial de prisioneiros aguardava cercado por um cordão de homens da SS e de ucranianos.

– Eu devo ser o único que saiu de lá com vida – disse ele aos habitantes do gueto.

ALÉM DELE, havia Wulkan, o joalheiro, com mulher e filho. Wulkan estivera trabalhando naqueles últimos meses na fábrica Progress e, sabendo o que ia acontecer, fora procurar o *Treuhänder* Unkelbach com um grande diamante que trazia, havia dois anos, escondido no forro de um casaco.

– Herr Unkelbach – dissera ele ao supervisor. – Irei para onde quer que me mandem, mas minha mulher não está em condições de suportar todo esse horror e violência.

Wulkan, a mulher e o filho ficariam esperando na delegacia da OD sob a proteção de um policial judeu, que os conhecia; e, então, talvez durante o dia, Herr Unkelbach viria buscá-los e os levaria sem violências para Plaszóvia.

Desde manhã bem cedo, eles permaneceram sentados num cubículo na delegacia; fora uma espera muito penosa, como se houvessem permanecido em sua cozinha, o menino alternadamente apavorado e cansado, e a mulher a atormentar o marido com suas censuras. "Onde *está* ele? Será que vai mesmo aparecer? Essa gente, essa gente." No começo da tarde, Unkelbach realmente apareceu na *Ordnungsdienst* para usar o banheiro e tomar um café. Ao sair do local de espera, Wulkan viu o *Treuhänder* Unkelbach, sob um aspecto que não conhecia: envergava o uniforme da SS NCO, e estava fumando e conversando animadamente com outro SS; com a mão direita ele sorvia vorazmente o café e mordia um pedaço de pão preto, enquanto sob a esquerda retinha sua pistola pousada como um animal em repouso sobre o balcão da delegacia; manchas escuras de sangue riscavam-lhe o preto do uniforme. Os olhos que ele lançou para Wulkan não reconheceram o joalheiro. Imediatamente, Wulkan se deu conta de que Unkelbach não estava roendo a corda; simplesmente não se lembrava do combinado. O homem estava embriagado, mas não seria por esse motivo que, se Wulkan lhe houvesse dirigido a palavra, a resposta teria sido um olhar de total incompreensão, seguido, muito provavelmente, de algo bem pior.

Wulkan desistiu e voltou para junto de sua mulher, que continuou insistindo:

– Por que você não fala com ele? Vou falar, se ele ainda estiver lá.

Ela viu, então, uma sombra nos olhos de Wulkan e espiou pela porta entreaberta. Unkelbach estava se preparando para sair. Notou-lhe o uniforme desarrumado, o sangue de pequenos comerciantes e suas mulheres manchando-lhe a roupa. Soltando um gemido, voltou a sentar-se.

Como o marido, foi tomada agora de compreensível desespero, e a espera de certa forma pareceu mais fácil. O OD que os conhecia tornou a devolver-lhes a esperança e a ansiedade, dizendo-lhes que todos os membros da OD, com exclusão dos pretorianos de Spira, tinham de estar fora do gueto às 18 horas e na estrada de Wieliczka a caminho de Plaszóvia. Ele veria se havia um jeito de colocar os Wulkan em um dos veículos.

Quando caiu a noite, após a passagem de Pfefferberg pela Rua Wegierska e de o último grupo de prisioneiros ter sido reunido na Praça Podgórze, enquanto o Dr. H. e sua mulher rumavam para leste na companhia e sob a guarda de um grupo de barulhentos bêbados poloneses e pelotões do *Sonderkommando* repousavam e fumavam um cigarro, antes da última investida contra as moradias do gueto, duas carroças pararam à porta da delegacia. Os OD esconderam a família Wulkan sob caixas de papelão e trouxas de roupas. Symche Spira e seus associados faziam seu trabalho em alguma outra rua, tomando café com os NCO, comemorando a atuação dentro do sistema.

Mas antes de as carroças saírem pelo portão do gueto, os Wulkan, encolhidos bem no fundo do veículo, ouviram o quase contínuo pipocar de tiros nas ruas que iam ficando para trás. Aquilo significava que Amon Goeth, Willi Haase, Albert Hujar, Horst Pilarzik e centenas de outros da mesma laia estavam invadindo sótãos, tetos falsos, canastras em porões, e encontrando aqueles que, em todo o decorrer do dia, haviam-se mantido em esperançoso silêncio.

Mais de quatro mil pessoas foram encontradas no decorrer daquela noite e executadas nas ruas. Nos próximos dois dias, seus corpos foram transportados para Plaszóvia em caminhões abertos e enterrados em valas comuns nos bosques próximos do novo campo de concentração.

22

NÃO SABEMOS em que estado de espírito Oskar Schindler passou o dia 13 de março, o último e pior dia do gueto. Mas, quando os seus empregados voltaram, sob guarda, de Plaszóvia para a fábrica, ele estava de novo disposto a coletar informações e transmiti-las ao Dr. Sedlacek, na próxima visita do dentista. Apurou pelos prisioneiros que *Zwangsarbeitslager* Plaszóvia – como o denominavam os burocratas da SS – não seria nenhum reino racional. Goeth já se entregara à sua ojeriza por engenheiros, permitindo que os guardas espancassem Zygmunt Grünberg até deixá-lo em estado de coma, e depois não o levassem para a clínica perto do campo das mulheres, senão quando já era tarde demais para salvá-lo. Pelos prisioneiros, que tomavam a sua substanciosa sopa do almoço na DEF, Oskar soube também que Plaszóvia estava sendo utilizado não apenas como campo de trabalho, mas como local de execuções. Além de todo o campo ouvir os disparos das execuções, alguns dos prisioneiros as haviam testemunhado.

O prisioneiro M.,* por exemplo, que antes da guerra tivera uma loja de decoração em Cracóvia. Nos primeiros dias de existência do campo, solicitaram-lhe que decorasse as residências dos SS, pequenas casas de campo que margeavam a vereda na parte norte. Como qualquer artesão com uma especialidade, tinha mais liberdade de movimento, e certa tarde daquela primavera caminhara da casa do *Unterstumführer* Leo John por um atalho, que levava ao morro Chujowa Górka, em cujo cume ficava a fortaleza austríaca. Dispunha-se a descer a encosta do outro lado, de volta à fábrica, quando teve de se deter para dar passagem a um caminhão do Exército, que subia a encosta. M. notou que debaixo da capota havia mulheres sob a guarda de ucranianos vestidos com macacões brancos. Escondera-se por detrás de tábuas empilhadas e tivera uma visão parcial das

---

* Residindo hoje em Viena, a pessoa não quer que seu verdadeiro nome seja divulgado.

mulheres, quando eram desembarcadas e impelidas para dentro do forte, recusando-se a se despirem. O homem que berrava as ordens lá dentro era o SS Edmund Sdrojewski. Os ucranianos caminhavam entre as mulheres, espancando-as com o cabo de seus chicotes. M. presumiu que elas eram judias, provavelmente surpreendidas com documentos arianos e trazidas da prisão de Montelupich para ali. Algumas gritavam de dor, mas outras se mantinham em silêncio, como se recusassem dar aos ucranianos aquela satisfação. Uma delas começou a entoar o *Shema Yisroel* e as outras a imitaram. Os versos soavam vigorosos acima do morro, como se tivesse ocorrido justo naquele momento às mulheres – que até a véspera haviam fingido ser arianas – que agora, uma vez cessada a pressão, estavam inteiramente livres para celebrarem sua diferença tribal na cara de Sdrojewski e dos ucranianos. Depois, agrupadas, por pudor e para se protegerem do ar frio da primavera, elas foram todas fuziladas. À noite, os ucranianos levaram os corpos em carrinhos de mão e os enterraram nos bosques do outro lado do Chujowa Górka.

Habitantes do campo abaixo também tinham sabido daquela primeira execução no morro, agora profanamente apelidado de "Morro do Cacete". Alguns procuravam se convencer de que guerrilheiros tinham sido fuzilados, marxistas intratáveis ou nacionalistas enlouquecidos. Lá em cima era outro país. Quem obedecesse às ordens dentro do arame farpado nunca teria de subir aquele morro. Mas os empregados de Schindler, mais esclarecidos, sendo conduzidos pela Rua Wieliczka acima, passando pela fábrica de cabos de Zablocie para trabalhar na DEF, sabiam por que os prisioneiros de Montelupich estavam sendo fuzilados no forte austríaco: a SS não parecia se incomodar que se visse a chegada dos caminhões, ou que se escutassem os disparos dos tiros em toda Plaszóvia. A razão era simples: a SS tinha conhecimento de que a população do campo jamais poderia prestar testemunho. Se houvesse a preocupação com referência a tribunais, futuros testemunhos em massa, eles talvez levassem as mulheres mais longe para executá-las. A conclusão a que se devia chegar, decidiu Oskar, não era que Chujowa Górka fosse um mundo separado de Plaszóvia, mas que todos eles, tanto os que eram levados de caminhão ao forte, como os que viviam por trás das cercas de arame farpado, estavam sob a mesma sentença de morte.

NA PRIMEIRA MANHÃ em que o Comandante Goeth emergiu da porta da frente de sua casa e assassinou ao acaso um prisioneiro, a tendência era considerar esse episódio, bem como o da primeira execução no Chujowa Górka, como um fato isolado, apartado do que se tornaria a rotina do campo. A verdade era que as matanças no morro viriam a se tornar habituais, assim como o quotidiano das manhãs de Amon.

De camisa, calças de montaria e botas, às quais sua ordenança dava um polimento reluzente, Amon aparecia nos degraus da frente de sua casa provisória. (Uma residência melhor estava sendo reformada para seu uso, na outra extremidade do perímetro do campo.) À medida que o tempo esquentasse, ele apareceria sem camisa, pois amava o sol. Mas, por enquanto, trazia a roupa com que tinha tomado o seu café-da-manhã, um binóculo numa das mãos e um fuzil com mira telescópica na outra. Com o binóculo percorria a área do campo, o trabalho na pedreira, os presos puxando e empurrando as carretas nos trilhos que passavam pela sua porta. Os que erguessem os olhos poderiam ver a fumaça do seu cigarro preso entre os lábios, à maneira de um homem que fuma quando está muito ocupado para largar as ferramentas de seu ofício. Logo nos primeiros dias de vida do campo, ele apareceu assim à porta de sua casa e atirou num prisioneiro, que não lhe parecera estar empurrando com energia o bastante uma carreta carregada de pedra calcária. Ninguém sabia o motivo exato de Amon ter destacado aquele prisioneiro – Amon certamente não tinha de prestar contas dos seus atos. Ao estampido partindo do degrau da casa, o homem foi projetado para fora do grupo de cativos, indo cair à margem do caminho. Os outros, naturalmente, pararam de trabalhar, com os músculos retesados, na expectativa de mais uma matança geral. Mas Amon fez-lhes sinal com a mão para que continuassem, franzindo o sobrolho, como se quisesse dizer que, por enquanto, estava satisfeito com o ritmo do trabalho.

À parte de tais excessos com prisioneiros, Amon estava também quebrando uma das promessas que fizera aos empresários. Oskar recebeu um telefonema de Madritsch, sugerindo que ambos fossem fazer uma queixa. Amon dissera que não interferiria nos negócios das fábricas. Pelo menos, não estava interferindo lá dentro. Mas atrasava os turnos, detendo a população do campo durante horas na *Appellplatz* (praça de paradas), fazendo a chamada, nome por nome. Madritsch relatou um caso em que uma batata fora encontrada em determinada caserna; por isso, como castigo, todos os moradores tinham sido publicamente açoitados diante de milhares de prisioneiros. Evidentemente, o castigo consistia em obrigar algumas centenas de pessoas a descerem as calças e roupas de baixo, ou suspender as saias, e aplicar em cada uma 25 chicotadas. O regulamento estabelecido por Goeth era que cada prisioneiro chicoteado devia contar as chicotadas para facilitar o trabalho das ordenanças ucranianas, encarregadas de aplicar o castigo. Se a vítima se atrapalhava na contagem, recomeçava-se tudo do início. As chamadas do Comandante Goeth na *Appellplatz* eram cheias de medidas desse tipo, que atrasavam os trabalhos.

Assim, os turnos chegavam com um atraso de horas na fábrica de roupas de Madritsch dentro do campo de Plaszóvia, e ainda mais tarde na fábrica de Oskar na Rua Lipowa. Além disso, chegavam transtornados, incapazes de concentração, balbuciando histórias do que Amon, ou John, ou Scheidt, ou qualquer outro tinha feito naquela manhã. Oskar queixou-se a um engenheiro seu conhecido na Inspetoria de Armamentos. Não adiantava queixar-se aos chefes de polícia, disse o engenheiro.

– Eles não estão envolvidos na mesma guerra que nós – comentou.

– O que eu devia fazer – disse Oskar – era manter os meus empregados no recinto de trabalho. Organizar o meu próprio campo.

O engenheiro achou graça da ideia.

– E onde acomodaria tanta gente, meu caro? O espaço de que dispõe não bastaria.

– Se eu puder adquirir mais espaço – disse Oskar – você estaria disposto a escrever uma carta apoiando a minha ideia?

Quando o engenheiro concordou, Oskar foi procurar um casal idoso chamado Bielski, que residia na Rua Stradom. Perguntou se estariam interessados numa oferta pelo terreno contíguo à fábrica. O casal ficou encantado com os seus modos. Como o aborrecesse o ritual de pechinchar, Oskar começou oferecendo-lhes um preço excelente. Eles lhe serviram um chá e, muito eufóricos, chamaram seu advogado para preparar os papéis imediatamente. Em seguida, muito cortesmente, Oskar foi procurar Amon para dizer-lhe da sua intenção de criar um subcampo de Plaszóvia em sua própria fábrica. Amon gostou da ideia.

– Se os generais e a SS aprovarem – disse ele – você pode contar com a minha cooperação. Desde que não queira me tirar os meus músicos ou minha criada particular.

No dia seguinte, foi marcada uma reunião geral com o *Oberführer* Scherner na Rua Pomorska. Tanto Amon quanto o General Scherner sabiam que Oskar teria de arcar, de alguma forma, com todas as despesas do novo campo. Podiam perceber que, quando Oskar usava o argumento industrial – "Quero os meus empregados dentro da fábrica, a fim de poder explorar melhor o seu potencial de trabalho" –, revelava, ao mesmo tempo, um lado enlouquecido de sua personalidade, para quem a questão de despesas não existia. Consideravam-no um bom sujeito, contaminado por uma forma qualquer de amor a judeus, como um vírus. A dedução da teoria da SS era que o gênio semita de tal forma permeara o mundo, que podia produzir efeitos mágicos. Portanto, devia-se lamentar o que ocorrera com Herr Oskar Schindler, como se ele fosse um príncipe transformado num sapo. Mas Herr Schindler teria de pagar por essa enfermidade.

As exigências do *Obergruppenführer* Friedrich-Wilhelm Krüger, chefe de polícia do Governo-Geral e superior de Scherner e Czurda, baseavam-se nos regulamentos estabelecidos pela Seção de Campos de Concentração do Escritório Administrativo e Econômico do General Oswald Pohl, embora até aquele momento o campo de Plaszóvia fosse governado independentemente do escritório de Pohl. As regras básicas para um Subcampo de Trabalhos Forçados implicavam a construção de cercas de quase 3 metros de altura; torres de vigia situadas em determinados intervalos, de acordo com o perímetro do campo; latrinas, casernas, clínica, gabinete dentário, casa de banhos e complexo de desinfecção, barbearia, empório, lavanderia, escritório, habitações para os guardas, de padrão superior ao das casernas dos prisioneiros, e todos os outros anexos necessários. O que ocorrera a Amon, Scherner e Czurda era que, por questões de justiça, Oskar teria de arcar com todas essas despesas por motivos econômicos e em razão do encantamento cabalístico que se apossara dele.

E, como tinham a intenção de fazer Oskar pagá-las, a sua proposta os interessava. Restava um gueto em Tarnow, a uns 60 quilômetros a leste, e, quando este fosse abolido, a população teria de ser absorvida pelo campo de Plaszóvia, além dos milhares de judeus que chegavam agora, vindos dos *shtetls* do sul da Polônia. Um subcampo na Rua Lipowa aliviaria a pressão.

Amon achava também, embora nunca o expressasse em voz alta aos chefes de polícia, que não seria preciso suprir o campo da Rua Lipowa com muita exatidão no que dizia respeito às necessidades mínimas de alimentos, conforme as diretrizes do General Pohl. Amon – que podia lançar raios da porta de sua casa, sem que ninguém protestasse – era adepto da ideia oficial de que convinha haver certo desgaste em Plaszóvia. Assim, já estava vendendo uma percentagem das rações dos prisioneiros no mercado de Cracóvia, por intermédio de um seu agente, um judeu chamado Wilek Chilowicz, que mantinha contatos com gerentes de fábricas, negociantes e até donos de restaurantes.

O Dr. Alexander Biberstein, agora ele próprio um prisioneiro, apurou que a ração diária variava entre 700 e 1000 calorias. De manhã cada prisioneiro recebia meio litro de café preto *ersatz*, com gosto de glandes de carvalho, e um pedaço de pão de centeio pesando 175 gramas, a oitava parte de um dos pães redondos que todas as manhãs as ordenanças do rancho das casernas buscavam na padaria. Sendo a fome uma força desmoralizante, a ordenança de cada rancho cortava o pão de costas para os famintos e fazia piadas: "Quem quer este pedaço? Quem vai querer?" Ao meio-dia, era distribuída uma sopa – cenouras, beterrabas, um substituto de sagu. Em certos dias, a sopa era mais encorpada. Alimentos melhores entravam no campo, trazidos de fora pelos trabalhadores. Uma galinha pequena podia ser transportada debaixo do casaco, um pão francês preso numa perna de calça. Entretanto, Amon procurava impedir que isso acontecesse, mandando os guardas revistarem os trabalhadores de volta ao campo na frente do Prédio da Administração. Não queria que se frustrasse o desgaste natural nem que o sopro ideológico desaparecesse de suas negociatas com alimentos através de Chilowicz. Como não saciava os próprios prisioneiros, ele achava que, se Oskar decidira abrigar mil judeus, poderia matar-lhes a fome a suas próprias expensas, sem um fornecimento muito regular de pão e beterraba dos empórios de Plaszóvia.

Naquela primavera, não foi apenas com os chefes de polícia de Cracóvia que Oskar teve de se entender. Visitou a área dos fundos de sua fábrica para atrair os vizinhos à sua causa. Adiante das duas cabanas rústicas de Jereth, construídas com tábuas de pinho, ficava a fábrica de radiadores dirigida por Kurt Hoderman, que empregava uma boa quantidade de poloneses e cerca de cem prisioneiros de Plaszóvia. Na outra direção, havia a fábrica de embalagens de Jereth, supervisionada pelo engenheiro alemão Kuhnpast. Como eram poucos os prisioneiros de Plaszóvia empregados ali, os dois donos das fábricas não se interessaram muito pela ideia, mas não fizeram objeção, porque Oskar estava oferecendo moradia aos empregados judeus de ambos a 50 metros do local de trabalho, em vez de a 5 quilômetros.

Em seguida, Oskar foi conversar com o engenheiro Schmilewski na guarnição militar da *Wehrmacht*, situada umas poucas ruas adiante de sua fábrica, que empregava um esquadrão de prisioneiros de Plaszóvia. Schmilewski não tinha nenhuma objeção a fazer, e seu nome, além dos de Kuhnpast e Hoderman, foi acrescentado ao requerimento que Schindler enviou à Rua Pomorska.

Supervisores da SS foram visitar a Emalia e confabularam com o supervisor Steinhauser, velho amigo de Oskar da Inspetoria de Armamentos. Inspecionaram o recinto com um ar carrancudo, como é costume dos supervisores, e fizeram perguntas sobre drenagem. Oskar levou-os todos ao seu gabinete no andar de cima e serviu-lhes café e conhaque; depois houve despedidas afáveis. Poucos dias depois, o requerimento para montar um Subcampo de Trabalhos Forçados no terreno da fábrica foi aprovado.

Naquele ano a DEF iria apresentar um lucro de 15,8 milhões de *reichmarks*. Poder-se-ia pensar que os 300 mil RM que Oskar gastara até agora na construção do campo constituíam uma despesa vultosa, mas não ruinosa. Todavia, a verdade era que ele estava apenas começando a pagar.

OSKAR ENVIOU UM PEDIDO ao *Bauleitung*, ou Escritório de Construção, de Plaszóvia, para que lhe fosse cedido um jovem engenheiro de nome Adam Garde, que nessa ocasião trabalhava ainda nas casernas do campo de Amon. Garde, então, depois de deixar instruções aos encarregados das construções, era conduzido por uma guarda individual de Plaszóvia à Rua Lipowa, a fim de supervisionar o conjunto de obras de Oskar. Quando lá chegou pela primeira vez, o engenheiro encontrou duas casernas rudimentares, que já abrigavam perto de quatrocentos prisioneiros. Havia uma cerca patrulhada por um pelotão da SS, mas os reclusos contaram a Garde que Oskar não permitia que os SS penetrassem no acampamento nem na oficina da fábrica, exceto, naturalmente, quando inspetores categorizados vinham inspecionar o local. Disseram ainda que Oskar mantinha a pequena guarnição militar da SS na fábrica bem provida de bebidas e satisfeita de ali permanecer. Garde podia ver que os prisioneiros da Emalia, eles próprios, pareciam contentes com suas duas frágeis moradias de tábuas de pinho, uma para os homens, outra para as mulheres. Já estavam começando a referir-se a si mesmos como os *Schindlerjuden*, usando o termo com cautelosa satisfação, da mesma maneira que um convalescente de ataque do coração poderia considerar-se um sujeito de sorte.

Já tinham cavado umas tantas latrinas primitivas, cujo mau cheiro o engenheiro Garde, por mais que aprovasse aquela disposição para ajudar, não pudera deixar de notar desde a entrada da fábrica. Para o banho, eles usavam a água de uma bomba ao ar livre.

Oskar pediu a Garde que o acompanhasse ao seu gabinete e examinasse os planos. Seis casernas para até 1.200 pessoas. A cozinha de campanha numa extremidade, a caserna da SS – Oskar estava hospedando os SS numa parte da fábrica – fora da cerca de arame farpado.

– Quero instalações de primeira qualidade para os chuveiros e lavanderia – disse Oskar. – Tenho bombeiros que poderão trabalhar sob sua direção. Tifo... – acrescentou ele, esboçando um sorriso para Garde. – Não queremos tifo no nosso campo. Piolhos é o que não falta em Plaszóvia. Precisamos ter espaço para ferver as roupas.

Adam Garde estava muito satisfeito de poder ir todos os dias à Rua Lipowa. Dois engenheiros já haviam sido punidos em Plaszóvia por causa de seus diplomas, mas os técnicos na Emalia nunca eram rebaixados. Certa manhã, quando era conduzido por um guarda pela Rua Wieliczka em direção a Zablocie, surgiu de repente uma limusine preta, que freou bruscamente. Lá de dentro emergiu o *Untersturmführer* Goeth. Estava com aquele seu ar agitado.

– Um guarda para um só prisioneiro? – observou ele. – O que significa isso?

O ucraniano desculpou-se, informando ao *Herr Commandant* que tinha recebido ordem de escoltar seu prisioneiro todas as manhãs até a Emalia de Herr Oskar Schindler. Tanto o ucraniano como Garde esperavam que a menção do nome de Oskar lhes desse imunidade.

– Um guarda para um prisioneiro? – tornou a perguntar o comandante, mas se acalmou e entrou de novo na sua limusine, sem tentar resolver a questão de algum modo radical. Mais tarde, naquele mesmo dia, ele entrou em contato com Wilek Chilowicz, que, além de ser seu agente, era também chefe da polícia judaica do campo – os "bombeiros", como eram chamados. Symche Spira, recentemente transformado em Napoleão do gueto, ainda morava lá e passava os dias supervisionando as buscas e escavações de diamantes, ouro e dinheiro escondidos, que não tinham sido registrados pelos judeus que agora eram cinzas sob os pinheiros de Belzek. Contudo, em Plaszóvia, Spira não tinha poder algum, pois o centro do poder ali era Chilowicz. Ninguém sabia de onde derivava a autoridade de Chilowicz. Talvez Willi Kunde houvesse recomendado o seu nome a Amon; talvez Amon tivesse gostado do estilo do agente. O fato é que, de um momento para outro, ele passou a ser chefe dos "bombeiros" de Plaszóvia, o distribuidor de bonés e braçadeiras, símbolos de autoridade naquele degradante reino e, como Symche, de imaginação bastante primária para equacionar o seu poder com o dos czares.

Goeth chamou Chilowicz e disse-lhe que era melhor mandar Adam Garde para Schindler por tempo integral e acabar com aquela função de escoltá-lo todos os dias à fábrica. "Temos engenheiros para dar e vender", dissera Goeth com desprezo. Insinuava que a engenharia era a opção mais fácil para os judeus, habitualmente barrados nas faculdades de medicina em universidades polonesas. Mas, de qualquer maneira, declarou Goeth, Garde teria primeiramente de terminar o trabalho do seu conservatório.

Adam Garde recebeu a notícia na Caserna 21, onde os beliches se empilhavam de quatro em quatro. Seria devolvido para Zablocie, no final de uma provação – a de trabalhar nos fundos da casa de Goeth, onde, como o teriam advertido Reiter e Grünberg, os regulamentos eram imprevisíveis.

No decorrer da obra para o comandante, uma grande viga estava sendo instalada na cumeeira do conservatório de Amon. Enquanto trabalhava, Adam Garde podia ouvir latirem os dois cães do comandante, Rolf e Ralf, nomes inspirados numa história em quadrinhos – que apenas difeririam no modo de agir, pois, anteriormente, com o consentimento de Amon, tinham estraçalhado o seio de uma prisioneira suspeita de andar vagabundeando.

O próprio Amon, com sua instrução técnica precária, aparecia frequentemente por lá e adotava ares profissionais, enquanto via as vigas do teto serem erguidas por roldanas. Pôs-se a fazer perguntas, quando a viga central estava sendo encaixada no lugar. Era uma imensa viga de pinho pesado; postado do outro lado da peça, Goeth fez alguma pergunta. Adam Garde não compreendeu o que o comandante estava perguntando e pôs a mão em concha no ouvido. De novo Goeth fez a pergunta, e pior do que não ouvi-la, Garde não a compreendeu.

– Não compreendo, *Herr Commandant* – admitiu ele.

Amon agarrou a viga imensa suspensa no ar e, com ambas as mãos de possantes dedos, impeliu-as na direção do engenheiro. Garde viu o maciço tronco apontado em direção à sua cabeça e compreendeu que seria um golpe mortal. Ergueu a mão direita defendendo-se; a viga, então, esmagou-lhe as juntas e metacarpos e atirou-o ao chão. Quando Garde pôde enxergar de novo através da névoa de dor e náusea, Amon já se fora. Talvez voltasse no dia seguinte para uma resposta *satisfatória*...

Com receio de ser considerado aleijado e deficiente, o engenheiro evitou exibir a mão a caminho da *Krankenstube* (enfermaria), e manteve-a numa postura normal, apesar da dor excruciante. Mas acabou permitindo que o Dr. Hilfstein a engessasse. Assim continuou a supervisionar a construção do conservatório, e todos os dias era conduzido à fábrica Emalia, esperando que a manga comprida do paletó disfarçasse o gesso. Ainda assim, impelido pelo mesmo receio, ele acabou arrancando o gesso da mão. Paciência se ela ficaria defeituosa! O que ele queria era garantir a sua transferência para o campo de Schindler, aparentando condições físicas perfeitas.

Um semana depois, carregando uma camisa, alguns livros e uma trouxa, ele foi definitivamente escoltado para a Rua Lipowa.

23

ENTRE OS PRISIONEIROS bem-informados, já havia competição para ir trabalhar na Emalia. O prisioneiro Dolek Horowitz, por ser o encarregado de compras no campo de Plaszóvia, sabia que não lhe seria permitido ir para o subcampo de Schindler. Mas tinha mulher e dois filhos.

Richard, o mais novo de seus filhos, acordava cedo naquelas manhãs do começo da primavera – quando a terra se despedia do inverno envolta num nevoeiro –, saltava do beliche de sua mãe na caserna das mulheres e descia correndo a encosta para o campo dos homens, pensando no grosseiro pão da manhã. Tinha de comparecer com o pai à primeira chamada na *Appellplatz*. No caminho, o menino passava pelo posto da polícia judaica de Chilowicz e, mesmo nas manhãs de bruma, podia ser visto das duas torres de vigia. Mas estava em segurança porque todos o conheciam. Era o filho de Horowitz. O pai era considerado valioso por Herr Bosch, que, por sua vez, costumava beber em companhia do comandante. A sensação de liberdade de Richard era uma consequência da capacidade técnica de seu pai; passava contente sob os olhos dos guardas, entrava na caserna dos homens e acordava o pai em seu catre, com perguntas. Por que há névoa de manhã e não à tarde? Vai haver caminhões? Vai demorar muito a chamada do dia na *Appellplatz*? Vai haver gente chicoteada?

Pelas perguntas de Richard, Dolek Horowitz chegou à conclusão de que Plaszóvia não servia nem mesmo para crianças privilegiadas. Talvez pudesse entrar em contato com Schindler. Com o pretexto de estar cuidando de seu negócio, Schindler aparecia de vez em quando no campo e dava uma volta pelo Prédio da Administração e pelas oficinas, para distribuir pequenos presentes e trocar notícias com velhos amigos, tais como Stern, Roman Ginter e Poldek Pfefferberg. Como Dolek não conseguia falar com ele nessas ocasiões, ocorreu-lhe que talvez pudesse entrar em contato com o industrial por intermédio de Bosch. Dolek acreditava que os dois se viam amiudamente. Não ali no campo, mas talvez em escritórios na cidade e em reuniões sociais. Percebia que eles não eram amigos, mas mantinham ligações de negócios e de favores mútuos.

Não era talvez apenas Richard que Dolek queria que fosse para a fábrica de Schindler: Richard podia diluir seu terror em nuvens de perguntas. Mas principalmente Niusia, sua filha de 10 anos, que era apenas uma criança franzina entre muitas outras, que não mais faziam perguntas; que perdera a capacidade de franqueza; que, diariamente – de uma janela na oficina de vassouras, onde ela costurava os pêlos nas armações de madeira –, via chegarem caminhões repletos no forte austríaco do morro e carregava insuportavelmente o seu terror, como uma adulta, incapaz de subir no colo de seus pais e transferir o seu medo. A fim de mitigar a fome, Niusia habituara-se a fumar cascas de cebola enroladas em papel de jornal. Os boatos que corriam sobre a Emalia eram que lá não havia necessidade de recorrer àquele tipo de recursos.

Assim, Dolek apelou para Bosch em uma de suas idas à fábrica de roupas. Criara coragem, animado pela ideia de bondades anteriores de Bosch, para pedir-lhe que falasse com Herr Schindler. Repetiu o pedido e mais uma vez o nome dos filhos, para que Bosch, cuja memória estava afetada pelo abuso dos licores que bebia, não se esquecesse. Bosch disse que Herr Schindler era "o meu melhor amigo e fará tudo o que eu pedir".

Dolek não esperava muito daquela conversa. Sua mulher, Regina, não tinha nenhuma experiência em trabalhar com esmaltados. O próprio Bosch não mais tornou a mencionar o assunto. Contudo, uma semana depois, eles foram incluídos na lista dos próximos trabalhadores da Emalia, sancionada pelo Comandante Goeth, em troca de um pequeno envelope contendo joias. Niusia parecia uma adulta retraída na caserna das mulheres na Emalia e Richard se movimentava como em Plaszóvia, conhecido de todos na seção de munições e nas oficinas de peças esmaltadas; os próprios guardas não faziam objeção à sua familiaridade. Regina estava sempre esperando que Oskar a procurasse para dizer: "É você a mulher de Dolek Horowitz?" Seu único problema, então, seria como expressar sua gratidão. Mas ele nunca a procurou. Regina notava, satisfeita, que na Rua Lipowa nem ela nem a filha chamavam muito atenção. Ambas sabiam que Oskar não ignorava quem elas fossem, pois ele costumava chamar Richard pelo nome. E sabiam também, pela natureza incomum das perguntas de Richard, a extensão do benefício com que haviam sido agraciados.

O CAMPO DA EMALIA não tinha um comandante residente para tiranizar os prisioneiros. Não havia guardas permanentes. A guarnição era trocada a cada dois dias, homens da SS e ucranianos, que vinham em dois caminhões de Plaszóvia para Zablocie a fim de se encarregarem da segurança do subcampo. Os soldados gostavam de ser destacados para a Emalia. As cozinhas de *Herr Direktor*, embora ainda mais primitivas do que as de Plaszóvia, serviam refeições melhores. Como *Herr Direktor* se indignava e imediatamente ligava para o *Oberführer* Scherner, quando algum guarda, em vez de cingir-se ao patrulhamento do perímetro, penetrava no campo, a guarnição não ousava passar para o outro lado da cerca. O patrulhamento em Zablocie era agradavelmente monótono.

Salvo quando havia inspeção de oficiais da SS, os prisioneiros que trabalhavam na DEF raramente viam de perto os guardas. Um corredor, com cerca de arame farpado de ambos os lados, levava-os ao local de trabalho na oficina de esmaltados; outro, até a porta da seção de munições. Os judeus da Emalia, que trabalhavam na fábrica de embalagens, de radiadores e no escritório da guarnição, eram levados e trazidos de volta por ucranianos, substituídos por outros a cada dois dias. Assim, nenhum guarda tinha tempo de implicar com algum prisioneiro e persegui-lo.

Portanto, embora coubesse à SS estabelecer os padrões da vida que os prisioneiros levavam na Emalia, era Oskar quem resolvia os detalhes. O clima era de frágil estabilidade. Não havia cães. Nem espancamentos. A sopa e o pão eram melhores e com mais fartura do que em Plaszóvia – cerca de duas mil calorias por dia, de acordo com um médico que trabalhava como operário na Emalia. Os turnos eram longos, quase sempre de 12 horas, pois Oskar continuava sendo um homem de negócios com contratos de fornecimento de material bélico e o desejo convencional de lucro. Contudo, é preciso enfatizar que o trabalho não era árduo e que muitos dos seus prisioneiros pareciam ter acreditado na ocasião que aquela atividade era uma contribuição em termos comensuráveis para a sua sobrevivência. Segundo a prestação de contas apresentada por Oskar, depois da guerra, ao Comitê de Distribuição Conjunto, ele gastara 1,8 milhões de *zÂotys* (360 mil dólares) em alimentação para o campo da Emalia. Podia-se encontrar lançamentos adulterados para despesas semelhantes nos livros de Farben e Krupp – embora nem de longe numa percentagem de lucro tão alta como na prestação de contas de Oskar. Todavia, a verdade é que ninguém adoeceu ou morreu de excesso de trabalho, espancamento ou fome na Emalia. Ao passo que, somente na fábrica I.G. Farben Buna 25 mil dos 35 mil prisioneiros da força de trabalho pereceram labutando.

Muitos anos depois, o pessoal da Emalia mencionaria o campo de Schindler como um paraíso. Como por essa época eles já estivessem espalhados pelo mundo, não pode ter sido um termo adotado em conjunto depois de ocorridos os fatos. Era, naturalmente, um paraíso apenas relativo, um céu em contraste com Plaszóvia. O que inspirava aquela gente era um senso de libertação quase irreal, algo de fantástico, que eles não queriam examinar muito de perto por temer vê-lo evaporar-se. Os novos empregados da DEF não conheciam Oskar pessoalmente. Não queriam cruzar o caminho de *Herr*

Direktor ou arriscar-se a falar com ele. Precisavam de tempo para se recuperar e se ajustar ao sistema de prisão tão pouco ortodoxo estabelecido por Schindler.

Uma jovem chamada Lusia, por exemplo. Recentemente tinham-na separado do marido, escolhido na multidão de prisioneiros na *Appellplatz* de Plaszóvia e enviado com outros para Mauthausen. Chorara muito, certa da realidade do seu estado de viúva. Em lágrimas, fora destacada para a Emalia. O seu trabalho era carregar os objetos banhados em esmalte para os fornos. Ali era permitido aquecer água nas superfícies da maquinaria, e a oficina ficava aquecida. Para Lusia, a água quente tinha sido o primeiro benefício da Emalia.

A princípio Lusia via Oskar apenas como uma figura alta circulando entre as prensas de metal ou atravessando uma passarela. Por algum motivo, não lhe parecia uma figura ameaçadora. A sua sensação era de que, se alguém a notasse, a natureza do local – a ausência de espancamentos, a comida, o campo sem uma guarda visível – talvez se invertesse. Queria apenas trabalhar discretamente no seu turno e retornar pelo túnel de arame farpado para a sua caserna.

Após certo tempo, Lusia passou a dar um cumprimento de cabeça a Oskar e até a dizer-lhe que, sim, obrigada, *Herr Direktor*, estava tudo bem. Certa vez, ele lhe ofereceu cigarros, artigo mais valioso do que ouro, não somente como reconforto, mas também como um meio de agradar os trabalhadores poloneses. Como sabia que amigos podiam sumir, ela temia a amizade de Oskar; queria que ele continuasse sendo uma presença, uma espécie de pai encantado. Um paraíso dirigido por um amigo era demasiado frágil. Para se ter um céu duradouro, era preciso que houvesse alguém mais autoritário e mais misterioso. Muitos prisioneiros da Emalia sentiam o mesmo.

NA OCASIÃO em que o subcampo de Oskar entrou em funcionamento, uma moça chamada Regina Perlman residia em Cracóvia, com documentos forjados que a identificavam como sul-americana. Sua tez morena dava credibilidade aos documentos e, graças a esse fato, ela trabalhava como sendo de raça ariana no escritório de um fábrica em Podgórze. Estaria mais protegida contra chantagistas, se tivesse ido para Varsóvia, Lodz ou Gdansk. Mas seus pais estavam em Plaszóvia e, na sua posição, conseguia fornecer-lhes comida, conforto, remédios. Sabia pelos pais no gueto que Herr Schindler se tornara um adágio na mitologia judaica de Cracóvia, que era possível esperar dele uma extrema dedicação. Estava a par, também, do que se passava no campo de Plaszóvia, na pedreira, nos degraus da entrada da casa do comandante. Ela teria de desvendar sua falsa identidade para conseguir o que queria, mas acreditava ser indispensável conseguir a transferência de seus pais para o campo de Schindler.

A primeira vez em que se apresentou na DEF, para não se fazer notar, escolhera um discreto e desbotado vestido estampado e não usava meias. O porteiro polonês telefonou para o escritório de Herr Schindler no andar acima, e pela vidraça ela podia ver o olhar de desaprovação do funcionário. "Não é ninguém especial – uma pobretona de alguma das outras fábricas." Regina sentia medo, compreensível em pessoas com papéis forjados de raça ariana, de que o polonês descobrisse que ela era judia. O guarda parecia hostil.

Não tem maior importância, disse ela, quando ele voltou abanando a cabeça, pois não queria despertar a sua desconfiança. Mas o polonês não se deu sequer ao trabalho de mentir.

– *Herr Direktor* não quer vê-la – disse ele. A capota do BMW luzia no pátio da fábrica e só podia pertencer a Schindler. "O patrão está no recinto, mas não para visitantes, que não podem sequer comprar um par de meias..." Ela retirou-se, trêmula, pensando no perigo por que passara. Tinha sido salva de fazer a Herr Schindler uma confissão que, mesmo em sonho, temia revelar a alguém.

Regina esperou uma semana, até conseguir uma folga na fábrica de Podgórze. Dedicou toda a metade de um dia preparando-se. Tomou um banho e arranjou um par de meias no mercado paralelo. De uma de suas poucas amigas – em sua situação, com documentos falsos, não podia se arriscar a ter muitas amizades – tomou emprestado uma blusa. Tinha um casaco em boas condições e comprou um chapéu de palha laqueada com um véu. Maquiou-se, obtendo em sua tez morena o brilho próprio de uma mulher livre de qualquer ameaça. No espelho, viu-se como era antes da guerra, uma elegante cracoviana de exótica extração racial – o pai um homem de negócios húngaro e a mãe nascida no Rio.

Dessa vez, como Regina pretendia, o polonês não a reconheceu. Deixou-a entrar enquanto telefonava a Klonowska, a secretária de *Herr Direktor*, e em seguida falou com o próprio Schindler.

– *Herr Direktor*, está aqui uma jovem senhora que deseja vê-lo para tratar de um negócio importante. – Herr Schindler pediu detalhes. – É uma moça bem-vestida e muito distinta.

Como se estivesse ansioso por conhecê-la, ou talvez temendo tratar-se de algum caso seu do passado e que pudesse causar-lhe constrangimento no escritório, Schindler foi ao seu encontro na escada. Sorriu ao ver que não a conhecia. Era um prazer conhecer *Fräulein* Rodriguez. Regina sentiu nele uma espécie de respeito por sua beleza, respeito ao mesmo tempo infantil e sofisticado. Com um gesto largo de galã de cinema, convidou-a a subir ao escritório. O que tinha a dizer era confidencial? Pois não. Acompanhando-a, ele passou pela mesa de Klonowska, que não pareceu preocupada. A moça podia significar apenas mercado paralelo ou alguma transação comercial. Podia até mesmo tratar-se de uma bela guerrilheira. O amor era a suposição menos provável. De qualquer modo, uma jovem com a experiência de Klonoswska não esperava que tanto Oskar como ela própria pertencessem um ao outro com exclusividade.

Uma vez em seu gabinete, Schindler ofereceu uma cadeira à moça e foi sentar-se à sua mesa de trabalho, sob o retrato de praxe do *Führer*. Aceitava um cigarro? Talvez um Pernod ou um conhaque? Não, disse Regina, mas *Herr Direktor* não devia se constranger de tomar o seu drinque. Ele se serviu da bebida. Mas qual era aquele negócio tão importante?, perguntou, não com a mesma afabilidade charmosa que usara no início. Pois agora, com a porta do gabinete fechada, ela adotara uma atitude diferente. Era evidente que a visitante viera tratar de um negócio sério. Ela inclinou-se para frente. Por um instante, pareceu-lhe ridículo que, depois de seu pai ter pago 50 mil *zÂotys* por papéis de identidade ariana, abrir o jogo e contar tudo para um *Sudetendeutscher*, meio irônico, meio preocupado, com um copo de conhaque na mão. Todavia, de certa forma, foi muito mais fácil falar do que tinha imaginado.

– Digo-lhe, Herr Schindler, que não sou uma polonesa ariana. Meu sobrenome verdadeiro é Perlman. Meus pais estão no campo de Plaszóvia. Eles dizem, e eu acredito, que trabalhar na Emalia é o mesmo que receber um *Lebenskarte*, um cartão com direito à vida. Não tenho nada que lhe possa dar em troca; pedi emprestado roupas para poder ser admitida em sua fábrica. O senhor mandaria buscá--los para trabalharem aqui?

Schindler devolveu o copo à mesa e pôs-se de pé.

– Você quer fazer um acordo secreto? Eu não faço transações secretas. O que sugere é ilegal, *Fräulein*. Tenho uma fábrica aqui em Zablocie e a única pergunta que faço é se a pessoa está capacitada para determinado trabalho. Se quiser ter a bondade de deixar o seu endereço e nome como ariana, talvez seja possível escrever-lhe daqui a algum tempo e informá-la se preciso de seus pais para o trabalho em perspectiva. Mas não agora, e não sob qualquer pretexto.

– Mas eles não podem vir pra cá como trabalhadores especializados – explicou Fräulein Perlman. – Meu pai era importador, não metalúrgico.

– Temos uma equipe no escritório. Mas estamos sobretudo precisando é de operários especializados na oficina.

Fora derrotada. Com lágrimas turvando-lhe a visão, escreveu o seu falso nome e endereço verdadeiro – ele que fizesse o que bem entendesse com aqueles dados. Mas, já na rua, Regina compreendeu e começou a criar ânimo. Talvez Schindler desconfiasse de que ela podia ser uma agente que viera preparar-lhe uma armadilha. De qualquer modo, ele se mostrara bem frio. Nenhum gesto ambíguo, nenhuma bondade subentendida na maneira pela qual a pusera para fora do seu gabinete.

Um mês depois, o Sr. e a Sra. Perlman foram transferidos de Plaszóvia para Emalia. Não isoladamente, como Regina Perlman tinha imaginado que aconteceria, se Herr Oskar Schindler decidisse ser compassivo, mas como parte de um novo grupo de trinta trabalhadores. Às vezes, ela ia até a Rua Lipowa e, à custa de suborno, conseguia entrar na oficina para vê-los. Seu pai trabalhava dando banho de esmalte em objetos, alimentando com carvão os fornos, varrendo do chão a sucata. "Mas ele está falando de novo", contou a Sra. Perlman à filha. No campo de Plaszóvia, ele não abria a boca.

De fato, apesar das toscas casernas por onde o vento penetrava, dos encanamentos deficientes, ali, na Emalia, havia um certo estado de espírito, uma confiança renascente, uma esperança de vida, que ela, vivendo arriscadamente com documentos falsos na soturna Cracóvia, não poderia sentir senão no dia em que cessasse aquela loucura.

Fräulein Perlman-Rodriguez não complicou a vida de Herr Schindler, irrompendo em seu gabinete para lhe demonstrar gratidão ou lhe escrevendo cartas efusivas. Entretanto, sempre saía pelo portão amarelo da DEF com uma insaciável inveja dos que estavam lá dentro.

HOUVE, ENTÃO, uma campanha para transferir para a Emalia o Rabino Menasha Levartov, que se fazia passar por metalúrgico em Plaszóvia. Levartov era um rabino erudito da cidade, jovem e de barbas negras. Era mais liberal do que os rabinos dos *shtetls* da Polônia, os que acreditam que o *Shabbat* era mais importante do que a própria vida e que, no decorrer dos anos de 1942 e 1943, eram fuzilados às centenas, todas as noites de sexta-feira, por se recusarem a trabalhar nos acantonamentos de trabalhos forçados da Polônia. Menasha Levartov era homem do tipo que, mesmo nos anos de paz, teria pregado à sua congregação que, embora a inflexibilidade dos piedosos seja uma homenagem a Deus, o mesmo Deus também se sentiria homenageado com a flexibilidade dos sensatos.

Levartov sempre merecera a admiração de Itzhak Stern, que trabalhava no Escritório de Construção do Prédio da Administração de Amon Goeth. Nos velhos tempos, Stern e Levartov, em horas de lazer, teriam passado horas juntos bebendo *herbata*, deixando a bebida esfriar, enquanto discutiam a influência de Zoroastro no judaísmo e vice-versa, ou o conceito do mundo natural no taoísmo. Stern, quando se tratava de religião comparativa, sentia mais prazer em conversar com Levartov do que jamais sentiria com o diletante Oskar Schindler, que tinha um fraco por discorrer sobre o mesmo assunto.

Em uma das visitas de Oskar a Plaszóvia, Stern disse-lhe que era preciso dar um jeito de levar Menasha Levartov para Emalia, do contrário Goeth certamente acabaria matando-o. Levartov tinha uma personalidade que atraía o olhar – era uma questão de presença.

Goeth tinha atração por pessoas de presença; elas eram uma classe de alta prioridade para a sua mira. Stern contou a Oskar como Goeth tinha tentado assassinar Levartov.

O campo de Amon Goeth continha agora mais de trinta mil pessoas. De um lado da *Appellplatz*, próximo à capela mortuária judaica transformada em cocheira, ficava um conjunto polonês, com capacidade para cerca de 1.200 prisioneiros. O *Obergruppenführer* Krüger, depois de inspecionar o novo campo, ficou tão satisfeito com o seu desenvolvimento que promoveu o comandante dois postos acima, à categoria de *Hauptstrumführer*.

Assim como muitos poloneses, judeus do Leste e da Tchecoslováquia ficavam retidos em Plaszóvia, enquanto se providenciavam alojamentos para eles mais a oeste, em Auschwitz-Birkenau ou Gröss-Rosen. Às vezes, a população era de mais de 35 mil, e a *Appellplatz* fervilhava de gente na hora da chamada. Assim, Amon frequentemente tinha de livrar-se dos antigos prisioneiros a fim de criar espaço para os recém-chegados. E Oskar sabia que o método rápido do comandante era entrar num dos escritórios ou oficinas do campo, formar duas fileiras de indivíduos e ordenar que uma delas fosse conduzida para fora. Essa fileira era levada para o morro do forte austríaco, a fim de ser executada por pelotões de fuzilamento, ou para os vagões de gado na Estação de Cracóvia-Plaszóvia ou, depois que esta foi desmantelada, no outono de 1943, para o desvio de estrada de ferro junto ao quartel fortificado da SS.

Stern contou a Oskar que Amon, numa daquelas suas funções de seleção, entrou na oficina metalúrgica da fábrica. Os supervisores tinham-se perfilado como soldados e prestado ansiosamente as informações, sabendo que uma palavra mal escolhida podia ser mortal.

– Preciso de 25 metalúrgicos – disse Amon aos supervisores, quando esses terminaram suas explicações. – Apenas 25. Indiquem-me os mais competentes.

Um dos supervisores apontou para Levartov e o rabino entrou na fila, conquanto notasse que Amon prestara uma atenção especial à escolha da sua pessoa. Naturalmente, nunca se sabia qual fileira receberia ordem de marchar, ou qual seria o seu destino; mas, na maioria dos casos, era preferível fazer parte da fileira dos competentes.

Assim prosseguiu a seleção. Levartov tinha notado que as oficinas metalúrgicas estavam estranhamente desertas naquela manhã, pois muitos metalúrgicos e outros que lá trabalhavam foram avisados da aproximação de Goeth e esgueiraram-se para dentro da fábrica de confecções de Madritsch, a fim de esconderem entre os rolos de tecido ou fingirem que estavam consertando máquinas de costura. Os quarenta e poucos mais lentos ou inadvertidos, que tinham ficado nas oficinas de metalurgia, achavam-se agora em duas fileiras entre os bancos e os tornos. Todos estavam temerosos, os mais inquietos, porém, eram os que compunham a fileira menor.

Então, um rapazola de idade indefinida, entre 16 e 19 anos, que fazia parte da fileira menor, gritou:

– Mas, *Herr Commandant*, eu também sou um metalúrgico competente.

– Sim, *Liebchen*? – murmurara Amon, puxando o revólver do coldre, adiantando-se para o rapazola e dando-lhe um tiro na cabeça. O estampido violento atirara a vítima contra a parede, matando-a instantaneamente, segundo o testemunho de Levartov.

A fileira agora mais curta foi conduzida em marcha para a estação ferroviária, enquanto o corpo do rapazola era transportado num carrinho de mão para o morro, o chão lavado e os tornos acionados. Mas Levartov, produzindo lentamente dobradiças sentado no seu banco, percebera o lampejo do olhar de Amon – um olhar que dizia: "Ali está um." O rabino tinha a impressão de que o rapazola, com seu grito de apelo, fizera Amon esquecer temporariamente o próprio Levartov, seu alvo mais óbvio.

Stern contou a Schindler que uns poucos dias se passaram até Amon voltar à oficina metalúrgica, encontrá-la cheia de gente e recomeçar a fazer as suas seleções para o morro ou para a estação ferroviária. Então, parou junto ao banco de Levartov. Era como Levartov previra. Podia sentir o cheiro da loção de barba de Amon. Podia ver os seus punhos engomados. Amon era sempre de uma elegância impecável.

– O que você está fazendo? – perguntou o comandante.

– *Herr Commandant* – respondeu Levartov – estou produzindo dobradiças. – O rabino apontou para um pequeno monte de dobradiças no chão.

– Faça uma agora para mim – ordenou Amon. E, tirando seu relógio do bolso, começou a marcar o tempo. Levartov cortou apressadamente uma dobradiça, manipulou o metal, apertou o torno; os dedos trabalhando com competência. Com uma contagem trêmula em sua cabeça ele terminou a dobradiça, no que lhe pareceu 58 segundos, e deixou-a cair no chão a seus pés.

– Mais uma – murmurou Amon. Após a sua experiência de velocidade, o rabino sentia-se agora mais tranquilo e trabalhou com confiança. Em talvez um minuto, a segunda dobradiça estava pronta.

Amon olhou para o pequeno monte no chão.

– Você esteve trabalhando aqui desde as 6 horas – disse ele, sem erguer os olhos do chão. – Se pode trabalhar com a rapidez que acaba de demonstrar, por que está tão pequena a pilha de dobradiças?

Naturalmente, Levartov compreendeu que a sua própria perícia o condenara à morte. Amon ordenou que ele fosse andando entre os bancos e ninguém se deu ao trabalho ou teve a coragem de levantar a cabeça. Para ver o quê? Alguém caminhar para a morte? Tais caminhadas eram muito comuns em Plaszóvia.

Ao ar livre da manhã de primavera, Amon colocou Menasha Levartov contra a parede da oficina, firmando-lhe os ombros; depois pegou no revólver com o qual dois dias antes havia assassinado o menino.

Levartov apertou os olhos e viu prisioneiros passarem apressadamente, empurrando ou arrastando as matérias-primas do campo de Plaszóvia, ansiosos por se afastarem dali, os cracovianos entre eles pensando: "Meu Deus, chegou a vez de Levartov." Murmurando para si mesmo o *Shema Yisroel*, ele ouviu o ruído do mecanismo do revólver. Mas o acionamento interno da arma não culminou num estampido, apenas num estalido, como o de um isqueiro que se recusa a acender. E, exatamente como um fumante aborrecido, nada mais, Amon Goeth retirou e tornou a colocar o pente de balas, mirou novamente e disparou. Quando a cabeça do rabino desviou, na suposição instintiva de que a bala seria absorvida como um soco, só o que emergiu do revólver de Goeth foi outro clique.

– *Donnerwetter! Zum Teufel!* – praguejou Goeth.

Levartov teve a impressão de que a qualquer instante Amon começaria a insultar a arma defeituosa, como se se tratasse de dois negociantes tentando acertar um trabalho simples – a instalação de um cano, a perfuração de uma parede com uma broca. Amon recolocou em seu coldre preto a arma defeituosa e tirou do bolso da túnica um revólver de cabo de madrepérola de certo tipo, que o Rabino Levartov só conhecia por leituras, na infância, de histórias do Velho Oeste. "Evidentemente", pensou ele, "não devo esperar clemência por motivo de falha técnica. Não vai desistir. Serei morto com um revólver de caubói; mesmo que falhem todas as armas precedentes, o *Hauptsturmführer* Goeth lançará mão de outras mais primitivas para levar a cabo sua intenção."

Conforme Stern contou a Schindler, quando Goeth fez de novo pontaria e disparou, Menasha Levartov já começara a olhar à sua volta à procura de algum objeto por perto que pudesse ser usado como substituto da pistola defeituosa de Goeth. A um canto da parede havia uma pilha de carvões, material aparentemente sem utilidade nesse impasse.

– *Herr Commandant* – começou Levartov, mas já podia ouvir o mortífero cão e as molas do revólver de caubói postos em funcionamento. E de novo foi como o clique de um isqueiro recusando-se a acender. Amon, furioso, parecia estar tentando arrancar o cano da arma.

O Rabino Levartov decidiu, então, adotar o recurso que vira os supervisores da oficina usarem.

– *Herr Commandant*, devo informá-lo de que a minha produção de dobradiças foi tão pouco satisfatória porque as máquinas estavam sendo recalibradas esta manhã. Em vez de fabricar dobradiças, fui destacado para transportar carvão.

Levartov pensou que tinha violado as regras do jogo em que ambos estavam empenhados, o jogo que deveria terminar com a sua morte justa. Era como se o rabino tivesse escondido os dados, e não se pudesse chegar a uma conclusão. Amon esbofeteou-o com a sua mão esquerda livre, e Levartov sentiu o gosto do sangue na boca, como uma garantia de sobrevivência.

Então, o *Hauptsturmführer* Goeth simplesmente abandonou Levartov encostado contra a parede. Entretanto, a crise, como ambos, Levartov e Stern, não ignoravam, fora simplesmente adiada.

Stern sussurrou sua narrativa a Oskar no Prédio da Administração de Plaszóvia. Curvando-se, com os olhos voltados para cima, as mãos postas, foi como sempre prolixo nos detalhes.

– Não há problema – murmurou Oskar. Ele gostava de provocar Stern. – Por que essa história tão comprida? Sempre há lugar na Emalia para alguém que pode fabricar uma dobradiça em menos de um minuto.

Quando Levartov e sua mulher chegaram ao subcampo da fábrica Emalia no verão de 1943, ele teve de ouvir o que a princípio entendeu como leves brincadeiras de Schindler sobre religião. Nas tardes de sexta-feira, na oficina de munições, onde Levartov operava um torno, Schindler lhe dizia: "Não devia estar aqui, Rabino. Devia estar se preparando para o *Shabbat*." Mas, quando Oskar lhe deu disfarçadamente uma garrafa de vinho para usar nas cerimônias, Levartov compreendeu que *Herr Direktor* não estava brincando. Nas sextas-feiras, antes do cair da tarde, o rabino era dispensado do trabalho e ia para a sua caserna atrás do arame farpado no terreno dos fundos da DEF. Ali, sob roupas malcheirosas secando nas cordas, ele recitava *Kiddush* com um copo de vinho, entre os beliches empilhados até o teto. E, naturalmente, à sombra de uma torre de vigia da SS.

24

OSKAR SCHINDLER, que, naqueles dias, desmontava de seu cavalo no pátio da Emalia, era ainda o protótipo do magnata. Elegante e belo ao estilo dos astros de cinema George Sanders e Curt Jurgens, aos quais as pessoas sempre o comparavam. Usava paletó e calças de montaria de talhe impecável; o polimento das botas dava-lhe um brilho reluzente. Parecia um homem a quem só o lucro interessava.

Entretanto, Oskar voltava de cavalgadas pela zona rural para o seu gabinete, onde lhe esperavam contas surpreendentes, mesmo para a contabilidade de uma empresa fora do comum como a DEF.

Remessas da padaria em Plaszóvia para o campo da fábrica na Rua Lipowa, Zablocie, consistiam em umas poucas centenas de pães, entregues duas vezes por semana, e um ocasional meio caminhão de nabos. Esses caminhões mal cheios eram sem dúvida registrados e multiplicados nos livros de contabilidade do Comandante Goeth, enquanto homens de sua confiança, como Chilowicz, vendiam para lucro de *Herr Hauptsturmführer* a diferença entre os magros suprimentos que chegavam à Rua Lipowa e os fartos comboios fantasmas que Goeth anotava em seus livros. Se Oskar dependesse de Amon para a comida dos presos, os seus novecentos prisioneiros teriam recebido cada qual, para o seu sustento, talvez 750 gramas de pão por semana e sopa a cada três dias. Em suas missões e nas do seu gerente, Oskar estava gastando mais de 50 mil *zÂoyts* por mês em alimentos adquiridos no mercado paralelo para a cozinha do seu campo. Havia semanas em que tinha de desencavar mais de três mil pães redondos. Ia para a cidade e falava com supervisores alemães nas grandes padarias, levando em sua pasta *reichmarks* e duas ou três garrafas de bebidas.

Oskar não parecia se dar conta de que, em toda a Polônia naquele verão de 1943, ele era o campeão entre os fornecedores de comida ilegal para os prisioneiros. A nuvem maligna da fome, que a política da SS fazia pairar sobre as grandes fábricas de morte e sobre cada um dos campos de trabalhos forçados, era inexistente na Rua Lipowa, de um modo perigosamente ostensivo.

Naquele verão, ocorreram vários incidentes que vieram engrandecer a figura mitológica de Schindler e a suposição quase religiosa entre os muitos prisioneiros de Plaszóvia e toda a população carcerária da Emalia de que Oskar tinha o dom de efetuar salvamentos milagrosos.

Logo que foram estabelecidos os subcampos, oficiais superiores do campo principal, ou *Lager*, iam inspecionar os primeiros a fim de se certificarem de que a energia dos trabalhadores escravos era estimulada da maneira mais radical e exemplar. Não se sabe ao certo que membros da equipe de oficinas de Plaszóvia inspecionavam a Emalia, mas alguns prisioneiros e o próprio Oskar sempre diriam que Goeth era um deles. E quando não era Goeth, era Leo

John, ou Scheidt; ou ainda Josef Neuschel, protegido de Goeth. Não é uma injustiça mencionar esses nomes, relacionando-os com a expressão "estímulo de energia de uma maneira radical e exemplar". O fato é que na história de Plaszóvia eles tinham praticado ou permitido que fossem praticadas ferozes violências. Certa vez, visitando a Emalia, notaram no pátio um prisioneiro de nome Lamus, que empurrava um carrinho de mão muito lentamente. O próprio Oskar declarou que Goeth estava lá naquele dia e, notando a lentidão de Lamus, voltara-se para um jovem NCO chamado Grün (Grün era outro protegido de Goeth, seu guarda-costas, ex-lutador). Certamente foi ele quem recebeu a ordem para executar Lamus.

Assim, Grün prendeu Lamus, enquanto os inspetores continuaram percorrendo outras partes do campo da fábrica. Alguém da fundição correu ao gabinete de *Herr Direktor* e o alertou. Oskar desceu as escadas, furioso, ainda mais rapidamente do que no dia da visita de Regina Perlman, e chegou ao pátio justamente no momento em que Grün mandava Lamus encostar-se na parede.

– Não pode fazer isso aqui! – gritou Oskar. – Não vou conseguir produção do meu pessoal, se você começar a atirar a torto e a direito! Tenho contratos de guerra de alta prioridade. – Era o argumento que Schindler sempre usava e o seu tom insinuava que ele conhecia oficiais superiores, a quem seria dado o nome de Grün, se ele impedisse a produção da Emalia.

Grün era esperto. Sabia que os outros inspetores tinham entrado nas oficinas, onde o ruído das prensas de metal e o ronco dos tornos encobririam qualquer barulho que ele fizesse, ou deixasse de fazer. Lamus era de tão pouca importância para homens como Goeth e John, que nenhuma investigação seria feita posteriormente.

– Que vantagem vou levar com isso? – perguntou o SS.

– Vodca basta para você? – retorquiu Oskar.

O preço era substancial. Para trabalhar o dia inteiro atrás das metralhadoras, durante as *Aktionen*, as execuções diárias em massa no Leste, ele recebia meio litro de vodca. Os rapazes disputavam um lugar no pelotão a fim de, no final da noite, receber o seu prêmio. E ali o *Herr Direktor* estava lhe oferecendo três vezes mais por um ato de omissão.

– Não estou vendo a garrafa – disse ele, enquanto Herr Schindler já empurrava Lamus para longe da mira do SS. – Desapareça! – gritou ele para a sua quase vítima.

– Pode ir apanhar a sua garrafa no meu escritório quando terminar a inspeção – disse Oskar.

Oskar tomou parte numa transação semelhante, quando a Gestapo deu uma busca no apartamento de um falsificador e descobriu, entre outros documentos prontos ou quase prontos, documentos de identidade ariana para uma família chamada Wohlfeiler – mãe, pai, três filhos adolescentes, todos eles trabalhando no campo de Schindler. Dois homens da Gestapo apareceram na Rua Lipowa a fim de levar a família para um interrogatório, que resultaria no seu envio à prisão de Montelupich e, em seguida, a Chujowa Górka. Três horas depois de entrarem no escritório de Oskar, os dois homens partiram, cambaleando pelas escadas abaixo, sorrindo com o bom humor transitório do conhaque e, ao que se podia presumir, com dinheiro no bolso. Os documentos confiscados agora se achavam espalhados sobre a mesa de Oskar. Ele os apanhou e jogou no fogo da lareira.

Em seguida, o caso dos irmãos Danziger, que numa sexta-feira racharam uma prensa de metal. Homens honestos, perplexos, semi-especializados, erguendo os olhos *shtetl* da máquina que tinham acabado de avariar. O *Herr Direktor* não se achava na fábrica, e alguém – um espião entre os seus operários, afirmaria sempre Oskar – denunciou os Danziger à administração de Plazóvia. Os irmãos foram retirados da Emalia e o seu enforcamento anunciado na chamada da manhã seguinte em Plaszóvia: "Esta noite, a população deste campo assistirá à execução de dois sabotadores." O que, naturalmente, mais pesava na balança da condenação ao enforcamento dos Danziger era a sua aura ortodoxa.

Oskar voltou da sua viagem de negócios a Sosnowiec às 3 horas de sábado, três horas antes do programado enforcamento dos dois irmãos. Na sua mesa, esperava-o a notícia da sentença. Imediatamente ele partiu no seu carro para Plaszóvia, levando consigo conhaque e algumas deliciosas salsichas *kielbasa*. Estacionou junto ao Prédio da Administração e encontrou Goeth em seu gabinete. Ficou satisfeito por não ter de acordar o comandante da sua sesta habitual à tarde. Ninguém sabe os termos da transação efetuada naquela tarde no gabinete de Goeth, naquele gabinete que poderia ter pertencido a Torquemada e que possuía cavilhas soldadas na parede, onde eram dependuradas pessoas para serem disciplinadas ou instruídas. Todavia, é difícil acreditar que Goeth pudesse se satisfazer apenas com conhaque e salsichas. Em todo caso, sua preocupação com a integridade das prensas de metal do Reich se abrandou com a entrevista e, às seis da tarde, a hora marcada para a execução, os irmãos Danziger voltaram no assento traseiro da luxuosa limusine de Oskar para a doce esqualidez da Emalia.

Todos esses sucessos eram, naturalmente, parciais. Oskar bem sabia que uma das características dos Césares era remir tão irracionalmente quanto condenar.

O engenheiro Emil Krautwirt, durante o dia, trabalhava na fábrica de radiadores por detrás das casernas da Emalia e, à noite, dormia no subcampo de Oskar. Era jovem, tendo conseguido seu diploma no final da década de 1930. Como os outros na Emalia, chamava o local de o "campo de Schindler"; ao levá-lo de volta a Plaszóvia para um enforcamento exemplar, a SS queria demonstrar de quem era de fato o campo, pelo menos sob alguns aspectos.

A primeira história relatada pelo restante dos prisioneiros de Plaszóvia, que ainda estariam vivos no fim da guerra, era o enforcamento do engenheiro Krautwirt, antes mesmo da narrativa de cada uma das dores e humilhações que haviam eles próprios sofrido. A SS era muito econômica com seus cadafalsos e, em Plaszóvia, as forcas pareciam uma série de traves baixas de jogo de futebol, sem a majestade dos patíbulos da História, da guilhotina revolucionária, do cadafalso elizabetano, da forca erigida atrás da cadeia do xerife. Em tempo de paz, as forcas em Plaszóvia e Auschwitz intimidariam, não pela sua solenidade, mas pela sua mediocridade. Aquele tipo de estrutura das forcas em Plaszóvia, como descobririam as mães, permitia a uma criança de 5 anos ver um enforcamento do local onde se situava a turba de prisioneiros na *Appellplatz*. Juntamente com Krautwirt, seria também enforcado um menino de 16 anos, chamado Haubenstock. Krautwirt fora condenado sob a alegação de umas cartas que escrevera a pessoas suspeitas na cidade de Cracóvia.

No caso de Haubenstock, a acusação era por ele ter sido ouvido cantando *Volga, Volga, Kalinka Maya* e outras canções russas proibidas, com a intenção, segundo a sentença de morte, de conquistar guardas ucranianos à causa bolchevista.

O regulamento para o ritual da execução no campo de Plaszóvia exigia silêncio. Ao contrário dos enforcamentos festivos de outros tempos, a queda do corpo se processava sem o mais leve ruído. Os prisioneiros se perfilavam em falanges e eram patrulhados por homens e mulheres cientes de seu poder: por Hujar e John; por Scheidt e Grün; pelos NCO Landsdorfer, Amthor e Grimm, Ritschek e Schreiber; e por supervisoras das SS recém-destacadas para Plaszóvia, ambas muito eficientes no manejo de cassetetes: Alice Orlowski e Luise Danz. Sob tal supervisão, ouviam-se os apelos dos condenados em silêncio.

O engenheiro Krautwirt pareceu a princípio aturdido, emudecido, mas o menino apelou, com voz conturbada, para o *Haupsturmführer* que se postara ao lado da forca.

– Não sou comunista, *Herr Commandant*. Odeio o comunismo. Eram apenas canções. Canções comuns.

O carrasco, um açougueiro judeu de Cracóvia, perdoado de algum crime com a condição de aceitar aquela tarefa, ajeitou Haubenstock em cima de um tamborete e passou-lhe o laço no pescoço. Percebia que Amon queria que o menino fosse o primeiro a ser enforcado, pois lhe desagradava continuar ouvindo aqueles apelos. Quando o açougueiro deu um pontapé no banco sob os pés de Haubenstock, a corda se rompeu e o menino, roxo e engasgado, com o laço ainda à volta do pescoço, arrastou-se de joelhos até Goeth, continuando as suas súplicas, batendo a cabeça nos tornozelos do comandante e agarrando-lhe as pernas. Era a mais extrema submissão; conferia a Goeth de novo a realeza que ele vinha exercendo naqueles últimos meses febris. Amon, numa *Appellplatz* repleta de olhos estarrecidos, soltou apenas uma espécie de assobio, um sussurro como vento em dunas de areia, tirou a pistola do coldre, deu um pontapé no menino e o matou com um tiro na cabeça.

Quando o pobre engenheiro Krautwirt viu o horror da execução do menino, apanhou uma navalha que trazia escondida no bolso e cortou os pulsos. Os prisioneiros na fila da frente podiam ver que Krautwirt se ferira mortalmente em ambos os braços. Mas Goeth ordenou ao carrasco que prosseguisse a execução. Respingados com o sangue dos ferimentos de Krautwirt, dois ucranianos o suspenderam na forca, onde, com o sangue esguichando de ambos os pulsos, ele foi estrangulado diante dos judeus do sul da Polônia.

ERA NATURAL ACREDITAR, com uma parte lógica do cérebro, que tão bárbara exibição seria talvez a última, que poderia haver uma reviravolta nos métodos e nas atitudes até mesmo de Amon, ou, se não dele, dos oficiais invisíveis que, de algum gabinete de grandes janelas envidraçadas e assoalho encerado, abrindo para a praça onde velhas vendiam flores, teriam de reformular parte do que acontecera em Plaszóvia e justificar o restante.

Na segunda viagem do Dr. Sedlacek de Budapeste para Cracóvia, Oskar e o dentista planejaram um esquema que, para um homem mais introvertido do que Schindler, teria parecido ingênuo. Oskar sugeriu a Sedlacek que, talvez, uma das razões de Amon Goeth demonstrar tal selvageria era a má qualidade das bebidas que ele ingeria, os galões do pretenso conhaque local que enfraquecia ainda mais o seu cérebro defeituoso, levando-o às últimas consequências. Com parte dos *reichmarks* que o Dr. Sedlacek trouxera para a Emalia e entregara a Oskar, uma caixa de conhaque de primeira qualidade devia ser adquirida – o que não era artigo fácil ou barato de se obter na Polônia pós-Stalingrado. Oskar ofereceria a caixa a Amon, sugerindo-lhe que, de uma ou outra forma, a guerra um dia terminaria e haveria investigações de atos individuais. Que talvez até os amigos de Amon se lembrassem de ocasiões em que ele se excedera em seu zelo.

Oskar era homem de natureza a acreditar que se podia beber com o diabo e alcançar um equilíbrio da maldade, entre um e outro copo de conhaque. Não que considerasse assustadores os métodos mais radicais; simplesmente não lhe ocorriam. Sempre fora homem de negociações.

Em contrapartida, o *Wachtmeister* Oswald Bosko, que anteriormente tivera o controle do perímetro do gueto, era um homem de ideias. Tornara-se impossível para ele trabalhar dentro do esquema da SS, distribuindo subornos, providenciando papéis falsificados, colocando uma dezena de crianças sob seu patrocínio, enquanto centenas de outras eram levadas para fora do portão do gueto. Acabara fugindo de sua delegacia em Podgórze e desaparecendo nas florestas de Niepolomice, reduto de guerrilheiros. Agora, no Exército do Povo, ele procurara expiar o entusiasmo imaturo que sentira pelo nazismo no verão de 1938. Vestido como um camponês polonês, ele acabaria sendo reconhecido numa aldeia a oeste de Cracóvia e fuzilado como traidor. Desde então, Bosko seria venerado como um mártir.

Bosko passara a viver na floresta porque não lhe restava outra opção. Faltavam-lhe os recursos financeiros com que Oskar engraxava o sistema. Mas as suas naturezas eram divergentes, pois, enquanto um nada possuíra a não ser um posto e um uniforme posteriormente abandonados, o outro mantinha em mãos dinheiro e mercadorias para negociar. Não pretendemos elogiar Bosko ou denegrir Oskar, afirmando que só por acidente este último viria a tornar-se um mártir, só no caso de que algum negócio que ele estivesse transando o comprometesse. Mas havia gente que ainda respirava – os Wohlfeiler, os irmãos Danziger, Lamus – porque Oskar trabalhava daquela maneira. Por ser aquele o seu sistema, o inacreditável campo da Emalia continuava funcionando na Rua Lipowa, e lá, na maioria do tempo, cerca de mil pessoas estavam a salvo, e a SS se mantinha do lado de fora da cerca de arame farpado. Ninguém ali era espancado, e a sopa era bastante grossa para sustentar a vida. De acordo com a natureza de cada um desses dois membros do Partido, Bosko e Schindler, a repulsa de ambos se equiparava, embora Bosko manifestasse o seu horror abandonando o uniforme num cabide em Podgórze, ao passo que Oskar espetava na roupa seu vistoso emblema nazista e saía para presentear com bebidas finas o demente Amon Goeth, em Plaszóvia.

ERA UM FIM DE TARDE, e Oskar estava sentado com Goeth no salão da casa do comandante. Majola, a amante de Goeth, mulher de físico delicado, secretária na fábrica Wagner na cidade, apareceu no salão. Não passava seu tempo em meio os excessos de Plaszóvia. Tinha um ar sensível e essa sensibilidade provocara rumores de que Majola tinha ameaçado não mais dormir com Goeth, caso ele continuasse a matar arbitrariamente as pessoas. Mas não se sabia se eram verdadeiros, ou se eram apenas dessas interpretações terapêuticas que brotam na imaginação dos prisioneiros, em seu desespero, na esperança de tornar o mundo um lugar habitável.

Majola não se demorou muito com Amon e Oskar naquela tarde, pois presumia que seria uma reunião regada com muita bebida. Helen Hirsch, pálida jovem vestida de preto, criada de Amon, trouxe-lhe os acompanhamentos habituais – bolinhos, canapés, salsichas. Resfolegava de cansaço. Na noite anterior, Amon a tinha espancado por preparar comida para Majola sem a sua autorização; e nessa manhã a obrigara a subir e descer cinquenta vezes os três lances de escada da casa, por causa de uma sujeira de mosca num dos quadros do corredor. Helen tinha ouvido certos boatos sobre Herr Schindler, mas era a primeira vez que o via. Nessa tarde, não a reconfortou a vista daqueles dois homens grandes, sentados cada qual de um lado da mesa baixa, fraternais e em aparente concordância de ideias. Nada ali a interessava, pois a certeza de sua própria morte era o seu pensamento dominante. Esperava apenas a sobrevivência da irmã mais moça, que trabalhava nas cozinhas do campo. Juntara algum dinheiro, que guardava escondido, na esperança de que serviria para salvar a irmã. Acreditava que não havia nenhuma quantia ou transação que pudesse influenciar a sua chance de sobrevivência.

Os dois homens continuaram bebendo a tarde toda e noite adentro. Por muito tempo, mesmo depois de a interpretação noturna do *Lullaby* de Brahms pelo prisioneiro Tosia Lieberman ter acalmado o campo das mulheres e penetrado por entre as tábuas da caserna dos homens, Goeth e Schindler continuaram bebendo. A bebida incandescia-lhes os prodigiosos fígados como fornalhas. No momento certo, agindo em nome de uma amizade que, apesar de todo aquele conhaque ingerido, não ia além da flor da pele... Oskar debruçou-se para Amon e, astuto como um demônio, começou a induzi-lo a adotar uma atitude de maior contenção.

Amon recebeu bem o que ouvia. Pareceu a Oskar que ele se deixava influir pela ideia da moderação – atitude digna de um imperador. Amon passou a imaginar um escravo doente nas carretas, um prisioneiro cambaleante voltando da fábrica de cabos – com aquele fingimento tão difícil de se tolerar –, sob um carregamento de roupas ou lenha apanhadas no portão da prisão. E Amon sentia um estranho calor no ventre, fantasiando a própria magnanimidade, ao perdoar aquele molengão, aquele ator patético. Como Calígula poderia ter tido a tentação de ver a si mesmo como Calígula o Bom, por algum tempo a figura de Amon o Bom tomou conta da imaginação do comandante. Na verdade, ele conservaria um fraco por aquela fantasia. Nessa noite, com o sangue aquecido pelo dourado conhaque e o campo quase todo adormecido mais além, Amon definitivamente se deixou seduzir mais pela ideia da própria clemência do que pelo medo de represálias. De manhã, porém, ele se lembraria das advertências de Oskar confirmadas pelas notícias do dia de que os russos estavam ameaçando a frente de batalha em Kiev. Stalingrado ficava a uma distância inconcebível de Plaszóvia, mas a distância até Kiev era imaginável.

Alguns dias depois da visita de Oskar a Amon, chegaram a Emalia rumores de que a dupla influência estava produzindo seus efeitos no comandante. Dr. Sedlacek, de volta a Budapeste, informaria a Samu Springmann que Amon renunciara, pelo menos por enquanto, a matar arbitrariamente as pessoas. E o bom Samu, entre as suas diversas preocupações com respeito à lista de locais como Dachau e Drancy, no oeste, e Sobibor e Belzec no leste, por algum tempo alimentara esperança de que o problema de Plaszóvia estaria resolvido.

Mas a atitude de clemência logo desapareceu. Se houvera uma breve trégua, aqueles que sobreviveriam e prestariam testemunho dos seus dias em Plaszóvia não a gravaram na memória. Pareceu-lhes que os assassinatos sumários eram contínuos. Se Amon não aparecia no seu alpendre naquela manhã ou na manhã seguinte, isso não queria dizer que ele não aparecesse dois dias depois. Seria preciso bem mais do que a ausência temporária de Goeth para dar até mesmo ao mais iludido dos prisioneiros a esperança de uma mudança fundamental na natureza do comandante. E, de qualquer forma, lá estaria ele, nos degraus, com o boné de estilo austríaco que usava nos assassinatos, de binóculos em punho, procurando algum culpado.

DR. SEDLACEK voltara a Budapeste não apenas com notícias exageradamente esperançosas de uma transformação em Amon como com dados mais precisos sobre o campo em Plaszóvia. Certa tarde, um guarda da Emalia apareceu em Plaszóvia para levar Stern a Zablocie. Ao chegar ao portão da entrada, Stern foi conduzido ao novo apartamento de Oskar. Ali *Herr Direktor* apresentou-o a dois homens bem-vestidos. Um era Sedlacek; o outro um judeu – equipado com um passaporte suíço – que se apresentou como Babar.

– Meu caro amigo – disse Oskar a Stern –, quero que escreva um relatório o mais completo possível sobre o que se passa em Plaszóvia numa só tarde.

Stern nunca vira antes Sedlacek ou Babar e achou que Oskar estava sendo indiscreto. Depois de cumprimentar os dois estranhos, ele murmurou que antes de empreender a tarefa gostaria de dar uma palavra em particular com *Herr Direktor*. Oskar costumava dizer que Itzhak Stern nunca podia fazer uma declaração ou pedido, a não ser sob a capa de citações do Talmude babilônico e ritos de purificação. Mas, agora, Stern se mostrou mais direto.

– Por favor, diga-me, Herr Schindler – perguntou ele –, não acha que isso é um tremendo risco?

Oskar explodiu. Antes de tentar se controlar, os estranhos o tinham ouvido da outra sala.

– Acha que eu lhe pediria alguma coisa se houvesse algum risco? – Depois, acalmando-se, acrescentou: – Sempre há algum risco, como deve saber melhor do que eu. Mas não com esses dois homens. Garanto por eles.

Afinal, Stern passou a tarde inteira escrevendo o seu relatório. Era um erudito e habituado a escrever numa prosa escorreita. A organização de salvamento em Budapeste, os sionistas em Istambul iriam receber de Stern um relatório no qual podiam confiar. Multiplicando por 1.700 os pequenos e grandes campos de trabalhos forçados na Polônia, podia-se obter uma colcha de retalhos que deixaria o mundo estupefato!

Sedlacek e Oskar queriam mais do que um relatório de Stern. Na manhã após a bebericação de Amon e Oskar, este último tornou a arrastar o seu heroico fígado de volta a Plaszóvia, antes da hora do expediente no escritório. Entre as sugestões de tolerância, Oskar informara a Amon na noite da véspera que tinha uma permissão por escrito para levar "amigos industriais" numa visita ao campo. Babar possuía uma câmera em miniatura, que ele carregava abertamente na mão. Talvez acreditasse que, se um SS lhe perguntasse alguma coisa a respeito, ele teria a chance de passar cinco minutos elogiando a pequena máquina fotográfica que adquirira numa recente viagem de negócios a Bruxelas ou Estocolmo.

Ao sair do Prédio da Administração com os visitantes de Budapeste, Oskar segurou pelo ombro o franzino Stern: seus amigos gostariam de visitar as oficinas e os alojamentos, mas se houvesse alguma coisa que Stern achasse que eles não tinham notado, simplesmente deveria curvar-se e amarrar o cordão de seu sapato.

Na estrada de Goeth, pavimentada com fragmentos de túmulos, eles passaram pela caserna dos SS. Quase imediatamente, o prisioneiro Stern baixou-se e precisou amarrar o cordão do sapato. O companheiro de Sedlacek bateu um instantâneo dos grupos de homens arrastando encosta acima cargas de caminhões de pedras da pedreira, enquanto Stern murmurava: "Perdão, senhores." E levou um tempo enorme amarrando o cordão do sapato, para que os visitantes pudessem ler as inscrições nos fragmentos monumentais. Ali estavam as lápides de Bluma Gemeinerowa (1859–1927); de Matylde Liebeskind, falecida aos 90 anos, em 1912; de Helena Wachsberg, que morrera de parto, em 1911; de Rozia Groder, uma menina de 13 anos, falecida em 1931; de Sofia Rosner e Adolf Gottlieb, que morreram no reinado de Franz Josef. Stern queria que eles vissem como aqueles nomes respeitáveis tinham-se tornado pedras de calçamento.

Prosseguindo em sua caminhada, passaram pelo *Puffaus*, o bordel de moças polonesas para a SS e os ucranianos, até chegarem à pedreira, onde eram feitas escavações no penhasco de pedra calcária. Ali Stern parou outra vez para dar nó nos cordões; queria que a cena fosse registrada. Homens se destruíam no brutal trabalho de escavar o penhasco com malhos e cunhas. Ninguém, dos que labutavam ali, demonstrou qualquer curiosidade pelos visitantes daquela manhã. Ivan, o motorista ucraniano de Amon Goeth, estava de plantão, e o supervisor era um criminoso alemão de cabeça redonda chamado Erik. Este já tinha demonstrado sua capacidade para chacinas, tendo assassinado os próprios pais e a irmã. Deveria ter sido enforcado ou pelo menos preso numa masmorra, se a SS não houvesse chegado à conclusão de que existiam criminosos piores do que parricidas, e que Erik devia ser utilizado para punir tais criminosos. Conforme Stern havia mencionado em seu relatório, um médico cracoviano, chamado Edward Goldblatt, fora enviado de sua clínica para o campo pelo Dr. Blancke da SS e seu protegido judeu, Dr. Leon Gross. Erik deleitava-se ao ver um homem de cultura e ciência se apresentar na pedreira para trabalhar com suas mãos delicadas; no caso de Goldblatt, os espancamentos começaram com a primeira demonstração de incerteza no manejo de martelos e puas. No decorrer de vários dias, Erik, vários SS e ucranianos espancaram Goldblatt. O médico era forçado a trabalhar com o rosto deformado pelo inchaço e um olho fechado. Ninguém sabia que erro de técnica na escavação da pedreira levou Erik a dar no Dr. Goldblatt a sua surra derradeira. Muito depois de o médico ter perdido a consciência, Erik permitiu que o levassem para a *Krankenstube*, onde o Dr. Leon Gross recusou-se a admiti-lo. Com essa sanção médica, Erik e os membros da SS continuaram a dar pontapés no moribundo Goldblatt que, rejeitado para tratamento, jazia à entrada do hospital.

Stern curvou-se e amarrou o laço do sapato na pedreira porque, como Oskar e outros do complexo de Plaszóvia, acreditava que futuramente juízes poderiam perguntar: "Onde – numa só palavra – ocorreu tal fato?"

Oskar pôde dar a seus companheiros uma vista geral do campo, subindo com eles até Chujowa Górka e o morro austríaco, onde carrinhos de mão manchados de sangue, usados no transporte dos mortos para os bosques, enfileiravam-se obscenamente à entrada do forte. Já havia milhares enterrados ali em valas comuns ou nas matas de pinheiros a leste. Quando os russos chegaram do leste, aquela mata com sua população de vítimas seria a primeira prova que encontrariam antes da moribunda Plaszóvia.

Quanto a Plaszóvia, proclamada uma maravilha industrial, fatalmente decepcionaria qualquer observador mais atento. Amon, Bosch, Leo John, Josef Neuschel consideravam-na uma cidade-modelo pelo simples motivo de que os estava enriquecendo. Ficariam muito surpresos se descobrissem que uma das razões de sua rendosa situação em Plaszóvia não era porque a Inspetoria de Armamentos estava encantada com os milagres que eles vinham conseguindo.

Na realidade, os únicos milagres econômicos dentro de Plaszóvia eram as fortunas pessoais de Amon e sua panelinha. Qualquer pessoa de bom senso se surpreendia diante do fato de contratos de guerra serem cedidos a Plaszóvia, considerando que suas instalações eram tão precárias e antiquadas. Mas astutos prisioneiros sionistas dentro de Plaszóvia pressionavam gente como Oskar e Madritsch, que, por sua vez, pressionavam a Inspetoria de Armamentos. Levando em conta que a fome e os assassinatos esporádicos em Plaszóvia eram ainda preferíveis ao extermínio infalível em Auschwitz e Belzec, Oskar se empenhava em negociações com os engenheiros e oficiais encarregados das compras para a Inspetoria de Armamento do General Schindler. Esses cavalheiros faziam uma careta e diziam: "Ora vamos, Oskar! Está falando sério?" Mas acabavam concordando em firmar contratos com o campo de Amon Goeth, e com Oskar, para fornecimento de pás manufaturadas com a sucata de ferro da sua fábrica, na Rua Lipowa, de tubos de exaustores, subprodutos de uma fábrica de geleias de Podgórze. Eram pequenas as chances da entrega total das pás e seus cabos à *Wehrmacht*. Muitos dos amigos de Oskar, entre os oficiais da Inspetoria de Armamentos, compreendiam o que estavam fazendo, isto é, fornecer trabalho à escravatura no campo de Plaszóvia era o mesmo que prolongar a vida de muitos escravos. Alguns deles custavam a engolir aquela situação, pois sabiam que Goeth era um escroque, e parecia-lhes um insulto, ao seu sincero e antiquado patriotismo, a vida sibarítica que Amon levava naquele campo.

O estranho paradoxo do Campo de Trabalhos Forçados de Plaszóvia – o fato de que alguns dos escravos estivessem conspirando para manter o reinado de Amon – pode se evidenciar no caso de Roman Ginter, antigo empresário e agora um dos supervisores na metalúrgica de onde o Rabino Levartov fora salvo. Certa manhã, Ginter foi chamado ao gabinete de Goeth e, ao fechar a porta, levou o primeiro de uma série de socos. Enquanto esmurrava Ginter, Amon esbravejava incoerentemente. Depois, arrastou-o para fora, escada abaixo, até uma parede da entrada do prédio.

– Posso perguntar uma coisa? – perguntou Ginter contra a parede, cuspindo dois dentes, discretamente, para que Amon não o julgasse um ator ou um choramingas.

– Seu safado! – rugiu Goeth. – Não entregou as abotoaduras que eu tinha encomendado! A data está anotada no calendário da minha mesa.

– Mas, *Herr Commandant* – tornou Ginter –, permita que lhe diga que as abotoaduras ficaram prontas ontem. Perguntei a *Herr Oberscharführer* Neuschel o que devia fazer com elas, e ele me respondeu que as entregasse em seu gabinete. Foi o que fiz.

Amon arrastou Ginter, sangrando, de volta ao seu gabinete e chamou o SS Neuschel.

– Sim, é verdade – confirmou o jovem Neuschel. – Veja na sua segunda gaveta à esquerda, *Herr Commandant*.

Goeth procurou na gaveta e encontrou as abotoaduras.

– Quase o matei por causa delas – reclamou ele do seu não muito inteligente protegido vienense.

Esse mesmo Roman Ginter – cuspindo discretamente os seus dois dentes contra a parede cinzenta do Prédio da Administração, esse zero judeu, de cujo assassinato acidental Amon teria acusado Neuschel – é o homem que, depois de obter um passe especial, vai à DEF falar com Oskar Schindler sobre fornecimento para as oficinas de Plaszóvia de uma grande quantidade de sucata, sem a qual todo o pessoal das oficinas seria mandado num trem para Auschwitz. Assim, enquanto o desatinado Amon Goeth acredita que mantém Plaszóvia graças ao seu gênio administrativo, são os prisioneiros, de boca sangrando, que mantêm o campo em atividade.

25

ALGUMAS PESSOAS achavam que Oskar estava gastando como um jogador compulsivo. Embora pouco soubessem a seu respeito, seus prisioneiros sentiam que Oskar se arruinaria por causa deles, se necessário fosse. Mais tarde – não agora, pois agora aceitavam sua caridade com o mesmo espírito com que uma criança aceita presentes de Natal dos pais – eles diriam: "Graças a Deus, ele era mais fiel a nós do que à mulher!" Assim como os prisioneiros, muitas pessoas podiam provocar a mesma reação em Oskar.

Uma delas, um tal Dr. Sopp, médico das prisões da SS em Cracóvia e do Tribunal da SS em Pomorska, informou a Schindler, por intermédio de um emissário polonês, que estava disposto a fazer certa transação com ele. Na prisão de Montelupich, havia uma mulher chamada Helene Schindler. O Dr. Sopp sabia que ela não era aparentada com Oskar, mas o marido tinha investido algum dinheiro na Emalia. Os papéis de identidade ariana da detenta eram duvidosos. O Dr. Sopp não precisava informar que, para a Sra. Schindler, isso implicava o desfecho de uma viagem de caminhão a Chujowa Górka. Mas, se Oskar se dispusesse a comparecer com certa quantia, o Dr. Sopp estaria disposto a dar um certificado médico, declarando que, em vista de seu estado de saúde, devia ser permitido à Sra. Schindler fazer uma cura prolongada em Marienbad, na Boêmia.

Oskar foi ao consultório do Dr. Sopp, onde apurou que o médico queria 50 mil *zÂoyts* pelo certificado. Não adiantava discutir o preço. Após três anos de prática, um homem como Sopp sabia avaliar com precisão o preço de favores desse gênero. Nessa mesma tarde, Oskar conseguiu levantar a quantia. Sopp sabia que, se quisesse, Oskar era o tipo de homem que sempre tinha à sua disposição dinheiro de mercado paralelo, dinheiro cuja origem não podia ser revelada.

Antes de efetuar o pagamento, Oskar estabeleceu certas condições. O Dr. Sopp teria de acompanhá-lo a Montelupich para tirar a mulher de sua cela. Depois ele a entregaria pessoalmente a amigos mútuos na cidade. Sopp não fez objeção. À luz de uma lâmpada nua na gélida Montelupich, a Sra. Schindler recebeu o seu precioso documento.

Um homem mais cauteloso, um homem com mentalidade de contador, teria razoavelmente se reembolsado dos seus gastos, com o dinheiro que Sedlacek lhe trouxera de Budapeste. Ao todo, Oskar receberia quase 150 mil *reichmarks*, trazidos para Cracóvia em malas de fundo falso e no forro de roupas. Mas, em parte porque o seu apreço pelo dinheiro (quer seu ou de outros) era tão displicente, em parte por causa do seu senso de honra, Oskar sempre entregou a seus contatos judeus todas as importâncias que recebia de Sedlacek, exceto a quantia despendida com o conhaque de Amon.

O negócio nem sempre era sem complicações. Quando, no verão de 1943, Sedlacek chegou a Cracóvia com 50 mil RM, os sionistas dentro de Plaszóvia, a quem Oskar ofereceu o dinheiro, recearam tratar-se de uma armadilha.

Oskar procurou primeiro Henry Mandel, fundidor na fundição de Plaszóvia e membro do *Hitach Dut*, movimento sionista de jovens e trabalhadores. Mandel não quis tocar no dinheiro.

– Escute – disse-lhe Schindler –, tenho uma carta em hebraico remetendo o dinheiro, uma carta da Palestina.

Mas, se era uma armadilha, se Oskar tinha se comprometido e estava sendo usado, *teria* naturalmente uma carta da Palestina. Para quem não recebia pão suficiente para o café da manhã, a soma oferecida era assustadora: 50 mil RM – 100 mil zÂoyts. Oferecida para ser usada sem nenhum controle. Simplesmente não dava para acreditar!

Em seguida, Schindler tentou entregar, dentro de Plaszóvia, o dinheiro escondido na mala de seu carro a outro membro do *Hitach Dut*, uma mulher chamada Alta Rubner, que tinha alguns contatos com prisioneiros que trabalhavam na fábrica de cabos, com alguns poloneses na prisão polonesa e com o movimento de resistência em Sosnowiec. Talvez, disse ela a Mandel, fosse melhor reportar a questão ao movimento de resistência e deixar que os dirigentes decidissem sobre a procedência do dinheiro que Oskar Schindler estava oferecendo.

Oskar continuou tentando persuadi-la, erguendo a voz sob a proteção das ruidosas máquinas de costura de Madritsch.

– Garanto do fundo do coração que não se trata de uma cilada!

Do fundo do coração. Exatamente a expressão que se podia esperar de um *agent provocateur*!

Contudo, depois de Oskar ter ido embora, de Mandel ter falado com Stern, que confirmou a autenticidade da carta, e depois de novas conferências com Alta Rubner, foi tomada a decisão de aceitar o dinheiro. Entretanto, eles sabiam que Oskar não ia voltar com a quantia. Mandel encontrava-se com Marcel Goldberg do Escritório da Administração. Goldberg tinha sido também membro do *Hitach Dut*, mas, depois de se tornar um funcionário encarregado das listas – listas de trabalho e listas de transporte, listas dos vivos e mortos – passara a aceitar subornos. Mandel, porém, podia pressioná-lo. Uma das listas que Goldberg era encarregado de fazer – ou, pelo menos, acrescentar-lhe ou subtrair-lhe nomes – era a lista dos que iam à Emalia para receber o fornecimento da sucata que seria usada nas oficinas de Plaszóvia. Por força de uma antiga amizade e, sem ter de revelar a razão para querer ir à Emalia, Mandel foi incluído na lista.

Mas, ao chegar a Zablocie, quando se esgueirava da oficina para ir falar com Oskar, ele fora detido no escritório da frente por Bankier. Herr Schindler estava muito ocupado, disse Bankier.

Uma semana depois, Mandel estava de volta à Emalia. De novo Bankier não permitiu que falasse com Oskar. Na terceira vez, Bankier foi mais categórico.

– Está querendo o dinheiro sionista? Não quis antes, e agora está querendo. Pois agora não vai receber nada. Assim é a vida, Sr. Mandel!

Mandel deu-lhe um cumprimento de cabeça e saiu. Presumiu, aliás erroneamente, que Bankier já se apossara de pelo menos uma parte do dinheiro. Mas o fato era que Bankier estava sendo cauteloso. O dinheiro acabou indo parar nas mãos dos prisioneiros sionistas, pois um recibo da quantia, assinado por Alta Rubner, foi entregue por Stern a Springmann. Parece que os 50 mil *zÂotys* foram usados em parte para ajudar judeus que chegavam de outras cidades, não procedentes de Cracóvia e que, portanto, não possuíam nenhuma fonte local de ajuda.

Se os fundos que Oskar recebia e passava adiante eram gastos sobretudo em alimentos, como Stern teria preferido, ou em grande parte usados no movimento da resistência – a compra de passes ou armas –, era um detalhe que Oskar nunca investigou. Todavia, nenhuma parcela desse dinheiro serviu para comprar a saída da Sra. Schindler de Montelupich ou salvar as vidas de gente como os irmãos Danziger. Tampouco o dinheiro de Sedlacek foi usado para indenizar Oskar pelos trinta mil quilos de peças esmaltadas com que ele subornou funcionários mais ou menos graduados da SS durante o ano de 1943, com a finalidade de impedi-los de recomendar o fechamento do subcampo da Emalia.

Nenhuma parcela desse dinheiro foi usado na aquisição dos 16 mil *sÂotys* de instrumentos ginecológicos, que Oskar teve de comprar no mercado paralelo, quando uma das moças da Emalia engravidou – a gravidez, naturalmente, significava uma passagem imediata para Auschwitz. Nem foi usado na compra do Mercedes avariado do *Untersturmführer* John, que o ofereceu a Oskar para compra, ao mesmo tempo em que este último apresentava um pedido de transferência de trinta pessoas de Plaszóvia para irem trabalhar na Emalia. O carro comprado por Oskar um dia por 12 *zÂotys* foi requisitado no dia seguinte pelo amigo e colega de Leo John, o *Untersturmführer* Scheidt, para ser usado na construção de fortificações no perímetro do campo. Talvez eles transportem terra na mala do carro – comentou furioso Oskar para Ingrid durante o jantar. Mais tarde, numa referência informal sobre o caso, ele declarou que tivera muito prazer em prestar assistência a ambos os cavalheiros.

26

RAIMUND TITSCH estava fazendo pagamentos de uma espécie diferente. Titsch era um modesto, quieto católico austríaco que mancava da perna, defeito que alguns diziam ser consequência da Primeira Guerra Mundial, enquanto outros atribuíam a um acidente na infância. Era uns dez anos mais velho do que Amon ou Oskar. Dentro do campo de Plaszóvia, trabalhava como gerente da fábrica de uniformes de Madritsch, que empregava cerca de três mil costureiras e mecânicos.

Um dos pagamentos eram as partidas de xadrez que jogava com Amon Goeth. O Prédio da Administração era ligado à fábrica de Madritsch por telefone, e Amon costumava chamar Titsch ao seu gabinete para uma partida. A primeira vez que Raimund jogou com

Amon, a partida terminou em meia hora, com a derrota do *Hauptsturmführer*. Titsch, com um contido e não muito triunfante "xeque-mate" morrendo-lhe nos lábios, ficara aturdido com o acesso de raiva de Amon. No final, o comandante enfiara e abotoara seu paletó, afivelara seu cinturão e metera com força o boné na cabeça. Titsch, apavorado, pensou que Amon ia descer e dirigir-se à linha de tração das carretas, procurando algum prisioneiro para desforrar-se sobre alguém da pequena vitória do adversário no xadrez. Então, desde aquela primeira tarde, Titsch adotara nova tática. Passou a levar até umas três horas para perder a partida para o comandante. Quando funcionários do Prédio da Administração viam Titsch capengar pela Rua Jerozolimska acima, a fim de cumprir suas obrigações no xadrez, sabiam que a tarde seria mais tranquila. Um humilde senso de segurança se espalhava do prédio até as oficinas, até os infelizes puxadores de pedras.

Mas Raimund Titsch não jogava apenas apaziguadoras partidas de xadrez. Além do Dr. Sedlacek e do homem com a câmera de bolso que Oskar levara a Plaszóvia, Titsch começara também a fotografar. Às vezes da janela do seu escritório, às vezes de cantos das oficinas, ele fotografava os prisioneiros de uniforme listrado na linha das carretas, a distribuição de pão e sopa, a escavação de bueiros e fundações. Algumas dessas fotos de Titsch mostram provavelmente o fornecimento ilegal de pão para a oficina de Madritsch. Sem dúvida, pães pretos de centeio eram comprados pelo próprio Raimund, com o consentimento e dinheiro de Julius Madritsch, e entregues em Plaszóvia por caminhões, sob fardos de trapos e peças de tecidos. Titsch fotografava os pães redondos sendo passados apressadamente de mão em mão para dentro do depósito de Madritsch, que ficava afastado das torres de vigia e tornado invisível da principal estrada de acesso, pelo prédio da fábrica de papel.

Ele fotografou a SS e os ucranianos marchando, divertindo-se, trabalhando; fotografou um grupo de trabalho sob a supervisão do engenheiro Karp, que logo seria atacado pelos cães ferozes e teria a coxa dilacerada e os órgãos genitais arrancados. Numa tomada geral de Plaszóvia, mostrou a extensão do campo, sua desolação. Ao que consta, no solário de Amon, ele conseguiu mesmo bater *close-*

-ups do comandante repousando numa espreguiçadeira, um Amon pesadão agora com quase 120 quilos, que levara o novo médico da SS, Dr. Blancke, a adverti-lo: "Agora chega, Amon; vai ter de perder peso." Titsch fotografou Rolf e Ralf brincando e dormindo ao sol, e Majola segurando um dos cães pela coleira e fingindo que estava gostando da proximidade. E fotografou também Amon majestosamente montado no seu grande cavalo branco.

Titsch não revelava as fotos que batia. Formavam um arquivo, mais seguro e portátil sob a forma de rolos, que escondia num cofre de metal no seu apartamento em Cracóvia. Ali ele também guardava alguns dos pertences que restaram aos judeus de Madritsch. Em toda Plaszóvia, havia gente que ainda preservava um último tesouro; algo a oferecer – no momento de maior perigo – ao homem da lista, o homem que abria e fechava as portas dos vagões de gado. Titsch compreendia que só os desesperados lhe confiavam os seus tesouros. Os poucos prisioneiros, que mantinham um estoque de anéis, relógios e joias escondido em alguma parte do campo, não precisavam dele. Trocavam regularmente esses bens por favores e confortos. Mas no mesmo esconderijo dos rolos de filme de Titschi estavam guardados os últimos recursos de uma dezena de famílias – o broche de tia Yanka, o relógio de tio Mordche.

De fato, quando o regime de Plaszóvia deixou de existir, quando Scherner e Czurda fugiram e os arquivos impecáveis do Escritório Econômico e Administrativo da SS foram empacotados e transportados em caminhões para servirem como provas, Titsch não precisou revelar as fotos, e teve todos os motivos para não as revelar. Nos arquivos de ODESSA, a sociedade secreta de ex-membros da SS no pós-guerra, ele estaria na lista dos traidores. Pelo fato de ter fornecido ao pessoal de Madritsch uns trinta mil pães, bem como muitas galinhas e uns tantos quilos de manteiga, de o Governo de Israel ter feito uma homenagem a ele por sua humanidade e a imprensa tê-lo distinguido com alguma publicidade, pessoas o ameaçavam e o vaiavam nas ruas de Viena. "Beijador de judeus!" Assim, os rolos de filmes de Plaszóvia permaneceram vinte anos enterrados num pequeno parque nos subúrbios de Viena, onde Titsch os escondera, e poderiam ter ali ficado para sempre, a emulsão secando as sombrias e secretas imagens de Majola, a amante de Amon, seus cães assassinos, seus anônimos trabalhadores escravos. Portanto, o arquivo de Titsch poderia ter sido considerado uma espécie de triunfo para a população de Plaszóvia quando, em novembro de 1963, um sobrevivente da fábrica de Schindler (Leopold Pfefferberg) comprou secretamente o cofre e seu conteúdo, por 500 dólares, de Raimund Titsch, que estava sofrendo de uma grave doença do coração. Mesmo assim, Raimund não permitiu que os rolos fossem revelados senão depois de sua morte. A sombra anônima de ODESSA apavorava-o mais do que os nomes de Amon Goeth, de Scherner, de Auschwitz, nos tempos de Plaszóvia.

Após o seu enterro, os filmes foram revelados. Quase todas as fotos puderam ser aproveitadas.

NINGUÉM DO PEQUENO GRUPO de prisioneiros do campo de Plaszóvia que tenha sobrevivido a Amon jamais teria qualquer acusação a fazer contra Raimund Titsch. Mas ele nunca fora o tipo de homem a respeito de quem se criam lendas, ao contrário de Oskar. Uma história sobre Schindler, sucedida em fins de 1943, corre entre os sobreviventes, provocando o entusiasmo eletrizante de um mito. Pois o que importa em um mito não é ser verdadeiro ou falso, nem se *teria* de ser verdadeiro, mas que, de certa forma, seja mais verdadeiro do que a própria verdade. Ao ouvir essas histórias, constata-se que, para a população de Plaszóvia, enquanto Titsch era considerado o bom samaritano, Oskar se tornara um pequeno deus da libertação – de face dupla, à maneira grega – como qualquer deus menor; ele era dotado de todos os vícios humanos: astuto; sutilmente poderoso; capaz de efetuar um salvamento gratuito, porém seguro.

Uma das histórias se refere ao tempo em que os chefes de polícia da SS estavam sendo pressionados a fechar Plaszóvia, já que a reputação do campo, como um eficiente complexo industrial, não era brilhante aos olhos da Inspetoria de Armamentos. Frequentemente, Helen Hirsch, a criada de Goeth, encontrava oficiais, convidados dos jantares de Goeth, perambulando pelo saguão ou pela cozinha para se livrarem um pouco da presença de Amon, e abanando a cabeça em sinal de reprovação. Certa vez, um oficial da SS, chamado

Tibritsch, surgiu na cozinha e disse a Helen: "Será que ele não sabe que há homens morrendo?" Naturalmente, referia-se à frente de batalha no Leste, não à sombra dos muros de Plaszóvia. Oficiais, com uma vida menos nababesca do que Amon, estavam ficando indignados com o que viam na casa do comandante ou, o que talvez fosse mais perigoso, o invejavam.

Segundo a lenda, foi numa noite de sábado que o General Julius Schindler visitou Plaszóvia, a fim de decidir se a existência do campo tinha algum valor real para o esforço de guerra. Era uma hora estranha para um importante burocrata estar fazendo aquela inspeção, mas talvez a Inspetoria de Armamentos, em vista daquele inverno perigoso na Frente Leste, estivesse despendendo desesperada atividade. A inspeção fora precedida de um jantar na Emalia, com profusão de vinhos e conhaques, pois Oskar era adepto, como Baco, da linha dionisíaca dos deuses.

Depois do lauto jantar, o grupo de inspeção que seguiu para Plaszóvia, em carros Mercedes, achava-se num estado de espírito não muito profissional. Ao alegar isso, a história ignora o fato de que Schindler e seus oficiais eram todos engenheiros e peritos em produção, com quase quatro anos de experiência. Mas não era do feitio de Oskar se intimidar com essas qualificações.

A inspeção começou na fábrica de uniformes de Madritsch, que era o principal cartaz de Plaszóvia. Durante o ano de 1943, a fábrica produzira uma média de mais de vinte mil uniformes por mês para a *Wehrmacht*. Mas a questão era: não seria melhor Herr Madritsch esquecer Plaszóvia e usar seu capital na expansão das suas mais eficientes fábricas polonesas em Podgórze e Tarnow? As condições precárias de Plaszóvia não constituíam um encorajamento para Madritsch ou qualquer outro investidor decidir instalar a espécie de maquinaria de que necessitaria uma fábrica sofisticada.

O grupo oficial estava começando a inspeção quando todas as luzes em todas as oficinas se apagaram; o circuito elétrico fora interrompido por amigos de Itzak Stern na casa do gerador. À moleza causada pelo excesso de comida e bebida com que Oskar entupira os membros da Inspetoria de Armamentos, acrescentaram-se as limitações decorrentes da falta de iluminação. A inspeção prosseguiu com lanternas elétricas e as máquinas permaneceram inoperantes e, portanto, menos mensuráveis ao profissionalismo dos inspetores.

Enquanto o General Schindler apertava os olhos para distinguir, à luz de uma lanterna elétrica, as prensas e os tornos da fundição, trinta mil plaszovianos, inquietos nos beliches, esperavam por sua decisão. Mesmo nas sobrecarregadas linhas da *Ostbahn*, eles sabiam que a tecnologia mais aperfeiçoada de Auschwitz ficava a apenas poucas horas de trem para o oeste. Compreendiam que não podiam esperar compaixão alguma do General Schindler. *Produção* era a sua meta. Para ele, *Produção* era só o que contava.

Graças ao farto jantar de Schindler e à falta de eletricidade, reza o mito, a população de Plaszóvia se salvou. É uma lenda humanitária, pois, na verdade, apenas um décimo dos prisioneiros do campo escaparia com vida no final. Mas Stern e outros comemorariam mais tarde a história e, talvez, ela seja verdadeira na maioria dos detalhes. Pois Oskar sempre recorrera à bebida, quando tinha de tratar com autoridades nazistas, e teria apreciado a esperteza de mergulhá-las em escuridão. "É preciso lembrar", teria dito mais tarde um rapaz que Oskar salvou, "que Oskar tinha um lado alemão, mas também um lado tcheco. Ele era o bom soldado Schweik. Adorava transtornar o sistema."

Não confere mais credibilidade ao mito perguntar o que o rigoroso Amon Goeth pensou quando as luzes se apagaram. Talvez, mesmo naquele momento importante, ele estivesse embriagado ou jantando fora. A questão que ficou pendente é: Plaszóvia sobreviveu porque o General Schindler teria sido enganado pela falta de iluminação e por uma visão turvada pela bebida, ou por ser um excelente centro de controle durante aquelas semanas, em que o grande terminal de Auschwitz-Birkenau estava superlotado. Mas a história conta mais das esperanças que aquela gente depositava em Oskar do que o horrendo conjunto de Plaszóvia ou o fim que teve a maioria dos seus prisioneiros

ENQUANTO A SS e a Inspetoria de Armamentos cogitavam sobre o futuro de Plaszóvia, Josef Bau – jovem artista de Cracóvia, que Oskar acabaria conhecendo bem – apaixonava-se perdidamente por uma jovem chamada Rebecca Tannenbaum. Bau trabalhava como desenhista no Escritório de Construção. Era um rapaz grave, com um senso fatalista. Tinha, por assim dizer, escapado para dentro de Plaszóvia, porque nunca possuíra a documentação correta do gueto. Como o seu ofício não tinha utilidade alguma para as fábricas do gueto, sua mãe o escondera em casa de amigos. Durante uma batida em março de 1943, ele escapara para fora dos muros e se juntara sorrateiramente a uma fila de trabalhadores que retornava para Plaszóvia. Porque no campo havia uma nova indústria, que não se aplicava ao gueto: construção. No mesmo prédio sombrio de duas alas, onde Amon tinha o seu gabinete, Josef Bau desenhava plantas. Era um protegido de Itzak Stern, que o mencionara a Oskar como um excelente projetista e, pelo menos potencialmente, um falsário.

Tinha a sorte de não ter muito contato com Amon, pois certo ar de genuína sensibilidade sempre fora um incentivo para Amon usar o seu revólver. O escritório de Bau ficava na outra extremidade do prédio, bem longe do gabinete do comandante. Ali trabalhavam encarregados de compras, escriturários, o estenógrafo Mietek Pemper. Não somente enfrentavam o risco diário de uma bala inesperada, mas, ainda mais certamente, as violações ao seu senso de justiça. Mundek Korn, por exemplo, que antes da guerra fora comprador de uma rede de subsidiárias dos Rothschild e que agora comprava tecido, capim, lenha e ferro para as oficinas do campo, era obrigado a trabalhar não só no Prédio da Administração, mas na mesma ala em que Amon tinha o seu gabinete. Certa manhã, Korn ergueu os olhos de sua mesa de trabalho e viu pela janela, do outro lado da Rua Jerozolimska, próximo à caserna da SS, um rapaz de cerca de 20 anos, um cracoviano conhecido seu, urinando junto a uma pilha de lenha. Ao mesmo tempo, ele notou dois braços em mangas de camisa branca e duas manoplas aparecerem na janela do banheiro, no final da ala. A mão direita segurava um revólver. Houve dois rápidos disparos, um dos quais penetrou na cabeça do rapaz e o jogou contra o monte de lenha. Quando Korn tornou a olhar para a janela do banheiro, um braço e a mão livre estavam fechando a janela.

Sobre a mesa de Korn, nessa manhã, havia formulários de requisição assinados com a letra redonda, regular, de Amon. Seu olhar passou da assinatura para o corpo de braguilha aberta junto à lenha. Não apenas ele duvidou do que acabava de ver, como se deu conta do conceito traiçoeiro inerente aos métodos de Amon. Isto é, a tentação de concordar que, se assassinato não era mais do que uma visita ao banheiro, uma mera pulsação na monotonia da assinatura de formulários, então talvez toda morte devia agora ser encarada – fosse qual fosse a dose de desespero provocada – como rotina.

Não parece que Josef Bau tenha corrido o risco de tão radical persuasão. Ficou de fora, também, no expurgo do andar térreo do prédio, deflagrado quando Josef Neuschel, protegido de Goeth, dera queixa ao comandante de que uma funcionária do escritório havia adquirido um pedaço de toucinho. Amon saíra esbravejando do seu gabinete. "Vocês estão todos engordando!", berrou ele. Depois dividiu o pessoal do escritório em duas filas. A Korn pareceu que assistia a uma cena na escola secundária de Podgórze: as garotas da segunda fila, tão suas conhecidas, filhas de famílias com as quais ele tinha sido criado, famílias de Podgórze. Era como se a professora estivesse dividindo um grupo de alunas para visitarem o Monumento de Kosciuszko, e outro o museu do Wawel. Na realidade, as jovens da segunda fila foram levadas diretamente de suas mesas de trabalho para Chujowa Górka, acusadas de decadência pela aquisição daquele pedaço de toucinho e fuziladas por um dos pelotões de Pilarzik.

Embora Josef Bau não houvesse sido envolvido naquele tumulto no escritório, não se podia dizer que ele levasse uma vida protegida em Plaszóvia. Era, porém, menos perigosa que a da jovem, em quem estava interessado. Rebecca Tannenbaum era órfã, embora no clã unido dos judeus de Cracóvia não lhe houvesse faltado afetuosos tios e tias. Apenas 19 anos, um rostinho meigo e um bonito corpo. Sabia falar bem alemão e tinha uma conversa agradável. Recentemente, começara a trabalhar no escritório de Stern, atrás do Prédio da Administração, longe da interferência demente do comandante. Mas o seu trabalho no Escritório de Construção constituía apenas metade de suas atribuições. Rebecca era também manicure. Todas as semanas ela fazia as unhas de Amon, do *Untersturmführer* Leo John, do Dr. Blanche e de sua amante, a ríspida Alice Orlowski. Ao tratar das mãos de Amon, ela notara que eram alongadas e bem-feitas, com dedos afilados – em absoluto as mãos de um homem gordo; certamente não as de um selvagem.

Quando um prisioneiro fora ao seu encontro e lhe dissera que *Herr Commandant* queria vê-la, Rebecca se pusera a fugir, correndo por entre as mesas e descendo pela escada dos fundos.

– Por favor, não faça isso! – gritara-lhe o prisioneiro, tentando alcançá-la. – Se eu voltar sem você, ele vai me castigar!

Ela, então, acompanhou-o até a casa de Goeth. Mas, antes de entrar no salão, foi primeiro ao malcheiroso porão – era a primeira residência de Goeth, e o porão fora cavado onde antes existira um antigo cemitério judaico. Ali, Helen Hirsch, amiga de Rebecca, estivera cuidando de seus ferimentos.

– Você tem um problema – admitiu Helen. – Mas apenas faça o seu serviço e espere. É só o que pode fazer. Ele gosta da maneira profissional de umas pessoas, de outras não. E, quando você vier aqui, eu lhe darei bolo e salsichas. Mas não coma nada sem primeiro me perguntar. Tem gente que apanha a comida sem pedir e eu fico sem saber como prestar contas.

Amon aceitou bem a maneira profissional de Rebecca, estendendo-lhe os dedos e conversando em alemão. Poderia ser o Hotel Cracóvia de novo e Amon um jovem magnata alemão, um pouco pesadão, de camisa impecável, que teria vindo a Cracóvia para negociar têxteis ou aço, ou produtos químicos. Havia, porém, dois detalhes nessas sessões que destoavam do tom de deslocada cordialidade. O comandante mantinha sempre um revólver junto a seu cotovelo esquerdo e quase sempre um ou o outro dos seus cães dormitava no salão. Ela os vira, na *Appellplatz*, rasgar as carnes do engenheiro Karp. Entretanto, às vezes, com os cães imobilizados pela sonolência, quando ela e Amon falavam de suas visitas, antes da guerra, à estação de águas de Carlsbad, os horrores que se passavam na *Appellplatz* pareciam remotos e inacreditáveis. Um dia ela tomou coragem e lhe perguntou por que mantinha o revólver sempre a seu lado. A resposta dele a fez curvar-se sobre o seu trabalho, sentindo um frio na espinha.

– É para o caso de você dar um corte no meu dedo.

Se Rebecca precisasse ainda de outra prova de que conversas sobre estações de águas para Amon revelavam um ato de demência, ela a teve no dia em que do corredor viu Amon arrastando Helen Hirsch pelos cabelos para fora do salão. A infeliz esforçava-se por manter o equilíbrio, enquanto seus cabelos castanho-avermelhados iam sendo arrancados aos punhados; quando sua vítima lhe escapava por um instante, Amon tornava a agarrá-la com as mãos bem-cuidadas. Rebecca teve ainda outra prova na noite em que entrou no salão, e um dos cães – Rolf ou Ralf – saltou sobre seus ombros e escancarou a boca para morder-lhe o seio. Olhando para o fundo da sala, ela viu Amon, sorrindo reclinado no sofá:

– Pare de tremer, idiota, ou não vou poder livrá-la do meu cão.

Durante o tempo em que cuidou das mãos do comandante, ela o viu matar com um tiro o engraxate, por não gostar dos seus serviços; pendurar a ordenança de 15 anos, Poldek Deresiewicz, nas argolas do seu gabinete, porque encontrara uma pulga num dos seus cães; executar o seu criado Lisiek por ter emprestado uma *drózka* e o cavalo a Bosch, sem primeiro consultá-lo. Contudo, duas vezes por semana, a bonita órfã entrava no salão e tomava entre as suas a mão da fera.

Rebecca conheceu Josef Bau numa manhã cinzenta, quando ele se achava do lado de fora do *Bauleitung*, segurando o chassi da planta de uma construção contra a claridade de baixas nuvens do outono. O peso parecia excessivo para o seu físico franzino. Ela lhe perguntou se podia ajudá-lo.

– Não – disse ele. – Só estou esperando o sol.

– Por quê? – quis saber Rebecca.

Josef explicou que seus desenhos em transparência para o novo prédio estavam aparafusados no chassi, junto com o papel sensibilizado. Se o sol brilhasse com um pouco mais de intensidade, uma misteriosa liga química transferiria o desenho da transparência para o papel. Então, perguntou-lhe:

– Não quer ser o meu raio de sol mágico?

Em Plaszóvia, as meninas bonitas não estavam habituadas a delicadezas dos rapazes. Lá, a sexualidade tinha o ímpeto violento das rajadas ouvidas em Chujowa Górka, das execuções na *Appellplatz*. Um exemplo da violência reinante: o episódio da descoberta de uma galinha dentro da sacola de alguém de um grupo de trabalho que regressava da fábrica de cabos de Wieliczka. Amon pôs-se a vociferar na *Appellplatz* quando se descobriu a sacola com a ave caída na frente do portão do campo, durante uma vistoria. A quem pertence a sacola?, esbravejava Amon. De quem é a galinha? Como ninguém na *Appellplatz* se apresentava, Amon tomou o fuzil de um guarda SS e atirou no primeiro prisioneiro da fila. A bala, atravessando o corpo da vítima, derrubou também o homem que se encontrava logo atrás. Mas ninguém abriu a boca.

– Como vocês se amam uns aos outros! – troveja Amon, e prepara-se para executar o próximo homem da fila. Um menino de 14 anos adianta-se. Está tremendo e chorando. Diz que pode apontar quem é o dono da galinha.

– Quem, então?

– Aquele! – exclama o menino, apontando para um dos dois homens mortos.

Para espanto geral, Amon acredita na palavra do menino e, jogando a cabeça para trás, ri com a espécie de incredulidade que professores gostam de exibir numa classe. "Essa gente... será que não compreenderam até agora que estão perdidos?"

Depois de uma tarde como aquela, nas horas de trânsito livre, entre sete e nove da noite, a maioria dos prisioneiros achava que não havia tempo para galanteios amorosos. A tortura dos chatos nas virilhas e axilas tornavam ridículas as formalidades. Rapazes montavam sem cerimônia nas meninas. No campo das mulheres, cantava-se uma canção que perguntava à virgem por que ela se protegia tanto e para quem estava guardando a sua virgindade.

O ambiente na Emalia não era tão desolador. Na oficina, tinham-se arranjado nichos entre as máquinas para permitir aos namorados maior intimidade. Nas casernas repletas, a segregação era apenas teórica. A ausência do medo quotidiano, a ração mais farta de pão abrandavam os ímpetos. Além disso, Oskar continuava afirmando que não permitiria que a guarnição da SS penetrasse no campo sem sua permissão.

Um prisioneiro recorda-se de ter sido instalada uma fiação no gabinete de Oskar para a eventualidade de algum SS querer vistoriar as casernas. Enquanto o SS descia as escadas do escritório, Oskar apertava um botão ligado a uma campanhia dentro do campo. Assim homens e mulheres eram avisados para apagar cigarros ilícitos, fornecidos diariamente por Oskar. ("Vá ao meu apartamento e encha essa cigarreira" – dizia ele quase todos os dias a alguém na oficina, piscando significativamente o olho.) A campainha servia também para avisar a homens e mulheres que tratassem de voltar para os seus respectivos beliches.

A Rebecca parecia algo de espantoso, algo que lhe lembrava uma cultura desaparecida, encontrar em Plaszóvia um rapaz que a cortejasse, como se a houvesse conhecido numa confeitaria no Rynek.

Numa outra manhã, quando ela descia do gabinete de Stern, Josef mostrou-lhe sua mesa de trabalho. Estava desenhando plantas para novas casernas. Qual era o número de sua caserna, e quem era a sua *Alteste*? Ela o informou, com a apropriada relutância. Tinha visto Helen Hirsh sendo arrastada pelos cabelos no corredor e morreria se, acidentalmente, desse um pique na cutícula do dedo de Amon. E, no entanto, esse rapaz lhe devolvera o senso do recato, da feminilidade.

– Vou falar com sua mãe – prometeu ele.

– Não tenho mãe – respondeu Rebecca.

– Então falarei com a sua *Alteste*.

Assim começou o namoro – com a permissão dos mais velhos, como se ainda houvesse condições e tempo suficiente para tais formalidades. Por ser ele um rapaz tão excêntrico e cerimonioso, não beijava a namorada. Na realidade, foi sob o teto de Amon que conseguiram trocar um beijo de verdade, pela primeira vez. Acontecera depois de uma sessão de manicure. Rebecca tinha conseguido água quente e sabão com Helen e esgueirara-se para o andar de cima, que estava deserto porque ia entrar em reforma, a fim de lavar sua blusa e roupa de baixo. O seu tanque de lavar roupa era a gamela de comida. Iria precisar dela no dia seguinte para a sopa.

Esfregava a roupa naquele pequeno balde de espuma, quando Josef apareceu.

– Por que está aqui? – perguntou Rebecca.

– Estou tirando medidas para desenhar a planta da reforma – replicou ele. – E você, o que está fazendo aqui?

— Não está vendo que lavo a minha roupa? E, por favor, não fale tão alto.

Ele circundou a sala, dançando e medindo com a fita métrica paredes e cornijas.

— Faça tudo com cuidado — advertiu ela, preocupada, porque sabia o quanto Amon era exigente.

— Enquanto estou aqui — disse ele — vou aproveitar para tomar também as suas medidas. — E começou a medir-lhe com fita métrica os braços e as costas, desde a nuca até a base da espinha dorsal. Ela não resistiu ao toque das mãos dele. Mas, depois de se deixar acariciar longamente, Rebecca lhe ordenou que fosse embora. Aquele local não era apropriado para uma tarde amorosa.

Havia outros romances desesperados em Plaszóvia, mesmo entre os SS, mas se desenrolavam menos radiosos do que o namoro antiquado de Josef Bau com a manicure. O *Oberscharführer* Albert Hujar, por exemplo, que matara a Dra. Rosalia Blau, no gueto, e Diana Reiter, nas comprometidas fundações das casernas, apaixonou-se por uma prisioneira judia. Por sua vez, a filha de Madritsch se encontrava com um rapaz judeu do gueto de Tarnow — naturalmente ele tinha trabalhado na fábrica de Madritsch em Tarnow até o perito em liquidação de guetos, Amon, surgir no final do verão e fechar Tarnow como fechara o gueto de Cracóvia. Agora o rapaz trabalhava na oficina de Madritsch, dentro de Plaszóvia, onde a jovem podia visitá-lo. Mas o romance não podia florescer. Os próprios prisioneiros tinham nichos e abrigos, onde amantes e esposos podiam se encontrar. Mas tudo — a lei do Reich e o estranho código dos prisioneiros — proibia o amor entre *Fräulein* Madritsch e o rapaz. Da mesma forma, o honesto Raimund Titsch tinha-se apaixonado por uma de suas maquinistas. Aquele também era um romance suave, delicado e impossível. Quanto ao *Oberscharführer* Hujar, recebeu uma ordem direta do próprio Amon para que deixasse de ser imbecil. Assim, Albert levou a moça para um passeio a pé nos bosques e, com muita tristeza, matou-a com um tiro na nuca.

De fato, parecia que a morte pairava sobre as paixões dos SS. O violinista Henry Rosner e seu irmão Leopold, o acordeonista, enquanto tocavam melodias vienenses em torno da mesa de Goeth, tinham consciência disso. Certa noite, um oficial grisalho, alto, esguio, do *Waffen* da SS, veio jantar com Amon; depois de ingerir muita bebida, começou a insistir com os Rosner para tocarem a canção húngara *Domingo Sombrio*. A canção versa sobre um transbordamento emocional, em que um jovem está prestes a se suicidar por amor. O tom era exatamente do tipo de sentimentalismo excessivo que, como Henry já havia notado, tinha especial apelo em certos membros da SS. A canção fora muito tocada na década de 1930 – os governos da Hungria, Polônia e Tchecoslováquia tinham cogitado proibi-la porque a sua popularidade provocara uma onda de suicídios por amores mal-correspondidos. Às vezes, rapazes prestes a dar um tiro na cabeça citavam versos da canção em seus bilhetes suicidas. Há muito tempo, *Domingo Sombrio* fora proibida pela Agência de Propaganda do Reich. Agora, aquele alto, elegante conviva, com idade suficiente para ter filhos adolescentes que poderiam mais naturalmente ser dados a arroubos de amor juvenil, insistia com os irmãos Rosner: "Toquem *Domingo Sombrio*!" Apesar da proibição do Dr. Goebbels, ninguém nos confins do sul da Polônia discutiria com um oficial superior da SS que alimentava recordações amargas de um caso de amor.

Depois de o conviva ter pedido a canção umas quatro ou cinco vezes, uma absurda convicção se apossou de Henry Rosner. Sob a influência de origens tribais, a música tornava-se uma magia. E ninguém na Europa tinha melhor senso do poder mágico do violino do que um judeu cracoviano como Henry, que descendia de uma família em que o virtuosismo musical era mais herdado do que aprendido, da mesma forma que o *status* de *cohen*, ou o sacerdócio hereditário. Ocorreu naquele momento a Henry, como ele diria mais tarde: "Meu Deus, se me for concedido esse poder, talvez esse filho de uma cadela se mate!"

A melodia proscrita de *Domingo Sombrio* adquirira legitimidade na sala de jantar de Amon pelas vezes que vinha sendo repetida, e agora Henry resolveu usar a canção como arma de guerra, ao passo que Leopold o acompanhava tranquilizado pelos olhares de melancolia quase grata que o oficial lhes lançava.

Henry transpirava, acreditando que estava tão visivelmente impelindo o oficial SS à morte que a qualquer momento Amon ia perceber sua intenção e arrastá-lo para fora e executá-lo. Quanto ao desempenho de Henry, não importa saber se era bom ou mau: era arrebatador. E apenas um homem, o oficial, o notava e se empolgava por sobre a algazarra embriagada de Bosch e Scherner, Czurda e Amon. Continuava sentado em sua cadeira, olhando fixamente Henry, como se prestes a levantar-se de um salto e dizer: "É claro, cavalheiros. O violinista está com toda a razão... Não tem sentido viver com um desgosto como este."

Os Rosner continuaram repetindo a canção a tal ponto que era de admirar que Amon não tivesse gritado: "Basta!" O oficial, enfim, levantou-se e foi até a sacada. Henry percebeu imediatamente que tinha levado o homem ao auge da alucinação. Ambos, ele e o irmão, passaram a tocar melodias de Von Suppé e Lehar, disfarçando o clima de melancolia com operetas alegres. O conviva permaneceu sozinho na varanda e, ao final de meia hora, interrompeu uma boa reunião dando um tiro na cabeça.

Assim era o sexo em Plaszóvia. Piolhos, chatos e incontinência dentro do campo; assassinato e loucura ao redor. E, em meio a tudo isso, Josef Bau e Rebecca Tannenbaum prosseguiam em seu ritual de namoro.

DURANTE A NEVE daquele ano, Plaszóvia passou por uma adversa mudança nas condições sociais de todos os amantes do campo. Nos primeiros dias de janeiro de 1944, foi organizado um *Konzentrationslager* (Campo de Concentração) sob a autoridade central do General SS Oswald Pohl, do Escritório Econômico e Administrativo em Oranienburg, nas cercanias de Berlim. Subcampos de Plaszóvia – tais como o da Emalia, de Schindler – também passaram a ser controlados em Oranienburg. Os chefes de polícia Scherner e Czurda perderam autoridade direta. Os salários de trabalho de todos os prisioneiros empregados por Oskar e Madritsch não foram mais para a Rua Pomorska, mas para o escritório do General Richard Glücks, chefe da Seção D (Campos de Concentração) de Pohl. Agora, quando precisava de favores, Oskar não tinha de ir somente a Plaszóvia amaciar Amon e convidar Julian Scherner para jantar, mas também entrar em contato com certos funcionários do grande complexo burocrático de Oranienburg.

Oskar logo arranjou uma oportunidade de viajar para Berlim e travar conhecimento com as pessoas que iriam lidar com a sua ficha. Oranienburg tinha começado como um campo de concentração. Agora, tornara-se uma vasta organização administrativa. Nos escritórios da Seção D, eram regulamentados todos os aspectos da vida e da morte de prisioneiros. O seu chefe, Richard Glücks, tinha também a responsabilidade, de acordo com Pohl, de estabelecer o equilíbrio entre trabalhadores e candidatos às câmaras de gás, para a equação em que X representava trabalho escravo e Y representava os próximos condenados.

Glücks estabelecera as providências para cada evento e, do seu departamento, eram emitidos memorandos compostos no jargão anestésico do planejador, do burocrata, do perito imparcial.

Escritório Central da SS de
Economia e Administração
Chefe da Seção D (Campos de Concentração)
Di-Az: fl. 14-Ot-S-GEH TGB NO 453-44

Aos comandantes de Campos de Concentração
Da, Sah, Bu, Mau, Slo, Neu, Au 1-III,
Gr-Ro, Natz, Stu, Rav, Herz, A-L-Bels,
Gruppenl. D. Riga, Gruppenl. D. Cracóvia (Plaszóvia)

Tornam-se cada vez mais comuns os requerimentos de comandantes de campo para que sejam punidos com chicotadas prisioneiros acusados de sabotagem na produção das indústrias de guerra.

Solicito que, no futuro, em todos os casos *comprovados* de sabotagem (um relatório da gerência deve ser incluído), seja feito um pedido de execução por enforcamento. A execução deverá ter lugar diante dos membros reunidos do destacamento de trabalho em questão. O motivo da execução deve ser comunicado, a fim de que seja criado um clima de coibição.

(Assinado)
SS Obersturmführer

Nessa sinistra chancelaria, alguns arquivos se referiam a discussões sobre qual seria o comprimento obrigatório do cabelo de um prisioneiro, material considerado utilizável economicamente "na manufatura de meias para tripulações de submarinos e feltro de cabelo para calçados", ao passo que em outros se discutia se o formulário de registros de "casos de morte" devia ser arquivado por oito departamentos ou simplesmente citado por carta e apenso aos registros de pessoal, a fim de que as fichas de arquivo fossem atualizadas. E era nessa chancelaria que Herr Oskar Schindler de Cracóvia precisava falar do seu pequeno conjunto industrial em Zablocie. Destacaram alguém do segundo escalão para discutir com ele.

Oskar não desanimou. Havia maiores empregadores do que ele de mão-de-obra judaica. Havia os megalíticos, Krupp, naturalmente, e I.G. Farben. Havia a Companhia de Cabos em Plaszóvia. Walter G. Toebbens, industrial de Varsóvia, que Himmler tentara forçar a entrar para a *Wehrmacht*, era mais poderoso empregador de mão de obra do que Schindler. E havia ainda as fundições em Stalowa Wola, as fábricas de aviões em Budzyn e Zakopane, as oficinas Steyr-Daimler-Puch em Radom.

O oficial do segundo escalão estava com os planos da Emalia sobre a mesa. Um tanto secamente, ele disse esperar que Herr Schindler não estivesse pretendendo ampliar o seu campo, o que certamente provocaria uma epidemia de tifo.

Oskar respondeu que não era essa a sua intenção. O que interessava era a estabilidade da sua força de trabalho. E acrescentou que já havia conversado sobre a questão com um amigo seu, o Coronel Erich Lange. Oskar notou que esse nome produziu certo efeito no oficial da SS. Oskar estendeu uma carta do coronel e o outro reclinou-se na poltrona para lê-la. Na sala reinava o silêncio – tudo o que se podia ouvir das salas contíguas era o arranhar de canetas no papel, o rumor de papéis e as conversas em voz baixa, como se ninguém ali soubesse que se achava no centro de uma encruzilhada de gritos.

O Coronel Lange era um homem de influência, Chefe do Estado-Maior da Inspetoria de Armamentos do quartel-general do Exército, em Berlim. Oskar conhecera-o numa reunião no gabinete do General Schindler em Cracóvia. Quase imediatamente os dois simpatizaram um com o outro. Em reuniões, acontecia frequentemente duas pessoas que percebiam uma na outra certa paridade de resistência ao regime se afastarem para um canto da sala a fim de trocar ideias e, talvez, iniciar uma amizade. Erich Lange ficara horrorizado com os campos na Polônia – com as fábricas de I.G. Farben em Buna, por exemplo, onde os chefes de turma adotavam o "ritmo de trabalho" da SS e faziam os prisioneiros descarregarem cimento ininterruptamente; onde os cadáveres dos que tinham morrido de fome eram atirados em valas cavadas para encanamentos e cobertos, juntamente com os canos, por camadas de cimento. "Vocês não estão aqui para viver, mas para morrer soterrados em concreto", dissera um gerente da fábrica a recém-chegados; Lange tinha ouvido o discurso e ficara arrasado.

Sua carta para Oranienburg fora precedida de alguns telefonemas; tanto a carta como os telefonemas insistiam na mesma ideia: "Herr Schindler, com seus utensílios de ranchos e granadas antitanque de 45 milímetros, é considerado por esta Inspetoria um colaborador de grande importância na luta pela nossa sobrevivência nacional. Formou uma equipe de peritos e nenhuma medida que possa perturbar o trabalho desses homens sob a supervisão de *Herr Direktor* Schindler deve ser tomada."

O oficial encarregado do pessoal mostrou-se impressionado e disse que ia falar francamente com Herr Schindler. Não havia planos para alterar o estado de coisas atual ou interferir sobre a população do campo em Zablocie. Contudo, *Herr Direktor* devia compreender que a situação dos judeus, mesmo a dos técnicos em armamentos, era sempre arriscada.

– Veja, o caso de nossos próprios empreendimentos. Ostindustrie, a companhia da SS, emprega prisioneiros em trabalhos com turfa; uma fábrica de escovas e fundição de ferro em Lublin; fábricas de equipamentos em Random; uma oficina de peles em Trawniki. Mas outras sucursais da SS estão continuamente dizimando a tiros a força de trabalho, e agora a Ostindustrie, para todas as finalidades práticas, está inutilizada. Da mesma forma, nos centros de liquidação de judeus, a equipe nunca retém uma percentagem suficiente de prisioneiros para o trabalho de fábrica. Esse item tem gerado muita correspondência; essa gente dos campos é intransigente. Mas, naturalmente – concluiu o oficial batendo com os dedos na carta –, farei o que puder para ajudá-lo, Herr Schindler.

– Compreendo o problema – disse Oskar, fitando o SS, com um sorriso radioso. – Se há algum modo de eu poder expressar a minha gratidão...

No final, Oskar deixou Oranienburg, levando consigo pelo menos algumas garantias sobre a continuidade de seu campo em Cracóvia.

O NOVO REGULAMENTO cercava os amantes, estabelecendo uma separação penal dos sexos – conforme estipulado numa série de memorandos do Escritório Central de Economia e Administração. As cercas entre a prisão dos homens e a das mulheres, a cerca perimetral, a cerca em torno do setor industrial, todas elas eram eletrificadas. A voltagem, o espaço entre os arames farpados, o número de cabos e isoladores eletrificados eram todos determinados pelas diretrizes do Escritório. Amon e seus oficiais não tardaram a notar as possibilidades disciplinares decorrentes dessa disposição. Agora, podia-se deixar uma pessoa de pé durante 24 horas consecutivas, entre a cerca eletrificada externa e a neutra interna. Se a pessoa cambaleava de cansaço, sabia que uns poucos centímetros atrás de suas costas havia 100 volts. Mundek Korn, por exemplo, ao voltar ao campo com um grupo de trabalho em que estava faltando um prisioneiro, foi posto de pé, como que à beira de um abismo, durante todo um dia e uma noite.

Mas, talvez, pior do que o risco de cair contra o fio eletrificado era a maneira como se ligava a corrente, desde o final da chamada da noite até a hora do despertar. O tempo para contatos físicos ficava agora reduzido a uma breve fase de perambulação na *Appellplatz*, antes da ordem dada aos berros para que todos se enfileirassem. Cada casal combinava certa melodia, assobiando-a em meio à multidão, de ouvido atento ao refrão da resposta, de tal modo que o ar ressoava como uma floresta de sibilância. Rebecca Tannenbaum também tinha uma melodia de código. As exigências do Escritório do General Pohl haviam forçado os prisioneiros a adotar os estratagemas de acasalamento dos pássaros. E assim prosseguiu o romance entre Josef e Rebecca.

Josef conseguiu, no depósito de roupas, o vestido de uma mulher que morrera; muitas vezes, depois da chamada dos homens, ele se dirigia para as latrinas, envergava o vestido comprido e colocava na cabeça uma touca ortodoxa. Depois saía e se encaminhava para as fileiras das mulheres. O seu cabelo curto não chamava a atenção de nenhum guarda da SS, posto que a maioria das mulheres tivera a cabeça rapada por causa dos piolhos. Assim vestido, juntamente com 13 mil prisioneiras, ele penetrava no conjunto das mulheres e passava a noite sentado na Cabana 57, fazendo companhia a Rebecca.

Na caserna de Rebecca, as mulheres mais velhas levavam a sério o namoro. Se Josef queria fazer uma corte tradicional à sua amada, elas também estavam dispostas a assumir os seus papéis tradicionais de *chaperons*. Portanto, Josef era bem-vindo entre elas, fornecendo-lhes a oportunidade de representar suas funções sociais de antes da guerra. Do alto de seus beliches, elas vigiavam os dois namorados até todos adormecerem. Se uma delas pensava: "Não vamos ser muito exigentes, numa época como esta, com o que as crianças fazem na calada da noite", nunca expressava em palavras esse pensamento. De fato, duas das mulheres mais velhas se apertavam num beliche estreito para que Josef dispusesse de um só para ele. O desconforto, o cheiro do outro corpo, o risco de apanhar piolhos uma da outra – nada disso era tão importante, tão crucial para os seus padrões atuais, como o desejo de que o namoro progredisse de acordo com as normas.

No final do inverno, Josef, usando a braçadeira do Escritório de Construção, saiu na neve estranhamente imaculada entre a cerca interna e a barreira eletrificada e, de régua em punho, sob os olhos das torres de vigia abobadadas, fingiu estar medindo a terra de ninguém para alguma finalidade arquitetural.

Na base dos pilares de concreto juncados de isoladores de porcelana cresciam as primeiras flores silvestres do ano. Segurando em uma das mãos a régua de aço, com a outra ele colheu as flores e enfiou-as por dentro do casaco. Em seguida, atravessou o campo caminhando em direção à Rua Jerozolimska. Passava pela casa de Amon, com as flores escondidas no peito, quando o dono apareceu no limiar da porta da entrada e desceu com imponência os degraus. Josef Bau estacou. Era muito perigoso parar, ou parecer imobilizado diante de Amon. Mas, tendo parado, só lhe restava continuar na mesma posição. Temeu que o coração, que com tanta intensidade e honestidade ele entregara à órfã Rebecca, agora provavelmente fosse tornar-se apenas mais um alvo para Amon.

Mas, quando Amon passou por ele, sem o notar, sem fazer objeção por estar ele ali parado com uma régua inútil na mão, Josef Bau concluiu que isso significava uma espécie de garantia. Ninguém escapava a Amon, a não ser por milagre do destino. Muito bem-trajado com sua vestimenta de caçador, Amon tinha certa vez entrado inesperadamente no campo pelo portão dos fundos e encontrara uma moça sentada numa limusine na garagem, mirando-se no espelho retrovisor. As vidraças do carro que ela estava encarregada de limpar estavam ainda sujas. Por isso, ele a matara. E havia também o caso da mãe e filha que Amon notara, pela janela de uma cozinha, descascando batatas com certa lentidão. Ele se debruçara no peitoril da janela e matara ambas a tiros. No entanto, ali, diante de sua casa, estava algo que ele odiava, um desenhista judeu apaixonado, com a régua pendurada na mão. E Amon passara por ele sem se deter. Bau sentiu um ímpeto de celebrar a sua incrível sorte com algum ato solene. E o casamento era, naturalmente, o mais imaginável ato solene.

Voltou ao Prédio da Administração, subiu as escadas para o escritório de Stern e, encontrando Rebecca, pediu-a em casamento. Foi uma alegria e uma preocupação para Rebecca refletir que agora se tratava de um caso urgente.

Nessa noite, envergando o vestido da defunta, ele foi de novo visitar a mãe e o conselho das senhoras na Cabana 57. Esperavam apenas a chegada de um rabino. Mas, quando apareciam rabinos, demoravam-se ali apenas uns poucos dias, a caminho de Auschwitz – não o tempo suficiente para as pessoas que precisavam dos ritos de *kidduschin* e *nissuin* poderem localizá-los e lhes pedirem que exercessem pela última vez seu sacerdócio, antes de entrarem no forno crematório.

Josef casou-se com Rebecca em fevereiro, numa noite de frio intenso de domingo. Não havia um rabino. A Sra. Bau, mãe de Josef, oficiou a cerimônia. Eram judeus da Reforma, por isso podiam dispensar um *ketubbah* escrito em aramaico. Na oficina do joalheiro Wulkan, alguém tinha feito duas alianças de uma colher de prata que a Sra. Bau escondera entre os caibros do telhado. No chão da caserna, Rebecca rodeou Josef sete vezes e Josef esmagou vidro – uma lâmpada queimada do Escritório de Construção – sob os calcanhares.

Haviam reservado para o casal o beliche mais alto e, para maior privacidade, penduraram cobertores em volta. Às escuras, Josef e Rebecca subiram para o seu ninho; ao redor começaram as piadas maliciosas. Nos casamentos na Polônia havia sempre um período de trégua, quando o amor profano tinha a chance de se expressar. Se os convivas não desejavam pronunciar eles próprios os tradicionais subentendidos, podiam contratar um bufão profissional especializado em piadas para casamento. Mulheres que na casa dos 20 ou dos 30 anos teriam assumido ares de desaprovação com os gracejos picantes do bufão e com as gargalhadas dos homens, permitindo-se, apenas na maturidade, um sorriso de regozijo, nessa noite tomaram o lugar de todos os bufões de casamento, ausentes ou mortos, do sul da Polônia.

Josef e Rebecca não estavam juntos havia mais de dez minutos no beliche de cima, quando se acenderam as luzes da caserna. Espiando por uma fresta nos cobertores, Josef viu o *Untersturmführer* Scheidt patrulhando os corredores de beliches. O mesmo antigo e temeroso senso do destino se apoderou de Josef. Já tinham descoberto a sua ausência na caserna dos homens e mandado um dos piores oficiais para procurá-lo na caserna de sua mãe. Amon fingira não tê-lo visto nesse dia diante de sua casa só para que Scheidt, que era rápido no gatilho, pudesse vir matá-lo na sua noite de núpcias!

Ele sabia também que todas as mulheres estavam comprometidas – a mãe, a noiva, as testemunhas, as companheiras que tinha cochichado todas aquelas piadas deliciosamente embaraçosas. Josef começou a balbuciar desculpas, pedindo para ser perdoado. Rebecca disse-lhe que calasse a boca. Depois tirou todos os cobertores que estavam servindo de cortina, raciocinando que Scheidt não iria olhar o beliche de cima, a não ser que algo provocasse a sua curiosidade. As mulheres dos beliches de baixo passaram-lhe seus pequenos travesseiros de palha. Josef podia ter orquestrado o namoro, mas agora era o menino que precisava ser escondido. Rebecca empurrou-o com força para um canto do beliche e cobriu-o com travesseiros. Viu Scheidt passar abaixo dela e sair pela porta dos fundos. As luzes se apagaram. Em meio a um último murmúrio de gracejos, o casal Bau voltou à sua privacidade.

Minutos depois, as sirenes soaram. Todos se sentaram na escuridão. O ruído significou para Bau que *sim*, eles estavam *decididos* a liquidar com a sua noite nupcial. Tinham encontrado o seu beliche desocupado e agora estavam-no caçando.

Na caserna escura, as mulheres debatiam-se lentamente de um lado para o outro. Elas também sabiam. Do alto de seu beliche, Josef podia ouvir o que diziam. O seu amor à antiga causaria a morte de todas elas. A *Alteste* da caserna, que procurara tanto ajudar, seria a primeira a levar um tiro, quando as luzes se acendessem e fosse encontrado o noivo disfarçado com seu vestido de mulher.

Josef Bau agarrou suas roupas, beijou rapidamente a mulher, escorregou para o chão e disparou para fora. Na escuridão da noite, o ruído das sirenes parecia furar-lhe os tímpanos. Corria na neve suja, com o paletó e o velho vestido numa trouxa debaixo do braço. Quando as luzes se acendessem, ele seria visto pelas torres de vigia. Mas teve a ideia maluca de que iria conseguir chegar à cerca antes das luzes, talvez até mesmo saltá-la entre as alterações da corrente. Uma vez de volta ao campo dos homens, poderia inventar uma história a respeito de diarreia, ter ido à latrina e desmaiado no chão, recobrando os sentidos com o ruído das sirenes.

Em sua carreira desabalada, ele sabia que, se o eletrocutassem, não poderia confessar com que mulher estivera. Avançando para o arame fatal, não refletiu que haveria uma cena como a de colégio na *Appellplatz*, e que Rebecca seria obrigada, de uma ou outra forma, a se denunciar.

A cerca entre os campos dos homens e das mulheres em Plaszóvia era de nove fios eletrificados. Josef Bau tomou impulso e saltou, esperando que seus pés encontrassem apoio no terceiro fio e, esticando as mãos, ele alcançasse o segundo fio no alto. Imaginou-se saltando os fios com uma rapidez de rato. O que aconteceu foi que ele caiu sobre a rede de arame e simplesmente ali ficou pendurado.

Julgou que o frio do metal em suas mãos era a primeira mensagem da corrente elétrica. Mas não havia corrente alguma. Nem luzes. Josef Bau, estendido sobre a cerca, não especulou sobre o motivo de não haver voltagem. Alcançou o cume da rede e caiu no campo dos homens. "Você é um homem casado", disse para si mesmo. Atravessou a lavanderia e entrou na latrina. "Uma terrível diarreia, *Herr Oberscharführer*." O mau cheiro quase o sufocou. A cegueira de Amon no dia das flores... a consumação, esperada com incômoda paciência, duas vezes interrompida... Scheidt e as sirenes... o problema com as luzes e os fios eletrificados – cambaleante e nauseado, refletiu até quando ele suportaria a ambiguidade de sua vida. Como todos os outros, o que desejava era uma segurança mais definida.

Foi um dos últimos a entrar nas fileiras diante da sua caserna. Estava trêmulo, mas certo de que o *Alteste* o ajudaria. "Sim, *Herr Untersturmführer*, dei permissão ao *Häftling* Bau para ir à latrina."

Não estavam em absoluto procurando-o, mas, sim, três jovens sionistas que tinham fugido em um caminhão de produtos da oficina de estofamento, onde se fabricavam colchões de capim para a *Wehrmacht*.

27

NO DIA 28 de abril de 1944, Oskar – examinando-se de perfil no espelho – constatou que, em seu trigésimo sexto aniversário, sua cintura estava mais grossa. Mas, pelo menos hoje, quando beijava as moças, ninguém se dava ao trabalho de denunciá-lo. Qualquer informante entre os técnicos alemães devia sentir-se desmoralizado, pois a SS tinha soltado Oskar da Rua Pomorska e da prisão de Montelupich, ambas consideradas centros supostamente impermeáveis à influência.

Para marcar o dia, Emilie enviou da Tchecoslováquia as habituais congratulações e Ingrid e Klonowska lhe deram presentes. Sua organização doméstica pouco tinha-se modificado nos quatro anos e meio que ele passara em Cracóvia. Ingrid continuava sendo a sua consorte, Klonowska uma amante, Emilie uma esposa compreensivelmente ausente. Nada se sabe das queixas ou perplexidades que cada uma delas pudesse sentir, mas tornara-se óbvio em seu trigésimo sétimo aniversário que as suas relações com Ingrid pareciam um pouco mais frias; que Klonowska, sempre uma amiga leal, contentava-se com uma ligação meramente esporádica; e que Emilie continuava considerando o seu casamento indissolúvel. Mas, no momento, cada qual deu seu presente a Oskar e manteve-se calada.

Outros participaram da comemoração. Amon permitiu que Henry levasse o seu violino para a Rua Lipowa à noite, sob a guarda do melhor barítono da guarnição ucraniana. Naquele estágio, Amon estava muito satisfeito com sua associação com Schindler. Em troca do contínuo apoio ao campo da Emalia, ele tinha solicitado e obtido o uso permanente do Mercedes de Oskar – não o calhambeque que Oskar tinha comprado de John certo dia, mas o carro mais elegante da garagem da Emalia.

O recital realizou-se no gabinete do *Herr Direktor*. Ninguém compareceu, a não ser o próprio Oskar. Era como se ele estivesse cansado de gente. Quando o ucraniano foi ao toalete, Oskar revelou sua depressão a Henry. Estava preocupado com as notícias da guerra. Seu aniversário chegara num hiato. Os exércitos soviéticos tinham parado atrás da região fronteiriça de Pripet na Bielo-Rússia e diante de Lwów. Os receios de Oskar intrigaram Henry. "Será que ele não compreende que, se os russos não forem detidos, será o fim de suas operações aqui?"

– Já pedi muitas vezes a Amon que deixe você vir permanentemente pra cá – disse Oskar a Rosner. – Você e sua mulher e seu filho. Mas ele se recusa. Aprecia muito você. Mas ocasionalmente...

Henry sentiu-se grato. Mas achou que devia fazer ver a Oskar que sua família estava bem segura em Plaszóvia. Sua cunhada, por exemplo, fora apanhada em flagrante por Goeth fumando no trabalho e ele ordenara a sua execução. Mas um dos NCO pediu permissão para informar *Herr Commandant* de que a moça era a Sra. Rosner, mulher do acordeonista Rosner.

– Oh! – disse Amon, e suspendeu a execução. – Mas lembre-se, moça, de que não permito que fumem no trabalho.

Nessa noite, Henry descreveu a Oskar a atitude de Amon, em relação aos Rosner – imunes graças ao seu talento musical –, atitude essa que o persuadira e à sua mulher Manci a trazerem para dentro do campo Olek, seu filho de 8 anos. O menino estivera escondido na casa de amigos em Cracóvia, mas a situação estava ficando cada vez mais perigosa. Uma vez dentro do campo, Olek podia se misturar ao grupo de crianças, muitas sem registro nos livros da prisão, cuja presença em Plaszóvia encontrava apoio na conivência dos prisioneiros e era tolerada por alguns dos funcionários mais jovens. Todavia, o maior risco fora fazer Olek penetrar no campo. Poldek Pfefferberg, que tivera de ir de caminhão à cidade para apanhar caixas de ferramentas, tinha contrabandeado o menino para dentro do campo. Os ucranianos quase descobriram o garoto no portão, quando ele estava ainda do lado de fora, vivendo em contravenção com todos os estatutos raciais do Governo-Geral do Reich. Os pés dele tinha furado a caixa metida entre os tornozelos de Pfefferberg. "Sr. Pfefferberg, Sr. Pfefferberg!", ouvira Poldek, enquanto os ucranianos revistavam o fundo do caminhão. "Meus pés estão de fora!"

Henry podia rir agora do incidente, embora com cautela, pois ainda havia muitos obstáculos a serem vencidos. Mas Schindler reagiu dramaticamente, com um gesto que parecia inspirado na melancolia levemente alcoólica que se apossara dele na noite do seu aniversário. Agarrou sua cadeira e suspendeu-a, movimentando os braços para trás, na direção do *Führer*. Por um instante, pareceu que ia arremessá-la contra o retrato. Mas tornou a girar sobre os calcanhares, baixou resolutamente a cadeira até as quatro pernas estarem a igual distância do chão, e atirou-a com força sobre o tapete, fazendo estremecer a parede. Depois, disse:

– Eles estão queimando corpos lá fora, não é mesmo?

Henry fez uma careta, como se o mau cheiro sufocasse a sala.

– Sim, já começaram – admitiu.

AGORA QUE PLASZÓVIA era – na linguagem dos burocratas – um campo de concentração, seus prisioneiros constataram ser menos perigoso encarar Amon. Os chefes de Oranienburg não permitiam mais as execuções sumárias. Os tempos em que era fuzilado quem não descascasse batatas com bastante rapidez pertenciam ao passado. Agora só podiam ser liquidados mediante um processo legal. Tinha de haver um interrogatório e um relatório remetido em três vias para Oranienburg. A sentença precisava ser confirmada não apenas pelo escritório do General Glück, mas também pelo Departamento W (Empreendimentos Econômicos) do General Pohl. Se um comandante matasse algum dos trabalhadores essenciais, o Departamento W podia ver-se a braços com reivindicações de compensação. Allach-Munich, Ltd., por exemplo, fabricantes de porcelana, que utilizavam trabalho escravo de Dachau, tinham recentemente exigido uma indenização de 31.800 RM porque "em consequência da epidemia de febre tifoide que surgiu em 1943, deixamos de ter à nossa disposição mão de obra de prisioneiros desde 26 de janeiro de 1943 até 3 de março de 1943. Em nossa opinião, temos direito à compensação, de acordo com a Cláusula 2 do Fundo de Compensação Comercial..."

O Departamento W ficava ainda mais obrigado a compensações, se a perda de mão de obra especializada era causada pelo zelo de algum oficial da SS rápido no gatilho.

Assim, para evitar a burocracia e as complicações departamentais, Amon passou a conter-se um pouco. As pessoas que precisavam se aproximar dele, na primavera e no começo do verão de 1944, de certa forma se sentiam mais seguras, embora nada soubessem sobre o Departamento W e os Generais Pohl e Glücks. Para elas era um indulto tão misterioso quanto a própria loucura de Amon.

Contudo, como Oskar mencionara a Henry Rosner, eles agora queimavam os corpos em Plaszóvia. Preparando-se para a ofensiva russa, a SS estava abolindo suas instituições no Leste. Treblinka, Sobibor e Belzec haviam sido evacuados no outono anterior. A *Waffen* SS, que os administrava, recebera ordem de dinamitar as câmaras de gás e crematórios, não deixar vestígio algum reconhecível, e fora transferida para a Itália, a fim de combater os guerrilheiros. O imenso complexo de Auschwitz, em terreno seguro no norte da Silésia, completaria a grande tarefa do Leste e, uma vez esta concluída, o crematório seria soterrado. Pois, sem a prova do crematório, os mortos não podiam prestar testemunho, eram um sussurro ao vento, uma poeira inconsistente nas folhas dos álamos.

Plaszóvia não era de solução tão simples, porque os seus mortos jaziam por toda parte a seu redor. No furor da primavera de 1942, cadáveres – sobretudo o das pessoas assassinadas nos últimos dois dias do gueto – eram jogados a esmo em valas comuns nos bosques. Agora, o Departamento D encarregara Amon de descobrir todas aquelas valas.

Os cálculos quanto à quantidade de corpos variam muito. Publicações polonesas, baseadas no trabalho da Comissão Central para Investigação de Crimes Nazistas na Polônia e em outras fontes de informação, afirmam que 150 mil prisioneiros, muitos deles em trânsito para outros locais, passaram por Plaszóvia e seus cinco subcampos. Desses, os poloneses acreditam que oitenta mil morreram ali, muitos em execuções em massa dentro de Chujowa Górka ou vítimas de epidemias.

Essa estimativa desconcerta os sobreviventes de Plaszóvia que se lembram do horrendo trabalho de queimar os mortos. Afirmam que só o número de corpos, por eles exumados, atinge mais ou menos entre oito mil e dez mil – proporção apavorante, e que eles não têm a menor vontade de exagerar. A diferença entre as duas estimativas fica mais chocante, quando lembramos que execuções de poloneses, ciganos e judeus continuariam em Chujowa Górka e em outros pontos nas cercanias de Plaszóvia, durante quase todos aqueles anos, e que os próprios SS adotaram a prática de queimar corpos imediatamente após as execuções em massa no morro do forte austríaco. Além disso, Amon não iria conseguir realizar a sua intenção de remover dos bosques todos os corpos. Alguns milhares mais seriam encontrados em exumações no pós-guerra e, hoje, quando os subúrbios de Cracóvia se aproximam cada vez mais de Plaszóvia, ainda são descobertos ossos nas escavações para fundações.

Oskar viu a enfiada de piras na elevação do terreno acima das oficinas, durante uma visita pouco antes de seu aniversário. Quando voltou, uma semana depois, a atividade havia aumentado. Os corpos eram desenterrados por prisioneiros que trabalhavam de rosto tapado. Em cobertores, padiolas e macas eram levadas para o local da incineração e depositadas sobre toras de madeira. A pira era arrumada camada por camada e, quando alcançava a altura do ombro de um homem, era encharcada com combustível e acesa. Pfefferberg se horrorizara, vendo a vida temporária com que as chamas animavam os mortos, a maneira como os corpos se sentavam, atirando para longe as toras ardentes, os membros estirando-se, as bocas se escancarando como para um derradeiro grito. Um jovem SS da estação de despiolhamento corria entre as piras, sacudindo a pistola e esbravejando ordens frenéticas.

A fuligem dos mortos recaía nos cabelos dos vivos e sobre as roupas postas a secar nos varais do quintal dos oficiais subalternos. Oskar ficou pasmo ao ver a indiferença com que o pessoal do campo aceitava a fumaça, como se a fuligem no ar proviesse de alguma honesta e inevitável precipitação industrial. E no ar enfumaçado, Amon saía a cavalo com Majola, ambos muito calmos em suas montarias. Leo John levava o filho de 12 anos para apanhar sapos no terreno pantanoso da mata. As chamas e o fedor não lhes perturbavam o quotidiano.

Curvando-se para trás ao volante de seu BMW, com as vidraças fechadas e um lenço tapando-lhe a boca e o nariz, Oskar pensou que eles deviam estar queimando os Spiras junto com os outros. Espantara-se, ao saber que a SS tinha executado todos os policiais judeus do gueto e suas famílias no último Natal, mal Symche Spira terminara de dirigir o desmontagem do gueto. Todos eles, com suas mulheres e filhos, foram levados para ali numa tarde cinzenta e executados, quando o frio sol de inverno desapareceu. Acabaram fuzilando os mais fiéis (Spira e Zellinger), bem como os mais relutantes. Spira e a tímida Sra. Spira e os obtusos filhos do casal, a quem Pfefferberg tão pacientemente dera aulas – tinham sido todos colocados nus dentro de um círculo de fuzis, encostados uns contra os outros, tremendo de frio. O uniforme OD napoleônico de Spira era agora apenas um monte de pano para reciclagem, atirado à entrada do forte. E até o último instante, Spira continuara afirmando a todos que aquilo não aconteceria.

A execução tinha chocado Oskar como prova de que, para os judeus, não havia obediência ou subserviência que pudesse garantir-

-lhes a sobrevivência. E, agora, os Spira estavam sendo queimados tão anônima e ingratamente como haviam sido executados.

Até mesmo os Gutter! O evento se dera após um jantar em casa de Amon, no ano anterior. Oskar retirara-se cedo para casa; mais tarde, porém, soubera do que acontecera depois da sua saída. John e Neuschel começaram a implicar com Bosch. Acusavam-no de ser supersensível. Bosch gostava muito de se gabar de ser um veterano das trincheiras. Mas nunca o tinham visto efetuar uma execução. Durante horas bateram na mesma tecla – era a brincadeira da noite. Até que Bosch deu ordem para acordarem David Gutter e seu filho na caserna, e a Sra. Gutter e a filha na caserna das mulheres. Neste caso, também se tratava de servos fiéis. David Gutter tinha sido o último presidente do *Judenrat* e havia cooperado em tudo – nunca fora à Rua Pomorska, tentando protestar contra os desmandos das *Aktionen* SS ou contra o número dos transportes com destino a Belzek. Gutter tinha assinado todas as ordens e considerado razoáveis todas as exigências. Além disso, Bosch utilizara-o como agente dentro e fora de Plaszóvia, mandando-o a Cracóvia com caminhões de móveis estofados na oficina do campo, ou joias, para vender no mercado paralelo. E Gutter a tudo acedera porque era realmente um canalha, mas, sobretudo, porque acreditava que assim sua mulher e seus filhos ficariam imunes.

Às 2 horas daquela manhã polar, Zauder, um policial judeu, amigo de Pfefferberg e de Stern – que seria mais tarde fuzilado por Pilarzik, em um dos desmandos alcoólicos daquele oficial –, achava-se de plantão naquela noite no portão das mulheres e ouviu Bosch ordenando aos Gutter que se colocassem em posição, numa depressão do terreno próximo do local. Os filhos imploravam, mas David e a Sra. Gutter mantinham-se calmos, sabendo que de nada adiantaria argumentar. E, agora, Oskar via todos aqueles testemunhos – os Gutter, os Spira, os rebeldes, os sacerdotes, as crianças e as garotas bonitas com documentação ariana falsificada –, todos aqueles testemunhos sendo amontoados naquela montanha horrenda para serem obliterados no caso de os russos chegarem a Plaszóvia e não aprovarem o que se fizera no campo.

Deve haver cuidado, dizia Oranienburg numa carta a Amon, quanto à futura disposição de todos os corpos, e para essa finalidade estava enviando um representante de uma firma de engenharia de Hamburgo para supervisionar a construção dos crematórios. Entrementes, os mortos, enquanto esperavam para ser desenterrados, deviam ter suas valas cuidadosamente assinaladas.

Quando, naquela segunda visita, Oskar viu a extensão das fogueiras no Chujowa Górka, o seu primeiro impulso foi permanecer no carro, aquele mecanismo alemão equilibrado, e voltar para casa. Em vez disso, foi procurar seus amigos na oficina e depois visitou o escritório de Stern. Pensava que, com toda aquela fuligem se acumulando nas janelas, não seria de admirar se os internos de Plaszóvia cogitassem suicídio. Contudo, era ele quem parecia mais deprimido. Não fez nenhuma das suas ironias habituais, como: "Então, Herr Stern, se Deus fez o homem à Sua imagem, qual a raça que mais se assemelha a Ele? Acha que um polonês se parece mais com Ele do que um tcheco?" Hoje, nenhuma brincadeira lhe ocorreu. Apenas perguntou:

– O que estão todos pensando?

Stern respondeu que prisioneiros eram prisioneiros. Faziam o seu trabalho e esperavam sobreviver.

– Vou tirá-los daqui – resmungou Oskar de repente. Bateu na mesa com o punho cerrado. – Vou tirar vocês *todos* daqui!

– Todos? – não pôde Stern deixar de perguntar. Tais maciços salvamentos bíblicos não se encaixavam na época.

– Você, pelo menos – disse Oskar. – *Você*.

28

NO GABINETE de Amon, no Prédio da Administração, trabalhavam dois datilógrafos. Um deles era uma moça alemã, Frau Kochmann; o outro, Mietek Pemper, prisioneiro jovem e estudioso. Pemper um dia passaria a ser secretário de Oskar, mas, naquele verão de 1944, ele trabalhava para Amon e, como qualquer outro em tal posto, não estava muito otimista quanto às suas chances de sobrevivência. O seu primeiro contato mais prolongado com Amon fora tão acidental quanto o de Helen Hirsch, a criada. Pemper foi chamado ao gabinete de Amon, depois de alguém tê-lo recomendado ao comandante. O jovem prisioneiro era estudante de contabilidade, ótimo datilógrafo e taquígrafo, e capaz de tomar ditado em polonês e alemão. A sua prodigiosa memória era famosa. Assim, por ser um prisioneiro de tanta capacidade, Pemper foi parar no escritório de Amon, e, às vezes, ia tomar ditados na casa do comandante.

Por ironia, no final, a memória fotográfica de Pemper, mais do que a de qualquer outro prisioneiro, causaria o enforcamento de Amon em Cracóvia. Mas Pemper jamais sonhara que esse dia chegaria. Em 1944, se tentasse adivinhar quem seria a vítima mais provável de sua memória quase perfeita, ele diria que era o próprio Mietek Pemper.

Pemper exercia a função de secretário auxiliar. Para assuntos confidenciais, Amon devia usar Frau Kochmann, mais lenta como taquígrafa e muito menos competente do que Mietek. Às vezes, Amon quebrava esse regulamento e deixava que o jovem Pemper tomasse um ditado confidencial. E Mietek, mesmo quando se achava sentado diante da mesa de Amon com o bloco nos joelhos, não podia evitar que suposições contraditórias o distraíssem de seu trabalho. A primeira era que todos aqueles relatórios e memorandos internos, cujos detalhes estava memorizando, fariam dele uma testemunha vital no dia ainda remoto em que Amon se visse perante um tribunal. A outra suposição era que Amon, no final, teria de apagá-lo como quem apaga uma fita confidencial de gravação.

Contudo, todas as manhãs, Mietek não somente organizava seus papéis de datilografia, carbonos e cópias, mas também uma dezena deles para a secretária alemã. Depois de ter ela datilografado tudo, Pemper fingia destruir os carbonos, mas, na realidade, guardava-os e lia-os mais tarde. Não tinha nenhuma documentação por escrito, mas a sua reputação de boa memória vinha desde os tempos de colegial. Mietek sabia que, se algum dia houvesse aquele tribunal, se ele e Amon se sentassem no recinto da corte de justiça, deixaria o comandante pasmado com a precisão de datas de suas provas.

Pemper teve a oportunidade de ver alguns documentos confidenciais espantosos, como, por exemplo, memorandos sobre a aplicação do chicote nas mulheres. A ordem era recomendar aos comandantes dos campos que o castigo surtisse o maior efeito possível. Seria considerado aviltante envolver no processo membros da SS; portanto, mulheres tchecas deviam ser açoitadas por mulheres eslovacas e eslovacas por tchecas. Com referência às russas e polonesas, devia ser aplicada a mesma tática. Recomendava-se aos comandantes usar a imaginação para explorar diferenças nacionais e culturais.

Outro boletim lembrava-lhes de que eles não tinham pessoalmente o direito de impor uma sentença de morte. Os comandantes podiam solicitar autorização, por telegrama ou carta, ao Escritório Central de Segurança do Reich. Amon fizera isso na primavera com dois judeus foragidos do subcampo em Wieliczka, os quais ele pretendia enforcar. Um telegrama de autorização chegara de Berlim, assinado, como Pemper notou, pelo Dr. Ernst Kaltenbrunner, Chefe do Escritório Central de Segurança do Reich.

Agora, em abril, Pemper leu um memorando de Gerhard Maurer, Chefe da Distribuição de Mão de obra da Seção D do General Glück. Maurer queria que Amon lhe informasse quantos húngaros poderiam ser temporariamente mantidos em Plaszóvia. O seu destino final era a Fábrica de Armamentos Germânica, DAW, que era uma subsidiária da Krupp para produção de fusos de granada de artilharia, no enorme complexo de Auschwitz. Devido ao fato de a Hungria só recentemente ter sido anexada como Protetorado da Alemanha, esses judeus e dissidentes húngaros estavam em melhores condições de saúde do que os que tinham anos de vida em guetos e prisões. Eram, portanto, uma benção para as fábricas de Auschwitz. Infelizmente, as acomodações na DAW ainda não estavam prontas, mas, se o comandante de Plaszóvia pudesse aceitar uns sete mil, à espera de uma solução, a Seção D lhe seria gratíssima.

A resposta de Goeth, quer lida ou datilografada por Pemper, era que Plaszóvia atingira o máximo de sua capacidade de prisioneiros e não havia espaço para construções dentro das cercas eletrificadas. Não obstante, Amon estava disposto a aceitar até dez mil prisioneiros em trânsito, se (a) lhe fosse permitido liquidar os elementos improdutivos dentro do campo; e (b) se ele pudesse colocar ao mesmo tempo dois prisioneiros em cada beliche. Em resposta, Maurer escreveu que a dupla utilização de beliches não podia ser permitida no verão por representar o risco de uma epidemia de tifo; além disso, o ideal, de acordo com os regulamentos, seria haver um mínimo de 3 metros cúbicos de ar por pessoa. Mas estava disposto a autorizar Goeth a realizar a primeira opção. A Seção D informaria Auschwitz-Birkenau – ou, pelo menos, a ala de extermínio daquele grande empreendimento – que esperasse o envio de um refugo de prisioneiros de Plaszóvia. Ao mesmo tempo, seria providenciado o transporte *Ostbahn,* em vagões de gado, naturalmente, partindo do portão de Plaszóvia.

Desse modo, Amon teria condições de separar os prisioneiros dentro do próprio campo.

Com a bênção de Maurer e da Seção D, ele iria em um só dia abolir tantas vidas quantas Oskar, à custa de astúcias e de dinheiro a rodo, estava abrigando na Emalia. Amon batizou a sua sessão de seleção *Die Gesundheitaktion*, a Operação Saúde.

Organizou tudo, como se se tratasse de uma feira rural. Quando começou, no domingo, 7 de maio, a *Appellplatz* amanheceu com faixas: A CADA PRISIONEIRO, O TRABALHO APROPRIADO! Alto-falantes tocavam baladas de Strauss e canções de amor. Sob as faixas fora colocada uma mesa, em torno da qual estavam sentados Dr. Blancke, o médico da SS, Dr. Leon Gross e vários funcionários. O conceito de "saúde" de Blancke era tão excêntrico como o de qualquer médico da SS. Já tinha livrado a clínica da prisão de doentes crônicos, injetando-lhes benzina nas veias. Essas injeções não podiam, por definição alguma, ser consideradas eutanásias. O paciente era tomado de convulsões, que terminavam, após 15 minutos, em morte por sufocação. Marek Biberstein, outrora presidente do *Judenrat* e, agora, após dois anos de prisão na Montelupich, integrando a população de Plaszóvia, sofrera um ataque do coração e fora levado para a *Krankenstube*. Antes de Blancke ter tempo de aplicar-lhe a benzina, Dr. Idek Schindel, tio de Genia, a garota cuja figura distante tanto estimulara Schindler dois anos antes, tinha-se adiantado para o leito de Biberstein com alguns colegas, e um deles injetara no paciente uma dose mais caridosa de cianureto.

Naquele dia, flanqueado pelos arquivos de toda a população do campo, Blancke ia chamando os prisioneiros de cada caserna e, quando terminava com uma bateria de fichas, esta era substituída por outra.

Ao chegarem à *Appellplatz*, os prisioneiros recebiam ordem de despir-se, formar filas e correr nus de um lado para o outro diante dos médicos. Blancke e Leon Gross, o médico judeu colaborador, faziam anotações nas fichas, apontavam para um prisioneiro, chamavam outro para verificar-lhe o nome. Os prisioneiros continuavam correndo e os médicos procuravam neles sinais de doença ou fraqueza muscular. Era um estranho e humilhante exercício. Homens com as costas deformadas (Pfefferberg, por exemplo, cujas costas Hujar desconjuntara com um golpe de cabo de chicote); mulheres com diarreia crônica, que haviam esfregado repolho-roxo nas faces para dar-lhes um colorido – todos correndo e tentando, literalmente, salvar suas vidas. A jovem Sra. Kinstlinger, que correra pela Polônia nas Olimpíadas de Berlim, sabia que tudo aquilo não passara de um jogo. *Esta* era a verdadeira competição. De estômago revirado, com a respiração em suspenso, ela corria – sob o compasso da música enganosa – para escapar da morte.

Ninguém soube dos resultados até o domingo seguinte, quando, sob as mesmas faixas e músicas, a turba de prisioneiros foi de novo reunida. Quando foram lidos os nomes, e os rejeitados do *Gesundheitaktion* levados, marchando, para a extremidade leste da praça, houve gritos de indignação e susto. Amon previra um tumulto e pedira o auxílio da guarnição da *Wehrmacht* em Cracóvia, que ficara de prontidão para o caso de os prisioneiros se amotinarem. Quase trezentas crianças haviam sido encontradas, durante a inspeção do domingo anterior, e estavam agora sendo levadas à força; eram tão altos os protestos e o choro dos pais, que a maioria da guarnição, juntamente com destacamentos da Polícia de Segurança convocados de Cracóvia, tiveram de reforçar o cordão de isolamento que separava os dois grupos. O confronto durou horas, enquanto os guardas forçavam para trás o ímpeto dos pais desesperados e afirmavam as mentiras habituais aos que tinham parentes entre os rejeitados. Nada fora anunciado, mas todos sabiam que não havia futuro para aqueles do outro lado, os que tinham fracassado no teste. Entremeada de valsas e canções cômicas, uma triste Babel de mensagens passava aos gritos de um grupo para o outro. Henry Rosner, atormentado com a ideia do risco que corria seu filho, Olek – escondido em alguma parte do campo – teve a estranha experiência de ver um jovem SS que, com lágrimas nos olhos, denunciava o que estava acontecendo e jurava que ia se apresentar como voluntário na Frente Leste. Mas os oficiais berraram que, salvo se os prisioneiros se portassem com um pouco mais de disciplina, eles ordenariam aos seus homens que abrissem fogo. Talvez Amon tivesse esperança de que uma justificável rajada de balas iria diminuir ainda mais o número de prisioneiros.

No final da seleção, 1.400 adultos e 268 crianças se viram cercados por armas, na extremidade leste da *Appellplatz*, prontos para serem imediatamente embarcados para Auschwitz. Pemper assistia à cena e memorizava os números, que Amon considerava decepcionantes. Embora não fosse a quantidade que Amon esperara, já criaria um espaço imediato para a permanência temporária dos húngaros.

No sistema de fichas do Dr. Blancke, as crianças de Plaszóvia não foram registradas com a mesma precisão que os adultos. Muitas delas passaram aqueles dois domingos escondidas; tanto elas como seus pais, instintivamente, sabiam que suas idades e a ausência de seus nomes e de outros detalhes na documentação do campo as tornariam alvos evidentes do processo de seleção.

No segundo domingo, Olek Rosner escondeu-se no teto de uma cabana. Com ele, mais duas crianças passaram o dia inteiro escondidas acima dos caibros, o dia inteiro mantiveram a disciplina do silêncio, o dia inteiro contiveram suas bexigas, entre os piolhos, ratos e os pequenos embrulhos de pertences dos prisioneiros. Porque as crianças sabiam tão bem como qualquer adulto que a SS e os ucranianos temiam os espaços acima do teto. Acreditavam que ali se abrigava o micróbio do tifo e tinham sido informados pelo Dr. Blancke que bastava um fragmento de excremento de piolho em alguma arranhadura da pele para provocar um tifo epidêmico. Algumas das crianças de Plaszóvia estavam, havia meses, abrigadas numa cabana próxima da prisão dos homens, na qual fora pregada a tabuleta *ACHTUNG TYPHUS*.

Naquele domingo, para Olek Rosner, a *Aktion* de saúde de Amon era muito mais perigosa do que os piolhos transmissores de tifo. Outras crianças, algumas das 268 arrebanhadas naquele dia, ao se iniciar a *Aktion*, de fato procuraram em vão esconder-se. Cada criança de Plaszóvia, com aquela mesma capacidade de encontrar soluções, escolhera um esconderijo de sua preferência. Algumas preferiram depressões sob as cabanas, algumas a lavanderia, outras um galpão atrás da garagem. Mas muitos desses esconderijos foram descobertos nesse domingo ou no anterior, e não mais ofereciam refúgio.

Outro grupo fora trazido, sem nada suspeitar, à *Appellplatz*. Alguns pais conheciam esse ou aquele NCO. Era como certa vez Himmler se queixara, pois mesmo os *Oberscharführers* SS, que não hesitavam em executar pessoas, tinham os seus favoritos, como se a praça fosse um recreio de escola. Se houvesse um problema com as crianças, pensavam certos pais, sempre poderiam apelar para um SS que conhecessem melhor.

No domingo anterior, um órfão de 13 anos pensou que estava a salvo porque, em outras chamadas, o tinham tomado por um rapaz. Mas, nu, não pôde esconder a infantilidade de seu corpo. Mandaram que ele se vestisse e fosse se reunir ao grupo de crianças. Agora, enquanto os pais do outro lado da praça chamavam pelos filhos e enquanto os alto-falantes berravam uma canção sentimental, intitulada *Mammi, kauf mir ein Pferdchen* (Mamãe, compre-me um pônei), o menino simplesmente passou de um grupo para o outro, impelido pelo instinto infalível que anteriormente demonstrara a garotinha de roupa vermelha na Praça Zgody. E, como acontecera com a Chapeuzinho Vermelho, ninguém percebera a sua manobra. Ele se manteve, um falso adulto, entre os outros, enquanto a música odiosa ressoava e seu coração batia com tanta força que parecia querer escapar de sua gaiola de costelas. Depois, fingindo sentir as câimbras da diarréia, pediu a um guarda que o deixasse ir à latrina.

As longas instalações das latrinas ficavam atrás do campo dos homens e, ali chegando, o menino passou por cima da tábua em que os homens se sentavam para defecar. Com um braço de cada lado da fossa, ele foi descendo e procurando encontrar apoio para os joelhos e os pés. O mau cheiro deixava-o engasgado e moscas invadiam-lhe a boca, ouvidos e narinas. Ao chegar a um espaço mais amplo e tocar no fundo da fossa, pareceu-lhe ouvir o que supôs ser um murmúrio alucinatório de vozes acima do fervilhar das moscas. "Eles estavam atrás de você?", perguntou uma voz. E outra respondeu: "Que diabo, este lugar é nosso!"

Havia dez crianças ali, a seu redor.

NO SEU RELATÓRIO, Amon empregou a palavra *Sonderbehadlung* – Tratamento Especial. Era um termo que se tornaria famoso em anos vindouros, mas essa era a primeira vez que Pemper o ouvia. Evidentemente, tinha um quê de sedativo, até mesmo de medicinal, mas Mietek agora não podia mais ignorar que aquele "tratamento" nada tinha a ver com medicina.

Um telegrama de Amon, ditado naquela manhã para ser transmitido a Auschwitz, era bem mais explícito quanto a seu significado. Amon insistia em que, para tornar mais difícil uma fuga, os selecionados para Tratamento Especial deviam abandonar, no desvio da estrada, quaisquer sobras de trajes civis que ainda possuíssem e vestir as roupas listradas de prisioneiros, que lhes seriam fornecidas. Como havia grande escassez de roupas listradas, as usadas por candidatos de Plaszóvia ao Tratamento Especial deviam ser imediatamente devolvidas a esse Campo de Concentração, para serem reusadas, mal os portadores das mesmas chegassem a Auschwitz.

E todas as crianças que tinham ficado para trás em Plaszóvia, das quais o maior número era das que tinham partilhado a fossa da latrina com o órfão graúdo, mantiveram-se escondidas ou se fizeram passar por adultos. Mas novas buscas as descobriram e levaram ao *Ostbahn* para a lenta viagem de um dia, percorrendo os 60 quilômetros até Auschwitz. Os vagões de gado foram usados dessa maneira, em todo o verão, levando tropas e suprimentos para as linhas de frente paralisadas perto de Lwów e, na viagem de volta, desperdiçando tempo em desvios, enquanto médicos da SS observavam as incessantes filas de gente nua correndo diante dos seus olhos.

29

SENTADO NO GABINETE de Amon, com as janelas escancaradas para um sufocante dia de verão, Oskar desde o início teve a impressão de que aquela reunião era um engodo. Talvez Madritsch e Bosch achassem o mesmo, pois os seus olhares se desviavam de Amon para as carretas de pedra lá fora, para caminhões ou carroças que por lá passavam. Somente o *Untersturmführer* Leo John, que fazia anotações, achava seu dever permanecer muito ereto na cadeira e com todos os botões do paletó abotoados.

Amon anunciara o encontro como uma conferência de segurança. Declarou que, apesar de a Frente ter-se estabilizado, o avanço do corpo central do Exército russo nos subúrbios de Varsóvia encorajara a atividade dos guerrilheiros por todos os setores do Governo-Geral. Judeus, que estavam a par disso, sentiam-se estimulados a tentar fugas. Não sabiam, observou Amon, que estavam em melhor situação atrás das cercas de arame farpado do que expostos a guerrilheiros poloneses, matadores de judeus. Todos deviam estar atentos a um ataque dos guerrilheiros e, pior do que tudo, a uma possível conivência entre guerrilheiros e prisioneiros.

Oskar procurou imaginar os guerrilheiros invadindo Plaszóvia, libertando todos os poloneses e judeus, repentinamente fazendo deles um exército. Era um sonho, sem dúvida, e quem poderia acreditar em tal sonho? Mas ali estava Amon, esforçando-se por convencê-los de que *ele* acreditava nessa possibilidade. Aquela pequena comédia certamente tinha uma finalidade. Oskar estava convencido disso.

– Se os guerrilheiros entrarem aqui no seu campo, espero que não seja numa noite em que eu tenha sido convidado – disse Bosch.

– *Amen, amen* – murmurou Schindler.

Depois da reunião, qualquer que fosse o seu significado, Oskar levou Amon até o seu carro estacionado em frente ao Prédio da Administração.

Abriu a mala. Dentro havia uma sela ricamente pirogravada, com desenhos característicos da região de Zakopane nas montanhas ao sul da Cracóvia. Oskar julgava necessário continuar agradando Amon com presentes, mesmo agora que o pagamento pelo trabalho forçado da Emalia nada mais tinha a ver com o *Hauptsturmführer* Goeth. O extrato das contas ia diretamente para a área de Cracóvia, que representava o quartel-general do General Pohl, em Oranienburg.

Oskar ofereceu-se para levar, de carro, Amon e sua sela até a casa do comandante.

Num dia de calor escaldante, alguns dos empurradores de carretas estavam mostrando um pouco menos do que o esforço exigido. Mas a sela tinha abrandado o zelo de Amon e, de qualquer forma, não lhe era mais permitido atirar a esmo nos prisioneiros. O carro passou pelo quartel da guarnição e chegou ao desvio, onde se achavam estacionados muitos vagões de gado. Oskar pôde ver, pela bruma pairando acima dos vagões e misturando-se ao vapor tremulante emanando dos tetos, que os vagões estavam repletos. Apesar do ruído da locomotiva, podiam-se ouvir gemidos vindos lá de dentro, gente implorando por água.

Oskar freou o carro e ficou ouvindo. Era-lhe permitido isso, considerando-se a esplêndida e dispendiosa sela na mala do carro. Amon riu com indulgência de seu amigo sentimental.

– Em parte é gente de Plaszóvia – disse ele – e também há prisioneiros do campo de trabalho em Szebnie. E poloneses e judeus de Montelupich. Estão indo para Mauthausen. – Depois sorriu maliciosamente. – Eles se queixam agora? Não sabem o que são motivos de queixa de verdade...

Os tetos dos vagões estavam bronzeados de calor.

– Não faz objeção – perguntou Oskar – se eu chamar a sua brigada de bombeiros?

Amon deu uma risada que significava: "O que você vai inventar agora?" Ou seja, não deixaria ninguém mais chamar os bombeiros, mas tolerava isso de Oskar porque o seu amigo era um sujeito muito original e o incidente daria uma boa anedota para ser contada em um jantar.

Mas quando Oskar deu ordem aos ucranianos que tocassem o sino chamado os bombeiros judeus, Amon se espantou. Não ignorava que

Oskar sabia o que significava Mauthausen. Se esguichassem água nos vagões, era como fazer-lhes uma promessa de um futuro. E tais promessas não constituíam, segundo o código de qualquer mortal, uma verdadeira crueldade? Ao espanto de Amon, misturou-se uma tolerância sorridente, quando os jatos de água das mangueiras jorraram sobre os tetos escaldantes. Neuschel também veio do seu escritório para abanar a cabeça e sorrir, enquanto os prisioneiros lá dentro gemiam e gritavam palavras de gratidão. Grün, o guarda-costas de Amon, que estivera conversando com o *Untersturmführer* John, começou a bater nas coxas e soltar exclamações vendo chover toda aquela água. Mesmo esticadas ao máximo, as mangueiras só alcançavam metade da composição de vagões. Oskar, então, pediu a Amon que lhe emprestasse um caminhão e uns poucos ucranianos para irem até Zablocie buscar as mangueiras de incêndio da DEF. Eram mangueiras de 200 metros, disse Oskar. Amon, por alguma razão, achou o pedido hilariante.

– Claro que autorizo o caminhão! – disse Amon disposto a fazer qualquer coisa por aquela comédia humana.

Oskar entregou aos ucranianos um bilhete para Bankier e Garde. Quando os ucranianos partiram, Amon estava tão disposto a entrar no espírito da coisa que permitiu que fossem abertas as portas dos vagões para que fossem entregues aos prisioneiros alguns baldes de água e retirados os mortos com os rostos inchados e rosados pelo calor. Ao redor da estrada de ferro, oficiais SS e NCOs divertiam-se com a cena. "Do que ele pensa que os está salvando?"

Quando as grandes mangueiras da DEF chegaram e todos os vagões foram devidamente encharcados, a brincadeira adquiriu novas dimensões. No seu bilhete para Bankier, Oskar também dera instruções ao gerente para ir ao seu apartamento e encher um cesto grande com bebidas e cigarros, alguns bons queijos e salsichas e outras tantas coisas. Entregou pessoalmente o cesto ao NCO no final do trem. Tudo às claras, mas o homem pareceu meio constrangido com a larguesa da dádiva e escondeu o cesto rapidamente no último vagão, com receio de que um dos oficiais o denunciasse. Contudo, Oskar parecia estar tão curiosamente nas boas graças do comandante que o NCO o ouviu respeitosamente.

– Quando o trem parar perto das estações, abra as portas dos vagões – ordenou Oskar.

Anos mais tarde, dois sobreviventes daquele transporte, Dr. Rubinstein e Dr. Feldstein, contariam a Oskar que o NCO ordenara várias vezes que se abrissem as portas e se enchessem os baldes de água regularmente, durante a cansativa jornada para Mauthausen. Mas, para a maioria dos passageiros dos vagões, naturalmente, aquilo não passara de um conforto antes da morte.

Quem visse Oskar movimentando-se ao longo da composição de vagões, acompanhado pelas risadas dos SS, fazendo uma caridade que era em grande parte inútil, poderia perceber que ele estava agora menos afoito do que alucinado. Até o próprio Amon notara que seu amigo entrara em nova fase. Todo aquele desespero para inundar até o último carro, depois subornando um SS em plena vista dos colegas – bastaria uma pequena mudança no tom do riso de Scheidt, ou de John, ou de Hujar, para provocar uma tremenda denúncia contra Oskar, uma informação que a Gestapo não poderia ignorar. E, então, Oskar Schindler acabaria na Montelupich e, em vista de anteriores acusações raciais contra ele, provavelmente seria enviado para Auschwitz. Assim, Amon horrorizou-se com a insistência de Oskar em tratar aqueles condenados como se fossem parentes pobres viajando de terceira classe em direção a um destino normal.

Pouco depois das 2 horas, uma locomotiva puxou toda a mísera fila de vagões para a linha principal da estrada de ferro, e as mangueiras de novo foram enroladas. Schindler levou Amon e sua sela para casa. Amon podia ver que Oskar estava ainda preocupado e, pela primeira vez, desde que existia a relação entre os dois, deu ao amigo alguns conselhos sobre como viver.

– Você tem de relaxar – disse Amon. – Não pode sair correndo atrás de cada carregamento de presos que sai do campo.

ADAM GARDE, engenheiro e prisioneiro da Emalia, notou também sintomas dessa mudança em Oskar. Na noite de 20 de julho, um SS apareceu na caserna de Garde e despertou-o. O *Herr Direktor* telefonara ao corpo da guarda e dissera que precisava ver profissionalmente o engenheiro Garde em seu gabinete.

Garde deparou-se com Oskar ouvindo o rádio, com o rosto afogueado, uma garrafa e dois copos na sua frente sobre a mesa. Por detrás da escrivaninha, havia agora um mapa em relevo da Europa. O mapa nunca estivera ali nos dias da expansão germânica, mas Oskar parecia ter um vivo interesse no recuo das frentes alemãs. Nessa noite, o seu rádio estava ligado na estação Deutschlandsender, e não – como costumava acontecer – na BBC da Inglaterra. Estava sendo transmitida uma música especial, o que, frequentemente, significava o prelúdio de notícias importantes.

Oskar parecia estar ouvindo com ansiedade. Quando Garde entrou, ele se pôs de pé e convidou o jovem engenheiro a sentar-se. Serviu o conhaque e estendeu um copo a Garde.

– Houve uma tentativa de matar Hitler – disse Oskar. A notícia fora transmitida no começo da noite, e a informação era que Hitler sobrevivera ao atentado. A estação tinha prometido que ele logo falaria ao povo alemão. Mas até agora isso não acontecera. As horas se passavam, e nada de Hitler. Agora, a estação estava tocando Beethoven, com insistência, como na ocasião da queda de Stalingrado.

Oskar e Garde continuaram ali, sentados, durante horas. Uma cena estranha, um judeu e um alemão ouvindo o rádio juntos – a noite inteira, se necessário fosse – para apurar se o *Führer* tinha morrido. Adam Garde, é claro, sentia também o peito ardendo de esperança. Notou que os gestos de Oskar eram lentos, como se a possibilidade de o líder estar morto lhe tivesse afrouxado os músculos. Bebia sem cessar e insistia com Garde para fazer o mesmo. Se fosse verdade, disse Oskar, então os alemães, os alemães comuns como ele próprio, poderiam começar a redimir-se. Simplesmente porque alguém próximo de Hitler tivera a coragem de removê-lo da face da terra. Oskar soprava nuvens de fumaça.

– Será o fim da SS – prenunciou ele. – Até amanhã de manhã, Himmler já deverá estar na cadeia. Oh, Deus meu, que alívio ver o sistema liquidado!

O noticiário das 22 horas apenas repetiu a informação anterior. Houve um atentado contra a vida do *Führer,* mas fracassara, e o *Führer* falaria à nação em pouco minutos. Quando se passou uma hora e Hitler não se pronunciou, Oskar animou-se com uma fantasia que seria popular em relação a muitos alemães com a proximidade do fim da guerra.

– Nosso sofrimento terminou – disse ele. – O mundo voltou à sanidade. A Alemanha poderá juntar-se aos Aliados contra o russos.

As esperanças de Garde eram mais modestas. Na pior das hipóteses, esperava que se restabelecesse um gueto nos antigos moldes de Franz Josef.

Os dois continuaram bebendo, enquanto a música ressoava; parecia cada vez mais provável que a Europa seria naquela noite agraciada com a morte que era vital à recuperação do equilíbrio mental europeu. Eram de novo cidadãos do continente; não mais o prisioneiro e o *Herr Direktor*. As promessas da rádio de transmitir uma mensagem do *Führer* se repetiam, e cada vez Oskar ria mais enfaticamente.

Chegou a meia-noite e eles passaram a não dar mais atenção às promessas da rádio. Sentiam a respiração mais leve naquela nova Cracóvia pós-*Führer*. Previam que na manhã do dia seguinte todo mundo estaria dançando nas praças, sem medo de castigo. A *Wehrmacht* prenderia Frank no Castelo de Wawel e sitiaria o complexo da SS na Rua Pomorska.

Um pouco antes de 1 hora, a palavra de Hitler foi transmitida de Rastenberg. Oskar se convencera a tal ponto de que jamais teria de ouvir de novo *aquela* voz, que por uns poucos segundos não lhe reconheceu o timbre, apesar de tão familiarizado, e julgou que era apenas um porta-voz do Partido, contemporizando. Mas Garde também ouviu e, logo na primeira palavra, soube de quem era a voz.

"Meus camaradas alemães!", começou a voz. "Se eu lhes falo hoje, é em primeiro lugar para que possam ouvir a minha voz e saber que estou perfeitamente bem; em segundo lugar, para que fiquem sabendo de um crime sem paralelo na história da Alemanha."

O discurso terminou quatro minutos depois, com uma referência aos conspiradores. "Desta vez, acertaremos nossas contas com eles de acordo com os métodos que nós, nacional-socialistas, estamos habituados a adotar."

Adam Garde não aderira à fantasia a que Oskar se entregara no decorrer daquela noite. Pois Hitler era mais do que um homem; era um *sistema* com ramificações. Mesmo que morresse, não estava na natureza de um fenômeno como Hitler desaparecer no espaço de uma só noite.

Mas Oskar passara aquelas últimas horas acreditando, com uma convicção febril, na morte do *Führer*, e quando ficou claro que tudo não passara de uma ilusão, foi o jovem Garde quem assumiu o papel de consolador, ao passo que Oskar mergulhou numa tristeza quase melodramática.

– Foi vã a nossa esperança de libertação – disse ele, servindo mais duas novas doses de conhaque e abrindo sua caixa de cigarros. – Leve para você esta garrafa de conhaque e uns cigarros e trate de dormir. Teremos de esperar um pouco mais pela nossa liberdade.

Na confusão do conhaque, das notícias e de sua súbita inversão a altas horas da noite, Garde não estranhou que Oskar estivesse falando em "nossa liberdade", como se a situação deles fosse equivalente, ambos prisioneiros, que tinham de esperar passivamente para serem libertados. Mas, de volta ao seu beliche, Garde pensou: "É espantoso que *Herr Direktor* tenha falado daquela maneira, como alguém facilmente dado a fantasias e a acessos de depressão. Em geral, ele é tão pragmático!"

A RUA POMORSKA e os campos nas cercanias de Cracóvia fervilhavam de rumores, naquele fim de verão, sobre iminentes novas providências a respeito dos prisioneiros. Tais boatos preocuparam Oskar em Zablocie, e em Plaszóvia Amon foi informado extraoficialmente que os campos seriam dispersados.

De fato, aquela reunião sobre segurança nada tinha a ver com salvar Plaszóvia dos guerrilheiros, mas, sim, com o próximo fechamento do campo. Amon chamara Madritsch, Oskar e Bosch a Plaszóvia apenas para dar a si mesmo uma aura protetora. Tornou-se, então, plausível para ele ir a Cracóvia falar com Wilhelm Koppe, o novo chefe de polícia da SS no novo Governo-Geral. Amon sentou-se na outra extremidade da mesa de Koppe, com um falso ar de preocupação, estalando as juntas dos dedos como se estivesse tenso com a perspectiva de uma invasão de Plaszóvia. Contou a Koppe a mesma história que contara a Oskar e aos outros – organizações de guerrilheiros tinham surgido no campo, sionistas de dentro das cercas de arame farpado conseguiram estabelecer comunicação com radicais do Exército do Povo Polonês e com a Organização de Combate Judaica. Como podia compreender o *Obergruppenführer*, era difícil impedir esse tipo de comunicação; mensagens podiam entrar no campo escondidas dentro de um pão. Mas ao primeiro sinal de rebelião ativa, ele – Amon Goeth –, como comandante, teria necessidade de agir sumariamente. A pergunta que Amon queria fazer era, se ele atirasse primeiro e depois comunicasse oficialmente a Oranienburg, o eminente *Obergruppenführer* Koppe lhe daria o seu apoio?

Nenhum problema, respondeu Koppe. Realmente não tinha simpatia por burocratas. Em anos passados, como chefe de polícia da Wartheland, tinha comandado a frota de caminhões de extermínio que transportavam *Untermenschen* para zonas rurais e, então, pondo o motor em funcionamento, bombeavam o gás do escapamento para dentro dos caminhões trancados. Essa também era uma operação clandestina, que não necessitava ser transmitida oficialmente aos burocratas. A resposta de Koppe foi que Amon devia usar seu próprio critério; se assim agisse, ele o apoiaria.

Oskar tinha percebido na reunião que Amon não estava realmente preocupado com os guerrilheiros. Se soubesse na ocasião que Plaszóvia seria liquidado, ele teria compreendido o verdadeiro significado de representação de Amon. Pois Amon estava preocupado com Wilek Chilowicz, o chefe de polícia judeu do campo. Amon costumava usar Chilowicz como seu agente no mercado paralelo. Chilowicz conhecia bem Cracóvia. Sabia onde vender farinha, arroz, manteiga, que o comandante retinha para si, subtraídos dos suprimentos do campo. Conhecia os negociantes que se interessariam por produtos da oficina de joias de fantasia, em que trabalhavam prisioneiros como Wulkan. Amon estava preocupado com toda a panelinha de Chilowicz: a Sra. Marysia Chilowicz, que usufruía de privilégios graças à sua posição como esposa de Wilek; Mietek Finkelstein, um associado; a irmã de Chilowicz, Sra. Ferber; e o marido, Sr. Ferber. Se existia uma aristocracia em Plaszóvia, consistia na família Chilowicz. Tinham poder sobre os prisioneiros, mas sua posição era uma faca de dois gumes: sabiam tanto sobre Amon quanto sobre qualquer mísero maquinista na fábrica Madritsch. Se e quando Plaszóvia fechasse, eles fossem transferidos para outro campo, Amon estava certo de que tentariam se aproveitar do que sabiam sobre suas transações, logo que se vissem numa posição desvantajosa. Ou assim que estivessem com fome.

Naturalmente, Chilowicz também estava preocupado, e Amon percebia nele a dúvida quanto a ser-lhe permitido sair de Plaszóvia. Amon decidiu aproveitar-se da preocupação de Chilowicz como uma alavanca. Chamou a seu gabinete Sowinski, um auxiliar SS recrutado da Alta Tatras da Tchecoslováquia, para uma conferência. Sowinski seria encarregado de procurar Chilowicz e embromá-lo com uma oferta de fuga. Amon tinha certeza de que Chilowicz se apressaria em aceitar a transação.

Sowinski saiu-se bem em sua missão. Disse a Chilowicz que tinha condições de retirar do campo todo o seu clã num grande caminhão movido a lenha. Mas, se usasse gasolina em vez de lenha, era possível caberem umas seis pessoas na fornalha destinada à lenha.

Chilowicz interessou-se pela proposta. Sowinski precisaria, naturalmente, entregar um bilhete a amigos do lado de fora do campo, que providenciariam um veículo. Sowinski levaria o clã de caminhão ao ponto do encontro. Chilowicz estava disposto a pagar o serviço em diamantes. Mas acrescentou que, como prova de confiança mútua, Sowinski teria de fornecer-lhe uma arma.

Sowinski relatou as condições da transação ao comandante, que lhe deu uma pistola calibre 38 com o pino limado. A arma foi entregue a Chilowicz, que evidentemente não teria a oportunidade nem a necessidade de testá-la. Isso, contudo, permitiu a Amon jurar tanto a Koppe quanto a Oranienburg que encontrara uma arma em poder do prisioneiro.

Foi num domingo, em meados de agosto, que Sowinski se encontrou com a família Chilowicz no galpão de material de construção e os escondeu no caminhão. Depois desceu a Rua Jerozolimska, que ia dar no portão. Ali, haveria formalidades de rotina; depois o caminhão estaria livre para seguir caminho. Na fornalha vazia, nas pulsações dos cinco fugitivos, havia a febril, quase insuportável, esperança de deixar Amon para trás.

No portão, contudo, achavam-se Amon, Amthor e Hujar, mais o ucraniano Ivan Scharujew. Procederam a uma inspeção minuciosa. Com um meio sorriso, depois de vistoriar a plataforma do caminhão, eles deixaram a fornalha por último. Fingiram surpresa ao descobrir a infeliz família Chilowicz, como sardinhas em lata dentro da fornalha. Assim que Chilowicz foi arrastado para fora, Amon "encontrou" a arma ilegal enfiada em sua bota. Os bolsos de Chilowicz estavam repletos de diamantes, subornos que lhe haviam sido dados pelos desesperados prisioneiros do campo.

Prisioneiros, em seu dia de folga, souberam que Chilowicz achava-se no portão, sob sentença. A notícia provocou o mesmo temor, a mesma confusão de emoções que desencadeara um ano antes, na noite em que Symche Spira e os seus OD foram executados. E nenhum prisioneiro podia decifrar o significado daquele fato em relação às suas próprias sortes.

A família Chilowicz foi executada, um a um, com tiros de pistola. Muito amarelo devido a uma doença do fígado, no auge de sua obesidade, resfolegando como um tio velho, foi Amon quem colocou o cano da arma na nuca de Chilowicz. Mais tarde, os corpos ficaram em exibição na *Appellplatz*, com tabuletas pregadas no peito: AQUELES QUE VIOLAM LEIS JUSTAS PODEM ESPERAR UMA MORTE SEMELHANTE.

Naturalmente, esta não foi a moral que assimilaram os prisioneiros ante aquele espetáculo.

AMON PASSOU A TARDE preparando dois longos relatórios, um para Koppe, outro para a Seção D do General Glück, a fim de explicar como salvara o Plaszóvia de uma conspiração incipiente – quando um grupo de conspiradores tinha tentado fugir do campo – executando todos os líderes. Não terminou a revisão de ambos os relatórios senão às 23 horas. Frau Kochmann era muito lenta para um trabalho tão tardio; assim, o comandante mandou acordar Mietek Pemper para ser levado à sua casa. Na sala da frente, Amon declarou tranquilamente ao rapaz que acreditava ser ele cúmplice na tentativa de fuga de Chilowicz. Atônito, Pemper não soube o que responder. Lançou um olhar ao redor, em busca de alguma inspiração; viu, então, que a bainha da perna de sua calça estava descosturada. Como poderia sair do campo com a roupa naquele estado?, perguntou.

O raciocínio de franco desespero de sua resposta satisfez Amon. Ordenou que o rapaz se sentasse e deu-lhe instruções a respeito de como os relatórios deviam ser datilografados e as páginas numeradas. Amon bateu com os dedos espatulados nas folhas de papel.

– Quero um serviço de primeira classe – disse ele.

Pemper refletiu: "Assim são as coisas aqui – posso morrer agora por ser um fugitivo, ou mais tarde, por ter lido as justificativas de Amon."

Quando Pemper estava saindo da casa com os rascunhos na mão, Goeth seguiu-o até o pátio e gritou uma última ordem, em tom afável:

– Quando você datilografar a lista dos insurretos, quero que deixe espaço acima da minha assinatura, onde possa ser inserido mais um nome.

Pemper concordou com um gesto de cabeça, discreto como qualquer secretário profissional. Parou meio segundo, procurando uma inspiração, alguma resposta rápida, que inverteria a ordem de Amon de um espaço extra. O espaço para o seu nome. *Mietek Pemper*. Naquele odioso silêncio tórrido da noite de domingo, na Rua Jerozolimska, nada de plausível lhe ocorreu.

– Sim, *Herr Commandant* – respondeu Pemper.

Ao encaminhar-se para o Prédio da Administração, Pemper lembrou-se de uma carta que Amon lhe dera para datilografar no início do verão. Era dirigida ao pai, um editor vienense, cheia de preocupação filial por uma alergia que incomodara o velho na primavera anterior. Amon esperava que a alergia já tivesse deixado em paz o seu velho pai. A razão de Pemper ter-se lembrado daquela carta, entre tantas outras, era que, meia hora antes de ele ter sido chamado ao gabinete de Amon para taquigrafá-la, o comandante tinha arrastado para fora uma jovem que trabalhava no arquivo e a executado. A justaposição da carta e da execução provou a Pemper que, para Amon, assassinato e alergia eram eventos de igual valor. Se dizia a um datilógrafo que deixasse espaço em branco, onde pudesse ser inserido o próprio nome, a única coisa a fazer era deixar o espaço.

Pemper passou mais de uma hora datilografando e, no final, deixou o espaço destinado ao seu nome. Não obedecer à ordem seria ainda mais prontamente fatal. Corria um boato, entre os amigos de Stern, que Schindler tinha em mente algum plano a respeito dos prisioneiros, alguma tática para salvá-los, mas nessa noite os boatos de Zablocie não significavam mais nada. Mietek continuou datilografando; Mietek deixou em cada um dos dois relatórios o espaço para a sua sentença de morte. E todos os carbonos que ele tão laboriosamente gravara na mente – todas aquelas provas ficariam perdidas, anuladas pelo fatal espaço que ele estava deixando no final da lista de Amon.

Quando ambos os relatórios tinham sido datilografados à perfeição, ele retornou à casa do comandante. Amon manteve-o esperando junto à janela, enquanto permanecia sentado lendo os documentos. Pemper pensou que talvez o seu próprio corpo fosse exibido depois na *Appellplatz*, com alguma frase declamatória: QUE ASSIM PEREÇAM TODOS OS JUDEUS BOLCHEVIQUES!

Por fim, Amon veio até a janela.

– Pode ir para a sua cama – disse ele.

– *Herr Commandant?*

– Eu disse que você pode ir para a cama.

Pemper retirou-se. Caminhava agora com passos menos firmes. Depois do que ele tinha visto, Amon não podia deixar que ele continuasse vivo. Mas, talvez, o comandante julgasse que não havia pressa em matá-lo. Afinal, um dia de vida sempre era vida.

O espaço em branco acabou sendo utilizado para um prisioneiro idoso que, em entendimentos imprudentes com homens como John e Hujar, revelara que possuía diamantes escondidos em algum lugar fora do campo. Enquanto Pemper mergulhava no sono de um condenado que teve a sua pena comutada, Amon mandou chamar o velho prisioneiro à sua casa e ofereceu-lhe a vida em troca de revelar onde estavam escondidos os diamantes. Depois de conseguir a informação, evidentemente mandou executá-lo e acrescentou-lhe o nome no relatório a Koppe e Oranienburg, juntamente com a sua modesta alegação de ter extinguido a centelha de uma rebelião.

30

AS ORDENS, rotuladas OKH (Alto-Comando do Exército), já se achavam sobre a mesa de Oskar. Por causa da situação da guerra, informava-lhe o Diretor de Armamentos, KL Plaszóvia e, portanto, também o campo da Emalia, teriam de ser desativados. Os prisioneiros da Emalia seriam enviados para Plaszóvia, à espera de redistribuição. O próprio Oskar devia encerrar a sua operação Zablocie o mais rapidamente possível, retendo no recinto apenas os técnicos necessários ao desaparelhamento da fábrica. Para mais instruções, ele devia dirigir-se à Junta de Evacuação, OKH, Berlim.

A reação inicial de Oskar foi um acesso de fúria. Ofendia-o o tom, o senso de um funcionário distante resolvendo desobrigá-lo de quaisquer compromissos. Havia um homem em Berlim – ignorante do pão do mercado paralelo que ligava Oskar aos seus prisioneiros – que considerava razoável o dono de uma fábrica abrir seus portões e deixar que seus trabalhadores fossem levados para qualquer outra parte. Mas a pior arrogância era o fato de que a carta não definia a "redistribuição". O Governador-Geral Frank era mais honesto e tinha feito um discurso notório algum tempo antes: "Quando, finalmente, ganharmos a guerra, então, de minha parte, poloneses, ucranianos e toda essa ralé podem ser transformados em picadinho de carne ou qualquer outra coisa que se queira." Frank tivera a coragem de dar um nome preciso ao processo. Em Berlim, eles falavam em "redistribuição" e, com isso, se consideravam justificados.

Amon sabia o que significava "redistribuição" e, na próxima visita de Oskar a Plaszóvia, disse-lhe francamente do que se tratava. Todos os homens de Plaszóvia seriam enviados a Gröss-Rosen. As mulheres iriam para Auschwitz. Gröss-Rosen era um vasto campo de pedreiras na Baixa Silésia. A Terra & Pedras da Alemanha, grande empreendimento da SS com filiais em toda a Polônia, Alemanha e territórios conquistados, absorvia os prisioneiros de Gröss-Rosen. Os processos em Auschwitz eram, naturalmente, mais diretos e modernos.

Quando a notícia da extinção da Emalia chegou às oficinas da fábrica e se espalhou pelas casernas, alguns dos presos de Schindler julgaram que era o fim de todo o santuário. Os Perlman, cuja filha abandonara a sua proteção de ariana para interceder por eles, empacotaram os seus cobertores e conversaram filosoficamente com seus vizinhos de beliche. Emalia lhes dera um ano de tranquilidade, um ano de sopa, um ano de sanidade. Talvez fosse o bastante. Mas agora eles se consideravam condenados à morte. Era o que as suas vozes deixavam transparecer.

O Rabino Levartov estava também resignado. Chegara a hora do seu acerto de contas com Amon. Edith Liebgold, que fora recrutada por Bankier para o turno da noite nos primeiros dias do gueto, notou que, embora Oskar passasse horas falando solenemente com os seus supervisores judeus, não fazia mais ao seu pessoal promessas mirabolantes. Talvez se sentisse tão perplexo e humilhado quanto os outros, com aquelas ordens de Berlim. Assim, não parecia mais ser o profeta que Edith conhecera na noite em que, pela primeira vez, ela viera a Emalia, há mais de três anos.

Ainda assim, no final do verão, quando seus prisioneiros fizeram as trouxas e marcharam de volta a Plaszóvia, corria entre eles o boato de que Oskar falara em comprá-los de volta. Dissera isso a Garde; dissera a Bankier. Quase podiam ouvi-lo falando – aquela certeza sincera, aquele rouquenho tom paternal. Mas, à medida que os prisioneiros iam pela Rua Jerozolimska, passando pelo Prédio da Administração, fitando com o espanto de recém-chegados as turmas que puxavam carretas da pedreira, a memória das promessas de Oskar era quase uma sobrecarga de amargura.

A família Horowitz estava de volta a Plaszóvia. O pai, Dolek, no ano anterior conseguira a transferência de todos eles para a Emalia, mas agora ali estavam de novo, Richard, de 6 anos de idade, a mãe, Regina. Niusia, com 11 anos, de novo costurava pelos em vassouras e via, das altas janelas, os caminhões subindo para o morro do forte austríaco, e a fumaça escura das cremações erguer-se no céu. Plaszóvia continuava como era quando ela saíra de lá no ano anterior. Era-lhe impossível acreditar que aquilo tudo teria um fim.

Mas o pai de Niusia creditava que Oskar faria uma lista de pessoas e conseguiria tirá-las dali. A lista de Oskar, na mente de alguns deles, passara a ser mais do que uma mera tabulação. Era uma *Lista*. Uma esperança que talvez se concretizasse.

Certa noite, na casa de Amon, Oskar falou na ideia de levar judeus consigo para fora de Cracóvia. Era uma noite tranquila, no final do verão. Amon parecia satisfeito de vê-lo. Em vista do estado de saúde do comandante – tanto o Dr. Blancke como o Dr. Gross o haviam advertido que, se não moderasse na comida e na bebida, acabaria morrendo – ultimamente os visitantes em sua casa tinham escasseado.

Instalados na sala, eles bebiam, com a recente moderação de Amon. De repente, Oskar tocou no assunto. Queria levar seus trabalhadores especializados para a sua fábrica na Tchecoslováquia. E, também, talvez precisasse de mais alguns prisioneiros de Plaszóvia. Procuraria a ajuda da Junta de Evacuação para encontrar um local adequado, em alguma parte na Morávia, e recorreria à *Ostbahn* para fazer o transporte de Cracóvia para sudeste. Deu a entender a Amon que ficaria grato com o apoio que dele recebesse. A palavra gratidão sempre excitava Amon. Sim, acedeu ele, se Oskar conseguisse a cooperação de que precisava de todas as juntas em questão, Amon permitiria que fosse feita uma lista de prisioneiros.

Quando acertaram o acordo, Amon quis jogar cartas. Gostava de *blackjack*, uma versão do *vingt-et-un* francês. Era um jogo difícil para os oficiais subalternos fingirem perder, sem tornar o artifício muito óbvio. Não permitia bajulação excessiva. Era, portanto, um jogo para valer, e isso agradava a Amon. Além do mais, naquela noite Oskar não estava interessado em perder. Pagaria muito bem a Amon por aquela lista.

O comandante começou apostando modestamente, em cédulas de 100 zÂotys, como se os seus médicos lhe houvessem aconselhado moderação também no jogo. Mas passou a aumentar as apostas, e quando chegaram a 500 zÂotys, Oskar recebeu a combinação mais alta de cartas, um ás e um valete, o que significava que Amon teria de lhe pagar o dobro da aposta.

Amon mostrou-se desolado por ter perdido, mas não se irritou. Mandou que Helen Hirsch lhes trouxesse café. A moça entrou, uma paródia da criada de um cavalheiro, muito engomada, vestida de preto, mas com o olho direito fechado por um inchaço. Helen era tão pequena que Amon tinha de se abaixar para espancá-la. Agora ela já conhecia Oskar, mas não levantou os olhos para ele. Havia quase um ano que ele lhe prometera tirá-la dali. Sempre que aparecia na casa de Amon, dava um jeito de esgueirar-se pelo corredor até a cozinha para perguntar como ela ia. Já era alguma coisa, mas não alterava a sua situação na vida. Poucas semanas antes, por exemplo, pelo fato de a sopa não estar na temperatura correta – Amon era exigente com respeito a sopa, sujeiras de mosca no corredor, pulgas nos cães – o comandante tinha chamado Ivan e Petr e lhes ordenado que levassem Helen ao videoiro no jardim e sumariamente a fuzilassem. Observara-a da janela, enquanto ela caminhava na frente da Mauser de Petr, implorando baixinho ao jovem ucraniano: "Petr, quem você vai matar? É Helen, Helen que lhe dá bolos! Como vai poder atirar em Helen?" Petr, respondendo da mesma maneira, de dentes cerrados: "Eu sei, Helen. Não queria, mas sou obrigado. Se me negar, sou *eu* quem ele vai matar." Ela curvara a cabeça, apoiando-a na casca manchada da árvore. Tantas vezes já havia perguntado a Amon por que ele não a matava, ela queria morrer com simplicidade, aborrecê-lo com a sua aceitação. Mas não era possível. Estava tremendo tanto que Amon notou. Seus joelhos dobravam. Ouviu então Amon gritar da janela:

– Tragam de volta a cadela. Não faltará ocasião de liquidar com ela. Mas, por enquanto, talvez ainda seja possível educá-la.

Entre seus acessos de selvageria insana, havia breves fases em que ele tentava personificar o patrão benigno. Um dia, dissera a Helen que ela era realmente uma criada muito bem-treinada. "Se depois da guerra você precisar de uma referência, eu lhe darei todas as que quiser." Helen sabia que era só da boca para fora, um devaneio. E voltara para Amon o seu ouvido surdo, o que tivera o tímpano perfurado por uma pancada. Sabia que cedo ou tarde iria morrer, vitimada pela fúria de Amon.

Naquela vida, o sorriso de um visitante era apenas um conforto momentâneo. Nessa noite, colocou uma enorme cafeteira de prata ao lado do *Herr Commandant* – ele continuava bebendo incríveis quantidades de café, com quilos de açúcar – fez uma mesura e retirou-se.

Uma hora depois, quando Amon já tinha perdido 3.700 *zÂotys* e queixava-se amargamente do seu azar, Oskar sugeriu uma variação nas apostas. Ia precisar de uma criada em Morávia, disse, quando se mudasse para a Tchecoslováquia. Lá, ser-lhe-ia difícil conseguir uma tão inteligente e bem-treinada como Helen Hirsch. Todas elas eram camponesas. Assim, propôs que jogassem uma rodada, apostando o dobro ou nada. Se Amon ganhasse, Oskar lhe pagaria 7.400 *zÂotys*. Porém, se perdesse, a sua dívida subiria a 14.800 *zÂotys*.

– Mas se *eu* ganhar – disse Oskar – você terá de ceder Helen Hirsch para a minha lista.

Amon queria pensar melhor na proposta. Mas Oskar ponderou que, de qualquer jeito, ele teria de abrir mão da criada, pois ela seria mandada para Auschwitz. Amon estava tão habituado a Helen que lhe era difícil perdê-la. Quando pensava em um fim para ela, provavelmente sempre fora liquidá-la ele mesmo, num ímpeto passional. Se a perdesse nas cartas, estaria obrigado, com o espírito esportivo de um autêntico vienense, a desistir do prazer pessoal daquele assassinato.

Em outra ocasião, Schindler tinha pedido que Helen fosse destacada para trabalhar na Emalia. Mas Amon recusara. Havia apenas um ano que parecera a todos que Plaszóvia iria durar algumas décadas, e que o comandante e sua criada envelheceriam juntos, ou pelo menos até que algum erro cometido por Helen encerrasse abruptamente o vínculo entre eles. Um ano antes, ninguém teria acreditado que aquele relacionamento terminaria porque os russos tinham chegado às portas de Lwów. Quanto a Oskar, a sua proposta fora feita em tom displicente. Não parecia haver, em sua oferta a Amon, nenhum paralelo com Deus e Satã, apostando nas cartas almas humanas. Não perguntou a si mesmo se direito tinha de incluir a jovem numa aposta. Se perdesse, sua chance de tirá-la dali de algum outro modo seria bem precária. Mas naquele ano todas as chances eram precárias. Até mesmo as de Oskar.

Oskar levantou-se e procurou na sala uma folha de papel com cabeçalho oficial, na qual escreveu para Amon assinar, caso este perdesse a aposta: "Autorizo que o nome da prisioneira Helen Hirsch seja incluído em qualquer lista de mão de obra especializada a ser utilizada por Herr Oskar Schindler em sua fábrica DEF."

Amon deu as cartas e Oskar recebeu um oito e um cinco; Oskar pediu mais cartas e recebeu um cinco e um ás. Devia ser o suficiente. Depois, Amon deu as cartas para si mesmo. Primeiro foi um cinco, depois um rei.

– Meu Deus do céu! – exclamou Amon, que praguejava com muita distinção, considerando-se demasiado requintado para usar palavreado obsceno. – Perdi. – E soltou uma risadinha; mas não estava achando nada divertido. – Minhas primeiras cartas foram um três e um cinco. Com um quatro eu estaria garantido. E, então, recebi este maldito rei.

Terminada a partida, ele assinou a autorização. Oskar juntou todas as fichas que tinha ganho nessa noite e devolveu-as a Amon.

– Cuide bem da moça por mim – recomendou ele – até chegar a hora de eu mandar buscá-la.

Na sua cozinha, Helen não podia saber que acabava de ser salva por um baralho.

Provavelmente por Oskar ter contado a Stern o que se passara naquela noite em casa de Amon, correram boatos no Prédio da Administração e até mesmo nas oficinas sobre um plano que Oskar tencionava pôr em prática. *Existia* uma lista de Schindler. Fazer parte dela era a melhor coisa que se poderia desejar.

31

EM DETERMINADO ponto de qualquer discussão sobre Schindler, os sobreviventes amigos de *Herr Direktor* apertam os olhos, abanam a cabeça e se empenham na tarefa quase matemática de descobrir a soma de suas motivações. Pois um dos sentimentos mais comuns aos judeus salvos por Schindler é ainda: "Não sei por que ele fez tudo aquilo." Para começar, pode-se dizer que Oskar era um jogador, um sentimental que amava a alegria, a simplicidade de fazer o bem; que Oskar era por temperamento um anarquista, que se comprazia em ridicularizar o sistema; e que sob a sua jovial sensualidade havia a capacidade de se indignar com a selvageria humana, de reagir a essa selvageria e de não se deixar dominar. Mas nem todos esses motivos somados explicam a tenacidade com que, no outono de 1944, ele preparou um abrigo final para a sua gente da Emalia.

E não só para aquela gente. Em princípios de setembro, ele foi com seu carro a Podgórze e visitou Madritsch, que àquela altura empregava mais de três mil prisioneiros em sua fábrica de uniformes. Essa fábrica seria agora desmontada. Madritsch receberia de volta suas máquinas de costura e seus operários desapareceriam.

– Se trabalhássemos em conjunto – propôs Oskar – poderíamos salvar mais de quatro mil prisioneiros. Os meus e os seus. Poderíamos dar-lhes proteção em Morávia.

Madritsch seria sempre, e com razão, reverenciado pelos seus prisioneiros sobreviventes. O pão e as galinhas contrabandeados para dentro de sua fábrica eram pagos do seu próprio bolso e com grandes riscos. Poderia ser considerado um homem mais equilibrado do que Oskar. Não tão entusiástico, não tão sujeito a obsessões. Jamais fora preso. Mas fora muito mais humano do que era prudente e, se fosse menos sagaz e enérgico, teria acabado em Auschwitz.

Agora Oskar apresentava-lhe uma visão de um campo Madritsch-Schindler em alguma parte na Alta Jeseniks; algum enevoado, seguro e pequeno povoado industrial.

Madritsch sentiu-se atraído pela ideia mas não se apressou em dizer "sim". Via que, embora a guerra estivesse perdida, o sistema SS tinha-se tornado não menos, porém, mais implacável. Tinha razão de presumir que, infelizmente, os prisioneiros de Plaszóvia – nos próximos meses – seriam destruídos nos campos de morte a oeste. Porque, se Oskar era pertinaz e alucinado, também o eram o escritório Central da SS e seus operadores, os comandantes dos campos de concentração.

Madritsch, porém, não deu um "não" definitivo. Precisava de tempo para pensar melhor. Embora não pudesse dizer isso a Oskar, é provável que ele temesse se empenhar num projeto de sociedade com um sujeito temerário e diabólico feito Schindler.

Sem ter recebido uma resposta clara de Madritsch, Oskar resolveu agir. Foi para Berlim e lá convidou o Coronel Erich Lange para jantar.

Em conversa, afirmou-lhe que poderia dedicar-se inteiramente à manufatura de granadas, se conseguisse transferir sua maquinaria pesada.

Lange era um elemento crucial. Podia garantir contratos; podia fornecer as recomendações de que Oskar necessitava para convencer a Junta de Evacuação e os funcionários alemães em Morávia.

Mais tarde, Oskar diria desse sombrio oficial do Estado-Maior que ele o ajudara concretamente. Lange estava ainda naquele estado de exaltado desespero e repulsa moral característico de muitos homens que tinham trabalhado dentro do sistema, mas nem sempre a favor do sistema.

– Podemos conseguir isso – disse Lange –, mas vai ser preciso algum dinheiro. Não para mim. Para outros.

Apresentado por Lange, Oskar conversou com um oficial da Junta de Evacuação no OKH, na Rua Bendler. Era provável, disse esse oficial, que, em princípio, a evacuação fosse aprovada. Mas havia um obstáculo maior. O Governador *cum* Gauleiter da Morávia, que administrava a região do seu castelo em Liberec, seguia a política de manter os campos de trabalho de judeus *fora* de sua província. Nem a SS nem a Inspetoria de Armamentos conseguira até então fazê-lo mudar de atitude. Um homem com quem discutir esse impasse, disse o oficial, era um engenheiro veterano da *Wehrmacht* na Inspetoria de Armamentos, chamado Sussmuth. Oskar poderia discutir com Sussmuth quais os locais disponíveis, na Morávia, para a concretização do seu plano. Em todo o caso, Herr Schindler podia contar com o apoio da Junta de Evacuação.

– Mas o senhor deve compreender que em vista das pressões sob as quais vive o pessoal da Junta, e da redução que a guerra trouxe aos seus confortos pessoais, eles provavelmente dariam uma resposta mais rápida se o senhor pudesse compensá-los de alguma forma. Nós, pobres funcionários da cidade, estamos com falta de presunto, charutos, bebidas, roupas, café... todo tipo de coisas.

O oficial parecia pensar que Oskar carregava consigo a metade dos produtos do tempo de paz da Polônia. Em vez de remeter aos cavalheiros da Junta um pacote de presentes, Oskar teve de comprar artigos de luxo aos preços do mercado paralelo de Berlim. Um velho senhor no balcão do Hotel Adlon pôde adquirir excelentes licores para Herr Schindler por um bom preço, cerca de 80 RM a garrafa. E não se podia mandar aos membros da Junta menos de uma dúzia de garrafas. Mas o café era como ouro, e havanas estavam por um preço absurdo. Os cavalheiros poderiam precisar de muita pressão para conseguirem vencer a resistência do Governador da Morávia.

Em meio às negociações de Oskar, Amon Goeth foi preso.

ALGUÉM DEVIA tê-lo denunciado. Algum oficial subalterno invejoso, ou um cidadão apreensivo, que estivera na casa do comandante e ficara chocado com o estilo sibarita de Amon. Um investigador da SS chamado Eckert iniciou uma devassa nas transações financeiras de Amon. Não interessavam às investigações de Eckert disparos de Amon contra prisioneiros. Mas os desfalques e as negociatas no mercado paralelo lhe eram pertinentes, assim como as queixas de alguns dos seus oficiais subalternos sobre a maneira excessivamente severa como ele os tratava.

Amon estava de licença em Viena, hospedado com o seu pai, o editor, quando a SS foi prendê-lo. Deram também uma busca em um apartamento que o *Hauptsturmführer* Goeth mantinha na cidade e descobriram 80 mil RM escondidos, cuja proveniência Amon não pôde explicar satisfatoriamente. Além disso, encontraram, empilhados até o teto, cerca de um milhão de cigarros. Ao que parecia, o apartamento de Amon em Viena era mais um depósito de mercadorias do que um *pied-à-terre*.

À primeira vista, poderia parecer surpreendente que a SS – ou antes, os oficiais do Escritório Central de Segurança do Reich – se dispusesse à tarefa de prender um funcionário tão eficiente como o *Hauptsturmführer* Goeth. Mas já haviam investigado irregularidades em Buchenwald e tentado encurralar Koch, o seu comandante. Tinham até procurado juntar provas para prender o notório Rudolf Höss e interrogado uma judia vienense, que se suspeitava estivesse grávida daquele astro do sistema de campos de concentração. Por isso, Amon, furioso em seu apartamento, enquanto o revistavam, não podia ter muita esperança de impunidade.

Amon foi levado para Breslau e posto numa prisão da SS para aguardar outras investigações e o julgamento. Os oficiais deram prova da própria ignorância sobre a maneira como eram conduzidos os negócios em Plaszóvia quando foram à casa de Amon para interrogar Helen Hirsch, que estava sob suspeita de envolvimento nas negociatas do comandante. Nos meses seguintes, por duas vezes ela foi levada às celas no subsolo do quartel-general da SS em Plaszóvia para interrogatório. Fizeram-lhe perguntas sobre os contatos de Amon no mercado paralelo – quem eram os seus agentes, como ele fazia funcionar a oficina de joias em Plaszóvia, a oficina de alfaiate, de estofamento. Ninguém a espancou ou ameaçou. Mas estavam convencidos de que ela era membro de uma gangue que a atormentava. Se Helen por acaso tivesse sonhado com uma improvável e gloriosa salvação, não teria ousado sequer pensar que Amon seria preso pela sua própria gente. Sentia-se agora à beira da loucura na sala do interrogatório, quando eles tentavam estabelecer uma cumplicidade entre ela e Amom.

Chilowicz poderia ajudá-los, disse-lhes ela. Mas Chilowicz estava morto.

Eram policiais por profissão; após algum tempo, decidiram que ela nada podia dizer-lhes, exceto umas poucas informações sobre a cozinha suntuosa na casa de Goeth. Poderiam ter-lhe perguntado a respeito de suas cicatrizes, mas sabiam que não adiantava acusar Goeth de sadismo. Ao tentar investigar sadismo no campo de Sachsenhausen, tinham sido expulsos do recinto por guardas armados. Em Buchenwald, entraram em contato com uma testemunha importante, um NCO disposto a testemunhar contra o comandante, mas o informante fora encontrado morto em sua cela. O chefe do grupo de investigadores ordenara que amostras de um veneno encontrado no estômago do NCO fossem ministradas a quatro prisioneiros russos. Viu-os morrer, obtendo assim a prova contra o comandante e o médico do campo. Embora o comandante houvesse sido condenado por assassinato e sadismo, era uma justiça estranha. Antes de tudo, fez com que o pessoal do campo se unisse e liquidasse com todas as provas vivas. Assim, os homens do escritório V não interrogaram Helen a respeito de suas cicatrizes. Continuaram perguntando-lhe sobre negociatas e acabaram por deixá-la em paz.

Investigaram também Mietek Pemper, que teve a prudência de não lhes revelar muito a respeito de Amon, certamente nada sobre seus crimes contra seres humanos. Ouvira apenas rumores das falcatruas de Amon. Representou o papel do datilógrafo profissional, alheio a todo material sigiloso. "O *Herr Commandant* nunca discutiria tais assuntos comigo", insistia ele. Mas a sua representação era motivada pela mesma incerteza de Helen Hirsch. Se existia uma circunstância que mais provavelmente garantia a *ele* a chance de sobrevivência, era a prisão de Amon. Pois não havia desfecho mais certo de sua vida do que este: quando os russos chegassem a Tarnow, Amon ditaria as suas últimas cartas e depois assassinaria o datilógrafo. Portanto, o que preocupava Mietek era que soltassem Amon cedo demais.

Mas os investigadores não estavam interessados somente na questão das especulações de Amon. O juiz da SS que interrogou Pemper fora informado pelo *Oberscharführer* Lorenz Landsdorfer que o *Hauptsturmführer* Goeth deixara seu funcionário judeu datilografar as diretrizes e os planos a serem adotados pela guarnição de Plaszóvia, no caso de o campo ser atacado por guerrilheiros. Ao explicar a Pemper como devia datilografar os planos, Amon mostrara-lhe cópias de planos similares para outros campos de concentração. O juiz se alarmou tanto com essa revelação de documentos secretos a um prisioneiro judeu que ordenou a prisão de Pemper.

Pemper passou duas semanas terríveis numa cela do quartel da SS. Não foi espancado, mas interrogado regularmente por vários investigadores do Escritório V e por dois juízes da SS. Julgou ler nos olhos daqueles homens a conclusão de que a coisa mais garantida era fuzilá-lo. Certo dia, durante um interrogatório sobre planos de emergência para Plaszóvia, Pemper perguntou a seus interrogadores:

– Por que me manter aqui? Uma prisão é uma prisão. Dessa maneira, estou sob sentença de prisão perpétua.

Era um argumento calculado para provocar uma solução, ou o soltavam ou lhe davam um tiro. Quando terminou a sessão, Pemper passou algumas horas de ansiedade, até tornarem a abrir a porta de sua cela. Levaram-no para fora e o devolveram ao campo de Plaszóvia. Não foi a última vez, porém, que ele seria interrogado a respeito de questões relativas ao Comandante Goeth.

Em vista da prisão de Pemper, os auxiliares de Amon não pareceram muito dispostos a se pronunciar a seu favor. Eram cautelosos. Bosch, que tanto se servira das bebidas do comandante, declarou ao *Untersturmführer* John que era perigoso tentar subornar aqueles decididos investigadores do Escritório V. Quanto aos superiores de Amon, Scherner se fora, destacado para caçar guerrilheiros, e acabaria sendo morto numa emboscada nas florestas de Niepolomice. Amon estava nas mãos de homens de Oranienburg, que nunca tinham jantado na *Goethhaus* – ou, se tinham jantado, saíram de lá escandalizados ou invejosos.

Após ser libertada pela SS, Helen Hirsch, agora trabalhando para o novo comandante, *Hauptsturmführer* Büscher, recebeu um bilhete amistoso de Amon, pedindo-lhe que fizesse um embrulho de roupas, alguns romances e histórias policiais, e algumas bebidas para reconfortá-lo em sua cela. A Helen pareceu a carta de um parente. "Queria ter a bondade de me remeter o seguinte:", dizia ele, e terminava com: "Esperando tornar a vê-la dentro em breve."

ENQUANTO ISSO, Oskar fora à cidade de Troppau para ver o engenheiro Sussmuth. Levava consigo bebidas e diamantes, mas neste caso não foram necessários. Sussmuth disse a Oskar que já havia proposto a instalação de pequenos campos de trabalho judeus nas cidades fronteiriças da Morávia, a fim de manufaturar peças para a Inspetoria de Armamentos. Naturalmente, esses campos estariam sob o controle central de Auschwitz ou Gröss-Rosen, pois as áreas de influência dos grandes campos de concentração cruzavam a fronteira polonesa-tchecoslovaca. Mas havia mais segurança para prisioneiros em pequenos campos de trabalho do que se poderia esperar na grande necrópole do próprio Auschwitz. Evidentemente, Sussmuth não conseguira fazer aprovar o seu plano. O Castelo de Liberec tinha vetado a sua proposta. Ele nunca tivera influência alguma. O apoio que Oskar conseguira do Coronel Lange e dos membros da Junta de Evacuação é que poderia realmente representar alguma influência.

Sussmuth tinha, em seu escritório, uma lista de locais adequados para receber fábricas evacuadas da zona de guerra. Perto de Zwittau, a cidade natal de Oskar, junto a uma aldeia clamada Brinnlitz, havia uma grande fábrica de têxteis de propriedade de dois vienenses, os irmãos Hoffman. Anteriormente, eles negociavam com manteiga e queijos em sua cidade de origem, mas tinham-se mudado para a *Sudetenland* atrás das legiões (exatamente como Oskar fora para Cracóvia) e se tornado magnatas da indústria têxtil. O anexo inteiro da fábrica estava desocupado e sendo utilizado para guardar máquinas de tecelagem obsoletas. A zona era servida pela estação de estrada de ferro em Zwittau, onde o cunhado de Schindler administrava os vagões de carga. E um ramal da estrada passava próximo dos portões da fábrica.

– Os irmãos Hoffman são especuladores – disse Sussmuth, sorrindo. – Têm certo apoio do Partido local. O Conselho Municipal e o chefe do distrito estão no bolso deles. Mas você pode contar com o apoio do Coronel Lange. Escreverei imediatamente para Berlim – prometeu Sussmuth – recomendando a utilização do anexo Hoffman.

Oskar conhecia desde a infância a aldeia alemã de Brinnlitz. O caráter racial da aldeia transparecia em seu próprio nome, pois os tchecos a teriam chamado de Brnenec, da mesma forma que uma Zwittau tcheca se teria tornado Zvitava. Os cidadãos de Brinnlitz não gostariam muito da perspectiva de ter mil e tantos judeus em suas cercanias. A população de Zwittau, de onde eram recrutados alguns dos operários dos Hoffman, também não gostaria dessa contaminação – já quase no fim da guerra – em seu rústico complexo industrial.

Em todo caso, Oskar decidiu fazer uma rápida vistoria do local. Não se aproximou do escritório dos irmãos Hoffman, pois isso daria ao irmão mais inflexível, o que era diretor da companhia, motivo de suspeita. Mas conseguiu penetrar no anexo, sem qualquer dificuldade. Era uma antiquada caserna industrial de dois andares, construída em torno de um pátio. O andar térreo tinha o pé-direito alto e estava cheio de velhas máquinas e engradados de lã. O sobrado devia ter sido destinado aos escritórios e equipamentos mais leves. O seu piso não aguentaria o peso das grandes prensas. O andar de baixo serviria para as novas oficinas da DEF, o escritório e, a um canto, o apartamento de *Herr Direktor*. No andar de cima, seriam instalados os prisioneiros.

Oskar gostou muito do local. Voltou para Cracóvia ansioso por dar andamento ao projeto, fazer as despesas necessárias, conversar de novo com Madritsch, pois Sussmuth podia encontrar também um local para Madritsch se instalar – talvez mesmo dentro de Brinnlitz.

Na volta, ele constatou que um bombardeiro dos Aliados, derrubado por um caça da *Luftwaffe*, caíra sobre duas cabanas do campo. A fuselagem enegrecida jazia retorcida entre as ruínas das cabanas. Apenas uma pequena equipe de prisioneiros permanecia na Emalia para encerrar a produção e cuidar da fábrica. Tinham visto o bombardeiro cair em chamas. Dois homens jaziam lá dentro, carbonizados. A equipe da *Luftwaffe,* que viera para levar os corpos, dissera a Adam Garde que o bombardeiro era um Stirling e os homens, australianos. Um deles segurava os restos queimados de uma Bíblia inglesa; devia ter caído com ela na mão. Dois outros tinham descido de paraquedas nos subúrbios. Um fora encontrado morto por causa dos ferimentos, ainda com os arreios. Os guerrilheiros tinham encontrado o outro e o mantinham escondido em alguma parte. Os aviões australianos estavam jogando suprimentos para os guerrilheiros, na floresta virgem situada a leste de Cracóvia.

Se Oskar precisasse de alguma confirmação, ali estava a prova. Aqueles homens tinham vindo de longínquas cidadezinhas, dos confins da Austrália, para apressar a queda de Cracóvia. Imediatamente ele telefonou ao funcionário encarregado do material circulante, no escritório do Presidente Gerteis da *Ostbahn*, e convidou-o a jantar para discutirem a necessidade potencial da DEF de obter vagões-plataforma. Uma semana depois da conversa de Oskar com Sussmuth, os membros da Junta de Armamentos de Berlim informaram ao Governador da Morávia que a fábrica de armamentos de Oskar seria instalada no anexo da tecelagem de Hoffman, em Brinnlitz. Os burocratas do Governador nada mais podiam fazer. Sussmuth disse por telefone a Oskar que apressasse a papelada da transação. Mas Hoffman e outros membros do Partido na área de Zwittau já estavam conferenciando e aprovando resoluções contra a invasão de Oskar na Morávia. O *Kreisleiter* do Partido em Zwittau escreveu a Berlim, queixando-se de que prisioneiros judeus da Polônia poriam em perigo a saúde dos alemães moravianos. Muito provavelmente haveria um surto de meningite cerebrospinal pela primeira vez, desde tempos imemoriais, e a pequena fábrica de armamentos de Oskar, de dúbio valor para o esforço de guerra, atrairia bombardeiros dos Aliados, com o resultante prejuízo da importante tecelagem dos Hoffman. A população de criminosos judeus no campo de Schindler seria maior do que a pequena e decente população de Brinnlitz e se tornaria um câncer no honesto flanco de Zwittau.

Um protesto dessa ordem não teve chance de ser atendido, pois foi direto para o escritório de Erich Lange, em Berlim. Apelos dirigidos a Troppau eram vetados pelo honesto Sussmuth. Não obstante, surgiram cartazes nos muros da cidade natal de Oskar: MANTENHAM AFASTADOS OS CRIMINOSOS JUDEUS.

E Oskar estava pagando. Estava pagando ao Comitê de Evacuação em Cracóvia para ajudar a apresentar as guias de transferência da sua maquinaria. O Departamento da Economia em Cracóvia precisava de certos estímulos para providenciar a liberação de depósitos bancários. A moeda corrente não tinha muito valor naqueles dias; sendo assim, ele pagava em mercadorias – quilos de chá, sapatos de couro, tapetes, café, peixe enlatado. Passava as tardes nas ruas estreitas junto à praça do mercado de Cracóvia, regateando os preços exorbitantes de tudo o que os burocratas desejavam. Se assim não fizesse, ele tinha certeza de que o deixariam esperando até o último judeu ir para Auschwitz.

Foi Sussmuth quem avisou a Oskar que pessoas de Zwittau escreviam à Inspetoria de Armamentos, acusando-o de atuar no mercado paralelo.

– Se estão mandando cartas – disse Sussmuth – pode apostar que as mesmas cartas estão sendo endereçadas ao chefe de polícia da Morávia, o *Obersturmführer* Otto Rasch. Portanto, aconselho-o a ir travar conhecimento com Rasch e mostrar-lhe que sujeito encantador você é.

Oskar tinha conhecido Rasch quando ele era chefe de polícia da SS de Katowice. Por sorte, Rasch era amigo do diretor da Ferrum AG em Sosnowiec, de quem Oskar tinha comprado o aço para a sua fábrica. Mas apressando-se a ir a Brno, para chegar antes dos informantes, Oskar não confiou apenas no sentimento frágil de amizades por tabela. Levou consigo um diamante lapidado no estilo *brilhante* que, em determinado momento, ele exibiu na entrevista. Quando o diamante rolou sobre a mesa e foi parar ao lado de Rasch, essa foi a garantia de que Oskar precisava para o seu plano.

Mais tarde, Oskar calculou que gastara 100 mil RM – quase 40 mil dólares – a fim de facilitar a transferência de sua fábrica para Brinnlitz. Poucos dos sobreviventes iriam considerar exagerado o cálculo; havia mesmo os que abanavam a cabeça e opinavam: "Não, *mais*! Na certa, a quantia foi bem maior."

OSKAR TINHA FEITO o que chamava de lista preparatória, a qual entregara no Prédio da Administração. Havia mais de mil nomes na lista – os nomes de todos os prisioneiros do campo da Emalia e mais alguns nomes novos. O de Helen Hirsch figurava entre eles, e Amon não estava mais lá para argumentar a respeito de sua criada.

Essa lista ter-se-ia alongado se Madritsch tivesse ido para a Morávia com Oskar, que juntamente com Titsch, continuava tentando convencê-lo. Os prisioneiros de Madritsch mais íntimos de Titsch sabiam que a lista estava sendo preparada, e que podiam aspirar a ela. Titsch disse-lhes sem rodeios que eles deviam fazer o possível para entrar na lista. Em meio a toda a papelada de Plaszóvia, os nomes nas 12 páginas da lista de Oskar eram os únicos com acesso ao futuro.

Mas Madritsch continuava sem decidir se queria fazer uma aliança com Oskar e acrescentar os seus três mil prisioneiros ao total.

Aqui também existe uma incerteza própria das lendas quanto à exata cronologia da lista de Oskar. A incerteza não se refere à existência da lista – uma cópia dela pode ser vista ainda hoje nos arquivos do *Yad Vashem*. Tampouco há incerteza, como veremos, quanto aos nomes lembrados por Oskar e Titsch no último minuto e acrescentados no final do documento. Os nomes na lista são explícitos. Mas as circunstâncias encorajam divagações. O problema é que a lista é lembrada com uma veemência que lhe tira a nitidez. A lista é um bem absoluto. A lista é vida. Em todo o seu pequeno redor abre-se um precipício.

Algumas daquelas pessoas cujos nomes apareceram na lista contam que houve festa na casa de Goeth, uma reunião de membros da SS e empresários, para comemorar o tempo de existência do campo.

Alguns chegam mesmo a acreditar que Goeth compareceu à festa, mas, como a SS não soltava ninguém sob fiança, isso não é possível. Outros acreditam que a festa se realizou no próprio apartamento de Oskar, acima da sua fábrica. Durante mais de dois anos, ele fizera lá excelentes reuniões. Um prisioneiro da Emalia se lembra de uma madrugada em 1944, quando estava de plantão noturno, e Oskar saiu do seu apartamento por volta da 1 hora, escapulindo do alarido dos seus convidados e trazendo consigo dois bolos, duzentos cigarros e uma garrafa de bebida para o seu amigo vigia.

Na festa de graduação de Plaszóvia, onde quer que se tenha realizado, os convivas incluíam Dr. Blancke, Franz Bosch e, segundo informações, o *Oberführer* Julian Scherner, de férias de sua luta contra os guerrilheiros. Madridtsch também tinha comparecido, assim como Titsch. Segundo contou Titsch mais tarde, foi nessa festa que Madritsch informou pela primeira vez a Oskar que não iria para a Morávia com ele.

– Já fiz tudo o que podia pelos judeus – disse-lhe Madritsch, confiante.

Era um argumento razoável, e ele não se deixou persuadir, apesar das insistências de Oskar e Titsch.

Madritsch era um homem justo; por isso, mais tarde lhe seriam prestadas merecidas homenagens. Mas simplesmente não acreditava que Morávia poderia dar certo. Se acreditasse, é bem provável que tivesse tentado.

O que se sabe ainda a respeito daquela festa é que a urgência exigia a sua realização imediata, pois a lista de Schindler teria de ser entregue naquela mesma noite. As versões contadas pelos sobreviventes coincidem todas nesse particular. Se havia algum exagero nessas versões, este provavelmente se baseava em prévias conversas com Oskar, que era dado a enfeitar as suas histórias. Mas, no começo de 1960, o próprio Titsch confirmou a verdade substancial desse fato. Talvez o novo e temporário Comandante de Plaszóvia, o *Hauptsturmführer* Büscher, tivesse dito a Schindler: "Basta de confusões, Oskar! Temos de finalizar toda a documentação e transporte." Talvez houvesse alguma outra forma de prazo de entrega imposto pelo *Ostbahn* quanto à disponibilidade do transporte.

Assim, no final da lista de Oskar, Titsch datilografou, acima das assinaturas oficiais, nomes de prisioneiros de Madritsch. Quase setenta foram acrescentados por Titsch, pelo que ele próprio e Oskar podiam lembrar-se. Entre esses, figurava a família Feigenbaum – a filha adolescente do casal sofria de um incurável câncer dos ossos; e o jovem Lutek com a sua duvidosa capacidade de consertar máquinas de costura. Agora eles estavam todos transformados pela escrita de Titsch em peritos em munições. No apartamento havia cantorias, conversas em voz alta e risadas, uma névoa de fumaça de cigarros e, a um canto, Oskar e Titsch discutindo nomes de pessoas, esforçando-se por acertar a ortografia de patronímicos poloneses.

No final, Oskar teve de segurar o pulso de Titsch, dizendo que eles já tinham ultrapassado os limites toleráveis, e que as autoridades protestariam com relação ao tamanho da lista. Titsch continuou procurando lembrar-se de nomes, e na manhã seguinte iria acordar maldizendo-se por só ter-se lembrado de certo nome quando já era demasiado tarde. Mas agora ele estava no seu limite de resistência, angustiado com aquela tarefa. Parecia-lhe quase uma blasfêmia, como se só de pensar em pessoas ele as estivesse recriando. Não era a tarefa que o revoltava. Era a prova de no que se transformara o mundo que tornava o ar pesado no apartamento de Schindler, tão irrespirável para Titsch.

Todavia, a lista era vulnerável devido ao coordenador do pessoal, Marcel Goldberg. O novo Comandante, Büscher, que estava ali simplesmente para fechar o campo, pouco se importava com os nomes que compunham a lista, mas apenas com os seus limites numéricos. Portanto, Goldberg era quem tinha o poder de fazer alterações. Já era voz corrente entre os prisioneiros que Goldberg era subornável. Os Dresner sabiam disso. Juda Dresner – tio da Chapeuzinho Vermelho Genia, marido da Sra. Dresner, a quem em outros tempos havia sido recusado um esconderijo na parede, e pai de Janek e da jovem Danka – Juda Dresner sabia. "Pagamos a Goldberg", dizia simplesmente a família para explicar como fora incluída na lista de Schindler mas nunca se saberia qual fora o preço do suborno. Como era de esperar, Wulkan, o joalheiro, conseguira sua inclusão, juntamente com a mulher e o filho, pelo mesmo processo.

Poldek Pfefferberg foi informado da existência da lista por um NCO da SS chamado Hans Schreiber. Rapaz de vinte e poucos anos, Schreiber tinha tão mau nome como qualquer outro SS em Plaszóvia, mas Pfefferberg caíra nas suas boas graças de um modo que, de vez em quando, acontecia no relacionamento entre prisioneiros e membros da SS. Tudo tinha começado no dia em que coubera a Pfefferberg, como líder do grupo de sua caserna, a responsabilidade de limpar vidraças. Ao inspecionar o serviço, Schreiber encontrara uma nódoa, e começara a descompor Poldek de um modo que, quase sempre, significava o prelúdio de uma execução. Pfefferberg perdeu a paciência e disse a Schreiber que ambos sabiam que as vidraças estavam absolutamente limpas e que, se Schreiber queria um pretexto para matá-lo, devia agir o quanto antes. A explosão de Pfefferberg contraditoriamente divertira Schreiber. Depois disso, às vezes Schreiber parava Pfefferberg para perguntar-lhe como ele e sua mulher estavam passando, e de vez em quando lhe dava uma maçã para Mila. No verão de 1944, Poldek apelara desesperadamente para ele a fim de arrancar Mila de um vagão cheio de mulheres que iam ser mandadas de Plaszóvia para o terrível campo de Stutthof, no Báltico. Mila já se achava nas fileiras, entrando nos vagões de gado, quando Schreiber veio correndo, sacudindo um pedaço de papel e chamando-a pelo próprio nome. Em outra ocasião, um domingo, ele apareceu embriagado na caserna de Pfefferberg e, diante de Poldek e de alguns outros prisioneiros, começou a chorar pelo que ele chamava de "coisas horríveis" que fizera em Plaszóvia. Disse que a sua intenção agora era expiar suas culpas na Frente Leste. Algum tempo depois, acabou se alistando.

Mas, antes, ele disse a Poldek que Schindler tinha uma lista e que ele devia fazer o impossível para ser incluído nela. Poldek foi ao Prédio da Administração para implorar a Goldberg que acrescentasse o seu nome e o de Mila à lista. Naquele último ano e meio, Schindler frequentemente fora procurar Poldek na oficina de carros do campo e sempre lhe prometera que o salvaria. Poldek, porém, se tornara um soldador tão competente que os supervisores da oficina, que precisavam prestigiar a si mesmos, nunca abririam mão dele. Agora, Goldberg tinha a mão pousada sobre a lista – ele próprio já se incluíra nela – e aquele velho amigo de Oskar, anteriormente um convidado assíduo no apartamento da Rua Straszewskiego, esperava ter o seu nome incluído na lista por uma questão sentimental.

– Você tem diamantes? – perguntou Goldberg.

– Está falando sério? – perguntou Poldek.

– Para esta lista – disse Goldberg, homem de prodigioso poder contingente – é preciso ter diamantes.

Agora que o amante vienense de boa música, o *Hauptsturmführer* Goeth fora preso, os irmãos Rosner, músicos da corte, estavam livres para batalhar sua inclusão na lista. Dolek Horowitz, que no passado conseguira transferir sua mulher e filhos para a DEF, agora também persuadiu Goldberg a incluí-lo na lista juntamente com sua família. Horowitz sempre trabalhara no depósito central de mercadorias em Plaszóvia e conseguira economizar uma pequena fortuna. Agora esse dinheiro passou para as mãos de Marcel Goldberg.

Entre os incluídos na lista, figuravam os irmãos Bejski, Uri e Moshe, oficialmente com as profissões de montador de máquinas e projetista. Uri tinha alguns conhecimentos na fabricação de armas e Moshe tinha dom para forjar documentos. As especificações da lista são tão pouco explícitas que não é possível saber se foi por causa dessas aptidões que eles foram incluídos.

Josef Bau, o cerimonioso noivo, em dado momento seria incluído, mas sem o saber. Convinha a Goldberg manter todo mundo em suspenso quanto à lista. Considerando a natureza de Bau, é possível presumir que, se ele houvesse procurado pessoalmente Goldberg, só poderia ter sido com a condição de que sua mãe, sua mulher e ele próprio fossem todos incluídos. Só tarde demais, Bau descobriria que apenas o seu nome estava na lista para Brinnlitz.

Quanto a Stern, *Herr Direktor* o incluíra desde o início. Stern era o único padre confessor que Oskar alguma vez tivera, e as suas sugestões exerciam grande influência sobre ele. Desde o primeiro dia de outubro, nenhum prisioneiro judeu tivera permissão de sair de Plaszóvia, quer para marchar para a fábrica de cabos condutores ou para qualquer outra finalidade. Ao mesmo tempo, os encarregados das prisões polonesas tinham começado a destacar guardas para as casernas, a fim de impedir os prisioneiros judeus de negociar pão com os poloneses. O pão ilegal atingiu tal preço que seria difícil pagá-lo em moeda corrente. No passado, podia-se trocar um pão por um casaco, 250 gramas por uma camisa limpa. Agora – como com Goldberg – era preciso ter diamantes.

No decorrer da primeira semana de outubro, Oskar e Bankier foram por algum motivo a Plaszóvia e, como de costume, visitaram Stern no Escritório de Construção. A mesa de trabalho de Stern ficava num corredor próximo ao antigo gabinete de Amon. Lá era possível falar com mais liberdade. Stern contou a Schindler o que estava se passando com o preço inflacionado do pão de centeio. Oskar voltou-se para Bankier e murmurou:

– Providencie para que Weichert receba 50 mil *zÂotys*.

O Dr. Michael Weichert era diretor do antigo Auxílio Mútuo Comunal Judaico, agora rebatizado Escritório Judaico de Compensação. Ele e seus auxiliares tinham permissão para operar por questões de aparência e, em parte, porque Weichert mantinha certas conexões com gente de alta categoria na Cruz Vermelha Alemã. Embora muitos judeus-poloneses nos campos o tratassem com compreensível desconfiança, e embora essa desconfiança motivasse o seu julgamento depois da guerra – ele foi absolvido –, Weichert era exatamente o homem capaz de providenciar rapidamente 50 mil *zÂoty*s de pão e fazer com que a mercadoria entrasse em Plazóvia.

Stern e Oskar prosseguiram em sua conversa. Os 50 mil *zÂotys* eram um mero *obiter dicta* em relação aos assuntos que discutiam sobre a insegurança do momento, sobre Amon e sobre como ele devia estar, em sua cela em Breslau. Naquela mesma semana, o pão do mercado paralelo foi contrabandeado para o campo, escondido sob fardos de roupa, carvão e sucata. E naquele mesmo dia o preço voltou ao seu nível normal.

Era um belo caso de conivência entre Oskar e Stern, a que se seguiriam outras instâncias.

32

PELO MENOS um dos prisioneiros da Emalia, um dos riscados por Goldberg para dar lugar a outros – parentes, sionistas, especialistas e subornadores – culparia Oskar por sua exclusão da lista.

Em 1963, a Sociedade Martin Buber receberia uma lamentável carta de um nova-iorquino, ex-prisioneiro da Emalia. Segundo ele, na Emalia, Oskar tinha prometido libertação. Em troca, o pessoal do seu campo deixara-o rico com o seu trabalho. Contudo, alguns deles se viram excluídos da lista. Esse homem via a omissão de seu nome como uma traição pessoal e – com toda a fúria de alguém que tivera de passar por tremendos sofrimentos para pagar pela mentira de outro homem – culpava Oskar por tudo o que acontecera depois: por Gröss-Rosen, pelo abominável penedo de Mauthausen de onde prisioneiros eram lançados e, finalmente, pela marcha para a morte, com a qual a guerra terminaria.

O curioso é que a carta, cheia de justa cólera, mostra com exatidão gráfica que a vida na lista era uma questão exequível, ao passo que a vida fora dela era uma tortura. Mas parece injusto condenar Oskar pela manipulação de nomes praticada por Goldberg. As autoridades do campo, no caos daqueles últimos dias, assinariam qualquer lista que Goldberg lhes apresentasse, desde que não excedesse drasticamente o número de 1.100 prisioneiros. Oskar tinha obtido uma concessão; não podia ele próprio policiar Goldberg o tempo todo. Passava os dias argumentando com burocratas e as noites bajulando-os com jantares.

Tinha, por exemplo, de receber autorizações de embarque para as suas máquinas Hilo e prensas de metal, que dependiam de velhos amigos do escritório do General Schindler, alguns dos quais atrasavam o andamento dos papéis, enquanto investigavam problemas, que poderiam vir a prejudicar o salvamento dos 1.100 prisioneiros de Oskar.

Um desses homens da Inspetoria criara um obstáculo, alegando que as máquinas de fabricação de armamento de Oskar tinham-lhe chegado às mãos por meio da seção de concessões da Inspetoria de Berlim, e sob aprovação da seção de licenças, especificamente para uso na Polônia. Nenhuma das duas seções fora notificada do projeto de mudança para Morávia. Ambas tinham de ser notificadas; podia levar um mês até concederem a autorização. Oskar não dispunha de um mês. Plszóvia estaria deserta até o final de outubro; todos os prisioneiros estariam já em Gröss-Rosen ou Auschwitz. No final, o problema foi solucionado com os habituais presentes de suborno.

Além dessas preocupações, Oskar temia os investigadores da SS que tinham prendido Amon. Receava ser preso ou – o que dava na mesma – ser rigorosamente interrogado sobre seus contatos com o ex-comandante. E demonstrou prudência, prevendo o que aconteceria, pois sabia que a explicação que Amon dera no tocante aos 80 mil RM encontrados em seu apartamento, fora: "Oskar Schindler me deu esse dinheiro para ser menos severo com os judeus." Portanto, tratou de se manter em contato com amigos seus na Rua Pomorska, os quais poderiam informá-lo sobre qual direção o Escritório V estava adotando nas investigações sobre Amon.

Finalmente, como o seu campo em Brinnlitz estaria sob a supervisão superior de KL Gröss-Rosen, ele já entrara em contato com o Comandante de Gröss-Rosen, *Sturmbann-führer* Hassebroeck. Sob a gerência de Hassebroeck, mil prisioneiros morreriam pelo sistema Gröss-Rosen, mas quando Oskar conferenciou com ele pelo telefone e viajou para a Baixa Silésia a fim de visitá-lo, a impressão que deixou era de não estar em absoluto preocupado com o comandante. Agora, ele já estava habituado a lidar com assassinos de classe e notou que Hassebroeck parecia até ser-lhe grato por ampliar o império Gröss-Rosen, incluindo neste a Morávia. Pois Hassebroeck pensava *realmente* em termos de império. Controlava 103 subcampos. (Brinnlitz seria o número 104 e, com os seus mil prisioneiros e sua indústria sofisticada, representaria um acréscimo importante.) Dos campos de Hassebroeck, 78 ficavam localizados na Polônia, 16 na Tchecoslováquia, 10 no Reich. Era um conjunto bem maior do que Amon jamais conseguira.

Com tantos subornos, bajulações e, ainda, formulários a preencher ocupando-o na semana em que o campo de Plaszóvia era desmantelado, Oskar não poderia ter tempo para controlar Goldberg, mesmo que tivesse meios para fazê-lo. De qualquer forma, a descrição que os prisioneiros fazem no campo em suas últimas 24 horas é de agitação e caos, enquanto Goldberg – Senhor das Listas –, no centro, esperava ofertas.

O Dr. Idek Schindel, por exemplo, procurou Goldberg para ser transferido para Brinnlitz, juntamente com seus dois irmãos mais moços. Goldberg se recusou a dar uma resposta e Schindel só descobriria na noite de 15 de outubro, quando os prisioneiros de sexo masculino eram levados para os vagões de gado, que ele e seus irmãos não estavam na lista de Schindler. Mesmo assim, eles se juntaram à fila dos que partiam. Houve, então, uma cena semelhante a uma gravura de alerta do Juízo Final: os pecadores tentando esgueirar-se na fila dos justos e sendo descobertos pelo anjo da Justiça, naquele caso o *Oberscharführer* Müller, que se adiantou para o médico e o fustigou, na face esquerda e na direita, de novo esquerda e direita, com seu chicote de couro, enquanto lhe perguntava, com uma risadinha: "Por que quer entrar nesta fila?"

Schindel seria destacado para permanecer com o pequeno grupo encarregado de destruir Plaszóvia e, depois, seguiria viagem com um vagão cheio de mulheres doentes para Auschwitz. Seriam postos numa cabana em algum canto de Birkenau e ali deixados para morrer. Contudo, ignorados pelos funcionários e excluídos do regime habitual do campo, sobreviveriam. Schindel seria mandado para Flossenburg e, então, juntamente com seus irmãos, ingressaria na marcha da morte. Com a vida por um fio, ele conseguiria sobreviver, mas seu irmão mais novo seria assassinado na marcha, no penúltimo dia da guerra. Esta é uma imagem da maneira como a lista de Schindler, sem nenhuma malícia da parte de Oskar, mas com muita malícia da parte de Goldberg, ainda atormentava sobreviventes, como os atormentou naqueles dias desesperados de outubro.

Todos têm uma história para contar sobre a lista. Henry Rosner entrou na fila para Brinnlitz, mas um NCO notou o seu violino e, sabendo que Amon iria querer música, se fosse solto da prisão, mandou Rosner de volta. Rosner, então, escondeu seu violino debaixo do sobretudo, firmando-o embaixo do braço. Depois tornou a entrar na fila e transpôs o portão rumo aos vagões de Schindler. Rosner fora um dos prisioneiros a quem Oskar fizera promessas, e, portanto, sempre estivera na lista. O mesmo se dava com os Jereth: o velho Sr. Jereth da fábrica de embalagem e a Sra. Chaja Jereth, incluída inexatamente na lista como uma *Metallarbeiterin* – metalúrgica. Os Perlman também estavam incluídos, como antigos trabalhadores da Emalia, assim como os Levartov. O fato era que, apesar de Goldberg, Oskar conseguiu incluir na lista a maioria das pessoas que queria, embora deva ter havido algumas surpresas entre elas. Um homem com tanta experiência da vida como Oskar não poderia se surpreender muito ao ver o próprio Golberg entre os habitantes de Brinnlitz.

Mas havia alguns acréscimos mais bem-vindos do que Goldberg. Poldek Pfefferberg, por exemplo, que fora acidentalmente esquecido e depois rejeitado por Goldberg pelo fato de não possuir diamantes, fez saber que queria comprar vodca – a compra seria paga em roupas ou pão. Quando adquiriu a garrafa, ele conseguiu permissão para levá-la à Rua Jerozolimska, onde Schreiber estava de plantão. Entregou a garrafa a Schreiber e pediu-lhe que forçasse Goldberg a incluir Mila e ele na lista.

– Sabe que Schindler – disse ele – teria nos inscrito se tivesse se lembrado. – Poldek não tinha dúvida de que estava negociando sua própria vida.

– Sei – concordou Schreiber. – Você dois devem ser incluídos.

É um enigma para a mente humana que um homem como Schreiber, em tal momento, não perguntasse a si mesmo: "Se este homem e sua mulher merecem ser salvos, por que não todos os outros?"

Quando chegou o momento, os Pfefferberg estavam na fila para Brinnlitz. E, também, para sua grande surpresa, Helen Hirsch e sua irmã mais nova, cuja sobrevivência sempre fora a obsessão de Helen.

OS HOMENS DA LISTA de Schindler embarcaram no trem num domingo, 15 de outubro. Ainda levaria uma semana inteira até a partida das mulheres. Embora os oitocentos homens tivessem sido mantidos isolados durante o embarque e fossem para dentro de vagões de carga reservados exclusivamente para o pessoal de Schindler, na composição havia também outros carros transportando 1.300 prisioneiros, todos com destino a Gröss-Rosen. Ao que parece, alguns temiam ter de fazer uma parada em Gröss-Rosen, a caminho do campo de Schindler, mas a maioria acreditava que a jornada seria direta. Estavam resignados a suportar a longa viagem para a Morávia – aceitavam a perspectiva de passar algum tempo dentro dos vagões, em entroncamentos e desvios. Talvez tivessem de esperar horas a fio até que passasse o tráfego prioritário. A primeira neve caíra na semana anterior; faria frio. Cada prisioneiro recebera apenas 300 gramas de pão para todo o percurso da viagem e em cada vagão havia apenas um balde de água. Quanto às funções fisiológicas, teriam de usar um canto do vagão, ou, se muito aglomerados, urinar e defecar em pé onde se achavam. Mas, no final, apesar de todos os desconfortos e sofrimentos, eles chegariam ao estabelecimento de Schindler!

As trezentas mulheres da lista entrariam nos vagões no domingo seguinte, no mesmo estado de espírito esperançoso.

Alguns prisioneiros notaram que Goldberg não viajava com mais bagagem do que eles. Certamente possuía contatos fora de Plaszóvia a quem devia ter confiado os seus diamantes. Os que ainda esperavam influenciá-lo em favor de um tio, um irmão ou irmã, deram-lhe espaço suficiente para sentar-se confortavelmente. Os outros agacharam-se, com os joelhos encostados no queixo. Dolek Horowitz segurava nos braços seu filho Richard, de 6 anos. Henry Rosner fez um ninho de roupas no chão para Olek, de 9 anos.

Foram três dias. Às vezes, em desvios da estrada de ferro, a respiração dos passageiros congelava nas paredes do vagão. O ar era sempre escasso, mas, quando se respirava com mais força, era gélido e fétido. O trem finalmente parou, ao cair de uma friorenta tarde de outono. As portas foram destrancadas e esperou-se dos passageiros que desembarcassem com a rapidez de homens de negócios que têm compromissos marcados. Guardas SS corriam entre eles, gritando ordens e censurando-os por cheirarem mal. "Dispam tudo!", esbravejavam os NCO. "Tudo para a desinfecção!" Os prisioneiros empilharam as roupas e marcharam nus para dentro do campo. Por volta das seis da tarde, continuavam nus e perfilados na *Appellplatz* desse amargo destino. Havia neve nas cercanias; a superfície do chão estava congelada. Não era um campo de Schindler. Era Gröss-Rosen. Os que tinham pago a Goldberg fitaram-no com um ódio assassino, ao passo que os SS de sobretudo caminhavam ao longo das filas, chicoteando as nádegas dos que tremiam ostensivamente.

Assim foram mantidos na *Appellplatz* a noite inteira, pois não havia cabanas disponíveis. Só a uma hora avançada da manhã do dia seguinte os prisioneiros foram postos ao abrigo. Ao se referir àquelas 17 horas em que tinham estado expostos a um frio indizível, que penetrava até o âmago, os sobreviventes não mencionam morte alguma. Talvez a vida sob o jugo da SS, ou mesmo na Emalia, tenha-os deixado preparados para suportar uma noite como aquela. Embora mais amena do que nas noites anteriores, ainda assim a temperatura era mortífera. É natural que alguns deles estivessem demasiado empolgados com a perspectiva de Brinnlitz para se deixarem abater pelo frio.

Mais tarde, Oskar veria os prisioneiros que haviam sobrevivido ao frio e ao congelamento. Certamente, o idoso Sr. Garde, pai de Adam Garde, conseguiu sobreviver àquela noite, assim como os pequenos Olek Rosner e Richard Horowitz.

Por volta das 11 horas da manhã seguinte, eles foram conduzidos aos chuveiros. Poldek Pfefferberg, levado para lá com os outros, olhou desconfiado para o chuveiro acima de sua cabeça, sem saber se era água ou gás que jorraria. Era água! Mas antes de ser ligada, barbeiros ucranianos passaram entre eles, raspando-lhes a cabeça, os pêlos púbicos, as axilas. Os prisioneiros ficavam imóveis, olhando fixamente em frente, enquanto os ucranianos trabalhavam com navalhas sem gume. "Está muito cega", queixou-se um dos prisioneiros. "Não!", replicou o ucraniano e desfechou um golpe na perna do prisioneiro para mostrar que a lâmina não estava tão cega assim.

Depois dos chuveiros, receberam uniformes listrados e foram para a caserna. Os SS mandaram que todos se sentassem em fileiras, como remadores de galeras, um homem de costas entre as pernas de outro atrás dele e, por sua vez, estreitando com as pernas o companheiro sentado na sua frente. Mediante esse processo, dois mil homens couberam em três cabanas. *Kapos* alemães, armados de porretes, instalaram-se em cadeiras contra a parede e ficaram de vigia. Os homens estavam de tal forma comprimidos – cada centímetro do espaço do chão ocupado – que levantar-se dali e ir à latrina, mesmo quando os *Kapos* o permitiam, significava caminhar por sobre cabeças e ombros, ouvindo protestos.

No centro de uma cabana havia uma cozinha onde estavam sendo preparados sopa de nabos e pão assado. Poldek Pfefferberg, voltando da latrina, encontrou a cozinha sob a supervisão de um NCO do Exército polonês, que ele conhecera no começo da guerra. O NCO deu a Poldek um pouco de pão e permitiu que ele dormisse junto ao fogo da cozinha. Os outros, porém, passavam as noites comprimidos naquela corrente humana.

Todos os dias deviam se perfilar na *Appellplatz* e ficar ali em silêncio durante dez horas. À noite, porém, depois de ser distribuída a sopa rala, eles tinham permissão para caminhar em redor da cabana e falar uns com os outros, Mas, às 21 horas, soava um apito; era o sinal para retornarem às suas estranhas posições em fileiras.

No segundo dia, apareceu um oficial SS na *Appellplatz* procurando o escriturário que compusera a lista de Schindler. Ao que parecia, a lista não tinha chegado de Plaszóvia. Tremendo em seu uniforme de pano ordinário, Goldberg foi conduzido a um escritório, onde lhe disseram que datilografasse de memória a lista. No final do dia ele ainda não tinha terminado o trabalho e, de volta às casernas, foi cercado de pedidos finais de inclusão. Ali, na amarga obscuridade, a esperança da lista continuava incitando e atormentando, embora até aquele momento o único resultado com que agraciara os nela inscritos fora trazê-los a Gröss-Rosen. Pemper e outros, cercando Goldberg, começaram a pressioná-lo para na manhã seguinte colocar no papel o nome do Dr. Alexander Biberstein. Alexander era irmão de Marek Biberstein, que fora aquele primeiro e otimista presidente da *Judenrat* de Cracóvia. No início da semana Goldberg confundira Biberstein, dizendo-lhe que ele estava na lista. Só depois de já ter sido embarcado, o médico descobriu que não estava incluído no grupo de Schindler. Mesmo num lugar como Gröss-Rosen, Mietek Pemper tinha bastante confiança no futuro para ameaçar Goldberg de represálias depois da guerra, se o nome de Biberstein não fosse acrescentado.

Então, no terceiro dia, os oitocentos homens da lista de Schindler, agora revisada, foram apartados, levados à estação de despiolhamento para mais um banho, tiveram permissão para se sentar por algumas horas, e logo se puseram a especular e a conversar como aldeões na frente de suas cabanas. Depois, mais uma vez marcharam para o desvio da estrada de ferro. Com uma pequena ração de pão, entraram nos vagões de gado. Nenhum dos guardas encarregados de embarcá-los quis saber para onde eles iriam. Todos se agacharam no chão conforme as ordens. Procuravam manter gravado em suas mentes o mapa da Europa Central e continuamente calculavam a passagem do sol, especulando sua direção por lampejos de claridade através de pequenos ventiladores de tela de arame, no alto, quase no teto dos vagões. Olek Rosner foi erguido até o ventilador do seu vagão e disse que podia ver florestas e montanhas. Os entendidos afirmavam que o trem estava viajando na direção sudeste. Tudo indicava um destino tcheco mas ninguém ousava dizer o que estava pensando.

Essa jornada de cerca de 150 quilômetros levou quase dois dias; quando as portas se abriram, na madrugada do segundo dia, eles estavam na estação de Zwittau. Desembarcaram e foram levados ao longo da cidade ainda adormecida, uma cidade que paralisara em fins da década de 1930. Até as frases escritas nos muros – MANTENHAM OS JUDEUS FORA DE BRINNLITZ – soavam estranhamente para eles, como slogans de antes da guerra. Naqueles últimos tempos, tinham vivido em um mundo em que até a própria respiração lhes era regateada. Parecia quase uma agradável ingenuidade da população de Zwittau querer recusar-lhes um mero local.

Uns 5 ou 6 quilômetros entre colinas, seguindo o desvio da estrada de ferro, chegaram ao pequeno povoado industrial de Brinnlitz, e na tênue claridade da manhã viram na sua frente a sólida estrutura do anexo Hoffman transformado no *Arbeitslager* (Campo de Trabalho) Brinnlitz, com torres de vigia, cercado por arame farpado, um quartel da guarda dentro do recinto e, mais adiante, o portão da fábrica e os dormitórios do campo.

Quando a fila de prisioneiros transpôs o portão, Oskar apareceu no pátio da fábrica usando um chapéu tirolês.

33

ESSE CAMPO, como a Emalia, havia sido equipado à custa de Oskar. De acordo com a regra burocrática, a despesa com a construção de todos os campos de fábricas cabia ao dono. Considerava-se que qualquer industrial recebia incentivos suficientes relativos à mão de obra barata para justificar um pequeno gasto de arame e madeira. Na realidade, os industriais bem-amados da Alemanha, tais como

Krupp e Farben, construíam seus campos com material doado pela SS, assim como uma abundante mão de obra. Oskar não estava entre os bem-amados e nada recebia. Tinha conseguido arrancar de Bosch uns poucos vagões de cimento, pelo que Bosch teria considerado um desconto no preço do mercado paralelo. Da mesma fonte, conseguiu duas a três toneladas de gasolina e óleo combustível para uso na produção e remessa de mercadorias. Da Emalia ele tinha trazido uma parte do arame farpado. Mas em redor do anexo Hoffman, totalmente desnudo, ele tinha de instalar cercas de alta tensão, latrinas, um quartel para os cem guardas da SS, escritórios, um ambulatório e cozinhas. Para aumentar a despesa, o *Sturmbannführer* Hassebrieck já viera de Gröss-Rosen para uma inspeção; partira com um fornecimento de conhaque e louças e o que Oskar descrevia como "chá aos quilos!" Hassebroeck tinha também recebido honorários de inspeção e contribuições para o compulsório Auxílio de Inverno arrecadadas pela Seção D, sem dar de volta nenhum recibo. "O carro dele tinha uma capacidade considerável para esse tipo de coisas", declararia Oskar mais tarde. Em outubro de 1944, ele não tinha a menor dúvida de que Hassebroeck já estava adulterando os livros de contabilidade de Brinnlitz.

Inspetores enviados diretamente de Oranienburg tinham também de ser agradados. Quanto às mercadorias e aos equipamentos da DEF, grande parte achava-se ainda em trânsito e iria necessitar de 250 vagões de carga para o transporte total. Era espantoso, dizia Oskar, como, no descalabro em que se achava o Estado, funcionários da *Ostbahn* podiam, se devidamente encorajados, desencavar tal número de vagões.

O aspecto estranho da situação, do próprio Oskar, muito lampeiro, com o seu chapéu tirolês, ao emergir no frio pátio, era que, ao contrário de Krupp e Farben e de todos os outros empresários que mantinham escravos judeus, ele não tinha a menor intenção de lucro. Não tinha plano algum de produção; não existiam em sua cabeça diagramas de vendas. Embora, quatro anos antes, ele houvesse chegado a Cracóvia com a firme intenção de ficar rico, agora não alimentava mais nenhuma ambição.

Ali, em Brinnlitz, a situação industrial era precaríssima. Muitos dos perfuradores, prensas e tornos não haviam ainda chegado e novos pisos de cimento teriam de ser preparados para suportar o peso das máquinas. O anexo ainda estava cheio de maquinaria velha de Hoffman. Além disso, por aqueles oitocentos supostos operários de munição, que tinham acabado de transpor o portão do anexo, Oskar estava pagando 7,50 RM por dia de mão de obra especializada, 6 RM por operários comuns. Isso somava quase 14 mil dólares por semana para o trabalho masculino; quando as mulheres chegassem, a quantia ultrapassaria 18 mil dólares. Portanto, Oskar estava cometendo um estrondoso erro comercial, mas comemorava o seu erro exibindo um chapéu tirolês.

As ligações sentimentais de Oskar também tinham sofrido alterações. A Sra. Emilie Schindler viera para Zwittau morar com ele em seu apartamento térreo. Brinnlitz, ao contrário de Cracóvia, ficava muito perto de sua cidade para permitir à Emilie uma desculpa para sua separação do marido. Para uma católica, a questão agora era formalizar a separação ou recomeçar a viver com Oskar. Parece ter havido, no mínimo, uma tolerância entre os dois, um grande respeito mútuo. À primeira vista, ela poderia parecer um zero matrimonial, uma esposa injustiçada que não sabia como resolver o seu dilema. A princípio alguns prisioneiros se preocuparam com o que ela pensaria, quando descobrisse que espécie de fábrica e que espécie de campo Oskar dirigia. Não sabiam ainda que Emilie daria a sua discreta contribuição, baseada não em obediência conjugal, mas nas suas próprias ideias.

Ingrid viera com Oskar para Brinnlitz a fim de trabalhar na nova fábrica, mas estava residindo fora do campo e só permanecia ali no horário de trabalho. Havia um positivo esfriamento naquela relação e ela nunca mais tornaria a viver com Oskar. Mas não daria mostra alguma de animosidade, e no decorrer dos meses seguintes Oskar iria frequentemente visitá-la em seu apartamento. A sensual Klonowska, a chique patriota polonesa, ficara para trás em Cracóvia; também naquele caso não parecia ter havido amarguras. Oskar continuaria em contato com ela durante as visitas a Cracóvia, e ela tornaria a ajudá-lo sempre que a SS causasse problemas. A verdade era que, embora suas ligações com Klonowska e Ingrid estivessem esfriando com muita cordialidade, seria um erro acreditar que ele estivesse se tornando um marido fiel.

NO DIA DA CHEGADA, Oskar disse aos homens que eles podiam confiar na vinda de suas mulheres. Acreditava que elas chegariam com um pouco mais de atraso do que eles. A jornada das mulheres, contudo, seria diferente. Após uma curta viagem, partindo de Plaszóvia, a locomotiva levou-as, juntamente com centenas de outras prisioneiras, para dentro do campo de Auschwitz-Birkenau. Quando se abriram as portas dos vagões, elas se viram numa imensa interseção dividindo o campo. Experientes homens e mulheres da SS, falando com calma, começaram a classificá-las. A seleção das mulheres prosseguiu com aterradora indiferença. Quando uma não se movia com suficiente rapidez, era espancada com um porrete; o golpe, porém, não tinha nada de pessoal. Era uma classificação. Para as seções SS do desvio de Birkenau, tratava-se apenas de um monótono dever. Conheciam todos os apelos, todas as histórias. Conheciam cada subterfúgio de que alguém quisesse lançar mão.

Sob os holofotes, as mulheres, aturdidas, perguntavam umas às outras o que aquilo significava. Mas, mesmo em seu espanto, com os sapatos já se enchendo de lama, que era o elemento maior de Birkenau, elas tinham consciência de mulheres SS apontando para elas e dizendo a médicos uniformizados que mostrassem algum interesse, *"Schindlergruppe!"* E os bem-trajados jovens médicos se afastavam, deixando-as em paz por algum tempo.

Depois do banho, algumas delas esperavam ser tatuadas. Sabiam dessa prática em Auschwitz. A SS tatuava o braço das pessoas que pretendia usar. Mas se tencionava liquidá-las, não se dava a esse trabalho. O mesmo trem que trouxera as mulheres da lista transportara também mais cerca de duas mil que, não sendo *Schindlerfrauen*, passavam pelas seleções normais. Rebecca Bau, excluída da lista Schindler, tinha passado e recebido um número; a robusta mãe de Josef Bau também ganhara uma tatuagem naquela grotesca loteria de Birkenau. Uma menina de 15 anos, vinda de Plaszóvia, tinha olhado para a sua tatuagem e ficara encantada porque tinha dois cinco, um três e dois setes – números venerados no *Tashlzg*, o calendário judaico. Com uma tatuagem, podia-se sair de Birkenau e ir para um dos campos de trabalho de Auschwitz, onde pelo menos havia chance de sobrevivência.

Mas as mulheres da lista de Schindler, sem tatuagem, receberam ordem de vestirem-se e foram levadas para uma cabana sem janelas no campo feminino. Ali, no centro do piso, havia um fogão de ferro encaixado em tijolos. Era o único conforto. Não havia sequer um catre. As *Schindlerfrauen* teriam de dormir de duas ou de três numa fina enxerga de palha. O chão de argila era úmido, a água brotava dele e encharcava as enxergas e cobertores esfarrapados. Era como a casa da morte, no coração de Birkenau. Elas se deitaram ali e cochilaram, geladas e desconfortáveis, naquela extensão de lama.

Era frustrante para quem tinha imaginado um local acolhedor, uma aldeia na Morávia. Era uma cidade enorme mas percebia-se que sua existência era efêmera. Em determinado dia, mais de 250 mil poloneses, ciganos e judeus ali residiam por um curto espaço de tempo. Havia milhares mais em Auschwitz I, o primeiro e menor campo, onde morava o Comandante Rudolf Höss. E, na grande área industrial chamada Auschwitz III, mais alguns milhares trabalhavam enquanto tinham forças. As mulheres da lista de Schindler não haviam sido precisamente informadas das estatísticas de Birkenau nem do próprio ducado de Auschwitz. Contudo, podiam ver, por detrás das bétulas a oeste do enorme conjunto, uma constante fumaça erguendo-se de quatro fornos crematórios e numerosas piras. Acreditavam que agora estavam à deriva e que seriam arrastadas para lá. Mas, nem com toda a capacidade de imaginar e de transmitir boatos que caracteriza a vida numa prisão, elas não poderiam calcular quantas pessoas seriam ali envenenadas com gases, em um dia, quando o sistema estivesse em pleno funcionamento. O número era – de acordo com Höss – nove mil.

AS MULHERES ignoravam igualmente que tinham chegado a Auschwitz numa ocasião em que o desenvolvimento da guerra e certas negociações secretas entre Himmler e o conde sueco Folke Bernadotte impunham uma nova direção ao seu prosseguimento. O segredo dos centros de extermínio não pudera ser guardado, pois os russos tinham escavado o campo de Lublin e descoberto as fornalhas contendo ossos humanos e mais de quinhentos tambores de gás venenoso. Essas descobertas foram publicadas pela imprensa do mundo inteiro, e Himmler, que queria ser tratado com seriedade, como o óbvio sucessor do *Führer* depois da guerra, estava disposto a fazer promessas aos Aliados de que cessaria o uso de gases venenosos contra os judeus. Mas essa ordem só foi emitida por ele em meados de outubro – não há certeza da data. Uma cópia foi para o General Pohl em Oranienburg; a outra para Kaltenbrunner, Chefe de Segurança do Reich. Ambos ignoraram a diretriz, assim como Adolf Eichmann. Judeus de Plaszóvia. Theresienstadt e Itália continuaram a ser liquidados com gases até meados de novembro. Contudo, supõe-se que a última seleção para as câmaras de gás foi feita em 30 de outubro.

Nos primeiros oito dias de sua estada em Auschwitz, as mulheres da lista de Schindler estiveram em perigo iminente de morrer nas câmaras de gás. E mesmo depois disso, enquanto as últimas vítimas das câmaras, em todo o decorrer de novembro, continuavam a ser encaminhadas para a extremidade oeste de Birkenau, suprindo material para os fornos crematórios e piras, essas mulheres não notaram mudança alguma no aspecto essencial do campo. De qualquer modo, todas as suas ansiedades tinham muita razão de existir, pois a maioria das pessoas que ainda restavam, depois de desativadas as câmaras de gás, seriam fuziladas – como aconteceu com todos os que trabalhavam nos crematórios – ou morreriam de doenças.

Em todo caso, as mulheres da lista de Schindler passaram por frequentes inspeções médicas gerais, tanto em outubro quanto em novembro. Algumas delas haviam sido apartadas nos primeiros dias e colocadas em cabanas reservadas para doentes fatais. Os médicos de Auschwitz – Josef Mengele, Fritz Klein, Konig e Thilo – não somente trabalhavam na plataforma de Birkenau, mas também percorriam o campo, comparecendo a chamadas, invadindo os chuveiros, perguntando com um sorriso: "Qual é a sua idade, titia?" A Sra. Clara Sternberg viu-se destacada para uma cabana de mulheres idosas. A Sra. Lola Krumholz, de 60 anos, também foi cortada do *Schindlergruppe* e levada para o local reservado aos idosos, onde a intenção era deixá-los simplesmente morrer, a fim de não acarretar mais despesas à administração. A Sra. Horowitz, supondo que a sua frágil filha de 11 anos, Niusia, não poderia sobreviver a uma inspeção nos chuveiros, escondeu-a numa caldeira vazia. Uma das funcionárias SS que tinha sido destacada para vigiar as mulheres da lista de Schindler – uma bonita loura – viu-a esconder a menina, mas não a denunciou. Era uma jovem ambiciosa e de gênio violento, e depois pediria à Sra. Horowitz que lhe desse em troca um broche que Regina tinha conseguido conservar até então. Filosoficamente, Regina entregou o broche. E havia uma outra SS, extremamente gentil, que lhe fez propostas lésbicas e talvez tenha exigido um suborno mais pessoal.

Às vezes, na hora da chamada, um ou mais médicos surgiam diante das cabanas. À perspectiva daquela visita, as mulheres esfregavam argila nas faces para lhes dar certo rubor. Numa dessas inspeções, Regina descobriu pedras para sua filha, Niusia, pisar em cima, e o jovem Mengele de cabelos prateados adiantou-se para ela e perguntou-lhe com voz macia a idade da filha; depois a esmurrou por ter mentido. Mulheres que caíam, quando golpeadas nessas inspeções, eram arrastadas por guardas, ainda meio inconscientes, até a cerca eletrificada que circundava o campo e atiradas contra os arames. Já tinham arrastado Regina até o meio do caminho, quando ela se recuperou e implorou-lhes que não a fizessem morrer eletrificada, que a deixassem voltar para a sua fileira. Os carrascos a soltaram e, quando ela se esgueirou de volta para o seu lugar, lá estava a sua frágil filha, muda e imobilizada em cima das pedras.

Essas inspeções podiam ocorrer a qualquer hora. As mulheres da lista de Schindler foram chamadas uma noite e ficaram em pé na lama, enquanto suas cabanas eram revistadas. A Sra. Dresner, que certa vez havia sido salva por um jovem OD, saiu da cabana com Danka, sua alta filha adolescente, e ali ficaram naquele estranho lamaçal de Auschwitz que, como a lendária lama de Flandres, não congelava, quando tudo mais já congelara – as estradas, os telhados, o viajante.

Tanto Danka quanto a Sra. Dresner tinham saído de Plaszóvia com as suas roupas de verão, que eram as únicas que lhes restavam. Danka usava uma blusa, um casaquinho leve, uma saia marrom. Como começara a nevar naquela tarde, a Sra. Dresner sugerira à Danka que rasgasse um pedaço do seu cobertor e o usasse enrolado debaixo da saia. Mas, durante a inspeção da cabana, o SS descobriu o cobertor rasgado.

O oficial, que se achava diante das mulheres da lista Schindler, chamou a *Alteste* do grupo – uma holandesa que até a véspera nenhuma delas conhecia – e disse que ela seria fuzilada juntamente com qualquer outra prisioneira que estivesse usando um pedaço de cobertor sob a roupa.

A Sra. Dresner sussurrou a Danka que se desvencilhasse do pedaço de cobertor e que ela o levaria de volta para a cabana. Era uma ideia viável. A choupana ficava ao nível do chão. Uma mulher da fila de trás podia esgueirar-se pela porta adentro. Da mesma forma que, em outra ocasião, Danka obedecera sua mãe ao esconder-se na parede na Rua Dabrowski, em Cracóvia, também obedeceu agora, puxando de sob a saia a tira do cobertor mais ordinário de toda a Europa. De fato, enquanto a Sra. Dresner estava na cabana, o oficial da SS passou pela fila e escolheu a esmo uma mulher da idade da Sra. Dresner – provavelmente a Sra. Sternberg – e mandou que a levasse para algum lugar pior do campo, um lugar em que não mais era possível cogitar da Morávia.

Talvez as outras mulheres enfileiradas não quisessem compreender o que significava aquele simples ato de eliminação. Na verdade, era uma prova de que nenhum grupo especial das chamadas "prisioneiras industriais" estava a salvo em Auschwitz. Nenhuma identificação das *Schindlerfrauen* as manteria imunes por muito tempo. Já houvera outros grupos de "prisioneiros industriais" que tinham desaparecido em Auschwitz. A Seção W do General Pohl tinha mandado de Berlim, no ano anterior, trens carregados de operários judeus qualificados. I. G. Farben, precisando de mão de obra, fora informado pela Seção W que podia selecionar o seu pessoal naqueles transportes. E, efetivamente, a Seção W sugerira ao Comandante Höss que descarregasse os trens na fábrica de I. G. Farben, a certa distância dos crematórios em Auschwitz-Birkenau. Dos 1.750 prisioneiros, todos homens, do primeiro trem, mil foram imediatamente eliminados nas câmaras de gás. Dos quatro mil nos próximos quatro trens, 2.500 foram imediatamente para as "casas de banho". Se a administração de Auschwitz não se detinha para I. G. Farben e o

Departamento W, não teria escrúpulos com relação às mulheres de um obscuro fabricante de panelas.

Morar em cabanas, como as das mulheres da lista de Schindler, equivalia a viver ao ar livre. As janelas não tinham vidraças e serviam apenas para amparar um pouco as golfadas de ar frio sopradas da Rússia. A maioria das mulheres sofria de disenteria. Abatidas por cólicas, elas se arrastavam na lama, em seus tamancos, para o tambor de aço que lhes servia de latrina. A mulher que cuidava da limpeza do tambor recebia pelo seu serviço um prato de sopa extra. Mila Pfefferberg, tomada por uma crise de disenteria, saiu uma noite cambaleando da sua cabana. A mulher de plantão – que não era má pessoa e que Mila conhecera em menina – insistiu que ela não podia usar o tambor, teria de esperar pela próxima prisioneira que viesse utilizá-lo e, então, Mila ajudaria a outra a esvaziá-lo. Mila argumentou mas não conseguiu demover a mulher. Sob as frias estrelas, aquele serviço do tambor se tornara uma espécie de profissão; havia regulamentos. Com o tambor como pretexto, a mulher de plantão passara a acreditar que ordem, higiene e sanidade eram possíveis.

A mulher seguinte chegou arquejante, curvada e desesperada. Era muito jovem. Nos pacíficos dias de Lodz, Mila a tinha conhecido como uma respeitável senhora casada. Assim, as duas obedeceram e arrastaram o tambor uns 300 metros pela lama. A moça que ajudava Mila na penosa tarefa perguntou: "Onde está Schindler agora?"

Nem todas as mulheres da lista de Schindler faziam essa pergunta ou a faziam naquele tom ferozmente irônico. Havia uma operária da Emalia, chamada Lusia, uma viúva de 22 anos, que estava sempre repetindo: "Vocês vão ver, vai dar tudo certo. Um dia ainda vamos sentir o calor da sopa de Schindler em nosso estômago." Ela própria não sabia por que continuava repetindo essas afirmações. Na Emalia, nunca fora inclinada a fazer planos. Trabalhava no seu turno, tomava sua sopa e dormia. Jamais predissera eventos grandiosos. Sempre se contentara com a sobrevivência do momento. Agora, estava doente e não havia explicação para as suas profecias. O frio e a fome estavam-na desgastando; no entanto, surpreendia-se a si mesma por repetir as promessas de Oskar.

Mais tarde, durante sua permanência em Auschwitz, elas foram removidas para uma caserna mais próxima dos crematórios e não podiam saber se iriam para os chuveiros ou para as câmaras de gás. Entretanto, Lusia continuou repetindo a sua mensagem de esperança. Ainda assim, os azares do campo tendo-as impelido para aquele limite geográfico do mundo, aquele pólo, aquele fosso, o desespero não se fazia sentir muito entre as *Schindlerfrauen*. Ainda era possível ver mulheres entretidas com conversas de receitas de cozinhas de antes da guerra.

QUANDO OS HOMENS chegaram a Brinnlitz, o abrigo era apenas um arcabouço. Nos dormitórios, ainda sem leitos, tinha sido espalhada palha no chão. Mas o ambiente era aquecido pelo vapor das caldeiras. Naquele primeiro dia, nem sequer havia cozinheiros. Sacos de nabos se empilhavam no que seria a cozinha e os homens os devoraram crus. Mais tarde foi feita uma sopa e assado o pão, e o engenheiro Finder começou a determinar os encargos da cada um. Mas, desde o início, a não ser que houvesse algum SS vigiando, o trabalho era vagaroso. É misterioso como um grupo de prisioneiros podia perceber que o *Herr Direktor* não mais tomava parte em nenhum esforço de guerra. O ritmo de trabalho em Brinnlitz era astucioso. Como Oskar não parecesse interessado na questão de produção, a lentidão passou a ser a vingança dos prisioneiros, o seu protesto.

Era algo maravilhoso aquele atraso do trabalho. Por toda parte na Europa, os escravos trabalhavam até o limite de suas 600 calorias por dia, na esperança de conquistar as boas graças de algum chefe de turma e atrasar a transferência para o campo da morte. Mas ali, em Brinnlitz, havia a embriagante liberdade de usar a pá em ritmo lento e ainda assim sobreviver.

Essa inconsciente política de atuação não se evidenciou nos primeiros dias. Havia ainda muitos prisioneiros ansiosos por suas mulheres. Dolek Horowitz tinha a mulher e a filha em Auschwitz; os irmãos Rosner, as suas mulheres. Pfefferberg sabia o impacto que algo de tão vasto e terrível, como Auschwitz, causaria em Mila. Jacob Sternberg e seu filho adolescente preocupavam-se com a Sra. Clara Sternberg. Pfefferberg recorda-se de homens agrupando-se em redor de Schindler, na oficina da fábrica, perguntando-lhe onde estavam suas respectivas mulheres.

– Vou trazê-las para cá – retorquia Schindler, mas não entrava em explicações. Não dizia abertamente que a SS em Auschwitz talvez precisasse ser subornada. Não contava que tinha enviado a lista com os nomes das mulheres ao Coronel Erich Lange nem que ele e Lange pretendiam ambos trazê-las para Brinnlitz de acordo com a lista. Nada disso. Simplesmente: "Vou trazê-las para cá."

A GUARNIÇÃO DA SS, que se instalou em Brinnlitz naqueles dias, deu a Oskar motivo para alguma esperança. Eram reservistas de meia-idade, convocados para permitir que os SS mais jovens pudessem seguir para a linha de frente. Não havia tantos lunáticos como em Plaszóvia e Oskar sempre os mantinha amenizados com as especialidades de sua cozinha – comida simples, porém abundante. Numa visita ao quartel dos reservistas, ele fez o seu habitual discurso sobre as capacidades especializadas dos seus prisioneiros, a importância das suas manufaturas. Disse que granadas antitanques e revestimentos para um projétil ainda estavam na lista secreta. Pediu que a guarnição evitasse penetrar nas oficinas da fábrica, pois isso perturbaria a atividade dos trabalhadores.

Oskar podia ler nos olhos daqueles homens o pensamento de que aquela cidade tranquila lhes convinha. Imaginavam a si mesmos esperando ali que terminasse o cataclismo. Não queriam se intrometer nas oficinas, como um Goeth ou um Hujar. Não queiram que *Herr Direktor* desse queixa deles.

Todavia, o oficial de comando da guarnição ainda não chegara. Estava vindo do seu posto anterior no campo de trabalho em Budzyn, que, até os recentes avanços russos, tinha fabricado peças de aviões de bombardeio. Oskar sabia que ele devia ser mais jovem, mais atento, mais intrometido. O provável era que não aceitasse muito facilmente que lhe fosse negado acesso ao campo.

ENQUANTO SUPERVISIONAVA as obras do preparo de pisos de cimento, da abertura de rombos no teto para se encaixarem as grandes máquinas Hilos, enquanto estava ocupado com as providências para abrandar os NCOs e lutando contra o constrangimento íntimo de se readaptar à vida matrimonial ao lado de Emilie, Oskar foi preso uma terceira vez.

A Gestapo apareceu na hora do almoço. Oskar não estava em seu gabinete, pois seguira de carro naquela manhã para Brno, a fim de tratar de um negócio. Um caminhão vindo de Cracóvia acabara de chegar ao campo carregado de algumas riquezas portáteis de *Herr Direktor* – cigarros, caixas de vodca, conhaque, champanha. Certas pessoas diriam mais tarde que o carregamento era de propriedade de Goeth, que Oskar concordara em guardar na Morávia em troca do apoio de Goeth aos seus planos em Brinnlitz. Como fazia um mês que Goeth estava preso e sem autoridade, os artigos de luxo no caminhão podiam ser considerados de propriedade de Oskar.

Era o que pensavam os homens ao descarregar o caminhão, ficando nervosos à vista dos membros da Gestapo no pátio da fábrica. Gozavam de privilégios de mecânicos e assim lhes fora permitido guiar o caminhão até um riacho no sopé de uma colina, onde jogaram nas águas as caixas de bebida. Os duzentos mil cigarros foram escondidos sob um grande transformador na usina de força.

Era significativo que houvesse tanto cigarro e tanta bebida no caminhão, sinal de que Oskar, sempre dado a negociar mercadorias, tencionava agora dedicar duas atividades financeiras ao mercado paralelo.

O caminhão estava sendo levado de volta à garagem, quando soou a sirene para a sopa do meio-dia. Em dias anteriores, o *Herr Direktor* comera com os prisioneiros; os mecânicos esperavam que ele o fizesse de novo nesse dia, pois assim poderiam explicar-lhe o que acontecera com o precioso carregamento do caminhão.

Efetivamente, Oskar voltou de Brno pouco depois, mas foi detido no portão por um dos homens da Gestapo, postado ali com a mão erguida e que lhe ordenou que saltasse imediatamente do carro.

– Esta é minha fábrica – um prisioneiro ouviu Oskar responder, irritado. – Se quer falar comigo, pode entrar no meu carro. Ou então, siga-me até o meu gabinete.

Ele entrou guiando no pátio, com os dois homens da Gestapo caminhando rapidamente de cada lado do veículo.

Em seu gabinete, os homens perguntaram a Oskar sobre suas relações com Goeth, com as pilhagens de Goeth. Ele respondeu que tinha ali umas tantas malas pertencentes a Goeth e que as estava guardando, a seu pedido.

Os homens do Escritório V pediram para ver as malas; Oskar levou-os ao seu apartamento, onde os apresentou formal e friamente a Frau Schindler. Depois, foi buscar as malas e abriu-as. Estavam cheias de roupas civis e velhas fardas do tempo em que Amon era um esbelto NCO SS. Depois de revistar as malas, os homens deram voz de prisão a Oskar.

Emilie, então, tornou-se agressiva. Eles não tinham o direito, disse ela, de levar o seu marido, a não ser que explicassem por que o estavam prendendo. As autoridades em Berlim não iam ficar satisfeitas com aquilo, acrescentou.

Oskar aconselhou-a a calar-se e disse-lhe apenas que telefonasse à amiga dele, Klonowska, e que cancelasse seus compromissos.

Emilie sabia o que o recado significava. Klonowska repetiria a sua atuação telefônica, ligando para Martin Plathe em Breslau, para o pessoal do General Schindler, todos eles gente importante. Um dos homens do Escritório V colocou algemas nos pulsos de Oskar. Depois, ele foi conduzido de carro para a estação de Zwittau e escoltado no trem até Cracóvia.

A impressão que se tem é que essa prisão o assustou mais do que as duas anteriores. Não há histórias de coronéis da SS apaixonados, que tivessem partilhado uma cela com ele e bebido a sua vodca. Contudo, mais tarde, Oskar recordou-se de alguns detalhes. Ao ser escoltado pelos homens do Escritório V pela grande *loggia* neoclássica da estação central de Cracóvia, um homem chamado Huth aproximou-se do grupo. Era um engenheiro civil de Plaszóvia, que sempre se mostrara obsequioso para com Oskar, mas tinha a reputação de ter praticado muitos atos secretos de bondade. Talvez tenha sido um encontro acidental, mas dá a impressão de que Huth podia estar trabalhando em combinação com Klonowska. Huth insistiu em apertar a mão algemada de Oskar. Um dos homens do Escritório V protestou.

— Acha que deve realmente apertar a mão de prisioneiros? — perguntou ele a Huth.

Imediatamente, o engenheiro fez um discurso em favor de Oskar. Esse era o *Herr Direktor* Schindler, um homem muito respeitado em toda Cracóvia, um importante industrial.

– Nunca vou poder pensar nele como um prisioneiro – acrescentou Huth.

Qualquer que fosse o significado desse encontro, Oskar foi colocado num carro e levado através da sua tão conhecida cidade até a Rua Pomorska. Deixaram-no num quarto como o que ocupara durante sua primeira prisão, com uma cama, uma cadeira e uma pia, mas com grades na janela. Oskar estava preocupado, embora demonstrasse uma tranquilidade de urso. Em 1942, quando lhe tinham dado voz de prisão um dia depois de ele ter completado 34 anos, os rumores de que havia câmara de tortura nos porões da Rua Pomorska eram indefinidos e aterradores. Agora, não eram mais indefinidos. Sabia que o Escritório V o torturaria, se estivesse realmente decidido a incriminar Amon.

Nessa noite, Herr Huth veio visitá-lo, trazendo numa bandeja um jantar e uma garrafa de vinho. Huth tinha falado com Klonowska. O próprio Oskar nunca esclareceu se Klonowska arranjara de antemão aquele "encontro casual". De qualquer modo, Huth disse-lhe que Klonowska estava apelando para os seus velhos amigos.

No dia seguinte, um grupo de 12 investigadores o interrogou, dentre os quais um era juiz do tribunal da SS. Oskar negou que tivesse dado dinheiro para que o comandante, nas palavras da transcrição do testemunho de Amon, "tivesse condescendência com os judeus".

– Eu posso ter-lhe dado dinheiro como empréstimo – admitiu Oskar.

– Por que um empréstimo? – quiseram saber os investigadores.

– Dirijo uma indústria de guerra essencial – replicou Oskar, repetindo o seu velho refrão. – Tenho um corpo de mão de obra especializada. Se meus trabalhadores são perturbados, é prejudicial para mim, para a Inspetoria de Armamentos, para o esforço de guerra. Quando eu descobria que no meio dos prisioneiros em Plaszóvia havia um metalúrgico competente para um trabalho especializado, então naturalmente pedia-o ao comandante. Eu tinha pressa e não queria me sujeitar a burocracias. O meu interesse era a produção e o que significava para mim e para a Inspetoria de Armamentos.

Em consideração à ajuda prestada pelo *Herr Commandant* nessas questões, é possível que eu lhe tenha feito um empréstimo.

Essa defesa envolvia certa deslealdade para com Amon, seu antigo anfitrião. Mas Oskar não teria hesitado. Com os olhos brilhando de transparente franqueza, tom baixo, a ênfase discreta – sem dizer palavras precisas – deu a entender aos investigadores que o dinheiro lhe fora extorquido. Mas isso não os impressionou, e eles tornaram a trancafiá-lo na cela.

O interrogatório prosseguiu em um segundo, terceiro e quarto dias. Ninguém o ameaçou, mas os policiais se mostraram irredutíveis. No final, teve de negar qualquer espécie de amizade com Amon. Não foi preciso um esforço muito grande; de qualquer modo, ele detestava profundamente o comandante.

– Não sou um homossexual – defendeu-se ele para os cavalheiros do Escritório V, aproveitando-se de boatos que ouvira sobre Goeth e suas jovens ordenanças.

O próprio Amon nunca compreenderia que Oskar o desprezava e estava disposto a incriminá-lo perante o Escritório V. Amon sempre tivera ilusões a respeito de amizades. Em seus momentos sentimentais, acreditava que Mietek Pemper e Helen Hirsch amavam o patrão. Os investigadores provavelmente não o informariam de que Oskar estava na Rua Pomorska e teriam ouvido, sem dizer palavra, Amon insistindo com eles: "Chamem o meu velho amigo Schindler. Ele poderá depor a meu favor."

O que mais ajudou Oskar, quando se viu diante dos investigadores, foi provar que tinha tido poucas conexões comerciais com o comandante. Embora às vezes houvesse aconselhado Amon ou lhe indicado contatos, jamais participara de transação alguma, nunca recebera 1 *zÂoty* com as vendas de Amon das rações da prisão, nem anéis da oficina de ourivesaria, roupas da fábrica de confecções e móveis da seção de estofamento. Deve também tê-lo ajudado o fato de suas mentiras parecerem tão fracas, até mesmo para policiais, e de quando ele dizia a verdade ser irresistivelmente convincente. Nunca dava a impressão de estar grato por acreditarem na sua palavra. Por exemplo, quando os cavalheiros do Escritório V pareceram começar a admitir a possibilidade de haver alguma verdade na afirmação de que o empréstimo de 80 mil RM fora concedido na base da extorsão, Oskar perguntou-lhes se, no final, o dinheiro lhe seria devolvido, o dinheiro que pertencia a *Herr Direktor* Schindler, o impecável industrial.

Um terceiro item a favor de Oskar era que suas credenciais provaram ser autênticas. O Coronel Erich Lange, quando o Escritório V lhe telefonou, insistiu na importância de Schindler para o esforço de guerra. Sussmuth, consultado pelo telefone em Troppau, disse que a fábrica de Oskar estava envolvida na produção de "armas secretas", não era, como veremos mais adiante, uma declaração falsa. Mas, quando dita incisivamente, era enganadora e de peso desvirtuado. Pois o *Führer* prometera "armas secretas". A expressão era carismática e agora oferecia uma proteção a Oskar. Contra uma expressão como "armas secretas", qualquer onda de protesto dos burgueses de Zwittau não produzia efeito algum.

Mas, mesmo para Oskar, a sua prisão oferecia perigos. Por volta do quarto dia, um dos interrogadores visitou-o não para interrogá-lo, mas para cuspir nele. O cuspe escorreu pela lapela da roupa de Oskar. O homem vociferou contra ele, chamando-o de amigo de judeus, de ir para a cama com judias. Era uma tática bem diferente do legalismo dos interrogatórios. Mas Oskar não tinha certeza se aquilo não fora planejado, se não representava a verdadeira denúncia que impulsionara a sua prisão.

Após uma semana, Oskar enviou uma mensagem, transmitida por Huth e Klonowska, para o *Oberführer* Scherner. Na mensagem, dizia que o Escritório V estava pressionando-o de tal maneira, que ele achava impossível proteger por muito mais tempo o antigo chefe de polícia. Scherner abandonou sua missão de contra-atacar guerrilheiros (que em breve o mataria) e compareceu à cela de Oskar no dia seguinte. Era um escândalo o que o Escritório estava fazendo, disse Scherner. E quanto a Amon?, perguntara Oskar, calculando que Scherner diria que era também um escândalo.

– Ele merece de sobra o castigo – replicara Scherner. Parecia que todo mundo estava desertando de Amon. – Não se preocupe – acrescentara Scherner, antes de sair. – Vamos tirá-lo daqui.

Na manhã do oitavo dia, eles o soltaram. Oskar tratou de partir imediatamente – dessa vez, sem exigir transporte. Bastava-lhe ver-se solto na fria calçada. Atravessou Cracóvia de bonde e foi a pé até a sua antiga fábrica em Zablocie. Ainda havia ali uns poucos zeladores poloneses; do seu gabinete no andar de cima, ele telefonou para Brinnlitz e avisou a Emilie que estava livre.

Mosh Bejski, um projetista de Brinnlitz, lembra-se da confusão, enquanto Oskar estava fora – os boatos, as perguntas a respeito do que significava aquela prisão. Mas Stern, Maurice Finder, Adam Garde e outros tinham consultado Emilie sobre a comida, a distribuição de trabalho, a provisão de leitos no campo. Foram os primeiros a descobrir que Emilie não era uma mera figura de proa. Não era uma mulher feliz, e sua infelicidade tornara-se mais amarga com a prisão de Oskar pelo Escritório V. Pareceu-lhe uma injustiça da sorte a SS vir intrometer-se na reunião ainda não bem concretizada do casal. Mas a Stern e aos outros parecia evidente que ela não estava ali para cuidar do pequeno apartamento do andar térreo simplesmente por dever matrimonial. Havia também outro motivo, que se poderia chamar de compromisso ideológico. Numa parede do apartamento, via-se uma imagem de Jesus, com o coração exposto e em chamas. Stern vira a mesma reprodução em casas de católicos poloneses. Mas não havia nenhum ornamento semelhante em qualquer dos dois apartamentos de Oskar em Cracóvia. O Jesus do coração exposto nem sempre era tranquilizador, quando visto em cozinhas polonesas. Mas no apartamento de Emilie era o símbolo de uma promessa pessoal: a promessa de Emilie.

No começo de novembro, Oskar voltou de trem. Estava com a barba por fazer e cheirava mal, depois de tantos dias na prisão. Espantou-se, ao saber que as mulheres continuavam em Auschwitz-Birkenau.

NO PLANETA AUSCHWITZ, onde as mulheres da lista de Schindler moviam-se com tanta cautela, com tanto medo como qualquer viajante espacial, Rudolf Höss reinava como o fundador, o construtor do campo – seu gênio supremo. Leitores do romance de William Styron, *A escolha de Sofia,* o identificavam como o patrão de Sophie. Um patrão bem diferente do que Amon fora para Helen Hirsch; mais imparcial, polido, equilibrado; ainda assim, porém, o infatigável sacerdote daquela província canibalesca. Embora na década de 1920 ele tivesse assassinado um professor do Ruhr, por ter denunciado um ativista alemão, e cumprido pena pelo crime, nunca assassinou com as próprias mãos prisioneiro algum de Auschwitz. Considerava-se um técnico. Era apologista das cápsulas à base de cianureto, que soltavam vapores de gás, quando expostas ao ar, e travara uma longa contenda pessoal e científica com seu rival, o *Kriminalkommissar* Christian Wirth, que tinha jurisdição sobre o campo de Belzec e era chefe da corrente partidária do monóxido de carbono. Fora um dia terrível em Belzec, testemunhado por um oficial químico da SS, Kurt Gerstein, quando o método do *Kommissar* Wirth levara três horas para liquidar um grupo de judeus apinhados nas câmaras. Uma prova de que Höss era a favor de uma tecnologia mais eficiente é parcialmente confirmada pelo crescimento contínuo de Auschwitz e o declínio de Belzec.

Em 1943, quando Rudolf Höss deixou Auschwitz para ocupar o posto de Chefe Interino da Seção D em Oranienburg, o local já se tornara algo mais do que um campo. Era mais do que uma excelente organização. Era um fenômeno. O mundo moral parecia não ter-se deteriorado tanto quanto se invertera, transformado num buraco escuro, sob a pressão de toda a malícia humana – um local em que tribos e histórias eram absorvidas e vaporizadas e a linguagem passava a ter novos significados. As câmaras subterrâneas eram chamadas "porões de desinfecção", as câmaras ao nível do solo, "casas de banho", e o *Oberscharführer* Moll, cuja função era ordenar a inserção dos cristais azuis para dentro dos tetos dos "porões", costumava gritar para os seus assistentes: "Muito bem, agora vamos lhes dar algo para mastigar!"

Höss voltara a Auschwitz em maio de 1944 e reinava sobre o campo todo na ocasião em que as "mulheres Schindler" estavam ocupando uma caserna em Birkenau, bem junto do posto do humorista Moll. Segundo a mitologia que envolve Schindler, foi com o próprio Höss que Oskar batalhou pelas suas trezentas mulheres. Decerto Oskar teve conversas telefônicas e outros entendimentos com Höss. Mas tinha também de tratar com o *Sturmbannführer* Fritz Hartjenstein, Comandante de Auschwitz II – isto é, de Auschwitz-Birkenau – e com o *Untersturmführer* Franz Hössler, o encarregado, naquela grande cidade, do subúrbio das mulheres.

O certo é que dessa vez Oskar mandou uma moça com uma valise cheia de bebidas, presunto e diamantes para negociar com aqueles funcionários. Alguns dizem que Oskar, depois de mandar a moça, fez ele próprio uma visita, levando consigo um associado, influente oficial na S.A. (*Sturmabteilung* ou Tropa de Assalto), o *Standartenführer* Peltze, que, segundo ele revelou mais tarde a amigos, era um agente britânico. Outros alegam que Oskar se manteve afastado de Auschwitz por uma questão de estratégia e preferiu ir a Oranienburg e à Inspetoria de Armamentos em Berlim, para tentar pressionar Höss por outros lados.

A história que Stern narraria publicamente, anos mais tarde, num discurso em Tel Aviv é a seguinte: depois de Oskar sair da prisão, Stern procurou-o e – "pressionado por alguns dos meus camaradas" – implorou-lhe que fizesse algo decisivo a respeito das mulheres atoladas na lama de Auschwitz. Durante esse encontro, uma das secretárias de Oskar entrou na sala – Stern não mencionou o nome. Schindler olhou para a moça e apontou para um dos próprios dedos, em que brilhava um anel com um grande diamante. Perguntou-lhe se ela gostaria de possuir aquela vistosa joia. A moça demonstrou vivo interesse, segundo Stern, que cita as palavras de Oskar: "Pegue esta lista de mulheres; arrume uma valise com a melhor comida e a melhor bebida que encontrar na minha cozinha. Depois siga para Auschwitz. Deve saber que o comandante tem uma queda por garotas bonitas. Se tiver sucesso na sua missão, ganhará este anel. E outras coisas mais."

É uma cena digna de um daqueles episódios do Velho Testamento, quando, pelo bem de uma tribo, uma mulher é oferecida ao invasor. E também uma cena da Europa Central, com seus grandes diamantes coruscantes e suas transações com a carne de uma mulher.

De acordo com o que conta Stern, a secretária partiu para Auschwitz. Como dois dias depois ela ainda não tivesse voltado, o próprio Schindler – acompanhado do obscuro Peltze – foi resolver o assunto.

Segundo a mitologia que cerca o nome de Schindler, Oskar realmente *mandou* uma das suas amantes para dormir com o comandante – fosse ele Höss, Hartjenstein ou Hössler – e deixar diamantes no travesseiro. Alguns, como Stern, dizem que foi "uma das secretárias", mas outros citam o nome de uma *Aufseher*, bonita lourinha da SS, naqueles últimos tempos a amante de Oskar e servindo na guarnição de Brinnlitz. Mas, ao que parece, essa moça continuava ainda em Auschwitz, juntamente com as *Schindlerfrauen*.

Segundo a própria Emilie Schindler, a emissária era uma jovem de 22 ou 23 anos, natural de Zwittau, e seu pai fora um velho amigo da família Schindler. Ela voltara recentemente da Rússia ocupada, onde tinha trabalhado como secretária na administração alemã. Era uma boa amiga de Emilie e se oferecera como voluntária para a tarefa. É pouco provável que Oskar tivesse pedido um sacrifício sexual de uma amiga da família. Embora ele fosse um pilantra nessas questões, esse lado da história é certamente um mito. Não sabemos até onde foram as transações da moça com os oficiais de Auschwitz. Sabemos apenas que ela penetrou naquele reino de horrores e atuou corajosamente.

Oskar mais tarde contou que, em suas negociações com os dirigentes da necrópole Auschwitz, mais uma vez eles tentaram convencê-lo de que as mulheres, depois de passarem algumas semanas ali, não valiam mais grande coisa para o trabalho. Por que ele não esquecia aquelas suas trezentas *Schindlerfrauen*? Não seria difícil substituí-las por outras trezentas do infindável rebanho que chegava constantemente a Auschwitz. Em 1942, um NCO SS lhe fizera a mesma proposta na estação de Prokocim: "Não vale a pena insistir só no nome dessas mulheres, *Herr Direktor*."

Agora, como em Prokocim, Oskar repetiu a sua costumeira alegação.

– Há no grupo técnicas insubstituíveis na manufatura de armas. Eu mesmo as treinei durante anos. Elas são operárias especializadas, como não podem ser facilmente encontradas. Os nomes eu sei.

– Um momento – disse o oficial. – Vejo aqui na lista uma menina de 9 anos, filha de uma tal Phila Rath. E mais uma menina de 11 anos, filha de Regina Horowitz. Está querendo me dizer que uma menina de 9 e outra de 11 anos são especialistas em munições?

– Dão polimento em granadas de 45 milímetros – retorquiu Oskar. – Foram selecionadas por causa de seus dedos compridos, que podem atingir o interior da granada de maneira que a maioria dos adultos não consegue.

Tal conversa, em apoio à moça amiga da família, era mantida por Oskar em pessoa ou por telefone. Oskar transmitia notícias sobre as negociações ao círculo mais íntimo dos seus prisioneiros, que se encarregavam de passá-las aos homens nas oficinas. O argumento de Oskar de que precisava de crianças para polir o interior das granadas antitanques era uma farsa escandalosa. Mas ele já o usara mais de uma vez. Em 1943, uma órfã chamada Anita Lampel foi chamada uma noite à *Appellplatz* de Plaszóvia e lá se deparara com Oskar discutindo com uma mulher de meia-idade, a *Alteste* do campo das mulheres, que argumentava, usando mais ou menos as mesmas palavras que Höss/Hössler diriam depois, em Auschwitz:

– Não me venha com essa de que precisa de uma menina de 14 anos para a Emalia. Não pode afirmar que o Comandante Goeth permitiu colocar uma menina dessa idade no seu grupo para a Emalia. – (A *Alteste* temia, naturalmente, que, se a lista de prisioneiros para a Emalia tivesse sido adulterada, ela é que seria a culpada.)

Naquela noite, em 1943, Anita Lampel ouvira, atônita, Oskar, que jamais vira as suas mãos, alegar que ele a escolhera pelo valor industrial do comprimento de seus dedos, e que *Herr Commandant* dera a sua aprovação.

Anita Lampel estava em Auschwitz, mas agora era uma moça alta e não mais precisava do argumento dos dedos compridos, que passou a ser usado em favor das filhas da Sra. Horowitz e da Sra. Rath.

O contato de Schindler tivera razão em dizer que as mulheres perderam quase por completo o seu valor industrial. Nas inspeções, mulheres jovens como Mila Pfefferberg, Helen Hirsch e sua irmã não podiam evitar que as cólicas da disenteria as deixassem curvadas e envelhecidas. A Sra. Dresner perdera todo o apetite, até mesmo pela sopa de *ersatz*. Danka não conseguia convencer sua mãe a tomá-la para se aquecer um pouco. Isso significava que ela logo se tornaria uma *Mussulman*. O termo era uma gíria do campo, derivada do que as pessoas se lembravam de ter visto em jornais cinematográficos sobre a fome em países muçulmanos. O nome era dado às prisioneiras que cruzavam a linha que separava os vivos famélicos dos quase mortos.

Clara Sternberg, de quarenta e poucos anos, foi isolada do grupo de Schindler e transferida para um local, que se poderia descrever como uma cabana *Mussulman*. Ali, cada manhã, as mulheres moribundas eram enfileiradas diante da porta e se procedia a uma seleção. Às vezes, era Mengele quem as examinava. Das quinhentas mulheres nesse novo grupo de Clara Sternberg, podiam ser apartadas umas cem em determinado dia; em outro dia, cinquenta mulheres. Coloriam o rosto com a argila de Auschwitz e, se possível, mantinham as costas retas. E era preferível engasgar a tossir...

Foi depois de uma dessas inspeções que Clara sentiu que não lhe restavam mais reservas para continuar a esperar, para correr o risco diário. Tinha em Brinnlitz um marido e um filho adolescente; agora, porém, eles lhe pareciam mais remotos do que os canais do Planeta Marte. Não podia imaginar Brinnlitz, ou o marido e o filho vivendo lá. Então, saiu cambaleando pelo campo das mulheres à procura dos fios elétricos. Quando da sua chegada, tivera a impressão de que as cercas eletrificadas estavam por toda parte. Agora, que precisava delas, não conseguia encontrá-las. Cada vez que dobrava uma esquina, via-se em outra rua enlameada, que a frustrava com as suas cabanas igualmente miseráveis. Quando viu uma conhecida de Plaszóvia, uma cracoviana como ela própria, Clara se deteve. "Onde fica a cerca elétrica?", perguntou à mulher. A pergunta parecia razoável à sua mente perturbada, e Clara não tinha dúvida de que a amiga, se tivesse algum sentimento de fraternidade, apontar-lhe-ia o caminho para a cerca. A resposta que a mulher deu a Clara era igualmente insana, mas tinha um ponto de vista firme, um equilíbrio, um cerne perversamente lógico.

– Não se mate na cerca, Clara – insistiu a mulher. – Se o fizer, nunca saberá o seu destino.

Aquele argumento sempre fora o mais poderoso junto a suicidas em potencial. Se você se matar, nunca saberá como terminou a história. Clara não tinha maior interesse na história. Mas, de certa forma, a argumentação surtiu efeito. Ela recuou; quando voltou à sua cabana, sentiu-se mais perturbada do que quando saíra à procura da cerca. Mas a amiga de Cracóvia – com as suas palavras – conseguira que ela eliminasse do pensamento o suicídio como uma opção.

Algo de terrível aconteceu em Brinnlitz: Oskar, o viajante moraviano, ausentara-se. Estava negociando com panelas e diamantes, bebidas e charutos, por toda parte na província. Algumas das mercadorias eram cruciais. Biberstein fala dos remédios e instrumentos cirúrgicos que chegavam ao *Krankenstube*, em Brinnlitz. Nenhum desses últimos artigos era de distribuição normal. Oskar deve ter negociado os remédios com os depósitos da *Wehrmacht*, ou talvez com a farmácia de um dos hospitais maiores em Brno.

Qualquer que fosse a causa de sua ausência, ele estava fora quando um inspetor de Gröss-Rosen chegou a Brinnlitz e visitou a oficina com o *Untersturmführer* Josef Liepold, o novo comandante, sempre disposto a aproveitar qualquer chance para se intrometer na fábrica. O inspetor trazia ordens de Oranienburg de passar em revista os subcampos de Gröss-Rosen, recolhendo crianças para serem usadas nas experiências científicas do Dr. Josef Mengele, em Auschwitz. Olek Rosner e seu pequeno primo Richard Horowitz, que acreditavam não necessitar ali de um esconderijo, brincavam correndo um atrás do outro ao redor do anexo e em meio às máquinas de tecelagem abandonadas. Também se achava nas imediações o filho do Dr. Leon Gross, o médico que tinha tratado da recente diabetes de Amon, que ajudara o Dr. Blancke na *Aktion* de Saúde e que tinha ainda outros crimes pelos quais responder. O inspetor observou ao *Untersturmführer* Liepold que aqueles meninos não eram, evidentemente, operários essenciais de munição. Liepold – baixo, moreno, não tão louco quanto Amon – era ainda assim um oficial convicto da SS e não se deu ao trabalho de defender os garotos.

Mais adiante, durante a inspeção, o filho de 9 anos de Roman Ginter foi descoberto. Ginter conhecia Oskar desde o tempo em que o gueto fora fundado, pois fornecera sucata da Emalia à metalúrgica de Plaszóvia. Mas o *Untersturmführer* Liepold e o inspetor não tomaram conhecimento de quaisquer relações especiais. O filho de Ginter foi mandado sob escolta para o portão juntamente com os outros meninos. O filho de Frances Spira, com 10 anos, mas alto e aparentando uns 14 anos, estava nesse dia trabalhando no alto de uma comprida escada, limpando as janelas de um segundo andar, e escapou da captura.

As ordens eram para que também fossem arrebanhados os pais dos meninos, talvez porque isso anularia o risco de eles se revoltarem dentro dos subcampos. Portanto, Rosner, o violinista, Horowitz e Roman Ginter foram presos. O Dr. Leon Gross correu à clínica para negociar com a SS. Estava rubro de indignação. O esforço era para provar àquele inspetor de Gröss-Rosen que ele estava lidando com um prisioneiro responsável, um amigo do sistema. O esforço de nada adiantou. Um SS *Unterscharführer*, com uma arma automática, recebeu a missão de escoltá-los a Auschwitz.

O grupo de pais e filhos viajou de Zwittau até Katowice, na Alta Silésia, em um trem comum de passageiros. Henry Rosner esperava hostilidade dos outros passageiros. Em vez disso, uma mulher atravessou o vagão e acintosamente deu a Olek e a cada um dos outros um bico de pão e uma maçã, o tempo todo de olhos pregados no sargento, desafiando-o a reclamar. O *Unterscharführer*, porém, tratou-a com polidez formal. Mais tarde, quando o trem parou em Usti, ele deixou os prisioneiros sob a guarda de seu auxiliar e dirigiu-se para o café da estação, trazendo de volta biscoitos e café pagos do seu próprio bolso. Ele, Rosner e Horowitz se puseram a conversar. Quanto mais o *Unterscharführer* falava, menos parecia pertencer à mesma laia de Amon, Hujar, John e todos aqueles outros.

– Estou levando vocês para Auschwitz – disse ele – e depois tenho de voltar a Brinnlitz, acompanhando umas mulheres.

Assim, ironicamente, os primeiros homens de Brinnlitz a descobrir que suas mulheres sairiam de Auschwitz foram Rosner e Horowitz, quando eles próprios estavam a caminho de Auschwitz.

Rosner e Horowitz ficaram radiantes. Contaram a seus filhos que aquele bom homem ia levar suas mães para Brinnlitz. Rosner perguntou ao *Unterscharführer* se podia entregar uma carta a Manci, e Horowitz pediu-lhe o mesmo para Regina. As duas cartas foram escritas em pedaços de papel que o *Unterscharführer* lhes forneceu, o mesmo papel que ele usava para escrever à própria mulher. Em sua carta, Rosner indicava a Manci um endereço em Podgórze onde encontrá-lo, no caso de ambos sobreviverem.

Quando Rosner e Horowitz tinham terminado de escrever, o SS pôs as cartas no bolso. "Onde estava você nestes últimos anos?", pensou Rosner. "Começou sendo um fanático? Aplaudiu quando os deuses no rosto esbravejavam: 'Os judeus são a nossa desgraça'?"

No decorrer da viagem, Olek escondera o rosto no braço de Henry e se pusera a chorar. A princípio, não quis revelar qual era a sua mágoa. Quando finalmente se abriu, foi para dizer que estava desolado por ter arrastado Henry para Auschwitz, e, assim, causar a morte do seu próprio pai. Henry poderia ter tentado acalmá-lo pregando-lhe mentiras, mas não teria adiantado. Todas as crianças tinham conhecimento das câmaras de gás. E respondiam com petulância, quando se tentava enganá-las.

O *Unterscharführer* curvou-se. Não podia ter ouvido as palavras de Olek, mas havia lágrimas em seus olhos. Isso causou espanto ao menino – como se espanta qualquer criança, quando vê um animal de circo andar de bicicleta. Fitou o homem. O que lhe parecia surpreendente era que aquelas lágrimas eram fraternais, lágrimas de um companheiro de cativeiro.

– Sei o que vai acontecer – disse o *Unterscharführer*. – Nós perdemos a guerra. Você será tatuado e vai sobreviver.

Henry teve a impressão de que o homem estava fazendo promessas não ao menino, mas a si mesmo, armando-se com a garantia de que – dentro de cinco anos, talvez, quando se lembrasse daquela viagem de trem – poderia usar aquela lembrança para aliviar sua consciência.

NA TARDE em que tentara encontrar a cerca eletrificada, Clara Sternberg ouviu uma chamada de nomes e o som de risadas femininas na direção das cabanas das *Schindlerfrauen*. Então, saiu de sua cabana úmida e viu as mulheres da lista de Schindler enfileiradas por trás de cerca interior do campo feminino. Algumas delas estavam vestidas apenas com blusas e calças compridas. Mulheres esqueléticas, sem a menor chance de sobrevivência. Mas estavam tagarelando como meninas. Até a SS loura parecia feliz, pois também seria liberada de Auschwitz.

– *Schindlergruppe*! – gritou ela. – Vocês vão para as saunas e depois vão tomar o trem. – A SS loura parecia ter o senso da importância do momento.

Das cabanas ao redor, prisioneiras fadadas a morrer olhavam com uma expressão vazia as alegres eleitas de Schindler. Não se podia deixar de observá-las porque elas, subitamente, estavam como que em descompasso com o restante do campo. O fato não alterava nada, é claro. Não passava de um evento excêntrico; não tinha o menor significado na vida da maioria; não invertia o processo ou diminuía a fumaça no ar.

Mas, para Clara Sternberg, a cena era intolerável. Como o era também para a Sra. Krumholz, de 60 anos, quase agonizando numa cabana reservada às mulheres mais velhas. A Sra. Krumholz começou a discutir com a *Kapo* holandesa à porta da sua cabana.

– Vou me reunir às outras – anunciou ela.

A *Kapo* apresentou uma série de argumentos e, no final, declarou:

– Você estará melhor ficando aqui. Se for, vai morrer num vagão de carga. Além disso, terei de explicar por que a deixei partir.

– Pode dizer aos seus superiores – declarou a Sra. Krumholz – que foi porque eu fazia parte da lista de Schindler. Os registros confirmarão o meu nome. Quanto a isso, não há dúvida.

Durante cinco minutos, elas discutiram e, no decorrer da discussão, falaram de suas famílias, apurando as origens uma da outra, talvez à procura de um ponto vulnerável na lógica escrita da disputa. Acabaram descobrindo que o sobrenome da holandesa era também Krumholz e as duas começaram a discutir a procedência de suas famílias.

– Creio que o meu marido está em Sachsenhausen – disse a Sra. Krumholz holandesa.

– O meu marido e o meu filho foram para Mauthausen, creio eu – disse a Sra. Krumholz de Cracóvia. – Eu devo ir para o campo Schindler na Morávia. É para lá que vão aquelas mulheres diante da cerca.

– Elas não vão a parte alguma, acredite-me – assegurou a Sra. Krumholz holandesa. – Ninguém aqui vai a parte alguma, a não ser numa direção.

– Pois eu acho que elas vão para alguma parte – insistiu a primeira Sra. Krumholz. – *Por favor!*

Mesmo que as *Schindlerfrauen* estivessem iludidas, ela queira participar daquela ilusão. A *Kapo* holandesa finalmente compreendeu isso e deixou que a Sra. Krumholz tentasse seguir o seu destino.

Uma cerca erguia-se agora entre a Sra. Krumholz, a Sra. Sternberg e o resto das mulheres Schindler. Não era uma cerca eletrificada. Não obstante, fora erguida de acordo com o regulamento da Seção D, com pelo menos dezoito fios de arame. Os fios eram mais juntos na parte superior. Na inferior eram esticados paralelamente, com uma separação de uns 15 centímetros. Mas entre cada grupo de paralelos havia um espaço de menos de 30 centímetros. Naquele dia, segundo testemunhas e o depoimento das próprias mulheres, tanto a Sra. Krumholz como a Sra. Sternberg conseguiram atravessar a cerca e reunir-se às mulheres da lista de Schindler para participar daquele sonho de salvação. Arrastando-se por uma abertura de talvez uns 22 centímetros, suspendendo o arame, rasgando a roupa e a carne nas farpas, elas lograram se colocar entre as eleitas da lista de Schindler. Ninguém as deteve, porque ninguém acreditou naquela possibilidade. Para as outras mulheres de Auschwitz, era de qualquer modo um exemplo banal. Qualquer outra fugitiva, depois de vencer a primeira cerca, iria se deparar com outra e mais outra, até a última de alta voltagem. Mas, para Sternberg e Krumholz, não existiam outras cercas. As roupas que elas tinham trazido do gueto e remendado tantas vezes na enlameada Plaszóvia agora pendiam de arames. Nuas e com o sangue brotando de arranhões, elas correram a juntar-se às mulheres de Schindler.

A Sra. Rachela Korn, condenada, aos 44 anos, a uma cabana de hospital, fora também arrastada pelo vão da janela por sua filha, que agora a mantinha ereta, na coluna da lista de mulheres. Era como uma festa de aniversário tanto para ela como para as outras duas. Todas as mulheres pareciam estar congratulando-as.

Na casa de banho, as mulheres de Schindler foram escanhoadas. Moças letonas rasparam a passeata de piolhos de suas cabeças, axilas e púbis. Depois do banho de chuveiro, foram levadas nuas para a cabana do oficial intendente, onde lhes forneceram roupas de gente que morrera. Quando se viram de cabeça raspada e com roupas disparatadas, as mulheres se puseram a rir – um riso de meninas. A figura da frágil Mila Pfefferberg, pesando agora uns trinta e poucos quilos, enfiada num vestido que pertencera a uma senhora gorda, a fez rolar de rir. Meio mortas e vestidas de trapos com cifras pintadas, elas saltitavam e se faziam por manequins numa passarela e desatavam a dar risadas, como colegiais.

– O que Schindler vai fazer com todas essas velhas? – Clara Sternberg ouviu uma SS perguntar a uma colega.

– Isso não é da conta de ninguém – respondeu a outra. – Ele que abra um asilo de velhos, se quiser.

Quaisquer que fossem as expectativas, era sempre apavorante entrar nos trens. Mesmo com baixa temperatura, havia sempre uma sensação de abafamento aliada à escuridão. Ao entrar num vagão, as crianças sempre corriam para onde houvesse alguma fresta de claridade. Foi o que fez Niusia Horowitz nessa manhã, colocando-se contra uma parede de onde se soltara uma ripa. Quando ela olhou pela abertura, pôde ver do outro lado da linha férrea as cercas do campo dos homens. Notou que havia aqui e ali crianças espalhadas, olhando para o trem e acenando as mãos. Parecia haver uma insistência muito pessoal naqueles gestos. Niusia achou estranho que uma das crianças fosse tão parecida com o seu irmão de 6 anos, que estava a salvo com Schindler. E o menino ao lado dele era um sósia de seu primo Olek Rosner. Então, compreendeu. *Era* Richard. *Era* Olek.

Virando-se, ela puxou sua mãe pela roupa. Regina olhou para fora, passou pelo mesmo cruel processo de identificação e pôs-se a soluçar. A essa altura a porta do vagão já fora trancada; as duas se viram comprimidas na quase total escuridão. Cada gesto, cada rastro de esperança ou pânico era contagioso. Todas as outras puseram-se também a soluçar. Manci Rosner, junto à cunhada, espiou pela abertura, viu o filho e desatou em pranto.

Um truculento NCO tornou a abrir a porta do vagão e perguntou quem estava fazendo todo aquele barulho. Nenhuma delas tinha motivo para se apresentar, mas Manci e Regina forçaram a passagem e apresentaram-se diante do homem.

– É meu filho que está lá do outro lado – disseram ambas. E Manci acrescentou: – Quero que ele veja que ainda estou viva.

O NCO mandou que elas descessem para a plataforma. As duas se postaram diante dele, sem entender qual era a sua intenção.

– Seu nome? – perguntou o NCO a Regina.

Ela deu o seu nome e o viu procurar algo sob o cinto de couro. Julgou que ele estivesse sacando o revólver. Mas o que tinha na mão era uma carta do marido para ela. O homem entregou também a carta de Henry Rosner. Depois fez uma breve narrativa da partida dos seus maridos de Brinnlitz. Manci pediu que ele as deixasse entrar debaixo do vagão, entre os trilhos, como para urinar. Isso às vezes era permitido quando os trens sofriam um atraso maior. O NCO deu-lhes a permissão.

Assim que Manci se viu debaixo do vagão, soltou o agudo assobio que costumava usar na *Appellplatz* de Plaszóvia para ser localizada por Henry e Olek. Este ouviu o assobio e pôs-se a acenar com a mão. Em seguida, virou a cabeça de Richard e apontou na direção de suas mães, espiando por entre as rodas do trem.

Depois de muito acenar, Olek estendeu o braço, puxou a manga da camisa e mostrou os números tatuados ao longo de seu antebraço. Naturalmente, as mulheres responderam com acenos de mão e aplaudiram o jovem Richard, quando ele suspendeu também a manga da camisa para mostrar a sua tatuagem. "Vejam!", estavam dizendo os meninos, com suas mangas enroladas, "nós temos permanência." Mas, entre as rodas, as mulheres estavam num frenesi de ansiedade.

– O que aconteceu com eles? – perguntavam uma para outra. – Deus do céu, o que estão fazendo aqui? – Mas as cartas talvez explicassem melhor as coisas. Então, elas as abriram e leram; depois as guardaram e recomeçaram a chorar.

Em seguida, Olek estendeu a mão e mostrou que tinha umas poucas batatas.

– Veja só! – gritou ele, e Manci pôde ouvi-lo distintamente. – Não precisa se preocupar porque não estou passando fome.

– Onde está seu pai? – gritou Manci.

– Trabalhando – respondeu Olek. – Logo ele estará de volta do trabalho. Estou guardando essas batatas para ele.

– Ai, meu Deus! – murmurou Manci para a cunhada. – As batatas na mão dele são toda a sua comida.

O pequeno Richard foi mais franco.

– *Mamushka, Mamushka, Mamushka!* – gritou ele. – Estou com tanta fome!

Mas também mostrou umas poucas batatas nas mãos e disse que ia guardá-las para o pai. Dolek e o violinista Rosner estavam trabalhando na pedreira.

Henry Rosner foi o primeiro a chegar. Adiantou-se para junto da cerca, erguendo o braço esquerdo nu.

– A tatuagem! – gritou, triunfante. Mas ela podia ver que ele estava tremendo, ao mesmo tempo suando e com frio. A vida em Plaszóvia não tinha sido suave, mas lá lhe era permitido dormir na oficina de pintura e repousar das horas que passara tocando Lehar na casa de Amon Goeth. Aqui, a banda que, às vezes, acompanhava as fileiras marchando para as "casas de banho" não tocava o tipo de música de Rosner.

Quando Dolek apareceu, Richard conduziu-o até a cerca, de onde ele podia avistar as duas mulheres de faces encovadas, mas ainda bonitas, espiando de sob o vagão. O que ele e Henry mais temiam era que as mulheres se oferecessem para ficar. Não poderiam ficar com os filhos no campo dos homens, e se achavam numa situação favorecida no trem, que certamente se poria em marcha naquele mesmo dia. A ideia de uma reunião de família era ilusória, e os dois homens junto à cerca de Birkenau recearam que as mulheres optassem por morrer ali. Portanto, Dolek e Henry falaram com falsa animação – como pais em tempo de paz que tivessem decidido levar os filhos para passar o verão no Báltico, a fim de que as mães pudessem ir descansar em Carlsbad.

– Cuide de Niusia – gritou Dolek repetidas vezes, lembrando à sua mulher que eles tinham também uma filha, a filha que se achava no vagão acima da cabeça de Regina.

Finalmente, alguma sirene misericordiosa soou no campo dos homens. Os homens e os meninos tiveram então que deixar a cerca. Manci e Regina subiram lentamente de volta ao trem e a porta fechou. Ficaram quietas. Nada mais poderia surpreendê-las.

O trem partiu à tarde, com as habituais incertezas. Mila Pfefferberg acreditava que, se o destino delas não fosse o campo de Schindler, metade das mulheres comprimidas nos vagões não resistiria a mais uma semana. Ela própria julgava que os seus dias estavam contados. Lusia adoecera com escarlatina. A Sra. Dresner, tratada por Danka, mas esvaindo-se em disenteria, parecia agonizante.

E, no vagão de Niusia Horowitz, as mulheres viam montanhas e pinheiros pela fenda da ripa. Algumas delas, quando crianças, estiveram naquelas montanhas, e reconhecê-las, ainda que de dentro dos fétidos vagões, lhes dava uma injustificada sensação de férias. E sacudiam as companheiras sentadas em meio àquela imundície toda. "Estamos quase chegando", prometiam às outras. Mas aonde? Mais uma falsa chegada liquidaria com todas elas.

Na fria madrugada do segundo dia, elas receberam a ordem de sair dos vagões. Podiam ouvir o silvo da locomotiva em alguma parte na neblina. Cristais de gelo sujo se penduravam nas subestruturas do trem e o ar as congelava. Mas não era o ar pesado, pungente de Auschwitz. Estavam em algum desvio ferroviário não identificado. Marcharam, sentindo os pés dormentes em seus tamancos, todas elas tossindo. Logo viram mais adiante um grande portão e, mais além, uma vasta construção de alvenaria de onde se erguiam chaminés; pareciam iguais às que haviam ficado para trás em Auschwitz. Um grupo de homens SS esperavam ao portão, batendo as mãos para afugentar o frio. O grupo ao portão, as chaminés – tudo parecia parte de uma horrenda continuidade. Uma jovem ao lado de Mila começou a chorar.

– Eles nos fizeram viajar dias e dias até aqui só para nos transformar em fumaça de chaminé! – disse ela.

– Não – replicou Mila –, não desperdiçariam assim o seu tempo. Poderiam ter feito isso em Auschwitz.

Seu otimismo, porém, era como o de Lusia – ela não poderia dizer o que o motivava.

Ao se aproximarem do portão, perceberam que Herr Schindler estava entre os homens SS. A primeira coisa que notaram foi a sua famosa estatura, o seu físico atlético. Podiam ver-lhe as feições sob o chapéu tirolês, que ele ultimamente usava para comemorar a volta à terra natal. A seu lado, achava-se um oficial SS baixo e moreno. Era o comandante de Brinnliz, o *Untersturmführer* Liepold. Oskar já tinha descoberto – as mulheres logo perceberiam – que Liepold, ao contrário de sua guarnição de meia-idade, ainda não perdera a fé naquela proposição denominada "a Solução Final". Contudo, embora ele fosse o respeitado representante do *Sturmbannführer* Hassebroeck e a suposta encarnação da autoridade no campo, foi Oskar quem se adiantou quando as mulheres enfileiradas pararam. Elas o fitavam com olhares atônitos. Um fenômeno na névoa. Algumas sorriam.

Mila Pferfferberg, como as outras mulheres postadas naquela fileira, recorda que foi um momento da mais profunda e devota gratidão, um momento indescritível. Anos depois, uma das mulheres que participaram daquela viagem, lembrando aquela manhã, tentaria explicar isso diante de uma equipe da televisão alemã. "Ele era o nosso pai, a nossa mãe, a nossa única fé. Nunca nos falhou."

Oskar, então, começou a falar. Era mais um dos seus discursos absurdos, cheios de promessas mirabolantes.

– Nós sabíamos que vocês viriam – disse ele. – De Zwittau nos avisaram. Quando entrarem no nosso prédio, encontrarão sopa e pão esperando-as. – E, depois, displicentemente, com uma segurança pontifícia, acrescentou: – Não têm de se preocupar com mais coisa alguma. Agora estão comigo.

Palavras contra as quais o *Untersturmführer* era impotente. Embora irritassem Liepold, Oskar ignorou essa irritação. Enquanto *Herr Direktor* conduzia as prisioneiras para dentro, não havia nada que Liepold pudesse fazer para interferir naquela segurança.

Os homens sabiam. Estavam na sacada de seu dormitório, olhando para baixo. Sternberg e o filho procuravam a Sra. Clara Sternberg. Feigenbaum pai e Lutek Feigenbaum procuravam Nocha, sua frágil filha. Juda Dresner e o filho Janek, o velho Sr. Jereth, o Rabino Levartov, Ginter, Garde e até Marcel Goldberg, todos forçando a vista para descobrir suas respectivas mulheres. Mundek Korn procurava não só por sua mãe e irmã como por Lusia, a otimista, pela qual ele tinha um interesse especial. Bau agora foi tomado de uma melancolia da qual nunca mais se livraria de todo. Pela primeira vez, sentiu que, definitivamente, sua mãe e sua mulher jamais chegariam a Brinnlitz. Mas o joalheiro Wulkan, vendo Chaja Wukan abaixo, no pátio da fábrica, percebeu agora com espanto que *existiam* pessoas que intervinham e conseguiam milagrosos salvamentos.

Pfefferberg acenou para Mila um pacote que estivera guardando para lhe oferecer – um novelo de lã roubado de um dos caixotes que Hoffman deixara para trás, e uma agulha de aço que ele fabricara no departamento de soldagem. O filho de 10 anos de Frances Spira também estava olhando do alto da sacada. Para sufocar o grito, ele enfiara o punho na boca, pois havia muitos SS no pátio.

As mulheres cambalearam pelas pedras do calçamento vestidas com os trapos trazidos de Auschwitz. Tinham as cabeças raspadas. Algumas estavam demasiado doentes e enfraquecidas para serem reconhecidas com facilidade. Não obstante, era um grupo espantoso. Não surpreenderia ninguém saber mais tarde que em nenhuma outra parte da Europa devastada ocorrera uma reunião semelhante. Que nunca houvera e jamais haveria um salvamento de Auschwitz como aquele.

As mulheres foram, então, levadas para o seu dormitório separado. Havia palha no chão – os leitos ainda não tinham sido providenciados. Uma moça SS serviu-lhes, de uma enorme terrina, a sopa de que Oskar lhes falara no portão. Era substanciosa, nutritiva. Em sua fragrância havia o sinal sensível do valor de outras imponderáveis promessas. "Vocês não têm de se preocupar com mais nada."

Mas não podiam aproximar-se de seus homens. Por enquanto, o dormitório das mulheres estava de quarentena. O próprio Oskar, a conselho de sua equipe médica, preocupava-se com as possíveis doenças por elas trazidas de Auschwitz.

Havia, porém, três pontos em que o isolamento podia ser rompido. Um era um tijolo solto acima do beliche do jovem Moshe Bejski. Os homens passariam as noites seguintes de joelhos no colchão de Bejski, comunicando mensagens pela parede. Por outro lado, havia no andar térreo uma pequena claraboia que dava para as latrinas das mulheres. Pfefferberg empilhou ali caixotes, fazendo um cubículo, onde um homem podia sentar-se e transmitir mensagens. Finalmente, de manhã cedo e tarde da noite, havia uma insólita agitação na barreira de arame entre a sacada dos homens e a das mulheres. Era ali que o casal Jereth se encontrava; o velho Sr. Jereth, de cuja madeira fora construída a primeira caserna da Emalia, e sua mulher, que precisara de um refúgio na ocasião das *Aktionen* no gueto. Os prisioneiros costumavam brincar a respeito dos diálogos entre o Sr. e a Sra. Jereth: "Seus intestinos funcionaram hoje, minha querida?", perguntaria gravemente o Sr. Jereth à mulher, que acabara de chegar das cabanas assoladas de disenteria de Birkenau.

Em princípio, ninguém queria ir para uma clínica. Em Plaszóvia, a clínica tinha sido um lugar perigoso, onde o Dr. Blancke aplicava o seu tratamento terminal de injeção de benzina. Mesmo ali em Brinnlitz, havia o risco de súbitas inspeções, do tipo que já levara dali os meninos. De acordo com os memorandos de Oranienburg, uma clínica de campo de trabalho não deveria ter ninguém sofrendo de doença grave. Não era uma casa de misericórdia. Havia sido fundada para prestar os primeiros socorros a acidentes de trabalho. Mas quer eles quisessem ou não, a clínica de Brinnlitz estava repleta de mulheres. A adolescente Janka Feigenbaum foi internada lá. Sofria de câncer e ia morrer, mesmo que estivesse no melhor dos hospitais. Mas, pelo menos, estava no melhor lugar que as circunstâncias permitiam. A Sra. Dresner foi levada para lá, assim como dezenas de outras mulheres que não podiam comer e reter o alimento no estômago. Lusia, a otimista, e duas outras moças estavam com escarlatina e não podiam ser internadas na clínica. Foram, então, instaladas em leitos no porão, junto ao calor das caldeiras. Apesar do atordoamento de sua febre, Lusia tinha consciência do calor prodigioso daquele porão.

Na clínica, Emilie trabalhava tão silenciosa quanto uma freira. Os que estavam bem de saúde em Brinnlitz, os homens que desmontavam as máquinas de Hoffman e as levavam para um depósito mais adiante, mal a notavam. Um deles disse mais tarde que ela era apenas uma esposa calada e submissa. Os doentes que se recuperavam o conseguiam apoiados no espírito inventivo de Oskar, na grande trapaça que era o campo de Brinnlitz. Até as mulheres que ainda estavam em repouso mereciam as atenções do grandioso, mágico, oniprovidente Oskar.

Manci Rosner, por exemplo. Um pouco mais tarde na história de Brinnlitz, Oskar aparecera no setor dos tornos mecânicos, onde ela trabalhava no turno da noite, e entregara-lhe o violino de Henry. Em uma viagem para encontrar-se com Hassebroeck em Gröss-Rosen Oskar tinha arranjado tempo para ir ao depósito e descobrir lá o violino. Custara-lhe 100 RM reavê-lo. Ao entregar o instrumento a Manci, ele lhe sorrira de um modo que parecia prometer-lhe a devolução do próprio violinista.

– O mesmo instrumento – murmurara ele. – Mas... por enquanto... uma música diferente.

Era difícil para Manci, diante de Oskar e do violino milagroso, ver por trás do *Herr Direktor* a sombra de sua silenciosa esposa. Mas, para os moribundos, Emilie era mais visível. Alimentava-os com a semolina que arranjava sabe Deus onde, preparada em sua própria cozinha e levada para a *Krankenstube*. O Dr. Alexander Biberstein acreditava que a Sra. Dresner estava perdida, mas Emilie alimentou-a com colheradas de semolina, durante sete dias consecutivos, e a disenteria cedeu. O caso da Sra. Dresner parece confirmar a declaração de Mila Pfefferberg de que, se Oskar não as houvesse salvo de Birkenau, a maioria delas não teria resistido uma semana mais.

Emilie cuidou também de Janka Feigenbaum, a jovem de 19 anos, com câncer dos ossos. Lutek Feigenbaum, irmão de Janka, que trabalhava na oficina da fábrica, às vezes via Emilie saindo do seu apartamento no andar térreo, com um caldeirão de sopa feita em sua própria cozinha, para a moribunda Janka. "Ela devia ser dominada por Oskar", diria Lutek. "Da mesma forma como éramos todos nós. Mas não, Emilie era dona de si mesma."

Quando os óculos de Feigenbaum se quebraram, Emilie providenciou o conserto. A receita ficara no consultório de algum médico em Cracóvia desde o tempo do gueto. Ela pediu a alguém que ia a Cracóvia que recuperasse a receita e trouxesse de volta os óculos já prontos. O jovem Feigenbaum considerou o gesto de uma bondade fora do comum, especialmente dentro de um sistema que positivamente desejava a sua miopia, que planejava tirar os óculos de todos os judeus da Europa. Há muitas histórias a respeito de Oskar fornecendo óculos novos para vários prisioneiros. Quem sabe se algumas das bondades de Emilie nessa questão dos óculos não foram absorvidas pela lenda de Oskar, da mesma forma que os feitos de heróis menores eram obliterados pela figura de um Rei Arthur ou de um Robin Hood?

34

OS MÉDICOS da *Krankenstube* eram os Drs. Hilfstein, Handler, Lewkowicz e Biberstein. Estavam todos preocupados com a probabilidade de uma epidemia de tifo, pois tifo não era apenas um risco para a saúde;

era, por edital, um motivo para fechar Brinnlitz, pôr de volta os contaminados nos vagões de gado e mandá-los para morrer na caserna ACHTUNG TYPHUS! de Birkenau. Numa das visitas matutinas de Oskar à clínica, cerca de uma semana depois da chegada das mulheres, Biberstein avisou-o de que havia a suspeita de mais dois casos da doença entre as mulheres. Dor de cabeça, febre, mal-estar, dores generalizadas por todo o corpo eram os sintomas. Biberstein estava esperando que aparecesse dentro de poucos dias a característica erupção tifoide. As duas supostas doentes precisavam ser isoladas em alguma parte da fábrica.

Não era necessário Biberstein dar muitas explicações sobre a doença a Oskar. A contaminação do tifo provinha da picada do piolho. Os prisioneiros eram infestados por incontroláveis populações de piolhos. A doença levava talvez duas semanas incubada. Podia estar agora incubada em dez, cem prisioneiros. Mesmo com a instalação dos novos beliches, as pessoas dormiam muito amontoadas. Amantes transmitiam uns aos outros os piolhos virulentos, quando se encontravam, rápida e secretamente, em algum recanto escondido da fábrica. Os piolhos do tifo eram tremendamente migratórios. Parecia agora que sua energia venceria as resistências de Oskar.

Assim, quando Oskar ordenou uma unidade de despiolhamento – chuveiros, uma lavanderia para ferver as roupas, uma aparelhagem de desinfecção – a ser construída no andar superior, não era uma ordem administrativa sem razão. A unidade funcionaria com vapor quente bombeado dos porões. Os soldadores deviam trabalhar em turnos constantes no projeto. E eles trabalharam de boa vontade, pois era isso que caracterizava as indústrias *secretas* de Brinnlitz. A indústria oficial era simbolizada pelas máquinas Hilo, erguendo-se do novo piso de cimento das oficinas. Tanto Oskar como os prisioneiros, conforme observou mais tarde Moshe Bejski, estavam interessados em que as máquinas fossem instaladas corretamente, pois davam ao campo um aspecto convincente. Mas as indústrias não registradas de Brinnlitz eram as que contavam. As mulheres tricotavam com lã surrupiada dos sacos da Hoffman, deixados para trás. E só paravam e assumiam um zelo industrial, quando algum oficial

SS ou NCO passava pela fábrica a caminho do gabinete do *Herr Direktor,* ou quando Fuchs e Shoenbrun, os ineptos engenheiros civis ("Não chegavam aos pés dos *nossos* engenheiros", diria mais tarde um prisioneiro), saíam de seus escritórios.

O Oskar de Brinnlitz era o mesmo Oskar do qual se lembravam os antigos empregados da Emalia. Um *bon vivant,* um homem de hábitos desregrados. Certa vez, no fim do turno, Mandel e Pfefferberg, encalorados de trabalhar na instalação dos canos de vapor, dirigiram-se para um tanque de água situado logo abaixo do teto da oficina. Alcançaram o local subindo uma escada e atravessando um passadiço. A água ali era quente e lá de cima não dava para ser visto por quem estivesse embaixo. Chegando ao alto, os dois soldadores tiveram a surpresa de ver que o tanque já estava ocupado. Oskar boiava nele, nu e musculoso. Uma SS loura, a mesma que Regina Horowitz subornara com um broche, com os seios flutuando na superfície, fazia-lhe companhia. Ao perceber a presença deles, Oskar fitou-os muito francamente. O pudor sexual era, para ele, um conceito, algo como o existencialismo, muito louvável, mas de difícil compreensão. Os soldadores notaram que, nua, a SS era deliciosa.

Pediram desculpas e retiraram-se, abanando a cabeça, assobiando baixinho, rindo como colegiais. Lá em cima, Oskar se deliciava como Zeus, em folguedos libertinos.

A EPIDEMIA, enfim, não se espalhou. Biberstein considerou que fora evitada graças à unidade de despiolhamento de Brinnlitz. Quando a disenteria cedeu, ele atribuiu esse fato à comida. No seu depoimento, nos arquivos do *Yad Vashem,* Biberstein declara que, no início do campo, a ração diária era de mais de 2.000 calorias. Em todo o sofrido inverno do continente europeu, somente os judeus de Brinnlitz estavam sendo bem alimentados. Entre milhões, apenas a sopa dos mil prisioneiros de Schindler era nutritiva.

Havia também o mingau. Mais adiante, numa estrada que partia do campo, junto ao riacho onde os mecânicos de Oskar tinham recentemente despejado as bebidas provenientes do mercado paralelo, erguia-se um moinho. Munido de um passe de trabalho, um prisioneiro podia ir até lá, com alguma incumbência de um dos departamentos da DEF. Mundek Korn lembrava-se de ter regressado ao campo, carregado de comida. No moinho, o prisioneiro simplesmente amarrava as calças nos tornozelos e afrouxava o cinto. Então o moleiro, seu amigo, enchia-lhe as calças com farinha de aveia. O prisioneiro tornava a apertar o cinto e voltava ao campo – um grande repositório, de valor inestimável – e passava pelas sentinelas com o andar meio torto, até entrar no anexo. Uma vez lá dentro, outros prisioneiros afrouxavam-lhe as calças nos tornozelos e a farinha escorria, aparada em recipientes apropriados.

No departamento de projetos, o jovem Moshe Bejski e Josef Bau já tinham começado a forjar passes do tipo que permitia aos prisioneiros irem ao moinho. Certo dia, Oskar foi ao departamento e mostrou a Bejski documentos estampados com a chancela da autoridade de racionamento do Governo-Geral. Os melhores contatos de Oskar para alimentos do mercado paralelo situavam-se ainda na área de Cracóvia. Podia providenciar embarques por telefone. Mas, na fronteira da Morávia, era preciso exibir os documentos de liberação do Departamento de Alimentação e Agricultura do Governo-Geral. Oskar mostrou os carimbos dos papéis, que tinha na mão, e perguntou a Bejski se podia copiá-los.

Bejski era um excelente artífice e capaz de trabalhar horas a fio sem dormir. Confeccionou, então, para Oskar, a primeira de muitas chancelas oficiais que iria produzir. Seus instrumentos eram lâminas de navalha e vários pequenos utensílios de corte. Seus carimbos tornaram-se os emblemas da absurda burocracia de Brinnlitz. Fabricava carimbos do Governo-Geral, do Governador da Morávia, carimbos que adornavam falsas licenças de viagem, que permitiam aos prisioneiros ir de caminhão a Brno ou Olomouc, onde se abasteciam de quilos de pão, gasolina do mercado paralelo, farinha, tecidos e cigarros. Leon Salpeter, um farmacêutico de Cracóvia, outrora membro da *Judenrat* de Mark Biberstein, era o encarregado do depósito em Brinnlitz. Ali, os míseros suprimentos enviados de Gröss-Rosen por Hassebroeck eram estocados, juntamente com legumes, farinhas e cereais comprados por Oskar com a autorização dos carimbos minuciosamente copiados por Bejski, com a águia e a cruz gamada do regime.

– É PRECISO LEMBRAR – recorda um ex-prisioneiro do campo de Oskar – que a vida era árdua em Brinnlitz, mas, comparada à de qualquer outro campo, era um paraíso!

Os prisioneiros pareciam estar conscientes de que a comida era escassa em toda parte; mesmo fora dos campos, poucos podiam saciar sua fome.

E Oskar? Cortava suas rações da mesma maneira que a dos prisioneiros? A resposta foi uma risada indulgente.

– *Oskar?* Por que haveria Oskar de cortar suas rações? Ele era o *Herr Direktor*. Quem éramos nós para discutir suas refeições? – E depois, franzindo a testa, no caso de alguém julgar essa atitude subserviente. – Vocês não compreendem. Éramos gratos por estar ali. Não havia outro lugar para nós.

COMO EM SEU CASAMENTO, Oskar continuava sendo, por temperamento, um ausente, mantendo-se afastado de Brinnlitz por longos períodos. Às vezes, Stern, abastecedor das necessidades diárias do campo, passava a noite acordado, esperando por ele. No apartamento de Oskar, Itzhak e Emilie eram as pessoas que ficavam de vigília. O erudito contador sempre dava a interpretação mais leal às perambulações de Oskar pela Morávia. Em um discurso anos mais tarde, Stern diria: "Ele viajava dia e noite, não somente para comprar alimentos para os judeus no campo de Brinnlitz – usando papéis forjados por um dos prisioneiros – mas para nos comprar armas e munições, prevendo o caso de a SS resolver matar-nos, quando batesse em retirada."

A imagem de um *Herr Direktor* incansavelmente providente é um crédito à afeição e à lealdade de Itzhak. Mas Emilie teria compreendido que nem todas as ausências tinham a ver com a qualidade humana das extorsões de Oskar.

Durante uma dessas ausências de Oskar, Janek Dresner, de 19 anos, foi acusado de sabotagem. Na realidade, Dresner não tinha nenhuma prática de metalurgia. Em Plaszóvia, passava o tempo no departamento de despiolhamento, estendendo toalhas aos SS, que vinham tomar um banho de chuveiro ou uma sauna, e fervendo as roupas crivadas de piolhos dos prisioneiros. (Ele fora contaminado de febre tifoide pela picada de um piolho e sobrevivera somente porque seu primo, o Dr. Schindel, diagnosticara a sua doença como sendo angina.)

A suposta sabotagem ocorreu porque o supervisor alemão, engenheiro Schoenbrun, transferira-o do torno para uma das grandes prensas de metal. Os engenheiros levaram uma semana para acertar a metrificação da máquina, mas, na primeira vez que Dresner ligou o botão e começou a usá-la, provocou um curto-circuito que rachou uma das lâminas. Schoenbrun passou uma descompostura no rapaz e se dirigiu ao escritório para fazer um relatório incriminador. Cópias da queixa de Schoenbrun foram datilografadas e remetidas às Seções D e W em Oranienburg, a Hassebroeck em Gröss-Rosen e ao *Untersturmführer* Liepold, em seu escritório, junto ao portão da fábrica.

Pela manhã, Oskar ainda não tinha voltado. Assim, em vez de remeter os relatórios, Stern tirou-os da mala postal do escritório e escondeu-os. A queixa dirigida a Liepold já havia sido entregue em mãos, mas esse oficial pelo menos foi correto, nos termos da organização a que ele servia e que não o permitia a enforcar o rapaz até haver recebido autorização de Oranienburg e Hassebroeck. Dois dias depois, Oskar ainda não tinha aparecido. "Deve andar numa farra e tanto!", comentavam os maliciosos na oficina. Não se sabe como Schoenbrun descobriu que Itzhak estava retendo a correspondência. Saiu furioso do seu escritório, dizendo a Stern que o nome *dele* seria acrescentado aos relatórios. Stern parecia ser um homem de infinita calma; quando Schoenbrun terminou de esbravejar, o prisioneiro explicou que tinha retirado os relatórios da mala postal por achar que *Herr Direktor* devia, por uma questão de cortesia, ser posto a par do seu conteúdo antes de serem remetidos. *Herr Direktor*, disse Stern, ficaria naturalmente horrorizado de descobrir que o prisioneiro causara estragos no valor de 10 mil RM em uma de suas máquinas. Parecia justo, acrescentou Stern, que fosse dada a Herr Schindler a chance de fazer suas próprias observações ao relatório.

Finalmente, Oskar apareceu no seu carro. Stern interceptou-o e contou-lhe a respeito das acusações de Schoenbrun. O *Untersturmführer* Liepold estivera esperando para falar também com Schindler e parecia ansioso por fazer valer sua autoridade dentro da fábrica, usando o caso de Janek Dresner como pretexto.

– Eu presidirei o interrogatório – disse Liepold a Oskar. – Cabe-lhe, como *Herr Direktor*, fornecer a declaração assinada, atestando a extensão do prejuízo.

– Espere um instante – retorquiu Oskar. – Foi a minha máquina que quebrou. Eu é que vou presidir o interrogatório.

Liepold argumentou que o prisioneiro estava sob a jurisdição da Seção D. Mas a máquina, respondeu Oskar, estava sob a autoridade da Inspetoria de Armamentos. Além disso, ele realmente não podia permitir um julgamento na oficina da fábrica. Se Brinnlitz fosse uma fábrica de confecções ou de produtos químicos, então, talvez, não causasse muito impacto na produção. Mas tratava-se de uma fábrica de munições engajada na manufatura de componentes secretos.

– Não permitirei que a minha força de trabalho seja perturbada – declarou Oskar.

O argumento de Oskar venceu a discussão, talvez porque Liepold tivesse resolvido ceder, pois tinha medo dos contatos de Oskar. Assim, o tribunal se reuniu à noite na seção de implementos de máquinas da DEF, tendo Herr Oskar Schindler como presidente; os outros membros eram Herr Schoenbrun e Herr Fuchs. Uma jovem alemã sentou-se ao lado da mesa judiciária para anotar o processo e, quando o jovem Dresner foi levado para o recinto, deparou-se com um tribunal solene e plenamente constituído. Segundo um edital de 11 de abril de 1944, da Seção D, o que aguardava Janek era o primeiro e crucial estágio de um processo que, em vista do relatório de Hassebroeck e da resposta de Oranienburg, deveria terminar com o seu enforcamento na oficina da fábrica, na presença de todo o pessoal de Brinnlitz, entre as quais seus pais e sua irmã.

Janek notou que nessa noite não havia em Oskar o menor vestígio de sua familiaridade habitual. Conhecia a personalidade de Oskar, pelo que outros diziam, sobretudo seu pai, e agora não podia compreender o que significava a expressão severa do *Herr Direktor*, enquanto lia as acusações de Schoenbrun. Estaria ele realmente indignado com o dano causado à máquina? Ou seria uma expressão estudada?

Quando a leitura terminou, o *Herr Direktor* começou a fazer perguntas. Não havia muito o que Dresner pudesse responder. Alegou que não estava familiarizado com a máquina. Explicou que a sua instalação apresentava dificuldades. Estava nervoso e tinha cometido um erro. Afirmou ao *Herr Direktor* que não tivera a menor intenção de sabotagem. Schoenbrun aparteou que, se Janek não tinha competência para trabalhar na fabricação de armamentos, não devia estar ali. O *Herr Direktor* lhe afirmara que todos os prisioneiros tinham experiência na indústria de armamentos. No entanto, ali estava o *Häftling* Dresner alegando ignorância.

Com um gesto colérico, Schindler ordenou ao prisioneiro que descrevesse detalhadamente tudo o que fizera na tarde fatídica. Dresner começou a falar sobre os preparativos para pôr a máquina em funcionamento, a sua instalação, a prova dos controles, a ligação da força, a súbita partida do motor, a ruptura do mecanismo. Enquanto Dresner falava, Herr Schindler mostrava-se cada vez mais agitado; começou a andar de um lado para outro, fitando ferozmente o rapaz. Dresner estava descrevendo a alteração que fizera em um dos controles, quando Herr Schindler parou, de punhos cerrados, olhar furibundo.

– O que está dizendo? – perguntou ao réu.

Dresner repetiu o que tinha dito.

– Ajustei o controle de pressão, *Herr Direktor*.

Oskar adiantou-se e aplicou-lhe um murro no queixo. A cabeça de Dresner vibrou, mas de alegria, pois Oskar – de costas para os outros juízes – piscou-lhe o olho com uma expressão que não deixava dúvida. Depois, gesticulando no ar com seus grandes braços, mandou que o rapaz se retirasse.

– A estupidez de vocês, seus malditos! – repetiu ele várias vezes. – Não posso acreditar!

Em seguida, voltando-se, apelou para Schoenbrun e Fuchs, como se eles fossem os seus únicos aliados.

– Eu gostaria que eles tivessem inteligência bastante para sabotar uma máquina. Então, pelo menos, eu poderia arrancar-lhes a pele! Mas o que se pode fazer com gente assim? São um total desperdício de tempo. – Tornou a cerrar os punhos, e Dresner recuou ante a ameaça de outro murro. – Fora daqui! – berrou Oskar.

Ao passar pela porta, Dresner ouviu Oskar dizer aos outros que era melhor esquecer tudo aquilo e que tinha "um bom conhaque Maretell lá no meu gabinete".

Essa hábil subversão não satisfez a Liepold e Schoenbrun, pois o processo não chegara a uma conclusão formal; não terminara em um julgamento. Mas eles não podiam queixar-se de que Oskar evitara um interrogatório ou tratara a questão com leviandade.

O relato que Dresner fez anos mais tarde do incidente faz supor que Brinnlitz mantinha os seus prisioneiros com vida por meio de uma série de truques rápidos, quase mágicos. De qualquer modo, a verdade absoluta é que Brinnlitz, tanto como prisão quanto como empreendimento industrial, era, por natureza e em sentido literal, uma ininterrupta, fascinante e total tramoia.

35

O FATO é que a fábrica não produzia absolutamente nada. "Nem uma só granada", dizem ainda os prisioneiros de Brinnlitz, abanando a cabeça. Nem uma só granada de 45 milímetros manufaturada na DEF podia ser usada, nem um só revestimento de foguete. O próprio Oskar contrasta a produção da DEF nos anos de Cracóvia com a de Brinnlitz. Em Zablocie, os utensílios esmaltados manufaturados somavam 16 milhões RM. Em igual período, a seção de munições da Emalia produziu granadas no valor de 500 mil RM. Entretanto, Oskar explica que em Brinnlitz, "em consequência da diminuição da produção de esmaltados", não havia praticamente produção alguma. A de armamentos, diz ele, enfrentou "dificuldades de início de produção". Mas o fato é que ele conseguiu remeter um caminhão de "peças de munição" avaliadas em 35 mil RM, no decorrer dos meses em Brinnlitz. "Essas peças", informou Oskar mais tarde, "foram transferidas para Brinnlitz, já meio fabricadas. Fornecer menos ainda (para o esforço de guerra) era impossível, e a desculpa de 'dificuldades de início' tornava-se cada vez mais arriscada para mim e meus judeus, porque o Ministro de Armamentos Albert Speer aumentava seus pedidos mês a mês."

O perigo da política de Oskar de não produção era dar-lhe má reputação junto ao Ministério de Armamentos, além de enfurecer as outras administrações. O sistema da fábrica era fragmentado: uma oficina produzia as granadas, outra os fusos, uma terceira acondicionava explosivos e reunia os componentes. Dessa forma, segundo se raciocinava, um reide aéreo contra a fábrica não poderia desmantelar o escoamento das armas. As granadas de Oskar, despachadas em trens de carga para outras fábricas mais além na ferrovia, eram inspecionadas ali por engenheiros que ele não conhecia e que estavam fora de sua influência. Os produtos da Brinnlitz, invariavelmente, deixavam de ser aprovados pelo controle de qualidade. Oskar costumava mostrar as cartas com reclamações a Stern, a Finder, a Pemper ou Garde. E soltava gargalhadas estrondosas, como se os homens que escreviam as críticas fossem burocratas de ópera-bufa.

Mais tarde, ocorreu um caso semelhante no campo. Na manhã de 28 de abril de 1945, Stern, Mietek e Pemper estavam no gabinete de Oskar; os prisioneiros corriam um perigo extremo, pois tinham sido, como veremos, condenados todos à morte pelo *Sturmbannführer* Hassebroeck. Nesse dia, Oskar estava completando 37 anos; uma garrafa de conhaque já fora aberta para comemorar o seu aniversário. Na mesa, via-se um telegrama da fábrica de montagem de armamentos perto de Brno. O telegrama informava que as granadas antitanques de Oskar eram tão mal fabricadas que não tinham passado em nenhum dos testes de controle de qualidade. Eram calibradas imprecisamente e, pelo fato de o metal não ter sido temperado na temperatura exata, espatifavam-se quando testadas.

Oskar estava extasiado com o telegrama, passando-o a Stern e Pemper para que o lessem. Pemper recorda-se de que ele fez uma das suas declarações fantásticas: "É o melhor presente de aniversário que eu poderia ter recebido, porque sei agora que nenhum pobre infeliz foi morto com um produto meu."

Esse incidente revela algo sobre dois aspectos contrastantes. Há certa loucura em um industrial como Oskar, que se regozija quando não fabrica. Mas há também uma tranquila loucura no tecnocrata alemão que, já depois de Viena ter caído em mãos do inimigo e de os homens do Marechal Koniev terem abraçado os americanos no Elba, ainda considera que uma fábrica de armamentos no alto de uma colina tem tempo para melhorar sua performance e contribuir condignamente para os grandiosos princípios de disciplina e produção.

Mas a questão principal que se impõe, com o incidente do telegrama no dia do seu aniversário, é como Oskar pôde se manter durante aqueles meses, os sete meses que precederam aquela data.

O pessoal de Brinnlitz lembra-se de uma série de inspeções e conferências. Homens da Seção D vistoriavam a fábrica com listas na mão. O mesmo faziam os engenheiros da Inspetoria de Armamentos. Oskar sempre convidava-os para almoços e jantares, amaciava-os com presunto e conhaque. No Reich, não restavam mais muitos bons almoços e jantares. Os prisioneiros, nos tornos, nas fornalhas, nas prensas de metal, notavam que os inspetores uniformizados cheiravam a álcool e cambaleavam pela fábrica. Há uma história contada por todos os prisioneiros sobre certo inspetor que se gabou, numa das últimas visitas à fábrica, antes do término da guerra, que a *ele* Schindler não ia seduzir com agrados, almoços e bebidas. Nas escadas que levavam dos dormitórios para o andar térreo da fábrica, reza a lenda que Oskar fez o homem tropeçar, rolar da escada, levar um tombo que lhe rachou a cabeça e quebrou-lhe uma perna. O pessoal de Brinnlitz, entretanto, não consegue identificar ao certo quem era esse SS. Há quem diga que era Rasch, chefe de polícia da Morávia. O próprio Oskar nunca mencionou o caso. A anedota é uma dessas histórias que refletem a imagem que os prisioneiros faziam de Oskar, como um protetor que não mede todas as possibilidades. É justo admitir que os prisioneiros tinham o direito de espalhar esse tipo de fábulas. Eram eles os que corriam maior risco. Se as fábulas lhes falhassem, seriam eles os maiores prejudicados.

Os inspetores eram tapeados na Brinnlitz, graças à inexorável astúcia dos trabalhadores categorizados de Oskar. O calibre das fornalhas era fraudulentamente manipulado pelos eletricistas. A agulha do ponteiro registrava a temperatura correta, enquanto o interior da fornalha estava de fato centenas de graus abaixo da temperatura registrada. "Escrevi aos fabricantes", dizia Oskar aos inspetores de armamentos. E adotava a expressão grave e preocupada de quem vê os seus lucros se desgastarem. Culpava a oficina, os supervisores alemães incompetentes. E tornava a falar em "dificuldades de início de produção", insinuando que haveria futuras toneladas de munições, uma vez resolvidos os problemas.

Nos departamentos de máquinas operatrizes, como nas fornalhas, tudo parecia normal. As máquinas davam a impressão de estar perfeitamente calibradas, mas de fato tinham um micromilímetro a menos. A maioria dos inspetores que lá apareciam sempre saíam não só munidos de cigarros e conhaque, mas com uma vaga simpatia pelos espinhosos problemas que aquele bom sujeito estava enfrentando.

Mais tarde, Stern sempre diria que Oskar comprava caixotes de granadas de outros fabricantes tchecos para constar, durante as inspeções, que eram de sua fabricação. Pfeferberg conta a mesma coisa. Em todo caso, Brinnlitz perdurou graças aos estratagemas inventados por Oskar.

Havia ocasiões em que, para impressionar as hostis autoridades locais, ele convidava importantes funcionários para uma visita à fábrica seguida de um bom jantar. Mas sempre eram homens cuja competência nada tinha a ver com assuntos de engenharia ou produção de armamentos. Depois da temporada do *Herr Direktor* na Rua Pomorska, Liepold, Hoffman e o *Kreisleiter* local do Partido escreveram a todas as autoridades do seu conhecimento – locais, provinciais ou de Berlim – queixando-se dele, de seu moral e conexões, denunciando suas infrações raciais e do código penal. Sussmuth informou-o a respeito da quantidade de cartas que chegavam a Troppau. Oskar, então, convidou Ernst Hahn a visitar Brinnlitz. Hahn era subcomandante do Escritório Central de Berlim, encarregado de serviços às famílias da SS. "Tratava-se de um bêbado inveterado", diz Oskar com a sua costumeira superioridade de réprobo. Hahn levou consigo um amigo de infância, Franz Bosch, que, como Oskar já comentara na sua narrativa, era também "um bêbado notório". Além disso, era o assassino da família Gutter. Entretanto, Oskar, engolindo o seu desprezo, deu-lhe as boas-vindas, pelo valor, como relações públicas, que o sujeito tinha.

Quando Hahn chegou à cidade, usava exatamente a esplêndida, impecável farda que Oskar desejava, ornamentada de galões e condecorações, pois Hahn era um SS da velha guarda, dos primeiros tempos de glória do Partido. Junto com esse deslumbrante *Standartenführer* chegou um igualmente ofuscante adjunto.

Liepold foi também convidado e veio de sua casa alugada fora do recinto do campo jantar com os visitantes. Desde o começo da noite, ele ficou desnorteado, porque Hahn adorou Oskar: os bêbados sempre o adoravam. Mais tarde, Oskar descreveria as fardas como "pomposas". Mas, pelo menos, Liepold se convenceu de que, se escrevesse cartas com queixas a autoridades distantes, era provável que fossem parar na mesa de algum companheiro de bebida do *Herr Direktor*, e que isso poderia vir a representar um perigo para si mesmo.

Pela manhã, Oskar foi visto atravessando Zwittau de carro, rindo com aqueles homens glamourosos de Berlim. Os nazistas locais, perfilados nas calçadas, batiam continência à passagem de todo aquele esplendor do Reich.

Hoffman não se deixou embromar tão facilmente quanto os outros. As trezentas mulheres de Brinnlitz não tinham, segundo as próprias palavras de Oskar, "a menor possibilidade de trabalhar". Já se disse que muitas delas passavam os dias tricotando. No inverno de 1944, para aqueles cujo único agasalho era o uniforme listrado, o tricô não constituía uma recreação sem utilidade. Contudo, Hoffman apresentou uma queixa formal à SS a respeito da lã que as mulheres da lista de Schindler roubaram de caixotes no anexo. Considerava o caso um escândalo, que vinha mostrar as verdadeiras atividades da suposta fábrica de munições de Schindler. Quando Oskar visitou Hoffman, encontrou o velho muito exaltado.

– Solicitamos a Berlim a sua remoção – informou Hoffman. – Desta vez, incluímos declarações autenticadas, informando que sua fábrica está funcionando em infração com as leis econômicas e raciais. Sugerimos a nomeação de um engenheiro reformado da *Wehrmacht* para administrar a fábrica e transformá-la em algo decente.

Oskar ouviu Hoffman, pediu desculpas, tentou parecer contrito. Depois telefonou ao Coronel Erich Lange, em Berlim, e pediu-lhe que retivesse a petição da panelinha de Hoffman em Zwittau.

Ainda assim, para evitar um processo judicial, Oskar teve de gastar 8 mil RM e, durante todo aquele inverno, as autoridades de Zwittau, tanto civis como do Partido, perseguiram-no, chamando-o à prefeitura para informá-lo das queixas de vários cidadãos a respeito dos seus prisioneiros ou do estado de seus escoadouros.

A OTIMISTA LUSIA teve uma experiência pessoal com inspetores SS que exemplifica o método Schindler.

Lusia continuava no porão – passaria lá o inverno inteiro. As outras moças melhoraram e foram transferidas para cima, a fim de se recuperarem. Mas parecia a Lusia que Birkenau a contaminara com um veneno de um efeito ilimitado. Sua febre não cedia; suas juntas estavam inflamadas; carbúnculos se formavam em suas axilas. Quando um arrebentava e cicatrizava, outro aparecia. O Dr. Handler, contra a opinião do Dr. Biberstein, lancetou alguns com uma faca de cozinha. Lusia continuou no porão, bem alimentada, mas de uma palidez mortal e contaminada. Em toda a extensão da Europa, aquele era o único espaço em que ela podia sobreviver. Lusia sabia disso e só esperava que o imenso conflito passasse por sobre sua cabeça.

Naquele buraco aquecido, no subsolo da fábrica, a noite e o dia eram irrelevantes. No momento em que a porta de cima do porão se escancarava, tanto podia ser qualquer hora do dia ou da noite. Ela estava habituada a visitas mais silenciosas de Emilie Schindler. Ouviu botas nos degraus e se retesou na cama. Soaram-lhe como uma *Aktion*.

Na verdade, era *Herr Direktor* acompanhado de dois oficiais de Gröss-Rosen. A Lusia pareceu que aquelas botas tinham vindo para espezinhá-la. Oskar estava ao lado deles, enquanto olhavam na obscuridade ambiente as caldeiras e o leito da enferma. Ocorreu a Lusia que talvez ela fosse a *escolhida* do dia. O sacrifício que era preciso oferecer-lhes para que fossem embora satisfeitos. Estava parcialmente escondida por uma caldeira, mas Oskar não fez nenhuma tentativa para escondê-la e se adiantou mesmo até sua cama. Os dois cavalheiros da SS pareciam afogueados, com o andar inseguro; por isso, Oskar teve chance de falar com ela. Suas palavras foram de uma estupenda banalidade, mas Lusia nunca as esqueceria: "Não se preocupe. Está tudo bem." Postou-se bem junto da cama, como para afiançar aos inspetores que não se tratava de um caso infeccioso.

– Uma judia – disse ele, tranquilamente. – Eu não quis colocá-la na *Krunkenstube*. Inflamação das articulações. De qualquer jeito, está liquidada. Os médicos não lhe dão mais do que 36 horas de vida.

Depois ele começou a dissertar sobre a água quente, de onde provinha, e o vapor para a seção de despiolhamento. Apontou para manômetros, encanamentos, cilindros. Deu a volta na cama dela como se fosse algo neutro, parte dos mecanismos. Lusia não sabia para onde olhar, se devia abrir ou fechar os olhos. Tentou parecer em coma. Talvez fosse um pouco excessivo, mas Lusia achou plausível, no momento em que, conduzindo os SS de volta à base da escada, Oskar lhe lançou um sorriso disfarçado. Permaneceria ali seis meses e retornaria à superfície na primavera, para voltar a ser mulher em um mundo transformado.

DURANTE O INVERNO, Oskar armazenou um arsenal independente. De novo vêm as lendas. Alguns dizem que as armas foram compradas da resistência tcheca, no final do inverno. Mas Oskar fora, em 1938 e 1939, um óbvio nacional-socialista e pode ter receado negociar com os tchecos. De qualquer modo, a maioria das armas provinha de uma fonte impecável, do *Obersturmbannführer* Rasch, SS e chefe de polícia da Morávia. O pequeno depósito secreto incluía carabinas e armas automáticas, algumas pistolas, granadas de mão. Mais tarde, Oskar descreveria a transação com a sua habitual displicência: adquirira as armas "a pretexto de defender minha fábrica, em troca de um anel de brilhante para a mulher de Rasch".

Oskar não dá detalhes de sua atuação no gabinete de Rasch, no Castelo Spilberk, em Brno. Entretanto, não é difícil imaginá-los: o *Herr Direktor* mostrando-se preocupado com um possível levante dos seus escravos; com a continuação da guerra, está disposto a morrer na sua mesa de trabalho, empunhando uma arma automática, depois de ter, num gesto compassivo, liquidado sua mulher com uma bala, a fim de protegê-la de algo pior. O *Herr Direktor* menciona também a chance de os russos chegarem até o seu portão.

– Os meus engenheiros civis, Fuchs e Schoenbrun, os meus honestos técnicos, a minha secretária de língua alemã, todos eles merecem que se lhes deem meios para resistir. Naturalmente, são palavras bem pessimistas. Eu preferiria falar de assuntos mais caros aos nossos corações, *Herr Obersturmbannführer*. Sei de sua paixão por joias finas. Permite que lhe mostre esta peça, que encontrei a semana passada?

E, assim, o anel aparecia junto ao mata-borrão de Rasch, e Oskar murmurrando: "Logo que vi este anel, pensei em Frau Rasch."

Uma vez de posse das armas, Oskar nomeou Uri Bejski, irmão do falsificador de carimbos, como guarda do arsenal. Uri era um rapaz de baixa estatura, bonito, cheio de vida. As pessoas notavam que ele vivia entrando no apartamento dos Schindler, como se fosse um filho. Emilie gostava muito de Uri e dera-lhe as chaves do apartamento. Frau Schindler mantinha também uma relação maternal com o filho sobrevivente de Spira. Costumava levá-lo à sua cozinha e dar-lhe fatias de pão com margarina.

Depois de selecionar um pequeno corpo de prisioneiros para treinamento, Uri levou um de cada vez ao depósito de Salpeter, para ensinar-lhe o manejo do Gewehr 41 W. Assim, formaram-se três esquadrões do comando, compostos de cinco homens cada um. Alguns daqueles treinados por Bejski eram bem jovens, como Lutek Feigenbaum; outros eram veteranos poloneses, tais como Pfefferberg, e ainda outros que os prisioneiros de Schindler apelidaram "a turma de Budzyn".

A turma de Budzyn consistia em oficiais judeus e integrantes do Exército polonês, que tinham sobrevivido à liquidação do campo de trabalho de Budzyn sob a administração do *Untersturmführer* Liepold. Este último trouxera-os para o seu novo posto de comando em Brinnlitz. Eram uns cinquenta e trabalhavam nas cozinhas de Oskar. Os prisioneiros se recordam que eles eram muito politizados. Foram doutrinados no marxismo durante sua prisão em Budzyn e ansiavam por uma Polônia comunista. Parecia uma ironia que, em Brinnlitz, eles vivessem nas aquecidas cozinhas do mais apolítico dos capitalistas, Herr Oskar Schindler.

Era boa a convivência deles com o grosso dos prisioneiros, os quais, a não ser pelos sionistas, eram apenas adeptos da sobrevivência. Vários da turma tomavam lições particulares com Uri Bejski sobre armas automáticas, pois, no Exército polonês da década de 1930, não existiam armas tão sofisticadas.

Nos últimos e mais movimentados dias do poder de seu marido em Brno – durante alguma festa ou recital de música no castelo –, se Frau Rasch tivesse olhado bem no cerne do diamante que lhe fora doado por Oskar Schindler, terá visto ali refletido o seu pior pesadelo e do seu *Führer*: um judeu marxista armado.

36

VELHOS COMPANHEIROS de bebidas de Oskar, entre os quais Amon e Bosch, às vezes pensavam que ele estava sendo vítima de um vírus judaico. Não se tratava de uma metáfora. Acreditavam nisso em termos virtualmente literais e não culpavam em absoluto o enfermo. Tinham visto o mesmo acontecer a outros bons homens. Alguma área do cérebro era dominada por uma servidão meio bacteriológica, meio mágica. Se lhes perguntassem se era infecciosa, eles diriam que sim, altamente infecciosa. Teriam citado o caso do *Oberleutnant* Sussmuth, como um exemplo conspícuo do contágio.

Oskar e Sussmuth conspiraram no decorrer do inverno de 1944–45 para transferir outras três mil mulheres de Auschwitz, em grupos de trezentas a quinhentas de cada vez, para pequenos campos na Morávia. Oskar fornecia sua influência, a parte financeira, os subornos para essas transações. Sussmuth encarregava-se da burocracia. Nas fábricas de tecelagem da Morávia havia escassez de mão de obra, nem todos os proprietários abominavam a presença de judeus com tanta virulência quanto Hoffman. Pelo menos cinco fábricas alemãs na Morávia – em Freudenthal e Jagerndorf, em Leibau, Grulich e Tratenau – aceitaram esses grupos de mulheres e organizaram um campo em seu recinto. Nenhum desses campos era de maneira alguma um paraíso, e, em sua administração, os SS podiam ter mais autoridade do que Liepold jamais poderia esperar ter em Brinnlitz. Mais tarde, Oskar descreveria essas mulheres como "vivendo sob regime suportável". Mas o tamanho reduzido desses campos têxteis já era por si só uma ajuda à sobrevivência das prisioneiras, pois as suas guarnições consistiam em homens mais velhos, menos exigentes, menos fanáticos. O tifo estava sempre rondando e a fome pesando no vazio das costelas. Mas esses estabelecimentos pequenos, quase rurais, em sua maioria escapavam às ordens de extermínio, que nessa primavera eram frequentes nos campos maiores.

Mas, se a septicemia judaica infectara Sussmuth, no caso de Oskar os sintomas eram galopantes. Com a conivência de Sussmuth, Oskar tinha solicitado mais trinta metalúrgicos. É um fato evidente que ele perdera o interesse em produção. Mas via, com aquele lado coerente de sua mente, que, se sua fábrica quisesse ter validade de existência junto à Seção D, ele necessitaria de mão de obra qualificada. Quando se examinam outros eventos daquele inverno insano, nota-se que Oskar queria os trinta homens extras, não por estarem eles habituados a manusear tornos e máquinas, mas simplesmente porque eram mais trinta homens. Não é demasiado fantástico dizer que ele os desejava com a paixão total que caracterizava o exposto coração em chamas de Jesus pendurado na parede de Emilie. Como esta narrativa tem tentado evitar a canonização do *Herr Direktor*, ainda é preciso provar o conceito que o sensual Oskar era um salvador de almas.

Um desses trinta metalúrgicos, um homem chamado Moshe Heningman, deixou um relato público de sua inacreditável libertação. Pouco depois do Natal, dez mil prisioneiros das pedreiras de Auschwitz III – de estabelecimentos como a fábrica de armamentos Krupp Weschel-Union e a Terra Pedra, da usina de petróleo sintético e da fábrica de peças de avião da Farben – foram separados e encaminhados para Gröss-Rosen. Talvez algum planejador acreditasse que, uma vez chegando à Baixa Silésia, eles pudessem ser distribuídos entre os campos de fábricas da região. Se era esse o esquema, não foi o que compreenderam os SS que marchavam com os prisioneiros; tampouco levaram em consideração o frio implacável nem como seria alimentada a coluna. Os claudicantes, os que tossiam, eram apartados no início de cada estágio e executados. Dos dez mil, conta Henigman, no final de dez dias restavam vivos apenas 1.200. Mais ao norte, os russos de Koniev tinham atravessado o Vístula, ao sul de Varsóvia, e se apossado de todas as estradas no trajeto da coluna para o nordeste. O reduzido grupo de prisioneiros foi, então, levado para um acampamento da SS próximo a Opole. O comandante local entrevistou os prisioneiros e fez-se uma lista dos trabalhadores qualificados. Mas as seleções prosseguiram diariamente, e os rejeitados eram fuzilados. Aquele que ouvia chamarem seu nome jamais tinha certeza do que esperar: se um pedaço de pão ou um tiro. Contudo, quando chamaram o nome de Henigman, levaram-no para um vagão com mais trinta outros, sob a vigilância de um SS e um *Kapo*, e o trem rumou para o sul. "Deram-nos comida para a viagem", recorda Henigman. "O que nunca antes acontecera." Mais tarde, Henigman falou na maravilhosa irrealidade de sua chegada a Brinnlitz. "Não podíamos acreditar que existisse ainda um campo em que homens e mulheres trabalhavam juntos, em que não havia espancamentos nem presença de nenhum *Kapo*." Sua reação é marcada por uma pequena hipérbole, pois *havia* segregação em Brinnlitz. Ocasionalmente, a amante loura de Oskar aplicava um tapa com a palma da mão e, certa vez, quando um menino roubou uma batata da cozinha e foi denunciado a Liepold, o comandante obrigou-o a ficar o dia inteiro em pé em um banco no pátio, com a batata enfiada na boca, a saliva escorrendo-lhe pelo queixo, e a tabuleta SOU UM LADRÃO DE BATATA pendendo-lhe do pescoço.

Mas, para Henigman, esse tipo de coisa não merecia ser relatado. "Como se pode descrever", pergunta ele, "a mudança do inferno para o paraíso?"

Quando encontrou Oskar, recebeu a recomendação de primeiro fortalecer-se. "Avise aos supervisores, quando estiver em condições de trabalhar", disse o *Herr Direktor*. E Henigman, ante aquela estranha inversão da política dos campos, sentiu que não somente chegara a um local de paz, mas que estava vivendo um sonho.

Como trinta funileiros fossem apenas um fragmento dos dez mil, é preciso repetir que Oskar era apenas um deus menor dos salvamentos. Mas, como qualquer espírito tutelar, ele salvou igualmente Goldberg e Helen Hirsch, e tentou salvar a vida do Dr. Leon Gross e de Olek Rosner. Com a mesma e desinteressada equidade, ele fez uma dispendiosa transação com a Gestapo, na região de Morávia. Sabemos que foi um contrato, mas não sabemos o quanto lhe custou. Decerto, uma fortuna.

Um prisioneiro chamado Benjamin Wrozlawski, um dos implicados na transação, pertencera anteriormente ao campo de trabalho de Gliwice. Ao contrário do campo de Henigman, Gliwice não ficava na região de Auschwitz, mas era bastante próximo para ser considerado um dos seus campos subsidiários. Em 12 de janeiro, quando Koniev e Zhukov lançaram a sua ofensiva, o horrendo reino de Höss e todos os seus satélites ficaram na eminência de uma captura. A providência que se tomou foi embarcar os prisioneiros em *Ostbahns* e remetê-los para Fernwald. Mas Wrozlawski e um seu amigo, chamado Roman Wilner, pularam para fora do trem. Uma forma popular de fuga era através dos espaços de ventilação nos tetos dos vagões. Mas os prisioneiros que se aventuravam a fugir dessa maneira costumavam ser baleados por guardas postados no topo dos vagões.

Wilner foi ferido durante a fuga, mas conseguiu escapar, juntamente com Wrozlawski, passando por tranquilas localidades na fronteira da Morávia. Finalmente, eles foram presos numa daquelas aldeias e levados para o centro da Gestapo em Troppau.

Assim que chegaram, foram revistados e metidos numa cela; um oficial de Gestapo apareceu e anunciou que nada de mal lhes aconteceria. Mas eles não tinham motivo algum para acreditar na sua palavra. O oficial disse ainda que, apesar do ferimento de Wilner, não ia transferi-lo para um hospital; simplesmente ele seria levado de volta ao campo.

Wrozlawski e Wilner ficaram trancafiados numa cela durante quase duas semanas. Era preciso entrar em contato com Oskar e estabelecer o preço do resgate. Entrementes, o oficial continuava falando com eles, como se estivessem sob uma custódia protetora; mas os prisioneiros cada vez mais achavam a ideia absurda. Quando a porta se abriu e os dois foram levados para fora, presumiram que seriam fuzilados. Ao invés disso, foram conduzidos para a estação ferroviária por um SS, que os escoltou num trem que seguia na direção sudeste, para Brno.

A chegada a Brinnlitz teve para ambos a mesma qualidade surrealista, deliciosa e inquietante que tivera para Henigman. Wilner foi internado na clínica, sob os cuidados dos médicos Handler, Lewkowicz, Hilfstein e Biberstein. Quanto a Wrozlawski, levaram-no para uma espécie de zona de convalescença, instalada – por medidas extraordinárias que logo seriam explicadas – em um canto do andar térreo da fábrica. O *Herr Direktor* visitou ambos e perguntou como se sentiam. A pergunta despropositada alarmou Wrozlawski, assim como o local onde o haviam instalado. Temia, conforme contou anos mais tarde, que do hospital fosse levado para ser executado, como acontecia em outros campos. Passaram a alimentá-lo com o substancioso mingau de Brinnlitz; Schindler costumava ir vê-lo. Mas Wrozlawski confessa que permanecia confuso e lhe era difícil compreender o fenômeno Brinnlitz.

Graças a um acordo entre Oskar e a Gestapo provincial, 11 fugitivos vieram aumentar a já abarrotada população do campo. Cada um deles tinha escapulido de uma coluna ou saltado de um vagão de gado. Vestindo as roupas listradas, eles tinham tentado manter-se escondidos. Normalmente, todos seriam fuzilados.

EM 1963, O DR. STEINBERG, de Tel Aviv, testemunhou mais um exemplo da ousada, contagiosa e indubitável generosidade de Oskar. Steinberg era médico de um pequeno campo de trabalho nas montanhas *Sudeten*. O *Gauleiter* em Liberec mostrou-se menos capaz, quando a Silésia caiu nas mãos dos russos, de manter os campos de trabalho fora de sua saudável província da Morávia. O campo em que Steinberg estava preso era um dos muitos novos campos espalhados entre as montanhas. Era um campo da *Luftwaffe*, encarregado da manufatura de algum componente não especificado de aviões. Ali viviam quatrocentos prisioneiros. A comida era ruim, relata Steinberg, e o trabalho tremendamente árduo.

A par dos rumores sobre o campo de Brinnlitz, Steinberg conseguiu um passe e tomou emprestado um caminhão da fábrica para encontrar-se com Oskar. Ao chegar, descreveu-lhe as condições desesperadoras no campo da *Luftwaffe*; diz ele que Oskar concordou imediatamente em ceder-lhe parte das provisões de Brinnlitz.

A questão principal que preocupava Oskar era sob que pretexto Steinberg poderia vir regularmente a Brinnlitz apanhar os sortimentos. Ficou decidido que ele usaria como desculpa a necessidade de obter assistência regular dos médicos na clínica do campo.

A partir daquela data, conforme declara Steinberg, duas vezes por semana ele ia a Brinnlitz e voltava para o seu campo com um sortimento de pão, semolina, batatas e cigarros. Se acontecia de Schindler estar perto do depósito, na hora em que Steinberg estava fazendo o carregamento, ele lhe dava as costas e afastava-se do local.

Steinberg não relaciona a quantidade exata de alimentos, mas dá a sua opinião de médico de que, se não fossem as provisões de Brinnlitz, cinquenta dos prisioneiros no campo da *Luftwaffe* teriam parecido antes da primavera.

Depois do resgate das mulheres em Auschwitz, o mais espantoso de todos os salvamentos realizados por Oskar foi o dos prisioneiros da Goleszów, a fábrica de cimento dentro de Auschwitz III, de propriedade da SS. Como se viu com os trinta metalúrgicos, durante todo o mês de janeiro de 1945, os pavorosos feudos de Auschwitz estavam sendo desmontados, e, em meados do mês, 120 trabalhadores da pedreira de Goleszów foram jogados para dentro de vagões de gado. A jornada deles seria tão dura quanto tantas outras, mas terminaria de maneira melhor do que a maioria. Vale a pena observar que, como os homens de Goleszów, quase todos os outros prisioneiros na área de Auschwitz estavam sendo mandados para outros locais. Dolek Horowitz foi para Mauthausen. O jovem Richard, porém, foi deixado para trás com outras crianças pequenas. Os russos iriam encontrá-lo mais para o fim do mês, num campo de Auschwitz abandonado pela SS, e afirmariam veridicamente que ele e outros meninos tinham sido retidos ali para experiências médicas. Henry Rosner e Olek, de 9 anos (aparentemente não mais considerados úteis para os laboratórios), partiram de Auschwitz numa coluna, obrigados a marchar 50 quilômetros; os que ficavam para trás eram baleados. Em Sosnowiec, foram jogados em vagões de carga. Como uma especial gentileza, um guarda SS, encarregado de separar as crianças, deixou Olek e Henry ficarem no mesmo vagão. Dentro, o vagão estava tão cheio que todos tinham de se manter de pé. À medida que alguns homens morriam de frio e sede, um senhor, que Henry descreveu como "um judeu inteligente", ia suspendendo-os em seus cobertores nas argolas destinadas a amarrar cavalos, presas no teto. Dessa maneira, sobrava um pouco mais de espaço para os vivos. A fim de dar mais conforto a Olek, Henry teve a ideia de içá-lo em seu cobertor da mesma maneira, preso nas argolas. O menino não somente melhorou a sua posição, mas, quando o trem parava em estações ou desvios, passou a gritar para alemães lá fora que jogassem bolas de neve pelos gradis do vagão. A neve caía no interior e os homens lutavam por uns poucos cristais de gelo.

O trem levou sete dias para chegar a Dachau; durante esse tempo morreu a metade dos passageiros que viajavam no vagão de Rosner. Quando, finalmente, a locomotiva parou e a porta se abriu, um cadáver rolou lá de dentro. Olek, saltando na neve, quebrou um pingente de gelo debaixo do vagão e pôs-se a lambê-lo desesperadamente. Assim eram as viagens na Europa, em janeiro de 1945.

Para os prisioneiros da pedreira de Goleszów, foi ainda pior. O conhecimento de embarque para os seus dois vagões de carga, preservado nos arquivos do *Yad Vashem*, mostra que eles viajaram sem comida durante mais de dez dias, com as portas trancadas e tão congeladas que não podiam ser abertas. R., um rapazinho de 16 anos, recorda que eles raspavam o gelo das paredes internas para aliviar a sede. Mesmo chegando a Birkenau, não foram desembarcados. O processo de matança estava em seus últimos dias de fúria. Não havia tempo para se ocupar dos prisioneiros. Os vagões eram abandonados em desvios, ligados a outras locomotivas, que os arrastavam mais uns 80 quilômetros – e novamente abandonados. Eram levados até os portões de campos, cujos comandantes se recusavam a recebê-los sob a alegação inegável de que lhes faltava valor industrial, e também porque de qualquer modo instalações – acomodações e rações – estavam por toda parte na região.

Às primeiras horas de uma madrugada em fins de janeiro, eles foram desligados do trem e abandonados num desvio da estrada em Zwittau. Oskar conta que um amigo seu telefonou da estação para dizer que se ouviam gritos humanos e as paredes no interior dos vagões sendo arranhadas. Os apelos eram feitos em muitas línguas, pois os homens ali trancados eram, segundo informações, eslovacos, poloneses, tchecos, alemães, franceses, húngaros, holandeses e sérvios. O amigo que deu o telefonema era muito provavelmente o cunhado de Oskar, que lhe pediu que mandasse os dois vagões para o caminho de Brinnlitz.

Era uma manhã de um frio tenebroso – 30 graus abaixo de zero, diz Stern. Mesmo o preciso Biberstein diz que a temperatura era no mínimo de 20 graus abaixo de zero. Poldek Pfefferberg foi acordado em seu leito, apanhou as ferramentas de soldagem e saiu caminhando na neve até o desvio, para serrar as portas que o frio tornara rígidas como ferro. Ele também podia ouvir os gemidos espectrais vindos do interior.

É difícil descrever o que ele viu, quando finalmente as portas puderam ser abertas. Em cada vagão, uma pirâmide de cadáveres, com os membros em estranhas contorções, ocupava o centro do vagão. Os cem ou cento e poucos homens ainda vivos exalavam um mau cheiro terrível, tinham a pele enegrecida pelas queimaduras do frio e estavam esqueléticos. Nenhum deles pesava mais do que 35 quilos.

Oskar não se achava no desvio mas dentro da fábrica, onde um canto aquecido da oficina estava sendo preparado para receber os prisioneiros de Goleszów. As últimas velhas máquinas de Hoffman foram desmontadas e transportadas para as garagens. Uma camada de palha foi espalhada no chão. Schindler já tinha ido ao gabinete do comandante para se entender com ele. O *Untersturmführer* Liepold não queria receber os prisioneiros de Goleszów; nisso ele era igual a todos os outros comandantes naquelas últimas semanas. Liepold frisou que ninguém podia alegar que aquela gente podia ser considerada útil para a fabricação de munições. Oskar admitiu isso, mas garantiu que os inscreveria no seu livro e pagaria 6 RM por dia por cada um deles. "Posso usá-los depois de se recuperarem", declarou Oskar.

Liepold reconheceu dois aspectos do caso. O primeiro, que nada podia conter Oskar. O segundo, que um acréscimo no campo de Brinnlitz e nos honorários de mão de obra podiam muito bem agradar Hassebroeck. Assim, Liepold se dispôs a registrar prontamente os homens com datas atrasadas; desde o momento em que os prisioneiros de Goleszów entraram pelo portão da fábrica, Oskar já estava pagando para tê-los ali.

Dentro da oficina, eles foram enrolados em cobertores e se deitaram na palha. Emilie veio do seu apartamento, acompanhada por dois prisioneiros que carregavam um enorme caldeirão de mingau de aveia. Os médicos trataram com unguentos as ulcerações causadas pelo frio. O Dr. Biberstein disse a Oskar que aquela gente precisava de vitaminas, embora tivesse certeza de que não se podia encontrá-las na Morávia.

Nesse meio-tempo, os 16 cadáveres congelados foram colocados num galpão. Olhando-os, o Rabino Levartov sabia que, com aqueles membros retorcidos pelo frio, seria difícil enterrá-los segundo os rituais ortodoxos, pois estes não permitiam que se quebrassem ossos. Entretanto, Levartov sabia que a questão teria de ser discutida com o comandante. Liepold tinha instruções da Seção D para que a SS incinerasse os mortos. Na sala das caldeiras, as condições eram perfeitas, pois as fornalhas industriais eram quase capazes de volatizar um cadáver. Contudo, Schindler já recusara, por duas vezes, permissão para incinerar os mortos.

A primeira vez tinha sido quando Janka Feigenbaum falecera na clínica de Brinnlitz. Liepold ordenara imediatamente que o seu corpo fosse incinerado. Oskar soube por Stern que isso seria algo abominável para os Feigenbaum e para Levartov, e sua resistência à ideia talvez proviesse também do resíduo de sua própria alma. Naquele tempo, a Igreja Católica opunha-se firmemente a cremações. Além de recusar a Liepold o uso da fornalha, Oskar deu ordem aos carpinteiros para fabricarem um caixão e ele próprio forneceu um cavalo e uma carroça, permitindo que Levartov e a família fossem escoltados por uma guarda até o bosque, onde a jovem seria enterrada. Feigenbaum pai e filho tinham caminhado atrás da carroça, contando os passos desde o portão, a fim de que, quando terminasse a guerra, eles pudessem reaver o corpo de Janka.

Liepold se enfurecia com essas concessões aos prisioneiros de Brinnlitz. Alguns deles chegam mesmo a comentar que Oskar tinha para com Levartov e a família Feigenbaum mais delicadeza e cortesia do que costumava ter para com Emilie.

A segunda vez que Liepold quis usar as fornalhas foi quando faleceu a velha Sra. Hofstatter. A pedido de Stern, Oskar mandou fabricar outro caixão e colocar no interior uma placa de metal com os dados biográficos da Sra. Hofstatter. Levartov e um *minyan*, um *quorum* de dez homens que recitam o *Kaddish* para o defunto, tiveram permissão de deixar o campo para assistir ao funeral.

Stern diz que foi por causa da Sra. Hofstatter que Oskar fundou um cemitério judaico na paróquia católica de Deutsch-Bielau, uma aldeia próxima do campo. Segundo ele, Oskar fora à paróquia da igreja no domingo em que a Sra. Hofstatter morreu e fez uma proposta ao padre. Um conselho da paróquia, convocado às pressas, concordou em vender-lhe uma pequena área de terra logo atrás do cemitério católico. Não resta dúvida de que alguns membros do conselho resistiram à proposta, pois naquela época a lei canônica era rigidamente interpretada em suas provisões sobre quem podia e quem não podia ser enterrado em terreno consagrado.

Outros prisioneiros de certa autoridade dizem, entretanto, que o terreno para o cemitério judaico foi comprado por Oskar, na ocasião da chegada dos vagões de Goleszów com o seu dízimo de corpos retorcidos. Em um relatório feito mais tarde, Oskar dá a entender que foram os cadáveres de Goleszów que o levaram a comprar o cemitério. Segundo um relato, quando o padre da paróquia apontou uma área atrás do muro da igreja reservada aos suicidas e sugeriu que os mortos de Goleszów fossem enterrados ali, Oskar respondeu que aqueles mortos não eram suicidas, mas, sim, vítimas de um genocídio.

De qualquer forma, os mortos de Goleszów e o falecimento da Sra. Hofstatter devem ter ocorrido mais ou menos na mesma época e foram todos sepultados com os rituais completos, no único cemitério judaico de Deutsch-Bielau.

É óbvio, pela maneira como se referiam ao sepultamento, que a cerimônia teve uma enorme força moral para os prisioneiros da Brinnlitz. Os corpos retorcidos desembarcados dos vagões de carga pareciam menos do que humanos. Vê-los era como constatar a precariedade da vida. Aquela massa inumana não carecia de alimentação, banho, aquecimento. A única maneira de devolver-lhe a humanidade era por meio do ritual. Portanto, os ritos de Levartov, o exaltado canto gregoriano do *Kaddish* adquiriam para os prisioneiros da Brinnlitz uma gravidade muito maior do que a mesma cerimônia poderia ter tido na relativa tranquilidade da Cracóvia de antes da guerra.

A fim de manter o cemitério judaico em ordem para o caso de futuras mortes, Oskar empregou um *Unterscharführer* SS, como guardião, e lhe pagava regularmente.

EMILIE OCUPAVA-SE com suas próprias transações. Munida de um maço de papéis falsificados por Bejski, ela fez dois prisioneiros colocarem, num caminhão da fábrica, um carregamento de vodca e cigarros e mandou que eles a levassem à grande cidade mineira de Ostrava, próxima da fronteira do Governo-Geral. No hospital militar, ela conseguiu acordos com diversos contatos de Oskar para levar de volta ao campo unguentos para queimaduras de frio, sulfa e as vitaminas que Biberstein julgava ser impossível obter. Tais jornadas eram agora rotineiras para Emilie. Ela estava se tornando uma viajante, como o seu marido.

Após aquelas primeiras mortes, não houve outras. Os prisioneiros que tinham vindo de Goleszów eram *Mussulmen*, e o princípio básico dessa condição era a sua irreversibilidade. Mas havia em Emilie uma pertinácia que não lhe permitia aceitar isso. Não os deixava em paz com os seus caldeirões de mingau. "Daquela gente que fora salva de Goleszów", disse o Dr. Biberstein, "ninguém teria permanecido com vida sem os cuidados dela." Nas oficinas, começaram a ser vistos homens tentando parecer úteis. Um dia um almoxarife judeu pediu a um deles que levasse um caixote para a oficina. "O caixote pesa 35 quilos", disse o rapaz, "e eu peso 32. Como é que eu vou poder carregá-lo?"

Naquela fábrica de máquinas ineficientes, manipuladas por espantalhos vivos, Herr Amon Goeth apareceu num dia de inverno, depois de ser solto da prisão, para apresentar seus respeitos aos Schindler. O tribunal libertara-o em Breslau por causa de sua diabetes. A roupa que ele usava era velha e poderia ser um uniforme despojado das insígnias. As especulações quanto ao motivo dessa visita perduram até hoje. Alguns julgaram que Goeth estava em busca de um auxílio financeiro, outros que Oskar era depositário de algo – dinheiro ou outro valor qualquer, resultado de uma última transação de Amon em Cracóvia, e na qual Oskar talvez houvesse atuado como intermediário de Amon. Outros que trabalhavam no escritório de Oskar acreditam que Amon chegou mesmo a pedir um cargo de gerência em Brinnlitz. Ninguém poderia dizer que lhe faltava experiência. O fato é que todas as três versões dos motivos que levaram Amon a aparecer em Brinnlitz possivelmente são corretas. Mas é pouco provável que Oskar tivesse alguma vez atuado como intermediário de Amon.

Quando Amon passou pelo portão do campo, era visível que a prisão e as atribulações o haviam emagrecido. Seu rosto se afilara. As feições eram mais parecidas com as que Amon apresentava quando chegou a Cracóvia, no Ano Novo de 1943, para liquidar o gueto; ao mesmo tempo eram diferentes, pois agora a sua tonalidade variava entre o amarelo da icterícia e o cinza da prisão. E alguém que tivesse a coragem de fitá-lo nos olhos veria neles uma nova expressão de passividade. Contudo alguns prisioneiros, erguendo os olhos de seus tornos, vislumbravam aquela figura do fundo de seus piores pesadelos, passando sorrateiramente por janelas e portas, atravessando a fábrica em direção ao gabinete de *Herr Schindler*. Galvanizada com aquela presença, Helen Hirsch só desejou que ele sumisse de novo. Mas outros o vaiaram, quando Amon passou, e cuspiram de lado. Mulheres mais maduras ergueram seu tricô para ele num gesto de desafio. Pois havia vingança na prova de que, apesar de todos os horrores cometidos por ele, Adão ainda labutava e Eva tecia.

Se Amon desejava um emprego em Brinnlitz – e havia poucos outros lugares para onde podia ir um *Haupturmführer* reformado –, Oskar convenceu-o a desistir da ideia, ou lhe pagou para desistir. Assim, o encontro entre os dois foi do tipo de todos os outros anteriores. Por cortesia, Oskar levou-o a dar uma volta pela fábrica; na passagem pela oficina, a reação contra Amon foi ainda mais forte. De volta ao gabinete, houve quem ouvisse Amon exigir de Oskar que punisse os prisioneiros por aquele desrespeito, e Oskar responder em tom vago, prometendo que faria algo a respeito daqueles judeus perniciosos e expressando sua habitual consideração por Herr Goeth.

Embora a SS o tivesse posto em liberdade, o inquérito sobre seus negócios não cessara. Um juiz do tribunal SS aparecera em Brinnlitz, poucas semanas antes, para interrogar de novo Mietek Pemper sobre a atuação administrativa de Amon. Antes de se iniciar o interrogatório, Liepold sussurrara a Pemper que devia ter cuidado, pois o juiz poderia querer levá-lo a Dachau para o executar, depois de ele ter prestado o seu testemunho.

O prudente Pemper tinha feito o possível para convencer o juiz de que o seu trabalho, no escritório central de Plaszóvia, sempre fora sem nenhuma importância.

De alguma forma, Amon soubera que os investigadores da SS tinham vindo atrás de Pemper. Pouco depois de chegar a Brinnlitz, ele encurralou o seu ex-datilógrafo num canto do escritório de Oskar, querendo saber que perguntas o juiz lhe fizera. Pemper julgou ver, com justa razão, nos olhos de Amon, um ressentimento por seu antigo prisioneiro ser ainda uma fonte viva de testemunho para o tribunal da SS. Evidentemente, Amon devia se sentir impotente ali, emagrecido, acabrunhado em seu velho uniforme, superado pela autoridade de Oskar. Mas nunca se podia ter certeza. Continuava sendo Amon, e tinha o hábito de comandar.

– O juiz me proibiu de falar com quem quer que seja sobre o meu interrogatório – respondeu Pemper.

Amon mostrou-se indignado e ameaçou queixar-se a Herr Schindler. A ameaça, como se pode calcular, dá a medida da nova impotência do ex-comandante de Plaszóvia. Nunca antes ele tivera de recorrer a Oskar para um prisioneiro ser castigado.

Quando da segunda noite da visita de Amon, as mulheres já estavam se sentindo triunfantes. Ele não as podia tocar. Até Helen Hirsch elas conseguiram persuadir a não temê-lo. Mas, ainda assim, o sono de Helen voltara a ser inquieto.

A última vez que Amon foi avistado pelos prisioneiros já estava se preparando para pegar o carro que o levaria à estação ferroviária de Zwittau. Nunca antes Amon fizera três visitas a algum lugar, sem causar a desgraça de algum pobre miserável. Era óbvio agora que ele não tinha mais poder algum. Todavia, nem todos os prisioneiros estavam armados de suficiente coragem para encará-lo, antes de sua partida. Trinta anos mais tarde, no sono dos veteranos de Plaszóvia em Buenos Aires ou Sydney, em Nova York ou Cracóvia, em Los Angeles ou Jerusalém, Amon continuava sendo uma imagem de pavor.

– Quando se olhava para Goeth – disse Pfefferberg – o que se via era a cara da morte.

Assim, à sua maneira, Amon Goeth nunca fracassou totalmente.

37

QUANDO OSKAR completou 37 anos, o aniversário foi comemorado por ele próprio e por todos os seus prisioneiros. Um dos metalúrgicos tinha manufaturado uma pequena caixa para botões de camisa e abotoaduras; quando o *Herr Direktor* apareceu na oficina, Niusia Horowitz, a menina de 12 anos de idade, foi empurrada para a frente, a fim de pronunciar em alemão a sua pequena saudação ensaiada.

– *Herr Direktor* – disse ela num tom de voz que ele teve de se curvar para ouvir –, todos os prisioneiros lhe desejam um feliz aniversário.

Era um *Shabbat*, o que vinha a calhar, pois a população de Brinnlitz sempre se lembraria da data como festiva. De manhã cedo, à hora em que Oskar começou a comemorar o aniversário com conhaque Martell em seu gabinete, exibindo um telegrama ofensivo dos engenheiros de Brno, dois caminhões carregados de pão branco entraram no pátio do campo. Uma parte da mercadoria foi para a guarnição e até mesmo para Liepold que, depois do que bebera na véspera, estava dormindo até tarde em sua casa na aldeia. Essas dádivas eram necessárias para impedir que a SS reclamasse da maneira pela qual *Herr Direktor* favorecia os prisioneiros. Estes receberam cada qual 750 gramas de pão. Examinavam o pão, enquanto o saboreavam. Havia especulações a respeito de onde Oskar o conseguira em tal quantidade. Talvez a explicação em parte estivesse na boa vontade de Daubek, o gerente local do moinho, que virava de costas, enquanto os prisioneiros de Brinnlitz enchiam de farinha as calças.

Mas, naquele sábado, o pão foi realmente mais comemorado dentro da magia do evento.

Embora o dia seja lembrado como festivo, não havia de fato muito motivo para júbilo. No decorrer da semana anterior, chegara um telegrama do *Herr Commandant* Hassebroeck de Gröss-Rosen dirigido a Liepold de Brinnlitz, dando-lhe instruções sobre as providências a tomar com relação aos prisioneiros do campo, no caso de uma aproximação dos russos. Devia-se proceder a uma seleção final, ordenava o telegrama de Hassebroeck. Os velhos e os incapacitados seriam fuzilados de imediato e os em boas condições de saúde seriam levados para fora do campo, em direção a Mauthausen.

Ainda que os prisioneiros na oficina da fábrica nada soubessem a respeito do telegrama, sentiam um medo instintivo de algo semelhante. Durante toda aquela semana tinham-se espalhado rumores de que poloneses foram trazidos para cavar imensas sepulturas nos bosques adiante de Brinnlitz. O pão branco parecia ter chegado como um antídoto daqueles rumores, uma garantia de futuro. Contudo, a impressão geral era que começara uma era de perigos mais sutis do que os do passado.

Se os operários de Oskar nada sabiam do telegrama, o mesmo acontecia com o próprio *Herr Commandant* Liepold. O telegrama fora entregue primeiro a Mietek Pemper no escritório contíguo ao gabinete de Liepold. Pemper abrira-o no vapor, tornara a fechá-lo e levara-o diretamente a Oskar, que o leu e depois voltou-se para Mietek.

– Muito bem – rosnou ele. – Vamos ter de dizer adeus ao *Untersturmführer* Liepold.

Pois tanto a Oskar como a Pemper parecia que Liepold era o único SS na guarnição capaz de obedecer a um tal telegrama. O vice-comandante era um homem de quarenta e tantos anos, um *Oberscharführer* chamado Motzek. Ainda que Motzek fosse capaz de matar motivado pelo pânico, proceder ao frio assassinato de 1.300 seres humanos estava além das suas forças.

Dias antes do seu aniversário, Oskar confidenciara uma série de queixas a Hassebroeck a respeito do comportamento excessivo do *Herr Commandant* Liepold. Em seguida, visitou Rasch, o influente chefe de polícia de Brno, e fez a mesma espécie de acusações contra Liepold. Mostrou a ambos, Hassebroeck e Rasch, cópias de cartas escritas ao General Glücks, em Oraniemburg. Oskar estava contando que Hassebroeck se lembrasse de generosidades passadas e da promessa de futuras vantagens se resolvesse fazer pressão para a transferência de Liepold, sem se dar ao trabalho de investigar o comportamento do *Untersturmführer* com relação aos prisioneiros de Brinnlitz.

Era uma manobra característica de Schindler – a mesma que aplicara no jogo de cartas com Amon. A aposta agora abrangia a salvaguarda de todos os homens de Brinnlitz, de Hirsch Krischer, Prisioneiro Nº 68821, mecânico de automóveis de 48 anos, a Jarum Kiaf, Prisioneiro Nº 77196, operário não especializado e sobrevivente dos vagões de Goleszów; e incluía também as mulheres, Berta Aftergut de 29 anos, metalúrgica, Nº 76201, e Jenta Zwetschenstiel, de 36 anos, Nº 76500.

Oskar reforçou as queixas contra Liepold, com um convite ao comandante para jantar no seu apartamento, dentro da fábrica. Era o dia 27 de abril, véspera do aniversário de Schindler. Por volta das 23 horas, os prisioneiros que trabalhavam na fábrica espantaram-se ao ver o comandante embriagado, cambaleando pela oficina, apoiado ao sóbrio *Herr Direktor*. Em sua passagem, Liepold tentou focalizar trabalhadores individualmente. Esbravejando, ele apontou para a grande viga-mestra acima das máquinas. O *Herr Direktor* até então o mantivera fora da oficina, mas agora ali estava ele, a definitiva autoridade punidora.

– Malditos judeus! – berrou ele. – Estão vendo aquela viga? É lá que vou enforcar vocês. Todos vocês!

Oskar guiou-o pelo ombro, murmurrando-lhe:

– Muito bem, muito bem. Mas não esta noite, não é? Vamos deixar para outra ocasião...

No dia seguinte, Oskar procurou Hassebroeck e outros com as suas previsíveis acusações. O homem perambula bêbado pela oficina, esbravejando ameaças de execuções *imediatas*. Eles não são operários! São técnicos altamente especializados, empenhados na manufatura de armas secretas etc. etc. E, ainda que Hassebroeck fosse responsável pela morte de milhares de trabalhadores das pedreiras, e acreditasse que toda a mão de obra judaica devia ser liquidada quando os russos avançassem, não podia deixar de concordar que a fábrica de Herr Schindler devia ser tratada como um caso especial.

Liepold, disse Oskar, estava sempre declarando que gostaria de ir para a frente de batalha. Era jovem, era saudável, estava disposto. "Está bem", respondera Hassebroeck, "vou ver o que se pode fazer a respeito." Enquanto isso, o próprio Comandante Liepold passou o aniversário de Oskar de cama, refazendo-se do jantar da véspera.

Em sua ausência, Oskar fez um espantoso discurso de aniversário. Estivera comemorando o dia todo, mas ninguém se lembra de falta de clareza nas suas palavras. Não temos em mãos o texto desse discurso, mas há outro, pronunciado dez dias depois, na noite de 8 de maio, do qual possuímos uma cópia. Segundo os que os ouviram, ambos os discursos seguiam a mesma linha de pensamento, isto é, ambos continham promessas de sobrevivência.

Todavia, chamá-los de discursos é reduzir-lhes a finalidade. O que Oskar estava tentando, instintivamente, era ajustar a realidade, alterar a imagem que tanto os prisioneiros como os SS faziam de si mesmos. Muito antes, com obstinada certeza, ele garantira a uma turma de seus operários, entre eles Edith Liebgold, que sobreviveriam à guerra. E adotara o mesmo tom de profecia, quando recebera as mulheres de Auschwitz, naquela manhã de novembro, e lhes declarara: "Agora estão a salvo, estão comigo." Não se pode ignorar que, em outra época e em outras condições, o *Herr Direktor* poderia ter-se tornado um demagogo, no estilo de Huey Long, de Louisiana, ou John Lang, da Austrália, cujo dom era convencer os ouvintes de que eles estavam todos unidos para escapar por um triz das maldades dos outros homens.

O discurso de aniversário de Oskar foi em alemão, à noite, na oficina, para os prisioneiros ali reunidos. Um destacamento da SS teve de ser chamado para montar guarda numa reunião tão ampla; também estavam presentes os empregados civis alemães. Quando Oskar começou a falar, Poldek Pfefferberg ficou de cabelo em pé. Olhou em redor as fisionomias impassíveis de Schoenbrun e Fuchs, e as dos SS com suas armas automáticas. "Vão matar esse homem", pensou ele. "E, então, tudo estará perdido."

O discurso frisava duas promessas principais. Em primeiro lugar, a grande tirania estava chegando ao seu final. Falava dos guardas SS, postados junto às paredes, como se eles também estivessem presos e ansiando por serem libertados. Muitos deles, explicou Oskar aos prisioneiros, haviam sido recrutados à revelia para a *Waffen* SS. A segunda promessa de Oskar era que ele permaneceria em Brinnlitz até ser anunciado o término das hostilidades. "E mais cinco minutos", acrescentou. O discurso, como os últimos pronunciamento de Oskar, acenava para os prisioneiros com a promessa de um futuro, ao mesmo tempo que anunciava a sua irredutível intenção de não deixar que eles fossem parar nas valas comuns nos bosques. Lembrava-lhes o quanto investira neles e os fez criar novo ânimo.

Contudo, pode-se imaginar o quanto as palavras de Oskar confundiram os SS que as estavam ouvindo. Tranquilamente, ele insultara a organização da SS. Pemper saberia, pela reação dos guardas, se eles iam protestar ou engolir o que fora dito. Oskar advertia-os também de que permaneceria em Brinnlitz até o fim, e que, portanto, seria uma testemunha.

Mas Oskar não se sentia tão otimista quanto parecia. Mais tarde, confessou que, na ocasião, estava preocupado com a verdadeira atuação das unidades militares com relação a Brinnlitz, quando batessem em retirada da zona de Zwittau. Chegou mesmo a dizer: "Estávamos em pânico com o que os guardas SS poderiam fazer, em desespero de causa." Deve ter sido um pânico mudo, pois prisioneiro algum, comendo o pão branco do aniversário, parece ter percebido. Oskar estava também preocupado com o fato de algumas unidades de Vlasov terem sido postadas nos arredores de Brinnlitz. Essas tropas eram membros da ROA, o Exército Russo de Libertação, formado no ano anterior, a mando de Himmler, com vastas fileiras de prisioneiros russos no Reich, e comandadas pelo General Andrei Vlasov, um ex-general soviético capturado três anos antes diante de Moscou. Constituíam uma tropa perigosa para a população de Brinnlitz, pois seus componentes sabiam que Stalin iria querê-los de volta para um castigo especial e que os Aliados os devolveriam à Rússia. Portanto, as unidades de Vlasov estavam tomadas de violento desespero eslavo, que alimentavam com vodca. Quando batessem em retirada, em busca das tropas americanas a oeste, ninguém saberia que atrocidades poderiam cometer.

Dois dias depois do aniversário de Oskar, várias ordens chegaram à mesa de Liepold. Uma delas anunciava que o *Untersturmführer* Liepold havia sido transferido para o batalhão de artilharia *Waffen* SS, nas proximidades de Praga. Embora Liepold não pudesse ficar radiante com a ordem, parece que fez suas malas e partiu sem protestar. Dissera muitas vezes nos jantares oferecidos por Oskar, sobretudo após a segunda garrafa de vinho tinto, que teria preferido estar numa unidade de combate. Ultimamente, um bom número de oficiais graduados, da *Wehrmacht* e da SS, comandando as forças em retirada, comparecera a jantares no apartamento do *Herr Direktor*. As conversas à mesa eram sempre no sentido de incitar Liepold a tomar parte ativa nos combates. Ele nunca se deparara com as provas que os outros convidados possuíam de que a causa estava perdida.

É pouco provável que Liepold tenha procurado falar com Hassebroeck antes de sua partida. As comunicações telefônicas eram precárias, pois os russos tinham cercado Breslau e estavam bem próximos de Gröss-Rosen. Mas sua transferência de posto não teria surpreendido ninguém da roda de Hassebroeck, pois Liepold frequentemente fizera diante deles manifestações de patriotismo. Portanto, deixando o *Oberscharführer* Motzek no comando de Brinnlitz, Josef Liepold partiu para os campos de batalha, um linha-dura que obteve o que desejara.

COM OSKAR, os acontecimentos não se fizeram esperar silenciosamente. Nos primeiros dias de maio, ele descobriu, não se sabe bem como – talvez até com telefonemas a Brno, onde as linhas ainda estavam funcionando –, que um dos armazéns onde costumava negociar fora abandonado. Com meia dúzia de prisioneiros, Oskar partiu de caminhão para saquear o armazém. Havia vários bloqueios nas estradas para o sul; em cada um eles exibiam seus papéis mirabolantes, forjados, segundo narrou Oskar, "com carimbos e assinaturas das altas autoridades de polícia da SS na Morávia e Boêmia". Quando chegaram ao armazém, encontraram o prédio cercado pelo fogo. Os depósitos militares das vizinhanças foram incendiados e também houvera incursões aéreas com bombas incendiárias. Na direção do interior da cidade, onde a guerrilha tchecoslovaca estava lutando de casa em casa com a guarnição, podiam-se ouvir tiroteios. Herr Schindler deu ordem ao caminhão para recuar até a plataforma de carga do armazém, arrombou as portas e descobriu que o interior estava repleto de cigarros de uma marca chamada Egipski.

Apesar desta e de outras despreocupadas pilhagens, Oskar assustou--se com os boatos, provenientes da Eslováquia, de que os russos estavam executando a esmo civis alemães. Mas, pelo noticiário da BBC de Londres, que ouvia todas as noites, ele se reconfortou ao saber que a guerra poderia terminar antes de os russos alcançarem a área de Zwittau.

Os prisioneiros também tinham acesso indireto à BBC e sabiam da realidade dos fatos. Durante toda a permanência em Brinnlitz, os técnicos de rádio Zenon Szenwich e Artur Rabner sempre consertavam um ou outro dos rádios de Oskar. Na oficina de solda, Zenon ouvia com um audiofone o noticiário das 2 horas da Voz de Londres. No turno da noite, os soldadores ligavam o rádio para ouvir as notícias das 2 horas. Certa noite, um guarda SS, ao entrar na fábrica para levar um recado ao escritório, descobriu três prisioneiros ao redor de um rádio. "Estávamos consertando o aparelho para o *Herr Direktor*", desculparam-se eles, "e só um minuto atrás conseguimos fazê-lo funcionar."

No início do ano, os prisioneiros esperavam que a Morávia fosse tomada pelos americanos. Como Eisenhover tinha parado no Elba, eles agora sabiam que a Morávia cairia na mão dos russos. O círculo de prisioneiros mais próximos de Oskar estava escrevendo uma carta em hebraico, explicando quem era ele. A carta poderia ser eficaz, se apresentada às forças americanas, que não somente tinham um considerável componente judaico, mas também rabinos de campanha. Assim, Stern e o próprio Oskar consideravam de importância vital que o *Herr Direktor* fosse encontrado primeiro pelos americanos. Em parte, a decisão de Oskar era influenciada pela característica ideia que a Europa Central fazia dos russos, considerando-os bárbaros, homens de uma religião estranha e duvidosa humanidade. Mas, à parte essa ideia, se alguns dos relatos do leste mereciam crédito, os seus receios se justificavam.

Isso, porém, não o debilitava. Estava atento e em febril expectativa quando, na madrugada de 7 de maio, lhe chegou a notícia, transmitida pela BBC, da rendição da Alemanha. A guerra na Europa ia cessar à meia-noite do dia seguinte, terça-feira, 8 de maio. Oskar acordou Emilie, e o tresnoitado Stern foi chamado ao gabinete do *Herr Direktor* para comemorarem juntos a rendição. Stern via que Oskar estava confiante quanto à guarnição da SS, mas se alarmaria, se pudesse adivinhar como demonstraria a sua confiança nesse dia.

Na oficina, os prisioneiros mantinham as suas rotinas. Talvez até tivessem trabalhado melhor do que nos outros dias. Mas, à tarde, o *Herr Direktor* desfez aquela falsa aparência de normalidade, transmitindo pelo alto-falante para todo o campo o discurso de Churchill anunciando a vitória. Lutek Feigenbaum, que compreendia inglês, parou, atônito, junto à sua máquina. Para outros, a voz rouquenha de Churchill marcou a primeira vez em que, depois de tantos anos, eles ouviam a língua que iriam falar no Novo Mundo. A voz personalíssima, tão familiar quanto a do *Führer*, agora morto, espalhou-se até os portões e as torres de vigia, mas a SS recebeu-a com sobriedade. Suas mentes não mais se voltavam para o interior do campo. Seus olhos, como os de Oskar, focalizavam-se – com muito mais agudeza, porém – nos russos. De acordo com um telegrama anterior de Hassebroeck, eles deveriam estar em atividade nos bosques verdejantes. Em vez disso, esperando pelo soar da meia-noite, fitavam o rosto escuro da floresta, especulando se lá haveria guerrilheiros. Um agitado *Oberscharführer* Motzek mantinha-os em seus postos e o dever também ali os mantinha. Pois o dever, como tantos dos seus superiores iriam alegar perante os tribunais, era a própria essência da SS.

NAQUELES DOIS DIAS inquietos, entre a declaração de paz e sua efetivação, um dos prisioneiros, um ourives chamado Licht, estivera fazendo um presente para Oskar, algo mais expressivo do que a caixinha de metal para abotoaduras que lhe dera no seu aniversário. Licht estava trabalhando com ouro de uma original proveniência, que lhe fora fornecido pelo velho Sr. Jereth da fábrica de embalagens. Ficara combinado – até os homens de Budzyn, marxistas convictos, sabiam disso – que Oskar teria de fugir depois da meia-noite. A vontade de marcar essa fuga com uma pequena cerimônia era a preocupação do grupo – Stern, Finder, Garde, os Bejski, Pemper – mais ligado a Oskar. Num momento em que eles próprios não tinham certeza se chegariam a ver a paz, é admirável que se preocupassem com presentes de despedida.

No entanto, só dispunham de metal inferior. Foi o Sr. Jereth quem sugeriu algo melhor. Abriu a boca para mostrar a sua ponte de ouro.

Se não fosse por Oskar, disse ele, a SS teria ficado com este ouro. Meus dentes estariam numa pilha em algum depósito da SS, juntamente com o ouro das bocas de Lublin, Lodz, e Lwów.

Era, é claro, uma oferta adequada, e Jereth foi insistente. Mandou que um prisioneiro, que tivera alguma prática odontológica em Cracóvia, lhe arrancasse a ponte. Licht derreteu o ouro e, na tarde de 8 de maio, estavam gravando numa placa uma inscrição em hebraico. Era um verso talmúdico, que Stern citara para Oskar no escritório de Buchheister, em outubro de 1939. "Aquele que salva uma só vida salva o mundo inteiro."

Nessa tarde, numa das garagens da fábrica, dois prisioneiros estavam ocupados removendo o estofo do teto e das portas do Mercedes de Oskar, aí inserindo pequenos sacos com os diamantes de *Herr Direktor* e recolocando cuidadosamente o forro de couro para deixar a superfície lisa. Para eles, também, era um dia estranho. Quando saíram da garagem, o sol estava se pondo por detrás das torres, onde os caminhões continuavam carregados, mas inativos. Era como se o mundo inteiro estivesse esperando por uma palavra decisiva.

A palavra decisiva parece ter sido transmitida à noite. De novo, como no seu aniversário, Oskar deu instruções ao comandante para reunir os prisioneiros na oficina da fábrica. De novo os engenheiros alemães e as secretárias, já com os seus planos de fuga arquitetados, compareceram à reunião.

Entre eles achava-se Ingrid, a amante do *Herr Direktor*. Ela não partiria de Brinnlitz na companhia de Schindler. Fugiria com o seu irmão, um jovem veterano de guerra que um ferimento aleijara. Considerando que Oskar dava-se a tanto trabalho para prover seus prisioneiros com artigos negociáveis, é provável que tenha fornecido à sua amante meios de sobrevivência. Mais tarde, os dois iriam encontrar-se, em termos amistosos, em alguma parte no Ocidente.

Como no discurso de aniversário de Oskar, guardas armados estavam postados junto às paredes. Ainda faltavam seis horas para a guerra terminar e os SS tinham jurado jamais abandonar seus postos. Olhando-os, os prisioneiros tentavam calcular o que sentiam no íntimo.

Quando foi anunciado que o *Herr Direktor* falaria novamente, duas prisioneiras que eram taquígrafas, a Srta. Waidmann e a Sra. Berger, apanharam cada qual um lápis e papel e se prepararam para anotar o que ele diria.

Por se tratar de um discurso *ex tempore*, pronunciado por um homem que sabia que logo seria um fugitivo, era mais enfático falado do que na versão escrita por Waidmann e Berger. Ele repetia os termos do seu discurso de aniversário, mas parecia torná-los conclusivos, tanto para os prisioneiros quanto para os alemães. Declarava os prisioneiros os herdeiros da nova era; confirmava que todos os outros ali presentes – os SS, ele próprio, Emilie, Fuchs, Schoenbrun – estavam agora precisando ser resgatados.

"A rendição incondicional da Alemanha", disse ele, "acaba de ser anunciada. Após seis anos de matança cruel de seres humanos, as vítimas estão sendo pranteadas e a Europa agora está tentando voltar à paz e à ordem. Eu gostaria de lhes pedir – a todos os que juntamente comigo viveram esses anos tão difíceis – que mantenham uma ordem e disciplina incondicionais, a fim de que possam dentro de poucos dias retornar aos seus lares destruídos e saqueados, buscando sobreviventes de suas famílias. Dessa forma, evitarão o pânico, cujas consequências seriam imprevisíveis."

Não se referia, é claro, a pânico entre os prisioneiros. Referia-se a pânico entre os homens postados junto às paredes. Estava convidando os SS a partirem e os prisioneiros a deixar que eles se fossem. O General Montgomery, disse ele, comandante das Forças Aliadas em terra, proclamara que se devia agir de um modo humano para com os vencidos, e todos – ao julgar os alemães – precisavam diferenciar a culpa do dever. "Os soldados na frente de batalha, assim como os homens que cumpriam o seu dever não devem ser responsabilizados pelos atos de um grupo que se dizia alemão."

Oskar estava fazendo a defesa de seus compatriotas, a qual todo prisioneiro que sobrevivera até aquela noite iria ouvir reiteradamente mil vezes nos anos vindouros. Entretanto, se alguém adquirira o direito de fazer essa defesa e de lhes darem ouvidos com – pelo menos – tolerância, esse alguém certamente era Herr Oskar Schindler.

"O fato de milhões entre vocês, seus pais, filhos, irmãos, terem sido dizimados mereceu a desaprovação de milhares de alemães e, mesmo nos dias de hoje, milhões deles ignoram a extensão desses horrores." Oskar acrescentou que, pelos documentos e relatos encontrados em Dachau e Buchenwald no começo daquele ano, e seus detalhes transmitidos pela BBC, muitos alemães não sabiam "dessa monstruosa destruição". Portanto, mais uma vez ele lhes pedia que agissem de um modo justo e humano, que deixassem a justiça ao encargo dos que eram autorizados a aplicá-la. "Se tiverem de acusar uma pessoa, façam a acusação na direção certa. Pois na nova Europa *haverá* juízes, juízes incorruptíveis, que saberão fazer justiça."

Em seguida, ele mencionou seu relacionamento com os prisioneiros naquele último ano. Seu tom era quase nostálgico, mas temia também ser julgado em conjunto com os Goeths e os Hassebroecks.

"Muitos de vocês sabem das perseguições, artifícios e obstáculos que, a fim de proteger os meus trabalhadores, tive de vencer durante esses anos passados. Se já era difícil proteger os modestos direitos do trabalhador polonês, arranjar-lhe trabalho e impedir que fosse mandado à força para o Reich, defender o seu lar e suas pequenas propriedades – a tarefa de proteger o trabalhador judeu muitas vezes parecia insuperável."

Oskar descreveu algumas das dificuldades e agradeceu-lhes por terem-no ajudado a satisfazer as exigências das autoridades responsáveis pelos armamentos. Em vista da escassez de produção de Brinnlitz, os agradecimentos pareciam irônicos. Mas não eram proferidos com ironia. O que o *Herr Direktor* estava dizendo, num sentido bem literal era: "Obrigado por me ajudarem a passar a perna no sistema."

Prosseguiu em seu apelo ao pessoal de Brinnlitz: "Se após uns poucos dias aqui, as portas da liberdade se abrirem para vocês, lembrem-

-se de quanta gente nos arredores da fábrica procurou ajudá-los com alimentos e roupas. Esforcei-me ao máximo para lhes fornecer mais alimento e prometo fazer o máximo, no futuro, para protegê-los e salvaguardar-lhes o pão de cada dia. Continuarei a fazer tudo o que puder por vocês até cinco minutos depois da meia-noite.

"Não invadam as casas das vizinhanças para roubar e saquear. Provem que são dignos dos milhões de vítimas desta guerra e abstenham-se de praticar atos individuais de vingança e terror."

Confessou que os prisioneiros jamais tinham sido bem-vindos na região. "Os judeus Schindler eram tabu em Brinnlitz." Mas existiam preocupações maiores do que vingança local. "Confio aos *Kapos* e contramestres a tarefa de manter a ordem nesse campo, no interesse da proteção de todos vocês. Agradeçam a Daubek, gerente do moinho, cujos esforços para arranjar-lhes mais alimento foi além das raias da possibilidade. Em nome de vocês todos, agradeço agora ao bravo Daubek, que tanto fez pelo nosso campo.

"Não me agradeçam pela sua sobrevivência, mas, sim, à sua gente, que trabalhou dia e noite para salvá-los do extermínio. Agradeçam aos destemidos Stern e Pemper e uns poucos outros que, pensando em vocês e preocupados com a sua sorte, especialmente em Cracóvia, diariamente enfrentaram a morte. A honra neste momento torna um dever nosso vigiar e manter a ordem, enquanto estivermos juntos aqui. Peço-lhes, insistentemente, que não tomem senão decisões humanas e justas. Quero agradecer aos meus colaboradores pessoais pelo quanto se sacrificaram para me ajudar na minha tarefa."

O discurso de Oskar, passando de um tema a outro, repetindo pontos de vista, retornando desordenadamente a outros, atingiu o máximo de sua temeridade. Voltando-se para a guarnição SS, agradeceu-lhes por terem resistido à barbaridade de sua missão. Alguns prisioneiros pensaram: "Ele nos pediu para não provocarmos esses guardas, mas o que está ele próprio fazendo?" Pois a SS *era* a SS, de Goeth e John e Hujar e Scheidt. Havia coisas que um membro da SS aprendia, coisas que fazia e via, que limitavam a sua humanidade. Os prisioneiros achavam que Oskar estava agora desafiando perigosamente esses limites.

"Eu gostaria", continuou ele, "de agradecer aos guardas SS aqui reunidos, que, sem serem consultados, foram convocados pelo Exército e pela Marinha para este serviço. Como chefes de famílias, há muito eles já se deram conta do quanto a sua tarefa era desprezível e insensata. Neste campo, agiram de um modo excepcionalmente humano e correto."

O que os prisioneiros não percebiam, atônitos e um tanto estimulados com a ousadia de *Herr Direktor*, era que Oskar estava terminando a tarefa que começara na noite de seu aniversário. Estava anulando os SS como combatentes. Pois, se eles ficavam ali, imóveis, engolindo aquela versão do que era "humano e correto", então nada mais lhes restava fazer a não ser abandonar o campo.

"E finalmente", disse Oskar, "solicito a todos que mantenham um silêncio de três minutos em memória das inúmeras vítimas que pereceram nesses anos cruéis."

Todos obedeceram. O *Oberscharführer* Motzek, Helen Hirsch, Lusia, que só na semana anterior deixara o porão, Schoenbrun, Emilie e Goldberg, ansiosos para que o tempo passasse, ansiosos por abandonar o campo, mantinham-se em silêncio entre as gigantescas máquinas Hilo no final da mais ruidosa das guerras.

Terminados os três minutos de silêncio, os guardas SS abandonaram rapidamente o recinto. Os prisioneiros permaneceram. Olharam ao redor, em dúvida se eram agora realmente os donos do campo. Quando Oskar e Emilie se encaminhavam para o seu apartamento a fim de fazer as malas, os prisioneiros os rodearam. O anel de Licht foi oferecido. Oskar levou algum tempo admirando-o; mostrou a inscrição a Emilie e pediu a Stern que a traduzisse. Quando perguntou onde eles tinham arranjado o ouro e soube que era a ponte dentária de Jereth, os que o cercavam pensaram que ele ia rir; Jereth fazia parte do comitê e, exibindo um sorriso banguela, já esperava por uma caçoada. Mas Oskar, com um gesto solene, colocou o anel no dedo. Embora ninguém houvesse realmente compreendido o que essa acontecendo, aquele era o instante em que os prisioneiros tinham acabado de readquirir sua identidade, e em que Oskar Schindler passara a depender dos seus presentes.

38

NAS HORAS que se seguiram ao discurso de Oskar, a guarnição SS começou a desertar. Dentro da fábrica, aos comandos selecionados entre o pessoal de Budzyn e outros elementos da população presidiária já haviam sido distribuídas as armas que Oskar armazenara. Esperava-se poder desarmar os SS em vez de travar luta com eles. Não seria prudente, como explicara Oskar, atrair ao campo unidades exacerbadas, batendo em retirada. Mas a não ser que se chegasse a um improvável acordo, as torres iam ter de ser tomadas com granadas.

A verdade, entretanto, foi que os comandos tiveram apenas de formalizar o desarmamento descrito no discurso de Oskar. Os guardas no portão principal entregaram quase com gratidão as suas armas. Nos degraus escuros que levavam ao quartel da SS, Poldek Pfefferberg e um prisioneiro chamado Jusek Horn desarmaram o Comandante Motzek; Pfefferberg espetava as costas do homem com o dedo, e Motzek, como qualquer homem normal de mais de 40 anos e ansioso por rever o seu lar, implorava-lhes que o poupassem. Pfefferberg tomou a pistola do comandante; Motzek, após uma curta detenção, em que gritou pelo *Herr Direktor* para salvá-lo, foi solto e pôs-se a caminho de casa.

As torres, sobre a tomada das quais Uri e outros companheiros deviam ter passado horas especulando e planejando, já haviam sido abandonadas. Alguns prisioneiros, com armas entregues pelas guarnições, foram nelas colocados para indicar a quem passasse por lá que a velha ordem continuava a ser mantida ali.

Quando soou a meia-noite, não havia homens ou mulheres SS visíveis no campo. Oskar chamou Bankier ao seu gabinete e lhe entregou a chave de um depósito especial. Tratava-se de um depósito de reabastecimentos navais e estivera situado, até a ofensiva russa na Silésia, em alguma parte na região de Katowice. Sua finalidade era provavelmente reabastecer as tripulações das lanchas de patrulhamento do rio e do canal. Oskar descobrira que a Inspetoria de Armamentos queria alugar um depósito para aquele material numa área menos ameaçada. Oskar conseguiu o contrato de estocagem – "com a ajuda de alguns presentes", contou ele depois. E, assim, 18 caminhões carregados de casacos, uniformes e roupas de baixo, tecidos de algodão e lã, bem como meio milhão de bobinas de linha e uma grande quantidade de sapatos, tinham passado pelo portão de Brinnlitz, e sua mercadoria descarregada e estocada no depósito. Stern e outros declararam mais tarde que Oskar sabia que ficaria de posse daquele estoque, quando terminasse a guerra, e tencionava distribuir a mercadoria entre os seus prisioneiros para que tivessem material com que começar a negociar. Em um documento escrito mais tarde, Oskar alega a mesma coisa. Diz que se esforçou por obter o contrato de estocagem "com a intenção de prover com roupas os meus protegidos judeus no fim da guerra... Peritos judeus da indústria têxtil calcularam o valor do meu estoque em mais de 150 mil dólares (no câmbio de tempo de paz)".

Ele tinha em Brinnlitz homens capazes de fazer essa avaliação – Juda Dresner, por exemplo, que fora proprietário de uma loja de tecidos na Rua Stradom; Itzhak Stern, que trabalhara durante anos numa companhia têxtil.

No ritual de transferir a preciosa chave para Bankier, Oskar estava vestido com o uniforme listrado de prisioneiro, assim como sua mulher, Emilie. A inversão, pela qual ele estivera trabalhando desde os primeiros tempos da DEF, agora mostrava seus resultados. Quando ele apareceu no pátio para se despedir, todos julgaram que aquele era um disfarce provisório, que logo seria descartado, quando o *Herr Direktor* se encontrasse com os americanos. Contudo, o fato de ele envergar aquela roupa grosseira era um impulso, que nunca poderia ser descartado como algo inconsequente. Num sentido mais profundo, Oskar permaneceria para sempre um penhor para Brinnlitz e para a Emalia.

Oito prisioneiros tinham-se prontificado a acompanhar Oskar e Emilie. Eram todos jovens, mas incluíam um casal, Richard e Anka Rechen. O mais velho era um engenheiro chamado Edek Heuberger, quase dez anos mais novo do que os Schindler. Mais tarde, Heuberger iria narrar os detalhes daquela jornada extravagante.

Emilie, Oskar e um motorista viajariam no Mercedes. Os outros os seguiriam num caminhão carregado de alimentos, cigarros e bebidas para serem negociados ou trocados. Oskar parecia ansioso por partir. Um braço da ameaça russa, o de Vlasov, estava longe. As tropas já tinham marchado para longe dali. Mas presumia-se que outro se estenderia a Brinnlitz na manhã seguinte, ou até antes. Do assento traseiro do Mercedes, em que Emilie e Oskar se achavam sentados com os seus uniformes listrados – vale reconhecer, não com o ar de prisioneiros; mais como um casal burguês a caminho de um baile à fantasia –, Oskar continuava dando conselhos a Stern, ordens a Bankier e Salpeter. Mas era visível que ele tinha pressa de partir. Entretanto, quando o motorista, Dolek Grünhaut, tentou acionar o Mercedes, o motor não funcionou. Oskar saltou do assento traseiro para espiar sob o capô. Estava alarmado – um homem diferente daquele que fizera um discurso tão incisivo poucas horas antes. "O que está acontecendo?", perguntava ele repetidamente. Grünhaut levou algum tempo para encontrar o defeito, pois não era o que tinha presumido. Alguém, apavorado com a ideia da partida de Oskar, tinha cortado os fios.

Pfeferberg, que se reunira aos outros prisioneiros para dar adeus ao *Herr Direktor*, correu à oficina de solda, voltou com sua caixa de ferramentas e pôs-se a trabalhar. Estava suando e com as mãos trêmulas, pois perturbava-o a urgência que sentia em Oskar, o qual olhava a todo momento para o portão, como se os russos fossem surgir naquele instante. Não era um receio improvável – outros no pátio se atormentavam com a mesma possibilidade irônica – e Pfefferberg estava levando muito tempo para terminar o trabalho. Mas, finalmente, quando Grünhaut girou a chave de contato, o motor funcionou.

Assim, o Mercedes partiu, seguido pelo caminhão. Todos estavam muito nervosos para despedidas formais, mas um carta, assinada por Hilfstein, Stern e Salpeter, atestando os antecedentes de Oskar e Emilie, foi entregue a Schindler. O comboio passou pelo portão e, na estrada que cortava o desvio, dobrou à esquerda em direção a Havlíckuv Brod, para Oskar a parte mais segura da Europa. Havia algo nupcial naquela jornada, pois ele, que chegara a Brinnlitz com tantas mulheres, estava partindo com a própria esposa. Stern e os outros permaneceram imóveis no pátio. Após tantas promessas, eles eram agora donos de si mesmos e teriam de arcar com o peso e as incertezas dessa nova situação.

O HIATO DUROU TRÊS DIAS e teve a sua história e seus perigos. Com a partida dos guardas da SS, o único representante da máquina de matança que restou em Brinnlitz foi um *Kapo* alemão que viera de Gröss-Rosen com os homens de Schindler. Era um homem com antecedentes assassinos na própria Gröss-Rosen e que fizera inimigos em Brinnlitz também. Uma turba de prisioneiros arrastou-o do seu leito para o saguão da fábrica e, sem dó nem piedade, o enforcou na mesma viga com que o *Untersturmführer* Liepold havia recentemente ameaçado o pessoal da fábrica. Alguns prisioneiros tentaram intervir, mas não conseguiram conter a fúria dos justiceiros.

Foi um evento, o primeiro homicídio da paz, que muitos dos prisioneiros de Brinnlitz iriam para sempre abominar. Tinham visto Amon enforcar o pobre engenheiro Krautwirt na *Appellplatz* de Plaszóvia, e este enforcamento, apesar de ter sido por motivos diferentes, chocou-os profundamente. Pois Amon era Amon, um ser irremediável. Mas aqueles enforcadores eram seus irmãos.

Quando o *Kapo* parou de estrebuchar, largaram-no dependurado acima das máquinas silenciosas. Isso, porém, deixou a plateia perplexa. Supostamente, aquele espetáculo devia alegrá-los, mas, ao contrário, trouxe-lhes dúvidas. Finalmente, alguns homens que não haviam participado do enforcamento cortaram a corda e incineraram o corpo. O desfecho mostrou como se tornara diferente o campo de Brinnlitz, pois o único corpo jogado nas fornalhas que, por decreto, deviam ter sido usadas para cremar os mortos judeus, foi o cadáver de um ariano.

A distribuição das mercadorias do depósito naval continuou no decorrer de todo o dia seguinte. Metragens tinham de ser cortadas das grandes peças de tecidos. Moshe Bejski disse que cada prisioneiro recebeu três jardas, juntamente com um conjunto completo de roupas de baixo e algumas bobinas de algodão. Algumas mulheres começaram nesse mesmo dia a confeccionar as roupas que iam usar para sair do campo. Outras preferiram deixar intato o tecido, a fim de que, negociado, garantisse a sua sobrevivência nos dias vindouros.

Foi distribuído também um suprimento dos cigarros Egipski, dos que Oskar se apoderara no armazém incendiado, e cada prisioneiro recebeu uma garrafa de vodca do depósito de Salpeter. Poucos a beberiam, pois era demasiado preciosa.

Ao escurecer da segunda noite, uma unidade *Panzer* apareceu na estrada proveniente de Zwittau. Escondido atrás de um arvoredo junto ao portão e armado de fuzil, Lutek Feigenbaum teve o ímpeto de disparar a arma, assim que despontou o primeiro tanque. Mas se conteve. Os veículos foram passando. O apontador de um dos tanques, no final da coluna, compreendendo que a cerca e as torres de vigia significavam que talvez houvesse criminosos judeus escondidos ali, girou o canhão sobre o eixo e disparou dois obuses no campo. Um explodiu no pátio, o outro na varanda das mulheres. Foi uma exibição inconsequente de rancor e, por prudência ou espanto, nenhum dos prisioneiros armados contra-atacou.

Quando desapareceu o último tanque, os homens dos comandos ouviram gemidos vindos do pátio e do dormitório das mulheres no andar superior. Uma jovem fora ferida por fragmentos do obus. A vítima achava-se em estado de choque, mas a vista dos seus ferimentos desencadeara nas companheiras toda a dor reprimida naqueles últimos anos. Enquanto as mulheres choravam, os médicos de Brinnlitz examinaram a jovem e constataram que os ferimentos eram superficiais.

O GRUPO DE OSKAR viajou as primeiras horas de sua fuga na retaguarda de uma coluna de caminhões da *Wehrmacht*. Naquela noite, já eram possíveis feitos dessa natureza, e ninguém os perturbou. Atrás deles, podiam-se ouvir engenheiros alemães dinamitando instalações e, ocasionalmente, havia o clamor de alguma distante emboscada dos guerrilheiros tchecos. Na proximidade da cidade de Havlíckuv Brod, eles deviam ter ficado mais para trás, porque foram detidos por guerrilheiros tchecos postados no meio da estrada. Oskar continuou fazendo-se passar por um prisioneiro.

— Essa boa gente e eu somos fugitivos de um campo de trabalho. A guarda SS e o *Herr Direktor* fugiram. Este é o automóvel do *Herr Direktor*.

Os tchecos perguntaram-lhes se tinham armas. Heuberger desceu do caminhão e veio participar da discussão. Confessou que tinha um fuzil.

Muito bem, disseram os tchecos, mas é melhor que nos entreguem todas as armas em seu poder. Se os russos os interceptarem e descobrirem as armas, poderão não entender a razão de vocês estarem armados. A melhor defesa está nos seus uniformes de prisão.

Naquela cidade, a sudeste de Praga e no caminho para a Áustria, ainda havia a probabilidade de encontrar unidades hostis. Os guerrilheiros encaminharam Oskar e os outros para a Cruz Vermelha tcheca, cuja sede ficava na praça da cidade. Lá eles poderiam passar em segurança o restante da noite.

Mas, quando chegaram à cidade, o pessoal da Cruz Vermelha sugeriu que, devido à incerteza da paz, provavelmente estariam mais protegidos na cadeia local. Os veículos foram deixados na praça, à vista da sede da Cruz Vermelha, e Oskar, Emilie e seus oito companheiros carregaram as suas poucas malas e dormiram nas celas, destrancadas, da cadeia.

Quando de manhã voltaram à praça, descobriram que ambos os veículos tinham sido pilhados. Todo o estofamento do Mercedes fora rasgado, os diamantes haviam desaparecido, assim como os pneus do caminhão e peças do motor. Os tchecos não se perturbaram com o incidente, dizendo que todo mundo devia esperar perder alguma coisa em tempos assim. Talvez até tenham suspeitado de que Oskar, com seu cabelo louro e olhos azuis, era um SS fugitivo.

O grupo perdera o seu transporte, mas havia um trem de partida para Kaplice, e eles o apanharam, ainda vestidos com seus uniformes listrados. Heuberger diz que seguiram no trem "até chegar à floresta, e então caminhamos". Em alguma parte naquela região fronteiriça, bem ao norte de Linz, era provável que encontrassem os americanos.

O grupo estava percorrendo a pé uma estrada, que cortava um bosque, quando se deparou com dois jovens americanos mascando chicletes, sentados ao lado de uma metralhadora. Um dos prisioneiros de Oskar dirigiu-se a eles em inglês.

– A ordem que temos é de não deixar passar ninguém nesta estrada – disse um dos americanos.

– Mas será proibido circundar a estrada pelos bosques? – perguntou o prisioneiro.

O GI continuou mascando. Uma estranha raça, sempre mascando!

– Acho que não – respondeu finalmente o GI.

Assim eles deram a volta pelos bosques e, ao retornar à estrada meia hora depois, esbarraram em uma companhia de infantaria marchando para o norte em coluna dupla. Mais uma vez, recorreram ao intérprete e se puseram a falar com os oficiais de reconhecimento da unidade. O próprio comandante chegou num jipe, saltou, interrogou-os. Foram francos, dizendo-lhe que Oskar era o *Herr Direktor* e eles judeus. Acreditavam estar em terreno seguro, pois sabiam pela BBC de Londres que as forças americanas incluíam muitos americanos de origem alemã e judaica. O capitão disse-lhes que não saíssem dali e partiu sem explicação, deixando-os sob a guarda de dois soldados de infantaria, meio embaraçados, que lhes ofereceram cigarros tipo Virginia, que tinham aquele aspecto quase reluzente – como o jipe, as fardas, os equipamentos – que caracteriza uma grande e arrogante fábrica de qualidade superior.

Embora Emilie e os prisioneiros tivessem receio de Oskar ser preso, ele próprio sentou-se na relva, aparentemente despreocupado, e respirou o ar da primavera. Estava de posse de sua carta hebraica e sabia que Nova York era etnicamente uma cidade em que o hebraico não era desconhecido. Meia hora se passou e alguns soldados apareceram, caminhando informalmente pela estrada e não enfileirados como numa infantaria. Eram soldados judeus e entre eles havia um rabino de campanha. Mostraram-se muito efusivos. Abraçaram o grupo todo, inclusive Emilie e Oskar. E disseram que eles eram os primeiros sobreviventes de campos de concentração com que o batalhão deparava.

Terminadas as saudações, Oskar exibiu sua carta judaica de referência; o rabino leu-a e pôs-se a chorar. Transmitiu os detalhes aos outros americanos. Houve aplausos, mais apertos de mão, mais abraços. Os jovens GIS pareciam tão abertos, tão expansivos, tão infantis. Embora só uma ou duas gerações os separassem da Europa Central, estavam tão marcados pela América que o espanto que causaram ao grupo não foi menor do que o que o grupo lhes causou.

O resultado foi que o grupo de Schindler passou dois dias na fronteira austríaca, como convidado do comandante do regimento e do rabino. Beberam um excelente café autêntico, como nunca mais haviam provado desde a fundação do gueto. E comeram opulentamente.

Passados os dois dias, o rabino ofereceu-lhes uma ambulância capturada, na qual eles viajaram até a cidade em ruínas de Linz, na Alta Áustria.

NO SEGUNDO DIA de paz em Brinnlitz, os russos ainda não tinham aparecido. O grupo de comando preocupava-se com a obrigação de demorar-se no campo por mais tempo do que seria necessário. Lembrando-se de que única vez em que tinham visto a SS mostrar medo – fora a ansiedade de Motzek e seus companheiros naqueles últimos dias – tinha sido quando houvera outro surto de tifo; resolveram pendurar tabuletas com a palavra TIFO ao longo de toda a cerca.

Três guerrilheiros tchecos apareceram uma tarde no portão e falaram pela cerca com os homens de sentinela. Estava tudo acabado agora, disseram eles. "Vocês estão livres para ir para onde quiserem."

Mas os comandos da prisão responderam que só sairiam quando os russos chegassem. Até lá, pretendiam ficar todos no campo.

A resposta demonstrava algo da patologia do prisioneiro, a desconfiança, adquirida após um tempo na prisão, que o mundo fora da cerca era perigoso e a liberdade teria de ser readquirida por estágios. E também demonstrava a prudência deles. Ainda não estavam convencidos da partida da última unidade alemã.

Os tchecos encolheram os ombros e se foram.

Nessa noite, quando Poldek Pfefferberg fazia parte da guarda no portão principal, ouviu-se o ruído de motocicletas na estrada. As motocicletas não se afastaram, como se dera com as *Panzers*, mas foram se aproximando do campo. Cinco motocicletas marcadas com o signo da caveira da SS estacaram ruidosamente junto à cerca. Quando os SS – Poldek lembra-se de que eram muito jovens

– desligaram os motores e se aproximaram do portão, houve uma violenta discussão entre os homens armados dentro do campo para decidir se os visitantes deviam ser imediatamente baleados.

O NCO no comando do grupo de motocicletas pareceu compreender o perigo inerente à situação. Colocou-se a certa distância da cerca, com as mãos estendidas. Precisavam de gasolina, disse ele. Presumia que, tratando-se de um campo com fábrica, Brinnlitz devia ter gasolina.

Pfefferberg aconselhou que era melhor supri-los de combustível e deixar que se fossem a criar problemas abrindo fogo contra eles. Outros elementos do regimento podiam se achar na região e serem atraídos pelo ruído do tiroteio.

No final, os SS tiveram permissão para entrar no campo. Alguns dos prisioneiros foram até a garagem providenciar a gasolina. O NCO SS teve o cuidado de dar a entender aos comandos do campo – que estavam vestidos com macacões azuis, numa tentativa de parecer guardas informais, ou pelo menos *Kapos* alemães – que não estava estranhando ver prisioneiros armados defendendo o seu campo.

– Espero que tenham notado que há um surto de tifo aqui – disse Pfefferberg, apontando para as tabuletas.

Os SS se entreolharam.

– Já perdemos duas dúzias de pessoas – disse Pfefferberg. – Temos mais cinquenta doentes isolados no porão.

Essa informação pareceu impressionar os cavalheiros das caveiras. Estavam cansados. Estavam fugindo. Isso já lhes bastava. Não queriam o perigo do contágio, além de todos os outros perigos.

Quando a gasolina chegou, em latas de cinco galões, eles agradeceram, cumprimentaram e se retiraram do campo. Os prisioneiros ficaram observando, enquanto eles enchiam os tanques e, com muita consideração, deixavam junto à cerca as latas que não tinham cabido nos carros laterais de suas motocicletas. Calçaram as luvas, acionaram os motores, tendo o cuidado de não aumentar a rotação para não desperdiçar gasolina com floreios. O ruído foi desaparecendo do lado sudoeste rumo à aldeia. Esse polido encontro foi o último que aqueles homens, reunidos no portão, teriam com qualquer pessoa usando o uniforme da perversa legião de Heinrich Himmler.

NO TERCEIRO DIA, o campo foi liberado por apenas um oficial russo. Montado a cavalo, ele emergiu dos desfiladeiros por onde a estrada e o desvio ferroviário chegavam a Brinnlitz. À medida que se aproximava, tornou-se visível que o cavalo era um mero pônei. Os pés magros do oficial, nos estribos, quase arrastavam no chão, e suas pernas estavam comicamente dobradas sob o abdômen descarnado do cavalo. Parecia estar trazendo a Brinnlitz uma liberação pessoal, penosamente obtida, pois sua farda estava surrada e a tira de couro que retinha o fuzil tão desgastada pelo suor, pelo inverno e pelos combates, que tivera de ser substituídas por uma corda. Os arreios do cavalo eram também de corda. O oficial era louro e, como os russos sempre se parecem com os poloneses, muito estranho e muito familiar. Após uma curta conversa em híbrido polonês-russo, o comando no portão permitiu que ele entrasse. Logo a notícia de sua chegada se espalhou por toda parte no campo. Quando ele desmontou do seu pônei, foi beijado pela Sra. Krumholz. Sorriu e pediu, em ambas as línguas, uma cadeira; um dos homens mais jovens foi buscá-la.

Pondo-se de pé em cima da cadeira para dar a impressão de ser mais alto, o que, em relação à maioria dos prisioneiros não seria necessário, ele pronunciou em russo o que parecia um discurso padronizado de libertação. Moshe Bejski conseguiu compreender o sentido principal. Eles haviam sido libertados pelo gloriosos Exército Soviético. Estavam livres para ir para a cidade, seguir o rumo da escolha de cada um. Pois, sob o regime soviético, como num céu fictício, não havia judeus nem cristãos, homens nem mulheres, prisioneiros ou homens livres. Não deviam tirar mesquinhas vinganças na cidade. Os Aliados saberiam encontrar seus opressores e sujeitá-los a um solene e justo castigo. A consciência de que agora estavam livres devia sobrepujar quaisquer outras considerações.

Desceu da cadeira, sorriu, como se quisesse dizer que, uma vez terminado o seu dever de porta-voz, estava pronto para responder a perguntas. Bejski e alguns outros começaram a falar-lhe; ele apontou para si mesmo e disse, em iídiche-bielo-russo quebrado – do tipo que se aprende menos dos pais do que dos avós – que era judeu.

Agora a conversa adquiriu um tom mais íntimo.
– Já esteve na Polônia? – perguntou-lhe Bejski.
– Já – admitiu o oficial. – Estou vindo agora da Polônia.
– Restou algum judeu lá?
– Não vi nenhum.

Os prisioneiros agora o cercavam, traduzindo ou transmitindo a conversa uns para os outros.
– De onde é você? – perguntou o oficial a Bejski.
– De Cracóvia.
– Estive em Cracóvia há duas semanas.
– Auschwitz? O que me conta de Auschwitz?
– Ouvi dizer que em Auschwitz ainda restam uns poucos judeus.

Os prisioneiros pareceram pensativos. O russo dava a impressão de que a Polônia era agora um vácuo, e que, se voltassem para Cracóvia, iriam sentir-se como ervilhas secas chocalhando dentro de um pote.
– Há alguma coisa que eu possa fazer por vocês? – perguntou o oficial.

Alguns gritaram por comida. O oficial achava que poderia arranjar-lhes uma carroça cheia de pão e um pouco de carne de cavalo. O carregamento chegaria antes do cair da tarde.
– Mas vocês devem e podem encontrar alimento na cidade – sugeriu o oficial.

Era uma ideia radical – que eles deviam simplesmente sair pelo portão afora e começar a fazer compras em Brinnlitz. Para alguns dos prisioneiros, essa iniciativa era ainda uma opção inimaginável.

Os rapazes mais jovens, como Pemper e Bejski, foram atrás do oficial, quando ele já ia sair do campo. Se não havia mais judeus na Polônia, não havia mais lugar algum aonde ir. Não queriam que ele lhes desse instruções, mas achavam que poderia esclarecer-lhes algumas dúvidas. O russo, que estava desamarrando da cerca as rédea de seu pônei, deteve-se um instante.
– Não sei – disse ele, encarando-os. – Não sei para onde vocês devem ir. Não escolham ir para o leste, isso eu posso lhes dizer. Mas também não sigam para o oeste. – E recomeçou a desamarrar o nó das rédeas. – Em parte alguma gostam de nós.

CONFORME LHES ACONSELHARA o oficial russo, os prisioneiros de Brinnlitz finalmente saíram pelos portões, a fim de fazer a sua primeira tentativa de contato com o mundo exterior. Os mais jovens foram os primeiros a se aventurar. Danka Schindel saiu no dia seguinte à liberação e escalou a colina coberta de bosques atrás do campo. Lírios e anêmonas começavam a florescer, e os pássaros migratórios estavam chegando da África. Danka sentou-se algum tempo na colina, saboreando o dia; depois rolou para o sopé e estirou-se na relva, aspirando as fragrâncias e contemplando o céu. Demorou-se tanto ali que seus pais presumiram que os habitantes da cidade ou os russos lhe tivessem causado algum mal.

Goldberg também saiu cedo, talvez tivesse sido o primeiro a partir, para arrecadar seus bens em Cracóvia. E, assim que pôde, emigrou para o Brasil.

A maioria dos prisioneiros mais velhos permaneceu no campo. Os russos agora tinham entrado em Brinnlitz, ocupando como quartel dos oficiais uma casa numa colina acima da aldeia. Trouxeram para o campo um cavalo abatido, que os prisioneiros comeram avidamente, alguns deles achando a comida demasiado rica, após tanto tempo alimentando-se só com vegetais e pão e o mingau de Emilie Schindler.

Lutek Feigenbaum, Janek Dresner e o jovem Sternberg foram dar uma batida na cidade, que estava sendo patrulhada por elementos da resistência tcheca; a população de Brinnlitz, de origem alemã, tinha receio dos prisioneiros liberados. O dono de uma mercearia disse-lhes que eles podiam levar um pacote de açúcar que tinha no seu estoque. O jovem Sternberg não resistiu e, abaixando-se, enfiou na boca um punhado do açúcar, que o deixou terrivelmente indisposto. Estava descobrindo o que o grupo de Schindler já descobrira em Nuremberg e Ravensburg – que a readaptação à liberdade e à abundância tinha de ser gradual.

O objetivo principal da incursão à cidade fora conseguir pão. Feigenbaum, como membro do comando Brinnlitz, estava armado de uma pistola e um fuzil e, quando o padeiro insistiu em que não tinha pão, um dos outros lhe disse: "Ameace-o com o fuzil." Afinal, o homem era um *Sudetendeutsch* e, em teoria, conivente com todos os seus algozes. Feigenbaum apontou a arma para o padeiro e, atravessando a padaria, entrou na moradia dele, à procura de farinha escondida. Na saleta, encontrou a mulher e as duas filhas do padeiro imobilizadas pelo medo. Pareciam tão apavoradas, tão semelhantes a qualquer família de Cracóvia durante uma *Aktion*, que Feigenbaum sentiu-se tomado de uma grande vergonha. Cumprimentando-as com um gesto de cabeça, como se estivesse fazendo uma visita social, ele se retirou.

Mila Pfefferberg foi tomada da mesma vergonha, quando fez a sua primeira visita à aldeia. Ao entrar na praça, um guerrilheiro tcheco deteve duas jovens *Sudeten* e as fez descalçar os sapatos para que Mila, que estava de tamancos, pudesse escolher o par que melhor lhe servia. Esse tipo de arbitrariedade a fez corar, e ela se sentou, constrangida, na calçada para experimentar os sapatos. O guerrilheiro entregou os tamancos à jovem *Sudeten* e seguiu caminho. Mila, então, correu atrás da moça e devolveu-lhe os sapatos. A *Sudetendeutscherin*, recorda Mila, não foi nem mesmo cortês.

À noite, os russos apareciam no campo à procura de mulheres. Pfefferberg teve de encostar uma pistola na cabeça de um soldado que entrara no campo das mulheres e agarrara a Sra. Krumholz. (Durante anos, a Sra. Krumholz iria caçoar de Pfefferberg, apontando para ele e acusando-o: "A única chance que tive de arranjar um homem mais moço, esse patife estragou!") Três moças foram levadas – mais ou menos voluntariamente – para uma festa dos russos e voltaram três dias depois dizendo que tinham se divertido muito.

O domínio de Brinnlitz provou ser negativo; dentro de uma semana, os prisioneiros começaram a sair do campo. Alguns, cujas famílias haviam sido aniquiladas, seguiram diretamente para o Ocidente, desejando nunca mais tornar a ver a Polônia. Os irmãos Bejski, usando o tecido e a vodca que tinham recebido para pagar a viagem, rumaram para a Itália e embarcaram num navio sionista com destino à Palestina. Os Dresner atravessaram a pé a Morávia e a Boêmia e chegaram à Alemanha, onde Janek foi um dos dez primeiros estudantes a se matricular na Universidade Bávara de Erlangen, quando ela voltou a funcionar no final do ano.

Manci Rosner retornou a Podgórze, onde tinha um encontro marcado com Henry. Libertado de Dachau juntamente com Olek, Henry Rosner estava um dia em um *pissoir* em Munique, quando viu outro homem usando as roupas listradas de uma prisão. Perguntou-lhe onde ele estivera preso. "Brinnlitz", respondeu o homem e acrescentou (inexatamente, como se viu mais tarde) que todo mundo, exceto uma velha senhora, tinha sobrevivido em Brinnlitz. Quanto a Manci, saberia da sobrevivência de Henry por intermédio de um primo que entrou numa sala, onde Manci estivera esperando, e sacudiu no ar um papel com a lista dos nomes de poloneses liberados de Dachau.

– Manci! – exclamou o primo. – Dê-me um beijo. Tanto Henry como Olek estão vivos.

Regina Horowitz teve um encontro parecido. Levou três semanas para ir de Brinnlitz a Cracóvia, com sua filha Niusia. Lá chegando, alugou um quarto – graças à venda de um dos produtos do depósito da Marinha – e ficou esperando por Dolek. Quando ele apareceu, os dois começaram a investigar o paradeiro de Richard, mas nada conseguiram apurar. Um dia, naquele verão, Regina assistiu a um filme de Auschwitz que os russos haviam filmado e estavam exibindo grátis à população polonesa. Ela viu as famosas sequências do campo de crianças, que olhavam do outro lado de uma cerca ou eram conduzidas por freiras para longe dos fios de arame eletrificado de Auschwitz I. Por ser tão pequeno e atraente, Richard aparecia em quase todas as tomadas. Regina levantou-se gritando e saiu do cinema. O gerente e várias pessoas presentes tentaram acalmá-la na rua. "É o meu filho, o meu filho!", continuava ela gritando. Agora que sabia que ele estava vivo, conseguiu descobrir que Richard havia sido entregue pelos russos a uma das organizações judaicas de salvamento. Admitindo que seus pais estavam mortos, a organização permitira que ele fosse adotado pela família Liebling, velha conhecida dos Horowitz. O endereço foi fornecido a Regina; quando ela chegou à porta do apartamento dos Liebling, pôde ouvir Richard lá dentro, tamborilando com uma panela e gritando: "Hoje vai ter sopa para todo mundo!" Quando ela bateu na porta, ele chamou a Sra. Liebling para atender.

Assim seu filho lhe foi devolvido. Mas, depois de ele ter visto os cadafalsos de Plaszóvia e Auschwitz, sua mãe nunca mais pôde levá-lo a um playground, sem que Richard ficasse histérico à vista das armações de ferro dos brinquedos.

EM LINZ, o grupo de Oskar procurou as autoridades americanas, entregou a insegura ambulância e foi levado de caminhão a Nuremberg, para um grande centro de prisioneiros de campos de concentração que não tinham ainda para onde ir. Estavam descobrindo que, como já suspeitavam, a libertação não se processava sem muitas dificuldades.

Richard Rechen tinha uma tia em Constanz, junto ao lago, na fronteira suíça. Quando os americanos perguntaram ao grupo se havia algum lugar para onde eles pudessem ir, falaram na casa dessa tia. A intenção dos oito jovens ex-prisioneiros de Brinnlitz era, se possível, ajudar o casal Schindler a atravessar a fronteira suíça, no caso de subitamente irromper a vingança contra a Alemanha e, mesmo na zona americana, o casal ser injustamente punido. Além disso, todos os oito eram emigrantes potenciais e acreditavam que seria mais fácil providenciar na Suíça a sua regularização.

Heuberger recorda-se de que o comandante americano em Nuremberg manteve um relacionamento cordial com o grupo, mas se recusou a fornecer qualquer espécie de transporte que os levasse para Constanz. Assim, eles fizeram a jornada da melhor maneira que puderam, cruzando a Floresta Negra, ora de trem, ora a pé. Perto de Ravensburg, dirigiram-se ao campo de concentração local e falaram com o comandante americano. Ali também permaneceram alguns dias como hóspedes, descansando e se alimentando muito bem, com rações do Exército. À noite, conversavam até tarde com o comandante, que era de ascendência judaica; contavam-lhe histórias de Amon em Plaszóvia, de Gröss-Rosen, Auschwitz, Brinnlitz. Esperavam que ele lhes fornecesse algum transporte para Constanz, possivelmente de caminhão. O comandante não podia ceder um caminhão, mas lhes forneceu um ônibus, juntamente com algumas provisões para a viagem. Embora Oskar ainda tivesse em seu poder diamantes no valor de 1.000 RM e algum dinheiro em espécie, ao que parece, o ônibus não foi vendido e, sim, fornecido gratuitamente. Depois de suas negociações com os burocratas alemães, deve ter sido difícil para Oskar adaptar-se a esse novo tipo de transação.

A oeste de Constanz, na fronteira suíça e na Zona de Ocupação francesa, eles estacionaram o ônibus na aldeia de Kreuzlingen. Rechen foi a uma loja de ferragens e comprou um alicate. Parece que o grupo ainda estava usando o uniforme da prisão, quando foi comprado o alicate. Talvez o homem por trás do balcão estivesse influenciado por uma das duas considerações: (a) aquele era um prisioneiro e, se algo lhe fosse negado, poderia apelar para os seus protetores franceses; (b) tratava-se na realidade de um oficial alemão, fugindo disfarçado, e talvez devesse ser ajudado.

A cerca de divisão da fronteira cortava Kreuzlingen ao meio e era guardada do lado alemão por sentinelas francesas da *Sûreté Militaire*. O grupo aproximou-se dessa barreira, na orla da aldeia, e, depois de cortar os arames, esperou que a sentinela estivesse na outra extremidade para se esgueirar para o lado suíço. Infelizmente, uma mulher da aldeia viu-os de uma curva da estrada e correu à fronteira para alertar franceses e suíços. Numa tranquila praça da aldeia suíça, uma réplica exata da existente no lado alemão, a polícia suíça cercou o grupo, mas Richard e Anka escapuliram e foram perseguidos e apanhados por um carro de patrulha. Dentro de meia hora o grupo estava de volta ao lado dos franceses, que imediatamente revistaram todos eles e descobriram os diamantes e o dinheiro; trancafiaram-nos em celas separadas, numa antiga prisão alemã.

Para Heuberger era claro que eles estavam sob suspeita de terem sido guardas de campo de concentração. Nesse sentido, o peso que eles haviam recuperado, como hóspedes dos americanos, foi-lhes prejudicial, pois não pareciam tão subalimentados, como quando tinham saído de Brinnlitz. Foram interrogados separadamente sobre sua jornada, sobre os valores que estavam levando. Todos podiam contar uma história plausível, mas não sabiam se os outros tinham contado a mesma coisa. Pareciam apreensivos, sentimento que não haviam nutrido com relação aos americanos, uma vez que, se os franceses descobrissem a identidade de Oskar e sua função em Brinnlitz, o normal seria considerá-lo culpado.

Falseando a verdade, a fim de proteger Oskar e Emilie, eles permaneceram ali uma semana. Quanto aos Schindler, seus conhecimentos do judaísmo eram suficientes para ultrapassarem os óbvios testes culturais. Mas as maneiras de Oskar e sua condição física não tornavam muito crível a sua condição de ex-prisioneiro da SS. Lamentavelmente, sua carta hebraica ficara em Linz, nos arquivos dos americanos.

Edek Heuberger, como líder dos oito prisioneiros, foi o mais interrogado; no sétimo dia de sua prisão, ao ser levado à sala do interrogatório, deparou-se com mais uma pessoa, um homem em trajes civis, que sabia falar polonês e viera ali para comprovar a alegação de Heuberger de ter vindo de Cracóvia. Por alguma razão – porque o polonês adotara uma atitude compassiva no interrogatório que se seguiu ou talvez devido à familiaridade da língua – Heuberger perdeu o controle, começou a chorar e contou toda a história em polonês fluente. Os outros foram chamados um por um, colocados face a face com Heuberger e receberam ordem de contar em polonês a sua versão da verdade. Quando, no final da manhã, constataram que as versões eram idênticas, inclusive as dos Schindler, o grupo todo, reunido na sala do interrogatório, foi abraçado por ambos os interrogadores. Diz Heuberger que o francês estava chorando. Todos se deliciaram com aquele espetáculo inédito – um interrogador em lágrimas. Quando ele conseguiu se controlar, mandou buscar um almoço para si, seu colega, os Schindler e os oito prisioneiros.

Naquela mesma tarde, transferiu o grupo para um hotel à beira do lago em Constanz, onde eles passaram alguns dias com as despesas pagas pelo governo militar francês.

Nessa noite, quando Oskar se sentou à mesa do jantar no hotel, com Emilie, Heuberger, os Rechen e os outros, os seus haveres já tinham passado para as mãos dos soviéticos e suas últimas joias e dinheiro já haviam desaparecido nos interstícios da burocracia de libertação. Estava agora a zero, mas muito bem alimentado, num bom hotel e com a sua "família". Dali por diante, seu futuro seria sempre assim.

EPÍLOGO

ENCERRAVA-SE, AGORA, o período heroico da vida de Oskar. A paz nunca o exaltaria tanto como a guerra o fizera. Oskar e Emilie partiram para Munique. Durante certo tempo, moraram com os Rosner, pois Henry e o irmão foram contratados para tocar num restaurante de Munique e, assim, tinham conquistado uma modesta prosperidade. Um dos antigos prisioneiros de Oskar, encontrando-o no exíguo apartamento dos Rosner, espantou-se ao vê-lo com um paletó rasgado. As suas propriedades em Cracóvia e Morávia, naturalmente, foram confiscadas pelos russos, e o que lhe restara de joias servira para comprar comida e bebida.

Quando os Feigenbaum chegaram a Munique, ficaram conhecendo a sua mais recente amante, uma sobrevivente judia, não de Brinnlitz, mas de campos piores. Muitos dos visitantes do seu apartamento de aluguel, por mais indulgentes que fossem com relação às fraquezas do heroico Oskar, sentiam-se envergonhados por causa de Emilie.

Continuava sendo um amigo generosíssimo e um excelente desencavador de coisas que ninguém mais conseguia encontrar. Henry Rosner recorda que Oskar descobriu um manancial de galinhas em Munique, cidade onde não se encontrava uma só galinha. Procurava sempre a companhia dos seus judeus, os que foram para a Alemanha – os Rosner, os Pfefferberg, os Dresner, os Feigenbaum, os Sternberg. Alguns céticos diriam mais tarde que, na época, era prudente para qualquer um envolvido com campos de concentração manter-se em contato com amigos judeus, o que conferia uma aura protetora. Mas a ligação de Oskar ia além desse tipo de astúcia. Os *Schindlerjuden* eram agora a sua família.

Por intermédio de seus amigos judeus, ele soube que Amon Goeth fora capturado pelos americanos de Patton, no mês de fevereiro anterior, quando se achava internado num hospital da SS em Bad Tolz; estivera preso em Dachau; e, no fim da guerra, fora entregue ao novo Governo polonês. De fato, Amon fora dos primeiros alemães remetidos para a Polônia a fim de serem julgados. Vários ex-prisioneiros foram convocados a depor no julgamento e, entre as testemunhas da defesa, o iludido Amon pensou em convocar Helen Hirsch e Oskar Schindler. Oskar, porém, não compareceu aos julgamentos em Cracóvia. Os que compareceram tiveram a oportunidade de ouvir Amon, agora magro em consequência da diabetes, apresentar uma defesa moderada, mas sem qualquer vislumbre de arrependimento. Todas as ordens para os seus atos de execução e transporte de prisioneiros foram assinadas por seus superiores, alegou ele, e, portanto, o crime era deles e não seu. As testemunhas que narraram os assassinatos cometidos com as próprias mãos pelo comandante, segundo Amon, estavam exagerando maliciosamente. Alguns prisioneiros foram executados por sabotagem, porque numa guerra sempre havia sabotadores.

Mietek Pemper, esperando ser chamado para depor, sentara-se no recinto do tribunal, ao lado de outro ex-prisioneiro de Plaszóvia, que fitou Amon no banco dos réus e sussurrou: "Esse homem ainda me apavora." Mas o próprio Pemper, como primeira testemunha da acusação, expôs uma lista detalhada dos crimes de Amon. A ele, seguiram-se outros, inclusive o Dr. Biberstein e Helen Hirsch, que tinham recordações bem precisas e dolorosas. Amon foi condenado à morte e enforcado em Cracóvia, no dia 13 de setembro de 1946. Havia exatamente dois anos que a SS o prendera em Viena, sob a acusação de atividades no mercado paralelo. De acordo com a imprensa de Cracóvia, ele subiu à forca sem demonstrar remorso e, antes de morrer, fez a saudação nacional-socialista.

Em Munique, o próprio Oskar identificou Liepold, que fora detido pelos americanos. Um prisioneiro de Brinnlitz acompanhou Oskar na identificação, e conta que Oskar perguntou a Liepold, que protestava contra ele: "Você prefere que *eu* o identifique ou quer deixar isso para os cinquenta judeus furiosos que estão esperando lá na rua?" Liepold seria também enforcado – não pelos seus crimes em Brinnlitz, mas por assassinatos anteriores em Budzyn.

É provável que Oskar já tivesse planejado tornar-se um fazendeiro na Argentina, dedicar-se à criação de nútrias, grandes roedores aquáticos, cuja pele é muito valorizada. Presumia que o mesmo excelente instinto comercial que o havia levado a Cracóvia em 1939 agora o induzia a atravessar o Atlântico. Perdera todo o dinheiro, mas a organização internacional de ajuda judaica, que conhecia os seus antecedentes, estava disposta a ajudá-lo. Em 1949, fizeram-lhe um pagamento *ex gratia* de 15 mil dólares e deram-lhe uma referência ("A Quem Possa Interessar") assinada por M.W. Beckelman, vice-presidente do Conselho Executivo da organização:

> O Comitê Americano da Junta de Distribuição investigou minuciosamente as atividades do Sr. Schindler no período da guerra e da ocupação... A nossa recomendação irrestrita é que as organizações e as pessoas, a quem o Sr. Schindler possa procurar, façam todo o possível para ajudá-lo, em reconhecimento aos seus eminentes serviços...
>
> Sob o pretexto de administrar uma fábrica nazista de trabalhos forçados, primeiro na Polônia e depois na Sudetenlândia, o Sr. Schindler conseguiu recrutar como seus empregados e a proteger judeus e judias destinados a morrer em Auschwitz e em outros infames campos de concentração... Testemunhas relataram ao nosso Comitê que o "campo de Schindler em Brinnlitz era o único, nos territórios ocupados pelos

nazistas, em que nunca foi morto um judeu, ou mesmo espancado, mas, ao contrário, sempre tratado como um ser humano."

Agora, quando ele inicia uma nova vida, devemos ajudá-lo, como ele ajudou os nossos irmãos.

Quando Oskar embarcou para a Argentina, levou consigo um dúzia de famílias *Schindlerjuden*, pagando a passagem de muitos deles. Juntamente com Emilie, instalou-se numa fazenda na província de Buenos Aires e lá trabalhou durante quase dez anos. Os sobreviventes protegidos de Oskar, que não o viram durante aqueles anos, acham difícil imaginá-lo como fazendeiro, pois ele nunca fora um homem capaz de se adaptar a rotinas. Dizem alguns, e talvez seja verdade, que a Emalia e Brinnlitz tiveram êxito, durante a sua excêntrica administração, graças à competência de homens como Stern e Bankier. Na Argentina, Oskar não tinha esse apoio, apenas o bom senso e a experiência da vida rural de sua mulher.

Durante a década em que Oskar se dedicou à criação de nútrias, ficou provado que a criação dos animais em cativeiro, em vez de sua captura em armadilhas, não produzia peles de boa qualidade. Muitas outras criações desse tipo fracassaram naquele período; assim, em 1957, os Schindler foram à falência. Emilie e Oskar mudaram-se para uma casa cedida pela B'nai B'rith em San Vicente, um subúrbio ao sul de Buenos Aires, e por algum tempo Oskar procurou trabalho como representante de vendas. Entretanto, um ano depois ele partiria para a Alemanha. Emilie permaneceria na Argentina.

Oskar passou a residir num pequeno apartamento em Frankfurt. Tentou arranjar capital para comprar um fábrica de cimento e cogitou a possibilidade de o Ministério das Finanças da Alemanha Ocidental pagar-lhe uma grande indenização pela perda de suas propriedades na Polônia e na Tchecoslováquia. Mas nada conseguiu. Alguns dos sobreviventes de Oskar consideraram que o fato de o Governo alemão não lhe pagar o que devia era por causa da interferência de remanescentes do hitlerismo, infiltrados no funcionalismo público mais categorizado. Mas a reivindicação de Oskar provavelmente fracassou por motivos técnicos, não sendo possível detectar malícia burocrática na correspondência endereçada pelo Ministério a Oskar.

A empresa Schindler de cimento foi fundada com capital do Comitê de Distribuição e com "empréstimos" de vários judeus salvos por Schindler, que fizeram fortuna na Alemanha do pós-guerra. Mas durou pouco. Em 1961, Oskar tornou a falir. Sua fábrica fora prejudicada por uma série de invernos rigorosos e pela suspensão das atividades da indústria de construção. Mas alguns dos sobreviventes salvos por Schindler acreditam que o fracasso da companhia dele foi causado pelo temperamento irrequieto de Oskar, avesso ao trabalho de rotina.

Naquele ano, sabendo que Oskar estava em dificuldades, os *Schindlerjuden* radicados em Israel convidaram-no a visitá-los com despesas pagas. Apareceu um anúncio na imprensa de língua polonesa, em Israel, convidando todos os antigos internos do Campo de Concentração Brinnlitz, que conheceram "o alemão Oskar Schindler", a entrarem em contato com o jornal. Em Tel Aviv, Oskar teve uma maravilhosa recepção. Os filhos do pós-guerra de seus sobreviventes o festejaram. Estava mais corpulento e com as feições mais pesadas. Mas, nas festas e recepções, aqueles que o tinham conhecido notaram que ele era o mesmo indômito Oskar. O mesmo senso de humor e voz rouquenha, o escandaloso charme à Charles Boyer, a sede insaciável tinham sobrevivido a suas duas falências.

Era o ano do julgamento de Adolf Eichmann, e a visita de Oskar a Israel despertou certo interesse na imprensa internacional. Na véspera do início do julgamento de Eichmann, o correspondente do *Daily Mail* de Londres escreveu um artigo sobre o contraste entre os antecedentes dos dois homens. Citou o preâmbulo de um apelo dos *Schindlerjuden* de ajuda a Oskar. "Não esqueçamos os sofrimentos no Egito, não esqueçamos Haman, não esqueçamos Hitler. Mas, em meio aos injustos, não esqueçamos os justos. Lembremos Oskar Schindler."

Havia certa incredulidade entre os sobreviventes do Holocausto sobre a ideia de um benigno campo de trabalhos forçados como o de Oskar, e essa descrença foi formulada por um jornalista numa entrevista coletiva de Schindler, em Jerusalém.

– Como pode o senhor explicar – perguntou o jornalista – que conhecesse todos os membros da SS na região de Cracóvia e mantivesse com eles transações regulares?

– Naquele estágio dos acontecimentos – respondeu Oskar – seria meio difícil discutir o destino dos judeus com o Chefe Rabino de Jerusalém.

O Departamento das Escrituras do *Yad Vashem*, mais para o fim da permanência de Oskar na Argentina, tinha-lhe pedido uma declaração geral de suas atividades em Cracóvia e Brinnlitz. Agora, por iniciativa do próprio Departamento e sob a influência de Itzhak Stern, Jacob Sternberg e Moshe Bejski (o falsificador de carimbos oficiais de Oskar e agora um respeitável advogado), os curadores do *Yad Vashem* começaram a pensar na possibilidade de um tributo oficial a Oskar. O secretário da junta era o Juiz Landau, que presidia ao julgamento de Eichmann. O *Yad Vashem* solicitou e recebeu grande quantidade de testemunhos sobre Oskar. De todas as declarações, quatro lhe faziam críticas. Embora todas essas quatro testemunhas admitam que, sem Oskar, teriam perecido, criticam os seus métodos de negociar nos primeiros meses da guerra. Dois dos quatro depoimentos depreciativos foram escritos por um pai e o filho, que no começo desta narrativa são mencionados pela letra C. Em sua fábrica de esmaltados na Cracóvia, Oskar instalara Ingrid, sua amante, como *Treuhänder*. Um terceiro testemunho é da secretária de C. e repete os argumentos de espancamentos e maus-tratos, queixas essas que Stern transmitira a Oskar em 1940. A quarta crítica é de um homem que alega ter tido, antes da guerra, uma participação na fábrica de esmaltados de Oskar, quando ainda se chamava Rekord – participação esta, declarou ele, que Oskar teria posteriormente ignorado.

O Juiz Landau e seu conselho devem ter considerado insignificantes esses quatro depoimentos, comparados com a profusão de testemunhos de outros *Schindlerjuden*, e abstiveram-se de comentá-los. Como todos os quatro acusadores declararam que, de qualquer forma, Oskar os tinha salvo, deve ter ocorrido ao conselho perguntar por que, se Oskar cometera quaisquer crimes contra eles, tinha feito tão extravagantes esforços para salvar-lhes a vida.

A municipalidade de Tel Aviv foi a primeira a homenagear Oskar. No dia de seu aniversário, ao completar 53 anos, ele inaugurou uma placa no Parque dos Heróis. A inscrição descreve-o como o salvador de 1.200 prisioneiros de Brinnlitz. Ainda que este seja um número inferior ao dos resgates realmente havidos, essa inscrição declara que a placa simboliza amor e gratidão. Em Jerusalém, dez dias mais tarde, ele foi proclamado um Justo, título israelita peculiarmente honroso, baseando-se na concepção de que, entre os não judeus, o Deus de Israel sempre determina uma proporção de Justos. Oskar foi também convidado a plantar uma alfarroba na Avenida dos Justos que leva ao Museu do *Yad Vashem*. A árvore ainda lá está, marcada por uma placa, em um pequeno bosque formado por árvores plantadas em homenagem a outros Justos. Uma árvore para Julius Madritsch, que alimentou ilegalmente e protegeu os seus trabalhadores de um modo nunca visto entre os *Krupps* e os *Farbens*, ergue-se também no bosque, assim como uma para Raimund Titsch, o supervisor de Madritsch em Plaszóvia. Naquele terreno pedregoso, poucas dessas árvores comemorativas atingiram mais do que uns 3 metros de altura.

A imprensa alemã publicou histórias dos salvamentos de Oskar durante a guerra e das cerimônias do *Yad Vashem*. Esses relatos, sempre elogiosos, não lhe tornaram a vida mais fácil. Ele era vaiado nas ruas de Frankfurt, atiravam-lhe pedras, um grupo de trabalhadores gritou-lhe insultos, dizendo que deviam tê-lo queimado com os judeus. Em 1963, Oskar esmurrou um homem que o chamara de "Beija-judeu", e o sujeito deu queixa dele na Justiça. No tribunal, o menos categorizado do poder judiciário alemão, Oskar foi admoestado pelo juiz que o condenou a pagar uma multa. "Eu seria capaz de me matar", escreveu ele a Henry Rosner em Queens, Nova York, "se isso não trouxesse tanta satisfação aos meus inimigos."

Essas afrontas aumentaram a sua dependência em relação aos sobreviventes, que eram sua única segurança emocional e financeira. Pelo resto da vida, Oskar todo ano passaria alguns meses com eles, vivendo satisfeito e cercado de homenagens em Tel Aviv e Jerusalém, comendo de graça num restaurante romeno na Rua Bem Yehudah, Tel Aviv, embora às vezes tivesse de se sujeitar ao zelo filial de Moshe Bejski para limitar as doses triplas de conhaque que ele costumava tomar à noite. No final, Oskar retornaria sempre à outra metade de sua alma: a parte deserdada; o modesto, exíguo apartamento a umas poucas centenas de metros da estação ferroviária central de Frankfurt. Escrevendo naquele ano de Los Angeles a outros *Schindlerjuden* radicados nos Estados Unidos,

Poldek Pfefferberg insistiu com todos os sobreviventes no sentido de doarem pelo menos um dia de salário por ano a Oskar Schindler, cujo estado ele descrevia como de "desalento, solidão e desilusão".

OS CONTATOS DE OSKAR com os *Schindlerjuden* continuaram numa base anual. Era uma questão de época do ano – seis meses com tratamento de herói em Israel, seis meses na penúria de Frankfurt. Vivia de bolsos vazios.

Um comitê de Tel Aviv, do qual faziam de novo parte Itzhak Stern, Jakob Sternberg e Moshe Bejski, continuou lutando para conseguir do Governo da Alemanha Ocidental uma pensão adequada para Oskar. O motivo alegado por eles era o seu heroísmo durante a guerra, os bens que perdera e o seu precário estado de saúde. Contudo, a primeira reação oficial da Alemanha foi condecorá-lo com a Cruz de Mérito em 1966, numa cerimônia presidida por Konrad Adenauer. Só em 1º de julho de 1968, o Ministério das Finanças teve o prazer de informar que, a partir daquela data, pagaria a Oskar uma pensão de 200 marcos por mês. Três meses depois, ele recebeu o título pontifício de Cavaleiro de São Silvestre das mãos do Bispo de Limburg.

Oskar ainda se mostrava disposto a cooperar com o Departamento da Justiça Federal, na busca dos criminosos de guerra. Nessa questão, ele parece ter sido implacável. No dia de seu aniversário, em 1967, forneceu informações confidenciais relativas ao pessoal da SS em Plaszóvia. Uma transcrição de seu depoimento mostra que ele não hesitou em depor, mas também foi uma testemunha escrupulosa. Se nada ou pouco sabia de determinado SS, declarava-o francamente. É o que diz de Amthor; do SS Zugsburger; de Fräulein Ohnesorge, uma das violentas supervisoras. Não hesita, entretanto, em chamar Bosch de assassino e explorador. E conta que reconheceu Bosch numa estação de estrada de ferro em Munique, em 1946; aproximou-se dele e perguntou-lhe se, depois de Plaszóvia, ele ainda conseguia dormir. Bosch, revela Oskar, achava-se então de posse de um passaporte da Alemanha Oriental. Um supervisor de nome Mohwinkel, representante em Plaszóvia da Fábrica de Armamentos Alemã, é também frontalmente acusado de "inteligente, porém brutal". Sobre Grün, o guarda-costas de Goeth, Oskar conta a história da tentativa de execução do prisioneiro Lamus, na Emalia, que ele próprio impediu com o suborno de uma garrafa de vodca. (A história é corroborada por muitos prisioneiros em seus depoimentos no *Yad Vashem*.) Com referência ao NCO Ritschek, Oskar diz que esse oficial tinha má reputação, mas que não está a par dos crimes que ele possa ter cometido. Não tem certeza, tampouco, se a foto que lhe mostrou o Departamento da Justiça é realmente a de Ritschek. Apenas uma pessoa na lista do Departamento da Justiça merece os seus elogios incondicionais: o engenheiro Huth, que tinha ajudado Oskar por ocasião da sua última prisão. Huth, afirma ele, era muito respeitado e benquisto pelos próprios prisioneiros.

AO ENTRAR NA CASA dos 60 anos, Oskar começou a trabalhar para os Amigos Alemães da Universidade Hebraica. Essa atividade era fruto da insistência dos *Schindlerjuden*, preocupados em dar a Oskar um novo objetivo na vida. O seu trabalho era angariar fundos na Alemanha Ocidental. E mais uma vez usou seu charme e sua velha capacidade de seduzir, junto a funcionários e homens de negócios. Ajudou também a estabelecer um esquema de intercâmbio entre crianças alemãs e israelitas.

Apesar da precariedade de sua saúde, ele continuava vivendo e bebendo como um rapaz. Estava apaixonado por uma alemã chamada Annemarie, a quem conhecera no Hotel Rei Davi em Jerusalém. Annemarie seria a cavilha emocional do fim de sua vida.

Sua mulher, Emilie, continuava vivendo, sem nenhuma ajuda financeira da parte do marido, na sua casinha em San Vicente, ao sul de Buenos Aires. E lá continua no momento em que está sendo escrito este livro. Como em Brinnlitz, Emilie permanece uma figura de discreta dignidade. Em um documentário da televisão alemã em 1973, ela falou – sem nenhum ressentimento ou mágoa de esposa abandonada – sobre Oskar e Brinnlitz, sobre a sua própria atuação naquele campo. Evidentemente, ela observou que Oskar nada fizera de notável antes da guerra: tampouco fora excepcional quando terminou o conflito. Portanto, fora uma sorte que naquele bárbaro e violento período, entre 1939 e 1945, Oskar tivesse encontrado pessoas que fizeram vir à tona os seus mais profundos talentos.

Em 1972, durante uma visita de Oskar ao escritório executivo, em Nova York, dos Amigos Americanos da Universidade Hebraica, três *Schindlerjuden*, sócios de uma grande companhia de construção em Nova Jersey, juntamente com outros 75 prisioneiros da lista de Schindler, arrecadaram 120 mil dólares para dedicar a Oskar um andar no Centro de Pesquisas Truman, da Universidade Hebraica. Nesse andar, ficaria exposto um Livro da Vida, contendo um relato das operações de resgate e uma lista com os nomes das pessoas salvas por Oskar. Dois desses sócios, Murray Pantirer e Isak Levenstein, tinham 16 anos de idade quando Oskar os levou para Brinnlitz. Agora, os filhos de Oskar tinham-se transformado em seus pais, seu melhor recurso, a fonte de sua honra.

Nessa ocasião, Oskar já estava muito doente. Os médicos que o tinham examinado em Brinnlitz – entre eles Alexander Biberstein – sabiam do seu estado. Um deles advertiu os amigos mais íntimos de Oskar: "Esse homem não devia estar vivo. Seu coração continua batendo por pura teimosia."

Em outubro de 1974, ele sofreu um colapso em seu pequeno apartamento perto da estação ferroviária de Frankfurt e morreu num hospital, no dia 9. Seu atestado de óbito certifica que um adiantado endurecimento das artérias do cérebro e do coração provocaram o colapso final. Em seu testamento ele manifestou o desejo – que transmitira a muitos dos seus *Schindlerjuden* – de ser enterrado em Jerusalém. Em duas semanas, o pároco franciscano de Jerusalém deu permissão para que Herr Oskar Schindler, um dos filhos menos devotos da Igreja, fosse enterrado no Cemitério Latino de Jerusalém.

Passou-se mais um mês até o corpo de Oskar ser levado, num pesado ataúde, pelas ruas repletas da Velha Cidade de Jerusalém para o cemitério católico, de onde se descortina o Vale de Hinnom, denominado Gehenna no Novo Testamento. Na foto que a imprensa publicou do cortejo podem ser vistos – entre uma porção de outros judeus da lista de Schindler – Itzhak Stern, Moshe Bejski, Helen Hirsch, Jakob Sternberg, Juda Dresner.

Em todos os continentes, sua morte foi recebida com pesar.

FIM

APÊNDICE

PATENTES DE SS
E SEUS EQUIVALENTES
NO EXÉRCITO

OFICIAIS
Oberst-gruppenführer · General
Obergruppenführer · Tenente-General
Gruppenführer · General de Divisão
Brigadeführer · General de Brigada
Oberführer · (sem equivalente no Exército)
Standartenführer · Coronel
Obersturmbannführer · Tenente-Coronel
Sturmbannführer · Major
Hauptsturmführer · Capitão
Obersturmführer · Primeiro-Tenente
Untersturmführer · Segundo-Tenente

GRADUADOS
Oberscharführer · Suboficial
Unterscharfüher · equivalente a sargento
Rottenführer · equivalente a cabo

Composto em tipos Noe & Prophet.
Impresso em papel Pólen Soft 80g/m² na Geográfca.

MANN ABRAHAM LERMER ABRAM GLICENSTEIN ABRAM KLINBURT AC
LAR GUTHERZ ADOLF BERGER ADOLF BLUMENKRANZ ADOLF BORGER
NHAUT ADOLF GUTTMANN ADOLF KLEINMANN ALA KUPFERBERG ALE
ACHT ALEXANDER GOLDMANN ALEXANDER GOLDWASSER ALEXAND
A BORGER ANNA DUKLAUER ANNA GELLER ANNA HIRSCH ANNA KO
OLD GOLDBERGER ARON BELBWERTH ARON EISENSTEIN ARON FEI
OSCHAFT ARTUR JUTTLA ASCHER JASSE ASRIA LOWI AUGUSTA GUTHE
OLER BENJAMIN BRESLAUER BENJAMIN FEINGERSON BENJAMIN G
RMANN BERNARD GOLDBERG BERNARD HILLMANN BERNARD HOROW
OSTEIN BERTA AFTERGUT BERTHOLD HORNITZER BRONIA GUNZ SPE
IA FREY CECILIA KATZ CELINA KARP CELINA LAMPEL CHAIM BEER
IG CHAIM FLEISCHMANN CHAIM GRUBNER CHAIM GRUNGRAS CHA
TH CHANA HENIG CHANA KIEF CHANA LEJZON CHARLOTTE BRANDS
ER CHASKIEL CHAJKIN CHIEL KOHANE CYLA KATOLIK CYPERA GOLD
D DIKTORICZYK DAVID FLINKT DAVID HAAR DAWID ALTMANN DAWID
VID GRUNWALD DAWID HAHN DAWID HERZ DAWID HORNUNG DA
HUTZ DESIDER KAHAN DUSIA LINZER EDA LIS EDMUND KORN EDU
OIM BLEIWEIG EFROIM FUHRMANN EIDLA GERNER ELEONARA FEUER
G ELKA BERHANG ELLA FRISCH EMANUEL ABZUG EMIL GRUNER EMIL
RA FRIEDMANN ESTERA HERZOG ESTERA HUDES ESTERA KERNER E
ENIA FRIEDMANN FEIGA RAZA KARP FEIWEL HAAR FEIWEL KLEINMANN
DMANN FELIX KAMINSKI FERDINAND HARTMANN FERDYNAND LEW
EL KIWETZ FRANCISZKA FRIEDNER FRANIA BIELFELD FRIEDA FRAN
ERYK APPEL GABOR HOLASZ GABRIELA KATZ GEDALIE GLUCKMANN
TAWA FERTIG GUSTAWA GRONNER HALINA BRUNNENGRABER HALI
E HELA BRZESKA HELENA BARTH HELENA DORTHEIMER HELENA DO
T HELENE GEMINDER HELENE LANDSBERGER HELGA HIRSCH HENJA
RYK BRAUTMANN HENRYK ETTINGER HENRYK GLASSNER HENRYK GO
RYK KINSTLINGER HENRYK KLUGMAN HENRYK KORNFELD HENRYKA
MANN GOTTSELIG HERMANN KATZ HERMANN KORNHAUSER HERMAN
MENFRUCHT HERSZ FLINKT HERSZ FREITAG HERSZ JAKUBOWSKI H
CH BIEDERMANN HIRSCH CHEWEL HIRSCH DANZIG HIRSCH EHRLIC
OSTEIN IGNACY GRUNFELD IGNACY HABER IGNACY KLINGHOFER IG
A GARDE ISAK HERZ ISAK JOSEF KATZ ISIDOR EULE ISMAR FISCHE
KOWICZ IZAK BALDINGER IZAK DAWID KLIPSTEIN IZAK FLUSS IZAK HEC
LEBENSTEIN IZAK SZYJA KARP IZRAEL BEREK BEJSKI IZRAEL DOMB
B ARMER JAKOB BIERER JAKOB BLAMMER JAKOB BLAUFELDER JAK
B GEWELBE JAKOB GROSS JAKOB GRUNBLUM JAKOB HAUBENSTOCK
OB KORNBLAU JAKOB KREMSDORF JAKOB LANGSAM JAKOB LAUS JAK
WSKI JARUM KINSTLINGER JEREMIASZ KIRSCHENBAUM JERZY BRAUN
SLER JOACHIM KIRSCHENBAUM JONAS DRESNER JOSEF ABUSCH JO
F BRAYNTICH JOSEF CHLEBOWSKI JOSEF FEINER JOSEF FRIED JOSEF G
EF HORN JOSEF HORNUNG JOSEF ICKOWICZ JOSEF JONAS JOSEF K
ER JOSEK FREIHOF JOSEK LEICHTER JOSEK LEWIN JUDA BIRNBAUM JU
OL EMMERICH KAROL GROSS KAROLA BLUMENKRANZ KIWA EISEN
MANN LEIB GERSTNER LEIB GRYCMAN LEIB HUDES LEIB LAMENS
BLOCH LEON BITTERSFELD LEON FRANKEL LEON FRIEDMANN LEON G
NIE GRUNBERG LEOPOLD BRONNER LEOPOLD DEGEN LEOPOLD F
ONER LOLA BANACH LOLA FELDMANN LOLA KRUMHOLZ LORE GEMIN
ER BERGER MAJER DREIBLATT MAJER KORNER MAJLECH GARFUNKIEL
KUS BIRNFELD MARKUS BLUM MARKUS BRODER MARKUS DIENSTAG
SLER MATILDE LOW MAURYCY FINDER MAURYCY GANGEL MAURYC
MAXIMILIAN KESSLER MEIER EICHENTAL MEIER GARTNER MEIER K
ERGLUCK MENDEL LEDERER MICHAEL BORGER MICHAL ESSIG MICH
A GARDE MIRIAM GRUNBERG MIRIAM HILFSTEIN MIRKO KONIOWITSCH
ES APFEL MOSES BUCHEN MOSES FEDERGRUN MOSES FREI MOSES G
STINGLER MOSES KOPYTO MOSES KREBS MOSES LEJZON MOSES L
BLER MOTIO GELLER MOYZESZ ANGLISTER MOYZESZ ESSIG MOYZESZ
KSMANN NAFTALI HUDES NATALIA LEWINSKA NATAN BRATKIEWICZ
KOWICZ NECHA FEIGENBAUM NELLI BRECHNOR NINA HEUBLUM NO
O GROSS OTTO HANSEL PAUL HELLER PAULA KLEINMANN PAULA LE
A LEJZON PETER BECSI PINKUS CHIEL PINKUS EIDNER PINKUS FRIE
HELA BUGAJER RACHELA HOLLANDER RACHELA KORN RAFAEL BR
KOWICZ ROBERT BROCK ROMA HOROWITZ ROMAN GOLDBERGER
KENBERG ROSA LAUFER ROZALIA KORNHAUSER ROZALIE KLIPSTEIN
KOHN RUTH LOWENSTEIN RYSZARD LAX SABINA GRUNSPAN SAB
URTZ SALOMEA LIEBERMANN SALOMOA GOLDBERG SALOMON FE
MON GRUNER SALOMON GRUNFELD SALOMON HARTMANN SALOM
MANN SAMUEL DEUTELBAUM SAMUEL EHRLICH SAMUEL FRISCH S
EL KRUG SAMUEL LICHTIG SANDER FOLCUSZ SANDOR FEUERMANN
OWITZ SARA KLINGER SAUL GRUNER SCHACHNE HOROWITZ SELIG
KMANN SIMCHE BIRNZWEIG SIMON JERETH SIMON KLINGHOFER S
AN GOLD STEFAN GOLDSTEIN STEFAN LUFTIG STEFANIA FRISCH STE
A KAUFMANN SZAJA KLEINBERG SZAJA KOSCHER SZAJA LASSER SZM
R SZYA KESTENBERG SZYFRA DURST SZYJA ABRAMOCZYK SZYJA EIC
GER TAUBA KURZ TEODOR DEMBITZER TIBOR BOLACZY URYSZ B